新日本古典文学大系 25

枕草子

渡辺実 校注

岩波書店刊行

目次

目次

目次

目次

目次

凡例

一　底本には、陽明文庫蔵本を用い、その冒頭の欠損部は内閣文庫蔵本を底本として補った。

二　本文の翻刻は、次のような方針によった。

1　仮名には適宜漢字をあて、もとの仮名は振り仮名の形で残した。

（例）はるは　→　春《はる》は

2　底本の漢字には、適宜振り仮名を（　）に入れて付した。

（例）曙《（あけぼの）》

ただし、極端な当て字は改め、注を付した。

（例）大ばん所　→　台盤《ばん》所

3　仮名遣いは底本のままとし、歴史的仮名遣いと異なる場合は、歴史的仮名遣いを（　）に入れて傍記した。

ただし、あて漢字をした場合は、脚注に歴史的仮名遣いを示した。

（例）お《（を）》かし

4　濁点、句読点を付し、適宜改行した。

5　反復記号は底本のままとした。ただし、あて漢字をした際の送り仮名と、品詞の異なる場合は仮名に直し、反復記号を振り仮名として残した。

（例）　聞《き》きけん　　つけけり

6　本文を改めた場合は、脚注に記した。校訂には田中重太郎『校本枕冊子』の恩恵を受けた。校訂の資料は必ずしも全部を示さず、三巻本一類、同二類、能因本、前田本、堺本の順位の下に、先順位の資料をもって代表させた。その際「他本」と記すのは、底本と同系統の他の伝本を指す。

三　本文を章段分けし、番号を付した。目次に、日本古典文学大系の章段分けとの相違を、一字下げで示した。

枕《まくらの》草《そう》子《し》

清少納言の『枕草子』は、吉田兼好の『徒然草』と並び称される随筆の古典だが、内容も表現も『徒然草』の方が上だ、と言う人が少なくないのではあるまいか。

実際、『徒然草』は大した作品である。作者は、人間と、それが作る世の中とを、知り尽したような所へ来てしまった。兼好をびっくりさせるような出来事は起らない。だから兼好は「つれづれなるままに」と『徒然草』を書いて日を送る。市井の隠者のその文章は、枯れていて艶があり、完成品の奥深さが漂う。

それに比べて『枕草子』は、文章がそれほど立派でなく、清少納言を名文家と呼ぶことは躊らわれる。内容的にも王朝の女房の目は、中世の隠者のそれより単純かもしれない。だが、『枕草子』の健全さは、それらのことをカバーして余りあるほど輝かしいものに思える。

清少納言は兼好と正反対に、みんなの中で生き生きするようだ。皆の視線を身に受けて、才智のほどを示す時、生きていることが楽しくてたまらない、という風情である。教養ある男性に勝った話ばかりを(負けた時もあろうに)、照れもせずに書き記す健康が、そのまま受け入れてもらえるような土壌があって、それが清少納言を成長させ、『枕草子』を生まれさせたのに違いない。

清少納言の土壌、つまり中宮定子に宮仕えした女房集団は、清少納言自身が『枕草子』で触れている以上に、彼女の作品のためには大きい存在であったと思われる。その大きさは、彼女の作品が「春は曙」と始まるその時から、いきなり我々の前に現れる。この冒頭文は、「春は、曙(をかし)」の述語を省略した文と見るのが普通だが、省かれたのはむしろ、「(をかしきもの、)春は曙」の主題であろう。仲間と食堂へ入って、「(注文は、)僕はうなぎだ」と今も言う、あれと同じ言い方なのだと思う。「春は曙よ」という発言は、いま何を問題としているかを諒解しあっている、仲間の存在を前提とするであろう。書くことは料理の注文とは違い、孤独な営為であるはずだが、清少納言の場合、ひとり筆を執る時でも、仲間との通じ合いが、自覚する必要もない前提としてはたらくもののようなのである。

冒頭文だけではない。それはこの草子全体を流れる、清少納言の息づかいみたいなものだ。こういう信頼と安心とを、幸せな幼さのように受けとって来たのだが、近頃はそれが、まことに貴重なものに思われる。

（一段）

[一]春《はる》は曙《(あけぼの)》。やう〳〵[二]しろくなり行《(ゆく)》、[三]やまぎはすこしあかりて、むらさきだちたる雲《くも》のほそくたなびきたる。[四]

夏はよる。[五]月のころはさら也、闇もなを《(ほ)》、ほたるの多くとびちがひたる。又、たゞ一二《(ひとつふたつ)》など、ほのかにうちひかりて行《(ゆく)》もお《(を)》かし。雨などふるも、お《(を)》かし。

秋は夕《ゆふ》暮。夕日のさして[六]山のはいとちかうなりたるに、からすの寝《ね》所へ行《(ゆく)》とて、三四《(みつよつ)》、二《(ふたつ)》[七]みつなど、とびいそぐ[八]さへ[九]あはれなり。まいて雁などのつらねたるが、いとちい《(ひ)》さくみゆるは、いとお《(を)》かし。[一〇]日入《(いり)》はてゝ、風《かぜ》の音むしの音《(ね)》などいとあはれなり。

冬《ふゆ》は[一一]つとめて。雪のふりたるはいふべきにあらず。霜のいとしろきも、またさらでも、いと寒《さむ》きに、火などいそぎおこして、炭《すみ》もてわたるもいと[一二]つき〳〵し。昼《ひる》になりて、[一三]ぬるくゆるびもていけば、[一四]火桶《おけ》の火もしろき[一五]灰《はい》がちになりて、

一「すばらしいのは、春なら曙だ」という構文で、結果的に「春は曙に限る」の意。曙は、空が明るくなり始め、地上は暗さの漂う時刻。

二「しろし」は「著(いちじる)しい」の意。だんだんはっきり見えてゆく、その「山ぎは」が少し明るくなって。ただし「やうやうしろくなりゆく」で切る読み方が可能で、検討に値する。

三「やまぎは…むらさきだちたる」と切り、紫がかっているのは雲でなくて山の稜線附近の空(=山ぎは)と読むことが可能。

四 夏以下の条は、その季節特有の添景があるのに、春だけはそれの無いのが注意される。

五 平安時代、星はあまり賞美されないが「月」は夜の花である。だから「さら也」と言う。

六 山の稜線。空に接する所を言う。夕日が稜線に近づいて行く所をとらえたもの。

七 底本「みつ」なし。他本により補う。

八「烏」は年中いる、好かれぬ鳥である。だから「さへ」と言い、「雁」に「まいて」と言う。

九 秋の条には、他の条にない「あはれ」が使われる。冬を前にした秋の、夜を前にした夕暮が、人を物思いにさそうのであろう。

一〇 稜線に近づいて行った夕日が、山の後に沈み切ってしまい、視覚が用を果さなくなる。だから次は聴覚の世界となる。

一一 底本「つとめて」なし。他本により補う。「つとめて」は早朝。人の生活の始まる時刻。

一二 似つかわしい。火よ炭よと活動の始まるのが、いかにも冬の早朝にふさわしい。

一三 気温が「ぬるく」なり、寒さが「ゆるぶ」につれて。冬の厳しさも弱くなる。

一四「をけ」が正。丸火鉢。火鉢に火があかあかともえていてこそ冬らしい、という感覚。

一五「はひ」が正。

わろし。

比《ころ》は　正月。三月、四月、五月。七八九月。十一二月。

[一]すべてお《を》りにつけつゝ一年《とせ》ながら、お《を》かし。

(二段)

正月。一日は、[二]まいて、空の気色《けしき》もうら〱と[三]めづらしうかすみこめたるに、世にありとある人は、みなすがたかたち、心ことにつくろひ、[四]君をも我をもいはひなどしたる、さまことに、お《を》かし。

[五]七日、雪まのわかなつみ、あをやかにて、れいはさしもさるもの[六]目《め》ちかゝらぬ所に、もてさは《わ》ぎたるこそお《を》かしけれ。[七]白馬《あをむま》見るとて、里人は車きよげにしたてて見にゆく。[八]中御門のとじきみひきすぐる程、かしら一所《ひとところ》にゆるぎあひ、[九]さしぐしもおち、[一〇]用意《ようい》せねばをれなどしてわらふも、またお《を》かし。[一一]左衛門の陣のもとに、殿上人などあまたたちて、[一二]舎人《とねり》の弓どもとりて馬どもおどろかしわらふを、[一三]はつかに見入《みいれ》たれば[一四]立蔀《たてじとみ》などの見ゆるに、[一五]主殿寮《とのもりづかさ》、女官などの、行《ゆき》ち

一 まず総論をのべる。次の「正月」以下が各論にあたろう。
二 年中折々に興趣がある中で、正月一日は特別の日。その別格扱いが「まいて」。後の「心ことに」「さまことに」と気持が呼応する。
三 旧暦では新年と共に立春となることが多い。そして春は「霞」と共にやって来るべきものであった。だから昨日までとは違って、今日は「かすみこめ」ていなければならない。「めづらしう」はそれを示す。万事あらたまったのである。
四 主筋の人(=君)を祝福し、自分(=我)の幸を祈る。「いはふ」は吉事を祈念することで、他人にも自分にも言う。
五 一月七日は五節句の一つ「人日《じんじつ》」で、若菜摘みの行事がある。
六 七種《ななくさ》ともてはやされる若菜も、平素は貴人の食膳には上らない。だから「さるもの(そんなもの)」と言う。
七 七日は白馬節会である。もとは青陽の春にちなんで天子が青馬(馬は陽の動物。「青」は一般にきっぱりしない色を指し、馬の毛並では黒っぽい蒼とされる)を見る儀式だが、後に白馬に変っても名だけは残った。内裏へひかれてゆく馬を、作者たちも見に行くのである。
八 待賢門(大内裏の東側面にある)の敷居。これを越すには牛車がゆれる。
九 正装の女性が髪にさす櫛。
一〇 そういうこともあろうか、と注意すること。
一一 建春門(内裏外廓の東側面にある)の脇の、左衛門府の武人の詰所。
一二 天皇や貴族の雑事を司る下級の官人。以下は舎人が白馬の警備に来たところを、殿上人がふざけかかる有様。
一三 わずかに。「里人」は内裏の中へは入れない。

がひたるこそお《(を)》かしけれ。[一六]いかばかりなる人、九重《(ここのへ)》をならすらん、など思ひやらるゝに、[一七]内《うち》にも見るはいとせばき程にて、舎人《とねり》のかほの、[一八]きぬにあらはれまことに黒《くろ》きに、[一九]白《しろ》き物いきつかぬ所は、雪のむら〳〵消《(きえ)》のこりたる心ちして、いとみぐるしく、[二〇]馬のあがりさは《(わ)》ぐなども、いとおそろしう見ゆれば、[二一]引《(ひき)》いられてよくも見えず。

八日、人の[二二]悦《(よろこび)》してはしらする車のを《(お)》と、ことに聞《(きこえ)》てお《(を)》かし。

十五日、[二三]節供《せく》まい《(ゐ)》りすへ《(ゑ)》、[二四]かゆの木ひきかくして、家の[二五]御達《ごたち》女房などのうかゞふを、うたれじと用意《ようい》して、つねにうしろを[二六]心づかひしたるけしきも、いとお《(を)》かしきに、いかにしたるにかあらむ、うちあてたるは、いみじう[二七]興《けう》ありてうちわらひたるは、いとは[二八]へ《(え)》〴〵し。[二九]ねたしとおもひたるもことは《(わ)》り也。[三〇]あたらしうかよふむこの君などの内《うち》へまい《(ゐ)》るほどをも、[三一]心もとなう、所につけてわれはと思《おも》ひたる女房の、のぞきけしきばみ、おくのかたにたゝずまふお《(を)》、[三二]まへにゐたる人《ひと》は[三三]心えてわらふを、[三四]「あなかま」とまねきせいすれども、女はた、しらずがほにて[三五]おほどかにてゐ給へり。「こゝなる物とり侍らん」などいひよ

清少納言の宮仕え以前の経験であろう。

一四 板張りの衝立。目かくしに立てる。

一五 主殿寮の官人。行幸用具・宮中調度・殿庭清掃などに当るので、今日も忙しい。清少納言の宮仕え以後の知見が反映しているのであろう。

一六 どんな恵まれた人が。内裏を「九重」と言う。そこで平然と馴れ顔に振舞う(=ならす)のは、どういう幸運な人なのか、という気持。

一七 内裏でも、の意。他本「うちにて」。

一八 化粧のない地肌が「きぬ」。舎人の顔が地肌丸出しとなる。その地肌が黒い。

一九 おしろい。塗ってもうまく肌に乗らない。

二〇 おどろかされた馬が興奮して跳ねる。

二一 恐ろしくて牛車の奥に身をちぢめる様。

二二 五日六日に叙位があり、七日に位記をもらう。新たな位を得た人が、翌朝礼まわりに車を走らせる。その音が「ことに(異に)」聞える。

二三 節日の食物が「節供」。十五日は小豆粥を食する習慣であった。

二四 粥を煮るに用いた焚木の燃え残り。これで女性の腰を打つとみごもると信ぜられていた。

二五 女性を敬愛して呼ぶ時「…の御」と言うから「御達」は上席の女房たち。

二六 女房たちがお互いにすきを見せまいとする。

二七 「きよう」が正。面白くて皆が笑うのは。

二八 さあおめでただと祝う、正月の陽気さ。

二九 油断して打たれたのを口惜しがる。

三〇 この家の姫君に通いはじめた男性。

三一 婿君の参内にまぎれて、姫君を打とうとの下心から、早く参内されぬかともどかしい。

三二 婿君の前。底本は「御前」と解している。

三三 古女房の下心がわかっているのである。

三四 話声や人音を制止する時の言葉。シーッ。

三五 おっとりと鷹揚な様。

りて、はしりうちてにぐれば、あるかぎりわらふ。お《(を)》とこ君も[一]にくからずうちゑみたるに、[二]ことにおどろかず、かほすこしあかみてゐたるこそお《(を)》かしけれ。又、[三]かたみにうちて、お《(を)》とこをさへぞうつめる。いかなる心にかあらん、なきはらだちつゝ、うちつる人をのろひ、[四]まが〱しくいふもあるこそお《(を)》かしけれ。内《うち》わたりなどのやんごとなきも、けふはみな、[五]みだれてかしこまりなし。

[六]除《ぢ》目《もく》の比《(ころ)》など、内《うち》わたりいとお《(を)》かし。雪《ゆき》降《(ふり)》いみじうこほりたるに、[七]申《(まうし)》文《ぶみ》もてありく。[八]四位五位、わかやかに[九]心ちよげなるは、いと[一〇]たのもしげなり。老《(おい)》てかしらしろきなどが、人に[一一]案《あ》内《ない》いひ、女房のつぼねなどによりて、おのが身の[一二]かしこきよしなど、[一三]心ひとつをやりてとき聞かするを、わかき人ゝはまねをしわらへど、いかでかしらむ。「よきに[一四]奏《そう》し給へ啓《けい》し給へ」などいひても、[一五]得《え》たるはいとよし。得《え》ず成《(なり)》ぬるこそいとあはれなれ。

三月。三日はうら〱とのどかにてりたる。桃《もゝ》の花のいま咲《(さき)》はじむる。柳などお《(を)》かしきこそさらなれ、それもまだ[一六]まゆにこもりたるはお《(を)》かし。ひろごりたるは[一七]にくし。[一八]花もちりたる後はうたてぞみゆる。

一　新妻の妊娠を念じての行為なので、いやな気はしない。
二　大ていのことにさわがないのが、貴族ないし上流の子女の持って生れた鷹揚さである。
三　打たれた者は、「ねたし」と思っていればよいのに、打った者を打ち返す。それが「かたみに」。あらずもがなの行為だから「男をさへ」と続く。
四　いまいましがる様。元来は祝意をこめた戯れなのに、本気で怒るのが作者には解せない。前行に「いかなる心にか」とあったのがそれ。
五　無礼講で平素の秩序もない。
六　「除目」は任官の儀。正月のは地方官を任ずる県召《(あがためし)》、京官のは秋の司召《(つかさめし)》。日は共に一定していない。臨時の除目というのもある。
七　上に差出す文書。ここは任官を自薦する文書。
八　従五位がほぼ大国上国の国司の相当位。四位も望めば任ぜられる。国司の有力候補である。
九　意気の盛んな様。いわゆる張切った様子。
一〇　よい国に任ぜられて腕をふるいそうだ。
一一　就職の斡旋を依頼すること。
一二　才能がある、ということを。
一三　「心をやる」は満足すること。それがひとり勝手なのが「心一つ」。ひとりいい気で。
一四　「奏す」は天皇に、「啓す」は后や東宮に、それぞれ言上すること。
一五　若い求職者は「たのもしげなり」であったが、老いた者の就任は確度が低いのである。
一六　まだ開かない葉の形。柳の葉の開いたのを「柳の糸」と言うので、芽ぐんでふくらんだのを「繭にこもる」と言う。
一七　三巻本系は「にくし」から「ちりたる後は」までなし。底本は能因本系と同文。
一八　「花」は桜の花。開いてしまった柳葉のみにくさを、散った桜と同様だ、と言うもの。

[一九]おもしろく咲《(さき)》たる桜をながくお《(を)》りて、おほきなるかめにさしたるこそお《(を)》かしけれ。[二〇]桜の直衣《なをし》[二一]に出袿《いだしうちぎ》[二二]して、まらうとにもあれ、御せうとの君《きみ》たちにても、そこちかくゐて物などうちいひたる、いとお《(を)》かし。

四月。[二三]祭《まつり》の比いとお《(を)》かし。[二四]上達部《(かんだちめ)》殿上人も、[二五]袍《うへのきぬ》のこきうすきばかりのけぢめにて、[二六]白襲《しらがさね》どもおなじさまにすゞしげにお《(を)》かし。木ゝの木の葉まだいとしげうはあらで、わかやかにあをみわたりたるに、[二七]霞も霧もへだてぬ空《そら》の気色《(けしき)》の、何となくすゞろにお《(を)》かしきに、すこしくもりたる夕《ゆふ》つかた、夜《よる》など、[二八]忍《(しのび)》たる郭公《(ほとゝぎす)》の、[二九]遠くそらねかとおぼゆるばかり、たど〱しきを聞《(きき)》つけたらんは、[三〇]何心《(なにこゝ)》ちかせん。

祭《まつり》ちかく成《(なり)》て、[三一]青朽葉《あをくちば》、[三二]二藍《ふたあゐ》の物[三三]ども押《お》しまきて細櫃《ほそびつ》のふたにいれ、紙《かみ》などにけしきばかりを《(お)》しつゝみて、いきちがひもてありくこそお《(を)》かしけれ。[三四]裾濃《すそご》、[三五]群濃《むらご》、[三六]巻染《まきぞめ》なども、つねよりはをかしくみゆ。わらはべの、かしらばかりあらひつくろひて、[三七]なりはみなほころびたえ、みだれかゝるもあるが、[三八]屐子《けいし》、履《くつ》などに「緒《を》すげさせ、[三九]裏《うら》を《(お)》させ」などもてさは《(わ)》ぎて、[四〇]いつしか其日《(その)》にならなんと

一九 二〇段の花瓶の桜と伊周の服装との描写は、この部分にそっくりである。
二〇 「桜」は桜襲(さくらがさね)。表は白、裏は赤。
二一 「なほし」が正。貴族男子の平服。
二二 下に着る袿が直衣の裾に見える様に着る姿。
二三 旧暦四月、中の酉の日の、賀茂神社の祭。斎院が賀茂川で身を潔める午の日の「御禊(ぎょけい)」、酉の日当日の「祭」の行列、斎院が居所へもどる戌の日の「祭のかへさ」を、人々は争って見た。
二四 四位五位で清涼殿へ昇る許しを得た「殿上人」に対して、三位以上参議以上の人々を「上達部」と呼ぶ。公卿と呼ばれるのは上達部。
二五 束帯の表着。位により色の濃淡の定めがあった。それが「こきうすき」。その定めだけはきちんと守られているが、というのが「ばかりのけぢめ」。次の「おなじさま」と対立。
二六 汗どりに着る白い薄もの。
二七 春の「霞」も秋の「霧」もない、夏である。
二八 郭公は五月の鳥。四月だから「忍びたる」声で鳴く。続く「たどたどしき」も同趣向。
二九 うそ鳴き。きき違い。能因本「そら耳」。
三〇 清少納言は夜の郭公を礼讃する(三八段)。
三一 青味を帯びた朽葉色。
三二 藍と赤との中間色。
三三 祭の装束用の織物である。以下はそれを仕立てに出すべく急いでいる様子の描写。
三四 下の色を濃く染めたもの。
三五 濃淡のむらを一面に染めたもの。
三六 しぼり染め。他本なし。能因本あり。
三七 身なり、衣裳のこと。
三八 足駄の一種。次に「緒すげさせ」とある。
三九 これは「履」に裏を貼ることであろう。
四〇 「いつしか」は、願望表現に用いられる時、「早く…にならないかなあ」の意。

一いそぎを《(お)》しありくもいとお《(を)》かしや。二あやしうお《(を)》どりありくものどものそ《(さ)》三うぞきしたてつればいみじく定者《ざうざ》四などいふ法師《ほふし》五のやうにねりさまよふ。いかにこゝろ六もとなからん。程《(ほど)》〳〵につけて親《おや》、お《(を)》ばの女、姉《あね》などの、供《とも》しつくろひてゐてありくもお《(を)》かし。七蔵人思ひしめたる人の、ふとしもえならぬが、八その日あを九色きたるこそ、や一〇がてぬがせでもあらばやと覚ゆれ。綾《あや》一一ならぬはわろき。

（三段）

おなじことなれども聞耳《きゝみゝ》一二ことなるもの。法師の言葉《ことば》。お《(を)》一三とこの言《こと》葉、女の言《こと》葉《ば》。下衆《げす》の言《こと》葉にはかならず文字《もじ》一四あまりたり。一五たらぬこそお《(を)》かしけれ。

（四段）

思はん子を法師になしたらむこそ心一六ぐるしけれ。たゞ木のはしなどのやうに一七思《おも》ひたるこそいといとを《(ほ)》しけれ。精進《さうじ》物のいとあしきをうちくひ、いぬる一八をも、

一「いそぎ」は準備。「おしありく」は、祭の履物の準備を催促してまわる、の意と見たい。

二ここからは祭の当日の描写だが、行列に加わる子供たちの、平素の活潑な様子から入る。

三ちゃんとした衣裳を着せることが「装束く」。

四「じようざ」が正。法会の行列の先導の僧。

五「ほふし」が正。　六親の不安であろう。

七蔵人になりたいと深く思いつめている(=思ひしめたる)人。蔵人は天皇の側近く仕える重要な職で、希望するものは当然多い。

八底本「うの日」。他本も同じ。誤写と認め改む。

九天皇以外には許されぬ禁色だが、六位の蔵人には許されていた。ここは祭当日だけの衣裳として着ているので「やがて脱がせでもあらばや」ということになる。

一〇そのまま。蔵人にならせてあげたい、の心。

一一模様を織り出した絹。六位蔵人のが綾織であり、祭の衣裳はそうでなかったことがわかる。

一二耳に聞える印象。

一三同じ意味なのに男言葉と女言葉とが異る。

一四底本「文字あまりし」。他本により改む。ただし他本「たらぬこそ」以下を欠き、あるいは異文として並書するものが多い。能因本もなし。

一五「文字あまり」の反対。余計なことを言わず、言葉少ながよい、という美学。

一六愛しい子を法師にした親の気持を思うと、心が痛む。それを「心ぐるし」と言ったもの。

一七法師を「木の端」のように扱うのは世間一般。

一八この「をも」の続きが判明でないので諸説がある。多分、僧は何をしても世間は「木の端」のように見る、ということの具体例を挙げようとして、粗末な寝食に耐えているのにそれも馬鹿にし、とまず言い、異性に対する自然な興味をも非難する、と続けるつもりであったのが、文

わかきは物もゆかしからん、女などのある所をも、などか忌《い》みたるやうにさしのぞかずもあらむ、それをもやすからずいふ。まいて験者《げんじゃ》[一九]などはいとくるしげなめり。困《こう》じてうちねぶれば、「ねぶりをのみして」などとがむる[二〇]も、いと所せく、いかに覚ゆらん。これ昔のことなめり。いまはいとやすげなり。

（五段）

大進[二一]生昌《なりまさ》が家に[二二]宮の出《(いで)》させ給ふに、東《ひんがし》の門は[二三]四足《よつあし》になして、それより[二四]御輿《みこし》はいらせ給ふ。北の門より女房の車どもも又[二五]陣のゐねば入《(いり)》なんと思ひて、かしらつきわろき人も、いと《(た)》うもつくろはず、[二六]よせておるべき物と思ひあなづりたるに、[二七]檳榔毛《びろうげ》の車などは、門ちい《(ひ)》さければさばかりえいらねば、[二八]例《れい》の[二九]筵道《えんだう》しきておるゝに、いとにくゝはらだゝしけれども、いかゞはせん。殿上人、[三〇]地下《(ぢげ)》なるも、陣にたちそひて見るもいとねたし。

おまへにまい《(ゐ)》りてありつるやう啓《けい》すれば、「こゝにても人は見るまじうやは。などかはさしもうちとけつる」とわらはせ給ふ。「されどそれはめなれにて侍[三一]

章の処理のまずさで判明しなくなったのであろう。「をも」をうける述語を補うなら「思ひ下し」か。「をも」は並列でなく、「すらも」の「も」。

一九 加持などで人にすぐれた法力を身につけた修行者。「わかき」はずがないので「まいて」。

二〇 他本「もどかる」。

二一 中宮職の三等官。この時の大進が平生昌。

二二 中宮定子は御産のため、長保元年(九九九)八月、生昌の家へ移られた。普通なら親兄弟の邸へ移るところだが、父(道隆)は長徳元年(九九五)四月に没し、兄弟(伊周・隆家)は長徳二年の失脚で、一家没落し、帰るべき邸がなかった。道長がこの日の行啓の邪魔だてをしたのが有名。

二三 大臣の家の門は四足に作る。中宮大進にすぎない生昌の家の門を、急ぎ四足に改造して中宮を迎えたもの。帰るべき大臣家を失った中宮の心中が思いやられる。

二四 中宮のお召しもの。

二五 全く警護の門衛が詰めていないので。

二六 車寄せまで牛車を引き入れて。人に姿は見られまいと油断していたのが「思ひあなづる」。

二七 「びらうげ」が正。檳榔樹の葉を裂いて飾った車。皇族以下上流人の正式の乗用だが、ここは行啓なので、女房たちが乗っている。

二八 いつものように。あてが外れてやはり車から降りて歩かねばならなかった、という気持。

二九 敷きむしろ。貴族などが歩く時、足や衣裳の裾がよごれない用意に敷く。

三〇 昇殿を許されぬ位階の者。今日の行啓に従った人たちであろう。なおこの日、公卿たちは道長の意を汲んで行啓に供奉しなかった。

三一 中宮の「さしもうちとけつる」をうけたもの。私どもの打ちとけた姿をあの人たちは見なれておりましょうから。

れば、[一]よくしたてて侍らんにしもこそ、おどろく人も侍らめ。扨《さて》もかばかりの家に、車いらぬ門やはある。見《え》へばわらはむ」などいふ程[二]にしも、「これま[三]い《ゐ》らせ給へ」とて御硯《すゞり》などさしいる。「いでいとわろくこそおはしけれ。などその門はた、せばくは作《つくり》て住給《すみ》ひける」といへば、わらひて「家の程身の程にあはせて侍るなり」といらふ。「されど、[四]門のかぎりをたかう作《つく》る人もありけるは」といへば、「あなおそろし」とおどろきて、「それは[五]于定国《うていこく》が事にこそ侍るなれ。[六]ふるき進士《しんじ》などに侍らずは、うけ給《たまはりし》知るべきにも侍らざりけり。たま〳〵[七]此道《この》にまかり入《いり》にければ、[八]かうだにわきまへしられ侍る」といふ。「[九]その御道《みち》も[一〇]かしこからざめり。筵道《えんだう》しきたれど、みなおち入《いり》[一一]さはぎつるは」といへば、「雨のふり侍《はべり》つればさも侍りつらん。[一二]よし〳〵、[一三]またおほせられかくることもぞ侍《はべる》。まかりたちなん」とていぬ。「何ごとにぞ、生昌《なりまさ》がいみじうおぢつる」ととはせ給《たまふ》。「[一四]あらず。車の入《いり》侍らざりつることいひ侍《はべり》つる」と申《まうし》て[一五]おりたり。

おなじつぼねに住《すむ》わかき人〻[一六]などして、よろづのことも知《し》らず、ねぶたけれ

一 「うちとけ」に対立。飾り立てたりしようものならそれこそ。
二 ちょうどその時に。「しも」は強調。
三 さし上げて下さい。中宮に清少納言を介して硯を「参らす(進上する)」のである。
四 (家柄身分は低くても)門だけは高く作った人もあるものを。「ありけるは」は詠嘆の強調。
五 前漢の丞相。漢書によれば、定国の父于公は、その門が壊れた時、子孫に高官に昇るべき者のあるのを予見して、門を高く作らせた。
六 文章生。大学寮の試験に合格した擬文章生が、更に式部省の試験を受けて文章生となる。試験の形式化する前の「古き」進士は、漢籍の知識が最も豊かであるべき人々である。
七 中国の正史を学ぶ道を「紀伝道」と言う。それで「この道(わが専門の道)」と言ったもの。
八 こうだとやっと判断することが出来ます。
九 生昌の「この道」に対して言ったのだが、生昌邸の門から家までの「道」が懸けてある。
一〇 「門のかぎりを高う作る人」と言ったのだから「于定国の父が事」と答えないと正確な知識とはいえないということと、門からの道もあのように歩きにくくては手入れが行きとどいているとはいえないということとの、両方に利かそうとして「かしこからず(立派でない)」と言った。
一一 凹凸に足をとられて、大さわぎでしたよ。
一二 議論や思考を停止、あきらめる時の言葉。いまも「いいよ、いいよ」など言うのと同じ。
一三 御用を仰せつけられることもありましょう。御用の節はいつでもお呼び下さい、という気持。
一四 大したことでもございません。
一五 御前から(自分の局へ)退出した。
一六 などと一緒に。
一七 母屋の外の西廂が、北廂につながっている

ば、みなねぬ。東《ひんがし》の対《たい》の西の廂《ひさし》、北[一七]かけてあるに、北の障子《さうじ》[一八]に懸金《かけがね》もなかりけるを、それも尋《(たづね)》[一九]ず。家[二〇]あるじなればあんなひ《(い)》知《し》りてあけてけり。あやしくかればみさは《(わ)》ぎたる声《こゑ》にて、「侍《さぶ》[二一]らはんはいかに、〳〵」とあまたたびいふ声《こゑ》にぞ、[二二]おどろきて見れば、木丁《(きちやう)》[二三]のうしろにたてたる灯台《とうだい》[二四]の光はあらはなり。障子《さうじ》を五寸ばかりあけていふなりけり。いみじうをかし。さらにかやうのすき〴〵しきわざ、ゆめにせぬものを、わが家におはしましたりとて、むげ[二五]に心にまかするなめり、と思ふもいとをかし。かたはらなる人をおしおこして、「かれ見給へ。かゝる見[二六]えぬ物《(もの)》のあめるは」といへば、かしらもたげて見やりて、いみじうわらふ。「あれはたそ、顕証《けそう》[二七]に」といへば、「あらず。家[二八]あるじ局《つぼね》あるじとさだめ申《(まうす)》べきことの侍《(はべる)》なり」といへば、「門[二九]のことをこそ聞えつれ、障子《さうじ》あけ給へとやは聞えつる」といへば、「猶《(なほ)》其《(その)》[三〇]事申さん。そこに侍《さぶ》らはんはいかに〳〵」といへば、「いと見ぐるしきこと。さらに[三一]えおはせじ」とてわらふめれ[三二]ば、[三三]「わかき人おはしけり」とて、ひきたてて[三四]いぬるのちに、わらふこといみじう、[三五]「あけんとならばたゞいりねかし。消息《せうそこ》[三六]をいはんに、よ[三七]かなりとはたれかいは

一七 のであろう。
一八 間仕切りの建具。「懸金」は戸締りの金具。
一九 確かめもしなかった、の意。疲れていたからとは言え、清少納言たちの油断である。
二〇 家の主人。だから生昌は勝手を知っている。
二一 お邪魔してもいいでしょうか、の意の挨拶。
二二 目をさまして。
二三 「几帳」のあて字。底本はよくこれを使う。
二四 室内の照明のため、木組みの上に油皿を乗せて、灯芯を浸してもやすもの。
二五 自分の家なので思いのままに振舞う(=心にまかする)、それが度を過ぎている、というのが「むげに」。　二六 平素は見かけないもの。
二七 人の目にあらわなこと。ここは女房の局の障子を開けてのぞき込んだ生昌の態度を、なれなれしさが露骨だと難じた女房の言葉。
二八 「家あるじ」たる私が、「局あるじ」たる清少納言様と、御相談申したいことがありまして。
二九 「門」と「障子」とが一種の縁語。程度は低いけれども洒落にはなっている。
三〇 「門」についてのこと。門の一件についてもお話したいことがあります、というのも入室を求める口実であろう。
三一 いまなら「入っていただくわけには参りません」と言うところ。当時は相手の側を主語にしてこのように言うことが普通であった。
三二 「めり」で主語が女房たちだとわかる。
三三 若い方がいらっしゃったのだった、というのは、もっともらしく引き上げる科白である。
三四 障子を閉めて引き上げた後で。
三五 障子を開ける以上は、そのまま入ればよいのに。一貫しない行動だ、と笑いの種にする。
三六 許可を得るための、申し入れ。
三七 こんな許可の言葉は女には言えない。

ん」とげにぞお《(を)》かしき。

つとめておまへにまい《(ゐ)》りて[一]啓《けい》すれば、「[二]さる事も聞えざりつる物を。[三]よべのことにめでていきたりけるなり。哀《(あはれ)》、かれを[四]はしたのふ《(なう)》いひけんこそいとお《(ほ)》しけれ」とては《(わ)》らわ《(は)》せ給ふ。

[五]姫宮の御かたの[六]わらはべの[七]装束《さうぞく》つかうまつるべきよし仰《(おほせ)》らるゝに、「この[八]衵《あこめ》のうはを《(お)》そひは、何の色にかつかうまつらすべき」と申《(まうす)》を、[九]又わらふも理《(ことわ)》り也。「姫宮のおまへの物は、れいのやうにては[一〇]にくげにさぶらはん。[一一]ちうせい[一二]折敷《おしき》に、ちうせい[一三]高坏《たかつき》などこそよく侍らめ」と申《(まうす)》を、「[一四]さてこそは、うはを《(お)》そひきたらむわらはもまい《(ゐ)》りよからめ」といふを、「[一五]猶《(なほ)》れいの人のやうに、これなわらひそ。いと[一六]きんこうなる物を」といとお《(ほ)》しがらせ給ふもお《(を)》かし。

[一七]中間《ちうげん》なるお《(を)》りに「大進《しん》、まづ物きこへ《(え)》んとあり」といふを聞しめして、「又なでうことといひてわらはれんとならむ」と仰《(おほせ)》らるゝも又お《(を)》かし。「いきてきけ」とのたまわ《(は)》すれば、わざと出《い》でたれば、「一夜の門の事、[一八]中納言に語り侍りしかば、いみじうかんじ申されて、[一九]いかでさるべからん折に、心のどかに対面《たいめん》し

一　昨夜の生昌の行動を中宮のお耳に入れる。
二　生昌がそのような好色めいた行動をする、という噂など聞いたこともないのに。
三　「門のかぎりを高う作る人」という、清少納言の秀句を指している。
四　きっとさんざん馬鹿にしたでしょう、それがかわいそう。障子をはさんでのやりとりを想像しての中宮の言葉。
五　定子の産んだ一条第一皇女脩子内親王を指す。長徳二年(九九六)誕生。この直前に伊周・隆家の失脚があって、中宮は落飾し、更に母の貴子の死が重なって、悲歎の中での御産であった。いま第二子を懐妊して、姫宮を連れての御啓であったことが推定される。　六　女の童。
七　衣裳を新調するように。中宮の仰せ言。
八　以下生昌の科白。「衵」は男子の束帯の時に着するものもあるが、婦女とりわけ童女の着するもの。これを下に着て、上に「汗衫(かざみ)」を着ける。その汗衫を生昌が「衵の上襲(うわおそい)」と言ったのである。
九　「汗衫」と言わない、持って廻った言い方が、無知としてまた笑いの種となる。
一〇　お気に召しますまい。「にくげ」は、どうしてこんなものをと、見た目に不快な様。
一一　「ちうせい」はよくわからないが、「ちひさき」の意であることは、「姫宮の御前の物」について言ったものである点から、まず間違いないであろう。訛り・方言であろうか。
一二　「をしき」が正。食器を乗せる膳。
一三　食器の一種。いまのお椀に脚をつけたようなもの。食物を盛るに用いる。
一四　そうあってこそ。「ちうせい」食器だったら「衵の上襲」の童女も気が楽だろう、の意。二つの物言いを一挙にからかったもの。

て申《(まうし)》うけ給はらむ、となん申されつる」とて、又こと〴〵もなし。一夜の事やいはんと心ときめきしつれど、「二〇いましづかに御つぼねにさむらはん」とて二一いぬれば、帰りまい《(ゐ)》りたるに、「さて何事ぞ」との給《(たま)》わ《(は)》すれば、申《(まうし)》つる事を「さなん」と啓《けい》すれば、「わざと消息《せうそこ》し、よびいづべきことにはあらぬや。二二おのづから端《はし》つかた、局《つぼね》などにゐたらむ時もいへかし」とてわらへば、「二三を《(お)》のが心ちにかしこしと思ふ人のほめたる、うれしとや思ふ、とつげきかするならむ」と二四の給《(たま)》はする御けしきも、いとめでたし。

（六段）

二五うへにさむらふ御ねこは、二六かうぶり給はりて二七命婦のおとゞとて、いみじうお《(を)》かしければ、かしづかせ給ふが、はしにいでてふしたるに、二八乳母《めのと》の馬《むま》の命婦、「あなまさなや、いり給へ」とよぶに、日のさし入《(いり)》たるにねぶりてゐたるを、おどすとて「翁丸《おきなまろ》いづら、命婦のおとゞ二九くへ」といふに、まことかとて、三〇痴《しれ》物《(もの)》ははしりかゝりたれば、おびえまどひて御簾《みす》のうちに入《い》りぬ。三一朝餉《あさがれい》のおまに、

一五 普通の人。後の「きんこうなる」と対立。
一六 「謹厚・勤考・勅公」などの漢語があてられている。生真面目で洒落気のない、の意であろう。
一七 中途半端なのが「中間」。続く生昌の申入れに応ずるほど暇ではない時に、の意であろう。
一八 平惟仲《これなか》を指す。生昌の兄。長保元年(九九九)中宮大夫として定子に仕えたが、すぐ辞任。
一九 何とかしてしかるべき機会に。
二〇 いつかゆっくりと御局にうかがいましょう。
二一 そのまま生昌は引き上げ、清少納言は中宮の所へもどる。何事もないあっけない描写。
二二 わざわざ機会を設けないのが「おのづから」。「端つかた」は中宮のお部屋の端の方に居る時を、「局」は自分の部屋に下っている時を指す。
二三 偉いと生昌が思っている人。惟仲を指す。
二四 以上、何かと生昌をかばうような中宮の発言は、逆境にも変らぬ貴族の寛大であろう。それを「めでたし」と評するのだと思われる。
二五 「うへ」は天皇。この場合一条天皇。
二六 「かうぶり」は位階を指すが、特に五位の叙爵を指すことが多い。ここもそれであろう。一条天皇は猫を愛し、殿上人(五位に叙せられ内の昇殿を許される)と同じ待遇にするなど、人間扱いをした。だから「御ねこ」と敬われる。
二七 「命婦」は五位以上の女官の呼び名。「おとど」は大臣公卿の敬称から発して、婦人の敬称にも用いられた。ここは五位に叙せられた猫につけられた愛称である。
二八 猫の養育係。人間扱いの一例である。
二九 かみつきなさい。猫には「入り給へ」と丁重だが、犬には無敬語である。
三〇 痴者。犬を指す。他本「たれもの」。
三一 「あさがれひ」が正。天皇が朝夕の食事をとられる間。「おま」は「御間」か。他本「おまへ」。

上《うへ》おはしますに、御覧じていみじうおどろかせ給ふ。ねこを御ふところに入《(いれ)》させ給ひて、[一]お《(を)》のこどもめせば、蔵人忠隆《たゞたか》[二]なりなか参りたれば、「この翁丸《おきなまろ》、うち調《てう》[三]じて犬島《いぬしま》[四]へつかはせ、たゞいま」と仰《(おほせ)》らるれば、あつまりかり[五]さは《(わ)》ぐ。馬《むま》の命婦をもさいなみて[六]、「乳母《めのと》かへてん、いとうしろめたし」と仰《(おほせ)》らるれば、かしこまりて、おまへにもいでず。犬《いぬ》は狩《か》りいでて、[七]滝口などしておひつかはしつ。

「あはれ、いみじうゆるぎありきつる[八]物を。三月三日、頭弁[九]の柳[一〇]かつらせさせ、桃《もゝ》の花をかざしにさゝせ、桜《さくら》こしにさしなどしてありかせ給《(たまひ)》しお《(を)》り、かゝるめ見んとは思はざりけん」などあはれがる。「御膳《おもの》[一一]のお《(を)》りは、かならずむかひさむらふに、さうざうしうこそあれ」などいひて、三四日になりぬるひるつかた、犬《いぬ》いみじうなく声のすれば、なぞの[一二]犬《いぬ》の、かく久《ひさ》しうなくにかあらむ、ときくに、よろづの犬《いぬ》[一三]とぶらひ見《み》にいく。

御厠人《みかはやうど》[一四]なるものはしりきて、「あないみじ。犬《いぬ》を蔵《くら》人二人してうち給《(たまふ)》。死《し》ぬべし。犬《いぬ》をながさせ給《(たまひ)》けるがかへり参りたりとて調《てう》じ給ふ」といふ。心憂《う》[一五]のこ

一　殿上に仕える男性。ここは蔵人を指す。
二　源忠隆。長保二年(一〇〇〇)正月に蔵人となった。なお「なりなか」は該当人物不明。
三　打擲調伏して、打ちこらしめて。
四　犬を追放するための島があったらしい。淀川の中の島だという説がある。
五　捕えようと追いかけることが「かる(狩)」。
六　責任を追求するのが「さいなむ」の原義。
七　蔵人所に所属の武士。清涼殿の北東に、御溝水《(みかわ)》の落ちる所があり、そこを「滝口」と言う。その近くの「滝口所」に詰めた武士でこの呼び名がある。
八　底本「あるきつる」。他本により改む。
九　弁官で蔵人頭を兼ねた者。近衛中将で蔵人頭を兼ねた「頭中将」とあい並ぶ人物。この場の頭弁は藤原行成。
一〇　藤原行成が犬の翁丸を、以下のように柳・桃・桜で飾り立てて歩かせたのである。
一一　御食事の時は。中宮の御食事の時に、おさがりが翁丸に与えられていたことがわかる。
一二　いったいどういう犬が。「なぞの」は「何ぞの」で、どこのどんな、の意の疑問詞。
一三　様子を見に行くことが「とぶらふ」。
一四　便器の取扱いを役とする下仕え女。極めて低い身分で、「なるもの」とあるのは、こういう者は顔見知りでない、という気持であろう。
一五　「心憂のことや」と「翁丸なり」とは述語の並置。鳴き声を挙げていた犬が「翁丸なり」であることは、御厠人の報告から間違いないという判断と、追い払われても帰って来た翁丸がそのために死ぬほど打擲されていることへの「心憂」さとを、同時に表現したもの。二つの述語とも、地の文である。
一六　藤原実房。六位蔵人であった。

とや、翁丸《おきなまろ》なり。「忠隆《たゞたか》、実房《さねふさ》[一六]なんどうつ」といへば[一七]制《せい》[一八]しにやるほどに、かろ《（ら）》うじてなきやみ、「死《し》にければ陣《ぢん》[一九]の外《と》にひきすてつ」といへば、あはれがりなどする夕つかた、[二〇]いみじげにはれ、あさましげなる犬の、侘《（わび）》しげなるが、わなゝきありけば、「翁《おきな》丸か、このごろかゝる犬やはありく」といふに、「翁《おきな》丸」といへど聞《（きき）》[二一]も入《（いれ）》ず。「それ」[二二]ともいひ「あらず」ともくちぐ〳〵申せば、「右[二三]近ぞ見しりたる、よべ」とてめせば、参りたり。「是《（これ）》は翁《おきな》丸か」と見せさせ給ふ。「似《に》ては侍れど、これは[二四]ゆゝしげにこそ侍るめれ。又翁《おきな》丸か、とだにいへば、よろこびてまうでくるものを、よべどよりこず。あらぬなめり。それはうちころして捨侍《（すてはべり）》ぬとこそ申《（まうし）》つれ。ふたりしてうたんには生《い》[二五]きなんや」と申せば、心憂《う》がらせ給ふ。

暗《くら》う成《（なり）》て物くはせたれど、くはねば、[二六]あらぬ物《もの》にいひなしてやみぬるつとめて、[二七]御けづりぐし、御手水《てうづ》などまい《（ゐ）》りて、御かゞみをもたせさせ給ひて御覧ずれば候《さぶらふ》[二八]に、犬《いぬ》のはしらもとにゐたるを、見やりて、「あはれ、昨日《きのふ》翁《おきな》丸をいみじうもうちしかな。死《し》にけんこそ哀《（あはれ）》なれ。[二九]なにの身にこのたびは成《（なり）》ぬらん、い

一七 現場を目撃した女房などの情報であろう。
一八 止めに行かせたところ。御厠人を行かせたのであろう。
一九 門の脇の武士の詰所。御厠人の報告。そこから外の路へ死体を棄てたのである。
二〇 以下連続して「げ」という表現が使われるが、すべて「いみじ（ひどい）」「あさまし（きたならしい）」「わびし（みすぼらしい）」という言葉を使って形容するのがふさわしい、という気持を表わす表現。
二一 知らぬ顔をしている。耳にもとめない。
二二 「それ」は直前の「翁丸」を指す。翁丸だ。
二三 右近の内侍、と呼ばれた女房。一条天皇に仕えた女房である。
二四 ひどすぎます。この「げ」も先の注二〇と同じ。
二五 生きていましょうか。反語。他本「侍りなんや」。底本は能因本と同じ。
二六 翁丸とは違う犬だ、ということにして結着した、その早朝。『なす』は、意図してそうする、という意を添える表現。
二七 整髪の櫛と洗面の水。続く「まゐりて」はそれらを「お使いになって」の意だが、女房たちが奉仕するので「まゐる」と言う。
二八 底本「けに」。他本も同じ。能因本により改む。三巻本系の「けに」は「候に」の草体からの誤写と考えられる。清少納言に「御かがみをもたせ」て、中宮が御顔を「御覧ず」るので、その奉仕に「候」うのである。
二九 今度は何に生まれ変ったかしら。仏教では一切衆生は地獄・餓鬼・畜生・阿修羅・人間・天上の六道に生死を繰り返す（六道輪廻）とされる。翁丸は畜生であったから、今度はもう少しよい身になっていればよいが、との願いがあろう。

かに[一]侘《わび》しき心ちしけん」とうちいふに、このい《ゐ》たる犬の、ふるひわなゝきて涙をたゞおとしにおとすに、いとあさまし。さは翁《おきな》丸に[二]こそはありけれ、よべはかくれ忍びてあるなりけり、とあはれにそへておか《を》しきことかぎりなし。御鏡うちおきて「さは翁《おきな》丸か」といふに、[三]ひれふしていみじうなく。おまへにもいみじう[四]うちわらはせ給ふ。[五]右近内侍めして、かくなんと仰《おほせ》らるれば、はらひ《わ》[六]のゝしるを、上《うへ》にも聞しめして、わたりおはしましたり。「[七]あさましう、犬などもかゝる心ある物なりけり」とわらわ《は》せ給ふ。上《うへ》の女房なども、きゝてまい《ゐ》りあつまりて、よぶにも、いまぞたちうごく。「猶《なほ》この顔《かほ》などのはれたる物[八]のてをせさせばや」といへば、「[九]つゐ《ひ》にこれをいひあらはしつること」などわらふに、忠隆《たゞたか》きゝて[一〇]台盤《ばん》所のかたより、「まことにや侍らん。かれ見侍らん」といひたれば、「あなゆゝし、さらにさる物なし」といはすれば、「さりとも見つくるおり《を》も侍らん、[一一]さのみもえかくさせ給はじ」といふ。さて[一二]かしこまりゆるされて、もとのやうになりにき。猶哀《あはれ》がられてふるひなき出《い》でたりしこそ、よにしらずをかしく、あわ《は》れなりしか。[一三]人など人にもいはれてなきなどはすれ。

一 ここの「わびし」は、つらく悲しい気持。
二 以下に何回か現われる「けり」は、いま気付いた、という気持を表わす。
三 地面に体を伏せて。自分に弱味がある、と思っている人間のとる態度を、翁丸もとっている。前の方に「ゆるぎありきつる」とあったのと、強い対照効果をなす。
四 他本「おちわらはせ」。能因本も「おち」。その本文によれば「安心して、笑う」の意と解することになるが如何。
五 右近の内侍。先にも呼ばれた天皇付きの女房。
六 「ののしる」は大声を発すること。
七 あきれたことに。後に続く「犬にもこんな感情があるのだったか」という発見内容を、あきれたことだと批評した言葉で、このように批評の言葉を先に言って、批評対象を誘導する語法は、平安時代の情意性形容詞の連用形の、ごく普通の用法である。以下「先導批評」と呼ぶ。
八 底本「ゆゝてをせさせはや」。他本により改む。内容としては「手当てをさせてやりたい」の意であろうが、言葉としてはよくわからない。
九 「つひに」は、甲か乙かきまらぬ状態が続いた後に、最終的にどちらかに結着することを表わす。翁丸か否か、皆で決しかねた末に、清少納言の「あはれ…」という同情の発言が、動物の落涙という、意外で感動的な形で、翁丸であることを「いひあらはし」たことへの感慨。
一〇 底本「大はん所」。表記を改む。 一一 そんなにお隠しになるものではありません、と現代なら言う所である。一一頁一二行目の「さらにえおはせじ」と同様の語法。 一二 勅勘。謹慎の事。
一三 人間なら他人に何か言われて泣いたりすることもあるけれど、の意。底本「人なと人に」と書いて二つ目の「人」を見せ消ちにし、「も」を補

（七段）

[一四]正月一日、[一五]三月三日は、[一六]いとうららかなる。

[一七]五月五日は、[一八]くもり暮《くら》したる。

[一九]七月七日は、[二〇]くもり暮して、夕がたは晴《(はれ)》たる。空に月いとあかく、[二一]星の数も見へ《(え)》たる。

[二二]九月九日は、暁がたより雨すこしふりて、[二三]菊の露もこちたく、おほひたる綿《わた》などもいたくぬれ、[二四]移《うつ》しの香《か》も[二五]もてはやされて。つとめてはやみにたれど、猶くもりて、やゝもせばふりおちぬべく見えたるもお《(を)》かし。

（八段）

[二六]よろこび奏《そう》するこそお《(を)》かしけれ。[二七]うしろを[二八]まかせて、[二九]おまへのかたにむかひてたてる[三〇]を。[三一]拝《はい》し舞踏《ぶたう》し、さは《(わ)》ぐよ。

入。他本により見せ消ちの「人」を回復。
一四 元旦。三月以降は五節句を挙げるが、一月の節句は七日の「人日」で、ここだけ例外。他の四節句の奇数の重なりに合わせたのだろう。
一五 上巳の節句。上巳は元来は三月の最初の巳の日だが、三月三日に固定した。流れに禊して不祥を祓い、曲水宴の遊びがある。
一六 元旦の初日と春の陽光とへの希い。 一七 端午の節句。菖蒲を葺き薬玉を作って邪気を祓う。
一八 梅雨期で快晴の確率は低い。一日中曇りというのは、雨にはならぬ、の気持であろう。
一九 七夕の節句。牽牛・織女二星を祭る。
二〇 日中気をもませて、星の時刻には晴れる。
二一 「月明カニ星稀ニ」と言って、月が明るいと見る星の数は減るが、はっきりと数えられる。
二二 重陽の節句。観菊の宴が持たれる。
二三 菊にかかる露。続く「おほひたる綿」は「着せ綿」と言い、菊の露を得るために菊花にかぶせる。菊の露で口をうるおし身体を拭うと長寿を保つとされた。雨が望まれるゆえんである。
二四 菊花からの移り香。移り香をたたえた雨水を得るための条件が「暁がたより」と「雨すこし」。新しい、少量の、すがすがしい水である。
二五 湿気が香を一段とひき立てる。それが「もてはやす」。 二六 位官の昇進した者が、それへの感謝を表明すること。
二七 「うしろ」は、下襲の「裾」と呼ばれる部分。後へ長く引きずる形となる。 二八 特別の処置をせず引きずった形となるのに「まかせる」こと。
二九 天皇の御座の方。 三〇 「を」は詠嘆の終助詞。立ち姿が素敵、というのであろう。
三一 礼拝も舞踏（袖を左右左と翻す）も「よろこび」の形式。「さわぐ」は派手に振舞うこと。「ぶたう」は「ぶたふ」が正。

（九段）

[一]今の内裏《だいり》の東《ひむがし》[二]をば北の陣《ぢん》といふ。なしの木の、はるかにたかきを、いく尋《ひろ》[三]あらむ、などいふ。権中将[四]「もとよりうちきりて、定澄僧都《てうそうづ》[五]のえだあふぎ[六]にせばや」との給《(たま)》ひしを、山階寺《しなでら》[七]の別当《べたう》になりてよろこび[八]申す日、近衛府《づかさ》[九]にてこの君のいで給へるに、[一〇]たかき屐子《けいし》をさへはきたれば、ゆゝしうたかし。出《(いで)》ぬる後に「など、そのえだあふぎをばもたせ[一一]給はぬ」といへば、「物わすれせぬ」とわらひ給《(たまふ)》。「定澄僧都《てうそうづ》[一二]に袿《うちぎ》なし、すくせ君《ぎみ》に衵《あこめ》なし」といひけん人こそお《(を)》かしけれ。

（一〇段）

山[一三]は　お《(を)》ぐら山。かせ山。三笠山。このくれ山。いりたちの山。わすれずの山。すゑの松山。か[一四]たさり山こそ、いかならんとをかしけれ。いつはた山。かへる山。のちせの山。あ[一五]さくら山《やま》、よそに見るぞお《(を)》かしき。お[一六]ほひれ山もをか

一 内裏の焼亡などのために、臨時の内裏が設けられることがある。この段の場合は、長保元年(九九九)六月に内裏焼亡のため、一条大宮にあった一条院が内裏に用いられた。
二 一条の内裏では、北の対を清涼殿にあてた。正規の内裏では清涼殿は東向きの建物なので、内裏の北にある朔平門(北の陣)は左手にあたる。そこで一条内裏でも、南面する清涼殿(北の対)の左手の門、つまり東門を、「北の陣」と呼んだ。
三 「尋」は両手をひろげた長さ。
四 源成信。致平親王(村上皇子)の子。母が道長室倫子の姉で、道長の養子となった。
五 長保二年(一〇〇〇)八月、権少僧都。「定ちよう」が正。四行後も同じ
六 葉の茂った木の枝を、扇に見立てたものか。定澄僧都は背の高いことが評判だったらしい。
七 奈良の興福寺の別称。藤原氏の氏寺。「別当」はその長官。定澄の任は長保二年三月。
八 →一七頁注二六。
九 僧の慶賀は、近衛府を介して行われた。この場合、近衛権中将成信がとりついだのである。
一〇 背の高い定澄が高足駄をはいていたので。
一一 禄として枝扇を持たせたい、という趣向。
一二 「すくせ君」は未詳。短軀の人であったことは確実。長衣の袿と短衣の衵とが、長身・短身の人が着た場合には、長衣でも短衣でもなくなるとの軽口。
一三 以下の山づくしに挙げられているのは、多くは歌枕で、当時の人には関連する和歌が想起されていたであろう。
一四 「かたさる」は片側に寄る、遠慮して身を引く、の意がある。山が「かたさる」とはどんなのだろう、という興味が「いかならん」。
一五 夫木和歌抄・雑二所引古今六帖「昔見し人を

し。一七臨時《りんじ》の祭の舞人《まひ》などのおもひ出《(いで)》らるゝなるべし。三輪《わ》の山《やま》お《(を)》かし。たむけ山。まちかね山。たまさか山。みみなし山。一八

（一一段）

一九市《いち》は　たつの市《いち》。さとの市《いち》。二〇つば市《いち》。大和《やまと》に二一あまたある中に、二二長谷《はせ》にまうず《(づ)》る人のかならずそこにとまるは、観音《くわんおん》の縁《えん》のあるにやと、二三心ことなり。をふさの市《いち》。しかまの市《いち》。あすかの市《いち》。

（一二段）

二四峰《みね》は　ゆづるはの峰《みね》。阿弥陀《あみだ》の峰《みね》。いやたかの峰《みね》。

（一三段）

二五原《はら》は　みかの原《はら》。あしたの原《はら》。その原《はら》。

ぞ我はよそに見し朝倉山の雲居はるかに」とあるのをふまえて、昔の恋人に知らぬ顔をする山とは、との興味を示したもの。

一六 東遊歌・片降に「大ひれや、小ひれの山は、や、寄りてこそ、寄りてこそ山は、良らなれや、遠目はあれど」とある。

一七 石清水・賀茂の両社で行われる、例祭とは別の臨時の祭。臨時とは言うものの、日は固定されていた。その前々夜に宮中で試楽があり、東遊歌が奏され、「大ひれや…」も唱われた。

一八 以上の山々の列挙は、ある程度の聯想の脈絡をもって配列されているであろう。延喜式の諸道配列に典拠を求める意見もある。ただし聯想とは気ままなもので、探りあてることの興味は大きいが、文脈というものがない以上、その探り出しの正否は不明である。以下の類想諸段も同じ。

一九 人が集まり売買をする所。更にそうした市の立つ、人口の多い市街。

二〇 奈良県桜井市にある。昔から長谷寺に参詣する人の宿る場所。

二一 大和国には市が方々にある中で、の意。「観音の縁」のある「つば市」は特別だ、というのである。

二二 長谷寺。観世音菩薩を本尊とし、後にまで人々から信仰された。

二三 特別心がひかれる。

二四 「峰」は「山」の頂上部を指して言う言葉だが、ほとんど「山」の同義。ただし「山」と呼ばれるものと「峰」と呼ばれるものとがあるのは動かし難く、従って別段となる。

二五 後の一〇九段に、もう一度「原は」の段があり、「あしたの原」「その原」が重出。

淵《ふち》は　[一]かしこ淵《ふち》は、いかなる底の心を見て、さる名を付けんとをかし。[二]ないりその淵。たれにいかなる人のをしへけん。[三]あを色《いろ》の淵こそお《(を)》かしけれ。蔵人《くら》などの具《ぐ》にしつべくて。かくれの淵。いな淵。

（一四段）

海は　[四]水海《うみ》。よさの海。かはぐちの海《うみ》。[五]いせの海。

（一五段）

[六]陵《みさゝぎ》は　[七]うぐひすの陵《みさゝぎ》。[八]かしはばらの陵《みさゝぎ》。雨の陵《みさゝぎ》。

（一六段）

[九]渡《わたり》は　しかすがの渡《わたり》。こりずまの渡《わたり》。水はしの渡《わたり》。

（一七段）

一「かしこし」は、恐ろしい、慎むべきである、の意を持つ。この淵のどこが「かしこし」なのか、という気持を、淵の縁で「いかなる底の心」と言ったもの。どういう点を恐ろしいと感じて。
二「ない(入)りそ」は、入るな、の意。
三「青色」と「蔵人」との関係は、二段末参照。
四「水海」は湖だが、ここでは都に近い琵琶湖。これ以外はいわゆる海が挙げられている。
五 三巻本系諸本「いせの海」なし。能因本・前田本系にあり。
六 天皇や后妃の墳墓。
七 三巻本系諸本「うくるすのみさゝき」。いずれにしても所在不明。
八 三巻本系「かしはぎ」。「かしはばら」ならば桓武天皇の柏原陵。
九 河湖海を問わず、水上の渡し場。
一〇「館は」であろう。「太刀は」と解する説もあり、両者を懸けたのだとする解もある。
一一 内裏の陽明門を指すと言われるが疑問。「このへの」と改め、大内裏とする解もある。
一二 三巻本系「二条みかゐ」。底本も「みかゐ」とあるのを見せ消ちにして「わたり」とする。二条通周辺の意にも解せる。通説は「二条」を二条院とする。醍醐后藤原穏子の旧邸で、この頃その一部に高階明順(定子の母方の伯父)の邸宅があった。
一三 一条院。東三条院詮子(定子の父方の叔母)の領であった関係で、一条帝の里内裏であった(→九段)。
一四 染殿はもと二町を占め、文徳后藤原明子(染殿后)の邸であったが、為平親王(村上皇子)の領となっていた。
一五 清和院は清和天皇の後院(譲位後の御所)。清和天皇の母后である明子の染殿の敷地の一部

（一八段）

[一〇]たちは　たまつくり。

（一九段）

家《いへ》は　[一一]近衛《このゑ》のみかど。[一二]二条わたり。[一三]一条もよし。[一四]染殿《そめどのゝ》のみや。[一五]清和院《せかい》。[一六]菅原《すがはら》の院。[一七]冷泉院《れんせい》。[一八]閑《かん》院。[一九]朱雀院。[二〇]小野《をのゝ》の宮。[二一]紅梅《こうばい》。[二二]県《あがた》の井戸《ゐど》。[二三]東三条。[二四]小六条。[二五]小一条。

（二〇段）

清涼殿《せいりやうでん》の[二六]うしとらのすみの、[二七]北《きた》のへだてなる御障子《みさうじ》は、荒海《あらうみ》の[二八]かた、いきたる物《（もの）》どものおそろしげなる、[二九]手長《てなが》、足長《あしなが》などをぞかきたる。[三〇]上《うへ》の御つぼねの戸をおしあけたれば、つねにめに見ゆるを、にくみなどしてわらふ[三一]。

[三二]高欄《かうらん》のもとにあをき瓶《かめ》のおほきなるをすへ《（ゑ）》て、[三三]桜のいみじうおもしろき、枝

があてられた、とされる。「せかゐ」が正。
一六 菅原院は菅原是善（道真の父）の領有。
一七 冷泉院は四町を占める大邸宅。歴代の後院として、冷泉上皇などが住まわれた。
一八 藤原冬嗣以来の邸で、藤原公季に伝領。
一九 冷泉院と共に平安京の大邸宅。嵯峨天皇以来、累代の後院であった。
二〇 小野宮は、もと惟喬親王（文徳皇子）の邸で、藤原実頼の領有する所であった。
二一 紅梅殿は、菅原道真の邸であった。
二二 県井戸（井戸殿）は一条通より北、つまり平安京の外にあったらしい。
二三 三巻本系「竹三条」。竹三条なら平生昌邸（→五段）。東三条なら良房以来の藤原北家の邸。
二四 三巻本系「小八条」。小六条殿は小一条院（三条皇子で後一条朝の東宮を退下）の領有という。
二五 小一条院は、藤原良房から忠平を経て師尹、済時へと伝領された。
二六 東北の隅。
二七 北への通路の境の障子。「荒海の障子」と呼ばれる障子があった。　二八 図柄。絵。
二九 山海経を典拠とする長臂国の人（＝手長）、長股国の人（＝足長）の不気味な絵。
三〇 清涼殿の一部に設けられた后妃のための部屋を「上の御局（上局）」と言う。「萩戸」と呼ばれる間を挟んで、東に「弘徽殿上局」、西に「藤壺上局」があった。
三一 以上の描写と以下の描写との関係は不明。
三二 手すり。たぶん荒海の障子のあたりの簀子敷の手すりなのであろう。
三三 これが、自分を染殿后に擬し、その父藤原良房の「物思ひもな」き場面（一三三頁注三七）の再現を意図した、中宮の演出であることが次第にわかる仕組みとなっている。

の五尺ばかりなるを、いと多くさしたれば、高欄《かうらん》の外《と》まで咲《(さき)》こぼれたるひ[一]るつかた、[二]大納言殿、桜の[三]直衣《なをし》のすこしなよらかなるに、こきむらさきの[四]固紋《かたもん》の指《さし》貫《ぬき》、しろき御衣《ぞ》ども、うへにはこき綾《あや》のいとあざやかなるをいだして、まい《(ゐ)》り給へるに、[五]上《うへ》の[六]こなたにおはしませば、[七]戸口《とぐち》のまへなるほそき板敷《いたじき》にゐ給《(たまひ)》て物など申給《(まうしたまふ)》。

御簾《みす》のうちに、女房、桜の[八]唐衣《からぎぬ》ども、[九]くつろかにぬぎたれて、[一〇]藤、山吹《ぶき》などいろ〳〵このましうて、あまた[一一]小《こ》半蔀《はじとみ》の御簾《みす》よりも[一二]おしいでたる程、[一三]日の御座《おまし》のかたには、[一四]御膳《おもの》まい《(ゐ)》るあしを《(お)》とたかし。[一五]警蹕《けいひち》など「をし」といふこゑ聞ゆるも、うら〳〵とのどかなる日のけしきなど、いみじうお《(を)》かしきに、[一六]はての御盤《ばん》とりたる蔵《くら》人まい《(ゐ)》りて、[一七]御膳奏《おものそう》すれば、[一八]なかの戸よりわたらせ給《(たまふ)》。

[一九]御ともに、廂《ひさし》より大納言殿、御おくりにまい《(ゐ)》り給《(たまひ)》て、ありつる花のもとにかへりゐ給へり。[二〇]宮のおまへのみき丁《(ちやう)》を《(お)》しやりて、長押《なげし》のもとに出《(いで)》させ給へるなど、何となくたゞめでたきを、さぶらふ人[二一]もおもふことなき心ちするに、「[二二]月も日もかはりゆけどもひさにふる、みむろの山の」といふことを、いとゆ

一 底本「ひるかた」。能因本により補う。
二 藤原伊周(これちか)。中宮定子の兄。父道隆の関白就任と共に位階躍進し、後失脚。この段は正暦五年(九九四)春で、伊周二十一歳。権大納言に任じて一年半。 三「なほし」が正。
四 模様を浮かせないで固く織った衣。浮紋の対。「指貫」は下部を紐でくくる袴。この場の有様が、後に二段の描写を産み出した。
五 一条天皇。当時十五歳(定子は十九歳)。
六 天皇が定子の上局に来ておられたので。
七 伊周も帝に遠慮して離れて坐を占める。
八 女房の正装。帝が来ておられるからである。
九「くつろぐ」と同源。ゆったりと。 一〇「藤」は表薄紫、裏萌黄。「山吹」は表薄朽葉、裏黄。
一一 清涼殿から後宮へ通ずる北廊の小型の半蔀。
一二 着衣の袖や裾を御簾の下から出す「出し衣」。
一三 天皇の居間。上局から夜御殿を隔てた南。
一四 天皇に御食事を供すること。この場は用意。
一五 不浄や魔性のものを退ける掛け声。
一六 天皇の食事には多くの膳がならべられる。その最後に運ばれる膳。
一七 御食事の用意が出来ました、との奏上。
一八 北廂にある戸。定子の使っていた弘徽殿上局から北へ出て西行する途中にある。昼御座へは遠廻りなので、特に「中の戸より」と言った。
一九 伊周はちょうどその通り道に坐っていた。それで北廂から天皇のお供をする。
二〇 中宮が。天皇が食事に行かれたので、雰囲気が気楽になり、伊周の近くへ出て来られる。
二一 清少納言が中宮の演出意図を見抜いていることが、「も」と言い、「おもふことなき」(「物思ひもなし」と同義)と言う点からわかる。
二二「月も日も変りゆけども久に経る御室の山の外つ宮所」(万葉集・巻十三)。伊周が中宮の意図

るらかにうちいだし給へる、いとお《(を)》かしう覚《(おぼゆ)》るにぞ、[二三]げに千《ち》歳《とせ》もあらまほしき御ありさまなるや。

[二四]陪膳《ばいぜん》つかうまつる人の、[二五]をのこどもなど召《め》す[二六]程もなくわたらせ給《(たまひ)》ぬ。「御硯《すゞり》の墨《すみ》すれ」と仰《(おほせ)》[二七]らるゝに、[二八]めはそらにて、たゞおはしますをのみ見奉《たてまつ》れば、[二九]ほとゞつぎめもはなちつべし。しろき色紙《しきし》を《(お)》したゝみて、「これにたゞいまおぼえん[三〇]古《ふる》き事、一《ひと》つづゝ書《か》け」と仰らるゝ。[三一]外《と》にゐ給へるに、「これはいかゞ」と申せば、「とう書《か》きてまい《(ゐ)》らせ給へ。をのこはこと加《くは》へさぶらふべきにもあらず」とて[三二]さし入《(いれ)》給へり。御硯とりおろして、「とく〱、たゞ思ひまはさで、[三三]難波津《なにはづ》も、何も、ふとおぼえむ事を」とせめさせ給《(たまふ)》に、などさは臆《おく》せしにか、すべて面《おもて》さへあかみてぞ思ひ乱るゝや。[三四]春の歌、花の心など、さいふ〱も[三五]上臈《らう》二《ふた》つ三《み》つばかり書《か》きて、[三六]「これに」とあるに、

　[三七]年《とし》ふればよはひはおひ《(い)》ぬしかはあれど花をしみれば物思ひもなし

といふことを、「[三八]君をし見れば」と書《(かき)》なしたる、[三九]御覧じくらべて、「[四〇]たゞ此《(この)》心どものゆかしかりつるぞ」と仰せらるゝつゐ《(い)》でに、「[四一]円融院《ゑんいう》の御時に、「草子《さうし》に

を見抜き、年月は「変りゆけども」、昔に変らぬ(=久に経る)皇室(=宮所)を支える藤原一族の隆盛への「物思ひもなき」満足を、中宮と頒ちあっていることがわかる。

二三 「久に経る」とおっしゃる通り。

二四 天皇の食事の給仕役が。

二五 天皇の御膳を下げる役。蔵人が当る。

二六 天皇は食事も匆々に定子の所へ戻られる。

二七 中宮の発言。次の「仰せらるる」も同じ。

二八 墨をする目はどこへやら、天皇の御姿ばかりを見ているので。

二九 「ほとど」は「ほとんど」。「つぎめ」は短い墨を継柄に押しこんで磨るその継目。「目は空」だから継目から墨を外しそうだ、の意。

三〇 わざと「古き事」を思い出すよう求めているところに、中宮の場面設定の意図が現われている。　三一 御簾の外に居るのは伊周。

三二 清少納言が助力を乞うた色紙を押し返す。

三三 「難波津に咲くやこの花冬ごもり今を春べと咲くやこの花」。古今集仮名序に、誰でも知っている歌として挙げられている歌。

三四 「春」も「花」も、この場にふさわしい歌題。

三五 「上らふ」が正。上席の女房。清少納言よりは場馴れているはず。

三六 さあ、これにお書き。上臈の言葉であろう。

三七 古今集・春上にある藤原良房の歌。娘の染殿后明子を「花」に喩えて満足を述べた古歌で、その詞書「染殿后のお前に花瓶に桜の花をささせ給へるを見てよめる」に注意。→二一一頁注二三。

三八 「年ふれば」の古歌を記すだけで合格だが、清少納言はそれ以上のことをする。→次頁注七。

三九 女房たちの書いたのを、中宮が見比べて。

四〇 みんなの心の使い方が知りたかったのよ。

四一 「ゑんゆう院」が正。

歌一《ひと》つかけ」と殿上人に仰《おほせ》られければ、いみじう書《か》きにくう、[一]すまひ申す人〻ありけるに、「さらにたゞ、[二]手《て》のあしさよさ、歌の折にあはざらむもしらじ」と仰らるれば、佗《わび》てみな書《か》きける中に、[三]たゞいまの関白殿、[四]三位中将ときこえける時、

[五]しほのみついつものうらのいつも〳〵君をばふかく思ふはやわが

といふ歌の[六]すへ《ゑ》を「[七]たのむはやわが」と書《か》き給へりけるをなん、いみじうめでさせ給《たまひ》ける」などおほせらるゝにも、[八]すゞろに汗《あせ》あゆる心ちぞする。[九]年わかゝらん人はた、さもえ書《か》くまじきことのさまにや、などぞ覚ゆる。[一〇]例《れい》いとよく書《か》く人も、[一一]あぢきの《な》ふ《う》、みなつゝまれて、書《か》きけがしなどしたるあり。

古今の草子《さうし》をおまへに[一二]おかせ給《たまひ》て、歌どもの[一三]もとを仰られて、「これがする《ゑ》いかに」ととわ《は》せ給《たまふ》に、[一四]すべてよるひる心にかゝりておぼゆるもあるが、[一五]げによう申《まうし》いでられぬはいかなるぞ。[一六]宰《さい》相の君ぞ十《とを》ばかり、[一七]それもおぼゆるかは。まいて[一八]五つ《いつゝ》六《む》つなどは、たゞ覚えぬよしをぞ啓《けい》すべけれど、「[一九]さやはけにくゝ、仰ごとを、[二〇]はへ《え》ならうもてなすべき」と佗《わび》くちお《を》しがるもお《を》かし。知《し》ると申《まうす》人

一 強く言えば「抵抗」。書きしぶるのである。
二 字の上手下手。
三 藤原道隆。世に中関白と呼ぶ。定子の父。
四 四位相当の近衛中将を、三位で兼ねた人。
五 この歌の典拠不明。「はや」は詠嘆。
六 終りの部分。和歌の場合、下の句。
七 「思ふはや」の原歌は恋歌だが、「頼むはや」と変えることで、天皇に捧げる歌となった。同様に、清少納言の、原歌の「花をし見れば」から「君」への言い換えは、帝を拝していればという心で、帝と中宮の宮廷、それを支えている藤原氏を讃えたことになっている。
八 「すずろに」は確かな原因や目的を欠いた有様、「汗あゆ」は汗をかくことで、むやみに冷汗が出るような感じであった、の意。
九 でも若い人にはちょっと書けない返事だったかも、という清少納言の自慢。
一〇 宮仕え馴れした人でも緊張して書き違えをした人もある、つまり年をとっていたら誰にも出来るというものではない、とこれも自慢。
一一 この「あぢきなう」は、「例いとよく書く人」が「つつまれ」ている、その人らしからぬ反応を、じれったい、と先に批評して、批評対象「みなつつまれ」を導く先導批評。
一二 主語は中宮。以下、皇室を藤原氏が支えて来ているのだ、との誇りで、わが身を宣耀殿女御(→注二五)に擬する中宮の行為。
一三 和歌の上の句。「するゑ」に対する。
一四 「すべて」は、「よるひる心にかかりておぼゆるもあり」という言葉が、偽りでない、という気持を示す表現。およそ、全く。
一五 「げに」は、「よるひる心にかかりておぼゆるもあり」という言葉どおりには、という気持。
一六 藤原重輔の女。清少納言と共に、中宮定子

なきをば、やがてみなよみつゞけて、二一夾算《けうさん》せさせ給《(たまふ)》を、「二二是《(これ)》はしりたる事ぞかし、などかうつたならはあるぞ」といひなげく。中にも古今あまた書《か》きうつしなどする人は、二三みなもおぼえぬべきことぞかし。

「二四村上《むらかみ》の御時に二五宣耀殿《せんえうでん》の女御と聞えけるは、二六小一条の左の大臣殿《おほいどのゝ》の御むすめにおはしけると、誰かはしり奉らざらん。まだ姫君と聞えける時、ちゝ大臣《おとゞ》のをしへ聞え給《(たまひ)》けることは、「二七ひとつには御手《て》をならひ給へ、二八つぎには琴《きん》の御ことを、人よりことにひきまさらんとおぼせ、さては古今の歌廿巻《(はたまき)》を、二九みなうかべさせ給《(たまふ)》を御学問《がくもん》にはせさせ給へ」となん聞え給ひける、三〇ときこしめしをき《(お)》て、三一御物忌《いみ》なりける日、古今をもて三二わたらせ給ひて御木丁《(みきちやう)》をひきへだてさせ給《(たまひ)》ければ、女御、例《れい》ならずあやし、とおぼしけるに、御草子《さうし》をひろげさせ給《(たまひ)》て「その月、何のおり《(を)》、その人の読《(よみ)》たる歌はいかに」ととひ聞へ《(え)》させ給《(たまふ)》を、三三かうなりけり、と心え給《(たまふ)》も三四をかしき物の、ひがおぼえをもし、わすれたる所もあらばいみじかるべきことゝ三五わりなふ《(う)》おぼしみだれぬべし。三六そのかたにおぼめかしからぬ人、二三人ばかりめしいでゝ、碁石《ごいし》して数《かず》三七おかせ給ふとて、三八強《し》ゐ《(ひ)》聞えさせ給《(たまひ)》け

の女房の中の抜んでた才女であった。
一七 その程度で「おぼゆる(覚えている)」などと言えたものではない、の意。
一八 五首六首程度しか答えられぬ者は、いっそ全く覚えておりません、と御返事すべきだが。
一九 「けにくし」は愛想がないこと。そんな風にそっけなくは出来ない、という反語。
二〇 「栄なう」は物事の実現の価値がないこと。せっかくの中宮のお尋ねを無にしてはならぬ。
二一 「けふさん」が正。本などにはさんで目印とする薄い木や竹。
二二 その歌なら知っていたのに。
二三 古今集は全部暗記していてもよいところだ。
二四 以下は中宮の、古今集暗記試験の種あかし。
二五 藤原芳子。女らしさと美貌で有名であった。
二六 藤原師尹《(もろただ)》。定子から言えば曾祖父師輔の弟。「小一条」はその邸宅。
二七 まず第一には、習字の練習をなさい。男の教養として漢詩文や六芸(礼楽射御書数)が期待されていたのに対して、女に期待される教養として、師尹の訓育の言葉は有名である。
二八 第二には七絃琴(＝琴のこと)を、誰よりも上手に弾くことを心掛けなさい。
二九 暗記する。 三〇 主語は村上天皇。
三一 天皇の物忌だから「御」を冠する。いつもの通りの活動は出来ず、たっぷり時間がある。
三二 村上帝が芳子の所へ古今集持参で来御。
三三 こういうことだったのか。
三四 「をかし」と思うのは芳子。帝の「例ならずあやし」い挙動のわけがわかった時の感情。
三五 わりなきまでに、の意。この上なく、随分。
三六 その方面(古今集)に暗くない人。
三七 碁石を用いて点数をかぞえるのである。
三八 芳子に解答を強いる。

んほどなど、いかにめでたうお《(を)》かしかりけん。[一]御前にさむらひけん人さへこそうらやましけれ。[二]せめて申させ給へば、[三]さかしうやがてするまではあらねども、すべて露たがふことなかりけり。いかで猶《(なほ)》すこしひがこと見つけて[四]をやまん、とねたきまでにおぼしめしけるに、十巻《(とまき)》にもなりぬ。[五]さらに不用《ふよう》なりけり、とて御草子《さうし》に[六]夾算《けふさむ》さしておほとのごもりぬるも[七]又めでたしかし。いとひさしうありておきさせ給へるに、なを《(ほ)》この事[八]勝負《かちま》けなくてやませ給はん、いとわろかるべしとて、下《しも》十巻を、明日《あす》にならば[九]ことをぞ見給ひあはするとて、今日《けふ》さだめてんと、大殿油《おほとなぶら》まい《(ゐ)》りて、夜ふくるまでよませ給ひける。されどつゐ《(ひ)》に負《ま》け聞《きこ》えさせ給はず成《(なり)》にけり。「[一〇]上わたらせ給《(たまひ)》て、かかる」など人〻[一一]殿に申《(まうし)》奉られたりければ、いみじうおぼしさは《(わ)》ぎて、[一二]御誦《みず》経などあまたせさせ給ひて、[一三]そなたにむきてなん[一四]念じくらし給《(たまひ)》ける、[一五]すき〲しうあはれなることなどかたりいでさせ給ふを、上《うへ》もきこしめしめでさせ給《(たまふ)》。「[一六]我は三巻《まき》四《よ》巻《まき》だにえはてじ」と仰《(おほせ)》らる。「[一七]昔はゑ《(え)》[一八]せ物《(もの)》なども、みなお《(を)》かしうこそありけれ。此比《(このごろ)》は、[一九]かやうなる事やは聞ゆる」など、おまへにさむらふ人〻、[二〇]上《うへ》の女房[二一]こなたゆるされた

一 その場に立ち合っていたかったとの羨望。
二 「せめて」は、強いて、押して、の意。試される芳子の口の重かったことが、これでわかるが、その理由は、前に書かれていた「ひがおぼえをもし…おぼしみだれぬべし」ではない。
三 「さかしう」は、賢ぶって、の意。「やがて(即答するように)」「末まで(下の句全部を)」答えるような、賢ぶった態度はとられなかった、ということで、この慎み深さが口の重さの理由。
四 「を」は強意の助詞。
五 全く(続けることは)意味がないね。
六 勝負は中断である。
七 帝の愛撫のほどがしのばれる、という気持。
八 勝負に結着をつけずに終るのは良くない。帝は芳子から何とか失点をとりたいのである。
九 「こと」は「異」。古今集の別の本。
一〇 天皇がお出でになりまして、こうこうでございます。底本「帰わたらせ給て」。三巻本系同じ。能因本により改む。
一一 試される芳子の父大臣、師尹。
一二 試される娘を案じて、方々の寺に読経を命じて無事成功を祈ったのである。
一三 内裏の方。娘が試されている場所。
一四 一日中祈り暮された。
一五 風流を愛する心が「すきずきし」。
一六 私(一条帝)なら三巻四巻までももつまいね。全巻を試し切った村上帝への驚異の言葉。
一七 以下は女房たちが口々に言ったことを、まとめて記したもの。
一八 「えせ者」は、取るに足らぬ者。村上帝の御世の逸話が、昔は良かった、との懐古を呼ぶ。
一九 「かやうなる事」は、この逸話のごとき事。
二〇 天皇付きの女房。
二一 中宮定子の方へ出入りの許されている人。

るなど、まい《(ゐ)》りてくち〴〵いひいでなどしたる程は、まことに露[二一]おもふことなくめでたくぞ覚ゆる。

(二一段)

おいさきなく[二二]、まめやかに[二四]、ゑ《(え)》せ[二五]ざいはい《(ひ)》など見てゐたらむ人は、いぶせく[二六]あなづらはしく[二七]思ひやられて、なを《(ほ)》、さりぬべからむ[二八]人のむすめなどはさしま[二九]じらわ《(は)》せ、世のありさまも見《み》せならはさまほしう、内侍[三〇]のすけなどにてしばしもあらせばや、とこそおぼゆれ。

宮づかへする人を、あは〳〵[三一]しうわるきことにいひ思ひたるお《(を)》とこなどこそいとにくけれ。げに[三二]そも又さることぞかし。かけまくも[三三]かしこきおまへをはじめ奉りて、上達部《(かんだちめ)》、殿上人、五位四位はさらにもいはず、見ぬ人[三四]はすくなくこそあらめ、女房[三五]の従者《(ずさ)》その里《さと》よりくる物《(もの)》、長女《おさめ》[三六]、御厠人《みかはやうど》の従者《ずさ》、たびしかはら[三七]といふまで、いつかわ《(は)》それを恥《は》ぢかくれたりし。殿原《とのばら》[三八]などは、いとさしもやあらざらん。

二一 「思ふことなし」がこの段を貫くテーマ。
二二 人の将来性が「老い先」。それが「なし」だから将来性がない、先の希望が薄いこと。
二四 真面目で、悪く言えば融通性に乏しい様。この連用形は並列の用法で、「真面目で」の意。上の「老い先なく」と共に、夫や子供への情愛一筋に生きる女性を頭に置いた言葉であろう。
二五 似て非なのが「えせ」。夫や子供につくす幸福は本当の幸福ではない、との認識。
二六 鬱陶しい。見ている者の心が晴れぬ様。
二七 「あなづる(軽蔑する)」の形容詞。
二八 「さりぬべき」は一定水準に達したものを指す言葉。しかるべき。相当の。
二九 宮中に出仕し人々と交らせ。宮仕えはしかるべき家の娘が社会に接するこの上ない機会。
三〇 後宮に内侍司という女官の組織がある。その次官が「典侍(ないしのすけ)」。長官の「尚侍(ないしのかみ)」には「さりぬべき」より上流の女性が任ぜられる。
三一 軽薄で良くないものだと。
三二 「さること」は、無理もない、と肯定する語。男の否定的な考え(=そ)も、無理からぬ所がある、ということで、以下がその理由。
三三 口にするのも(=かけまくも)恐れ多い帝。
三四 宮仕えする女房を見ない人は少ないだろう。人前に出ることを女性が恥しく思う時代である。
三五 以下は自分より身分の低い人達。こういう人達に顔をさらすのも「さりぬべからむ」家の女性には、つらいことであったろう。
三六 「をさめ」が正。後宮に仕える下級の女性。
三七 「たびし」は礫の意とされる。石ころや瓦のような、問題にならぬ人達、の意。
三八 男性などは、こういうことはないでしょう。宮仕えする女の避け難い辛さを知りもせずにという、非難する男性への不満を読んでよかろう。

[一]それもあるかぎりは、しかさぞあらん。上《うへ》[二]などいひてかしづきすへ(ゑ)たらむに、心[三]にくからずおぼえむ、ことわりなれど、又内《うち》の内侍のすけなどいひて、折〳〵内へまい(ゐ)り、祭《まつり》[四]の使《つかひ》などにいでたるも、おもだゝしからずやはある。扨(さて)、こもり[五]い(ゐ)ぬるは、まいてめでたし。受領《ずりやう》[六]の五節《せち》[七]いだすお(を)りなど、いと[八]鄙《ひな》びいひしらぬことなど、人[九]にとひきゝなどはせじかし。心[一〇]にくき物なり。

（二一段）

すさまじき物[一一]　ひる[一二]ほゆる犬《いぬ》。春[一三]の網代《あじろ》。三四月の紅梅《かうばい》[一四]の衣《きぬ》。牛《うし》しにたる牛《うし》飼《かひ》。ちごなくなりたる産屋《うぶ》。火おこさぬ炭櫃《すびつ》[一五]、地火炉《ろ》。博士《はかせ》[一六]のうちつゞき女児《ご》むませたる。方違《かたたが》[一七]へにいきたるに、あるじ[一八]せぬ所。まいて節分《せちぶん》[一九]などは、いとすさまじ。

人[二〇]の国よりおこせたるふみの、物[二一]なき。京[二二]のをもさこそ思(おもふ)らめ、されどそれはゆ[二三]かしきことゞもをも、書《か》きあつめ、世にある事などをも聞《き》けば、いとよし。人のもとにわざ[二四]ときよげに書《か》きてやりつるふみの、返事(かへりごと)[二五]いまはもて来《き》ぬらんか

一 男性からの非難(=それ)も、女が宮仕えしている間は、なるほどその通りだろう、だが…、と次に続く。「ある限り」を次の「うへなどいひてかしづきすゑ」た時への対比と見る解である。
二 だが奥方(=うへ)として大切に迎えた時。
三 「心にくからず…なれど」は挿入句。宮仕え時代の人馴れが気に障っても無理はないが。
四 賀茂祭の使い。
五 宮仕えから離れ切って家に籠る女性は。
六 諸国の国守。
七 新嘗会・大嘗会の豊明節会(とよのあかりのせちえ)の五節の舞に、舞姫を公卿と受領とが出す習いがあった。
八 田舎暮しで聞き知らぬ宮中の習わしを。
九 宮仕えした女性が国守の妻となり、五節舞姫を出すことになった夫を内助する趣である。
一〇 奥ゆかしいものだ。表面に露呈しないでいて立派だと感じさせるものへの評が「心にくし」。
一一 「すさまじ」は、物が期待どおりの姿をとらない時の不快感を表わす語だが、その不快感を癒す術がなく、かえって不快が倍増する時に最もふさわしい。
一二 犬は夜ほえてこそ犬なのだ、という考え。
一三 「網代」は氷魚(ひお)をとるために川に設ける網で冬のもの。　一四 「こうばい」が正。表が紅、裏が紫の衣。秋から冬に着る。
一五 「炭櫃」は角火鉢。「地火炉」はいろり。
一六 文章博士。大学寮で教える学者で、世襲が多かったから、男の子が欲しくて当然である。
一七 陰陽道で言う天一神・大日神などのいる方角へ行こうとする時、方角を変える目的で、一旦別方角へ行って一泊すること。普通、親しい目下の者の家が宿泊先に選ばれたであろう。
一八 「あるじ」は饗応、もてなし。宿泊先の人には、平素の礼を形に表わす機会であったろう。

し、あやしうを《お》そき、と待《ま》つほどに、[二六]ありつる文《ふみ》、[二七]立文《たてぶみ》をも[二八]むすびたるをも、いときたなげにとりなし、[二九]ふくだめて、[三〇]うへに引《ひ》きたりつる墨《すみ》などきへ《え》て、「おはしまさざりけり」もしは、「御物忌《いみ》とてとりいれず」といひてもて帰《かへり》たる、いと侘《わび》しくすさまじ。

又、かならず来《く》べき人のもとに車をやりてまつに、来《く》るをと《お》すれば、さななりと人ゝいでて見るに、[三一]車宿《やどり》にさらに引《ひき》いれて、[三二]轅《ながへ》ほうとうちおろすを、「いかにぞ」ととへば、「今日《けふ》はほかへおはしますとて、わたり給はず」などうちいひて、牛《うし》[三三]のかぎり引《ひ》きいでていぬる。

又、[三四]家のうちなるおと《を》こ君《ぎみ》の来《こ》ずなりぬる、いとすさまじ。さるべき人の宮づかへする[三五]がりやりて、はづかしとおもひ《ゐ》たるもいとあひ《い》なし。ちごの乳母《めのと》の、たゞ[三六]あからさまにとて出《いで》ぬる程、[三七]とかくなぐさめて、「とく来《こ》」といひやりたるに、「こよひはえ参るまじ」とて[三八]返しおこせたるは、すさまじきのみならず、いとにくゝわりなし。[三九]女むかふるおと《を》こ、まいていかならん。[四〇]まつ人ある所に夜すこしふけて忍びやかに門《かど》たゝけば、胸すこしつぶれて、人いだして

一九「節分」は四季の移り目を言うが、立春前夜のが特に重要。恐らくここもそれで、立春を祝う食事がどこでも用意されているはずである。
二〇 都からいって地方が「人の国」。
二一 贈物が添えてない場合。
二二 都からの贈物なしの手紙の場合も。
二三 田舎の人の知りたがること。都の出来事。
二四 念を入れて。綺麗に。「きよし」は欠点のない美しさで、「げ」はそれに近い様。
二五 このあたりから、期待する気持を示す言葉が次々と現われる。
二六 こちらからのさっきの手紙。相手に渡らず、持ち帰ったわけで、返事の期待は外れる。
二七 書状を縦に包み、上下を折ったもの。
二八 書状を細く折って結んだもの。
二九 ごわごわにして。このあたり、不快が倍増するような事態が描かれている。
三〇 封の印に引いた墨。 三一 車庫。「さらに」は不明。「この歌のもと、さらに忘れたり」(一八八頁二行目)のごとく、きれいさっぱりと、の意か。能因本は「車宿さまに」。
三二「ながえ」が正。牛をつなぐ長い二本の柄。
三三 牛だけを。牛だけは大切にせねば、という牛飼の態度が、主人の心を一層不快にする。底本「かさり」。能因本により改む。
三四 妻の家に入りびたりに近い形に通う婿君。
三五「がり」は、誰々の許に、の意。宮仕えするちょっとした女性の所へ夫を行かせてしまい。
三六 ほんのちょっとの間が「あからさま」。
三七 むずかる児を何とかあやして。
三八 ことわりの返事をよこしたのは。
三九 恋人に迎えを出した男なら、(こんなことわられ方をされれば)ましてどんなに不愉快か。
四〇 誰かを待っている時に。

とわ《(は)》するに、[一]あらぬよしなき物《(もの)》の、名告《なのり》してきたるも、返《(かへすがへ)》ゞ《(す)》もすさまじといふはを《(お)》ろかなり。

験者《げむざ》の[二]物《(もの)》怪《のけ》調《てう》ずとて、いみじうしたりがほに、[三]独《と》鈷《こ》や数珠《ずゝ》などもたせ、[四]蟬《せみ》の声しぼりいだしてよみゐたれど、いさゝか[五]さりげもなく、[六]護法《ごほう》もつかねば、あつまりゐ念《ねん》じたるに、[七]男も女もあやしとおもふに、[八]時のかはるまでよみ困《こう》じて、「さらにつかず。[九]たちね」とて、[一〇]数珠《ずゝ》とり返して、「[一一]あな、いと験《げん》なしや」とうちいひて、ひたい《(ひ)》よりかみざまに[一二]さくりあげ、あくび[一三]を《(お)》のれよりうちして、よりふしぬる。いみじうねぶたしと思ふに、[一四]いとしもおぼえぬ人の、を《(お)》しおこして、せめて物いふこそ、いみじうすさまじけれ。

除目《ぢもく》に[一五]司《つかさ》えぬ人の家《いへ》。今年《ことし》はかならずときゝて、[一六]はやうありし物《(もの)》どもの、[一七]ほか〳〵なりつる、[一八]田舎《ゐなか》だちたる所にすむ物《(もの)》どもなど、[一九]みなあつまりきて、出入《(いでいる)》車の轅《ながえ》もひまなく見へ《(え)》、[二〇]物まうでするともに、我も〳〵とまい《(ゐ)》りつかうまつり、[二一]ものくい《(ひ)》さけのみ、のゝしりあへるに、[二二]はつる暁まで門《(かど)》たゝくを《(お)》ともせず、あやしうなど、耳たてて聞《きゝ》けば、前駆《さき》おふ声《こゑ》〴〵などして、上達部《(かんだちめ)》などみな[二三]出《いで》

一 とんでもない無関係な者が。続く「名告して」に、変に気どった態度、という含みがあろう。
二 憑きものの治療をする。「験者」→九頁注一九。
三 密教で修法に用いる道具の一つ。
四 蟬のような声。 五 調伏の気配もなく。
六 「ごほふ」が正。「護法童子」と言って、験者に使役される鬼神。それが験者の使役下に入ることを「つく」と言う。
七 集って祈っていた病人の家の男女一同。
八 修法は晨朝・日中・日没・初夜・中夜・後夜の「六時」を基準に行われる。その「時」が移り変るまで、経をよみつづけてくたびれ果て。
九 物怪の調伏は、憑いている霊を「よりまし」と呼ばれる人に移して行う。効果なしとあきらめて伏しているよりましを立たせる言葉。
一〇 よりましに持たせてあった数珠。
一一 以下は、照れかくしの言動。
一二 頭を撫で上げる挙動を言うのであろう。
一三 自分が一番に、の意。
一四 それほど大切にも思えぬ人が。
一五 官職を得ない人。国司になれなかった人。
一六 以前にこの家に仕えていた連中で。
一七 他所へ行っていた、とは主人を変えたこと。
一八 底本「ゐ中」。表記を改む。 一九 国司に任ぜられると富が期待される。それを狙って、縁の切れていたもとの召使いたちが集って来る。
二〇 国司に任ぜられるようにとの祈願に、この家の主が物詣をする、それの供。
二一 胡麻をすってはうまい目を見ようとの態度。
二二 除目の儀が終る明け方まで。
二三 国司選任の会議は終って全員退出される。
二四 人事の情報を聞くために。
二五 はかばかしい情報がなかった歩き方。
二六 下男の歩き方を見れば結果は知れている。

給《(たまひ)》ぬ。物[二四]聞《き》き《ゝ》によひより寒《さむ》がりわなゝきお《(を)》りける下衆《げす》お《(を)》とこ、[二五]いと物うげに
あゆみくるを見る物《(もの)》どもは、[二六]え問《と》ひだにも問《と》はず、[二七]外《(ほか)》よりきたる物《(もの)》などぞ、
「殿《との》はなにに《ゝ》かならせ給ひたる」など問《と》ふに、いらへには「[二八]何の前司《ぜんじ》にこそ
は」などぞ、かならずいらふる。[二九]まことに頼《たの》みける物《(もの)》は、いとなげかしとおも
へり。つとめてに成《(なり)》て、ひまなくお《(を)》りつる物《(もの)》ども、一人《ひとり》二人《ふたり》[三〇]すべりいでて《ゝ》去《い》ぬ。
[三一]ふるき物《(もの)》どもの、さもえ行《い》きはなるまじきは、[三二]来年《らいねん》の国〴〵、手《て》をお《(を)》りてうち
かぞへなどして、[三三]ゆるぎありきたるも、いとお《(を)》かしうすさまじげなる。
[三四]よろしうよみたると思ふ歌を、人のもとにやりたるに、返しせぬ。[三五]懸想人《けさう(びと)》
は[三六]いかゞせん、[三七]それだにお《(を)》りお《(を)》かしうなどある返事《(かへりごと)》せぬは、心おとりす。[三八]又さ
は《(わ)》がしう時《とき》めきたる所に、[三九]うちふるめきたる人の、おのがつれ〴〵といとま多《おほ》
かる[四〇]ならひに、[四一]昔おぼえてことなることなき歌よみておこせたる。[四二]物のお《(を)》りの
扇《あふぎ》[四三]いみじと思《(おもひ)》て、[四四]心ありとしりたる人にとらせたるに、[四五]其《(その)》日に成《(なり)》て[四六]思《おも(は)》わずな
る絵《ゑ》など書《か》きてえたる。
[四七]産養《うぶやしなひ》[四八]むまのはなむけなどの使《つかひ》に禄《ろく》とらせぬ。はかなき[四九]薬玉《くすだま》卯《う》槌《づち》などもて[五〇]あ

二七 他所からやって来た者。前から集っていた者共とは違い、状況がわかっていない。
二八 どこどこの前の国司になられました。国司に新任されなかった、という意の回避表現。
二九 本気であてにしていた者は。
三〇 少人数ずつそっと抜け出す有様。
三一 長年仕えていて、そんな風にあっさりとこの家を離れるわけにもいかない者は。
三二 来年国司が欠員となる国々。
三三 「ゆるぎありく」は先の「すべりいづ」の対。落胆している者の態度だけに空元気めく。
三四 これならまあ合格、という程度が「よろし」。
三五 女に懸想している男の場合は。
三六 返事をもらえなくても、仕方がない。女の立場や状況で、返事出来ない場合もあるから。
三七 懸想人からの歌(=それ)であっても、折節に適った風情のある歌に返事をしないのは。
三八 人の出入りなど活気のある様。
三九 「うちふるめきたる」は「時めきたる」の対。
四〇 ある状態に順応して、それへの反省や抵抗のないままなのが「…ならひに」。
四一 古風な、特別のとり柄もない歌を。
四二 「物の折」は、何か晴れがましい時、の意。
四三 これは立派な品物だ、と思って。
四四 心得があるとわかっている人に。扇に絵を書いてもらおうと渡したのだと後文でわかる。
四五 「物の折」の当日に。もう変更はきかない。
四六 思いがけない(気に入らない)絵。
四七 出産を祝って、贈物をし宴会を設けるのが「産養」。第三、第五、第七、第九夜と続く。
四八 出発する人への送別品をとどける使者。
四九 「薬玉」は五月に菖蒲などで作る玉。「卯槌」は正月に桃の木で作る小槌。共に邪鬼を払う。
五〇 贈物として持って届けに来る者。

りく物《(もの)》などにも、猶《(なほ)》かならずとらすべし。思《(おもひ)》かけぬ事にえたるをば、いとかひありと思ふべし。これは[一]かならずさるべき使《つかひ》と思《おも》ひ、[二]心ときめきしていきたるは、ことにすさまじきぞかし。

婿《むこ》どりして四五年まで[三]産屋《うぶ》のさは《(わ)》ぎせぬ所も、いとすさまじ。[四]おとなる子《こ》どもあまた、[五]ようせずは、孫《むまご》などもはい《(ひ)》ありきぬべき人の、[六]親《おや》どち[七]ひるねしたる。[八]かたはらなる子《こ》どもの心ちにも、親《おや》のひるねしたる程は、[九]より所《(どころ)》なくすさまじうぞあるかし。

[一〇]師走《しはす》のつごもりの夜、[一一]ね《(お)》をきてあぶる湯《ゆ》は、はらだゝしうさへぞおぼゆる。

師走《しはす》のつごもりの長雨《ながあめ》。[一二]一日ばかりの精進潔斎《さうじんけさい》とやいふらむ。

（二二三段）

[一三]たゆまるゝ物　[一四]精進《さうじ》の日のおこなひ。[一五]と《(ほ)》をきいそぎ。寺にひさしくこもりたる。

一 きっとしかるべき大事の使いだと思って。
二 禄を期待して行った(のにもらえない)のは。
三 お産のための忙しさを経験しない所。
四 十分成長した子供。従って親は老年と言うに近いことになる。
五 どうかすると。下手をすると。一段と不利・意外な状況を想定する時の言葉だが、事の善悪を判断する言葉ではない。
六 「大人なる子どもあまた」持った親同志(父親と母親)で、直前の「孫」を基準として言えば祖父と祖母。
七 この「昼寝」を性交と見る意見がある。いい年をして、という文脈であり、「親どち」から見ても、可能性の高い解である。
八 昼寝している親の側に居る子供。こんな事を書くのは、親の昼寝の気配を感じて、ということを意味しているのであろう。
九 気持の持って行き所がない、というのがこの「より所なし」。みっともない、と思うだけでなく、それが発散しないので「すさまじ」い。
一〇 明日は元旦。身も心も浄めたい夜である。
一一 一旦寝たあと起きての沐浴だから、深夜の沐浴である。はた迷惑な、という気持と読むのが一般か。ただし、性交で汚れた身を浄めるための沐浴と解する意見がある。直前の「親の昼寝」を性交と見た上で、「腹立しうさへぞ」という表現を重ねれば、可能性の高い解である。
一二 一日だけの精進潔斎。どういう意味でここに記されているのかよくわからない。「昼寝」以降を性交に関わる文脈と見て、大晦日の性交を、一日だけの精進が守れないとは、と難じたものとする解がある。直前の「長雨」が文脈に無関係に割り込んだ形となるのが難で、「長雨」を承けた文としては、大晦日一日中降る雨に向けた、

（二二四段）

人にあなづらるゝ物　[一六]築土《ついぢ》のくづれ。あまり心よしと人にしられぬる人。

（二二五段）

[一七]にくき物　いそぐ事ある折にきて長言《ながごと》するまらうと。[一八]あなづりやすき人ならば、後にとてもやりつべけれど、[一九]心はづかしき人いとにくゝ[二〇]むつかし。[二一]硯《すゞり》に髪《かみ》のいりてすられたる。又墨《すみ》の中に石《いし》のきし〳〵ときしみなりたる。俄《(にはか)》にわづらう《(ふ)》人のあるに、[二二]験者《げんざ》もとむるに、例《れい》ある所になくて、外《(ほか)》に尋《たづね》ありく程、いと待《(まち)》どを《(ほ)》に久《ひさ》しきに、からうじて[二三]まちつけて、よろこびながら加持《かち》せさするに、このごろ物《(もの)》怪《のけ》に[二四]あづかりて困《こう》じにけるにや、[二五]ゐるまゝにすなはちねぶり声《ごゑ》なる、いとにくし。

なでうことなき人の、[二六]笑《ゑ》がちにて物いとう《(た)》いひたる。火おけ《(を)》の火、炭櫃《すびつ》などに、[二七]手のうらうち返し〳〵[二八]を《(お)》しのべなどしてあぶりたる物《(もの)》。[二九]いつか若《わか》やかなる人などさしたりし。老《(おい)》ばみたる物《(もの)》こそ、火おけ《(を)》の端《はた》に足《あし》をさへもたげて、物い

「一日だけの浄めの雨だから我慢しなさい、とでも言うのだろうか」の意の表現と解する道があろう。

一三 つい怠りがちになってしまうもの。

一四 肉食を断ち戒を守り勤行すべき日。毎月数日（六斎日という）あった。特に厳しい勤行が期待されたから、並の程度では「たゆまるる」の部類になるのであろう。

一五 ずっと先のことへの準備。「いそぎ」は準備で、語源通り忙しいことのはずだが、「遠き」先のこととなるとどうも、という諧謔。

一六 土塀の崩れ。修理しようとせぬだらしなさが、修理できぬ経済力の無さ、軽侮の種。

一七 「にくし」は、事態を不快にした責任者と見なし得る者への感情。従って対象は原則として生物、とりわけ人間、ということになる。

一八 あなどってよい人。軽く扱ってよい人。

一九 （相手の気持を損じないように心を配らねばならぬような）気の張る人の場合は。

二〇 取り扱いが面倒であること。感情に関して言えば、気持が鬱屈してさっぱりしない、の意。

二一 生物でないが、「まあいやな髪の毛ね、硯に入っていたりして」という気持。次の「石」も同様である。

二二 加持祈禱にあたる密教の行者。

二三 待った相手がやって来るのが「待ちつく」。

二四 「あづかる」は関係をもつこと。物怪調伏に関わって。別の所で加持をしていたのである。

二五 坐るや即ち。坐るや否や。

二六 愛想笑いを浮べて長々と話をつづける。

二七 手のひら。

二八 能因本「皺おしのべ」。同じ意であろう。

二九 暖をとることに意地きたないような態度を若い人はとりはしない、というのである。

ふまゝにを《（お）》しすりなどはすらめ。さやうのものは、人のもとにきて、[一]ゐんとする所をまづ扇《あふぎ》してこなたかなた[二]あふぎちらして、塵《ちり》はきすて、[三]ゐもさだまらずひろめきて、[四]狩衣《かりぎぬ》のまへ、まきいれてもゐるべし。かゝることは、いふかひなきもの[五]のきはにやと思へど、[六]すこしよろしき物《（もの）》の[七]式部《しきぶ》の大輔《たいふ》などいひしがせしなり。また、酒のみて[八]あかめき、口《くち》をさぐりひげあるものはそれをなで、杯《さかづき》[九]こと人にとらする程のけしき、いみじうにくしとみゆ。「又のめ」といふなるべし。身ぶるひをし、かしらふり、[一〇]口《くち》は《（わ）》きお《（を）》さへひきたれて、わらはべの「[一一]この殿にまい《（ゐ）》りて」などうたふやうにする。それはしも、[一二]まことによき人のし給《（たまひ）》しを見しかば、[一三]心づきなしとおもふなり。

物羨《うらや》みし、身のうへ歎《なげ》き、[一四]人のうへいひ、[一五]露ちりのこともゆかしがりきかまほしうして、いひしらせぬをば[一六]怨《えん》じそしり、又、[一七]わづかに聞《き》きえたる事をば[一八]我もとよりしりたることのやうに、こと人にも[一九]語《かた》りしらぶるも、いとにくし。

物聞《き》かんと思ふほどになくちご。烏《からす》のあつまりて、とびちがひ、[二〇]ざめきなきたる。忍《（しのび）》てくる[二一]人見しりてほゆる犬《いぬ》。[二二]あながちなる所にかくし伏《ふ》せたる人の、

一 自分の坐ろうとする所を。
二 人の迷惑も考えない行為が「ちらす」。
三 落着いて坐りもせずに動きまわり。
四 狩衣は狩猟用だが平服に用いた。その前の垂れ衣を(不作法にも)膝の下に巻き入れて。
五 とるに足らぬ分際(の人のすること)かと。
六 ちょっとましな。前の「いふかひなき」と後の「まことによき」とが、これを挟んでいる。
七 式部省の次官。位は五位だが、それでも「すこしよろしき」際に位置づけられている。
八 赤い顔をして。
九 他人に酒を飲ませる時の態度。「杯とらする」とあるから相手は目下で、横柄なのであろう。
一〇 「口わき」は口の両端。それを「引き垂る」のだから、口をへの字にする姿と見られる。
一一 三巻本系「こう殿」、能因本「こほとの」。「国府殿・守殿・督殿」などを宛てる案があるが、どんな童歌なのか不明。
一二 本当に立派な人。公卿でもあろうか。
一三 自分の心にぴったりしないものを拒否する気持。気にくわない、意に沿わない。
一四 他人の噂話をして。
一五 底本「床し」。表記を改む。　一六 「ゑん」が正。
一七 やっと聞きかじったことを。
一八 自分がもとから知っていたような顔で。
一九 脚色して語る。「しらぶ」は調子を調えることで、聞きかじりの話の辻褄を合わすこと。
二〇 騒々しい声を出す。そうでなくても烏はいつも憎まれものである。
二一 いつも忍んで来るので、犬もいつもの怪しい人物と思って吠えるのであろう。
二二 無理な所。男を迎えるのには具合の悪い場所。だから「隠し伏せ」ることになる。
二三 男も女の気のもみ方を知らぬではなかろう

[二三]いびきしたる。又忍びくる所に、[二四]長烏帽子《ながゑぼうし》して、さすがに人に見えじと[二五]まどひいるほどに、物につきさはりそよろといはせたる。[二六]伊予《いよ》簾《す》などかけたるに、[二七]うちかづきて[二八]さら〳〵とならしたるも、いとにくし。[二九]帽額《もかう》の簾《す》は、まして、[三〇]こはしのうちを《(お)》かるゝを《(お)》といとしるし。それも、[三一]やをらひきあげて入《い》るは、さらにならず。遣《やり》戸をあらくたてあくるも、[三二]いとあやし。すこしも[三三]たぐるやうにしてあくるは、なりやはする。あしうあくれば、障子《さうじ》なども、[三四]こほめかしうほとめくこそしるけれ。

ねぶたしと思ひてふしたるに、蚊《か》の細《ほそ》声《(ごゑ)》に[三五]侘《(わび)》しげに名《な》告《の》りて、顔《かほ》の程にとびありく。羽《は》風《かぜ》さへ[三六]その身の程にあるこそいとにくけれ。きしめく車にのりてありくもの。[三七]耳も聞《き》かぬにやあらむと、いとにくし。[三八]わがのりたるは、その車のぬしさへにくし。又、物語するに、[三九]さし出《(いで)》して、我ひとりさひ《(い)》まくる物《(もの)》。すべて、さしいではわらはもおとなもいとにくし。[四〇]あからさまにきたる子《こ》ども、わらはべを、[四一]見いれらうたがりて、お《(を)》かしき物とらせなどするに、[四二]ならひて、常に[四三]きつゝゐ入《(いり)》て、[四四]調度《てうど》うちちらしぬる、いと

が、露見を恐れる女ほど小心にはなれない。
二四「えぼうし」が正。長烏帽子姿で女の所へ忍んで通うのがそもそも場ちがいであろう。
二五 あわてて入る時に、何かにつき当てて、小さな音を立てる。音は禁物の場面である。
二六 伊予国(愛媛県)産出のすだれ。
二七 長烏帽子にひっかけて。
二八 先の「そよろ」より大きく持続的な音。
二九 御簾の上部などに張りまわした布。底本「もかうも」。他本により改む。
三〇 底本「こはきものゝ」。他本により改む。「こはし(小端)」は、簾の上下両端に縫い込まれた薄板。持ち上げた簾を離すと下端のが敷居に当って音を立てる。それが「うち置かるる音」。
三一 そっと簾を持ち上げて入れば。
三二 (そんな扱いをする人の心が)合点できない。
三三 持ち上げるようにして。
三四 がたがた音を立てるのがまる聞えだ。
三五 蚊だとわかる音を立てるから「名告る」と擬人化した。それが「細声」なので「侘しげに」。
三六 体の小ささに似合ったほどの弱い風を立てて蚊が近づく。それでも肌に感じられる以上は「風」に違いない。小しゃくな、という気持。
三七 耳が聞えぬのではないかと。
三八 自分が乗った車の場合は。他人の車に乗せてもらった場合である。 三九 出しゃばって。次の「さいまくる」は話の先まわりをする意。
四〇 ちょっとやって来た子供。「わらはべ」は年齢からの言い方で幼少の男女。
四一「見入る」は注意して見ることで、特に目をかけてやる意。「らうたがる」は、可愛がる。
四二 馴れっこになって。 四三 入りびたって。前の「あからさまにきたる」に対する表現。
四四 家具。屏風や几帳といったものを指す。

にくし。

家にても宮づかへ所にても、[一]あはでありなんと思ふ人のきたるに、そらねをしたるを、[二]わがもとにあるもの、おこしによりきて、[三]いぎたなしとおもひ顔《がほ》に、ひきゆるがしたる、いとにくし。[四]いまゝい(ゐ)りのさしこへ(え)て、物しり顔《がほ》に、[五]をしへやうなる事《こと》いひうしろみたる、いとにくし。

[六]わがしる人にてある人の、[七]はやく見し女のことほめいひ出(いで)などするも、[八]程へたることなれど、猶(なほ)にくし。まして、[九]さしあたらんこそ思ひやらるれ。されど、[一〇]中〳〵さしもあらぬなどもありかし。

[一一]鼻《はな》ひて誦文《ずもむ》する。おほかた、[一二]人の家の男主《おとこしう》ならでは、たかく鼻《はな》ひたる、いとにくし。

蚤《のみ》もいとにくし。衣《きぬ》のしたにおど(を)りありきて、[一三]もたぐるやうにする。犬《いぬ》の[一四]もろ声になが〳〵となきあげたる、[一五]まが〳〵しくさへにくし。

[一六]あけていで入《い》る所たてぬ、いとにくし。

一 会わずにいたい。嫌な相手である。
二 自分の輩下の者、つまり自分の召使い。
三 寝坊な主人だな、と思う様子で。召使いの身で、主人を寝坊だなんて、しかも狸寝の気も知らずに、と「にくし」の条件は揃っている。
四 新参の召使いが、さし出がましく。「いままゐり」は「さしこえ」と組み合わされる時、非難語彙となる。
五 教訓めいた事を言い、世話を焼くのも。先輩格の女房に対する態度であろう。
六 「知る人」は良い仲となっている相手。後続文脈からこの場合は男。自分の目下の男性か。
七 以前に関係のあった女性。
八 もうずっと昔の事とはいうものの。
九 現在目の前のことであったら、(どんなに憎らしいことか)思いやられるというものだ。
一〇 そんなに憎らしくも感じない、という場合もあるものだ。「なかなか」は「かえって」の意だが、前の文脈とは逆のことを言うのに使われている。「程へたる」こと、と許せるのであろう。
一一 くしゃみをして。くしゃみは縁起のよくないものとされ、呪文をとなえて縁起なおしをする習慣があった。 一二 ちゃんとした家の男主人。「をとこしゅう」が正。
一三 着衣を持ち上げるように。直前の「をどりありき」と共に大袈裟な言い方だが、蚤の感じとそれへの憎さとを表現し得て妙。
一四 複数の犬が声を合わせて鳴くのが「もろ声に」。遠吠えの鳴き方が「ながながと」。
一五 不吉な感じさえして。
一六 出入口の戸を閉めないのは。空間の仕切りは必ずしも遣戸のような開閉式になってはいないから、わざわざ「あけて出で入る所」と言う。「たてる」は戸の場合「開ける」の対語。

（二六段）

[一七]心ときめきする物　雀《[一八]すゞめ》の子《こ》がひ。[一九]ちごあそばする所のまへわたる。よきたき物たきて、[二〇]ひとりふしたる。[二一]唐鏡《からかゞみ》のすこしくらき見たる。よきお《（を）》とこの、車とゞめて[二二]案内《あない》しとはせたる。[二三]かしらあらひ、化粧《けさう》じて、かうばしうしみたる衣などきたる。ことに見る人なき所にても、心のうちは猶いとお《（を）》かし。待《（まつ）》人などのある夜。雨の音、風の吹《ふ》きゆるがすも、[二四]ふとおどろかる。

（二七段）

すぎにしかた恋しき物　[二五]かれたる葵《あふひ》。[二六]雛《ひいな》あそびの調度《てうど》。[二七]二藍《ふたあゐ》葡萄染《えびぞめ》などのさいで[二八]の、を《（お）》[二九]しへされて草子《さうし》の中などにありける、見つけたる。又、[三〇]折から哀《（あはれ）》なりし人の文《ふみ》、雨などふりつれ〴〵なる日さがし出《（いで）》たる。[三一]去年《こぞ》のかはほり。

一七 胸がどきどきすることが「心ときめきす」。次に起るであろうことへの不安や期待のあらわれで、良い事への期待に使うことが多いが、必ずそうとは限らない。現在の出来事が現実とかけはなれた好ましい様相を示す時に使われるのは、注目すべき用法で、これは期待と不安との混じった気持であろう。

一八 雀の子の飼育。これは幼い小動物の命への不安である。雀の子を飼うことは、源氏物語の若紫が有名。

一九 急に前へ出て来たりしないかという不安。

二〇 何か良い事が起りそうなのである。話し相手などが居るとこういう気持は生じない。

二一 「唐鏡」は中国製の鏡。「鏡」を「見る」と言えば、顔を映すことだから、これは、舶来の鏡のちょっと曇ったのに顔を映した時の気持である。現実自分が高貴な美女になったように見える。現実より良い方向にかけはなれた例。「少しくらき」は夜目遠目の類で、共感を呼んだであろう。

二二 取次を申し入れて(=案内し)何か尋ねさせている時。「よき男」が何の用かとの期待。

二三 物語の女主人公になったような気持。昔も今も身だしなみは、他人のためではない。

二四 待人が訪れたのかと。

二五 賀茂祭に簾や牡に飾った葵。片付け忘れたのが枯れていて、祭の頃を思い出させる。

二六 雛遊びの小道具。これは幼い昔への追憶。

二七 「えびぞめ」が正。浅紫に染めたもの。

二八 端切れ。布を断った余り切れ。

二九 押しつぶされて。見ていた草子に夾算がわりに挿んだのに違いないと、記憶の中を探す。

三〇 受け取った時の状況にぴったりで、心を動かされたことが思い出される手紙。

三一 「かはほり」は扇。去年の夏の思い出。

（二一八段）

[一]心ゆく物　よく書《か》いたる女絵《ゑ》[二]の、ことばお《(を)》かしうつゞけて[三]おほかる。物見[四]のかへさに、のり[五]こぼれて、お《(を)》のこどもいと多く、牛《うし》[六]よくやるものの車はしらせたる。しろくきよげなる陸奥紙《みちのくにがみ》[七]にいと／＼ほそう[八]書《か》くべくはあらぬ筆してふみ[九]書《か》きたる。[一〇]うるはしき糸《いと》のねり[一一]たる、あはせぐり[一二]たる。[一三]調食《てうばみ》に、調《てう》おほくうちいでたる。物よくいふ陰陽師《おんやうじ》[一四]して、河原《かはら》[一五]にいでて呪詛《ずそ》[一六]のはらへしたる。よる[一七]寝《ね》おきてのむ水。

つれ／＼なる折に、いとあまりむつまじくもあらぬまらうとの来《き》て、世の中の物語この比《(ごろ)》ある事の、お《(を)》かしきも、にくきも、あやしきも、これかれ[一八]にかかりて、[一九]おほやけわたくしおぼつかなからず、きゝよき程に語《(かたり)》たる、いと心ゆく心ちす。

[二〇]神寺などにまうでて物申さする[二一]に、寺《てら》は法師《ほうし》[二二]、社《やしろ》は禰宜《ねぎ》などの、くらからず[二三]、さはやかに、思ふほどにもすぎてとゞこほらず[二四]きゝよく申《(まうし)》たる。

一「心ゆく」は、胸がすっとする、心が晴れ晴れする、といった快感を言う語。物事が渋滞せず、すらすらと進んで行く時に最もふさわしい。その物事が量的にも豊富であれば、非渋滞の快感は完璧に近くなる。
二 大和絵で画題を物語風な情景にとったものであろう。だから「ことば」が添えてある。
三 三巻本系「つけて」。底本は能因本に同じ。「つゞけて」が可。絵に添えられた「ことば」の、「つゞけ」方が「をかし」いから、つかえずにすらすら読みつゞける快感がある。しかもその「ことば」が量的にも「おほかる」で、「心ゆく」の条件が揃っている。
四 祭などを見物しての帰り。
五 定員(四人)以上に乗りあふれて。
六 牛の扱い方の上手な者。非渋滞感。
七 檀紙。陸奥国の名産でこう呼ばれた。
八 細字の書けそうもない筆。太字の力動感。
九 漢詩文であろう。「女絵のことば」と対。
一〇「うるはし」は整った美しさ。
一一 絹糸を灰《(くあ)》汁で煮たもの。練糸。
一二 練糸を合せて糊で固め、束ねたもの。もつれず、たっぷりと束ねられているのだろう。底本「あはせたぐり」。他本により改む。 一三 双六で二つの賽が同じ目を出すのを争う遊び。目の揃うのが「調」。それが次々と出て勝ち進む。
一四 陰陽寮の職員。占や祓にたずさわる。
一五 鴨川の川原。遮るもののない場所である。
一六 呪いを除く祓。底本「す所」。表記を改む。
一七 喉を通る快感。口のねばりもすっとする。
一八 諸方面に関係があって。底本「…かたりて」。他本により改む。
一九 (しかも)公と私との区別は明白に。
二〇 神社と仏閣。　二一 祈禱をあげさせる。

（二九段）

[二五]檳榔毛《びらうげ》はのどかに[二六]やりたる。いそぎたるはわろく見ゆ。[二七]網代《あじろ》ははしらせたる。人の門の前《まへ》などよりわたりたるを、[二八]ふと見《み》やる程もなく過《(すぎ)》て、ともの人ばかりはしるを、[二九]誰《たれ》ならんと思《おも》ふこそお《(を)》かしけれ。ゆる〳〵と[三〇]久《ひさ》しくゆくは、いとわろし。

（三〇段）

[三一]説経の講師《かうじ》は顔《かほ》[三二]よき。講師《かうじ》の顔《かほ》を[三三]つとまもらへたるこそ、その説《と》くことのたう《(ふ)》とさも覚ゆれ。[三四]ひが目《め》しつればふとわするゝに、[三五]にくげなるは、[三六]罪や得《う》らんとおぼゆ。[三七]このことはとゞむべし。[三八]すこしとしなどのよろしき程は、かやうの[三九]つみ得《え》がたのことはかき出《(いで)》けめ、[四〇]今は罪《つみ》いとおそろし。

又、[四一]たう《(ふ)》とき事、道心《だうしん》おほかりとて、説経すといふ所ごとに、[四二]いきゐたるこそ、なを《(ほ)》[四三]この罪の心には、[四四]いとさしもあらでと見ゆれ。

二一 「ほふし」が正。
二二 筋道が整って滞らぬさま。筋道立てて。
二四 「心ゆく」の本質を語るような用法。
二五 →九頁注二七。上流の正式の車。急ぐことは高貴・正式の両面でふさわしくない。
二六 「やる」は前へ進ませる行為だが、牛や車の場合は、どちらかと言えばのんびりと(=のどかに)進ませるのに用いる。次の「走らす」の逆。
二七 網代(竹や檜で編んだ板)で葺いた車。格式ばらない時の乗物。重厚な態度は不要。
二八 はっと目をやる間もなく車は過ぎ去り。
二九 誰の車だったのか、と想像するのが。
三〇 時間をかけて。「ふと見やる程もなく」の逆。
三一 経文の意味をわかりやすく説き聞かせるのが「説経」。その任にあたる僧が「講師」。
三二 美男なのがよい。
三三 じっと注目していればこそ。
三四 よそ見をすると、(いま聞いたばかりの法話も)たちまち忘れてしまうから。
三五 醜い。説経師の顔のことで「顔よき」の逆。
三六 せっかくの法話に身が入らぬから。
三七 この話はやめにしよう。仏法の話題に、男の美醜は不謹慎だという発想。
三八 年齢が「よろし」(まあまあである)」というのは、そんなに年をとっていない時、の意。
三九 ばち当りに属すること。
四〇 今はもう年をとって、死もそう遠いことではなく、罪を重ねるのがおそろしい。
四一 説経というものはありがたいものだ、私は信心深いのです。共に熱心な信者の言い分。
四二 三巻本系「さいそにいきゐるこそ」。それだと一番のりで行って坐っているのは、の意。
四三 「この」は私の。私の罪深い心からすると。
四四 そこまでしなくても、と思われる。

[一]蔵《くら》人おりたる人、昔は[二]御前《ごぜん》などいふわざもせず、[三]そのとしばかりは内わたりなどには[四]かげも見《み》えざりける。いまはさしもあらざめる。蔵人五位とて、[五]それをしもぞ[六]いそがしうつかへど、[七]猶《(なほ)》名残つれ〴〵にて、[八]心ひとつはいとまある心ちすべかめれば、[九]さやうの所にぞ一《ひと》たび二たびも聞《き》ゝそめつれば、つねにまうでまほしうなりて、夏などのいとあつきにも、[一〇]かたびらいとあざやかにて、薄二藍[一一]青鈍《うすふたあゐあをにび》の指貫《さしぬき》など、[一二]ふみちらしてゐためり。[一三]烏帽子《ゑぼうし》に物忌《ものいみ》つけたるは、[一四]さるべき日なれど、[一五]功徳《くどく》のかたにはさはらずと見えんとにや。

[一六]その事する聖《ひじり》と[一七]物語《もの(がたり)》し、[一八]車たつることなどをさへぞ[一九]見《み》いれ、[二〇]事《こと》につゐ《(い)》たるけしきなる。ひさしうあはざりつる人のまうであひたる、めづらしがりて、ゐより物いひ、うなづき、お《(を)》かしきことなど語りいでゝ、[二一]扇ひろうひろげて口《くち》にあてゝわらひ、よく[二二]装束《さうぞく》したる数珠《ずゝ》かいまさぐり、手《て》まさぐりにし、[二三]こなたかなたうち見やりなどして、車《くるま》のあしよしほめそしり、[二四]何がしにて其《(その)》人のせし八講《かう》、経供養、とありし事かゝりし事、いひくらべゐたるほどに、此《(この)》説経の事は聞《(きき)》もいれず。[二五]なにかは、[二六]常に聞《き》く事なれば、耳馴《(なれ)》てめづらしうもあらぬにこ

一 底本「蔵人なと」。三巻本系同じ。能因本により改む。蔵人を退いた人。蔵人は任満ちて退くと五位に叙せられる。
二 前駆。行幸の前駆に、蔵人を退いた人を使うことは、昔はなかった、の意。
三 「蔵人おりたる」年を指す。
四 姿さえ見えなかったが。
五 「それ」は退任して「蔵人五位」と呼ばれる人。「しも」は強意で、そういう人ばかりを。
六 「いそがし」いのは使われる蔵人五位。
七 現役時代の多忙が尾を引いて今は退屈で。
八 本人の気持ばかりは。　九 説経の場。そこで一度でも二度でも説経を聞き始めると。
一〇 夏に直衣の下に着る。　一一 青鼠色。
一二 裾を踵の所でくくらず、足を中に入れたまま指貫の裾をふみつけながら歩く様。　一三 「えぼうし」が正。続く「物忌」は物忌中であることを示す札。柳を薄く削り札とし、「物忌」と書く。
一四 物忌に籠り、外出などひかえるべき日だが。
一五 説経聴聞のような功徳のためには物忌も支障とならぬ、という心根を人に示そう、というのであろうか。前蔵人の自己顕示欲への批判。
一六 面倒を見る僧、世話係の下級の僧。
一七 以下も、前蔵人の態度を批判的に述べる。
一八 牛車を立てること。今風に言えば駐車。
一九 世話をやき、うまく車をさばくのである。
二〇 処置が事に即し手なれている様。
二一 扇を「広う」ひろげるのも自己顕示の様。
二二 飾った数珠。高価な材料を使った数珠。
二三 人々の車に品評の目を向けるのだが。人々が自分を見ているだろうと確めるのでもあろう。
二四 どこそこで誰それの催した八講（法華経八巻の説法）、経供養（経を写して仏に供える仏事）。
二五 いやどうということはない。いままでの批

そは。

[二七]さはあらで、講師《かうじ》い《(ゐ)》てしばしある程に、前駆《さき》すこし追《お》はする車とゞめておるゝ人、蟬の羽よりも軽《かる》げなる直衣《なをし》[二八]、指貫《さしぬき》、生絹《すゞし》[二九]のひとへなどきたるも、狩《(かり)》衣《(ぎぬ)》のすがたなるも、[三〇]さやうにて、わかうほそやかなる三四人ばかり、侍《さむらひ》のもの又、[三一]さばかりして入《い》れば、初《(はじめ)》ゐたる人ゝもすこしうちみじろぎ[三二]くつろ《(い)》ひ、高座《かうざ》のもとちかき柱《はしら》もとにすへ《(ゑ)》つれば、[三三]かすかに数珠《ずゝ》を《(お)》しもみなどしてきゝゐたるを、講師《かうじ》も、[三四]はへ《(え)》〴〵しく覚ゆるなるべし、[三五]いかでかたりつたふばかりと、とき出《(いで)》たなり。

[三六]聴聞《ちやうもん》すなど、[三七]たふれさは《(わ)》ぎぬかづく程にもなくて、[三八]よき程に立《た》ちいづとて、車[三九]どものかたなど見おこせて、我《(われ)》[四〇]どちいふことも、何事ならんと覚ゆ。[四一]見しりたる人は、おか《(を)》しとおもふ。見しらぬは、たれならん、それにや、など思ひやり目《め》をつけて見《み》おくらるゝこそ、おか《(を)》しけれ。

「そこに説《せ》経しつ、八《は》講《かう》しけり」など人のいひつたふるに、[四二]「その人はありつや」「[四三]いかゞは」などさ[四四]だまりていはれたる、あまりなり。[四五]などかはむげに

判をひっこめる言い方。

二六 説経など常々聞いているのだから。とりなしの言葉ではあるが、これ自体が皮肉である。

二七 そういう連中とは違って。以下身分ある人の説経聴聞の様子。まず述べられるのは、少しおくれて到着する様。始まる前からつめかけるのは不風流なのである。

二八 「なほし」が正。「軽げ」なのは夏の料である。

二九 練らない絹。夏の服装である。

三〇 「蟬の羽よりも軽げ」を指示して「さやうにて」と言ったもの。どの人も夏の軽装で。

三一 家来(=侍)も「さ(三、四人)」ばかりで。

三二 体を動かし。「くつろい」は「くつろぎ」の音便。前へ進めるように道をあける動作。

三三 前蔵人の所の「よく装束したる数珠かいまさぐり、手まさぐりにし」と反対の挙措。

三四 面目なことだと思うのであろう。

三五 何とか世間に語り伝えられるような名説法をと、語り出た様子である。

三六 いかにも説経聴聞だと言わんばかりに。

三七 こんな大袈裟な態度はとらない。

三八 ちょうどよい頃に引上げる。上品な振舞い。

三九 これは説経聴聞の女車(→三二段)。駐車している車の方に視線をよこして。前蔵人の「こなたかなたうち見やり」と対比。

四〇 互いに。男達が互いにこちらを見て何か話しているので、噂でもしているのかと気になる。

四一 当の男性を見知っている時は、さすがに洗練された態度、と感心してしまう。

四二 誰それさんは来ていましたか。

四三 どうして来ていないことがありましょう。

四四 きまってそのように取沙汰されるのは。

四五 全然(=むげに)説経に顔出ししない、というようなことはどうして(=などか)出来よう。

さしのぞかではあらん。あやしからむ女だにいみじう聞《き》くめる物を。さればと、はじめつかたは、[一]かちありきする人はなかりき。たまさかには、[二]壺装束《つぼさうぞく》などして、なまめき、化粧《けさう》じてこそはあめりしか。[三]それも物まうでなどをぞせし。説《せ》経などにはことにおほく聞えざりき。[四]この比《(ころ)》、[五]その折さしいでけん人、命ながくて見ましかば、いかばかりそしり誹謗《ひばう》せまし。

（三一段）

[六]菩提《ぼだい》といふ寺《てら》に、[七]結縁《けちえん》の八講《かう》せしにまうでたるに、人のもとより「とく帰《(かへり)》給《たまひ》ね。いとさうぐ〳〵し」といひたれば、蓮《はす》のはなびらに、

[八]もとめてもかゝる蓮《(はちす)》の露をを《(お)》きて憂世《(うきよ)》に又はかへる物かは

とかきてやりつ。誠にいとたう《(ふ)》とく哀《(あはれ)》なれば、やがてとまりぬべくおぼゆるに、[九]さうちうが家の人のもどかしさもわすれぬべし。

（三二段）

一 底本「かりありき」。能因本により改む。
二 女性が衣を頭から被り、腰の所で紐結びし裾を折り返してはさみ、市女笠をかぶった姿。歩行のための姿である。
三 底本「それに」。能因本により改む。
四 この頃の様子を。「見ましかば」に続く。
五 その頃時々説経聴聞に出た人が。
六 東山阿弥陀峰にあった、とされる寺。
七 「けちえん」が正。仏道に縁を結ぶこと。八講はそのための法華八講。
八 「かかる」「露」「おく」は縁語。「蓮の露」は、仏と縁を結ぶことの比喩。だから「かかる」は「(露が)かかる」と「こんな(有難い結縁)」との懸詞。「もとめても」は「自ら求めてでも露に濡れたい(仏縁につながりたい)」の意。進んで蓮に置く露に濡れようとする、こんな有難い結縁のきっかけを捨てておいて、いやなことの多い俗世間に再び帰ったりするものですか。
九 湘中老人のこと、とする見解が支持されるべきであろう。列仙伝に、湘中老人は黄老の書に読みふけり、春になって湘水の水が増したのにも気付かず、帰路も忘れたとある。その家族が帰りを待ちわびる心が「湘中が家の人のもどかしさ」だと解される。
一〇 「こしらかは」が正。小白川殿。詳細な位置は不明だが、小白川は現在北白川と呼ばれる地域と考えられている。
一一 藤原済時。この段の時、権大納言、右近衛大将。藤原師尹の二男。師尹は道隆の祖父師輔の弟で、親戚としてはそれほど近くはないけれど、道隆とは飲み友達として親交があった。なお済時の妹芳子は村上帝の寵を集めた宣燿殿女御(二五頁注二五)であり、また娘の娀子は三条天皇の后となった。
一二 上達部が結縁の八講を催した、ということ

[一〇]小《こ》白河《しらかわ》といふ所は、[一一]小一条大将殿の御家ぞかし。そこにて[一二]上達部《(かんだちめ)》結縁《けちえん》の八講《かう》し給《(たまふ)》。世の中の人、いみじうめでたきことにて、「を《(お)》そからむ車などは、立《た》つべきやうもなし」といへば、[一三]露とともにおきて、[一四]げにぞひまなかりける。[一五]轅《ながへ》のうへに又さしかさねて、[一六]三《み》つばかりまではすこし物もきこゆべし。

六月十よ日にて、あつきこと世にしらぬ程なり。池の蓮《(はちす)》を見やるのみぞ、いと涼しき心ちする。[一七]左右のおとゞたちをを《(お)》き奉りては、おはせぬ上《かん》達部なし。二藍《ふたあゐ》の指貫《さしぬき》[一八]直衣《なをし》[一九]あさぎのかたびらをぞすかし給へる。すこしおとなび給へるは、[二〇]青鈍《あをにび》の指貫《さしぬき》、しろき袴《はかま》もいと涼しげ也。[二一]佐理《すけまさ》の宰相なども、みなわかやぎたちて、すべてたう《(ふ)》ときことのかぎりもあらず、お《(を)》かしき見物《(みもの)》なり。

廂《ひさし》の簾《す》たかうあげて、[二二]長押《なげし》のうへに、上達部《かんだちべ》はおくにむきてなが[二三]〳〵とゐ給へり。[二四]そのつぎには殿上人、わか君達《きんだち》、狩装束《かりさうぞく》、直衣《なをし》なども、いとお《(を)》かしうて、[二五]え居《ゐ》もさだまらず、こゝかしこにたちさまよひたるもいとお《(を)》かし。[二六]実方《さねかた》の兵衛佐、[二七]長明《ながあきら》の侍従《じじう》など、[二八]家《いへ》の子《こ》にて、[二九]今すこしいで入《い》りなれたり。[三〇]まだは《(わ)》らわ《(は)》なる君など、いとお《(を)》かしくておはす。

だが、主催者はもちろん済時。この八講は寛和二年(九八六)六月十八日から二十一日まで行われた。その翌二十一日の夜に、時の花山天皇が皇居を抜け出して出家するという一大事件が起る。そんなことを予想もせぬ公卿たちの集り。

一三 朝露と共に起きて、の意だが、「おきて」「ひまなし」が「露」の縁語となっている。

一四 世の中の人の言う通り、という気持が「げにぞ」。「ひまなし」は「車など立つべきやうもなし」い有様を、露にかけて言ったもの。

一五 「ながえ」が正。先に来た車の轅の上に、後から来た車をもたれ重ねて駐車する。

一六 重ね合わせて駐車する三列目あたりまでなら、説経の声が聞えるであろう、の意。

一七 この時の左大臣は源雅信。右大臣は道隆の父藤原兼家。　一八 「なほし」が正。以下同じ。

一九 底本「あさましきかたひらともそかし給へる」。三巻本系ほぼ同じ。能因本により改む。なお「あさぎ」は浅い藍色、「すかす」は夏の単衣で透いて見えること。　二〇 「あをにび」が正。

二一 藤原佐理。小野宮実頼の孫。三蹟の一人に数えられる能書家。この時宰相(参議の唐名)。

二二 廂の間と簀子との境の所。

二三 多人数が一列に並び坐しているのである。

二四 その次の第二列。

二五 じっと坐ってもいられずに。若い人達だから、落着きはらってもいられないのであろう。

二六 藤原実方。済時兄の定時の息。中古三十六歌仙の一人。この時は左近少将に転じている。

二七 藤原相任(済時の息)の幼名。「じじゅう」が正。　二八 家族。実方は正確には家族でないが、父が早く死んだので、済時に養われた。

二九 前の「ここかしこにたちさまよふ」の対。

三〇 相任の弟たる通任(この時十三歳)など。

すこし日たくる程に、[一]三位中将とは関白殿をぞ聞《きこ》えし、[二]香《かう》の薄《うす》物の二藍《ふたあゐ》の御直衣《なをし》、二藍《ふたあゐ》の織物《おりもの》ゝ指貫《さしぬき》、[三]こき蘇枋《すはう》のしたの御袴《はかま》に、[四]はりたるしろきひとへの、いみじうあざやかなるを着《き》給《(たまひ)》てあゆみ入《い》り給へる、さばかりかろび涼しげなる御中に、暑《あつ》かはしげなるべけれど、いといみじうめでたしとぞ見え給ふ。[五]ほを《(ほ)》[六]塗骨《ぬりぼね》など、骨《ほね》はかはれど、たゞあかき紙《かみ》を、を《(お)》しなべてうちつかひ持《も》たまへるは、撫子《なでしこ》のいみじう咲《(さき)》たるにぞいとよくにたる。

[七]まだ講師《かうじ》ものぼらぬ程、[八]懸盤《かけばん》して、何にか[九]あらん、ものまい《(ゐ)》るなるべし、[一〇]義《よし》懐《ちか》の中納言の御さま、常よりもまさりておはするぞかぎりなきや。[一一]色あひのはなぐ〲と、いみじうにほひ、あざやかなるに、[一二]いづれともなき中《なか》の帷子《かたびら》を、[一三]これはまことにすべてたゞ直衣《なをし》ひとつを着《き》たるやうにて、つねに車どものかたを見おこせつゝ、ものなどいひかけ給ふ。お《(を)》かしと見ぬ人はなかりけん。

後にきたる車の、[一四]ひまもなかりければ、池《いけ》に引《(ひき)》よせてたちたるを見給《(たまひ)》て、実方《さねかた》の君に「[一五]消息《せうそこ》をつきぐ〲しういひつべからんもの、ひとり」とめせば、いかなる人にかあらん、えりて率《ゐ》ておはしたり。「いかゞいひやるべき」と[一六]ちか

一 道隆は当時三位中将であった。
二 丁子染めの薄衣。
三 「蘇枋」は暗紅色。
四 糊張りをした。だから「あつかはしげ」。
五 朴(ほお)。底本「ほそ」。他本により改む。
六 漆塗り。朴と共に扇の骨の材質を言ったもの。
七 済時主催で上達部挙げての行事なので、おくれる者なく、皆早くから参会している。
八 四足の食膳。
九 底本「あらん」以下「あるかぎりおとな」(次頁四行目)までが、一三三段「露もあはれなるにや」(四九頁六行)の下に誤入。三巻本系同じ。能因本により改む。
一〇 藤原伊尹(これまさ)=一条摂政)の五男。道隆から言えば父兼家の兄の息だから従兄にあたる。妹懐子の産んだ花山天皇の、ほとんど唯一の後盾(生母懐子も祖父伊尹も既に故人)として、この時中納言ながら政治をとりしきっていた。
一一 以下は義懐以外の公卿殿上人の服装の描写。
一二 どなたが立派とも言い難い中で。「中」の語を「の」でうけてから、再び多数の上流人の中で一きわ目立つ義懐の描写に移る。枕草子の中で珍しい語法だが、上々の筆の運びとは言えない。以下の文意から判断すれば、「帷子を」袴の外に垂らさず中に着こめ、の意らしい。
一三 義懐は(=これは)本当に(=まことに)全く(=すべて)、「ただ直衣ひとつ」を着ただけに見える。強調の目立つ表現。
一四 駐車する空間もないので。
一五 後れて来て池の傍に退いて駐車している車の女性に、物を言いかけよう、というのである。
一六 義懐の近くにいる限りの人が皆相談して。「かぎり」は範囲を限定すると共に、その範囲のものをすべて含ませる言葉。

ふ《(う)》ゐ給ふかぎりの給《(たまひ)》あはせて、やり給《(たまふ)》。ことばはきこえず、いみじう[一七]用意《ようい》して車のもとへあゆみよるを、[一八]かつわらひ給《(たまふ)》。[一九]しりのかたに寄《よ》りていふめる。ひさしうたてれば、「[二〇]歌などよむにやあらむ、兵衛佐、[二一]返し思ひまうけよ」などわらひて、いつしか返事《(かへりごと)》きかんと、あるかぎりを《(お)》とな上達部《(かんだちめ)》まで、みなそなたざまに見やり給へり。げにぞ[二二]顕証《けせう》の人まで見やりしもをかしかりし。

返事《(かへりごと)》きゝたるにや、すこしあゆみくる程《ほど》に、扇《あふぎ》をさしいで、よびかへせば、[二三]歌などの文字《もじ》いひあやまりてばかりや、かうはよびかへさん、[二四]ひさしかりつる程を《(お)》のづからあるべきことは、なを《(ほ)》すべくもあらじ物を、とぞおぼえたる。ちかうまい《(ゐ)》りつくも[二五]心もとなく、「いかに〳〵」と誰も〳〵とひ給《(たまへ)》どもいはず、[二六]権中納言ぞの給《(たまひ)》つれば、[二七]そこにまい《(ゐ)》りけしきばみ申す。三位中将、「とくいへ、あまり[二八]有心《うしん》すぎて、しそこなふな」との給《(たまふ)》に、「[二九]これもたゞおなじことになん侍《(はべる)》」といふは聞ゆ。[三〇]藤《(とう)》大納言、人よりけにさしのぞきて、「いかゞいひたるぞ」との給《(たま)》ふめれば、三位中将「[三一]いとなを《(ほ)》き木をなん、おし折《を》りためる」と聞《きこ》え給ふに、[三二]うちわらひ給へば、みな[三三]何となくさとわらふ声[三四]聞えやすらん。

一七 使いのものが気どって車に近付く。人々の視線を意識してのことである。
一八 使いの気どりをほほえましく思う笑い。
一九 女車の後の方。後が乗り降りの口である。
二〇 (女車の主が)返事の歌でも詠んでいるのか。
二一 もし歌で返事して来るならば、それへの返歌が必要となる。その思案をしておくように。
二二 屋内の貴族たちや車の中の女性たちに対して、屋外の丸見えの場所にいる一般の聴聞衆を指したもの。消息や歌のやりとりに無縁の大衆だから「まで」と言う。
二三 こんなに呼びもどすのは、歌の字句を言い違えた場合ぐらいのものだ。
二四 長い間待たせていた間に当然工夫したであろう歌の字句は、直す必要もあるまいものを。
二五 気がかりで。早く返事が聞きたいのである。
二六 義懐が行けと命じた当人なので。
二七 義懐の所へ行って。命じた人に復命する様。
二八 趣向をこらし過ぎて。もったいぶって。
二九 いただいて来た返事(=これ)も、有心すぎてのしそこない(=おなじこと)でございます。
三〇 藤原氏の大納言、の意で、多分藤原為光。藤原師輔の九男で、道隆には叔父。
三一 まっすぐな木を、押して折ったようなものです。優雅な返答を期待して期待だおれでした、の意であろう。後撰集・雑二・高津内親王「直き木にまがれる枝もあるものを毛を吹き疵をいふがわりなさ」をふまえたか。
三二 道隆の言い方がおかしくて、藤大納言が笑い声を立てると。
三三 「何となく」は、当の為光以外の者も引きこまれて、という気持であろう。「さと」は擬態語で、同時に笑う様。
三四 返事をよこした当の女車に聞えたろうか。

中納言「さて、よびかへさざりつるさきは、いかゞいひつる。これ[一]やなを《(ほ)》したる事」ととひ給へば、「ひさしうたちて侍《(はべり)》つれどともかくも侍らざりつれば、さは帰《かへ》りまい《(ゐ)》りなん、とて帰侍《(かへりはべり)》つるに、よびて」などぞ申《(まうす)》。「たが車ならん、見[二]しり給へるや」などあやしがり給ひて、「いざ、歌[三]よみて此度《(このたび)》はやらん」などの給《(たまふ)》程に、講師《かうじ》のぼりぬれば、みなゐしづまりて、そなたをのみ見る程に、車はかい消《け》つやうにうせにけり。下簾《したすだれ》[四]など、たゞ[五]今日《けふ》はじめたりと見えて、こきひ[六]とへがさねに、二藍《ふたあゐ》の織《おり》物、蘇枋《すはう》の薄《うす》物のうはぎなど、しり[七]にも摺《す》[八]りたる裳《も》、やがてひろげながらうちかけなどして、なに[九]人ならん、何[一〇]かはまた、かた[一一]ほならんことよりは、げ[一二]にときこえて、中[一三]〱いとよしとぞおぼゆる。

朝《あさ》[一四]の講師《かうじ》、清範《せいはん》[一五]、高座《かうざ》のうへも光[一六]みちたる心ちして、いみじうぞあるや。あつさの侘《(わび)》しきにそへて、し[一七]さしたることの今日《けふ》すぐすまじきをうちおきて、たゞすこし聞《(きき)》てかへりなんとしつるに、しきなみにつどひたる車なれば、出《(いづ)》べきかたもなし。朝《あした》の講《かう》はてなばな[一八]を《(ほ)》いかで出《(いで)》なんとて、まへなる車どもに消息《せうそこ》[一九]すれば、[二〇]ちかく立《た》たむがうれしさにや、「はや〱」と引《(ひき)》いであけていだすを

一　これが直した返事なのか。
二　傍の道隆、為光などへ問う言葉。
三　女車からの返事は歌でなかったことが、「此度はやらん」からわかる。　四「下」は内外の内の意。簾の内側に、もう一つ下げる帷。
五　今日使いはじめたばかり、と見えて。
六　以下簾の下に見せた出し衣の描写。「ひとへがさね」は、いわゆる「ひねり」で、単衣二枚の袖口などを縫いつけず、重ねて糊引きして捻りあわせたもの。
七　車の後の部分。ここからも出し衣を見せる。
八　白絹に模様を摺りつけた裳。裳は女性の正装で腰に着け、後へ長く引く。
九　いったい誰なのだろう。続けて来た衣裳の描写をうち切って、衣裳の主に思いを馳せる。
一〇　以下衣裳の主への思いから転じて、評判の悪かった返事に言い及ぶ。文意が辿り難いが、「何かは」は、どうしてみっともない返事の仕方だなどということがあろうか、の意であろう。
一一　出来そこないの歌などより。
一二　もっともな返事の仕方だとうけとれて。
一三　むしろ大変立派な応待だ、と思われる。
一四　朝夕の二度にわけて行われる、その朝の担当の講師。　一五　説経の名人と評判された僧。文珠の化身とまで言われた。当時二十五歳。
一六　清範は容貌もすぐれていたのであろう。三〇段「説経の講師は顔よき」が思い出される。
一七　やりかけ(=しさし)の仕事で、今日のうちに仕上げねばならぬことを、放ったままなので。
一八　それでも何とか出て行こう、と思って。だから、「すこし聞きてかへりなん」と続く。
一九　朝の説経が終ったら帰りたいのだが、と前もってことわりを入れるのである。
二〇　車一台分でも前に出られるのが嬉しいから

見給《たまひ》て、いとかしがましきまで老上達部《おいかんだちめ》さへ二一わらひにくむをも聞《き》ゝいれず、いらへもせでしい《ひ》て狭《せば》がりいづれば、権中納言の、「やや、二二まかりぬるもよし」とて打《うち》ゑみ給へるぞめでたき。それも耳にもとまらず、あつきにまどはしいでて、人して「二三五千人のうちには入《い》らせ給はぬやうあらじ」と聞《きこ》えかけてかへりにき。

二四其初《そのはじめ》より、やがてはつる日まで立《たて》たる車の有《あり》けるに、二五人よりくとも見えず、すべてたゞ二六浅ましう、二七絵《ゑ》などのやうにて過しければ、二八ありがたく、めでたく、心にくゝ、いかなる人ならん、いかでしらんととひ二九尋《たづね》けるを聞給《きゝたまひ》て、藤《とう》大納言などは、「何かめでたからん、三〇いとにくゝゆゝしき物にこそあなれ」との給《たまひ》けるこそ、お《を》かしかりしか。

扨《さて》その廿日あまりに、三一中納言、三二法師《ほうし》に成給《なりたまひ》にしこそあはれなりしか。桜などちりぬるも、猶《なほ》世《よ》のつねなりや。「三三おくをまつまの」とだに三四いふべくもあらぬ御有様にこそ見え給《たまひ》しか。

か。朝の説経の終るのを待つまでもないと、早々と道をあけてくれる。
二二 清範の説経の途中で帰るとは、という気持。
二三 法華経・方便品の故事をふまえた義懐の戯れ。釈迦の説法を聞きさして五千人の増上慢が退席しようとした時、釈迦は「如レ是増上慢人退亦佳矣」と言った。
二三 同じ故事をふまえた応酬。あなたはお釈迦様のおつもりか、実のところは五千人の増上慢のお一人でしょうに、の意。
二四 法華八講の初日からそのまま最終日まで。
二五 誰かがその車に近寄る、ということもなく。全く世間と没交渉な様であろう。
二六 理解しがたい驚きが「あさまし」。
二七 動きというものが全くない様。
二八 世にも稀で、すばらしく、奥ゆかしく、いったいどんな人なのか。
二九 清少納言が人に尋ねたのを為光が聞いて。
三〇 大変不愉快で、とんでもない人物だ。三〇段に述べられた、熱心すぎる説経聴聞への批判が思い出される。ただし本段では、駐車したままの車の主に敬意を抱いているのだから、三〇段の批判は、為光の言葉などの影響から、後に清少納言の身についたものか。
三一 六月二十三日、花山天皇の突然の出家の供をして、義懐も法師になって政界を去った。
三二 「ほふし」が正。
三三 源宗于の「白露のおくを待つ間の朝顔は見ずぞなかなかあるべかりける」(新勅撰集・恋三)による。法師になってしまわれる前の義懐の姿は、いっそ見ない方がよかった、の意で、この日の義懐のすばらしさを懐古したもの。底本「おいを」。他本により改む。
三四 そんな言葉では不十分だ、という気持。

（三三段）

七月ばかり、いみじうあつければ、よろづの所あけながら夜《よる》もあかすに、月のころは、[一]寝《ね》おどろきて見《み》いだすに、いとお《(を)》かし。[二]闇《やみ》も又、お《(を)》かし。有明《あり》はた、いふもおろか也。

[三]いとつやゝかなる[四]板《いた》の端《はし》ちかう、あざやかなるたゝみ一ひら打《(うち)》しきて、三尺の木丁《(きちやう)》、[五]おくのかたにを《(お)》しやりたるぞ[六]あぢきなき。端《はし》にこそたつべけれ。[七]おくのうしろめたからんよ。

[八]人はいでにけるなるべし、うす色《いろ》の、うらいとこくて、[九]うへはすこしかへりたる、[一〇]ならずは、[一一]こき綾《あや》のつやゝかなるがいとなえぬを、[一二]かしらごめに引《(ひき)》着《き》てぞねたる。[一三]香染《かうぞめ》のひとへ、[一四]もしは、[一五]黄生絹《きすゞし》のひとへ、紅《(くれなゐ)》のひとへ袴《ばかま》の[一六]こしのいとながやかに、[一七]きぬの下《した》よりひかれ着《き》たるも、[一八]まだとけながらなめり。そばのかたに、[一九]髪《かみ》のうちたゝなはりてゆるらかなる程、ながさをし《(お)》はかられたるに、[二〇]またいづこよりにかあらん、朝ぼらけにいみじう霧みちたるに、二藍《ふたあゐ》の指《さし》

一 ふと目ざめて、「よろづの所あけながら」だから月が目に入る、それが面白い。
二 初段の「夏はよる」の項が思い出される。
三 この段の書き出しは、経験をふまえた一般的な随想の筆致だったのに、ここからは特定の人物の有様のような書きぶりとなる。
四 板敷、つまり廂の間の、端（庭の側の端）。
五 奥（つまり母屋）の方に、几帳が押し込んで立ててある。廂の間はまる見えとなる。
六 事態が思う通りの形で実現せず、それを思う方向へ改めることが出来ない時の、不満を含んだあきらめの気持が「あぢきなし」。女の住み方はもっと注意深くあるべきだ、という考え方の反映。
七 奥（母屋）の方が気になるであろうに、という意に読めるが文脈に調和しない。気になるのであろうの意と解しておく。つまりこの人物が、奥を見られるのを気にして、几帳を端に立てないでいるのだろう、との推測。登場人物を設定した、物語風の筆致になっている。
八 この人の所へ訪ねて来ていた人。男。以下、一段と物語風となる。
九 表はすこし色あせた。
一〇 さもなくば。物語風の書き方の中で、服装を特定せず、選択の幅を設けているところに、やはり随想としての書き出しが尾を引いている。
一一 濃い紅の綾衣。
一二 頭からかぶって臥っている。
一三 丁子染めの単衣。
一四 前の「ならずは」と同じく、随想の言い方。
一五 黄色の生絹。生絹は練らない絹。以上の二つは上半身の着衣。
一六 底本「うら」。他本により改む。袴の腰紐。
一七 香染の単衣、または黄生絹の単衣、の下。

貫《ぬき》に、あるかなきかの色したる香染《かうぞめ》の狩《かり》衣《(ぎぬ)》、しろき生絹《すゞし》に二一紅《くれなゐ》のとを《(ほ)》すにこそはあらめ、つやゝかなるが、霧にいたうしめりたるをぬぎたれて、鬢《びん》のすこし二二ふくだみたれば、二三烏帽子《ゑぼうし》のを《(お)》し入《い》れたるけしきも、しどけなくみゆ。

朝顔《あさがほ》の露おちぬさきに二四文《ふみ》かゝむとて、二五道のほども心もとなく、「二六麻生《おふ》の下草」などくちずさみつゝ我《(わが)》かたにいくに、二七格子《かうし》のあがりたれば、簾《(す)》のそばをいさゝか引《(ひき)》あげて見るに、二八おきていぬらん人もお《(を)》かしう、露もあはれなるにや、端《はし》にたてれば、二九枕がみのかたに朴《ほほ》に紫の紙《かみ》はりたる扇《あふぎ》、ひろごりながら三〇あるは、陸奥紙《みちのくにがみ》の畳紙《たゝうがみ》のほそやかなるが、花か紅《くれなゐ》か、すこしにほひたるも、木丁《(きちやう)》のもとにちりを《(ほ)》ひたり。

三一人げのすれば、衣《きぬ》のなかより見《み》るに、うちゑみて長押《なげし》におしかゝりてゐぬ。三二恥《は》ぢなどすべき人にはあらねど、うちとくべき心ばへにもあらぬに、三三ねたうも見えぬるかな、と思《(おもふ)》。「三四こよなきなごりの御朝寝《あさい》かな」とて、簾《す》のうちになから入《い》りたれば、「三五露よりさきなる人のもどかしさに」といふ。お《(を)》かしきこと、とりたてて書《か》くべき事ならねど、三六かくいひかはすけしきどもはにくからず。

一八 袴の腰紐を解いたままなのであろう。昨夜の男との情交を思わせる表現。
一九 髪が重なりあってゆったりと延びている様。
二〇 もう一人の人物の登場。男性である。どこの女性の所から帰るのか。
二一 下に着た紅の衣が生絹を透して映るのか。
二二 鬢がそそけ立っている。寝乱れであろう。
二三 「えぼうし」が正。烏帽子を押しかぶった様子も、だらしなく見える。毛髪が乱れたままだからである。
二四 別れて来た女の所へ後朝の文を書こうと。
二五 早く帰って早く文を書かねば、と急ぐ。
二六 「をふ」が正。古今六帖六「桜麻《(さくらを)》の麻生の下草露しあらば明して行かむ親は知るとも」。もっと明るくなるまで女の所にいたかったのだが、という気持を表わしたもの。
二七 この段の女主人公の家の前に来たのである。
二八 どんな男がここから起きて出て行ったか。「おき」の縁で「露」に言及する。
二九 枕もとのあたり。
三〇 三巻本系「ある」。底本の「は」は続きが悪いが、寝起きの散らかったままの有様だ、と述べ続ける気持であろう。その気持が、以下の散らばったままの寝間の描写となったと見得る。またこれが「奥のうしろめたからんよ」の具体化に当るであろう。
三一 女主人公が人の気配に気付くのである。
三二 いま来た男とは、旧知の間柄らしい。
三三 寝姿を見られたのがくやしい。
三四 この上ない夜を過されたに違いないと見える朝寝の御様子ですね。
三五 露のお(置)くより先にお(起)きて帰った人がにくらしくて(ふて寝をしているのです)。
三六 他本「とかく」。底本は能因本と同じ。

枕がみなる扇《あふぎ》、[一]わが持《も》たるして、を《(お)》よびてかきよするが、[二]あまりちかうよりたるにやと、心ときめきしてひきぞいらるゝ。とりて見《み》などして「[三]うとくおぼしたる事」などうちかすめ、うらみなどするに、あかうなりて人の声〳〵し、日もさしいでぬべし。[四]霧のたえま見えぬべき程、[五]いそぎつる文《ふみ》もたゆみぬるこそうしろめたけれ。

[六]いでぬる人もいつの程にかとみへ《(え)》て、萩の、露ながらおし折《(をり)》たるに、[七]付《(つけ)》てあれど、[八]えさしいでず。香《かう》の紙《かみ》の、いみじうしめたるにほひ、いとお《(を)》かし。[九]あまりはしたなき程になれば、たちいでて、[一〇]わがを《(お)》きつる所もかくやと思ひやらるゝにも、お《(を)》かしかりぬべし。

（三四段）

木[一一]の花は　こきもうすきも紅梅。

桜は花《はな》びらおほきに葉の色こきが、枝ほそくて咲《(さき)》たる。藤の花《はな》は、[一二]しなひながく色こく咲《(さき)》たるいとめでたし。

一 自分(男)の持った扇で、及び腰で。ここから去った男の扇を見てその人柄を推そうというのであろう。
二 女は、男が近付きすぎる、と感じて身を引く。
三 よそよそしいではありませんか。扇を取ろうと身を延ばした時に、女が身を退いたのを、そんなに警戒しなくても、と言うのである。
四 朝霧も所々消えはじめるようになって。
五 急いでいた後朝の文を怠ってしまっているのは、どうなることかと気がかりだ。
六 ここから出て行った男も、いつの間にか後朝の文を書いたと見えて。
七 後朝の文を萩の枝に結びつけてある。使いが持って来たのである。
八 別の男がいる様子に、使いも文を渡せない。
九 女の所から帰るには明るすぎる時刻になり。
一〇 自分が出て来た女性の所にも、こんな風に別の男が訪れたりしているかも知れぬと。
一一 草の花に対して言う。木に咲く花。
一二 藤の花房を「しなひ」と言う。
一三 古今集・夏「五月まつ花橘の香をかげば昔の人の袖の香ぞする」を頭に置いて書いているのであろう。
一四 雨が色彩を引き立てる所をとらえたもの。
一五 和漢朗詠集・花橘・後中書王(具平親王)「枝繫二金鈴一春雨後。花薫二紫麝一凱風程」によっているのであろう。
一六 ここでも露の水気が色彩を引き立てる。
一七 橘を郭公の宿る木とする考えは、万葉集の頃から歌によまれて常識のようになっている。古今集・夏「けさ来鳴きいまだ旅なる郭公花橘に宿はからなむ」などは、当時最も知られた歌の一つであった。
一八 清少納言は鳥の中では郭公を第一と評価し

四[一三]月のつごもり五月のついたちの比《(ころ)》ほひ、橘の葉《は》のこく青きに、花のいとしろうさきたるが、雨[一四]うちふりたるつとめてなどは、よになう心あるさまにおか《(を)》し。花[一五]のなかより、こがねの玉かと見《み》えて、いみじうあざやかに見えたるなど、朝[一六]露にぬれたる、あさぼらけの桜におとらず。郭公《(ほととぎす)》[一七]のよすがとさへ思へばにや、猶《(なほ)》[一八]さらにいふべうもあらず。

梨の花、よに[一九]すさまじきものにて、ちかうもてなさず、はかなき[二〇]文《ふみ》つけなどだにせず、愛敬《あい(ぎやう)(お)》[二一]をくれたる人の顔などを見《み》ては、たとひにいふも、げに[二二]、葉の色《いろ》よりはじめてあい[二三]なく見ゆるを、唐土《(もろこし)》には限《(かぎり)》[二四]なき物にて文《(ふみ)》にもつくる、猶さりとも様《やう》あらんと、せ[二五]めて見れば、花びらのはしにお《(を)》かしき匂《にほ》ひこそ、心[二六]もとのふ《(なう)》つきためれ。楊[二七]貴妃の、帝[二八]の御使《つかひ》にあひて、なきける白《(かほ)》にせて、「梨[二九]花一枝春《(はる)》雨《(あめ)》をおびたり」などいひたるは、朧気《(おぼろけ)》[三〇]ならじと思ふに、猶[三一]いみじうめでたきことは、たぐひあらじと覚《(え)》へたり。

桐の木の花、紫に咲《(さき)》たるは、なほ《(ほ)(を)》おかしきに、葉のひろごりざまぞ、うたて[三二]こちたけれど、こと[三三]木どもとひとしういふべきにもあらず。唐土にこと〴〵[三四]し

ている。→三八段など。
一九 世間では全く、とりえのない花のように扱って、身近に取り扱わず。
二〇 ちょっとした手紙を結びつけたりもせず。手紙を結んで人に届ける時の枝として使うこともない、ということ。
二一 底本「あい行」。表記を改む。
二二 なるほどそれには理由があって。
二三 こちらの興味の持ち方、価値の置き方に一致せず、ちぐはぐなのが「あいなし」。葉の色をはじめ、こちらの興味を惹くような所がない、ということであろう。
二四 この上ない花として詩にも作るのは、やはり、興味を惹かぬ花と見えても(詩に作られたりするだけの)とりえがあろうと。
二五 強いて見ると。特別に注意して見ると。
二六 そうとわからぬほどの、頼りない程度に。
二七 唐の玄宗皇帝の寵姫として名高い。安禄山の乱の際に殺された。
二八 亡き楊貴妃をたずねて玄宗が道士を遣わし、東海の仙宮において、幽界の貴妃に会った。
二九 玄宗と楊貴妃とのことを詠じた白楽天の長恨歌の一節に「玉容寂寞涙闌干、梨花一枝春帯雨」とある。
三〇 並一通りではないはずだ、と思われるから。涙ぐんだ楊貴妃の美しさの形容だから、通り一ぺんの賞め方として言われているのではないはずだ、ということ。
三一 そうとすれば梨の花もとても結構な花だという点では比類がないように思えてくる。
三二 鬱陶しいほど仰山だが。
三三 他の木と同列に論じられる木ではない。以下がその理由。
三四 大そうな名のついた鳥。鳳凰のこと。

き名つきたる鳥の、えりてこれにのみゐる鸞《(らん)》、いみじう心こと也。まいて琴につくりて、さま〴〵なる音《ね》のいでくるなどは、お《(を)》かしなど世のつねにいふべくやはある。いみじうこそめでたけれ。

木のさまにくげなれど、楝《あふち》の花、いとお《(を)》かし。かれ〴〵に、さまことに咲《(さき)》て、かならず五月五日にあふも、お《(を)》かし。

（三五段）

池は　かつまたの池。いはれの池。にゑ《(へ)》のの池、初瀬《はつせ》にまうでしに、水鳥のひまなくゐてたちさは《(わ)》ぎしがいとをかしう見えし也。

水無《なし》の池こそ、あやしうなどてつけけるならんとてとひしかば、「五月など、すべて雨いとう《(た)》ふらんとする年《とし》は、この池に水といふ物なんなくなる。又、いみじうてるべき年《とし》は、春のはじめに水なんおほくいづる」といひしを、「むげになく乾《かは》きてあらばこそさもいはめ、出《(いづ)》る折もあるを、一すじ《(ぢ)》にもつけけるかな」といはまほしかりしか。

一 鳳凰は桐ばかりを選んで栖とする、と言われている。「非二梧桐一不レ栖。非二竹実一不レ食。非二醴泉一不レ飲」は格物論の字句だが、元来は荘子や晋書に淵源するとされる。
二 桐は昔から琴の材とされているが、桐にも種類があって、これは椅桐であること、椅桐は花も「紫に」咲いてこの段の「桐」にふさわしいが、鳳凰が栖むとされるのは梧桐で、清少納言の混同が指摘されている。
三 しなびたように、変った風情に咲いて。
四 端午の節句に合う（時期が一致する）。「あふち」の名称にかけた表現。
五 勝間田池。大和国添下郡。万葉集以来の歌枕。
六 磐余池。大和国十市郡。大津皇子の辞世の歌が有名。「百伝ふ磐余の池に鳴く鴨を今日のみ見てや雲隠りなむ」（万葉集・巻三）。
七 贄野池。山城国綴喜郡。京から初瀬に詣でる道沿いの池。「初瀬」は観音信仰で名高い大和の長谷寺。　八 山城国綴喜郡。
九（池なのに水無とは）合点がゆかず、どうしてそんな名をつけたのかと思って尋ねると。
一〇 まるきり（＝むげに）水が無く乾いていたら水無と名付けることも出来ようが。
一一 一面的に。水の無い面だけ採り上げて、の意。　一二 猿沢池。大和国添上郡。奈良の興福寺の境内にある。
一三 采女。「うねべ」は「うねめ」の音通。各地の豪族から朝廷に奉った女性で、容姿端麗な者が選ばれた。炊事・飲食の事で帝の側近く仕える。
一四 奈良朝の帝に召された采女が、帝を恋い慕う心の満たされぬのを歎いて猿沢池に身を投じた、という伝説。大和物語・一五〇段にのっている。帝は投身のことを聞いて、池に御幸して采女の霊をなぐさめられた。

[一二]さるさはの池は、[一三]うねべの身[一四]なげたるを聞《(きこ)》しめして、行幸などありけんこそ、いみじうめでたけれ。[一五]ねくたれ髪《がみ》を、と人丸がよみけん程など思ふに、いふもお《(を)》ろか也。

[一六]おまへの池、[一七]又、何の心にてつけけるならんとゆかし。[一八]かがみの池《いけ》。[一九]さ山の池は、[二〇]三稜草《みくり》といふ歌のお《(を)》かしきがおぼゆるならん。[二一]こひぬまの池。はらの池は、「[二二]玉藻《も》なかりそ」といひたるもお《(を)》かしうおぼゆ。

（三六段）

[二三]節《せち》は、五月にしく月はなし。[二四]菖蒲《さうぶ》、蓬《よもぎ》などのかほ《(を)》りあひたる、いみじうお《(を)》かし。[二五]九重《(ここのへ)》の内《うち》を初《(はじめ)》て、いひ知《し》らぬ民のすみかまで、いかでわがもとにしげく葺《ふ》かんと、葺《ふ》きわたしたる、猶《(なほ)》いとめづらし。[二六]いつかはことお《(を)》りに、さはしたりし。

空の気色《(けしき)》、曇りわたりたるに、中宮などには、[二七]縫殿《ぬいどの》より[二八]御薬《くす》玉とて、色〻の糸《いと》を組《く》みさげて参らせたれば、御《み》帳たてたるが母屋《もや》の柱《はしら》に左右《(ひだりみぎ)》につけたり。[二九]九月

一五 帝が采女の霊をなぐさめるために人々に歌を詠ませられた時、柿本人麿が「わぎもこのねくたれ髪を猿沢の池の玉藻とみるぞかなしき」と詠んだと伝える。「人丸」は「人麿」のこと。
一六 御前池。所在未詳。底本「おさへ」を見せ消ちにして「おまへ」。他本にも異文として「おさへ」を挙げる。能因本は「たまへ」。
一七 「おまへ」ならば、どんな貴い方の「お前」だというのか、という興味であろう。
一八 鏡池。所在未詳。
一九 狭山池。河内国丹比郡。
二〇 古今六帖六「恋すてふ狭山の池のみくりこそ引けば絶えすれ我や根絶ゆる」。
二一 「こひぬま」「はら」共に未詳。
二二 風俗歌・鴛鴦「をし、たかべ、鴨さへ来居るはらの池の、や、玉藻はまねな刈りそや、生ひも継ぐがに、や、生ひも継ぐがに」。
二三 節句。一、三、五、七、九月の五節句。
二四 五月五日の端午の節句には、邪気をはらうものとして、菖蒲や蓬を軒に挿した。その香が混りあうのが「かをりあふ」。
二五 底本「九重のうちのうへ」。能因本により改む。三巻本系は「九重の御てんのうへ」。
二六 いつまた別の折にそんなことをしたろうか。端午以外の節句を「異折《(ことおり)》」と言い、屋根に草を挿したりすることを「さ」と指したもの。
二七 「ぬひどの」が正。縫殿は縫殿寮のことで、女官の衣服などを司る。
二八 薬や香料を袋に入れて玉の形にし、五色の糸で飾る。端午に作るのが習い。
二九 九月九日(重陽節句)の菊を、粗末な生絹に包んで奉った、それを同じ柱に結びつけて何か月も経っているのを、今日の薬玉にとり替えるべく結び紐を解いて(=ときかへて)捨てる。

九日の菊を、あやしき生絹《すゞし》の衣《きぬ》につゝみて参《まい》[一]らせたるを、おなじ柱《はしら》にゆひつけて月比《(つきごろ)》ある、薬玉《くす》にときかへてぞすつめる。又、[二]薬玉《くす》は菊の折まであるべきにやあらん。されど、それはみな糸《いと》をひき取《(とり)》て物ゆひなどして、しばしもなし。

[三]御節供《おほんせく》まい《(ゐ)》り、わかき人ゝ菖蒲《さうぶ》のこしさし[四]、物忌《ものいみ》つけなどして、さまぐ\の唐衣《からぎぬ》、[五]汗衫《かざみ》などに、お《(を)》かしきお《(を)》[六]り枝《えだ》どもなが[七]き根《ね》に群濃《むらご》の組《くみ》してむすびつけたるなど、[八]めづらしういふべきことならね、いとお《(を)》かし。[九]さて春ごとにさくとて、桜をよろしう思ふ人やはある。

[一〇]地《つち》ありくわらはべなどの、程[一一]ぐ\につけて、[一二]いみじきわざしたりと思ひて、常に袂《(たもと)》[一三]まぼり、人のに比《くら》べなど、えもいはずと思《(おもひ)》たるなどを、[一四]そばへたる小舎人童《ことねりわらわ》などに引《(ひき)》[一五]とられてなくも、お《(を)》かし。

[一六]紫紙《がみ》に楝《あふち》の花、[一七]あをき紙《かみ》に菖蒲《さうぶ》の葉、ほそくまきてゆひ、又、[一八]しろき紙《かみ》を根《ね》してひきゆひたるも、お《(を)》かし。[一九]いとながき根《ね》を、文《ふみ》の中にいれなどしたるを見[二〇]る心ちども、えんなり。返事《(かへりごと)》かゝんといひあはせ、かたらふどちは見[二一]せかはしなどするも、いとお《(を)》かし。[二二]人のむすめ、やむごとなき所ぐ\に、御文《ふみ》など聞え

一「まゐらせ」が正。
二 だからまた、端午の薬玉は重陽の菊の時まで残っているべきものでないか、と思われる。
三 （中宮に）節句の膳をさし上げ。
四「菖蒲のこしさし」は、菖蒲の薬玉を腰に佩びること、また「物忌」は女蔵人たちが頭に菖蒲の蔓をつけること、とする説に従う。
五 童女の正装。衵などの上に着用。後が長い。
六 この時季の木の枝。それを衣に結びつける。
七 菖蒲を根ごと引き抜いた、その長い根。「群濃」は濃淡のまだら染め。「組」は組紐。この紐で長い根の菖蒲に折枝を結び、更にそれを衣に結びつけるのであろう。
八 珍しいことのように言うべきではないが。
九 そもそも春ごとに咲くからと言って、桜を並一通りだと思う人があろうか。「よろし」は一応の水準に達したと認める評。
一〇 地面を歩く女童。建物の外へ出て庭などを歩いているのであろう。　一一 身の程相応に。
一二 飾り立てた自分の服装を、素敵だと思う。
一三 見まもり。自ら満足する者の姿である。
一四「そばふ」は、ふざけること。「小舎人童」は「ことねりわらは」が正。
一五 衣に結びつけた菖蒲・折枝を引き抜かれる。
一六 紫の紙に楝の花を結び包み。
一七 青い紙に菖蒲の葉を細く巻いて結び包み。
一八 白い紙を（巻いて）菖蒲の根で結ぶ。
一九 菖蒲の長い根。根の長いのを贈物にした。
二〇 人から贈られて来たのを開けて見る。
二一 贈られて来た根を互いに見せ合う。
二二 しかるべき人の娘。言わば令嬢。
二三 この複数の令嬢、姫君たちに、文を贈る男性であろう。一人ではなく、この「人」も複数と解してよいであろう。

給ふ人[二三]も、今日《けふ》は心ことにぞなまめかしき。夕暮の程に郭公《ほととぎす》の名告《なのり》[二四]てわたるも、すべていみじき。

（三七段）

花[二五]の木ならぬは、かつら、五葉《ごえう》[二六]。

たそば[二七]の木、しななき心ちすれど、花の木どもちりはてて、おしなべてみどりに成《なり》にたる中に、時[二八]もわかずこき紅葉のつやめきて、思《おもひ》もかけぬ青葉の中よりさし出《いで》たる、珍し。

まゆみ、さら[二九]にもいはず。その物[三〇]となけれど、やどり木といふ名、いと[三一]哀《あはれ》なり。さか木、臨時《りんじ》[三二]の祭の御神楽《みかぐら》の折など、いとおか《を》し。世[三三]に木どもこそあれ、神のおまへの物と生《おひ》[三四]はじめけんも、とりわきておか《を》し。

くすの木は、こだち[三五]多かる所にも、ことにまじらひ[三六]たてらず、おどろ[三七]〳〵しき思《おもひ》やりなどうとましきを、千枝《え》[三八]にわかれて恋する人のためしにいはれたるこそ、誰かは数《かず》[三九]をしりていひはじめけんと思《おもふ》に、おか《を》しけれ。

二四 誰が聞いても郭公だとわかる、あの独特の鳴き方で、というほどの意で「名告り」と言う。
二五 花の咲かない木。花を賞するのではない木。
二六 「ごえふ」が正。五葉の松。
二七 底本「たそは」の「た」を見せ消ちにする。他本により「た」を復活。「そばの木」とするのは能因本・前田本。「たそば」は「たちそば」の略で、かなめもち。
二八 かなめもちは新芽が赤い。それを「時もわかず」と言ったのであろう。新緑一色の中の紅葉の美しさが、文末をしめくくる「珍し」。
二九 こと新しく言うに及ばない。弓の材として周知。樹皮も製紙に用いられた他、紅葉も賞された。
三〇 どういう物ではないけれども。とり立てて言うほどのものではないが。
三一 何ものが仮の宿をとるのか、といった気持であろう。
三二 例祭とは別に臨時に行われる祭。賀茂のと石清水のとがあって後には日も固定した。
三三 世に木は数多いけれども。
三四 生れつきそうときまっている、というのが「生ひはじむ」。榊が専ら神事に用いられることを、その木の持って生れた宿命と見た言い方。
三五 「木立」は植込みで、「多かる所」は自然の森でなく、多くの木を植え込んだ邸。
三六 他の木に混って立ってはいず。見かけぬから次に「思ひやり」という語が使われる。
三七 鬱蒼と茂った様を想像するのも不気味な感じだが。身近な木でないので、想像によってその木の有様を思い描く、というのである。
三八 夫木和歌抄・雑四所引古今六帖「和泉なる信太の森の楠の木の千枝に別れてものをこそ思へ」。　三九 千本と数を確認して。

ひの木《き》、[一]またけぢかゝらぬ物なれど、[二]三葉四葉《（みつばよつば）》の殿づくりもお《（を）》かし。[三]五月に雨の声をまなぶらんも哀《（あはれ）》なり。かえ《（へ）》での木《き》の、[四]さゝやかなるに、もえ《（え）》いでたる葉末《（はずゑ）》のあかみて、おなじかたにひろごりたる葉のさま、花もいと物はかなげに、[五]虫《むし》などのかれたるに似《に》て、お《（を）》かし。

[六]あすはひの木、此世《（この）》にちかくも見えきこえ《（え）》ず、[七]御嶽《みたけ》にまうでて帰《（かへり）》たる人などの持《も》てくめる。枝ざしなどは、いと手《て》ふれにくげに、[八]あらくましけれど、[九]何《なに》の心ありて、あすは檜《ひ》の木となづけけむ。[一〇]あぢきなきかねごと也や。[一一]誰《たれ》にたのめたるにか、とおもふに、きかまほしくお《（を）》かし。

ねずもちの木、[一二]人なみ〳〵になるべきにもあらねど、葉《は》のいみじうこまかにちい《（ひ）》さきがをかしき也。楝《あふち》の木。山たち花。山なしの木。

しゐ《（ひ）》の木。常盤木《（ときは）》は[一三]いづれもあるを、[一四]それしも[一五]葉がへせぬためしにいはれたるもお《（を）》かし。

白樫《しらかし》といふ物は、[一六]まいて深《み》山木の中にもいとけどを《（ほ）》くて、[一七]三位二位のうへ《ゐ》の衣そむる折ばかりこそ、[一八]葉をだに人の見るめれば、お《（を）》かしきことめでたき事に

一 これも(楠の木と同様)身近ではない木だが。
二 催馬楽・此殿「この殿は、むべも、むべも富みけり、三枝（さきくさ）の、あはれ三枝の、はれ三枝の、三葉四葉の中に、殿造りせりや、殿造りせりや」。　三 唐の詩人方干の「長潭五月含㆓冰気㆒、孤檜終宵学㆓雨声㆒」によるとされる。
四 小さく細やかな様を「ささやか」と言う。
五 虫などが干枯らびたのに似て。
六 明日は檜の木。あすなろの木。
七 吉野の金峰山。「御嶽まうで」は、この修験の霊山に参詣することで平安時代盛んであった。
八 荒々しいが、の意であろう。言葉としては能因本・前田本の「あら〳〵しけれど」または堺本「あらましけれど」の方が自然。
九 「明日は檜の木」を、明日は檜になるだろう、という推測を示す言い方と把握して、どういう気でそんな名をつけたか、といぶかったもの。
一〇 「かねごと」は予言・約束。思い通りにならぬことへのあきらめや不満が「あぢきなし」だから、無責任な約束だなあ、の意。
一一 誰に保証をしたのかと。「たのむ(下二段)」は「たのむ(四段)」の他動詞で、頼みにさせる意。
一二 一人前に認められるような木ではないが。
一三 どれも皆そうなのに。下の「葉がへせぬ」を指して言う。　一四 椎の木ばかりが特別に。
一五 拾遺集・雑恋「はし鷹のとかへる山の椎柴の葉がへはすとも君はかへせじ」。
一六 楠のあたりから、あまり身近にない樹木を挙げて来た文脈が頭にあって、「まいて」と言う。
一七 三位二位の袍（うへのきぬ）は、本来紫であるが、黒が用いられた。その染料に白樫の葉を用いる。
一八 葉が人目にふれるだけのようなので。
一九 拾遺集・冬・柿本人麿「あしひきの山路も知らず白樫の枝にも葉にも雪の降れれば」などによ

とりいづべくもあらねど、[一九]いづくともなく雪のふりを《(お)》きたるに見《み》まがえ《(へ)》られ、[二〇]素盞嗚尊《すさのおのみこと》出雲の国におはしける御ことを思《(おもひ)》て、[二一]人丸がよみたる歌などを思《おも》ふに、いみじく哀《(あはれ)》なり。折につけても、一ふしあはれともお《(を)》かしとも聞《き》き《ゝ》を《(お)》きつるものは、草木鳥虫《むし》もおろかにこそおぼえね。

ゆづり葉の、いみじうふさやかにつやめきたるは、いと青《あを》うきよげなるに、[二二]おもひかけず似《に》るべくもあらぬ茎は、いとあかくきら〳〵しく見えたるこそ、[二三]あやしけれどお《(を)》かし。[二四]なべての月には見えぬ物の、[二五]師走《しはす》のつごもりのみ時めきて、[二六]なき人のくい《(ひ)》物に敷《し》く物にや、とあはれなるに、又、よはひをのぶる[二七]歯固《はがた》めの具《ぐ》にも、もてつかひためるは。[二八]いかなる世にか「[二九]紅葉《(もみぢ)》せん世や」といひたるもたのもし。

かしは木、いとお《(を)》かし。[三〇]葉守の神のいますらんもかしこし。[三一]兵衛の、督《かみ》、佐《すけ》、尉《ぞう》などをいふもお《(を)》かし。[三二]姿なけれど、棕櫚《すろ》の木、唐《から》めきてわるき家のものとは見えず。

ったものか。　二〇「すさのを」が正。和歌童蒙抄三・素盞嗚尊の詠、「あし曳の山辺はゆかじ白樫の枝もたわわに雪の降れれば」など、素盞嗚尊の作とする白樫の歌の伝承もあったらしい。
二一 清少納言の伝聞では、素盞嗚尊が出雲の国で雪にあった事を、人麿が白樫の歌に詠んだ、ということになっているらしい。
二二 茎が葉に「似るべくもあらぬ」様子であることを、「おもひかりず」と評したもの。
二三 「あやし」は品がないこと。葉について言った「きよげ」とは反対の評語。
二四 普通の月には日にふれない物が。
二五 十二月の月末には魂祭がある。その時にゆずり葉が用いられて需要が増える。それを「時めく(大切にされる)」と言ったもの。
二六 死者に供える食物の下に敷くための物なのか、と思うとしんみりするが。
二七 元旦に長寿を願って食べる祝膳。生きている者の延命の祝膳という正反対の食事にも、同じゆずり葉が使われることへの一種のとまどいが、文末の「もてつかひためるは」。
二八 いったいいつの世に(紅葉せん)。反語の口調で、続く「紅葉せん世や」の歌の言葉と、内容的に重複している。まず意を言い、次に歌の句を引いたのであろう。ただし能因本・前田本は「いかなるにか」とある。
二九 夫木和歌抄・雑四「旅人に宿かすが野のゆづる葉の紅葉せむ世や君を忘れむ」。ゆずり葉が紅葉する時はあり得ないから、この歌の「紅葉せむ世や」は「いかなる世にかは」と同義となる。
三〇 大和物語・六十八段「柏木に葉守の神のましけるを知らでぞ折りしたたりなさるな」。
三一 「柏木」は兵衛の異名。「尉」は「じよう」が正。
三二 姿形はとりえがないけれども。

（三八段）

鳥《とり》は[一]こと所の物なれど、[二]鸚鵡《あふむ》いと哀《(あはれ)》なり。人のいふらん事をまねぶらんよ。

時鳥《(ほととぎす)》。くゐ《(ひ)》な。鴫《(しぎ)》。宮古《(みやこ)》どり。ひは。火《(ひ)》たき。

山どり、[三]友を恋《(こひ)》てなくに、鏡を見すればなぐさむらん、心わかう、いとあはれなり。[四]谷隔てたる程など心ぐるし。鶴は、[五]いとこちたきさまなれど、なく声[六]雲居《ゐ》まで聞《きこ》ゆる、いとめでたし。[七]かしらあかき雀《すゞめ》。[八]斑鳩《いかるが》のお《(を)》どり。[九]たくみ鳥《どり》。

鷺はいと見《(み)》めも見《み》ぐるし。[一〇]まなこゐなども、うたてよろづに[一一]なつかしからねど、[一二]ゆるぎの森に「ひとりはねじ」とあらそふらん、お《(を)》かし。

水鳥、鴛鴦《をし》いと哀《(あはれ)》なり。[一三]かたみにい《(ゐ)》かはりて、[一四]羽《はね》の上の霜はらふらん程など。

千鳥いとお《(を)》かし。

鶯は、[一五]文《ふみ》などにもめでたき物につくり、声よりはじめてさまかたちも、さばかりあてにうつくしき程[一六]よりは、九重《(ここのへ)》の内《うち》になかぬぞいとわろき。人の、[一七]さなんあるといひしを、[一八]さしもあらじと思《(おもひ)》しに、十年ばかりさぶらひてきゝしに、

一　外国のものだが。
二　「あうむ」が正。
三　歌学書などに記されている説話に、全く鳴かぬ山鳥が、鏡を前に置かれた時、それに映る自分の姿を友と思い、喜びの囀りをつづけた、という話がある。
四　歌学書に、山鳥は雌雄共に臥さず、谷を隔てて臥す、ということを伝えている。そういう言い伝えがあったらしい。
五　仰山な姿だが。首の長いのを評したもの。
六　奥義抄所引、詩経・小雅「鶴鳴㆓九皐㆒、声聞㆑天」。ただし清少納言の「雲居まで」は、宮中までの意を利かせているであろう。だから「いとめでたし」と最高の言葉で評される。
七　入内《(にゅうない)》雀という雀の種。
八　雄鳥。一般に雄鳥の方が雌鳥より美しい。
九　巧婦鳥。よしきり。　一〇　目付き。
一一　「なつかし」は、親しみやすい、の意。
一二　古今六帖六「たかしまやゆるぎの森の鷺すらも独りは寝じとあらそふものを」。
一三　夫婦が互いに場所を替って。鴛鴦は古来夫婦仲のよい鳥とされている。
一四　古今六帖三「羽の上の霜うち払ふ人もなし鴛鴦のひとり寝けさぞ悲しき」。
一五　漢詩にも結構な鳥と詠じられ。
一六　「程よりは」は「の割には」の意。
一七　「九重の内に鳴かぬ」を指して「さ」と言う。
一八　そんなことはあるまい。
一九　「さるは」は、一つの事を肯定しつつ、それと矛盾するような他の事の成立を認める時の言葉。もっとも。
二〇　竹の近くの紅梅も、鶯がよく通って来るのに都合よいのだが。竹も梅と共に鶯の寄る木とされる。宮中には清涼殿の東庭に呉竹・河竹、

まことにさらに音せざりき。さるは[一九]、竹[二〇]ちかき紅梅《こうばい》も、いとよくかよひぬべきたよりなりかし。まかでて[二一]聞《き》けば、あやしき家の見所《み》もなき梅の木などには、かしがましきまでぞなく。夜《よる》[二二]なかぬもいぎたなき心ちすれども、いまはいかゞせん。夏秋の末まで老《お》[二三]い声に鳴《(なき)》て、虫《むし》くい《(ひ)》など、[二四]ようもあらぬ物《(もの)》は名をつけかへていふぞ、くちお《(を)》しくす[二五]ごき心ちする。それもたゞ雀《すゞめ》などのやうに、常にある鳥ならばさも覚ゆまじ。春[二六]鳴《(なく)》ゆへ《(ゑ)》こそはあらめ。「年[二七]たち帰《かへ》る」など、お《(を)》かしき事に歌にも文にもつくるなるは。猶《(なほ)》[二八]春のうちならましかば、いかにお《(を)》かしからまし。人[二九]をも、人げなう、世のおぼへ《(え)》あなづらはしう成《(なり)》そめにたるをば、そしりやはする。鳶《とび》[三〇]、烏《からす》などのうへは、見《み》いれ聞《き》きいれなどする人、世になしかし。さればい[三一]みじかるべき物となりたれば、と思ふも心[三二]ゆかぬ心ちする也。

祭《まつり》[三三]のかへさ見るとて、雲林《うり》[三四]院、知足《ちそく》院などのまへに車をたてたれば、郭公《(ほととぎす)》[三五]もしのばぬにやあらん、鳴《な》くに、いとようま[三六]ねびにせて、木だかき木どもの中にもろ声に鳴きたるこそ、さすがにをかしけれ。

郭公は猶、さらにいふべきかたなし。い[三七]つしかしたり顔《がほ》にも聞えたるに、卯《(うの)》[三八]

東北に紅梅など、竹も梅も植えられていた。底本「竹ちかく」。他本により改む。
二一 皇居から退出して聞くと。
二二 日没と共に活動を休止するのは心ある者の態度ではない、という考えがあろう。
二三 鶯は春告鳥と呼ばれ、正月を運んで来る鳥とされた。だから夏秋の鶯は老鶯である。
二四 心ない者は。
二五 残酷な気がする。「すごし」は、こちらの心を縮ませるような、冷たさ、容赦なさ、手きびしさ、などへの評語。ただし他本「すしき」。
二六 春正月に鳴く結構な鳥なればこそであろう。
二七 拾遺集・春・素性法師「あらたまの年たちかへる朝《(あした)》より待たるるものは鶯の声」。
二八 鶯の鳴くのが春の間だけであったなら。鶯が夏秋まで鳴きつづけることへの愚痴。
二九 人間の上に転移して、老鶯を弁護する。「人げなう」は「そしる」につづく。
三〇 鳶や烏など平凡な鳥には、その姿や声に注意を払う人は世間にいない。鶯は優れた鳥だからこそ悪口を言われるのだ、という弁護。
三一 鶯はすばらしい鳥だと評価がきまっているから。
三二 夏秋まで鳴き続ける鶯の気が知れない。
三三 賀茂祭の斎王が翌日紫野へ帰る行列。
三四 船岡山の東にあった。知足院も行列の通る一条大路の近くにあったのであろう。
三五 ひかえないのであろうか。洛外の気安さを言っているのであろう。
三六 鶯が郭公の鳴き声を真似て。
三七 いつの間にか鳴き声が自信満々に聞え。
三八 卯の花も郭公の宿りとされる。後撰集・夏「なきわびぬいづちかゆかむ郭公なほ卯の花の蔭は離れじ」。

花《はな》、花橘などにやどりをして、はたかくれたるも、[一]ねたげなる心ばへ也。[二]五月雨《(さみだれ)》[三]のみじかき夜に寝覚《ね(ざめ)》をして、いかで人よりさきに聞《き》かんとまたれて、夜ふかくうちいでたるこゑの、らう〳〵じう愛敬《あい(ぎやう)》[四]づきたる、いみじう心あくがれ、せんかたなし。[五]六月に成《なり》ぬれば、おともせずなりぬる、すべていふもを《(お)》ろか也。

夜《よる》なくもの、なにも〳〵めでたし。ちごどものみぞ、さしもなき。

(三九段)

[六]あてなるもの　[七]うす色にしらかさねの汗衫《かざみ》。[八]かりのこ。[九]削《けづ》り氷《ひ》に[一〇]あまづらいれて、あたらしき金椀《かなまり》[一一]にいれたる。水晶《すいさう》の数珠《ずゝ》。藤《ふぢ》の花。梅の花に雪のふりかゝりたる。いみじう[一二]うつくしきちごの、いちごなどくひたる。

(四〇段)

虫《むし》は　[一三]鈴むし。ひぐらし。蝶《てふ》。[一四]松虫《むし》。[一五]きり〳〵す。[一六]はたおり。[一七]われから。

一 半ば身をかくしているのも。
二 心憎い気構えだ。「心ばへ」は郭公自身が意識してそうしているのだと見た言葉。
三 古今集・雑体「さみだれの 空もとどろに さ夜ふけて 山郭公 鳴くごとに 誰もねざめて…」をふまえているのであろう。
四 底本「あい行」。表記を改む。
五 鶯が夏秋まで鳴くのと対比。
六 高貴なもの、上品なもの。
七 薄紫色に白襲の汗衫に着重ねた姿。
八 かるがもの卵。
九 かき氷。天然の氷を氷室で保存して用いた。
一〇 甘葛煎。甘葛などを煎じ出した甘味料。
一一 金属の椀。銀などであろう。
一二 可愛い幼児。「うつくし」は今の「美」ではなく、「いつくしみ」たくなる気持。
一三 いま言う松虫。 一四 いま言う鈴虫。
一五 いま言うこおろぎ。
一六 いま言うきりぎりす。
一七 水中に棲む虫だが、「我から(自分から)」の意に通い、和歌に好んで詠まれた。
一八 かげろう。朝生れて夕方には死ぬ、とされる虫で、その短命のはかなさから和歌に好んで詠まれた。
一九 蓑虫。雄は羽化するが、雌は蓑の中で一生を送る。以下の話は全身を蓑で被ったような姿をしている蓑虫と、鬼は蓑を着て姿をかくす(かくれ蓑など)という民俗的思考とが結びついて、出来た話に違いない。
二〇 母親が鬼だから、ということであろう。
二一 父親が。「親のあやしき衣」とつづけて読んで、母親の粗末な衣、と解することも可能だが、「衣ひきせて」「にげて去にける」の主語と見ておく。文章に「父親」を示す語が用いられること

一八ひをむし。蛍。

一九みのむし、いと哀《（あはれ）》也。二〇おにの生《う》みたりければ、親に似て、是《（これ）》もおそろしき心あらんとて、親《おや》二一の、二二あやしき衣《きぬ》ひききせて、「いま、秋風ふかん折ぞ来《こ》んとする。まてよ」といひおきて二三にげて去《い》にけるもしらず、二四風の音を聞《き》ゝしりて、八月ばかりになれば、「二五ちゝよ、〳〵」とはかなげになく、二六いみじう哀也。

二七ぬかづき虫、又あはれなり。二八さる心ちに道心おこして、二九つきありくらんよ。思《（おもひ）》かけずくらき所などに、三〇ほとめきありきたるこそお《（を）》かしけれ。

蠅《はへ》こそにくき物のうちにいれつべく、三一愛敬《あい（ぎやう）》なき物はあれ。三二人〳〵しうかたきなどにすべき、三三物のおほきさにはあらねど、秋など、たゞよろづの物にゐ、顔《かほ》などにぬれ三四足《あし》してゐるなどよ。三五人の名につきたる、いとうとまし。

三六夏虫、いとお《（を）》かしうらうたげ也。火ちかうとりよせて、物語など見るに、草《さう》子《し》のうへなどにとびありく、いとお《（を）》かし。蟻《あり》はいとにくけれど、三七かろびいみじうて、水のうへなどを、三八たゞあゆみにあゆみありくこそ、お《（を）》かしけれ。

の期待される文脈だからである。
二二 粗末な衣、の意だが、鬼の「あやしき」襲。
二三 鬼女と結婚して子をもうけてしまった父親(人間)が、恐れて逃げ出すのである。
二四 秋風は七月から吹く。
二五 父を呼ぶ声。ただし蓑虫が鳴くということはない。おけらの鳴くのを蓑虫に誤ったとの推定が、あるいは当っているかも知れない。
二六 清少納言が捨て去られる子の上に同情を寄せるのは、父親が逃げて行く無理からぬ理由が、清少納言自身にもわからなくなっていたものと想像される。 二七 米つき虫。
二八 虫だてらに。虫にすぎないくせに。
二九 ぬかずき歩く。寺を拝んで廻る姿に見立てたもの。
三〇 「ほとめく」は擬声語。裏返しになった米つき虫がはねて元に戻る時の音か。
三一 「愛敬なし」は、可愛げがない、の意。「ものはあれ」は、これほど…なものはない、の意。底本「あい行」。表記を改む。
三二 一人前に目の敵にするような。
三三 「物の」は、対象が物であることを示すだけの接頭語。「おほきさ」と言うのと変らない。
三四 顔にとまった時、濡れたように感じる。
三五 「蠅」という字を人名につけることも当時はなおあったらしい。
三六 とんで火に入る、とされる夏の虫をひろく指したものと思われるが、以下の記述からすると、浮塵子(うんか)や羽蟻の類であろうか。
三七 「かろび」は軽さ。身の軽さがこの上なく。
三八 「ただあゆみ」のように、「ただ」を動詞連用形に冠した言い方は、その動作がためらいや抵抗にさえぎられることなく、一方的に進行する様を表わす名詞。

（四一段）

[一]七月ばかりに[二]風いと《(た)》うふきて、雨などさは《(わ)》がしき日、大かたいとすゞしければ、[三]扇《あふぎ》もうちわすれたるに、汗《あせ》の香《か》すこし[四]かゝへたる[五]綿衣《わたぎぬ》のうすきを、いとよくひき着てひるねしたるこそ、[六]お《(を)》かしけれ。

（四二段）

[七]にげなき物　下衆《げす》の家に[八]雪のふりたる。又、月のさし入《(いり)》たるも、[九]くちお《(を)》し。

月のあかきに[一〇]屋形《やかた》なき車のあひたる。又、さる車に[一一]あめ牛《うし》かけたる。又、老《(おい)》たる女の[一二]腹《はら》たかくてありく。[一三]わかきお《(を)》とこもちたるだに見《み》ぐるしきに、[一四]こと人のもとへいきたるとて腹《はら》だつよ。老《お》いたるお《(を)》とこの[一五]寝《ね》まどひたる。又、さやうに[一六]鬚《ひげ》がちなる物《(もの)》のしゐ《(ひ)》つみたる。歯《は》もなき女の[一七]梅《むめ》くひてすがりたる。

[一八]下衆《げす》の、紅の袴《はかま》きたる。このころは[一九]それのみぞあめる。[二〇]靫負《ゆげひ》の佐《すけ》の夜行《やかう》すがた。狩衣《かりぎぬ》すがたもいとあやしげなり。[二一]人におぢらるゝうへの衣《きぬ》はおどろ〳〵し。

一　秋のはじめである。
二　台風がかすめでもしたのであろう。
三　初秋とは言え日頃は扇を忘れない。
四　香がしみついて漂うことを、例えば衣がその香を「かかへ」ている、と言う。
五　綿入れの薄いのをすっぽりと被って。
六　夏と秋との交錯への興味であろう。
七　似つかわしくないもの。不似合なもの。
八　雪の清浄な美しさも「下衆」の板屋には不似合、という判断。「ふるものは」の段（二三二段）に、「雪は檜皮葺」とある、その逆である。
九　せっかくの月光が、その美にふさわしいものにめぐり合わないでいるのが残念だというのだが、「くちをし」は期待が大きく、しかもそれの実現しないことへの、激しい不充足感。
一〇　無蓋車（多分荷車）が行き合わせた時。男女を乗せた屋形車が、こんな夜はふさわしい。
一一　黄牛をつないでいること。「あめ牛」は高級とされた牛で、それが荷車を引いている不釣合。
一二　妊娠している様。
一三　若い男を夫（愛人）に持っているだけでも。
一四　別の女性の所へ男が行ってしまったと。
一五　寝とぼけている様。
一六　ひげを生やしたような男が椎の実をかじっている様。老人と堅い木の実との不似合。
一七　酸っぱいと口をすぼめるが、歯がないから醜くなる。若い美しい女性なら、酸っぱがる口つきも可愛いが、ということであろう。
一八　「紅の袴」を着けるのだから、下級女官であろう。それさえ「下衆」には不似合。
一九　そんな連中ばっかりだ。
二〇　左右の衛門佐の夜の巡回の姿。
二一　巡回は勤務だから正式に赤い袍を着用して一目で巡回とわかる。だから「人におぢらるる」。

[二二]たちさまよふも見《み》つけてあなづらはし。「[二三]嫌疑《けんぎ》の物《(もの)》やある」ととがむ。入《い》[二四]りゐて空だきものにしみたる木丁《(きちやう)》にうちかけたる袴《はかま》など、いみじう[二五]たづきなし。かたちよき君達《だち》の、[二六]弾正《だん》の弼《ひち》にておはする、いと見《み》ぐるし。[二七]宮中将などの、さもくちお《(を)》しかりしかな。

（四三段）

[二八]細殿《ほそどの》に人あまたゐて、[二九]やすからず物などいふに、[三〇]きよげなる男、ことねりは《(わ)》らわ《(は)》など、[三一]よきつゝみ袋《ふくろ》などに、衣《きぬ》[三二]どもつゝみて、[三三]指貫《さしぬき》のくゝりなどぞ見えたる、弓《ゆみ》、矢《や》、楯《たて》など持《も》てありくに、「たがぞ」ととへば、[三四]ついゐて、「なにがし殿《どの》の」とて行《い》くものはよし。[三五]けしきばみ、やさしがりて、「しらず」ともいひ、物もいはでも去《い》ぬるものは、[三六]いみじうにくし。

（四四段）

[三七]殿司《とのもづかさ》こそ、[三八]猶《(なほ)》お《(を)》かしき物《(もの)》はあれ。[三九]下女《しも》のきはは、さばかりうら山《(やま)》しき物は

二二 女房の局のあたりをうろついているところを見つけて見下げてやりたい。
二三 怪しい者はいないか。女房に「見つけ」られた時の、とりつくろいの科白であろう。
二四 局に入って来て坐りこみ。
二五 何をどうしたらよいか扱いに窮することが「たづきなし」。香をたきしめた几帳なのに不風流な袴なんか掛けて、その不似合をとり払おうにも相手が相手だけにすべがないのであろう。
二六 弾正台の次官。警察・検察の事にあたる。人(特に女性)に好まれない職。
二七 源頼定。為平親王の二男で、当代きっての色好みとして浮名を流した人物。正暦三年(九九二)八月から長徳四年(九九八)十月まで弾正弼であった。
二八 廂の間。それを仕切って女房の局とした。
二九 「安からず」は、立腹など心の平静でない状態を指すが、ここは女房たちが集って、人物などを手きびしく批評しているのであろう。
三〇 「きよげなる」は「男(従僕)」「小舎人童」の両方について言ったものと思われる。主人も立派な人だろうと思わせるような使用人である。
三一 持っている包袋も「よき」品である。
三二 主人の着衣とおぼしい。
三三 指貫の紐がその包袋から見えている。
三四 膝まずいて。礼儀正しい使用人の様子。
三五 気どったり、恥かしそうにしたりして。
三六 こういう者が女房たちに「やすからず」酷評されることになるのであろう。
三七 殿司は掃除や新炭のことを司る後宮の役所。ここはそこにつとめる女官。
三八 これ以上結構なものはない。
三九 下級の女官にとって、これ(=殿司)ほどうらやましいものはない。

なし。よき人にもせさせまほしきわざなめり。わかくかたちよからんが、なり一などよくてあらんは、ましてよからんかし。すこし老《お》いて物の二例知《れいし》り、おもな三きさまなるも、いとつき〲しくめやすし。

殿司《とのもづかさ》の、顔愛敬《かほあい(ぎやう)》四づきたらん、ひとり五持《も》たりて、装束《さうぞく》六時にしたがひ、裳《も》、唐衣《からぎぬ》などいまめかしくてありかせばや、とこそおぼゆれ。

(四五段)

おのこ《(を)》七は、又、随身《ずいじん》八こそあめれ。いみじう美《び》ゝ九しうておかし《(を)》き君達《だち》も、随身《ずいじん》なきはいとしら〲し。一〇弁一一などは、いとおかし《(を)》き司《つかさ》に思ひたれど、下襲《したがさね》一二のしりみじかくて、随身《ずいじん》のなきぞいとわろきや。

(四六段)

職《しき》一三の御曹司《ざうし》の西《にし》おもての立蔀《たてじとみ》のもとにて、頭弁一四、物一五をいと久しういひたち給へれば、さしいでて「それ一六はたれぞ」といへば、「弁一七侍《(さぶらふ)》也」との給《(たまふ)》。「なに

一 服装など立派にととのえて。
二 先例。伝統を重んずる世界であるから、先例を知っていることは貴重であった。
三 「おもなし」は普通は、厚顔だという悪い意味に使われるが、ここでは気おくれやしりごみをしない、よい意味に用いられている。
四 底本「あい行」。表記を改む。
五 後見人として面倒を見るのが「持つ」。
六 時に応じた装束の世話をして。
七 男が従者として仕えるなら随身が一番だ。「をのこ」は人に仕える身分の低い男を言う言葉。
八 貴人要人の警護に当る従者。身分に応じて人数の定めがあった。
九 服装や振舞いが派手なこと。
一〇 見映えがしない。色どりのないことを言う。
一一 弁官。左右の大中小弁の総称。宣旨その他行政上の文書をとり扱う。実務の中枢を占める重要な職種だから、「美々しうてをかしき君達」の任ぜられることも多かった。
一二 下襲の後の長さが身分によって定められていた。もちろん身分の高い人ほど長い。
一三 中宮職の役所。中宮に関する事務をとり扱う。中宮の住いとして利用された。この冒頭は、長徳三年(九九七)六月から翌四年十月までのことと推定されている。
一四 藤原行成。一条摂政藤原伊尹の孫で、書の名手。清少納言と親しかった。長徳元年(九九五)八月蔵人頭。長徳二年四月権左中弁で「頭弁」と呼ばれる位置に立つ。長保三年(一〇〇一)参議となって「頭弁」でなくなる。
一五 (女房の一人と)話をして長い時間立っていらっしゃるので。
一六 長々と話をしていらっしゃる方はどなた。
一七 底本「弁内侍也」。三巻本系「弁さふらひ也」、

か、さもかたらひ給《(たまふ)》。[一八]大弁みえばうちすて奉りてん物を」といへば、いみじうわらひて、「たれか、[一九]かゝる事をさへいひ知《し》らせけん。[二〇]それ、さなせそ、と[二一]かたらふなり」との給《(たまふ)》。

[二二]いみじう見え聞えて、お《(を)》かしきすぢなどたてたることはなう、[二三]たゞありなるやうなるを、[二四]みな人、さのみ知《し》りたるに、[二五]なを《(ほ)》おくふかき心ざまを見《み》しりたれば、[二六]「おしなべたらず」など、おまへにも啓《けい》し、又、さ知《し》ろしめしたるを、つねに[二七]「『女はを《(お)》のれをよろこぶ物《(もの)》のために顔《かほ》づくりす。士はを《(お)》のれを知《し》る物《(もの)》のために死《し》ぬ』となんいひたる」と[二八]いひあはせ給ひつゝ、[二九]ようしり給へり。[三〇]「遠江《とをたあふみ》の浜柳《はまやなぎ》」といひかはしてあるに、わかき人〴〵、[三一]たゞいひに、「見《み》ぐるしきことども」などつくろはずいふに、「此《(この)》君こそ、[三二]うたて見えにくけれ。こと人のやうに、歌《うた》[三三]うたひ、[三四]興《きやう》じなどもせず、[三五]けすさまじ」などそしる。

さらにこれかれに物いひなどもせず、「まろは、目《め》は[三六]たゝざまにつき、眉《まゆ》はひたい《(ひ)》ざまに生《お》ひあがり、鼻《はな》は横《よこ》ざまなりとも、たゞ口《くち》つき[三七]愛敬《あい(ぎやう)》づき、おとがひの下《した》、くびきよげに、声にくからざらん人のみなん、思はしかるべき。と

能因本「弁侍なり」により改む。清少納言が、声で行成と知りつつ長話をとがめる形で誰かと問い、行成が恐縮して答えている図であろう。
一八 大弁が来られたら貴方を相手にしないでしょうに。行成が中弁であったことがわかる。
一九 行成の相手になっている女房は、大弁の愛人だったのであろう。
二〇 大弁とのこと(=それ)で、他の男を相手にしない(=さ)などということをしないように。
二一 もとより清少納言の「大弁みえば…」をうけての冗談である。
二二 頭弁は、格別に外見や言葉を飾って風流を押し立てる、というようなことはなく。
二三 ただありのままのように見えるけれども。
二四 皆は、そうとばかり思っているが。
二五 (私は)もっと奥深い所を知っているので。
二六 平凡な人物ではないと、中宮にも申し上げ。
二七 史記・刺客列伝「士為㆓知㆑己者㆒死、女為㆓説㆑己者㆒容」。
二八 (清少納言と)意見一致して。
二九 底本「よりしり」。他本により改む。清少納言が行成を理解していることを。
三〇 「とほたあふみ」が正。万葉集・巻七「霰降りとほたあふみのあと川柳かれどもまたもおふてふあと川柳」。たとえ離れることがあっても、必ず逢いましょう、の意を、親交の朽ち難さに用いたのであろう。
三一 一方的に歯に衣きせずに言うのは行成。
三二 いやな、お目にかかり難い方だ。若い人の発言。
三三 底本「かたひ」。能因本により改む。
三四 「きようじ」が正。 三五 面白味がない。
三六 縦様に。縦についた目以下異形の様。
三七 底本「あい行」。表記を改む。三行後も同じ。

はいひながら、猶《(なほ)》顔《かほ》いとにくげならん人は、心うし」とのみの給《(たま)》へば、まし一ておとがひほそう、愛敬《あい(ぎやう)》おくれたる人などは、あひ《(い)》なくかたきにして、二御前《ごぜん》にさへぞあしざまに啓《けい》する。

三物など啓《けい》せさせんとても、四そのはじめいひそめてし人をたづね、五下《しも》なるをもよびのぼせ、つねに来《き》ていひ、六里《さと》なるは文かきても、みづからもおはして、七「をそ《(お)》くまいら《(ゐ)》ば、「さなん申《(まうし)》たる」と申《(まうし)》にまいら《(ゐ)》せよ」との給《(たまふ)》。八「それ、人のさむらふらん」などいひゆづれど、さしもうけひかずなどぞおはする。

九「あるにしたがひ、一〇さだめず、何事ももてなしたるをこそ、よきにすめれ」と一一後見聞《うしろ(み)きこ》ゆれど、「わがもとの心の一二本性《(ほんじやう)》」と一三のみの給《(たまひ)》て、一四「改《あらた》まらざるものは心なり」との給《(たま)》へば、「さて、一五憚《はゞか》りなしとはなにをいふにか」とあやしがれば、わらひつゝ「なかよし、なども人にいはる。かくかたらふとならば、なにかは一六づる。一七見えなどもせよかし」との給《(たまふ)》。一八「いみじくにくげなれば、さあらん人をばえ思はじ、との給《(たまひ)》しによりて、え見え奉らぬなり」といへば、一九「げに、にくゝもぞなる。二〇さらばな見えそ」とて、二一おのづから見つべきおり《(を)》も、二二を《(お)》のれ顔《かほ》

一 顎が細く。下ぶくれの好まれた時代である。
二 底本「さへよしあしさまけいする」。他本により改む。朋輩だけでなく中宮にまで悪く告げる。
三 行成が中宮に言上する時のことである。
四 最初にとりついだ女房。清少納言自身。
五 私が御前を退いて(局に)いるのをも。
六 (皇居を退いて)里にいる時は。
七 まだ中宮のところへ伺わないのなら、「行成がこう申しました」と伝えに人を遣わしなさい。
八 その件は、他に女房が居りましょうに。
九 以下の話は平素のこと。道隆の祖父師輔の有名な九条殿遺戒の「始レ自二衣冠一及二于車馬一随レ有用レ之、勿レ求二美麗一」が頭にあるのであろう。
一〇 固定的な考え方をせず。中宮へのとりつぎは必ず清少納言を通して、などと考えず、の意。
一一 世話をやく。清少納言が行成に忠告するのである。
一二 底本「本上」。表記を改む。
一三 「のみ」は、事態が何度も同じであったことを示す。同じ忠告と返事が何度も繰り返されたのである。
一四 白氏文集六・詠拙「所レ稟有二巧拙一、不レ可レ改者性」。
一五 論語・学而「過則勿レ憚レ改」。
一六 底本「はへる」。他本により改む。
一七 直接に会いなどしたらどうだ。
一八 私は大へんいやな容貌をしていますので。
一九 清少納言の「いみじくにくげなれば」をうけて「げに」と言う。あなたの言う通り、いやになるかも知れない(そうなったら大変だ)。冗談だが、以下その冗談を押し通す。
二〇 そんなら私に顔を見せないように。
二一 自然お目にふれるような機会にも。
二二 御自身が(袖で)顔をふさぎなどして。

ふたぎなどして見給はぬも、二三まごゝろに、空ごとし給はざりけりと思ふに、二四二五三月つごもりがたは、冬の直衣《なをし》二六の着《き》二七にくきにやあらん、うへの衣《きぬ》がちにてぞ殿上の宿直姿《とのゐすがた》もある。

二八つとめて、日さしいづるまで、二九式部《しきぶ》のおもと三〇小廂《こびさし》にねたるに、おくの遣戸《やりど》をあけさせ給《たまひ》て、上の御前《おまへ》、宮の御前《ごぜん》、三一出《いで》させ給へば、起《お》きもあらずまどふを、いみじくわらはせ給《たまふ》。三二唐衣《からぎぬ》をたゞ汗衫《かざみ》のうへにうち着《き》て、三三宿直物《とのゐもの》もなにも、三四うづもれながらある、三五うへにおはしまして、陣《ぢん》より出入物《いでいるもの》どもを御覧《らん》ず。殿上人の、三六つゆしらでよりきて、物いふなどもあるを、三七「けしきな見せそ」とてわらはせ給《たまふ》。三八さてたゝせ給《たまふ》。三九「二人《ふたり》ながら、いざ」と仰《おほせ》らるれど、「いま顔《かほ》などつくろひたててこそ」とてまい《ゐ》らず。

入《い》らせ給《たまひ》てのちも、四〇猶めでたきことどもなどいひあわ《は》せてゐたる、南《みなみ》の遣戸《やりど》のそばの四一木丁《きちやう》の手《て》のさし出《いで》たるに四二さはりて、簾《すだれ》のすこしあきたるより、くろみたる物の見《み》ゆれば、四三則隆《のりたか》がゐたるなめり、とて四四見もいれで、猶こと事どもをいふに、いとよく笑《ゑ》みたる顔《かほ》のさし出《い》でたるも、猶則隆《のりたか》なめりとて見やりたれば、

二三 本心で。冗談でなかったのかと疑う気持。
二四 以上が平素のことで、以下本題に移る。それが行成に顔を見られた話なので、逆接風に「に」と言ったのだろうが、文章上の処理は上々とは言えない。
二五 間もなく夏四月を迎える頃である。
二六 「なほし」が正。
二七 冬着で裏など厚い仕立てなので着にくい。
二八 早朝。三月の末の話になっている。
二九 橘忠範の妾だと言われる。紫式部日記にも見える女房で後に彰子に仕えたらしい。
三〇 狭い廂の間。一条院に作られた小廂(→二二七段)のことで、中宮は長保二年(一〇〇〇)三月二十七日まで、間を置いて九か月ほど滞在された。従ってこの段の冒頭とは時も所も異なる。
三一 出て来られたので。帝はこの小廂から人々の様子を眺めることを好まれた。以下もそれ。
三二 女子の盛装。帝が来られたので急ぎ着用。
三三 夜具。当時は衣服を被って夜具とした。
三四 丁寧に畳まずに乱雑につみ重ねた様。
三五 そのちらかった夜具の上に。
三六 帝や中宮が中においでだとは全く知らず。
三七 私(帝)がいるようなそぶりを示すな。
三八 殿上人の様を一しきり御覧になった上で。
三九 二人とも、さあ一緒においで。
四〇 帝と中宮とが素晴らしい、と噂することを「めでたきことども言ふ」と言ったもの。
四一 几帳の上部の木が横に張り出した部分。
四二 支えられて。簾がひっかかった様。
四三 橘則隆とされる。則隆は清少納言の夫則光の弟。この話の長保二年(一〇〇〇)三月現在、六位蔵人で帝の近くに伺候し得た人物である。
四四 気にもかけないから見ようともしない。

[一]あらぬ顔《かほ》なり。[二]浅ましとわらひさは《(わ)》ぎて、木丁《(きちやう)》ひきなを《(ほ)》し、[三]かくるれば、頭弁にぞおはしける。見え奉らじとしつる物を、といとくちお《(を)》し。[四]もろともにゐたる人は、こなたにむきたれば、顔も見えず。

たちいでて、[五]「いみじく名残なくも見えつるかな」との給《(たま)》へば「則隆《のりたか》と思ひ侍りつれば、あなづりてぞかし。[六]などかは見じとの給《(たまふ)》に、さつく〴〵とは」といふに、「女は寝《ね》[七]おき白《(がほ)》なんいとよき、といへば、ある人の局《つぼね》にいきて、[八]かいばみして、[九]又もし見えやする、とて来《き》たりつるなり。[一〇]まだ上《うへ》のおはしましつるお《(を)》りからあるをば知[一一]らざりける」とて、それより後は、局《つぼね》[一二]の簾《すだれ》うちかづきなどし給《(たまふ)》めりき。

（四七段）

馬《むま》は　いと黒《くろ》きが、たゞいさ[一三]ゝか白《しろ》き所などある。[一四]紫の紋《もん》つきたる。[一五]蘆毛《あしげ》。[一六]薄紅梅《うすかうばい》の毛《け》にて、[一七]髪《かみ》、尾《お》などいと白《しろ》き。げに[一八]「ゆふがみ」ともいひつべし。黒《くろ》きがあし四つ白《しろ》きもいとお《(を)》かし。

一　則隆と違う顔。まだ誰ともわからぬ状態。
二　予想もしない出来事に遭遇して、直ちに対応し切れず驚きあきれるのが「あさまし」。
三　身を隠したら。隠れてから相手の顔をよく見るのである。
四　式部のおもと。行成に対しては後向きで、清少納言一人が顔を見られた、という悔い。
五　「いみじく」は、「名残なくも見えつる」ことへの、まんまと、といった批評であろう。
六　どうして、見るまいとおっしゃっておきながらそんなにまじまじと御覧になったのですか。
七　寝起きの顔がすばらしい。
八　「かいばみ」は「かいまみ」と同じ。
九　ここでも(＝また)ひょっとして見ることが出来ようかと。顔を見るまいとしたのは、やはり冗談であった。　一〇　帝がいらした時から。
一一　(あなたは)気付かなかったね。
一二　清少納言の局の簾を頭にかぶる、ということで、身体を半ば入れる姿勢。すっかりなれなれしい振舞いをなさるようになった、の意。
一三　額に白い所がある、ということだろうとされる。従うべきであろう。
一四　紫色をした斑点のある馬。「紫の紋つきたる蘆毛」とつづけて読むことも可能。
一五　白に青や黒の毛の混った馬。「紫の紋つきたる」をつづけて読んだ場合は、その混った毛が紫色の斑点をなしている有様となる。
一六　「こうばい」が正。薄紅梅の毛というのは、全体に赤味がかっているのであろう。
一七　たて髪と尾。「尾」は「を」が正。
一八　木綿髪。髪の白いのを幣帛に見立てたものであろう。見立てだから、やはり少々無理な所と、なるほどと思わせる所とを含む。「げに」は前者を、「いひつべし」は後者を示している。

(四八段)

牛《うし》は　ひたい《(ひ)》は、[一九]いとちい《(ひ)》さく白《しろ》みたるが、腹《はら》のした、あし、[二〇]尾のすぢなどは、[二一]やがて白《しろ》き。

(四九段)

猫《ねこ》は　[二二]うへのかぎり黒《くろ》くて、腹《はら》いと白《しろ》き。

(五〇段)

[二三]雑色《ざうしき》、随身《ずいじん》は　すこしやせて、ほそやかなるぞよき。[二四]男は猶《(なほ)》、わかき程は、[二五]さるかたなるぞよき。いたくこゑ《(え)》たるは、[二六]ねぶたからんと見ゆ。

(五一段)

[二七]小舎人童《ことねりわらは》　ちい《(ひ)》さくて、[二八]髪いとうるはしきが、[二九]筋《すぢ》さはらかに、[三〇]すこし色なる

一九「いとちひさく」を、「額は」の述語と解することも、「しろみたる」の修飾語と解することも、共に語法的には可能だが、後続する「やがて白き」との対比を主眼とするものと考えて、「しろみたる」の程度を、ほんの少しと限定したものと解しておく。
二〇 牛の尾全体を、「筋」と表現したのであろう。
二一 まるまる白い。「やがて」は、そっくりそのまま、全部、の意で、冒頭の額に関する「いとちひさくしろみたる」と対比をなす。
二二 背中だけが全部。「かぎり」は範囲を限りつつ、その範囲のものは全部含まれる、ということを表わす言葉。
二三「ざふしき」が正。役所や家々で雑役に使われる身分の低い使用人。
二四「ぞ」を持たない本もある。それによれば「よき男」とつづくことになる。
二五「すこし瘦せて細やかなる」を指して「さるかたなる」と言ったもの。
二六 眠そうだというのは、精神の弛んだ形であって、雑色・随身などを頭に置いている時は、特にあるべからざることである。なお三巻本系「いねぶたからむ」も「寝(い)ねぶたからむ」で意義に大差はない。
二七 貴人の雑用に使われる少年。底本「は」を補入。他本により削る。
二八 以下髪のことが詳しい。まず「いとうるはしき」は、ほっそりとして美しい様であろう。次段の「髪あららかなる」の反対。
二九 毛筋がさわやかた、というのは、さらっと整った感じを指す。
三〇 つやがある、ということであろう。青みがかった色、とする意見や、髪の毛の描写ではなくて、声に関する描写と見る意見もある。

が、声お《(を)》かしうて、[一]かしこまりて物などいひたるぞ、らう／＼じき。

（五二段）

[二]牛飼《うしかひ》は　[三]おほきにて[四]髪《かみ》あららかなるが、顔《かほ》あかみて[五]かど／＼しげなる。

（五三段）

殿上の[六]名対面《なだいめん》こそ、猶《(なほ)》お《(を)》かしけれ。御前《ぜん》に人[七]候《(さぶらふ)》お《(を)》りは、[八]やがて問《と》ふもお《(を)》かし。[九]あしを《(お)》とど《ゝ》もしてくづれ出《(いづ)》るを、上《うへ》の御局《(つぼね)》の東おもて、[一〇]耳をとなへて聞《き》くに、[一一]しる人の名のあるは、ふと、[一二]例《れい》の胸《むね》つぶるらんかし。又、[一三]ありともよく聞《き》かせぬ人など、此折《(このをり)》に聞《(きき)》つけたるは、いかゞ思《(おもふ)》らん。「[一四]名告《なのり》よし、あし、聞《き》き《ゝ》にくし」などさだむるもお《(を)》かし。

[一五]果《は》てぬなりと聞《(きく)》程に、[一六]滝口《たきぐち》の、[一七]弓《ゆみ》ならし、沓《くつ》の音し、[一八]そゞめきいづると、[一九]蔵《くら》人の、いみじく[二〇]たかくふみこほめかして、丑寅《うしとら》のすみの高欄《かうらん》に、[二一]高膝《たかひざ》まづきといふ居《ゐ》ずまひに、[二二]御前のかたにむかひて、うしろざまに「誰／＼か侍る」と問《と》

一 主人に対する礼儀正しい態度。まだ少年だからその礼儀正しさが「らうらうじ」と感じられる。「らうらうじ」は「労々じ」で経験から来る巧さを言う語だが、対象を年少者として用いられると、利発そうだ、の意。

二 牛の世話をし牛車の御者をつとめる。

三 身体が大きく。前段の「小舎人童、ちひさくて」と対比をなす。　四「あららか」は髪の場合、太くて整っていない様。これも前段の「いとうるはしきが、筋さはらかに」と対比をなす。底本「あゝらか」。他本により改む。

五 やはり前段との対比で、才ばしったの意であろう。判断力がすぐれた様子。

六 殿上の間で行われる、宿直者の点呼。

七 帝の御前に点呼係の蔵人が伺候していると。

八（殿上の間へ出て来ずに）帝の御前のまま。

九 点呼の終った宿直者が足音高く出て行く。

一〇「となふ」は調えること。名対面の始終を、耳をすまして聞くと。

一一 知った男の名を聞きつけた女房は。

一二 いつものように、胸がどきどきするだろう。

一三「あり」は生存の意だが、広く近況を伝える語。いまこうしているといった消息もよく知らせて来ないような男、つまり冷淡な男。

一四 名乗り方がよい、悪い、声がよくない。

一五 殿上人の点呼が終ると、滝口の侍の名謁が行われる。　一六 滝口の侍が。以下その描写。

一七 邪悪のものを払うのに弓弦をはじいた。

一八 ざわざわと音を立てて詰所から出て来ると。

一九 点呼係の蔵人。殿上の点呼をした同じ蔵人。

二〇 蔵人が清涼殿の孫廂に足音高く出て来る様子。「こほめかす」はがたがたと音を立てる様。

二一 両膝をついて上体を起した姿勢。

二二 帝の方を向いて。従って庭にいる滝口の侍

ふこそお《(を)》かしけれ。[二三]たかくほそく名告《なの》り、又、人ゝ候はねば[二四]名対面《だいめん》[二五]つかうまつらぬよし奏《そう》するも、[二六]「いかに」と問へば、[二七]さはる事ども奏《そう》するに、[二八]さ聞《き》きてかへるを、[二九]方弘《まさひろ》[三〇]きかずとて、君達《だち》のお《(を)》[三一]しゑ《(へ)》給《(たまひ)》ければ、[三二]いみじう腹《はら》だちしかりて、[三三]かうがへて、又、滝口《たきぐち》にさへわらはる。

[三四]御厨子《みづし》所の御膳棚《おものだな》に沓《くつ》おきて、[三五]いひのゝしらるゝを、いとお《(を)》かしがりて、[三六]「誰《(たが)》沓《くつ》にかあらん、ゑ《(え)》知《し》らず」と殿司《とのもづかさ》人ゝなどのいひけるを、[三七]「やゝ、方弘《まさひろ》がきたなきものぞ」とていとゞさは《(わ)》がる。

（五四段）

[三八]わかくよろしきお《(を)》とこの、下衆《げす》女の名《な》、[三九]よび馴《(なれ)》ていひたるこそにくけれ。知《し》りながらも、[四〇]なにとかや、[四一]片文字《かたもじ》はおぼえでいふはお《(を)》かし。

[四二]みやづかへ所の局《つぼね》に[四三]よりて、[四四]夜《よる》などぞあしかるべけれど、[四五]殿司《とのもづかさ》、[四六]さらぬたゞ所などは、[四七]侍《さぶらひ》などにある物《(もの)》を具《ぐ》してきてもよばせよかし。[四八]てづから、こゑもしるきに。[四九]はした物《(もの)》わらはべなどは、されど[五〇]よし。

には「うしろざま」になる。
二三 ある者は声高に、ある者は小さい声で。
二四 滝口の侍の頭数が揃わない時は。「已然形＋ば」の形は、しかじかの時はどうこうなる、という一般的な因果を表わす語法。
二五 点呼は行わない旨を。これが一般的な結果。
二六 どうしてか。定員不足の理由を問う言葉。
二七 支障の事情。
二八 その事情を聴取して蔵人は帰る。
二九 ここから源方弘の話に流れてしまう。方弘は長徳二年（九九六）六位蔵人だが、人々に笑われるような人物であった。↓一〇四段。
三〇 定員不足の事情聴取を怠ったこと。
三一 方弘の失当を、公卿が教えて注意した。
三二 方弘は、定員不足という事態を招いた滝口に立腹の鉾先を向けたのである。
三三 処罰すること。その不当さが笑いを買う。
三四 帝の御膳を調える所。後涼殿の西廂にあった。「御膳棚」は御膳の料を納めておく棚。
三五 こんな所に沓を置くので、大さわぎとなる。
三六 わざと知らないと言って、方弘の失敗をかばったのであろう。
三七 馬鹿正直に答えて、せっかくの人々の好意を無にしてと、一段と笑い者になる。
三八 まあ水準に達していると認められる男。
三九 平素から呼び馴れている、といった感じで口にするのは。四〇 何とかさん、という風に。
四一 半ば覚えていないような言い方をするのは。
四二 相手の女が仕えている邸の女房たちの部屋。
四三 男が女を呼び出してもらうように立ち寄る。
四四 夜などは遠慮すべきだが。夜に人に頼んで女性を呼び出すのはよくない、の意であろう。
四五 女の仕えているのが後宮である場合を想定して言ったもの。以下昼間の話。

（五五段）

一わかき人、ちごどもなどは　肥《こ》えたるよし。受領《ずりやう》など、おとなだちぬるも、ふくらかなるぞよき。

（五六段）

ちごは　あやしき弓《ゆみ》、笞《しもと》だちたる物など、二さゝげてあそびたる、いとうつくし。車などとゞめて、三いだき入《(いれ)》て見まくほしくこそあれ。四又さて行《い》くに、たき物の香《か》、いみじう五かゝへたるこそ、いとをかしけれ。

（五七段）

よき家《いへ》、六中門あけて、檳榔毛《びらうげ》の車しろくきよげなるに、蘇枋《すはう》の下簾《したすだれ》、七にほひいときよらにて、八榻《しぢ》に打《(うち)》かけたるこそめでたけれ。九五位六位などの、一〇下襲《したがさね》のしりはさみて、笏《さく》のいとしろきに、扇《あふぎ》一一うちおきなどいきちがひ、又、装束《さうぞく》し一二壺胡簶《つぼやなぐい》

四六 宮中でなく、普通の家である場合には。
四七 侍所にいる者を連れて来て呼び出させるとよい。呼び出しを頼む適当な女性がすぐには見つからないのであろう。
四八 自分で呼んだら、声で呼び馴れた様子がわかってしまうのに。
四九 一人前でない召使いの女性。あるいは年齢的に中途半端な(未成年の)女性の意か。
五〇 自分で呼んでも一向差支えない。

一 若い女性。若い男は痩せている方がよかった(→五〇段)。　二 振りかざして。
三 ちごを車の中へ抱き入れて、近々と見たい。
四 「いだき入れて」を「さて」と指したもの。
五 香がただよって来ること。→六二頁注四。
六 門の内、対の屋からの廊に作られた門。正規の寝殿造りの様で、「よき家」である。「びろうげ」は「びらうげ」が正。
七 色合い美しく。底本「きよらにて」。他本により改む。
八 檳榔毛の車が轅(ながえ)を榻にかけた様で、先に「中門あけて」とあったのと合わせて、身分ある客が訪れたのであろう。
九 来客の家来とも見得るが、下の「いきちがひ」の主語だから、このお邸の家来であろう。「よき家」ならではの描写である。
一〇 動きやすく裾をからげている。
一一 扇を笏に添え持つことを言ったものか。
一二 矢を入れて背負う筒状の器。「やなぐひ」が正。
一三 これも「出入す」から当家の随身であろう。
一四 底本「くかえりや女」。他本により改む。
一五 訪問客の従者を呼ぶのである。
一六 大和国山辺郡。布留滝を見に来られた「法皇」として、宇多法皇・花山法皇などが伝えられ

負《お》ひたる[一三]随身《ずいじん》の出入《いでいり》したる、いとつきぐ〳〵し。[一四]厨女《くりや》のきよげなるがさし出《いで》て、「[一五]何《なに》がし殿《どの》ゝ人やさぶらふ」などいふもお《を》かし。

（五八段）

滝は　音なしの滝。[一六]布留《ふる》の滝《たき》は、法皇の御覧じにおはしましけんこそめでたけれ。[一七]那智《なち》の滝は、熊野にありと聞《き》くが哀《あはれ》なり。[一八]とゞろきの滝は、いかにかしがましく、おそろしからん。

（五九段）

河は　[一九]飛鳥《あすか》川、淵瀬《ふちせ》も定めなく、[二〇]いかならんとあはれ也。大井河。音無《なし》川。水無瀬《みなせ》川《がは》。

[二一]みゝと川、又も何事を、[二二]さくじり聞《き》ゝけんとお《を》かし。たまほし川、細《ほそ》谷川。[二三]五貫《いつぬき》川、[二四]沢田《さはだ》川などは、催馬楽《さいばら》などの思はするなるべし。名取《とり》川、いかなる名を[二五]取《とり》たるならんと聞《き》かまほし。吉野川。[二六]天《あま》の川原《かはら》、「た

ている。花山法皇は出家して後きびしい修行を積み、修験道の霊地たる熊野へも入られたから、清少納言の頭にあったのは同時代人の花山法皇（寛弘五年没）ではなかろうか。それなら「法皇」と無限定に言うのも自然である。

一七 紀伊国牟婁郡。本宮・新宮と共に熊野三山の一つ。修験道の霊地である。

一八 意図してのことではあるまいが、冒頭の「音なしの滝」の対。「とゞろきの滝」の所在は奥州や阿波や大和のが擬せられているが、清少納言は言葉の上でだけ取り上げているのであろう。

一九 大和国高市郡。古今集・雑下「世の中はなにか常なる明日香川きのふの淵ぞけふは瀬になる」がとりわけ有名。 二〇 「定めなく」をうけた言葉。今後もどうなるのだろうか。

二一 平安京、朱雀門の前の川。「みみと」は「耳敏」すなわち耳がよい、の意。

二二 「さ」は「耳敏川」と呼ばれるほどに、の意。「くじり聞く」は、ほじくり聞くこと。

二三 美濃国本巣郡。催馬楽・貫河「貫河の瀬々のやはら手枕、やはらかに寝る夜はなくて親さくる夫、親さくる夫はましてるはし、しかさらば矢矧の市に沓買ひにかむ、沓買はば線鞋(せんがい)の細敷きを買へ、さしはきてうは裳とり着て宮路かよはむ」。貫河は「五貫川」のこと。

二四 山城国相楽郡。催馬楽・沢田川「沢田川、袖つくばかり、や、浅けれど、はれ、浅けれど、恭仁(くに)の宮人、や、高橋渡す」。

二五 評判をとる。どんな評判を立てられたのか。

二六 河内国交野郡。古今集・羇旅・在原業平「狩りくらし織女(たなばたつめ)に宿からむ天の河原にわれは来にけり」。長い詞書の中に「天の川といふ所のほとりに…」の字句がある。伊勢物語にも採られて知らぬ人もない歌である。

なばたつ女《め》に宿からん」と業平がよみたるもをかし。

（六〇段）

[一]暁にかへらん人は、装束《さうぞく》などいみじう[二]うるはしう、烏帽子《ゑぼうし》[三]の緒《を》、元結《もとゆひ》[四]かためずもありなんとこそおぼゆれ。いみじくしどけなく、[五]かたくなしく、直衣《なをし》[六]、狩衣《かりぎぬ》などゆがめたりとも、誰か見しりてわらひそしりもせん。

人は猶《(なほ)》、あかつきのありさまこそ、お《(を)》かしうもあるべけれ。わりなくしぶ〳〵に起《お》[七]きがたげなるを、[八]しゐ《(ひ)》てそゝのかし、「明《(あけ)》すぎぬ、あな見ぐるし」などいはれて[九]うちなげくけしきも、[一〇]げに[一一]あかず物《(もの)》憂《う》[一二]くもあらんかしと見ゆ。指《さし》貫《ぬき》なども、[一三]ゐながら着《き》もやらず、まづ[一四]さしよりて、夜《よる》いひつることの[一五]なごり、女の耳に[一六]いひ入《い》れて、[一七]なにわざすともなきやうなれど、帯《おび》などゆふやう也。格《かう》子《し》おしあげ、[一八]妻戸《つまど》ある所は、[一九]やがてもろともに率《ゐ》ていきて、[二〇]昼《ひる》のほどのおぼつかなからんことなども、[二一]いひゐ《(い)》でにすべり出《い》で[二二]なんは、見を《(お)》くられて名残もお《(を)》かしかりなん。

一 愛人と夜を過して、明るくならない中に別れて帰る男性。
二 「うるはし」は、この場合、整えられた装束の寸分のすきもない、といった有様を指す。
三 「えぼうしのを」が正。
四 烏帽子の紐を、髪を結んだ元結に、結いかためてかぶる。なお「かためず」の「ず」の否定は「装束などいみじううるはしう」に及ぶ。
五 不体裁に。上の「しどけなし」と同じことを、体裁に心をゆきとどかせない、判断力弱化の角度から言ったもの。 六 「なほし」が正。
七 男の様子。帰ることをしぶって起き上らない。
八 女の側は、あまり明るくならない中に、男を帰そうとする。忍ぶ仲でなくとも、あまり大っぴらなのは当時の美意識に反する。
九 「なげき」はもと「長息《(ながいき)》」で、「なげく」はため息をつくこと。
一〇 「げに」は、以下に述べられる、帰りたがらない気持を、無理もないと肯定する表現。
一一 あきたらず。女と過し足らないと思う様。
一二 気がすすまない。帰る気になれないこと。
一三 坐ったまま着ようともせず。指貫をはくには立ち上らねばならない。
一四 女に身を近づけ。
一五 「名残」は、前にあったことが、まだ終りにならないで尾を引いていること。延長、と言うに近いが、前から言えば「続き」。今から言えば「言い残したこと」。
一六 耳に口を寄せて「言ひ入れる」。
一七 女との別れを惜しむばかりで、他のことを何かするとは見えないのだが、の意。
一八 両開きの戸。寝殿造りの出入口。
一九 「やがて」は「もろとも」の状態のままの意。
二〇 昼別々にいる間の逢いたさ。

[二三]思出《(おもひ)で》所ありて、いときは[二四]やかに起《お》きて、[二五]ひろめきたちて、指貫《さしぬき》のこしごそ／＼とひきゆひなを《(ほ)》し、[二六]うへの衣《きぬ》も、狩衣《かりぎぬ》も、袖かいまくりて、よろづさし入《い》れ、帯《おび》いとした[二七]ゝかにゆい《(ひ)》はてて、[二八]つゐ《(い)》ゐて、[二九]烏帽子《えぼうし》の緒《お》、きと強《つよ》げにゆひいれて、[三〇]かいすふ《(う)》るをと《(お)》して、扇《あふぎ》、[三一]畳紙《たとうがみ》など、よべ枕《まくら》がみにを《(お)》きしかど、を《(お)》のづからひかれ散《ち》りにけるをもとむるに、くらければ、いかでかは見えん、いづら／＼と[三二]たゝきわたし見いでて、扇《あふぎ》ふた／＼とつかひ、懐紙《ふところがみ》さしいれて、「[三三]まかりなん」とばかりこそいふらめ。

（六一段）

橋《はし》は　あさむづの橋《はし》。ながらの橋《はし》。あまびこの橋《はし》。[三四]浜名《はまな》の橋《はし》。ひとつ橋《ばし》。うたゝねの橋《はし》。佐野《さの》の[三五]舟橋《ばし》。ほり江の橋《はし》。[三六]かさゝぎの橋《はし》。山すげの橋《はし》。[三七]をつの浮《うき》橋《はし》。一すじ《(ぢ)》わたしたる[三八]棚橋《たなはし》、[三九]心せばけれど、名を聞《き》くにお《(を)》かしき也。

二二 「言ひ出で」は、言うことと出ることとが同時に行われる様。言いながら出てゆく。
二三 といった風であるならば、という気持。
二三 用事を思い出した所。某所に用事があったことを思い出した、の意。以下は、前項に述べた望ましい仮定と正反対の現実を述べる。
二四 きっぱりと。思い切りよく。前項「わりなくしぶしぶに」と対比。
二五 手をひろげて立って。前項「ゐながら着もやらず」と対比。
二六 袍(うえのきぬ)であれ狩衣であれ、袖をまくって。
二七 しっかりと結び了えて。「結ひ果つ」が特に対比効果を挙げている。
二八 膝をついて。帯が終ったら今度は膝をついて、いかにも段どりよい様子。
二九 「えぼうしのを」が正。
三〇 「かいすう」は「搔き据う」であろう。烏帽子を頭に据える、しっかり被る、の意と見る。
三一 「たたうがみ」が正。
三二 手さぐりで探し廻る。情趣を欠く挙動。
三三 「ではお暇します」とだけ言うようだ。前項にあった「名残」というものを全く欠く。文末の「らむ」は、大抵の男はこの様だ、の意。
三四 浜名湖の入口に渡した橋。
三五 舟をつないで渡れるようにした橋。上野国佐野にあって、万葉時代から歌に詠まれた。
三六 新古今集・冬・大伴家持「鵲(かささぎ)の渡せる橋に置く霜の白きを見れば夜ぞふけにける」。
三七 底本「をつ」を見せ消ちにして「みつ」。他本により「を」を回復。近江国野洲郡。「浮橋」は筏や舟をならべ板を渡した橋。
三八 板一枚を渡した橋、とされる。
三九 狭量。棚板のようなもの一本ではいかにも狭そうだ、という連想。

里《さと》は　[一]相坂《(あふさか)》の里《さと》。ながめの里《さと》。ゐ《(い)》ざめの里《さと》。人づまの里《さと》。たのめの里《さと》。夕日の里《さと》。

（六二段）

つまどりの里《さと》、[二]人にとられたるにやあらん、我まうけたるにやあらん、とお《(を)》かし。伏見の里《さと》。朝白《(あさがほ)》の里《さと》。

（六三段）

草は　菖蒲《さうぶ》。菰《こも》。葵《あふひ》、いとお《(を)》かし。[三]神代よりして、さるかざしと成《(なり)》けん、いみじうめでたし。[四]もののさまもいとお《(を)》かし。沢瀉《おもだか》は、[五]名のお《(を)》かしきなり。心あがりしたらんと思ふに。三稜草《みくり》。蛇床子《ひるむしろ》。苔《こけ》。[六]雪間《ゆきま》の若草《わかくさ》。[七]こだに。[八]かたばみ、綾《あや》の紋《もん》にてあるも、こと物よりはお《(を)》かし。あやふ草《ぐさ》は、[九]岸《きし》の額《ひたい》に生《(おふ)》らんも、げにたのもしからず。いつまで草は、又、[一〇]はかなく哀《(あはれ)》也。岸《きし》の額《ひたい》よりも、[一一]これはくづれやすからんかし。[一二]まことの石灰《いしばい》

一 名高い逢坂の関の在所を言ったものか、とされるが、「大坂」で今の大阪ではないか、という意見もある。
二 「妻取り」とは、自分の妻を人に取られた、というのか。それとも、他人の妻を取って自分の妻に「まうけ」たのか。
三 直前の「葵」に関して言ったもの。賀茂の祭に葵をかざすことは、神代に溯ると言う。玉依姫の子が天に昇り、会いたいと悲しむ母姫に告げた条件の中に、葵、楓の鬘を作れと言ったと伝える(年中行事秘抄に引かれた旧記)。
四 葵の、物自体の形も。
五 「おもだか」は「面高」に通じる。顔を高く上げるのは高慢(=心あがり)の態度。
六 雪の間から姿を現わした若草。正月七日には若菜摘みがある。
七 蔓の一種だという。「木蝋」の字を宛てる。
八 酢漿草。綾織物の紋様に葉の形が用いられた。
九 「ひたひ」が正。次行も同じ。和漢朗詠集・無常「観レ身岸額離レ根草、論レ命江頭不レ繫船」はよく知られた詩であった。「岸の額」は崖のふちで、「あやふ草」は未詳だが、そんな所に根をしっかり張ることもなく(=離レ根)生えているなら、いつ何時抜け落ちるかもわからぬ「あやふ草」である。
一〇 「かべに生ふるをば、いつまで草といふなり」(能因歌枕)ということが一般に言われていたのであろう。
一一 「かべ」は「岸の額」よりも崩れやすい。
一二 本格的な漆喰壁。「いしばひ」が正。
一三 「ことなし」で「事を成す」の意となる。物事を成功させる、の意。
一四 「苗」で、稲の苗のことらしいが不審。
一五 極楽浄土の仏の坐とされるからである。

などには、え生《お》ひずやあらんと思ふぞわろき。

一三 ことなし草は思ふことをなすにやとおもふもおかし《(を)》。忍ぶ草《ぐさ》いと哀也。道《みち》芝いとおかし《(を)》。茅花《つばな》もおかし《(を)》。蓬《よもぎ》いみじうおかし《(を)》。山すげ。日かげ。山藍《あゐ》。浜《はま》木綿《ゆふ》。葛《くず》。笹《さゝ》。青《あを》つゞら。なづな。一四 なへ。浅茅《あさぢ》、いとおかし《(を)》。

蓮《はちす》は、一五 よろづの草よりもすぐれてめでたし。一六 妙法蓮花のたとひにも、花は仏にたてまつり、実《み》は数珠《ずゝ》につらぬき、念仏して、往生《わうじやう》極楽の縁とすればよ。又、花なき比《(ころ)》、みどりなる池の水に、紅に咲《(さき)》たるもいとおかし《(を)》。一七 翠翁紅《(すいをうこう)》とも詩につくりたるにこそ。

一八 唐葵《からあふひ》、日の影にしたがひてかたぶくこそ、一九 草木といふべくもあらぬ心なれ。さしも草。八重葎《(やへむぐら)》。つき草、二〇 うつろひやすなるこそうたてあれ。

（六四段）

二一 草の花は　撫子《なでしこ》。二二 唐《から》のはさら也、二三 大和のもいとめでたし。女郎花《(をみなへし)》。桔梗《きゝやう》。朝皃《(あさがほ)》。刈萱《かるかや》。菊《きく》。壺菫《つぼすみれ》。

一六 妙法蓮華経。蓮は開花期が長く、花と実とが同時に存するので、法華経が因果両法を備えるとされることの譬えにとる。それを指すのであろうが、「妙法蓮花のたとひ」の用語、「にも」のつづき方、共に枕草子らしからぬ所がある。七五調なのも和讃を想像させる。

一七 和漢朗詠集・蓮「煙開ニ翠扇ニ清風暁、水浮ニ紅衣ニ白露秋」の「翠扇紅衣」の誤りか。 一八 立葵。

一九 日光を追うとは、人間のようだ、の意。

二〇 古今六帖六「世の中の人の心はつき草のうつろひやすき色にぞありける」。

二一 「木の花」に対して言う。↓三四段。以下の花はほとんど秋の「草の花」である。

二二 唐撫子は言うまでもない。唐撫子は石竹。

二三 大和撫子。河原撫子とも。

一 枝の張り具合が鬱陶しいが。

二 他の花がみな霜にあって枯れているのに。竜胆は秋の花でも開花が遅い。

三 紫の濃い花をつける。紫は清少納言の最も好む色。「すべてなにもなにも紫なるものはめでたくこそあれ。花も糸も紙も」（八四段）。

四 わざわざとりたてて一人前に扱うべき様子ではないが。「…け」の類想章段によく使われる条件づけの言い方。

五 未詳。後続文に「らうたげ」「雁の来る花とぞ文字には書き」などとあるので、露草、葉鶏頭、その他何種か擬せられる草花があるが、不明。

六 「かまつか」の名がどうしていや（＝うたてあり）なのかも不明。花の正体の詮索と関連して、「かまつほ」の誤りと見る説もある。

七 「雁来紅」は葉鶏頭だが、「らうたげ（可憐だ）」の評となじまない、とされる。

八 雁緋であろうとされる。春に咲く「剪春羅

竜胆《りんだう》は、[一]えださしなどもむつかしけれど、[二]こと花どもの、みな霜《しも》がれたるに、いと[三]はなやかなる色《いろ》あひにてさし出《い》でたる、いとお《(を)》かし。又、[四]わざととりたてて、人めかすべくもあらぬさまなれど、[五]かまつかの花、らうたげ也。名も[六]うたてあなる。[七]雁《かり》の来《く》る花とぞ文字《もじ》には書《か》きたる。[八]かにひの花、色はこからねど藤の花といとよく似《に》て、春秋と咲《(さく)》がお《(を)》かしき也。

萩、いと色《いろ》ふかう、枝たをやかにさきたるが、朝露にぬれて、なよ〳〵とひろごりふしたる。[九]さ牡《を》鹿《しか》の、は《(わ)》きてたちならすらんも、心ことなり。八重山吹。

夕顔は、花の形も槿《あさがほ》に似《に》て、[一〇]いひつゞけたるに、いとお《(を)》かしかりぬべき花の姿に、実《み》のありさまこそいとくちお《(を)》しけれ。[一一]などさ、はた生《お》ひいでけん。[一二]ぬかづきなどいふものの、やうに[一三]だにあれかし。されどなを《(ほ)》、夕顔《ゆふがほ》といふ名ばかりはお《(を)》かし。[一四]しもつけの花。蘆《あし》の花。

[一五]これに薄《すゝき》を入《い》れぬ、いみじうあやしと[一六]人いふめり。秋の野の[一七]おしなべたるお《(を)》かしさは、薄こそあれ。穂《ほ》さきの蘇枋《すはう》にいとこきが、朝霧にぬれてうちなびきたるは、[一八]さばかりの物やはある。[一九]秋のはてぞ、いと見所なき。色〳〵に乱咲《(みだれさき)》た

(びがん)」と秋に咲く「剪秋羅《(せんおう)》」とがあって、後に「春秋と咲くが」とあるのに適うが、色は「藤の花にいとよく似」とは言えない。

九 後撰集・秋中・紀貫之「さ牡鹿の立ちならす小野の秋萩に置ける白露われも消ぬべし」を頭に思い浮べた表現で、「たちならすらん」と言う。

一〇 「朝顔夕顔」と一組にして呼ぶことを「いひつづけ」と言ったもの。「花の形も」花の名も、一組に呼ぶにふさわしい。底本「たるにか」。他本により「か」を除く。

一一 実が情ない(＝くちをし)恰好の草と運命づけられたことを「さ生ひ出づ」と言ったもの。

一二 酸漿。ほおづき。

一三 せめてほおづきの実ぐらいの形だったら、という気持が「だに」で表わされている。

一四 繡線菊。

一五 この、「草の花は」として挙げてゆく中に。

一六 批評する人があるようだ。枕草子が清少納言の朋輩に読まれ批評されつつ書かれたこと、少なくとも清少納言自身がそういう事態を意識していることを示すもの。

一七 面白さのすべては、何と言っても薄である。いろいろの草花がそれぞれ示す秋の野の情趣を、全部累計したもの、それに匹敵する草花を一つ挙げるなら、それは薄だ、という気持。

一八 あれほどすばらしいものはあろうか。

一九 賞めそやしておいて、以下薄の悪口を言う。

二〇 形も残さず散ってしまっているのに。最も美しい時だけ存して後は消滅してしまう「色々に乱れ咲きたりし花」の方が退き方が美しい。

二一 薄の穂を人間の頭に見立て、以下擬人法で醜さを言う。

二二 毛髪などの乱れた様。

二三 全盛時代の昔を思い出したような様子で。

りし花の、形《かた》[二〇]もなく散《ちり》たるに、冬の末まで、かしら[二一]のいとしろくおほどれたる[二二]もしらず、むかし思ひいで[二三]顔《がほ》に、風になびきてかひろぎ[二四]立《た》てる、人[二五]にこそいみじうにたれ。よそふる[二六]心ありて、それをしもこそあはれと思ふべけれ。

（六五段）

集[二七]は　古万葉[二八]。古今。

（六六段）

歌[二九]の題は　宮こ。葛《くず》。三稜草《みくり》。駒《こま》。霰《あられ》。

（六七段）

覚束《おぼつか》[三〇]なきもの　十二[三一]年の山ごもりの法師《ほうし》[三二]の女親《めおや》。知《し》[三三]らぬ所に、闇《やみ》なるに行《い》きたるに、あらはに[三四]もぞあるとて、火もともさで、さすがに[三五]並《な》みい《ゐ》たる。いま[三六]出《い》できたる物《もの》の、心もしらぬに、やんごとなき[三七]物持《も》たせて人のもとにや

二四　ゆらゆらと不安定に揺れ動く様。以上で薄の老醜を描く。鶯が郭公に比べて劣る点の一つが老醜であったこと(一三八段)と同じ発想である。
二五　人間の一生によく似ている。
二六　薄の有様を人間の一生になずらえる心から、それ(冬の末に老いた姿をさらしていること)が身に沁みるのだ、と思う人もあろう。
二七　和歌集。当時は、万葉集、新撰万葉集(菅原道真撰)、新撰和歌集(紀貫之撰)、古今和歌集、後撰和歌集などがあった。
二八　新撰万葉集に対する万葉集の呼び名。
二九　題を定めて歌を詠むことが平安初頭から盛んであった。「宮こ」は「都」。
三〇　それが何なのか、何事が起っているのか、ある物がいまどこにいて、どうしているのか、など肝腎の情報が欠けていて不安な気持を「おぼつかなし」と言う。
三一　十二年間山に籠って修行する法師。比叡山では、年に二人を限って得度戒を授け、十二年間山から出ることを許さず修行させた。
三二　「ほふし」が正。その母親は十二年間もわが子に会えない。どうしているか、無事に修行を終えるだろうか、その時自分はまだ生きているだろうか、などと不安にかられるであろう。
三三　以下「知らぬ所」「闇なるに」「火もともさで」などが不安語彙。
三四　火をともせば丸見えになるというわけで。
三五　それでも。不安だがよそのお邸だからと、行儀を崩さずにきちんと並んで坐っている。
三六　最近奉公に来た者。「出で来(く)」は田舎から出て来た、の意。使い馴れていないから「心も知らぬ(気心が知れない)」。
三七　貴重な品物。

りたるに、[一]をそくかへる。物もまだいはぬちごの、[二]そりくつがへり、[三]人にもいだかれずなきたる。

（六八段）

[四]たとしへなきもの　夏と冬と。夜と昼と。雨ふる日と照《て》る日と。[五]人の笑《わら》ふと腹《はら》だつと。老《お》ひ《（い）》たると若《わか》きと。

[六]白《しろ》きと黒《くろ》きと。[七]思ふ人と憎《にく》む人と。[八]おなじ人ながらも心ざしある折とかはりたる折は、まことにこと人とぞおぼゆる。

火と水と。こえたる人やせたる人。髪《かみ》ながき人みじかき人。

（六九段）

夜烏《よがらす》どものゐて、[九]夜中ばかりに寝《いね》さはぐ《（わ）》。[一〇]落《お》ちまどひ木づたひて、[一一]寝《ね》おびれたるこゑに鳴《（なき）》たるこそ、[一二]昼《ひる》の目《め》にたがひてをかしけれ。

一 なかなか帰って来ない。落しでもしたか、持って逃げたのでは、などと気をもむ。
二 そっくりかえって。
三 抱かれるのもいやがって。どこか悪いのではないかと、物を言わぬ赤ん坊への不安。
四 「たとしへなし」は、共通点のないこと。ここでは特に正反対のもの、の意に使われている。
五 「人の笑ふ」の正反対は、普通なら「人の泣く」であろう。だが清少納言は「泣く」を採らずに「腹立つ」を採っている。陰性の感情表出が枕草子に少ないことが思い合わされる。
六 「しろし」はもと「著（しろし）」の意で正反対は「あをし」。「くろし」はもと「暗（くら）」の意、正反対は「あかし」であったが、ここではすっかり色彩用語となっている。
七 こちらが心を寄せる（＝思ふ）人の意とも、こちらに心を寄せる人の意とも解し得る。次の「憎む」も同様だが、おそらく共にこちらが「思ふ」「憎む」のであろう。
八 同じ相手でも、の意であろう。ただし「思ふ」「憎む」の主語を相手と解して、ここも同一人が、こちらに「心ざしある」時と、その気が「かはりたる」時とで、全く「こと人」のように感じられる、と解するのも面白い。
九 底本「ねて」。他本により改む。
一〇 木から落ち、枝から枝へとび移り。
一一 寝ぼけた声で。三巻本系「ねおきたる」。底本は能因本と同じ。
一二 昼間のずる賢い印象（＝目）とはまるで違って。前段の「たとしへなきもの」の延長のような段である。前段の一部と扱う読み方もある。
一三 人目をしのんで男女の逢う所。
一四 全く眠らないで朝を迎える。愛の言葉を交しあってのことで、夏の夜の「いみじくみじか

（七〇段）

[一三]しのびたる所にありては、夏こそおかし《を》けれ。いみじくみじかき夜の明《あけ》ぬるに、[一四]露ねずなりぬ。[一五]やがてよろづの所あけながらあれば、[一六]涼しく見えわたされたる。[一七]猶《なほ》いますこしいふべきことのあれば、[一八]かたみにいらへなどする程に、[一九]ただゐたるうへより、烏《からす》のたかくなきて行《い》くこそ、[二〇]顕証《けせう》なる心ちしておかし《を》けれ。

又、冬の夜いみじう寒きに、[二一]おもふ人とうづもれ伏《ふ》して聞《き》くに、鐘の音の、たゞ、[二二]物の底《そこ》なるやうに聞《きこ》ゆる、いとおかし《を》。鳥のこゑも、はじめは[二三]羽《はね》のうちになくが、[二四]口《くち》をこめながらなけば、いみじう[二五]物ふかく、とを《ほ》きが、[二六]明《あく》るままにちかくきこゆるも、おかし《を》。

（七一段）

[二七]懸想《けさう》人にて来《き》たるは言《い》ふべきにもあらず、たゞうちかたらふも、又、[二八]さしもあらねどおのづから来《き》などもする人の、[二九]簾《す》の内《うち》に人ゝあまたありて物などいふに、[三〇]ゐ《い》入りてとみにかへりげもなきを、ともなるおのこ《を》、わらはなど、[三一]とかく

き」ことが身にしみるであろう。
一五 昼のまま（＝やがて）どこも開けたままなので。
一六 閉めてないから涼しそうに見通される。夏の夜の暑さのためである（→三三段）。
一七 話のつきない様（→六〇段）。
一八 互いに答えあったりしていると。
一九 坐っている、その真上（＝ただうへ）。
二〇 どこかからまる見えになっていそうで。烏の大きな鳴き声が、見ていたぞ、という感じに聞きなされる、ということであろう。
二一 恋人と同衾して聞いていると。冬の寒さにちぢこまって臥しているのが「うづもれ伏す」。
二二 何かの底であるかのように。鐘の音が「うづもれ伏し」ている耳に、籠って聞える。
二三 羽の中に口を埋めたような鳴き方。鳥も初めは寒さをいといながら鳴いている、という趣。
二四 口ごもったような鳴き方。
二五 物の奥の方で鳴いているように、遠く聞えるが。鐘の「物の底」と同じ発想。
二六 底本「明るまに」。他本により「ま」を補う。明るくなるにつれて。鳥もだんだん暖まってきて、活動がきっぱりして。
二七 恋人として女性を訪ねて来た人は言うまでもない。「言ふべきにもあらず」は、問題として採り上げるに及ばない、の意で、最高度のものを示す言い方。以下の文脈から見て、恋人の長居は当然、と言いたいのであろう。
二八 「うちかたらふ」ほどの間柄ではないが。
二九 「簾の内」だから女性である。訪問先では女性たちが多数おしゃべりしていた、という趣。
三〇 坐り込んで帰る気配がないのを。この部分「懸想人にて来たる」には該当しない叙述となり、最初の「言ふべきにもあらず」との照合を欠く。
三一 まだ帰らないのかと様子を見る。

さしのぞきけしき見るに、[一]斧《をの》の柄《へ》も朽《(くち)》ぬべきなめりと、いとむつかしかめれば、[二]ながやかにうちあくびて、[三]みそかにと思ひていふらめど「あな侘《(わび)》し、[四]煩悩《ぼんなう》苦悩《くなう》かな。[五]夜は夜中《よ》に成《(なり)》ぬらむかし」といひたる、いみじう心づきなし。[六]かのいふ物《(もの)》はともかくも覚えず、[七]このゐたる人こそ、[八]おかし《(を)》と見え聞《(え)》へつることも失《う》するやうに覚ゆれ。

又、さは色《いろ》にいでてはえいはず、「[九]あな」とたかやかにうちいひ、うめきたるも、[一〇]下行水《した(ゆく)》の、といとをし《(ほ)》。立蔀《たてじとみ》、[一一]透垣《すいがい》などのもとにて、「[一二]雨ふりぬべし」など聞[一三]えごつも、いとにくし。

[一四]いとよき人の御とも人などはさもなし。君達《だち》などのほどは、[一五]よろし。それよりくだれるきはは、みなさやうにぞある。[一六]あまたあらん中にも、心ばへ見てぞ、率《ゐ》てありかまほしき。

（七二段）

[一七]ありがたきもの　舅《しうと》にほめらるゝ婿《むこ》[一八]。又、姑《しうとめ》に思はるゝ嫁《よめ》の君《きみ》。毛《け》のよくぬ

一「柄」は「え」が正。山に入って仙童が碁をうつのを見ている中に斧の柄が腐り、帰って見れば知人は皆故人となっていた、という晋の王質の故事。　二 大きなあくびをして。
三 本人は小声で言っているつもりだろうが。
四 むずむずいらいらするなあ、といった気持を、仏教語を用いて言ったもの。
五 もう夜も夜中になっているだろうよ。
六 不平を言う従者についてどうこう思わぬが。
七 長居の主人の方について。
八 立派だと見聞きしていた今までの印象も。
九 底本「ある」。三巻本系・能因本「あると」、前田本・堺本「あなわびしと」。これらにより訂正。
一〇 古今六帖五「心には下行く水のわきかへり言はで思ふぞ言ふにまされる」。はっきり言葉に出さぬだけに、不満は強いだろう、の意。だから「いとほし」と同情を寄せる。
一一 竹などで編んだ垣。密な編み方でなく先が透いて見える。
一二 雨になりそうです。
一三 室内の主人に聞えるように言う。前の口に出して言わない従者と並べて比べる気持から「も」と言う。
一四 上達部などを指すものと思われる。
一五 こんなにひどくはなく、まだましだ。
一六 召使いが多勢いるであろう中で。
一七 めったにないもの。この世に有り難いもの。
一八「婿」は親の立場から娘の夫を指す語。次の「嫁」は息子の妻を指す語。共に同性の親の目がきびしい。
一九 贅沢品に機能の良くないものが多い。
二〇「しゆう」が正。
二一 これっぽっちの癖もない人。
二二 社会生活を送る間に、何の失敗もしない人。

くる[一九]銀《しろかね》の毛抜《けぬき》。[二〇]主《しう》そしらぬ従者《ずさ》。[二一]露のくせなき。

かたち、心ありさま、すぐれ、[二二]世にふる程《ほど》、いささかの疵《きず》なき。[二三]おなじ所に住《(すむ)》人の、[二四]かたみに恥《(はぢ)》かはし、[二五]いさゝかのひまなく用意《ようい》したりと思ふが、[二六]つゐ《(ひ)》に見へ《(え)》ぬこそかたけれ。

[二七]物語、集《しう》など書《か》きうつすに、本に墨《すみ》つけぬ。[二八]よき草子《そうし》などはいみじう心して書《か》けど、かならずこそきたなげになるめれ。[二九]男《おとこ》、女をばいはじ、女どちも、契《(ちぎり)》ふかくてかたらふ人の、末《すゑ》までなかよき人、かたし。

（七三段）

[三〇]内のつぼね、[三一]細殿《ほそどの》、いみじうお《(を)》かし。[三二]上《かみ》の蔀《しとみ》[三三]あげたれば、風いみじう吹《(ふき)》入《い》れて、夏もいみじう涼し。冬は、雪あられなどの、[三四]風にたぐひて降《ふ》り入《(いり)》たるも、いとお《(を)》かし。せばくて、[三五]わらはべなどののぼりぬるぞあしけれども、[三六]屏風のうちにかくしすへ《(ゑ)》たれば、[三七]こと所のつぼねのやうに、声《こゑ》たかくえ笑《わら》ひなどもせでいとよし。

二三 同じ所に宮仕えしている人。
二四 朋輩が互いに緊張して。この相手には自分の欠点を見せたくない、と心遣いするのが、この場合の「恥ぢかはし」であろう。
二五 少しの隙もなく心構えしていると思われる人が。「が」は主格で「つひに見えぬ」が述語。
二六 最後まで疵を見せない、ということも。
二七 物語や歌集。「集」は「しふ」が正。
二八 立派な草子。用紙や装丁の立派な本。「さうし」が正。
二九 「をとこ」が正。男と女との間は言うまい。次の「女どち」に対して言う。「契ふかくて…末までなかよき」ことが難しいこと、男女の間については言うまでもない、という気持。
三〇 宮中の局。後宮の御殿に作られた女房のための部屋。
三一 廂の間を仕切って女房の局とした。中宮定子は登花殿に住んでいたから、ここの「細殿」は、その西廂であろう。
三二 蔀の上半分。蔀は上下二枚から成る。底本「かみのこしとみ」。ただし「こ」は補入。他本により補入を削る。
三三 蔀の上半分を上げると。その結果を記したのが「風いみじう…」の夏の様と、「冬は」以下の冬の様との両方。
三四 風にまじって。風と一緒に。
三五 里から子供が来ている時などは具合悪いけれども。狭くても大人たちは何とかするけれども、という気持。
三六 屏風を立てたその中に、子供を目につかぬように坐らせておくと。他の女房の邪魔にならぬように、との心遣い。ここの「たれば」も、「…しておくと」の意。
三七 まるで他の人の局へ来たかのように。

[一]昼《ひる》なども、たゆまず心づかひせらる。夜《よる》は、[二]まいてうちとくべきやうもなきが、いとお《(を)》かしき也。[三]沓《くつ》のを《(お)》と、夜一夜《ひとよ》聞《きこ》ゆるが、[四]とゞまりて、たゞ[五]指一《およびひと》つしてたゝくが、[六]その人なりと、ふと聞ゆるこそお《(を)》かしけれ。いとひさしうたゝくに、[七]を《(お)》ともせねば、寝入《ねい》りたるとや思ふらんと、[八]ねたくて、すこし[九]うちみじろぐ衣《きぬ》のけはひ、[一〇]さなりと思ふらんかし。冬は、火桶《をけ》に[一一]やをら立《た》つる箸《はし》の音も、しのびたりと聞ゆるを、[一二]いとゞたゝきまさり、声《こゑ》にてもいふに、[一三]かげながらすべりよりて聞《き》く時もあり。

又、あまたの声《こゑ》して詩誦《ず》し、歌などうたふには、[一四]たゝかねどまづあけたれば、こゝへとしも思はざりける人もたちどまりぬ。[一五]い《(ゐ)》るべきやうもなくて立《た》ちあかすも、猶《(なほ)》お《(を)》かしげなるに、几丁《(きちやう)》の帷子《かたびら》いとあざやかに、[一六]裾《すそ》のつま、すこしうちかさなりて見えたるに、[一七]直衣《なをし》の[一八]うしろにほころびたえすきたる君達《だち》、[一九]六位の蔵人の、青色など着《き》て、[二〇]うけばりて遣戸《やりど》のもとなどにそばよせてはえ立《た》たで、[二一]塀《へい》のかたにうしろを《(お)》して、[二二]袖うちあはせて立《た》ちたるこそ、お《(を)》かしけれ。

又、指貫《さしぬき》いと濃《こ》う、直衣《なをし》あざやかにて、色〳〵のきぬども[二三]こぼしいでたる人

一 建物の端で人目が近く、昼も気が許せない。
二 男が訪ねて来たりするからである。
三 登花殿の西廂は、すぐ外が清涼殿へ上る人々の通路で、一晩中足音が聞えたであろう。
四 一晩中聞える沓音の一つが留って。
五 指一本で戸をたたく。そっと案内を乞う様。
六 誰それさんだと、すぐ聞きとれるのが。
七 内側からは返事もしない。簡単に応じたりはしないのであろう。
八 さてはもう寝入ったか、と思われるのはくやしいのである。早寝は心なき者の仕業。
九 眠ってはいないことを知らせる動作。
一〇 相手の男も、誰それが眠らずにいるのだなと、わかることだろう。
一一 そっと火箸を立てる音も、周囲に聞かれぬようにしているのだな、と思われるのに。訪れた男への合図に女が箸音を立てる、その音が朋輩の耳を気にしているらしい、とわかる。
一二 外の男は合図の箸音が聞えず、音高く戸をたたき、声にまで出して女を呼ぶ。
一三 それに興味を持った朋輩の女房が、そっと近付いて横合いから聞くこともある。
一四 男達が戸を叩かなくても開けて迎える。
一五 坐ることも出来ず。狭いからである。
一六 几帳の下に女房の衣の裾が重なって見える。
一七 「なほし」が正。三行後も同じ。
一八 背中が綻び糸が切れ、下が透けている君達。
一九 六位蔵人の衣は青である。
二〇 出しゃばって遣戸に近寄って立つ、ということも出来ずに。まだ若いのである。
二一 塀の方に退いて背中を押しつけて。
二二 ちょっとすましているのであろう。
二三 直衣の下に色々の下着を重ね着ている様。
二四 半分身を入れたようなのも。底本「いひた

の、簾《す》をおし入《い》れて、[二四]なからいりたるやうなるも、外《と》[二五]より見るはいとお《(を)》かしからんを、きよげなる硯引《すゞりひ》きよせて文かき、もしは、鏡《かゞみ》こひて鬢《びん》[二六]なを《(ほ)》しなどしたるは、すべてお《(を)》かし。

三尺の木丁《(きちやう)》をたてたるに、帽額《もかう》[二七]のしも、たゞ[二八]すこしぞある、外《と》にたてる人とうちにゐたる人と物いふが、顔《かほ》のもとにいとよくあたり[二九]たるこそお《(を)》かしけれ。丈《たけ》の高く、短《みじか》からん人などや、いかゞ[三〇]あらん。猶尋常《(よのつね)》[三一]の人はさのみあらん。

まいて、臨時《りんじ》[三二]の祭の調楽《てうがく》などは、いみじうをかし。主殿寮《とのもり》の官人《(くわんにん)》、ながき松をたかくともして、頸《くび》[三三]は引《(ひき)》いれて行《い》けば、さきは[三四]さしつけつばかりなるに、お《(を)》かしう遊《あそ》[三五]び、笛《ふえ》ふきたてて心ことに思《(おもひ)》たるに、君達《だち》、日《ひ》[三六]の装束《さうぞく》してたちどまり[三七]物いひなどするに、ともの随身《ずいじん》どもの、前駆《さき》を忍《(しのび)》[三八]やかにみじかう、を《(お)》のが君達《だち》の料《れう》に追《お》ひたるも、[三九]あそびにまじりて、常に似《に》ずお《(を)》かしう聞《きこ》ゆ。

猶、[四〇]あけながら帰《(かへる)》を待《(まつ)》に、君達《だち》の声《こゑ》にて、「荒田《あらた》[四一]に生《お》ふる、とみ草の花」とうたひたる、[四二]このたびはいますこしお《(を)》かしきに、いかなるまめ人にかあらん、[四三]すくゞしうさし歩《あゆ》みて去《い》ぬるもあれば、笑《わら》[四四]ふを、「しばしや、「など、さ、よ[四五]

る」。能因本により改む。
二五 中の女性を想像して、興味が持たれるであろう。簾の内に視点を置いて書いている。
二六 底本「見なをし」。二巻本系同じ。能因本は「ひんなどかきなをし」。「見」を「ひん」に改む。鬢の手入れ。 二七 →二五頁注二九。
二八 帽額と几帳との間に隙間が少しある。
二九 帽額と几帳との隙間が、ちょうど二人の顔のあたりに当っている。
三〇 こうは行くまい。背が高すぎても低すぎても、こんなにうまくは行かない。
三一 やはり普通の人は誰でもこういう風であろう。「のみ」は、きまって同じになる、の意。
三二 賀茂の臨時祭(一九頁注一七)の前に、一日おきに行われる音楽の練習。 三三 もう寒い。
三四 (長い松明の)先は(物に)押しつけてしまわんばかりなのに。 三五 音楽を奏すること。
三六 昼間の装束。正装である。
三七 細殿の女房と言葉を交す。
三八 次に「おのが君達の料に」とあるように、我が主のためだけに、小声に短く前駆を追う。
三九 音楽と一緒に聞えて平素に似ず趣がある。
四〇 戸を開けたまま。前に「あまたの声して詩誦し、歌などうたふには、たたかねどまづあけたれば」とあったのが、ここまで尾を引いている。
四一 風俗歌・荒田「荒田に生ふる富草の花、手に摘入て宮へ参らむ、なかつたえ」。
四二 調楽を終えての帰りで、気も楽になっているだろうと、思いやってのことであろう。
四三 女房達が戸を開けて待っているのに、生真面目にずんずん歩み去る人もいるから。
四四 こちらを見向きもしないとは、何たる「まめ人(堅物)」か、と女房達は笑う。
四五 「世を捨て」に「夜を捨て」をかけたものか。

を捨《(すて)》ていそぎ給《(たまふ)》」[一]とあり」などいへば、心ちなどやあしからん、たふれぬばかり、もし人などや追《お》ひて捕《とら》ふる、と見ゆるまで、[二]まどひいづるもあめり。

（七四段）

[三]職《しき》の御曹司《ぞうし》におはしますころ、木立《だち》などの、[四]遥《(はるか)》に物ふり、[五]屋のさまもたかう、[六]けどを《(ほ)》けれど、すゞろにお《(を)》かしうおぼゆ。母屋《もや》は[七]鬼《をに》ありとて、[八]南《みなみ》へ隔《へだ》ていだして、南の廂《ひさし》に[九]御几帳たてて、[一〇]又廂《(また)びさし》に女房はさぶらふ。

[一一]近衛《このゑ》の御門《みかど》より、左衛門の陣[一二]にまい《(ゐ)》り給《(たまふ)》上達部《かんだちめ》の前駆《さき》ども、殿上人のはみじかければ、大前駆《おほさき》小前駆《こさき》とつけて、聞《き》きさは《(わ)》ぐ。あまたゝびになれば、その声《こゑ》どももみな聞《(きき)》しりて、「それぞ、かれぞ」などいふに、又、[一三]「あらず」などいへば、人して見《み》せなどするに、いひあてたるは[一四]「さればこそ」などいふもをかし。

有明《あり》の、いみじう霧《き》りわたりたる庭《には》に、おりて[一五]ありくをきこしめして、御前《おまへ》にも起《お》きさせ給へり。[一六]うへなる人ゝのかぎりは出《い》でゐ、おりなどしてあそぶに、

一 底本「とありて」。ただし「て」は補入。他本により補入を削る。「…と言っている女がいますが」の意。　二 若い男の、異性に慣れない様であろう。　三「御ざうし」が正。↓六四頁注一三。
四 奥の方まで(=遥かに)老大木が(物ふり)続いている様。不気味な印象を与える状景。
五 屋根が高いのは家が大きいからである。家は「大きにてよきもの」(二一六段)なのだが、この場合は不安なのであろう。
六 親しみ難い。「けぢかし」の反対語。
七「おに」が正。内裏を舞台にした鬼の話が多いのも、大木が多く、人気の割には大きな建物が多いからであろう。
八 母屋と隔離して南に居所を移して。
九 中宮の座所としたことが「御几帳」から明らかである。三巻本系「御帳」は御帳台。
一〇「又廂」は孫廂のこと。
一一「近衛御門」は陽明門、「左衛門陣」は建春門。両者の中間に職御曹司が位置する。
一二 底本「にまいり」以下七行先の「左衛門の陣」までを欠く。他本により補う。
一三 そうじゃない。別の人だ、ということ。
一四 予想が適中した時の語。ほらね。悪い意味の時は、それ見たことか。
一五 女房たちが庭へ降りて歩く。
一六 中宮にお仕えする女房たちは全部。
一七 左衛門陣へ行ってみよう。建春門からは内裏の方をのぞき見ることが出来る。
一八 和漢朗詠集・納涼「池冷水無㆓三伏夏㆒、松高風有㆓一声秋㆒」を朗詠したもの。「なにがし」は朧化した言い方。この詩の朗詠によってこの段の出来事が夏と秋との境目の頃と限定される。
一九 職御曹司に逃げて帰って。路上で殿上人達と対面することは憚られる。　二〇 応待をする。

やう〳〵明《(あけ)》もてゆく。「[一七]左衛門の陣《ちん》にまかり見ん」とて行《い》けば、我も〳〵とおひつぎて行《い》くに、殿上人あまた声《こゑ》して、「[一八]何がし一声秋《(の)》」と誦《ず》してまいる《(ゐ)》音《おと》すれば、[一九]逃《に》げいり、[二〇]物などいふ。「[二一]月を見給《(たまひ)》けり」などめでて、歌よむもあり。[二二]夜も昼も殿上人のたゆるおり《(を)》なし。上達部まで[二三]参り給《(たまふ)》に、[二四]朧気《(おぼろけ)》にいそぐことなきは、かならず[二五]参り給《(たまふ)》。

（七五段）

[二六]あぢきなき物　[二七]わざと思ひ立《た》ちて宮づかへに出《い》でたちたる人の、物憂《う》がり、うるさげに思ひたる。[二八]養子《とりこ》の、顔《かほ》にくげなる。[二九]しぶ〳〵に思ひたる人を、しゐ《(ひ)》て婿《むこ》どりて、思《(おもふ)》さまならずと[三〇]なげく。

（七六段）

[三一]心ちよげなる物《(もの)》　[三二]卯杖《うづゑ》の法師《ほうし》。[三三]御神楽《みかぐら》の人長《(にんちやう)》。[三四]神楽《かぐら》の振幡《ふりはた》とか持《も》たる物《(もの)》。

二一 有明の月を眺めておいでだったのですね。
二二 中関白家の全盛の様。表敬訪問の殿上人が昼も夜も絶えない。
二三 この「参る」は、内裏へ「参る」である。
二四 「おぼろけに」はもともと、並一通り、の意だが、「おぼろけに…ず」と否定表現を伴って使うことが多くなり、「おぼろけならず」の意に使われるようになる。ここもそれ。格別に。
二五 この「参る」は、中宮への表敬訪問。
二六 「あぢきなし」は、事態が思う通りの形で実現せず、それを思う方向へ改めることが出来ない時の、不満を含んだあきらめの気持だが、この段では自分のことでなく、他者のそういう状態を「みっともない」と評するに使われている。
二七 「わざと思ひ立ち」と後の「物憂がり、うるさげに」とが対立。当初の希望通りでないことへの陰性の対処の仕方がみっともない。
二八 いい子だ、と思って養子にしたはずである。
二九 婿になることをしぶっていた男。
三〇 対処の仕方が陽性でないことを示す語。
三一 気持よさそうなもの。思い通りの快さで前段「あぢきなし」の反対。以下底本は陽明文庫本。
三二 「ほふし」が正。「卯杖」は正月初卯の日に邪気を払い長寿を祝って人に捧げる杖。その「法師」とは、民間で卯杖を法師が持って寿詞を言ったのだろう、と言われるが未詳。「ほうぢ（捧持）」の誤写とする説もある。
三三 「御神楽」は、賀茂の臨時祭など朝廷の行事の際の神楽。「人長」はその指揮をとる者。
三四 未詳。能因本がこの項「池のはちすのむら雨にあひたる御りやうゑの馬おさ又御りやうゑのふりはた」で終るのを参考に、「御霊会の振幡」と改める案もある。「振幡」は御霊会の先頭を行く大きな幣だという。

（七七段）

御仏名《(みぶつみやう)》[一]のまたの日、地獄絵《ぢごくゑ》[二]の御屏風とりわたして、宮[三]に御覧ぜさせ奉《たてまつ》らせ給《(たまふ)》。[四]ゆゝしういみじき事かぎりなし。「是《(これ)》[五]見よ、〳〵」と仰せらるれど、さらに見侍らで、ゆゝしさに、こへや[六]にかくれ伏《ふ》しぬ。

雨いたうふりて、つれ〴〵なりとて、殿上人[七]、上《うへ》の御局にめして御遊びあり。道方《みちかた》[八]の少納言、琵琶《びわ》[九]いとめでたし。済政《なりまさ》[一〇]箏《しやう》[一一]の琴《こと》、行義《ゆきよし》[一二]笛、経房《つねふさ》[一三]の中将笙《しやう》の笛など、おもしろし。ひとわたり遊《(あそび)》て琵琶ひきやみたる程に、大納言殿[一四]「琵琶《びは》[一五]声やんで物語《がたり》せんとする事をそ《(お)》し」と誦《ず》し給へりしに、かくれ伏《ふ》したりしも起《お》きいでて、「猶《(なほ)》罪《つみ》[一六]はおそろしけれど、もののめでたさはやむまじ」とてわらはる。

（七八段）

頭中将[一七]の、すゞろなる[一八]そらごとを聞《き》きて、いみじういひおとし、「なにしに[一九]人と思ひほめけん」など、殿上[二〇]にていみじうなんの給《(たまふ)》、と聞《き》くにもはづかしけ

一 宮中で十二月十九日から三日間行われる罪障懺悔の仏名会。その「またの日」は二十二日。
二 地獄変相図の屏風。廂の間に立てる。
三 帝が中宮にお見せになる。
四 気味悪く恐ろしいことは限りもない。
五 帝が清少納言達におっしゃるのであろう。
六 小部屋。近くの小部屋に逃げかくれる。
七 帝が殿上人を（中宮御使用の）弘徽殿上御局にお呼びになって管絃の遊びがある。
八 源道方。重信の子。正暦元年(九九〇)に少納言。
九 「びは」が正。
一〇 源済政。時中の子。正暦五年蔵人。
一一 中国伝来の十三絃琴。
一二 平行義。親信の子。正暦五年蔵人。
一三 源経房。高明の子。長徳元年(九九五)右近衛権中将。なおこの段の話は、長徳元年以前のことと推定されていて、経房に関しては職が合わない。　一四 藤原伊周。中宮の兄。
一五 白楽天・琵琶行の中に「忽聞水上琵琶声、主人忘レ帰客不レ発、尋レ声暗問弾者誰、琵琶声停欲レ語遅」。
一六 清少納言自身の発言であろう。罪障懺悔を怠り管絃や秀句に惹かれる、罪と風流の対比。
一七 藤原斉信《(ただのぶ)》。為光の子。永延三年(九八九)三月右近中将、永祚二年(九九〇)七月左近中将、正暦五年八月蔵人頭。公任、行成、俊賢と共に四納言の一人。
一八 根拠のない作り事。清少納言を悪く言った噂のこと。
一九 どうして一人前の人間と思い賞めたりしたのだろう。自分の見損いだった、の意。
二〇 殿上の間で。殿上人達を相手に、ということで、この悪口が広く知れわたることになる。
二一 本当ならば仕方ないけれども。

れど、[二一]まことならばこそあらめ、[二二]を《(お)》のづから聞《き》きなを《(ほ)》し給《(たまひ)》てん、[二三]とわらひてあるに、[二四]黒戸《くろど》の前《まへ》など[二五]わたるにも、[二六]声などするおり《(を)》は[二七]袖をふたぎてつゆ見を《(お)》こせず、いみじうにくみ給へば、[二八]ともかうもいはず、[二九]見もいれですぐすに、二月つごもりがた、いみじう雨ふりてつれ〴〵なるに、[三〇]御物忌にこもりて、「さすがに[三一]さう〴〵しくこそあれ。[三二]物やいひやらまし」となんの給《(たまふ)》、と人〴〵かたれど、「[三三]世にあらじ」などいらへてあるに、日一日《ひとひ》[三四]しもに居くらしてまい《(ゐ)》りたれば、[三五]夜《よる》のおとゞに入《い》らせ給《(たまひ)》にけり。

[三六]長押《なげし》のしもに火ちかくとりよせて、[三七]扁《へん》をぞつく。「あなうれし、とくおはせよ」など[三八]見つけていへど、[三九]すさまじき心ちして、なにしにのぼりつらん、とおぼゆ。炭櫃《すびつ》もとにゐたれば、[四〇]そこに又あまた居て、物などいふに、「[四一]なにがしさぶらふ」といとはなやかにいふ。[四二]あやし、いつのまになに事のあるぞ、と問《と》はすれば、主殿寮《とのもりづかさ》なりけり。「[四三]たゞこゝもとに、人伝《(ひとづて)》ならで申《(まうす)》べき事なん」といへば、[四四]さしいでていふ事、「これ、頭の殿《との》の奉《たてまつ》らせたまふ。御返事《(かへりごと)》とく」といふ。いみじくにくみ給《(たまふ)》に、いかなる文《ふみ》ならん、とおもへど、たゞいまいそ

二二 そのうち噂の間違いを聞きなおして下さるであろう。
二三 むきにはならなかった、ということ。
二四 清涼殿から後宮へ通ずる北廊。
二五 頭中将が通るのである。
二六 清少納言の声がする時は。
二七 袖を掩って。袖をかざして視野を遮る様。
二八 とやかく弁明せず。底本「菟もからも」。
二九 清少納言の側からも無視の態度をとる。
三〇 天皇の物忌(=御物忌)の日には、殿上人達も退出しなかった。それが「こもる」。
三一 淋しいな。「さうざうし」は「淋々し」。
三二 清少納言に物を言いかけようか。
三三 底本「あれし」とし「らイ」と傍書。傍書による。(あんなに憎んでいらっしゃるのだから)まさか何か言って来たりなさるまい。
三四 清少納言の局。中宮の御前に対して言う。
三五 中宮はおやすみであった。
三六 母屋と廂の境の部分。
三七 漢字の扁を示して旁を付けさせる遊びとも、その逆とも言い、諸説がある。宿直の女房達がしていた遊びに違いないが実体は未詳。
三八 女房が清少納言を見付けて遊びにさそう。
三九 中宮がいらっしゃらないからである。
四〇 女房達が遊びをやめて清少納言を中心にして集る。ちょっと清少納言の自慢が出た形。
四一 誰それが参りました。
四二 変だ、さっき局から上ったばかりの間に(=いつの間に)、何の用が出来たのか、と思って。
四三 あなた様に直接、取次の方を介さずに(=人伝ならで)申し上げるべき事がございます。
四四 能因本「さし出てとふに」の方がわかりやすい。底本によれば「さしいでて」は清少納言の、「いふ」は主殿寮の行為、と解するしかない。

ぎ見るべきにもあらねば、「去《い》ね、[一]いま聞《きこ》えん」とて懐《ふところ》にひき入《(いれ)》て、なを《(ほ)》〳〵人の物いふ聞《き》き《ゝ》などする、すなはち、返《(かへり)》きて、「[二]さらば、[三]そのありつる御文《ふみ》を給はりて来《こ》」となんおほせらるゝ、とく〳〵」といふが、[四]いをの物語《がたり》なりや、とて見れば、青《あを》き薄様《うすやう》にいときよげに書《か》き給へり。[五]心ときめきしつるさまにもあらざりけり。

[六]蘭省花時錦帳下

と書《か》きて、「[七]末《すゑ》はいかに〳〵」とあるを、いかにかはすべからん。[八]御前《ごぜん》おはしまさば御覧ぜさすべきを、これが末《すゑ》を知《し》[九]り顔《がほ》に、たど〳〵しき真名《まんな》かきたらんも、いと見ぐるし、と思《(おもひ)》まはすほどもなくせめまどはせば、たゞ[一〇]その奥《おく》に炭櫃《すびつ》にきえ炭《ずみ》のあるして、

[一一]草の庵《(いほ)》りをたれかたづねん

と書《か》きつけてとらせつれど又[一二]返事《(かへりごと)》もいはず。

みな寝《ね》てつとめて、いとと《ゝ》く局《つぼね》におりたれば、[一三]源中将の声にて、「こゝに草[一四]の庵《(いほ)》りやある」とを《(お)》どろ〳〵しくいへば、「あやし、などてか人[一五]げなきものは

一　そのうちに御返事さし上げるから。
二　直ちに返事をくれないのならば。
三　さっきの手紙を返してもらって来い。
四　未詳。三巻本二類「あやしういせの物語」に従って「伊勢の物語」としたり、「魚(いを)の物語」としたり、前文を「いふ」で切り、「かいをの物語」としたり、様々の解の試みがある。
五　これも「いをの物語」と関係があるか。
六　白氏文集十七の詩の一節に「蘭省花時錦帳下、廬山雨夜草庵中」とある、その前半。
七　この続きの句を御存じかという知的出題。女性は漢字漢文の知識をひけらかせない時代だから、答え方に窮する難問。しかも下手な答え方をすれば、中宮の名誉にもかかわる。
八　中宮がおられず御知恵を拝借できない。
九　はい知っています、とばかり下手な漢字で書くのも大変みっともない。底本「たと〳〵敷」。表記を改む。
一〇　その手紙の奥に炭櫃の消し炭で。紙を用意したり墨をすったりで時間かせぎをすることもなく、とっさの機転だ、ということ。
一一　白楽天の詩の「廬山雨夜草庵中」を和歌の下の句に言わば翻訳したもの。白詩は蘭省(尚書省)の華やかな暮しを思いやり、廬山での独り住いの淋しさを詠じたものだから、「たれかたづねん」である。ただしこの句は公任集に「いかなるをりにか、草の庵をたれかたづねむ、とのたまひければ、蔵人たかただ、九重の花の都をおきながら」とあり、この応酬を利用したものだろうとされている。この返事は、漢詩文で答える態度を避けつつ、「草庵」の直訳で原詩を知っている証拠を含ませた点、更に、和歌の下の句で答えたことで、逆に、ではこれの上の句をおつけ下さいと、解答が問題提出になっている

あらん。[一六]玉のうてなと求《もと》め給はましかば、いらへてまし」といふ。「あなうれし、[一七]しもにありけるよ。[一八]上《うへ》にて尋《(たづね)》んとしつるを」とて、「夜《(よ)》べありしやう、頭中将の宿直《とのゐ》所にすこし人[一九]〲しきかぎり、六位まであつまりて、よろづの人のうへ、昔《むかし》、今《いま》、とかたり出《(いで)》て、いひしついでに、「猶《(なほ)》、[二〇]このもの、むげに絶《た》えはてて後こそ、[二一]さすがにえあらね。[二二]もしいひ出《(いづ)》る事もや、と待《ま》てど、いさゝかなにともおもひたらず、[二三]つれなきもいとねたきを、こよひ[二四]あしともよしとも定《さだ》めきりてやみなんかし」とて、みないひあはせたりしことを、「[二五]たゞいまは見るまじ、とて入《い》りぬ」と主殿寮《とのもづかさ》がいひしかば、又《(お)》をひ返して「たゞ手《て》をとらへて、[二六]東西《とうざい》せさせず乞《こ》ひとりて持《も》てこずは、文《ふみ》を返しとれ」といましめて、さばかりふる雨のさかりにやりたるに、いととく返来《(かへりき)》、「これ」とてさし出《(いで)》たるがありつる文《ふみ》なれば、返《かへ》してけるかとて、[二七]うち見たるにあはせてをめけば、あやしいかなる事ぞと、みな寄《よ》りて見るに、「[二八]いみじきぬす人を。猶えこそ思ひすつまじけれ」とて見《み》さはぎ《(わ)》て、「[二九]これが本《もと》つけてやらん。源中将つけよ」など夜ふくるまで[三〇]つけわづらひてやみにし事は、行先《(ゆくさき)》も[三一]かたり伝《(つたふ)》べきことなりなど

点など、清少納言会心の応酬であった。
一二 上の句は返して来なかった、の意。どうやら私の勝らしい、という安堵の気持の表われ。
一三 源宣方。重信の子。正暦五年八月右中将。
一四 草の庵さんはいますか。以下、清少納言の圧勝であったことが、負けた男達から語られる。
一五 一人前ではないもの。「草の庵」という呼び方を評した。能因本「さ人げなき」。
一六 拾遺集・夏「今日みれば玉のうてなもなかりけりあやめの草の庵のみして」。一人前の「玉のうてな」と呼んで下さるなら御返事しますのに。
一七 底本「しもと」。二類本により改む。
一八 中宮の御前へ探しに行くところでした。
一九 人らしい、とは情趣を解するましな人々の意。続く「六位まで」は六位蔵人のこと。
二〇 清少納言を指す。以下、頭中将の言葉。
二一 やっぱり具合が悪い。
二二 ひょっとして清少納言の方から、何か言って来はしないかと。
二三 「つれなし」は、意に介さないこと。
二四 駄目な女か立派な女か、結着をつけよう。
二五 清少納言が「去ね、いま聞えん」と言ったとの報告である。 二六 とやかく言わせず、頼んで返事をもらって来るのでなければ。
二七 手にとって見た途端に(頭中将が)大きな声を挙げるので。
二八 大した盗人だ。清少納言が公任の「草の庵をたれかたづねん」を利用したことを指すのであろう。 二九 これの上の句をつけて返そう。
三〇 つけるのに難渋して終った。その状態で終ることが「…てやむ」。
三一 上の句がつけられなかった、という結果を招いたほどのすぐれた清少納言の返歌を、語り伝えるべきことだ、と賞めたもの。

なん、[一]みな定《さだ》めし」など、いみじうかたはらいたきまでいひきかせて、「今は[二]御名をば草の庵《(いほ)》りとなんつけたる」とていそぎたち給ひぬれば、「[三]いとわろき名の、末《すゑ》の世まであらんこそ口惜《お》しかなれ」といふほどに、[四]修理亮則光《すりのすけのりみつ》「[五]いみじきよろこび申《(まうし)》になん、上《うへ》にやとてまい《(ゐ)》りたりつる」といへば、「なんぞ、[六]司《つかさ》召《めし》なども聞《きこ》えぬを、何《なに》に《ゝ》なり給へるぞ」ととへば、「[七]いな、まことにいみじううれしきことの夜《(よ)》べ侍りしを、[八]心もとなく思ひあかしてなん。かばかり面目《めいぼく》ある事なかりき」とて、はじめありける事共《(ども)》、中将の語《かた》り給《(たまひ)》つるおなじ事をいひて、「「たゞ此《(この)》かへり事にしたがひて、[九]こかけをしふみし、すべてさる物《(もの)》ありきとだに思はじ」と頭中将の給《(たま)》へば、あるかぎり[一〇]からようしてやり給ひしに、[一一]たゞに来《き》たりしは中〳〵よかりき。持《も》て来《き》たりし度《たび》は、いかならんと胸《むね》つぶれて、まことにわるからんは[一二]せうとのためにもわるかるべしとおもひしに、な[一三]のめにだにあらず、[一四]そこらの人のほめ感《かん》じて、「せうとこち来《こ》。こ《ゝ》れ聞《き》け」との給《(たまひ)》しかば、[一五]下《した》心地《ち》はいとうれしけれど、「[一六]さやうのかたにさらにえさぶらふまじき身になん」と申《(まうし)》しかば、「[一七]こと加《くは》へよ聞《き》き《ゝ》しれとにはあらず。たゞ人に

一　殿上人達の意見が一致した。
二　あなたの名前を「草の庵」とつけました。
三　「草の庵」なんていやな名が。ただし悪い気はしなかったであろう。「口をしかなれ」が正。
四　橘則光。敏正の子。長徳二年(九九六)正月修理亮。清少納言の最初の夫とされる人。
五　たいへんな名誉の御礼言上に。
六　「いみじきよろこび」は、司召で新しい任を得た者の、御礼言上を思わせる言い方なので、「何になり給へるぞ」などととぼけるのである。
七　底本「いまなこと」とし「なまイ」と傍書。
八　早くこのことを清少納言に話したい、と一晩思いつづけていた、ということ。
九・一〇　共に諸説があるが未詳。
一一　返事なしに帰って来たのはかえって良かった。下手な返事よりはまし、という気持。
一二　兄。清少納言からの返事が本当に不出来であったなら、この兄の為にも不名誉なことと。則光と清少納言とは離婚後も、兄妹と呼ばれるような間柄にあった。
一三　「なのめ」は並一通りであること。まあ一応の出来だ、などと言うものでなく。
一四　多勢の人、その晩集っていた殿上人達。
一五　内心とても嬉しいのだが。
一六　そういう方面(和歌の方面)では一向皆様に伍し得ない者です。
一七　意見を述べよとか、聞いて理解せよ、とか言うのではない。
一八　ちょっと口惜しい兄の評価でしたが。「せうと覚え」は兄としての評判。「口をしき」が正。
一九　上の句をつけることを試みるのだが。
二〇　言葉が浮ばない。清少納言の下の句が「廬山雨夜草庵中」の言わば翻訳だから、それに最もよく調和する上の句は、「蘭省花時錦帳下」の翻

語《かた》れ、とて聞《き》かするぞ」との給《(たまひ)》しになん、[一八]すこし口惜《お》しきせうと覚《おぼ》えに侍《(はべり)》しかども、「[一九]本《もと》つけ心見《(こころみ)》るにいふ[二〇]べきやうなし。[二一]ことに又これが返しをやすべき」などいひあはせ、「わ[二二]るしといはれては中〳〵ねたかるべし」とて夜中までおはせし。これは身[二三]のため人のためにもいみじきよろこびに侍らずや。司召《つかさめし》に少《せう》〳〵の司《つかさ》えて侍らんは、何ともおぼゆまじくなん」といへば、げ[二四]にあまたしてさる事あらんともしらで、ねたうもあるべかりける哉《(かな)》と、[二五]これらなん胸《むね》つぶれておぼへ《(え)》り。この、いもうとせうとゝいふ事は、上《うへ》までみなしろしめし、殿上にも司《つかさ》の名をばいは[二六]で、せうとゝぞつけられたる。

物語《がたり》などしてゐたる程に、「ま[二七]づ」とめしたれば、まい《(ゐ)》りたるに、此事《(この)》おほせられんとなりけり。[二八]上《うへ》笑《(わらは)》せ給《(たまひ)》て、語《かた》り聞えさせ給ひて、「お《(を)》[二九]のこどもみな扇《あふぎ》にかきつけてなん持《も》たる」など仰《(おほせ)》[三〇]らるゝにこそ、あ[三一]さましうなにの言《い》はせけるにかとおぼえしか。さて後ぞ袖《そで》[三二]の几帳《きちやう》などもとりすてゝ、おもひなを《(ほ)》り給《(たまふ)》めりし。

訳である。しかし、それは頭中将側から出した問題そのものだから、それとは全く違う方向に持って行かないとおよそ面白味のない返答となる、という困難に頭中将達は陥ったのである。

二一 そもそも(=又)わざわざ(=ことに)この歌の返しをしなければならないのかなあ。敗北を認めるような言葉である。

二二 下手な返事だと言われたら、(返事をせずに敗北を認めるよりも)かえって残念だ。

二三 私(則光)にもあなた(清少納言)にも。

二四 宣方や則光が言うように(=げに)、多数の殿上人が寄ってそんな事をしていらしたとも知らずに。

二五 こっちが本当に『胸つぶれ』る思いだった。則光の「胸つぶれて」の語をうけている。

二六 底本「いかで」。他本により改む。則光の官職の名を呼ばないで。

二七 ちょっとおいで、とお呼びになるので。以下に中宮のお賞めの言葉がある。侍女の水準が高いことは、主である者の名誉であるから、清少納言がすばらしい応酬をして、中宮も鼻が高かったであろう。

二八 以下中宮が清少納言に「おほせられ」たことを、清少納言の立場から書きなおした表現。一種の間接叙法。帝がお笑いになり、中宮に事の次第を語ってお聞かせになり。

二九 帝が中宮に言われた言葉。中宮からのまた聞きで書いたもの。

三〇 「仰せらるる」までが中宮の話の間接叙法、従って「仰せらるる」のは帝。

三一 「あさましう」は連用形だが並列法の連用形。並列対象は「なにの言はせけるにか」。実質的には「おぼえしか」の判断内容。

三二 前に「袖をふたぎて」とあったことを指す。

（七九段）

[一]返《（かへる）》としの二月廿余日《よひ》、宮の職《しき》へ出《（いで）》させ給《（たまひ）》し御ともにまいら《（ゐ）》で、[二]梅壺《むめつぼ》にのこりゐたりし、又の日、[三]頭中将の御消息《せうそこ》とて、「昨日の夜、[四]鞍馬《くらま》に詣《（まうで）》たりしに、こよひ方《かた》のふたがりければ、方違《かたたがへ》になんいく。まだ明《あ》けざらんに返《（かへり）》ぬべし。[五]かならずいふべき事あり。[六]いたうたゝかせで待《ま》て」との給《（たま）》へりしかど、「[七]局《つぼね》に独《（ひとり）》はなどてあるぞ。こゝにねよ」と[八]御匣殿《みくしげ》の召《（めし）》たれば参《（まゐり）》ぬ。[九]ひさしうねおきて[一〇]おりたれば、「[一一]よべいみじう人のたゝかせ給《（たまひ）》し、からうじておきて侍《（はべり）》しかば、「[一二]上《うへ》にか、さらばかくなんと聞えよ」と侍《（はべり）》しかども、よもおきさせ給《（たまは）》じとて、ふし侍《（はべり）》にき」と語《かた》る。[一三]心もなの事や、ときくほどに、主殿寮《とのもづかさ》きて、「頭《とう》の殿《との》のきこえさせ給《（たまふ）》。「[一四]たゞいままかづるを聞《きこ》ゆべき事なんある」」といへば、「見るべき事ありて上《うへ》へなんのぼり侍《（はべる）》。そこにて」といひてやりつ。

[一五]局《つぼね》はひきもやあけ給はんと、[一六]心ときめきわづらはしければ、梅壺《むめつぼ》の東面《ひんがしおもて》、半部《はじとみ》あげて、「こゝに」といへば、[一七]めでたくてぞあゆみ出《（いで）》たまへる。[一八]桜《さくら》の綾《あや》の

一　翌年の二月二十日すぎ。七八段の長徳元年（九九五）を基準に「返る年」と言う。長徳二年二月、中宮は梅壺から職御曹司へ移られた。
二　凝花舎。定子が使用された。庭に梅が植えられているので「梅壺」の名がある。すぐ南の「飛香舎」は藤があって、「藤壺」と言う。
三　藤原斉信。前段参照。清少納言は前段の続きのような姿勢でこの段を書いている。
四　鞍馬寺。平安京の北方にある。
五　是非ともお耳に入れたいことがある。
六　あまり長く戸を叩かせないよう、待っていてほしい。
七　どうして局に独り寝るのか。
八　道隆の四女。定子の妹で、御匣殿（天皇の衣服を縫製する）の別当として後宮にあった。
九　ゆっくりと眠って目をさまして。頭中将の申し入れをまったく気にしていなかったかのような書きぶりである。
一〇　局へ引き下ったところ。
一一　以下は下仕えの女の昨夜の出来事の報告。
一二　清少納言は上へあがっているのか、それなら私が訪ねて来ている（＝かく）と伝えておくれ。
一三　判断力のないことだ。すぐ伝えに来ないとは気がきかない、の意。
一四　頭中将の伝言。
一五　局だと戸を開けて入られるかも知れない。
一六　ここの「心ときめき」は、気がもめること。
一七　すばらしいお姿で歩いて出て来られた。
一八　桜襲。表に白、裏に赤を重ねる。
一九　「なほし」が正。　二〇　はなやかで。
二一　「えびぞめ」が正。→三七頁注二七。
二二　「をりえだ」が正。折った藤の枝の模様。
二三　「おりみだり」が正。乱れ織りに織り出し。
二四　出し衣の色と艶の描写。「うちめ」は光沢。

一九直衣《なをし》の、いみじう二〇花〴〵と、裏《うら》のつやなどえもいはずきよらなるに、二一葡萄染《えびぞめ》のいとこき指貫《さしぬき》、藤の二二折枝《おりえだ》おどろ〳〵しく二三織《を》りみだりて、二四紅の色うちめなど、かゝやくばかりぞ見ゆる。二五白《しろ》き、うす色など下《した》にあまた二六かさなりたり。せばき縁《えん》に、二七かたつかたは下《しも》ながら、すこし簾《す》のもとちかうよりゐ給へるぞ、二八まことに絵《ゑ》にかき物語《がたり》のめでたき事にいひたる、これにこそは、とぞ見えたる。

二九御前の梅は、西《にし》は白《しろ》く東《ひんがし》は紅梅にて、三〇すこしおちがたになりたれど、猶《（なほ）》お《（を）》かしきに、うら〳〵と日のけしきのどかにて、人に見せまほし。御簾《みす》のうちに、三一まいて若《わか》やかなる三二女房《にようばう》などの、髪《かみ》うるはしく三三こぼれかゝりて三四などいひためるやうにて、もののいらへなどしたらんは、いますこしをかしう見どころありぬべきに、三五いと三六さだすぎふる〴〵しき人の、髪《かみ》なども三七わがにはあらねばにや所〴〵わなゝきちりぼひて、三八おほかた色ことなる比《（ころ）》なれば、三九あるかなきかなる薄鈍《うすにび》、あはひも見えぬ四〇きはきぬなどばかりあまたあれど、四一露のはえも見えぬに、四二おはしまさねば裳《も》もきず袿《うちぎ》すがたにてゐたるこそ、四三物そこなひにて口惜《（くちをし）》けれ。

「職《しき》へなんまい《（ゐ）》る。ことづけやある。いつかまい《（ゐ）》る」などのたまふ。「さて

二五 白いのや薄紫のや。
二六 着重ねていらっしゃる。
二七 一方の足は地面をふんだままで。
二八 以上の頭中将の描写は詳細で、よほど目と心とを奪われたのであろう。
二九 梅壺の梅は、北東隅に東西に並んで紅白が植えられていたという。
三〇 散りかけになっているけれども。
三一 「まいて」が「御簾のうちに」の前にあった方がわかりやすい。訪問した男性のすばらしさと上文の景色の美しさに加えて、下文の若い女房のとり合わせがあったら、と話を進める言葉。
三二 「にようばう」が正。
三三 着衣の上に髪が長くひかれている様。
三四 などと言った様子で。例えばこんな風に、とあり得る状態を描く言葉。
三五 以下が現実で、頭中將と応待する清少納言自身の描写。
三六 盛りの年齢を過ぎることが「さだすぐ」。
三七 自分の髪ではないからか。入れ髪である。
三八 長徳元年(九九五)四月に道隆は没し、中宮は一年の喪に服しておられた。清少納言も主家の喪に従い、鈍色の服でいた。それを「色異る比」と言ったもの。
三九 目立たず、ぱっと人目を引かないことを「あるかなきかなる」と言ったもの。
四〇 「きはきぬ」は未詳。それの実体にもよるが上の「あはひも見えぬ」は、襲の色合もない、の意と解しておく。
四一 底本「露のはし」。他本により改む。何の見映えもない上に。
四二 中宮がいらっしゃらないから裳(女房の正式の着用)もつけずに。
四三 (頭中将を迎える場としては)ぶちこわしで。

も、よべ、[一]あかしもはてで、さり共《(とも)》かねて[二]さいひしかば待《(まつ)》らんとて、月のいみじうあかきに、西の京といふ所よりくる[三]まゝに、局《つぼね》[四]をたゝきしほど、[五]からうじて寝《ね》おびれ起《お》きたりしけしき、いらへのはしたなき」などかたりてわらひ給《(たまふ)》。[六]「むげにこそ思《おも》ひうんじにしか。などさる物《(もの)》をばおきたる」との給《(たま)》ふ。げにさぞありけんと、をかしうも[七]いとおし《(ほ)》うもあり。しばしありて出《(いで)》たまひぬ。外《と》より見ん人は、[八]をかしく、内《うち》にいかなる人あらんとおもひぬべし。奥《おく》[九]のかたより見いだされたらん後《うしろ》こそ、外《と》にさる人やとおぼゆまじけれ。

くれぬればまい《(ゐ)》りぬ。[一〇]御前《(ぜん)》に人〴〵いと多《おほ》く、殿上《うへ》人などさぶらひて、物《もの》語《がたり》のよきあしき、にくき所なんどをぞ、定《さだ》めいひそしる。[一一]涼《すゞし》、仲忠《なかたゞ》などがこと、御まへにも、おとりまさりたるほどなどおほせられける。「まづ、これはいかに。[一二]とくことは《(わ)》れ。仲忠《なかたゞ》が[一三]童生《わらはお(ひ)》いのあやしさを、[一四]せちに仰せらるゝぞ」などいへば、[一五]「なにか。[一六]琴《きん》なども天人のを《(お)》るばかり弾《ひ》きいで、いとわるき人なり。[一七]御門の御むすめやは得《え》たる」といへば、仲忠《なかたゞ》が方《かた》人ども[一八]所をえて、「さればよ」などいふに、「この事どもよりは、ひる斉信《たゞのぶ》がまい《(ゐ)》りたりつるを[一九]見ましかば、

一 夜が明けきるのを待たずに。前の晩に「まだ明けざらんに返りぬべし」と言ったのよりは、すこしおそい。だから「さりとも」と言う。

二 前の晩に「待て」と言ったこと。言葉としては続く「待つらん」を指示するもの。

三 「ままに」は寄り道をせず直行したこと。

四 底本「たゝきほと」。能因本により改む。

五 以下留守居の下女の応待の様。

六 底本「けんに」。二類本により改む。

七 清少納言自身が約束通り待っていなかったためだと、気の毒に思うのである。

八 「をかしく」という連用形は、先導批評の連用形と見ておく。私なんかが相手をしているのに、頭中将のすばらしさから、「内にいかなる人あらん」と想像するだろう、それが「をかし」いという批評を、先導表現したもの。

九 一方逆に奥から見ている人は、私のみすぼらしい後姿から、こんなすばらしい人が外にいるとは考えもするまい。

一〇 底本「御前」に「せん」のふりがなあり。

一一 底本「すし」。二類本により改む。「仲忠」と共に宇津保物語の主要人物。

一二 道理をつけて言う。この場合は弁護。

一三 生い立ちの賤しさ。仲忠は山中で鳥獣と共に生い立った。

一四 中宮が仲忠の悪口をきびしくおっしゃる。

一五 どうしてそんなことがあろう。以下、仲忠が悪く言われたことへの全面的反論を導くもの。

一六 宇津保物語・吹上・下に、涼と仲忠とが弾く琴にめでて、天人が天下って舞った、という話がある。仲忠か涼かの一方だけが賞でられたのでもなく、また天人の天下りは「わるき人なり」の根拠たり得ず不審。「なにか…わるき人なる」と本文を改める意見もある。

いかにめでまどはまし、とこそおぼえつれ」と仰せらるゝに、[二〇]さて、「まことに、常《つね》よりもあらまほしうこそ」などいふ。「まづその事をこそは啓《けい》せんと思ひてまい《(ゐ)》りつるに、物語のことにまぎれて」とて、ありつる事共《(ども)》きこえさすれば、[二一]「たれも見つれどいとから縫《ぬ》ひたる糸《いと》、針目《はりめ》までやは見とを《(ほ)》しつる」とて笑《わら》ふ。

[二二]「西の京といふ所の、あはれなりつる事。もろともに見る人のあらましかばとなんおぼえつる。垣《かき》なども皆ふりて、苔おひてなん」[二三]などかたりつれば、[二四]宰相の君の「[二五]瓦《かはら》に松はありつるや」といらへたるに、いみじうめでて、「[二六]西《にし》の方《かた》、都門を去《さ》れる事《こと》、幾多《いくばく》の地ぞ」と口ずさみつる事など、[二七]かしがましきまでいひしこそをかしかりしか。

（八〇段）

[二八]里《さと》にまかでたるに、殿上人などの来《く》るをも、[二九]やすからずぞ人〴〵はいひなすなり。[三〇]いと[三一]有心《うしむ》にひきいりたるおぼえ、はたなければ、さいはんも憎《にく》かるまじ。

一七 涼への悪口。だから逆に仲忠への弁護。仲忠は女一宮を得る名誉に浴したが、涼は左大臣の娘の貴宮を得るに留った。
一八 得意になることが「所を得」。続く「さればよ」はこの場合、ほらごらん、の意。
一九 清少納言が見たならば、どんなに夢中に賞めちぎったことだろうに。中宮の言葉。
二〇 そう言われてはじめて、の意。中宮の「この事どもよりは」、次の清少納言の「まづ」と対比されている。
二一 以下、清少納言の話を聞いての女房達の評。
二二 以下、斉信の発言とそれへの応待を女房達の報告の形で記したもの。
二三 報告は一種の間接叙法だから「などかたりつれば」と無敬語で記される。
二四 →二二四頁注一六。清少納言の親友。
二五 白氏文集四・驪宮高の一節「翠華不ㇾ来、歳月久、墻有ㇾ衣兮、瓦有ㇾ松」とある。斉信の「垣なども…苔おひて」という言葉からこの詩の「墻有ㇾ衣」を思い浮べての応酬。
二六 白詩は「吾君在位已五載、何不㆔一幸㆓乎其中㆒、西去㆓都門㆒幾多地、吾君不ㇾ遊有㆓深意㆒」とつづく。
二七 言い出すと女房も次々斉信のすばらしさを思い出して止る所がない。注二〇と対比。
二八 暇をいただいて宮廷から下ることが「里にまかづ」。「…たるに」は、ある特定の行為を指すことの多い言い方だが、ここは「…している時に」という一般的な言い方のようである。
二九 怪しからぬことだと。
三〇 「ぞ」の結びが流れている。
三一 思慮分別のある様を「有心」と言う。分別くさく控え目に行動する（＝ひきいりたる）、などという評判（＝おぼえ）は私には全くないから。

又、昼《ひる》も夜《（よ）》るも来《く》る人を、なにしにかは「なし[一]」ともかゝやきかへさん。まことにむつまじうなどあらぬも、さ[二]こそは来《く》めれ。あまりうるさくもあれば、此《（この）》[三]度《たび》、いづ[四]くとなべてには知《し》らせず、左[五]中将経房《つねふさ》の君、済政《なりまさ》[六]の君などばかりぞ知《し》り給へる。

左衛門の尉則光《ぜうのりみつ》[七]が来《き》て物語などするに、「昨日宰相[八]の中将の参りたまひて、「[九]いもうとのあらん所、さりとも知《し》らぬやうあらじ、いへ」といみじう問《と》[一〇]ひ給《（たまひ）》しに、さらに知《し》らぬよしを申《（まうし）》しに、あ[一一]やにくにしゐ《（ひ）》給《（たまひ）》しこと」などいひて、「[一二]ある事はあらがふは、いとわびしくこそ有《（あり）》けれ。ほ[一三]と〳〵え《（ゑ）》みぬべかりしに、左《ひだり》の中将の、い[一四]とつれなくしらずがほにて居給へりしを、か[一五]の君に見だにあはせば笑《わら》ひぬべかりしにわび[一六]て、台盤《だいばん》[一七]のうへに和布《め》[一八]のありしをとりて、たゞくひにくひまぎらはししかば、中[一九]間《げん》に、あやしのくひ物やと見けんかし。されどか[二〇]しこう、それにてなん、そことは申さずなりにし。笑《わら》ひなましかば、不用《ふよう》[二一]ぞかし。まことに知《し》らぬなめりとおぼ[二二]えたりしもお《（を）》かしくこそ」などかたれば、「さらに、な聞《きこ》え給《（たまひ）》そ」などいひて、日ごろ久しうなりぬ。

一「不在です」と人を恥かしがらせる帰し方が出来ようか。「かかやく」は、恥かしがる、の意。
二「さ」は「昼も夜も」を指す。底本「めくれ」。二類本により改む。
三 ここから特定の里居の話になる。長徳二、三年(九九六、七)の話と推定されている。関白道隆は没し(長徳元年四月)、中宮は落飾し(同五月)、という(同二年四月)、定子の兄の伊周は流され中関白家の不幸の中で、清少納言は道長(道隆の弟で政敵)に近づいているとの噂を立てられ(一三六段)、里居がちの日が続いた、その頃。
四 どこへ行くと一般の人には知らせず。
五 →八八頁注一三。　六 →八八頁注一〇。
七「じよう」が正。後も同じ。→九二頁注四。
八 藤原斉信。→八八頁注一七。宰相(参議)になったのは長徳二年四月。
九 この呼称については七八段に詳しい。
一〇 底本「よひ」。二類本により改む。
一一 無理に白状を強要なさいましたよ。
一二 知っている事を知らぬと逆らうのは。
一三 ほとんど笑ってしまうところだったのに。
一四 平然と知らぬ顔を作って。
一五 左中将と目でもあおうものなら。
一六 底本「わびて」以下「ただくひに」まで欠。他本により補う。
一七 底本「大はん」。表記を改む。殿上の間の食卓。　一八 海藻の総称。
一九 中途半端な時刻に。食事時でもないのに。
二〇 うまい具合に。白状しなかったことへの評。
二一 まずかったでしょう。
二二 宰相中将に思われたのも。そう思われるように振舞ったのも。　二三 いったい何者が。
二四 里居だから門が近い。いつもなら廂の戸を叩くわけで、「遠からぬ」など断るまでもない。

夜いたくふけて、門《かど》をいたうおどろ〱しうたゝけば、[二三]なにの、から心もなう、[二四]遠《とほ》からぬ門《かど》を、高《たか》くたゝくらんと聞《き》きて、問《と》はすれば、[二五]滝口《たきぐち》なりけり。「左衛門の[二六]尉《ぜう》の」とて文《ふみ》を持《も》て来《き》たり。みな寝《ね》たるに、火とりよせて見れば「あす、[二七]御読《みど》経の結《けち》願にて、宰相の中将御物忌にこもり給へり。「いもうとのありどころ、申せ〱」とせめらるゝに[二八]術《ずち》なし。更にえかくし申すまじ。[二九]さなんとや聞《き》かせたてまつるべき。いかに。仰せにしたがはん」といひたる。返事《(かへりごと)》はかゝで、[三〇]和布《め》を一寸ばかり紙《かみ》につゝみてやりつ。

[三一]さて後きて、「一夜《(ひとよ)》はせめたてられて、[三二]すゞろなる所〴〵になん率《ゐ》てありきたてまつりし。[三三]まめやかにさいなんに、いとからし。さて、[三四]などともかくも御かへりはなくて、[三五]すゞろなる和布《め》の端《はし》をばつゝみて給へりしぞ。あやしのつゝみ物や。人の本《(もと)》に、さる物つゝみてを《(お)》くるやうやはある。[三六]とりたがへたるか」といふ。[三七]いさゝか心もえざりける、と見るが[三八]にくければ、物もいはで、[三九]硯にある紙の端《はし》に、

[四〇]かづきするあまのすみかをそことだにゆめゆふ《(い)》なとやめをくはせけん

二五 →一四頁注七。 二六 則光は蔵人であったから滝口を使いとしてよこしたもの。
二七 宮中での読経。定期的には二月と八月に行われ「季御読経《(きのみどきやう)》」と言う。「結願」は最終日。
二八 対処の術がない。もうどうしようもない。
二九 こうですとお話ししてしまいましょうか。
三〇 海藻を頬ばっていて下さい、の意をこめる。あくまで黙っていてごまかした前回と同様に、
三一 そんなことがあった後日、則光が来て。
三二 底本「すゝろなる所からに」。二類本により改む。何の関係もないあちこちへお連れして歩きました。
三三 本気でおせめになりますので、大そう辛いのです。「さいなん」の「ん」は「む」に同じ。
三四 先に「いかに。仰せにしたがはん」と言ったのに、全く返事がないと、則光は思っている。
三五 何の関係もない海藻の端くれを。
三六 間違われたのでは。「さて」以下ここまでの則光の発言は、海藻の意味がわからなかったことを執拗に述べている。何と勘の鈍い、というじれったさが書かせたくどさであろう。なお底本「とりたかへたるとて」。二類本により改む。
三七 まるっきり訳がわかっていないのだわ。
三八 「にくし」は、不愉快な事態をひきおこした責任者に対して抱くはげしい感情。
三九 硯の箱にあった、ありあわせの紙。
四〇 私の隠れ家はどこそこと絶対言わないでほしい、と海藻(め)を送って目くばせしたのです。「かづきするあま」は、海に潜る海女の意で、どこと知られず隠れた形で里居している自分を指す。従って「そこ」は「海の底」の意と、里居の場所は「どこそこ」との懸詞。「めをくはす」は、口外無用を目くばせする意と「和布(め)を食はす」の懸詞。「そこ」「めをくはす」は「あま」の縁語。

とかきて、さしいでたれば、「歌よませたまへるか。更に見侍らじ」とて、[一]あふぎ返してにげていぬ。

から語《かた》らひ、[二]かたみの後見《うしろみ》などするに、[三]中になにともなくてすこし中あしうなりたる比《(ころ)》、文《ふみ》を《(お)》こせたり。「びんなき事など侍りとも、[四]猶契《(ちぎり)》きこえしかたはわすれ給はで、[五]よそにてはさぞとは見給へとなん思ふ」といひたり。つねにいふ事は、「[六]を《(お)》のれをおぼさむ人は、歌をなんよみて得《え》さすまじき。[七]すべて仇敵《あたかたき》となん思ふ。[八]いまはかぎりありて絶《た》えん、と思はんときに[九]さる事はいへ」などいひしかば、[一〇]このかへり事に、

[一一]くづれよる妹背《いもせ》の山の中なればさらに吉野の河とだに見じ

といひやりしも、まことに見ずやなりにけん、返しもせずなりにき。さて、[一二]かうぶり得《え》て[一三]遠江《とうたあふみ》の介《すけ》といひしかば、[一四]にくゝてこそやみにしか。

（八一段）

[一五]もののあはれ知《し》らせがほなる物　[一六]はな垂《た》り、まもなふ《(う)》かみつゝ物いふ声。[一七]眉《まゆ》

一 差し出した紙を扇であおいで返して。
二 互いの世話をしあううちに。もと則光とは夫婦で、きっぱり離婚ということでもなかった。
三 特にこれがという原因もなしに。
四 「いもうとせうと」と契り交したことをお忘れにならずに。
五 人目のある所では、ちょっと離れた冷静な目で見て、私が「さ(契ったことを忘れていない)」なのだなあと認めてほしい、意であろう。
六 私を大切に思って下さる人なら、どうか私に歌を詠んで与えては下さいますな。
七 私に歌を詠みかける人はどなたでも。
八 もうこれが限界で絶交しよう。
九 歌を詠みかけて下さい。
一〇 「びんなき事など…」の手紙に対する返事。
一一 「妹背山」は紀伊国。吉野川を挟んで対する。これで二人の仲を指し、「崩れよる」で仲が崩れたことを言う。「吉野の河」は「彼(か)はとだに見じ(あの人だとも思うまい)」の懸詞。絶交の歌。
一二 五位に叙せられること。六位蔵人はこの昇進で蔵人の地位を失うと受領になったりする。
一三 「とほたあふみ」が正。
一四 清少納言は帝に近く仕える蔵人を良しとし、受領などに転ずることを蔑視した(→八四段)。則光との絶交の一つの理由であろう。
一五 悲哀、ということを感じさせるもの。「もののあはれ」は、源氏物語の評に使われるような意味の語として知られているが、本来「をかし」の反対の陰性の感慨を一般的に対象化した語。
一六 洟水を垂らして、間断なく洟をかみながら話をする、というのは、老いの様子。
一七 成人の女性は眉毛を抜いて描き眉をした。痛さで顔をしかめ、若い女でもこんなに変な表情になるものか、とがっかりするのであろう。

ぬく。

（八二段）

一八さてその左衛門の陣《ちん》などにいきて後、里に出《いで》てしばしある程に、「とくまい《ゐ》りね」などある仰せ事の端《はし》一九に、「左衛門の陣《ちん》へいきしうしろなん二〇つねに思召出《おぼしめしいで》二一らるゝ。いかでか、二二さ、つれなくうちふりてありしならん。二三いみじうめでたからんとこそおもひたりしか」など仰せられたる御返《かへり》に、二四かしこまりのよし申《まうし》て、二五私《わたくし》には「二六いかでかはめでたしと思ひ侍らざらん。二七御まへにも「なかなるお《を》とめ」とは御覧《らん》じおはしましけんとなん思《おもひ》たまへし」ときこえさせたれば、たちかへり、「二八いみじく思へるなる仲忠《たゞ》二九がおもてぶせなる事はいかで啓《けい》三〇したるぞ。たゞこよひのうちに、よろづの事をすてゝまい《ゐ》れ。さらずはいみじうにくませ給はん」となん仰せ事あれば、三一よろしからんにてだにゆゝし。まいていみじうとある文字《もじ》三二には、命《いのち》三三も身もさながらすてゝなん、とてまい《ゐ》りにき。

一八 「さて」と「その」とが、書き出しの言葉として落着かない。七四段に続けて書かれたか。
一九 手紙の奥の方。追記のような形で、「仰せ言」を書いた女房が、手紙のうけとり手への私信を記すことが多かった。 二〇 後姿。
二一 「思召し」は仰せを書いた女房からの敬語。
二二 あんなに(＝さ)、身なりかまわず(＝つれなく)、年寄くさい様子で(＝うちふりて)いたのか。
二三 自分ではとても素敵だと思っていたにきまっているでしょうけれど。軽いからかいである。
二四 おわびを申し上げて。「かしこまり」は、恐縮の心を表明すること。中宮からの「とく参りね」に対する返事。
二五 「端」に書かれていた後姿へのからかいへの私信。「かしこまり」とはがらりと調子が変る。
二六 どうして(自分を)素敵だと思わないことがありましょう。軽いからかいへの軽い応酬。
二七 中宮様も「中なる少女」と御覧になったに違いないと存じておりました。「中なる少女」は宇津保物語の、琴の音にめでて天人が舞い降りた話の所(→九六頁注一六)で仲忠の詠じた「朝ぼらけほのかに見れば飽かぬかな中なる少女しばしとめなむ」の文句。天女に擬した自讃は冗談。
二八 とても贔屓にしていると聞く仲忠。清少納言の仲忠贔屓は中宮も御存じ(→九六頁)で、人聞きの「なり」が戯れを示している。
二九 底本「中たゞかおりてふせ」。二類本により改む。仲忠の歌った天女に擬するとは、かえって贔屓の仲忠の顔をつぶすようなもの、の意。
三〇 この戯れの仰せ言も、女房が書いている。
三一 一通りのお憎みでも大ごとだ。 三二 中宮の「いみじうにくませ給はん」の「いみじう」を指す。
三三 法華経・如来寿量品「一心欲レ見レ仏、不三自惜二身命一」を思い浮べての語か。

（八三段）

職《しき》の御曹司《ざうし》におはします比《(ころ)》、西《にし》の廂《ひさし》に[一]不断《ふだん》の御読《ど》経あるに、[二]仏などかけたてまつり、僧《そう》どものゐたるこそ[三]さらなるなれ。二日ばかりありて、縁《えん》のもとに、あやしき物《(もの)》の声にて、「[四]猶《(なほ)》かの御仏供《ぶく》おろし侍《(はべり)》なん」といへば、「[五]いかでか、まだきには」といふなるを、なにのいふにかあらんとてたち出《(いで)》て見るに、[六]なま老《お》いたる女法師《ほうし》の、いみじうすゝけたる衣《きぬ》をきて、[七]さるざまにていふなりけり。

「かれは何事いふぞ」といへば、声ひきつくろひて「ほとけの御弟子《でし》にさぶらへば、御仏供《ぶく》のおろし[八]たべんと申《(まうす)》を、この御坊《ばう》たちのお《(を)》しみたまふ」といふ。[九]はなやぎみやびかなり。かゝるものは、[一〇]うちうむじたるこそあはれなれ、[一一]うたてもはなやぎたるかなとて、「こと物はくはで、たゞほとけの御おろしをのみくふか。いとたう《(ふ)》とき事」などいふ[一二]気色《けしき》を見て、「[一三]などかこと物もたべざらん。それがさぶらはねばこそ[一四]とり申《(まうせ)》」といふ。[一五]くだ物[一六]ひろきもちゐ《(ひ)》などを、ものに入《(いれ)》て[一七]とらせたるに、むげに中よくなりて、よろづの事かたる。

一 昼夜間断なく十二人の僧が交替で読経する仏事。長徳四年（九九八）のことと推定されている。
二 仏の画像をおかけ申して。
三 （そのすばらしさは）言うまでもない。
四 でも例の仏様のおさがりがございましょう。「御仏供おろし」は、仏に供えた食物を下げて、おさがりとして人に供するもの。
五 どうして、まだ法事が終らないのに。
六 老人くさい女法師。「ほふし」が正。
七 猿様。猿のような様子。なおこの前に能因本では女法師の服装に関する長い描写がある。
八 「たべん」は「給はらむ」と同義。法師の姿をしているが、物乞いである。
九 （物乞いなのに）はなやかでしゃれている。
一〇 「うち倦むじたる」は元気のない様。
一一 「うたて」は目前の事態になじめない不協和感。この場合、物乞いが「はなやぎたり」であることへの批評。
一二 興味を持っている、と見たのであろう。
一三 もちろん他のものもいただきます、の意。
一四 もらうことを「とる」と言ったもの。
一五 果実だが、広く当時の菓子を指す。
一六 「広き餅」で、いま言う「のし餅」であろう。
一七 底本「とらせたえるに」。他本により改む。
一八 若い女房達。
一九 夫はいるのか。
二〇 洒落や冗談を言うので。
二一 当時の物乞いは、芸能を以て世を渡る、低い民間芸能人であったものが多い。
二二 待っていました、とばかりにうたい出す。
二三 当時の俗謡であろう。「寝たる肌よし」は性交の快をうたったもので卑猥な歌謡。
二四 この続きがまだまだ多かった。
二五 男山は石清水八幡のある山だが、卑猥な意

[一八]わかき人〴〵いできて、「お《(を)》[一九]とこやある。子《こ》やある。いづくにか住《す》む」などくち〴〵とふに、[二〇]をかし事そへ事《ごと》などをすれば、「歌《うた》[二一]はうたふや。舞《まひ》などはするか」と、問《と》[二二]ひもはてぬに、「夜《よ》[二三]るはたれとか寝《ね》ん、常陸《ひたち》の介《すけ》と寝《ね》ん、寝《ね》たる肌《はだ》よし」、[二四]これが末《すゑ》いとおほかり。又「お《(を)》[二五]とこ山の、みねのもみぢ葉、[二六]さぞ名《な》はたつや〳〵」、[二七]頭《かしら》をまろばしふる。[二八]いみじうにくければ、笑《わら》ひにくみて、「いね〳〵」といふに「[二九]いとを《(ほ)》し。これになにとらせん」といふを聞《き》かせ給《(たまひ)》て、「[三〇]いみじうかたはらいたき事はせさせつるぞ。え聞《き》かで耳《みゝ》をふたぎてぞありつる。その衣《きぬ》一《(ひとつ)》とらせてとくやりてよ」と仰せらるれば「[三一]これ給はするぞ。衣《きぬ》[三二]すゝけためり。[三三]しろくて着《き》よ」とて投《な》げとらせたれば、ふしをがみて、肩《かた》にうちを《(お)》きては舞《ま》[三四]ふものか。まことににくゝて、みな入《(いり)》にしのち、ならひたるにや[三五]あらん、つねに見えし[三六]らがひありく。[三七]やがて常陸介《ひたちのすけ》とつけたり。衣《きぬ》もしろめずおなじすゝけにてあれば、[三八]いづちやりてけんなどにくむ。

[三九]右近の内侍のまい《(ゐ)》りたるに、「かゝる物《(もの)》をなんかたら[四〇]ひつけてを《(お)》きためる。[四一]すかして、つねにくる事」とて、ありしやうなど、[四二]小兵衛といふ人にまねばせ

味での男性を暗示していよう。
二六 そんなにも評判となるだろうよ、の意だが「立つ」に卑猥な意味が託されていよう。
二七 卑猥な歌詞に応ずる卑猥な所作であろう。底本「まろはしふか」。二類本により改む。
二八 あまりの卑猥さに対する女房達の感情。
二九 清少納言の発言。「去ね〳〵」と追い立てるのはかわいそう。何かやる物はないかしら。この物乞いが清少納言の態度から、この人は私に興味があるらしい、と見たのは、誤りでなかったことになる。
三〇 何というひどい事をさせたのか。以下、猥雑な言葉や所作に対する、中宮の拒絶反応。
三一 これを中宮様が下さるぞ。
三二 お前の着物はひどく汚れているようだ。
三三 白い状態で着なさい、という言い方だが、この着物を着て清潔になりなさい、の意。
三四 底本「またものか」。他本により改む。「投げ」与えられたのに、正式の被物《(かずけもの)》を頂戴する時のように、拝舞をする。だから「ものか」とあきれ、「まことににくく」と不快がる。
三五 底本「にや」なし。二類本により補う。
三六 底本「しゝかひありて」。他本により改む。「しらがふ」は、わざと目立つよう振舞うこと。
三七 最初歌った歌をそのまま採って(=やがて)、その女物乞いに、常陸介という名をつけた。
三八 中宮様からの戴き物をどこへ横流ししたかと不快がる。
三九 底本「左近」。能因本により改む。「右近の内侍」→一五頁注一三。帝側の女房。
四〇 女房達が手なずけて。
四一 うまく言って。女房達に取り入って。
四二 同名の女房が八六段に見える。その女房に女物乞いの真似をさせて(=まねばせて)。

て、聞《き》かせさせ給へば、「[一]かれいかで見侍らん。かならず見せさせ給へ。[二]御とくゐ《(い)》なり。更によもかたらひとらじ」などわらふ。

其後《(そののち)》、また尼《あま》なる[三]かたゐの、いとあでやかなる、出《(いで)》きたるを、又よび出《(いで)》て、物などとふに、[四]これはいとはづかしげにおもひてあはれなれば、例《れい》の衣《きぬ》ひとつ給はせたるを、[五]ふしお《(を)》がむはされどよし、[六]さてうちなきよろこびていぬるを、[七]はやこの常陸介《ひたちのすけ》は来《き》あひて見てけり。[八]其後久しう見えねど、[九]たれかはおもひいでん。

師走《しはす》の十よ日《ひ》の程に、雪いみじうふりたるを、女官どもなどして、[一〇]縁《えん》にいとおほくを《(お)》くを、おなじくは、[一一]庭にまことの山をつくらせ侍らんとて、さぶらひめして[一二]仰せ事にていへば、あつまりてつくる。[一三]主殿《とのもり》の官人の、[一四]御きよめに参りたるなども、みなよりて、いとたかうつくりなす。[一五]宮司《づかさ》などもまい《(ゐ)》りあつまりて、[一六]こと加《くは》へ興《けう》ず。三四人まい《(ゐ)》りつる主殿寮《とのもづかさ》のものども、廿人ばかりになりにけり。[一七]里《さと》なる侍《さぶらひ》、めしにつかはしなどす。「けふこの山つくる人には[一八]日三日たぶべし。又まい《(ゐ)》らざらん物《(もの)》は、[一九]又おなじかずとゞめん」など[二〇]いへば、聞《き》ゝつけ

一 その女に何とか会ってみたい。
二 御ひいきなのでしょう。絶対に横取りしたりは致しませんから。　三 物乞い。乞食。
四 今度の乞食は、身の上を恥じる様子で。
五 伏し拝んで感激するのはまだよいとして。
六 泣いて喜ぶまでに感激して出て行くのを。
七 「はや」は、こちらがそのつもりにならない中に実現してしまった、という気持を表わす。
八 新しいお気に入りが現われた、と思って、「つねに」来ていたもとの乞食が来なくなる。
九 誰が思い出したりするものか。もとの乞食への興味など、一時的で浅いもの、ということである。
一〇 雪を縁へ持って来て積み上げる。
一一 縁とはいえ建物の上に積み上げても山ではない、土の上にあってこそ山だ、という意味で「まことの山」と言う。
一二 中宮の命令として言い付けると。
一三 底本「殿もり」。表記を改む。主殿寮。
一四 掃除(この場合除雪)に参上した者どもも。
一五 中宮職の役人。中宮の御命令だ、というので来たのであろう。　一六 指図したり批評したりするのである。「興」は「きよう」が正。
一七 里居をしている侍。
一八 三日間の休暇を与えよう。
一九 同じ三日間、休暇をとり上げる。休暇の権利をとり上げるということ。
二〇 以上が里居の侍を呼び出す時の口上である。
二一 大あわてでやって来るのが「まどひ参る」。
二二 巻絹を二巻き。巻絹は絹一反を巻いたもの。それを二巻き。一人に二巻きであろう。
二三 直接に手渡したのではない。「侍」たちの肉体労働への御褒美なのである。
二四 二巻きを一つにして受け取って。

たるは、[二一]まどひ参るもあり。里《さと》とを《(ほ)》きは、え告《つ》げやらず。つくりはてつれば、宮司《づかさ》めして、[二二]絹《(きぬ)》ふたゆひとらせて、ゑ《(え)》んに[二三]なげ出《(いだ)》したるを、[二四]ひとつどりにとりて、お《(を)》がみつゝ、[二五]腰《こし》にさしてみなまかでぬ。[二六]うへの衣《きぬ》などきたるは、[二七]さて狩衣《かりぎぬ》にてぞある。

「これいつまでありなん」と人〴〵にのたまはするに、「十日はありなん」「十よ日《ひ》はありなん」など、たゞ[二八]此比《(このごろ)》のほどを[二九]あるかぎり申すに、「[三〇]いかに」ととはせたまへば、「[三一]睦《む》月の十よ日《ひ》までは侍りなん」と申すを、おまへにも、[三二]えさはあらじとおぼしめしたり。女房は、すべて「[三三]年《とし》のうち、つごもりまでもえあらじ」と[三四]のみ申すに、[三五]あまり遠くも申《(まうし)》つる哉《(かな)》、[三六]げにえしもやあらざらん、[三七]一日《ついたち》などぞいふべかりける、と[三八]下《した》にはおもへど、さはれ、さ迄なくともいひ[三九]そめてんことはとて、[四〇]かたうあらがひつ。

[四一]五日《いつか》のほどに雨ふれど、消《き》ゆべきやうもなし。すこした[四二]けぞおとりもてゆく。「[四三]白山《しら》の観音これ消《き》えさせ給《(たまふ)》な」[四四]などいのるも[四五]物くるを《(ほ)》し。

さて、その山作りたる日、御使《つかひ》に[四六]式部丞忠隆《たゞたか》まい《(ゐ)》りたれば、褥《しとね》さし出《(いだ)》して物

二五 巻絹をもらった時の作法。
二六 平素袍を着ているような人は。雪山造りに加わったのは、ほとんど平素から狩衣を着ているような身分の者であるが、もっと上位の者は、の意であろう。
二七 雪山造りだというわけで(=さて)、これも狩衣に着替えていた。 二八 ごく近い日数を。
二九 居合わせた女房は全員。
三〇 そなたはどう思う。清少納言への特別の御下問、という形である。
三一 「師走の十よ日」の雪山造りだから、一か月はもつでしょう、と言ったことになる。
三二 そこまでは(=さは)もつまい。
三三 「十日」「十よ日」ぐらいはもつでしょう、と言っていた女房達の、清少納言の意見を聞いての反応。
三四 違った意見を言う者はひとりもいない、という気持が「のみ」で表われている。
三五 あまりにも先の日を言ってしまったよ。
三六 皆の言う通り。
三七 正月一日、ぐらいに言っておけばよかった。
三八 内心では思うが。
三九 言い出した以上は、ひっこめられぬ。
四〇 強く対抗した。主張をまげなかった、の意。
四一 二類本・能因本により「はつか」と改めるのが普通だが、このままで、五日目の頃に、の意と解しておく。結果的に十二月二十日頃。
四二 背が低くなってゆく。「もてゆく」は同一事態が継続的に進行するさま。
四三 加賀の白山。雪山として名高い。
四四 底本「こと」。他本により改む。
四五 雪山程度のことで、という気持であろう。
四六 一四頁注二。ただし本段の長徳四年(九九八)にはまだ式部丞になっていない。

などいふに、「けふ雪の山作らせ給はぬ所なんなき。[一]御前の壺《つぼ》にもつくらせ給へり。[二]春宮《とうぐう》にも[三]弘徽殿《こきでん》にもつくられたり。[四]京極殿にも作らせ給へりけり」などいへば、

[五]爰《ここ》にのみめづらしと見る雪の山所〴〵にふりにけるかな

とかたはらなる人していはすれば、たび〳〵[六]かたぶきて、「返しはつかうまつり[七]けがさじ。[八]あざれたり。御簾《みす》のまへにて人にを語《かた》り侍らん」とてたちにき。うたいみじうこのむと聞《きく》ものを、[九]あやし。おまへに聞《きこ》しめして、「[一〇]いみじうよくとぞ思《おもひ》つらん」とぞのたまはする。

つごもりがたに、すこしちい《ひ》さくなるやうなれど、猶《なほ》いとたかくてあるに、ひるつかた、縁《えん》に人〴〵出《い》でゐなどしたるに[一一]常陸介《ひたちのすけ》出《いで》きたり。「などいとひさしう見えざり[一二]つる」と問《と》へば、「[一三]なにかは、心うき事の侍《はべり》しかば」といふ。「何事ぞ」と問《と》ふに、「[一四]猶かく思ひ侍《はべり》しなり」とて、[一五]ながやかによみいづ。

[一六]浦山《うらやま》しあしもひかれずわたつ海のいかなるあまに[一七]物たまふらん

といふを、にくみ笑《わら》ひて、人の目《め》も見いれ[一八]ねば、雪の山にのぼりか[一九]ゝづらひあ

一 帝の御前の壺庭。すなわち清涼殿の庭。
二 皇太子(後の三条天皇)の所。
三 藤原公季の娘、女御義子の居所。
四 藤原道長(当時権大納言)の邸。
五 下句の「ふり」が「降り」と「古り」との懸詞。ここだけで珍しいと思って作った雪の山だが、方々でお作りになっていて特別目新しいことでもなかったのですね。
六 返歌の言葉を考えこむ仕草。
七 底本「けるさし」。他本により改む。下手な返歌をして、せっかくいただいた歌を台なしにしてしまうということはするまい、の意。
八 (返歌などするのは)ふざけている。いただいた歌は、大切にしなければ、の意。
九 この程度の歌を、そんなに扱うとは、という気持であろう。
一〇 よほどいい歌だと思ったのでしょう。
一一 この段の書き出しの女乞食の話と雪の山の話とが、無関係でなかったことがここではじめてわかる。
一二 底本「つるに」。能因本により改む。
一三 別にどういうことはありませんが。心のわだかまりを、ごまかすような言い方。
一四 思うまいとしてもやはり、という気持。
一五 声を長く引いて。思い入れの様子。
一六 羨しくて足を運んで参上することも出来ません、いったいどんな尼に物を御下賜なさったのですか。前に別の女乞食が物を賜わるのを見た、その時の感情を言っている。「うらやまし」が「羨し」と「浦」との懸詞。「あま」が「尼」と「海人」との懸詞。「わたつ海」が「浦」「海人」の縁語。
一七 底本「人」。能因本により改む。「人」だと歌に「わたつ海の」と言う意味がなくなる。
一八 底本「ぬは」。二類本により改む。

りきていぬるのちに、右近[二〇]の内侍に、かくなんといひやりたれば、「などか人そへては給はせざりし。かれがはした[二一]なくて、雪の山までのぼりつたよひ[二二]けんこそ、いとかなしけれ」とあるを又笑《わら》ふ。

さて雪の山[二三]つれなくて年も返《(かへり)》ぬ。一日《ついたち》の日の夜、雪のいとおほくふりたるを、うれしくも又ふりつみつるかな、と見るに、「これはあひ[二四]《(い)》なし。はじめのき[二五]はをおきて、いまのはかき捨《す》てよ」と仰せらる。

局《つぼね》へいととく[二六]下《お》るれば侍《さぶらひ》の長《おさ》なるもの、柚《ゆ》の葉のごとくなる宿直衣《とのゐぎぬ》[二七]の袖の上に、あをき紙《かみ》[二八]の松につけたるををき《(お)》て、わなゝき[二九]出《(いで)》たり。「それはいづこのぞ」ととへば「斎院より」[三〇]といふに、ふとめでたうおぼえて、とりて参りぬ。まだおほとのごもりたれば先《(まづ)》御帳[三一]にあたりたる御格子《かうし》を、碁盤《ごばん》[三二]などかきよせて、ひとり念《ねん》じ[三三]あぐる、いとを《(お)》もし。片《かた》[三四]つ方《かた》なればきしめく[三五]に、おどろかせたまひて、「など、[三六]さはする事ぞ」との給《(たま)》はすれば、「斎院より御文《ふみ》のさぶらふには、いかでかいそぎあげ侍らざらん」と申《(まうす)》に、「[三七]げにいととかりけり」とておきさせたまへり。御文《ふみ》あけさせたまへれば、五寸ばかりなる卯槌《うづち》[三八]ふたつを、卯杖《うづえ》[三九]のさ

一九 関わりあって歩いて、とは、例えば物を片付けて歩いたり、どうでもよいことを自分に関わらせて、といった気持であろう。
二〇 底本「左近」。能因本により改む。
二一 間が悪くて。相手にしてもらえなかったことを指したもの。
二二 「つたよふ」は、あたりをうろつくこと、とされる。使用頻度の少ない語。
二三 「つれなし」を物に使えば、変化のないさま。
二四 無関係。「あいなし」が本来の意味で用いられたもの。
二五 はじめに降った分だけ。「きは」は、最小まで限定した、その限度。
二六 元日の夜を御前で過した、翌朝早く。
二七 宿直用の服装。この「侍の長(「をさ」が正)」は元日の夜宿直をしていたのであろう。
二八 松の枝につけた青の紙の書状を。それを宿直衣の袖の上に置いていた、ということ。
二九 寒いからである。
三〇 賀茂の社に仕える斎院。天皇の代ごとに未婚の内親王から選ばれるのを常としたが、この時の斎院は、円融朝以来五代にわたってその任にあったため、大斎院と呼ばれた村上皇女の選子内親王。文芸に秀で、一つの文化圏を形成し、人々から尊敬された。
三一 御帳台の正面の。最も近い位置のこと。
三二 これに乗って格子を上げるのである。
三三 (重いのを)我慢して。
三四 一人だから片側しか持ち上げられない。
三五 底本「きしめきに」。他本により改む。
三六 まだそんな時間ではないと思いこんだ発言。
三七 ほんと、こんなに時間が経っていたの。
三八 ↓三一頁注四九。
三九 卯槌と同じく邪気を払う。杖状。

まに、頭《かしら》などをつゝみて、[一]山橘、ひかげ、山すげなどうつくしげにかざりて、御文《ふみ》はなし。[二]たゞなるやうあらんやは、とて御覧ずれば、卯杖《うづゑ》の頭《かしら》つゝみたる、[三]ちい《(ひ)》さき紙に、

[四]山とよむをのゝ響《(ひびき)》をたづぬればいはゐ《(ひ)》のつえのを《(お)》とにぞありける

御返《(かへり)》かゝせ給ふほどもいとめでたし。斎院には、是《(これ)》[五]より聞えさせ給ふも、御返《(かへり)》も、猶《(なほ)》心ことに[六]かきけがしおほう、御ようゐ《(い)》見えたり。御使《つかひ》に、しろき[七]織《をり》物のひとへ、蘇枋《すわう》なるは[八]梅《むめ》なめりかし。雪のふりしきたるにかづきてまいる《(ゐ)》もお《(を)》かしう見ゆ。そのたびの御返しを、知《し》らずなりにしこそ口お《(を)》しう。

さてその雪の山は、[九]まことの越《こし》のにやあらんと見えて、消《き》えげもなし。[一〇]くろうなりて見るかひなきさまはしたれども、げに勝《か》ちぬる心ちして、いかで十五日[一一]まちつけさせんとねむずる。されど「七日をだにえすぐさじ」となを《(ほ)》いへば、[一二]いかでこれ見はてんと皆人思ふ程に、俄《(にはか)》にうちへ三日いらせたまふべし。いみじう口お《(を)》し、此《(この)》山のはてをしらでやみなん事、とまめやかに思《(おもふ)》。[一三]こと人も、「げに[一四]ゆかしかりつる物を」などいふを、[一五]御前《ぜん》にも仰せらるゝに、おなじくは

一 底本「山たち花」。表記を改む。以下正月の祝儀の花。
二 「ただなり」は上の「御文はなし」を承けたもの。手紙なしの卯杖だけであるはずはない。
三 卯杖は頭を紙で包む。この場合大斎院は卯槌をわざわざ卯杖のように紙で包んで贈って来られたのだが、それはこういう形で和歌を贈る工夫であった。こういう相手だから、中宮も清少納言も、特別な配慮をする。
四 山をゆるがす斧の響の出所を探しあててみると、祝儀の杖(卯杖)を切る音でありました。中宮の大きな(=山とよむ)幸福を祝った歌。
五 中宮からお便りなさる時も、先方からのお便りへの御返事をなさる時も。
六 沢山書き損じなさって、お心遣いなさる。
七 「おり物」「すはう」が正。
八 梅襲。表が濃い紅で裏が紅梅。なおこの部分を、「しろき織物の、ひとへ蘇枋なるは」と区切り、表白、裏蘇枋の「むめぞめ」の蘇枋が一重だけ見えたのだ、と解する意見がある。
九 先に「白山の観音」に祈ったことをふまえて「まことの」越の国の雪の山か、と言う。
一〇 埃がかかって純白でなくなった様子。
一一 「まちつく」は、待ちかまえて、その機会にめぐり合うこと。
一二 何とか最後の結着を見とどけたい。
一三 他の女房達。そんなに長くはもつまい、と言った女房達であろう。
一四 結果が知りたかったのに。結局は清少納言の負けだろう、と思って言うのである。
一五 中宮も同じように(清少納言の負けだろうと)おっしゃるので。
一六 この目で勝が確かめられると、信じていた、その張り合いが無くなった気持が「かひなし」。

いひあてて御覧《らん》ぜさせばやと思ひつるに、[一六]かひなければ、[一七]御物の具《ぐ》どもはこび、いみじう[一八]さは《(わ)》がしきにあはせて、[一九]木守《こもり》といふものの、[二〇]築土《ついぢ》の程に廂《ひさし》さして居たるを、縁《えん》のもと近くよびよせて、「この雪の山、[二一]いみじうまもりて、わらはべなどにふみちらさせず、[二二]こぼたせで、よくまもりて、十五日までさぶらへ。その日まであらば、[二三]めでたき禄《ろく》給はせんとす。[二四]私《わたくし》にもいみじきよろこびいはんとす」など[二五]かたらひて、つねに[二六]台盤《ばん》所の人、下衆《げす》などに[二七]くまるゝを、くだ物やなにやと、いとおほくとらせたれば、[二八]打《(うち)》笑《ゑ》みて、「いとやすき事。たしかにまもり侍らん。[二九]わらはべぞのぼりさぶらはん」といへば、「それを[三〇]制《せい》して、聞《き》かざらんものをば申せ」などいひ聞《き》かせて、入《い》らせ給《(たまひ)》ぬれば七日までさぶらひて、いでぬ。[三一]そのほども[三二]是がうしろめたければ、[三三]公《おほやけ》人、[三四]すまし、[三五]長女《おさめ》などして、たへ《(え)》ずいましめにやる。[三六]七日の節供《せく》のおろしなどをさへやれば[三七]お《(を)》がみつる事、など笑《わら》ひあへり。

里《さと》にても、[三八]まづあくるすなはち、是を大事にて見せにやる。十日の程に、[三九]「五日まつばかりはあり」といへば、うれしくおぼゆ。[四〇]又ひるもよるもやるに、

一七 中宮が内裏へ入られるのに持って行く道具類。 一八 混雑にまぎれて。
一九 植木や庭の番をする者、であろう。
二〇 土塀のあたりに廂を張って住んでいるのを。土塀に凭れかけた、言わば仮設住宅である。
二一 しっかり番をして。「まもる」は見守ること。
二二 つぶしたりさせないで。
二三 結構な御褒美を(中宮様から)下さるはずだ。
二四 個人的にも。清少納言個人としても、の意。
二五 味方にするよう話すること。
二六 底本「大はん所」。表記を改む。
二七 (台盤所の女性や下女などに)憎まれている木守だが。能因本「にくひてにくまるるを」。それだと、「くだ物(菓子)」などをこの木守がせがんで憎まれていた、ということになる。
二八 喜びと満足の表情。菓子をもらうことにこのような反応を示す階級である。
二九 しっかり番をしますけれども、といった気持を介して上文から続く。
三〇 押しとどめて、言う事を聞かぬものがいたら報告をしなさい。
三一 中宮の三日の入内にお供して、七日に里へ退出する、その五日の間。
三二 木守がしっかり番をしているか心配で。
三三 内裏につとめている人、言わば公務員。
三四 「すまし」は「ひすまし」であろう。便器を扱う下賤の役柄に当る。
三五 →二七頁注二六。「をさめ」が正。
三六 人日の節句け七種粥で祝う。そのお下り。
三七 菓子をもらった時をはるかに超えた喜び。
三八 底本「つくる」。他本により改む。夜が明けるや否や。八日の朝から毎朝、であろう。
三九 「五日」は、十五日のこと。
四〇 朝はもちろん昼も夜も。十日以後の様子。

十四日よさり、雨いみじうふれば、これにぞきえぬらんと、いみじう[一]、いま一日二日《(ひとひ)ふつか》もまち付《(つけ)》でと、よるもおきゐて、いひなげけば、きく人も物ぐるおし《(ほ)》と笑《わら》ふ。人の出《(いで)》ていくにやがておきゐて[二]、下衆《げす》[三]おこさするに、更におきねば、いみじうにくみ、はらだちて、おき出《(いで)》たるやりて見すれば「わらうだ[四]のほどなんはべる。木守《こもり》、「いとかしこうまもりて、わらべもよせ侍らず。あすあさまでもさぶらひぬべし。禄《ろく》[五]給はらん」と申す」といへば、いみじううれしくて、[六]いつしかあすにならば、歌よみて、物に入《(いれ)》てまい《(ゐ)》[七]らせん、とおもふ。[八]いと心もとなくわびし。

[九]くらきにおきて、をりびつ[一〇]など具《ぐ》せさせて、「これにその白《しろ》からん所入《い》れて持《も》てこ。きたなげならん所かきすてて」などいひやりたれば、いととく[一一]、持《も》[一二]たせたる物をひきさげて、「はやくうせ侍《(はべり)》にけり[一三]」といふに、いとあさましく、おかしう《(を)》よみいでて人にも語《かた》りつたへさせんと、うめき[一四]誦《ずん》じつる歌《うた》も、あさましうかひなくなりぬ。「いかにしてさるならん。昨日までさばかり[一五]あらんものの、夜のほど[一六]に消《き》えぬらん事」といひ屈《くん》[一七]ずれば、「木守《こもり》が申《(まうし)》つるは、「昨日、

一　とても残念なことに、あと一日二日を待たないで。もう一日二日というところだったのに、それが残念という気持の表明。
二　そのまま「よるもおきゐて」を承けて言う。
三　底本「けに」。他本により改む。
四　藁で編んだ円座。　五　御褒美がいただけます。
六　早く明日になったなら、「いつしか」は期待することの実現を待ちわびる心持を表わす。
七　中宮に差し上げよう、と思う。私の勝でした、ということの表示行為。
八　夜あけを待つ間、とても気がかりで(＝心もとなく)どうしようもない(＝わびし)。
九　夜あけを待ち切れずに行動を開始する。
一〇　底本「おもひつ」。能因本により改む。「折櫃」は食物を入れる曲物。
一一　即座に帰って来たことで、「白からん所入れて」といった作業をしなかったことがわかる。
一二　「持たせたる物」は「折櫃」で、中に何も入れてないから「ひきさげ」ている。
一三　もう無くなっておりました。「はやく」は自分が気付いた時から見て、もっと以前に、ということ。
一四　底本「うのき」として「めイ」と傍書。傍書による。苦しみぬいて詠んでおいた歌。その歌が書かれてないのは自信がないからであろう。
一五　あんなにちゃんとあったものが。
一六　夜の間に消えて無くなるとは。「…らん事」は、驚きやあきれの詠歎の言い方。
一七　言ってがっかりする様子。
一八　物を呪い、いまいましいと思った時の所作。
一九　内裏から、ということで、仰せ言の主は中宮である。　二〇　私の負けでした、と報告しなければならないからである。
二一　「かしこし」は、何か大きなものの力を感じ

いとくらふ《う》なるまで侍《はべり》き。禄《ろく》給はらんと思ひつる物を」とて、[一八]手をうちてさは《わ》ぎ侍《はべり》つる」などいひさはぐ《わ》に、[一九]内よりおほせ事あり。「さて雪は、けふまでありや」と仰せ事あれば、いとねたう[二〇]口おし《を》けれど、「「年の内、一日《ついたち》までだにあらじ」と人〴〵の啓《けい》し給《たまひ》しに、昨日の夕暮まで侍《はべり》しは、いと[二一]かしこしとなんおもふ《う》[二二]給《たまふ》る。けふまではあまり[二三]事になん。「夜の程に、人のにくみて取《とり》すてゝ侍《はべり》」と啓《けい》[二四]せさせ給へ」など聞えさせつ。

廿日まいり《ゐ》たるにも先《まづ》此事をおまへ[二五]にてもいふ。「[二六]身はなげつ」とて、[二七]蓋《ふた》のかぎり持《も》てきたりけん[二八]法師《ほうし》のやうに、すなはち持《も》て来《きたり》しがあさましかりしこと、[二九]物の蓋《ふた》に小《こ》山作りて白《しろ》き紙《かみ》に歌いみじう書《か》きてまいら《ゐ》せんとせし事、など啓《けい》すれば、いみじく笑《わら》はせ給《たまふ》。御前なる人〴〵も笑《わら》ふに、「[三〇]かう心に入《いれ》て思《おもひ》たる事を[三一]たがへつれば、罪《つみ》うらん。まことは[三二]四日の夜、侍《さぶらひ》どもをやりて、取《とり》すてしぞ。[三三]返事《かへりごと》にいひあてしこそ、いとおかし《を》かりしか。[三四]その女出《いで》きて、いみじう手《て》をすりていひけれども、「仰せ事にて。[三五]かの里《さと》より来《き》たらん人にかく聞《き》かすな。[三六]さらば屋《や》うちこぼたん」などいひて、[三七]左近の司《つかさ》の南の築土《ついぢ》などにみなすてゝけ

た感覚。たいしたことだ。

二二 下二段活用の「給ふ」は、自分を主語にして言う時に、ことさら謙遜して聞き手を敬う敬語。

二三 必要な程度を越えている様。出来すぎです。

二四 取次の女房に対して書いた形。

二五 中宮御前での話題になる、の意で、「いふ」の主語は女房達。もちろん清少納言が主役。

二六 底本「身はなけ身はなけつ」。他本により改む。涅槃経などに記され、人々の常識となっていた釈迦の捨身聞偈の説話をふまえる。釈迦が雪山(ヒマラヤ)で修行していた時、羅刹が「諸行無常、是生滅法」という偈を唱えるのを耳にし、その後半を聞かせよと頼む。羅刹はお前が私に食われることを承知するならと言い、ありがたい偈を聞いて悟れるならばと承知した釈迦に、「生滅滅已、寂滅為楽」の後半を説く。約束通り釈迦が羅刹の前に身を投ずると、羅刹は帝釈天と現じて釈迦を支えた、という話である。以下の清少納言の発言は、「雪の山」の争いから「雪山」の説話を聯想してなされたものだろう。

二七 捨身聞偈の「身は投げつ」を、器物の「身(蓋を除いた本体)」を捨てた、の意にかけて、蓋だけを(＝蓋のかぎり)持って来たという洒落。

二八 「ほふし」が正。釈迦の捨身聞偈をもじった笑話を演じるような、法師姿の賤芸人がいたのであろう。清少納言の所へ「折櫃」を「ひきさげ」て帰って来た下衆の姿が、まるでこの法師のようであった、ということ。

二九 何かの蓋に、残っていた雪で小山を作って。

三〇 一心不乱に思う様が「心に入れて思ふ」。

三一 まぜかえしては仏罰を蒙ろう。「たがふ」は、進んでいる事態の方向を変えること。

三二 十四日の夜。清少納言が歌を「うめき誦じ」ていた頃にあたる。

り。「いと固《かた》くて、おほくなんありつる」などぞ[一]いふなりしかば、げに廿日も待付《まちつけ》てまし。[二]今年《ことし》の初《はつ》雪もふりそひてなまし。上《うへ》も聞召《きこしめし》て、「いと[三]思ひやりふかくあらがひたり」など殿上人どもなどにも仰せられけり。さてもその歌かたれ。いまは[四]かくいひあらはしつれば同じ事。勝《か》ちたるなり」とおまへにも仰せられ、人〴〵もの給《たま》へど、「なぜう《でふ》にか、さばかりうき事を聞《き》き《ゝ》ながら[五]啓《けい》し侍らん」など、まことにまめやかに憂《う》んじ心うがれば、[六]上《うへ》もわたらせ給《たまひ》て、「誠に年比《としごろ》は[七]おぼす人なめりと見しを、[八]是《これ》にぞあやしと見し」など仰せらるゝに、[九]いとゞうく、つらく、打《うち》もなきぬべき心ちぞする。「いで[一〇]あはれ。いみじくうき世ぞかし。後にふりつみて侍《はべり》し雪を、うれしと思ひ侍しに、「それはあひ《い》なし、かきすてて《ゝ》よ」と仰せ事侍《はべり》しよ」と申せば、「勝《か》たせじとおぼしけるなな《ゝ》り」とて上《うへ》も笑《わらは》せたまふ。

（八四段）

[一一]めでたき物　[一二]唐錦《からにしき》、[一三]かざり太刀《たち》、[一四]作り仏のもくゐ、色あひふかく花房《ぶさ》ながく

三三 先の「夜の程に、人のにくみて取りすてて侍り」という返事を指す。
三四 木守の女。「その」とあるのは、清少納言が事の経緯を中宮に語ったのを承けたもの。
三五 里居する清少納言の所から使いが来ても。
三六 事の次第を聞かせたりしたら。
三七 左近衛府。雪の山の舞台であった職御曹司の、すぐ東に当る。

一 言っていたそうだから。「なり」は伝聞。
二 そこへ初雪も加わったかもしれない。そうしたらもっと長もちしたでしょう、の意。
三 清少納言が深い判断をして（=思ひやり深く）皆と違う意見を述べたものだ（=あらがひたり）。
四 事情を話してしまったのだから、雪山が残っていたのと同じこと。
五 得意気に歌の披露など出来ないということ。
六 底本「うへもわたらせ給て」を欠く。二類本により補う。
七 お気に入りの女房らしい、と見ていたが。
八 「是にぞ」は、中宮が歌を披露せよと要求し、清少納言がそれに応じないやりとりを指す。
九 歌の披露をいやがることを難ぜられるので「いとど」つらくなる。
一〇 底本「あるれ」。他本により改む。
一一 すばらしいもの。「めでたし」は申し分ないと賞める言葉で、負の要素を含まない。
一二 中国大陸舶来の錦。
一三 金銀や宝玉で飾った太刀。
一四 「作り仏」は彩色した仏、「もくゐ」は「木絵」でモザイク、とされる。
一五 立派な貴公子たちといえども。
一六 「あやおり物」が正。綾織物は五位以上でないと着用出来ないが、蔵人は六位でも許された。

咲《さ》きたる藤の花、松にかゝりたる。

　六位の蔵《くら》人。[一五]いみじき君達《だち》なれど、えしも着《き》給はぬ[一六]綾織物《あやをり》を、心[一七]にまかせてきたる、[一八]青色《あを》すがたなどのいとめでたきなり。[一九]所《ところ》の雑色《ざうしき》、[二〇]たゞ人のこどもなどにて、[二一]殿ばらの侍《さぶらひ》に、四位五位の司《つかさ》あるが[二二]下《しも》にうちゐて、なにとも見えぬに、蔵《くら》人になりぬれば、[二三]えもいはずぞあさましきや。[二四]宣旨《せんじ》など持《も》てまい《（ゐ）》り、[二五]大饗《（だいきやう）》のお《（を）》りの[二六]甘栗《あまぐり》の使《つかひ》などにまい《（ゐ）》りたる[二七]もてなし、やむごとなが[二八]り給へるさまは、[二九]いづこなりし天降《あまくだ》り人ならんとこそ見ゆれ。

　[三〇]御むすめ后《きさき》にておはします、又[三一]まだしくても、姫《ひめ》君などきこゆるに、御書《（おんふみ）》の使《つかひ》とてまい《（ゐ）》りたれば、御文とり入《い》るゝよりはじめ、褥《しとね》さし出《（いづ）》る[三二]袖口など、[三三]明暮《（あけくれ）》見し物《（もの）》ともおぼえず、[三四]下襲《がさね》のしりひきちらして、衛府《えふ》なるはいますこしをかしく見ゆ。[三五]御手《て》づから[三六]盃などさしたまへば、[三七]わが心ちにも、いかにおぼゆらん。[三八]いみじくかしこまり、地《つち》にゐし、[三九]家のこ君達《きんだち》をも、[四〇]心ばかりこそ[四一]用意《ようゐ》しかしこまりたれ、同じやうにつれだちてありく。夜、上《うへ》のちから使《つか》はせ給《（たまふ）》を見るには、ねたくさへこそおぼゆれ。

一七 底本「に」を欠く。二類本により補う。
一八 →八頁注九。
一九 蔵人所の職員。六位蔵人となる資格のある人々の一つ。「ざうしき」は「ざふしき」が正。
二〇 以下「所の雑色」についての叙述。公卿殿上人といった人の子ではなくて。
二一 身分ある人の侍として仕えていて。
二二 低い席に坐っていて。
二三 言い表わせないほどの変りようだ。
二四 勅旨。内侍を通じて蔵人に伝えられる。
二五 大臣大饗。正月に左右大臣の家で太政官の官吏を招いて行われる宴会。
二六 大饗には、天皇から蘇(今で言えばチーズ)と甘栗とを賜わる、その使い。
二七 待遇。大臣家での迎え方を指す。
二八 底本「給へりさま」。他本により改む。
二九 どこから天下って来た天人か。
三〇 以下、娘が后になっている家などへ帝の使者として赴く蔵人の姿を描く。
三一 底本「また敷ても」。表記を改む。まだ后にお立ちではないが。后(きさき)がね、というところであろう。　三二 女房たちの美々しい袖口。
三三 朝夕見なれたあの同じ人物とも思えない。
三四 下襲の裾を後に長く引いて(→六四頁注一二)、衛門府の官人である場合は、(ただの六位蔵人より)もう少し素敵に見える。「ゑふ」が正。
三五 主自ら。后、后がねなどの家の主だから、大臣クラスである。
三六 「さか月」。表記を改む。
三七 六位蔵人自身の心。
三八 蔵人になる以前の態度。「地にゐ」は膝まずく姿勢。
三九 立派な家の子弟。　四〇 気持の上だけは。
四一 「ようい」が正。心遣いし振舞いを慎むこと。

[一]なれつかうまつる三《み》年《とせ》四《よ》年《とせ》ばかりを、[二]なりあしく、ものの色よろしくて、まじはらんはいふかひなき事なり。[三]かうぶりの期《(ご)》になりて、下《お》るべきほどの近《ちか》うならんにだに、[四]命《いのち》よりもをしか《(を)》るべき事を、[五]臨時《りんじ》の所〴〵の御たまはり申《(まうし)》て下《お》るゝこそ、いふかひなくおぼゆれ。むかしの蔵《くら》人は、ことしの春夏[六]よりこそ泣《な》きたちけれ、今の世には、[七]はしりくらべをなんする。

博士《はかせ》の才《ざえ》あるは、めでたしといふもをろ《(お)》かなり。顔《かほ》にくげに、いと下臈なれど、やんごとなき人のおまへに近《ちか》づきまい《(ゐ)》り、さべき事などとはせ給《(たまひ)》て、御文《ふみ》の師にてさぶらふは、[八]うらやましくめでたしとこそおぼゆれ。[九]願文、表、ものの序など作り出《(いだ)》してほめらるゝも、いとめでたし。

法師の[一〇]才《ざえ》ある、はた、すべていふべくもあらず。[一一]后のひるの行啓。[一二]一の人の御ありき、春日詣。葡萄染《えびぞめ》の[一三]織《をり》物。すべてなにも〳〵紫なる物はめでたくこそあれ。花も糸《いと》も紙《かみ》も。庭に雪のあつくふりしきたる。[一四]一の人。紫《むらさき》の花の中には、杜若《かきつばた》ぞすこしにくき。六位の宿直姿《とのゐすがた》のをかしきも、[一五]紫《むらさき》のゆへ《(ゑ)》なり。

一 帝に近く奉仕する三年四年の間。六位蔵人の任期は六年だが、任期満了を待たずに退く者があるのを頭に置いて、述べる。
二 蔵人ゆえに許されていた服装からの見劣りの表現。だから、「いふかひなし」と言う。
三 六位蔵人は六年勤めると五位に叙せられ(＝かうぶり)、殿上を退き(＝下る)、受領に任ぜられる場合が多い。
四 殿上できなくなるのは命より惜しかろうに。
五 皇族などの所得をはかって、臨時に地方官が任ぜられることを指す。あちこちの親王・内親王や女御たちのために行われることで「所々」と言う。六位蔵人で、この機会に五位に叙せられようとする者の多いのを、それこそ、「言ふかひなし」と歎いたもの。
六 底本「一管」。二類本により改む。「ことしの」は、来年は任期満了となる前年。その頃から退任を悲しんで泣き騒いだものだが、の意。
七 競走。五位に叙せられる競争。
八 底本「浦山しく」。表記を改む。
九 神仏への祈願文、上表文、詩歌の序文などを。
一〇 底本「つえ」。他本により改む。
一一 底本「名」。他本により改む。
一二 摂政関白の御出かけ。奈良の「春日」は藤原氏の氏神で、摂関は当然参詣に出かけ(＝ありき)た。 一三 「おりもの」が正。
一四 前の「一の人の御ありき」と重複の感がある。
一五 着用している指貫の色であろう。
一六 条件が整いきってはいないが、頂点に達した時の様子を思わせるには十分な美しさ、が原義で、柔らかな印象の美を表わす。
一七 太い、世なれた感じの大人と反対の人物像。
一八 「なほし」が正。束帯のような正装でない。
一九 表(うへ)袴を着けた正装でなくて。

（八五段）

[一六]なまめかしき物　[一七]細《ほそ》やかにきよげなる君達の[一八]直衣姿《なほしすがた》。をかしげなる童《どう》女の、うへの袴などわざとはあらで、[一九]ほころびがちなる[二〇]汗衫《かざみ》ばかりきて、卯槌《うづち》、薬《くす》玉などながくつけて、[二一]高欄《かうらん》のもとなどに、扇《あふぎ》さしかくしてい《(ゐ)》たる。

[二二]薄様《うすやう》の草子《さうし》。柳のもえ出《(いで)》たるに、青き薄様《うすやう》にかきたる文《ふみ》つけたる。[二三]三重がさねの扇。[二四]五重《え》はあまりあつくなりて、[二五]もとなどにくげなり。いとあたらしからず、いたう物ふりぬ、[二六]檜皮葺《ひわだぶき》の屋に、ながき菖蒲《さうぶ》をうるはしう葺《ふ》きわたしたる。[二七]あをやかなる簾《す》の下より木帳《(きちやう)》の[二八]朽木形《くちきがた》いとつやゝかにて、紐《ひも》のふきなびかされたる、いとをかし。しろき[二九]組《くみ》のほそき。[三〇]帽額《もかう》[三一]あざやかなる簾《す》の外《と》、高欄《かうらん》にいとをかしげなる猫《ねこ》の、あかき頸綱《くびつな》にしろき札《ふだ》つきて、[三二]はかりの緒《を》、組《くみ》のながきなどつけて、[三三]ひき歩《ある》くも、をかしうなまめきたり。

五《さ》月の節《せち》の[三四]あやめの蔵人。[三五]菖蒲《さうぶ》のかづら、[三六]赤紐《あかひも》の色にはあらぬを、[三七]領巾《ひれ》[三八]裙帯《くたひ》などして、薬《くす》玉、みこたち上達部《かんだちめ》の立《た》ちなみ給へるにたてまつれる、いみじうなまめかし。[三九]取《(とり)》て腰《こし》にひきつけつゝ、[四〇]舞踏《ぶたう》し拝《はい》し給《(たまふ)》も、いとめでたし。紫の紙

二〇 汗衫だけを着て。「汗衫」→五四頁注五。
二一 欄干。→二一頁注三一。
二二 底本「にすやう」。他本により改む。鳥の子の薄く漉いたもの。以下柔かな印象の例が並ぶ。
二三 檜扇を作る時の単位の八枚一重を、三重かさねた扇。二十四枚だが四(死)を忌んで、実際は二十三枚か二十五枚にする、という。
二四 「五へ」が正。　二五 要の所。かなめもと。
二六 「ひはだぶき」が正。
二七 底本「あをやかなり」。他本により改む。
二八 朽木の形の模様。几帳の模様である。
二九 組紐。　三〇 →二五頁注二九。
三一 底本「あさやかなり」。他本により改む。
三二 未詳。「いかり(碇)の緒」で錘りの紐、「つがり(鎖)の緒」で繋ぎの紐、などの解がある。
三三 長い紐をひきずって歩く。
三四 端午の節句に、薬玉を親王達に渡す女蔵人。
三五 以下「あやめの蔵人」の描写。「菖蒲の蔓」は、天皇をはじめ皆が着けた。
三六 「赤紐」は新嘗会の時に、小忌衣《おみごろも》の右肩に付ける紐。あの赤紐のような色でないが、の意で、菖蒲蔓に結いつける紐の描写であろう。
三七 底本「ひし」。二類本により改む。頸から肩にまとう布。　三八 「くたい」が正。裳につける腰紐。
三九 薬玉を受け取った親王・上達部の所作。
四〇 「ぶたふ」が正。

一 新嘗会・大嘗会に奉仕する君達。
二 五節の舞姫。新嘗会・大嘗会に際して行われる女楽の舞姫(→二八頁注七)で、公卿・殿上人・受領からさし出された。本段のように、中宮や女御などからさし出されることもあった。この出来事は、正暦四年(九九三)十一月。
三 付添い・世話係の女房。

をつゝみ文《ぶみ》にて、房《ふさ》ながき藤につけたる。[一]小忌《をみ》の君たちも、いとなまめかし。

（八六段）

宮の[二]五節《せつ》いださせ給《(たまふ)》に、[三]かしづき十二人、[四]こと所には[五]女御御息所の[六]御方《かた》の人いだすをば、わるき事になんすると聞《き》くを、いかにおぼすにか、宮の御方《かた》を十人はいださせ給《(たまふ)》。今ふたりは[七]女院[八]淑景舎《しげいさ》の人、[九]やがてはらからどち也。

[一〇]辰《たつ》の日の夜、[一一]青摺《あをずり》の唐衣《ぎぬ》、汗衫《かざみ》を皆きせさせ給へり。女房に[一二]だに、かねて[一三]さもしらせず、[一四]殿人《ひと》にはましていみじうかくして、皆[一五]装束《(さうぞく)》したちて、くらうなりにたるほどに持《も》てきて着《き》、[一六]赤紐《あかひも》(を)おかしうむすびさげて、いみじう[一七]瑩《やう》じたるしろき衣《きぬ》、[一八]型木《かたぎ》のかたは絵《ゑ》にかきたり。[一九]織物《をり》の唐衣《からぎぬ》どものうへに着《き》たるは、誠に[二〇]珍しき中に、わらはは《ゝ》[二一]まいてすこしなまめきたり。[二二]下仕《しもづかへ》までいでい《(ゐ)》たるに、殿上人上達部《かんだちめ》おどろき[二三]興《けう》じて、[二四]小忌《をみ》の女房とつけて、[二五]小忌《をみ》の君達は外《と》にゐて物などいふ。「[二六]五節の局を、日も暮《(くれ)》ぬ程に、[二七]皆こぼちすかして、[二八]たゞあやしうてあらする、いとことやうなる事也。その夜までは、[二九]猶《(なほ)》うるはしながらこそあらめ」

四　ほかの所。別の舞姫を出した所、であろう。
五　底本「御休所」。表記を改む。更衣。
六　女御更衣に仕えている女房。
七　東三条院詮子。円融天皇妃、一条天皇母。女房一人が女院方。
八　藤原道隆二女。原子。東宮（後の三条天皇）妃。定子には妹に当る。あと一人が淑景舎方。
九　二人の女房は、実の姉妹である。
一〇　新嘗会の祭（中の卯の日）の翌日。豊明節会(とよのあかりのせちえ)の日で紫宸殿で五節の舞がある。
一一　山藍で紋様を摺ったもので、「唐衣」は「かしづき」に、「汗衫」は従う童女に、着せた。
一二　一般の女房。この女房達が着付の世話をするのであろう。だから「だに」と言う。
一三　こういう装束をさせると事前に知らせず。
一四　殿上人、の意であろう。能因本「殿上人」。「女房」に対して、中宮を訪れる男性たち。
一五　すっかり着付が終って。更にその上に秘密に用意した唐衣・汗衫を着けた。下文参照。
一六　→前頁注三六。　一七　貝で光沢を出すこと。
一八　普通は版木（＝型木）で模様を摺るが、これは絵で書いてある、ということ。
一九　「おり物」が正。この上に青摺を重ね着した。
二〇　底本「珍敷」。表記を改む。
二一　珍しいだけでなく、の意。
二二　下仕えの女まで同じ衣装で坐っている。
二三　「きようじ」が正。
二四　女の「小忌の君」だ、という戯れ。
二五　→注一。「小忌の君」は「小忌衣」を着る。それと同じ青摺を中宮は女房達に着せられたのである。
二六　五節舞姫の宿所。　二七　辰の日が四日にわたる新嘗会の最終日で、とり片づけが始る。
二八　ひどい状態で居させる。丸見えになること。
二九　整った様が「うるはし」。そのままの形で。

とのたまはせて、三〇さもまどはさず。三一木帳《きちやう》どものほころびゆひつゝ、三二こぼれいでたり。

三三小《こ》兵衛といふが赤紐《あかひも》のとけたるを、「三四是《これ》むすばばや」といへば、三五実方《さねかた》の中将、よりてつくろふに、三六たゞならず。

三七足引の山井の水は氷れるをいかなるひものとくるなるらん

といひかく。三八年若き人の、さる顕証《けそう》のほどなれば、いひにくきにや、返しもせず。そのかたはらなる人どもゝ、三九只《ただ》うちすぐしつゝ、ともかくもいはぬを、宮《みや》司《づかさ》などは耳とゞめて四〇聞《き》きけるに、四一久しうなりげなるかたはらいたさに、ことかたより入《い》りて、女房のもとによりて、「四二などかうはおはするぞ」などぞさゝめく也。四三四人ばかりをへだてゝゐたれば、四四よう思《おもひ》得《え》たらむにてもいひにくし。まいて歌よむとしりたる人四五のは、四六おぼろけならざらんは、いかでか。四七つゝましきこそはわろけれ。四八よむ人はさやはある。四九いとめでたからねど、ふとこそうちいへ。五〇つまはじきをしありくがいと五一おし《を》ければ、

五二うは氷あはにむすべるひもなればかざす日影にゆるぶばかりを

三〇 そんな風に(早くから壊したり)して身の置き方に困らせ(＝まどはす)たりはなさらない。
三一 以下、五節局の女性たちの様子。几帳のほころび(綴じていない所)を綴じ合わせて。
三二 出し衣を(几帳の下から)見せている。落着いた様。底本「こほれてたち」。他本により改む。
三三 八三段に登場した女房。→一〇三頁注四一。
三四 誰かこれを結んで下さい。依頼の間接表現。
三五 →四三頁注二六。正暦二年(九九一)九月右中将。
三六 様子が尋常でない。実方と小兵衛とが愛人関係にあるらしい、とわかるような雰囲気。
三七 「山井」は山の湧水で、青摺の「山藍」の懸詞。「山井の水は氷れる」は貴女は私に冷淡だ、の意を寓する。「ひものとくる」は「紐が解ける」と氷が「融ける」との懸詞。紐に託して、氷った心の紐もとけたのでしょうか、と問いかけたもの。
三八 小兵衛は若い上に、皆が見ている(＝顕証)ので、返歌が出来ない。
三九 何の手助けもしないのが「うちすぐす」。「ともかくも」は底本「菟も角も」。
四〇 どう返事するかと聞き耳を立てる様。
四一 以下、宮司の気持と行動の描写。
四二 返歌もせずにいる様を「かう」と指したもの。
四三 以下、清少納言の交錯する思いの描写。
四四 返歌を(本人の代りに)うまく思いついても。
四五 歌人として知られていた実方への歌は。
四六 よほどの出来でないのは、どうして言えようか。「おぼろけ」は並一通りでない、の意。
四七 以下、ためらう自分へのじれったさ。
四八 歌詠みは、そんなに遠慮しようか。
四九 上出来でなくても、さっと披露するのに。
五〇 出来事へ筆がもどる。「つまはじき」は指で音を立てる動作。返歌を促しに行った宮司が、事の遅延にいらいらしている様子。

と、弁のおもといふにつたへさすれば、一消入《（きえいり）》つゝえもいひやらねば、「なにとか、〳〵」と耳をかたぶけてとふに、すこし二ことゞもりする人の、いみじうつくろひ、めでたしと聞《き》かせんと思《（おもひ）》ければ、三え聞付《（ききつけ）》ずなりぬるこそ、四中〳〵はぢ隠《かく》るる心ちしてよかりしか。

五のぼるを《（お）》くりなどに、なやましといひていかぬ人をも、六のたまはせしかば、あるかぎりつれたちて、七ことにもにず、あまりこそ八うるさげなれ。舞姫《まひひめ》は、九相《すけ》尹《まさ》の馬の頭《かみ》のむすめ、一〇染殿の式部卿の宮の上《うへ》の御おとうとの四の君の御はら、十二にていとをかしげなりき。

一一はての夜も、一二おい《（ひ）》かづきいでもさは《（わ）》がず。一三やがて仁《じ》寿《ゝう》殿よりと《（ほ）》をりて、清涼殿の御まへの東《ひんがし》の簀子《すのこ》より、舞姫をさきにて上《うへ》の御局にまい《（ゐ）》りし程も、をかしかりき。

（八七段）

一四細太刀《ほそだち》に一五平緒《ひらを》つけて、きよげなるお《（を）》のこの持《も》てわたるも一六なまめかし。

五二 じれったがられている小兵衛への同情。
五三 「うは氷」は表面の氷、薄いから「あはにむすぶ」と言う。これに赤紐の「あはび結び」が懸けてあり、更に貴方との契りは淡いから、の意を寓する。「日影」は日光の意と、頭にかざす「日蔭葛（ひかげのかずら）」との懸詞。「ゆるぶ」は氷が解ける、紐が緩む、の両義。実方の贈歌と状況によく即した返歌。底本「あかに」。他本により改む。

一 この女性も実方に対して恥かしがっている。
二 （ただでも）言葉をどもる人が。
三 実方には聞きとれなかった。
四 かえって恥をかかずにすんだ、と言っているが、自信作だから書き記したのであろう。底本「はちかくる」。二類本により改む。
五 舞姫が紫宸殿へ「上る」のを女房達が「送る」。
六 中宮が（必ずおいでと）おっしゃったので。
七 他（＝こと）の舞姫には似ず。
八 大仰な様が「うるさし」。
九 藤原相尹。師輔の孫、遠量の子。
一〇 染殿の式部卿の宮（村上皇子為平親王）のうへ（正室）の御おとうと（妹）である四の君（第四女、父は源高明）が産んだ方。舞姫の父が相尹、母が四の君、ということ。
一一 新嘗会の最終夜。つまり五節の辰の日の夜。
一二 舞姫を背負って出る騒動もなくてすんだ。衣裳の重さや緊張で失神する舞姫があった。
一三 舞が終るとすぐ。無事終った、という気持。
一四 束帯に佩びる太刀。細身なのでこの名がある。 一五 平たく組んだ緒。
一六 八五段に続いている。だから「も」と言う。八六段を、八五段の終りにある「赤紐」「小忌君」からの発展挿話と考えて、八五・八六・八七段を一つの段と扱う方がよいかもしれない。

（八八段）

内[一七]は、五[一八]節の比《（ころ）》こそ、す[一九]ゞろに、た[二〇]ゞ、なべて見ゆる人もをかしうおぼゆれ。殿司《とのもづかさ》などの、色〱のさ[二一]いでを、も[二二]ののいみのやうにて、釵子《さいし》[二三]につけたるなども、めづらしう見ゆ。宣耀殿《せんようでん》[二四]の反橋《そりはし》[二五]に、元結《もとゆひ》のむら濃《ご》いとけざやかにてい[二六]でゐたるも、さ[二七]ま〲につけてをかしうのみぞある。上雑仕《うへざうし》[二八]わ[二九]らはべも、い[三〇]みじき色ふしと思《（おもひ）》たる、ことは《（わ）》りなり。山藍[三一]、ひかげなど、柳筥《やないばこ》に入《（いれ）》て、か[三二]うぶりしたるお《（を）》とこなど持《も》てありくなど、いとをかしう見ゆ。殿上人の直衣《なをし》[三三]ぬぎたれて、扇《あふぎ》やなにやと拍子《はうし》にして、「[三四]つかさまさりと、しきなみぞたつ」といふ歌《うた》をうたひ、局《（つぼね）》[三五]どもの前渡る、いみじうたちなれたらん心[三六]ちもさは《（わ）》ぎぬべしかし。まひ《（い）》て、さと、ひとたびに、打《（うち）》笑《わら》ひなどしたるほど、い[三七]とおそろし。行[三八]事の蔵人の、掻練襲《かいねりがさね》[三九]、ものよりことにきよらに見ゆ。褥《しとね》などしきたれど、中[四〇]中えものぼり居ず、女房のゐたるさまほめそ[四一]しり、此比《（このごろ）》は[四二]こと事なかめり。帳台《ちやうだい》[四三]の夜、行事の蔵人の、いときびしうもてなして、かひ《（い）》つくろひ、二人《ふたり》[四四]の

一七 内裏。 一八 八六段の内容を承けている。
一九 理由や目的のはっきりしないのが「すずろ」で、ここでは、無条件に、という気持。
二〇 単純で一方的なのが「ただ」。「をかしうおぼ」えぬものは何もない、という気持。
二一 →三七頁注二八。 二二 →四〇頁注一三。
二三 婦人が正装の時に髪に飾った挿頭《（かんざし）》。
二四 「せんえうでん」が正。
二五 宣耀殿から常寧殿へ渡る反橋。
二六 着飾った「殿司」が出て居並んでいる様。
二七 時と言い、所と言い、人々の様と言い。
二八 「うへざふし」が正。舞姫に従う女性。底本「うへの」。能因本により改む。
二九 舞姫に従う童女。底本この上に「人のもとなる」あり。能因本により削除。
三〇 大そう晴れがましいことだと。
三一 「やまあゐ」と同し。新嘗会の頃の必需品（→一一六頁注一一）。「ひかげ」は冠の飾用品。
三二 最近五位に叙せられた若い男性、であろう。
三三 「なほし」が正。「ぬぎたれ」は無礼講の姿。
三四 梁塵秘抄二「お前よりうち上げうちおろし越す波は、つかさまさりのしき波ぞ立つ」。
三五 五節の局々の前を、無礼講で酔った殿上人達が歩いてまわる。
三六 宮仕え慣れした女房の心も。
三七 酔った男性集団の与えるおそろしさ。
三八 事の進行を司る蔵人。
三九 紅の練絹で作った下襲。
四〇 「褥」などかえって堅苦しいのであろう。
四一 底本「ほめはしり」。他本により改む。
四二 五節の関係以外のことは何一つないようだ。
四三 五節の初日（丑の日）に、帝が常寧殿で舞姫の舞を見られる「帳台の試」がある。
四四 五節舞姫には童女二人が従う。

わらはより外には、すべて[一]いるまじと、戸を《お》さへて、[二]おもにくきまでいへば、殿上人なども、「[三]猶《なほ》これ一人は」などの給《たまふ》を、「[四]うらやみありて、いかでか」など、かたくいふに、[五]宮の女房の二十人ばかり、蔵人を[六]なにともせず、戸を《お》をしあけて[七]さめき入《いり》ては、あきれて、「[八]いと、こはずちなき世哉《かな》」とて[九]たてるもをかし。それにつけてぞ[一〇]かしづきどももみな入《い》る[一一]けしき、[一二]いとねたげなり。上《うへ》にも、おはしまして、をかしと御覧じおはしますらんかし。[一三]灯台《とうだい》にむかひてねたる顔《かほ》どもも、らうたげなり。

(八九段)

[一四]無《む》名といふ[一五]琵琶《びわ》の御琴《こと》を、上《うへ》の持《も》てわたらせたまへるに、見《み》などしてかきならしなどすといへば、[一六]弾《ひ》くにはあらで、緒などを手《て》まさぐりにして、「これが[一七]名よ、いかにとか」と聞えさするに、「[一八]たゞいとはかなく、名もなし」との給《たま》はせたるは、[一九]猶《なほ》いとめでたしとこそおぼえしか。

[二〇]淑景舎《しげいさ》などわたり給《たまひ》て、御物語《がたり》のついでに、「[二一]まろがもとに、いとをかしげ

一 誰も中へは入れまい。意志の表現である。
二 底本「おりにくき」。能因本により改む。顔の表情が癪にさわること。つらにくい。
三 五節舞姫に付き添う女房を一人だけでも。童女二人以外に中へ入れようとして言う言葉。
四 (もし一人許したら)きっと羨む者があり、やはりお入れするわけにはゆきません。
五 中宮の女房。
六 何とも思わず。女性の強さである。
七 ざわめいて入る。がやがやと入る。
八 底本「筋なき」。表記を改む。何ともこれはお手上げのなさり様だ。
九 茫然と口でも開けて、棒立ちになっているのであろう。
一〇 底本「かしづき」を欠く。他本により改む。五節舞姫の付添い。先に殿上人の口添えでも拒否された付添いが、宮の女房の平然たる入門にまぎれて、一人どころかみな入ってしまう。
一一 付添い達までが入ってしまう、その雰囲気。それを見る蔵人の「けしき」ではあるまい。
一二 これは阻止できなかった蔵人の様子。
一三 灯台に顔をむけたまま、舞姫が居ねむりをしている。その無心が「らうたげ」。
一四 琵琶の名器として名高い。
一五 「びは」が正。
一六 するのかというと。そうではなくて、の意を含み、その含みが「弾くにはあらで」と具体化される。
一七 この琵琶の名ですが、何と申しましたかしら。ここの「よ」は、それを話題にする言葉。
一八 底本「名もおし」。他本により改む。ただほんとにつまらぬもので、名も無いのよ、の意。
一九 「名もなし」は「無名」を訓読しただけの洒落で、洒落としては曲がない。けれども「名前が

なる笙の笛こそあれ。[二二]故殿《こ》のえさせ給へりし」との給《たまふ》を、[二三]僧都《づ》の君、「それは隆円《りうえん》に給へ。を《お》のがもとにめでたき[二四]琴《きん》侍り。それにかへさせ給へ」と申給《まうしたまふ》を、聞《き》きもいれ給はで、こと事をのたまふに、[二五]いらへさせたてまつらんと、あまたたび聞え給ふに、猶物もの給《たまは》ねば、宮の御まへの、[二六]「いなかへじとおぼしたる物を」との給《たま》はせたる、[二七]御けしきのいみじうをかしき事ぞかぎりなき。此《この》[二八]御笛の名、僧都の君もえしり給はざりければ、只《ただ》[二九]うらめしうおぼいためる。是《これ》は職《しき》の御曹司《ざうし》におはしまいし程の事なめり。[三〇]上《うへ》の御まへに、いなかへじといふ御[三一]笛《ふえ》のさぶらふ名なり。

御前にさぶらふ物は、御琴も御笛も、皆[三二]めづらしき名つきてぞある。[三三]玄上、牧馬《ぼくば》、井手《ゐで》、渭橋《ゐけう》、無名など。又和琴なども、[三四]朽目《くちめ》、[三五]塩竈《しほがま》、二貫《ふたぬき》などぞきこゆる、[三六]水竜《すいろう》、小水竜《こすいろう》、宇陀《うだ》の[三七]法師《ほうし》、釘打《くぎうち》、葉二《はふたつ》、[三八]なにくれなど、おほく聞《き》きしかど忘れにけり。「[三九]宜陽殿《ぎやうでん》の一の棚《たな》に」といふ[四〇]ことぐさは、[四一]頭の中将こそし給《たまひ》しか。

ない」という答が、「無名」という名前がある、という答になっている面白さを捉えて「猶(やはり)めでたし」と言ったのであろう。
二〇 定子の妹。↓一一六頁注八。
二一 底本「まつか」。他本により改む。私の所に。
二二 「故殿」は、中宮や淑景舎の父、道隆。「えさせ給へりし」は、下さいました、ということ。
二三 藤原隆円。次行「りゆうゑん」が正。淑景舎の兄。 二四 底本「日出度」。表記を改む。
二五 底本「いらへ扨」。他本により改む。
二六 後文にあるように、帝の笙の笛の名。それをそのまま「否、替へじ(嫌です、交換しません)」の返事に用いた洒落。
二七 これも名称をそのまま用いた曲のない洒落で、中宮も、たまたま帝の笛の名がそのまま淑景舎の拒否の返事となり得る面白さに、興じた表情で発言されていたのに違いない。「御けしきの…」はその評。
二八 底本「御文」。能因本により改む。
二九 中宮の洒落がわからない以上、露骨な拒否と受けとっても止む得ない。
三〇 帝のお手許に。
三一 底本「御ふみ」。能因本により改む。
三二 底本「珍敷き」。表記を改む。
三三 以下は琵琶の名器。
三四 朽目・二貫・宇陀の法師は和琴の名器。
三五 筝の名器らしい。
三六 水竜・小水竜・釘打・葉二は笛の名器。
三七 「ほふし」が正。 三八 あれやこれや。
三九 紫宸殿の東の建物。母屋に皇室累代の器物を納めた。その「一の棚」は第一級品の棚だから、これは、第一級の名器と評価する言葉。
四〇 きまり文句。同一人に関しては口癖。
四一 藤原斉信と思われる。↓八八頁注一七。

（九〇段）

上《うへ》の御局の御簾《みす》の前にて、殿上人、日一《ひと》日、琴笛《ことふえ》ふきあそび暮して、大殿油《おほとなぶら》まい《(ゐ)》る程に、[一]まだ御格子《みかうし》はまい《(ゐ)》らぬに、大殿油《おほとなぶら》さし出《(いで)》たれば、戸《と》[二]のあきたるがあらはなれば、琵琶《びわ》[三]の御琴《こと》をたゞざまに[四]持《も》たせ給へり。紅《くれなゐ》の御衣《ぞ》どもの、いふ[五]も世《よ》のつねなる桂《うちぎ》、[六]又はりたるどもなどを、あまた奉りて、いとくろうつややかなる琵琶《びは》に、御袖を打《(うち)》かけて、[七]とらへさせ給へるだにめでたきに、[八]そばより御ひたひの程の、いみじうしろう、[九]めでたく、けざやかにて、[一〇]はつれさせたまへるは、[一一]たとふべき方ぞなきや。近くゐたまへる人に[一二]さしよりて「[一三]なかばかくしたりけんは、えかくはあらざりけんかし。あれはたゞ人にこそはありけめ」といふを、[一四]道《みち》もなきにわけまい《(ゐ)》りて申せば、笑《わら》はせ給《(たまひ)》て、「[一五]別《わか》れはしりたりや」となん仰せらるゝもいとをかし。

（九一段）

一 殿司が、格子を下して大殿油をさし出すのが普通なのに、格子を上げたまま室内を明るくしたのである。
二 遣戸も一部開いていたのであろう。格子も上げたままだから、明るくなった室内は御簾を通して「あらは」に見えてしまう。　三「びは」が正。
四 縦様に。中宮が自分の姿を隠すためである。
五 底本「いふに」。他本により改む。どう表現しても平凡な(=世の常なる)ほどの立派な桂。
六 糊張りした御衣などを。
七 琵琶をつかまえているのが「とらへ」。
八 琵琶の脇。琵琶で隠し切れないのである。
九 着衣の紅、琵琶の黒、額の肌の白、の配色。
一〇 外れることが「はつる」。外れて見える。
一一 底本「は」以下「ゐたまへる」までを欠く。二類本により補う。
一二 底本「人〳〵」。二類本により改む。
一三 底本「なか」。他本により「ば」を補う。白楽天・琵琶行の一節、客を送るべく川岸で酒宴を張るに音楽がない。「酔不レ成レ歓惨将レ別、別時茫茫江浸レ月」。たちまち琵琶の音を聞き、主客は別れを忘れて宴を張る。琵琶を弾く歌妓は「猶抱二琵琶一半遮レ面」とある。その「抱二琵琶一半遮レ面」の妓を中宮に想起したもの。
一四 清少納言の言葉を聞いた女房が、人々で通り道もない中を分け進んで中宮のお耳に入れる。
一五 諸説あるが、中宮を琵琶行の歌妓に擬した失当に対して、あれは別れる男達の脇役と知っての上かと揶揄されたものと見たい。
一六 自分の能力不足や努力不十分のために、防ぎ得たかもしれない事態が生起してしまった時の、とり返しも修正も出来ぬ口惜しさ。
一七 こちらからまず出す手紙のこと。
一八 相手への返事の手紙のこと。

[一六]ねたき物　人のもとにこれ[一七]よりやるも、[一八]人の返事《(かへりごと)》も、書《(かき)》てやりつる後、文字《もじ》[一九]ひとつふたつ思《(おもひ)》なを《(ほ)》したる。とみの物縫《ぬ》ふに、かしこう縫《ぬ》い《(ひ)》つと思ふに、針《はり》をひきぬきつれば、[二〇]はやくしりをむすばざりけり。又[二一]かへさまに縫《ぬ》い《(ひ)》たるもねたし。

[二二]南の院におはします比《(ころ)》、「[二三]とみの御物なり。[二四]たれも〳〵時かはさず、あまたして縫《ぬ》い《(ひ)》てまい《(ゐ)》らせよ」とて給はせたるに、南面《おもて》にあつまりて、御衣《ぞ》[二五]の片身《かたみ》づゝ、たれかとく縫《ぬ》ふと、[二六]ちかくも向《むか》はず縫《ぬ》ふさまも、いと物ぐるを《(ほ)》し。[二七]命婦の乳母《めのと》、いととく縫《ぬ》い《(ひ)》はてて、打《(うち)》を《(お)》きつる、[二八]ゆたけの片《かた》の身を縫《ぬ》い《(ひ)》つるが、[二九]そむきざまなるを見付《(みつけ)》で、とぢめもし[三〇]あへず、まどひを《(お)》きてたちぬるが、御背[三一]あはすれば、はやくたがひたりけり。笑《わら》ひのゝしりて、「[三二]はやく是《(これ)》縫《ぬ》い《(ひ)》なを《(ほ)》せ」といふを、「たれあしう縫《ぬ》い《(ひ)》[三三]たりとしりてかなを《(ほ)》さん。綾《あや》[三四]などならばこそ、裏《うら》を見ざらん人もげにとなを《(ほ)》さめ、無紋《むもん》の御衣《ぞ》なれば、[三五]なにをしるしにてか。[三六]なを《(ほ)》す人たれもあらん。まだ縫《ぬ》い《(ひ)》たまはぬ人になを《(ほ)》させよ」とて聞《き》かねば、[三七]さいひてあらんやとて、源少納言、中納言の君などいふ人たち、物うげにとりよ[三八]

一九 「文字」は言葉。ああ書けばよかったのに、という後悔。
二〇 「はやく」は前からこうだったと気付いた時の語。「しりを結ぶ」は糸の終りを玉に結ぶこと。
二一 裏返し。注意が十分でなかった口惜しさ。
二二 道隆の東三条院（→二一一頁注二三）の南の院。
二三 至急の御用です。この急な仕立ては、道隆死去のための喪服である、とされる。
二四 皆で時を移さず。「時かはす」は子丑…と十二支で区切られる時の、次の時刻に移ること。
二五 着物の半分ずつ。後で縫い合わせる。
二六 近々と向いあったりもせず。おしゃべりもせず、ということであろう。
二七 二二三段の「御乳母の大夫の命婦」と同一人物か。
二八 「ゆたけ」は「ゆきたけ」、つまり背縫いから袖口までの裄《(ゆき)》の長さ。その片方を縫ったというのは、左右一方の身頃と袖とを縫い合わせた、ということであろう。ただし裄を片側だけ長くする不均衡な縫製だとする意見が有力。
二九 「そむきざま」は「かへさま」(注二一)と同じ。
三〇 「…あへず」は、完全に…し切らずに、の意で、…するや否や、という気持を表わす。
三一 もう一方の片身を縫い合わせようとしたら。
三二 この「はやく」は、急いで、の意。
三三 底本「ぬいたち」。他本により改む。間違って縫ったと、誰が納得して直そうか。間違いに気付かなかったことへの強弁。下文「げにとなほさめ」との対比。
三四 綾織だと紋様で表裏は一目瞭然である。
三五 何を目印に、裏だと言い切るのですか。間違いの強弁だから、当然理路整然とはゆかない。
三六 (直すのなら)誰だって直せるでしょう。
三七 誰かが縫い直すしかないと。
三八 底本「よりよせ」。二類本により改む。

せて縫《ぬ》い《(ひ)》給《(たまひ)》しを、見やりて居たりしこそ[一]をかしかりしか。

[二]面白き萩薄《(すすき)》などを植《(うゑ)》て見るほどに、[三]長櫃《ながびつ》持たるもの、鋤《すき》などひきさげて、[四]只《(ただ)》ほりにほりていぬるこそ、[五]わびしうねたけれ。[六]よろしき人などの有《(ある)》時は、さもせぬ物を。いみじう制《せい》すれど、[七]「只すこし」など打《(うち)》いひていぬる、[八]いふかひなくねたし。

受領《ずりやう》などのいゑ《(へ)》にも、[九]物の下部《しもべ》などの来《き》て、なめげにいひ、さりとて我をばいかゞせんなど思《(おもひ)》たる、[一〇]いとねたげ也。[一一]見まほしき文などを、[一二]人のとりて庭に下《お》りて見たてる、[一三]いと侘《(わび)》しくねたく思《(おもひ)》て[一四]いけど、[一五]簾《す》のもとにとまりて見たてる心ちこそ、[一六]とびも出《(いで)》ぬべき心ちこそすれ。

（九一段）

[一七]かたはらいたき物　客人《まらうと》などにあひて物いふに、奥《おく》のかたに[一八]打《(うち)》とけ事などいふを、えは制《せい》せできく心ち。思ふ人のいたく酔《ゑ》ひて、[一九]同じ事したる。聞《き》きゐたりけるをしらで、[二〇]人の上《うへ》いひたる。それは[二一]なにばかりならねど、[二二]つかふ人など

一　以上の雰囲気は、道隆没直後の喪服縫いには遠いように思える。特に「笑ひののしり」「物うげに」が悲歎に沈む女房の様でない。
二　底本「面白萩薄」。表記として「き」を補う。
三　長方形の櫃。上に棒を通して二人で担ぐ。後世の長持に当る。ただし足つき。後文からして掘り取った萩や薄を入れるためのもの。
四　せっかく「植ゑ」て楽しんでいた植物を、ごっそり掘り返して持っていく。
五　制止できない口惜しさ。
六　ちょっとした人。庭番などであろう。
七　相手を見くびった科白である。
八　女だけと思って馬鹿にして、という気持。こういう時「よろしき」男にも及ばない口惜しさ。
九　「物の」が冠せられているのは、しかるべき権勢の家の下僕であることを示す。だから下僕のくせに「なめげ(無礼)」な物言いをする。
一〇　こちらをなめている、それをこらしめてやることも出来ない当方の地位の低さ。
一一　自分にあてて寄こした手紙であろう。
一二　この場合は男性である。
一三　困り果てるし、男のやり方がくやしい。
一四　手紙を取り返しに行く。
一五　女性は普段は簾の外へ姿を現わさないもの。
一六　庭までとび出してしまいたい焦燥。
一七　まずい事を誰かがしていて、それを制することが出来ない時や、当人がまずい事とは気付きそうもない時、それに心を痛める困窮の心。
一八　人に聞かれていないと安心しての内輪話。
一九　「同じ事」は「打ちとけ事いふ」を指す。大切な人(=思ふ人)だけに困窮が強い。
二〇　他人の噂話。「聞きゐ」るのは、噂の当人。
二一　どんな立派な人、というわけでなくても。
二二　当人が聞いているとも知らずに噂をする人は、

だにいとかたはらいたし。

旅《たび》だちたる所にて、[二三]下衆《げす》どものざれゐたる。にくげなるちごを、[二四]おのが心ちのかなしきまゝに、[二五]うつくしみかなしがり、[二六]これが声《こゑ》のまゝに、いひたる事など語《かた》りたる。才ある人の前にて、才《ざえ》なき人の、[二七]物覚え声《ごゑ》に、[二八]人の名《な》などいひたる。ことによしとも覚《(おぼえ)》ぬわが歌を、人に語りて、人の賞《ほ》めなどしたるよしいふも、かたはらいたし。

（九三段）

[二九]あさましきもの　[三〇]刺櫛《さしぐし》すりてみがく程に、[三一]物につきさへてお《(を)》りたる心ち。[三二]車《くるま》のうち返《(かへり)》たる。さる[三三]おほのかなる物は、[三四]所せくやあらんと思《(おもひ)》しに、[三五]只夢の心ちしてあさましう[三六]あへなし。

[三七]人のためにはづかしうあしき事を、[三八]つゝみもなくいひゐたる。かならず来《き》なんと思ふ人を、夜ひと夜おきあかし待《ま》ちて、[三九]暁がたに、いさゝか打《(うち)》忘れて寝《ね》入《(いり)》にけるに、烏《からす》のいと近くかゝとなくに、打見上《あ》げたれば、ひるになりにけ

たとえ大した身分の人でなくても「かたはらいたい」ものだ、と言いたいのである。
二二 使用人。「なにばかりならぬ」人の具体化。使用人が何かまずいことをしたからといって、こちらが心を痛める必要もない理窟だが、という気持が「だに」で表わされている。
二三 旅先では従者には大人しくしてほしい。
二四 親としての情愛を抑えもしないで。
二五 可愛がりいとしくてたまらぬ情を見せ。
二六 この児の声の通りに。親が子の声をまねるみっともなさに気付かない様子。
二七 物知りぶった言い方で。「声」は言い方。
二八 著名な人の名。学者などの名であろう。
二九 思いもかけぬ事態に遭遇した時に、その事態にまだ対応できず、呆れたままでいる心情。善悪両方に使える道理だが、悪い呆れ方が多い。
三〇 →四頁注九。婦人にとって大切な櫛である。
三一 何かにつきあてて。「さふ」は動きを止めること。その止める力で櫛が折れてしまう。大変な失敗をした、と思うに至る前の茫然たる気持。
三二 牛車が仰向けになっているの。顚覆であろう。なお能因本は「うちかへされたる」。
三三 巨大なもの。
三四 「所せし」は狭いこと。ここでは、でんと構えて、と言うような重々しい様子の意であろう。能因本は「所せう久しくなどやあらむとこそ」とあり、顚覆でなし廃車と読める表現である。
三五 「あさまし」の語義をよく表わしている。
三六 あっけない。
三七 それが他人に知られたら当人にとって（=人のために）恥辱や汚名となるような事柄。
三八 何ということをこの人はするのか、という気持。ひどい、という非難は次の段階の対処。
三九 底本「あか月」。表記を改む。

る、[一]いみじうあさまし。

見すまじき人に、外《ほか》へ持《も》ていく文[二]見せたる。[三]むげにしらず見ぬ事を、[四]人のさしむかひて、[五]あらがはすべくもあらずいひたる。物うちこぼしたる心ち、いとあさまし。

（九四段）

[六]口惜《くちをし》きもの　[七]五節、御仏名《みぶつみやう》に[八]ゆきふらで、[九]雨のかきくらしふりたる。[一〇]節会《せちゑ》などに、[一一]さるべき御物忌のあたりたる。[一二]いとなみ、いつしかと待《まつ》事の、さはりあり、俄《にはか》にとまりぬる。[一三]あそびをもし、見すべき事ありて、よびにやりたる人の来《こ》ぬ、いと口お《を》し。

男も女も、[一四]法師も、宮づかへ所などより、同じやうなる人もろともに寺へまうで物へもいくに、このましうこぼれいで、[一五]ようゐ《い》よく、いはばけしからず、あまり見ぐるしともみつべくぞあるに、[一六]さるべき人の、馬にても車にても、ゆきあひ見[一七]ずなりぬる、いと口惜《くちをし》。[一八]わびては、すき〴〵しき下衆《げす》などの、人など

一「必ず来なん」と信じて待っていた自分が「いささか打忘れて」「寝入」ってしまったこと、しかも「ひるになりにける」まで寝込んでいたこと、それを自分のしたことと思えない心情である。
二「見せ」ているのは、真の相手へ届けることを託した使いの者。
三 全く身に覚えのないこと、と言うに等しい。
四 膝づめ談判の形である。
五 底本「あらはす」。他本により補う。弁明の余地もなく。そうと信じこんでいる始末の悪さ。
六 期待して待っていたことが実現せず、あるいは報われてしかるべき自分の努力が報われなかった時の、満たされない気持。不満のはけ口を必ずしもどこかへ持って行かないのが特色。
七 底本「五節の御仏の名」。他本により「の」二か所を除く。「御仏名」→八八頁注一。
八 底本「ふして」。他本により改む。
九 清少納言は雪を愛し雨を好まない。
一〇 五節句（五三頁注二三）の他、白馬（あおうま）、豊明（とよのあかり）など帝が群臣に酒饌を賜わる儀式。
一一 朝廷の物忌が節会にぶつかり（＝あたり）節会が中止となる、それほどの、が「さるべき」。
一二 準備をすることが「いとなむ」。
一三 底本「あそひせりし」。他本により改む。
一四 以下の叙述は「法師」にふさわしくない。能因本は「法師も」を欠く。
一五 準備ぬかりなく、言ってみれば華美にすぎ。
一六「見苦しい」とも言われかねない凝り様を、情趣を解する人に見てほしいのである。
一七 この「ず」は、「さるべき人の…ゆきあひ見る」こと全体を否定するもの。期待の不実現。
一八 誰の目にもとまらず終わるのか、との落胆。
一九 意気がった（＝すきずきしき）者なら、「下衆」でもよい、見て人に語ってほしい、と思うこと

に語《かた》りつべからんをがな、と思ふもいとけしからず。[一九]

(九五段)

[二〇]五月の御精進《さうじ》のほど、職《しき》[二一]におはします比《ころ》、塗籠《ぬりごめ》[二二]の前《まへ》の二間《ふたま》なる所を、[二三]ことにしつらひたれば、例様《れいざま》[二四]ならぬもをかし。

一日《ついたち》より雨がちに、くもりすぐす。つれ〴〵なるを、「郭公《ほととぎす》の声尋《たづね》にいかばや」といふを、われも〳〵と出立《いでたつ》。賀茂《かも》の奥《おく》に、[二五]なにさきとかや、[二六]たなばたの渡る橋にはあらで、[二七]にくき名ぞ聞えし、「その渡りになん郭公なく」と人のいへば、「[二八]それは日ぐらしなり」といふ人もあり。そこへとて五日のあしたに宮司《づかさ》に車《くるま》の案内《あない》こひて、[二九]北の陣より、[三〇]五月雨《さみだれ》はとがめなき物ぞとて、[三一]さしよせて、四人ばかり乗《の》りていく。[三二]うらやましがりて、「[三三]なを《ほ》いまひとつして、同じくは」などいへど、[三四]まなと[三五]仰せらるれば、聞《き》ゝいれず、なさけなきさまにていくに、[三六]馬場《むまば》といふ所にて、人おほくて[三七]さは《わ》ぐ。「なにするぞ」ととへば、「[三八]手番《てつが》ひにて、[三九]まゆみ射《い》る也。しばし御覧じておはしませ」とて、車とゞめたり。「[四〇]左近中将、

を、自ら評した言葉。どうかしている。

二〇 正月・五月・九月は斎月と言い、精進して仏事を営み、罪障消滅を祈念する。

二一 職の御曹司。→六四頁注一三。

二二 四面を壁にし調度類を収納する部屋。底本続く「前の」を欠く。他本により補う。次の「二間」は寝殿造りの柱の間(一間)二つ分のこと。

二三 特別に精進の設営をした、ということ。

二四 底本「なかぬ」。他本により改む。

二五 恐らく「松が崎」。内裏から見て「賀茂の奥」。

二六 七夕に織女を渡すという鵲(かささぎ)の橋。

二七 「松が崎」がなぜ「にくき名」か不明。

二八 「なにさき」が「松が崎」だとすると、遍照集「今来むと言ひて別れし朝より思ひくらしの音をのみぞ鳴く」をふまえた洒落だろう、という説が生きる。「待つばかり」がこの歌の意だから「待つ」が崎で鳴くのは郭公でなくて「ひぐらし」でしょう、ということになるからである。

二九 朔平門。前文「宮司に車の案内こひて」を承ける。朔平門から車を「さしよせ」たのだろう。

三〇 五月雨の頃は大目に見ていただけるのよ。普通なら車を建物に「さしよせ」て乗るようなことは、清少納言たちには許されない。

三一 建物に直着(じかづけ)にすること。一旦下に降りることなく、直接に車に乗ることが出来る。

三二 底本「浦山しかり」。表記を改む。

三三 同じことならもう一台用意して。

三四 底本「は」。通じはするが他本により改む。

三五 底本「まこと」。二類本により改む。「まな」は禁止の副詞。いけません。

三六 騎射の練習場。左近衛・右近衛のそれぞれがあった。下文によりここは左近馬場。一条西洞院にあったと言うのは北辺(平安京を北にはずれた一帯)であろう。賀茂への道順である。

みな着《つ》きたまふ」とい[一]へど、さる人も見えず。六位などたちさまよへば、「ゆ[二]かしからぬ事ぞ、はやく過《(すぎ)》よ」といひて、いきもてゆく。道《みち》[三]も祭《まつり》の比《(ころ)》思ひ出《(いで)》られてをかし。

[四]かくいふ所は、明順《あきのぶ》[五]の朝臣の家[六]なりける。「そこもいざ見ん」といひて、車よせて下《お》りぬ。田舎《ゐなか》[七]だち、ことそぎて、馬《むま》[八]のかたかきたる障子《さうじ》、網代[九]屏風、[一〇]三稜草《みくり》の簾など、殊更にむ[一一]かしの事を移したり。屋のさまもはかなだち、廊《らう》[一二]めきて、端《はし》ぢかにあさはかなれど、お《(を)》かしきに、げにぞか[一三]しがましと思ふばかりになきあひたる時鳥《(ほととぎす)》の声を、口お[一四]《(を)》しう御前にきこしめさせず、さばかりしたひつる人〴〵を、と思ふ。所につけては、かゝることをなん見るべきとて、稲《いね》といふ物をとり出《(いで)》て、わかき下衆《げす》ども、きたなげならぬ、そのわたりの家[一五]のむすめなどひきもて来て、五六人してこ[一六]かせ、又見もしらぬく[一七]るべく物、二人《ふたり》してひかせて、歌うたはせなどするを、めづらしくて笑《わら》ふ。時鳥の歌よまむとしつる、[一八]まぎれぬ。

唐絵《からゑ》[一九]にかきたる懸盤《かけばん》[二〇]して、ものくはせたるを、見入《い》るゝ人もなければ、家[二一]の

三七 底本「御はく」。他本により改む。
三八 弓射の練習試合。五月三日から左近右近が交互に荒手結《(あらてつがい)》・真手結《(まてつがい)》をする。見物が集った。ここは五日だから左近の真手結。
三九 騎射をなさる。「まゆみ」は馬弓。
四〇 左近中将以下皆さん御着席です。底本「たまへ」。他本により改む。

一 底本「いへは」。他本により改む。
二 別に面白そうでもないわね。底本「床しからぬ」。表記を改む。
三 一条大路は賀茂祭の行列を見物する恰好の場所。祭(四月中の酉の日)を見たのは半月前。
四 いまの話の(一条から松が崎への)舞台。
五 高階明順。成忠の子。中宮の伯父に当る。
六 洛外だから別邸。別邸のある所であった。
七 底本「ゐ中」。表記を改む。
八 馬の姿を描いた衝立。
九 底本「細代」。他本により改む。網代で作った屏風。「網代」→三九頁注二七。
一〇 三稜草の茎で編んだ簾。
一一 昔の通りにしてある。「移す」も「写す」も元来同義で、そのまま持って来ること。
一二 奥行のない細長い建物、ということ。
一三 底本「かしかさし」。二類本により改む。
一四 底本「口おしと」。他本により改む。「口をしう」は、先導批評の連用形。批評対象は「御前にきこしめさせず」。
一五 しかるべき家の娘。
一六 稲扱(こ)きをさせ。
一七 くるくる廻るもの。挽臼説、碾磑説がある。
一八 とりまぎれてしまった。歌を作らなかった。
一九 大和絵に対して言う。中国風の絵。
二〇 →四四頁注八。唐絵に描かれた中国風の懸盤。
二一 明順を指す。

あるじ、「[二二]いとひなびたり。かゝる所に来ぬる人は、[二三]ようせずは、[二四]あるじ逃《に》げぬばかりなど、[二五]せめいだしてこそまい《ゐ》るべけれ。[二六]むげにかくては、[二七]その人ならず」などいひて、[二八]取《とり》はやし、「この[二九]下蕨《したわらび》は手《て》づからつみつる」などいへば、「いかでか、さ、女官などのやうに[三〇]着《つ》きなみてはあらん」など笑《わら》へば、「さらば[三一]取《とり》おろして。例《れい》の[三二]はひぶしにならはせ給へる御まへたちなれば」とて、[三三]まかなひさは《わ》ぐ程に、「[三四]雨ふりぬ」といへば、急ぎて車にのるに、「さて[三五]此《この》歌は爰《ここ》にてこそよまめ」などいへば、「さはれ、道《みち》にても」などいひて皆のりぬ。

卯の花のいみじう咲《さ》きたるをお《を》りて、車の簾、[三六]かたはらなどに[三七]さしあまりて、[三八]を《お》そひ、[三九]むねなどに、ながき枝《えだ》を[四〇]葺《ふき》たるやうにさしたれば、只《ただ》卯花の垣ねを[四一]牛《うし》にかけたるぞと見ゆる。供《とも》なるお《を》のこ[四二]ども、いみじう笑《わら》ひつゝ、「[四三]こゝまだし、〳〵」とさしあへり。

[四四]人もあはなんとおもふに、更にあやしき法師、下衆《げす》の、いふかひなきのみ、たまさかに見ゆるに、いと口お《を》しくて、[四五]近く来ぬれど、「[四六]いとかくてやまんは。此車の有さまぞ人にかたらせてこそやまめ」とて、[四七]一条殿のほどにとゞめて、

二二 とても田舎びていましょう。食物への謙遜。
二三 どうかすると。うれしくない事態に言う。
二四 主人が辟易して逃げ出さんばかりに。
二五 催促して召し上るようです。
二六 「かくて」は「見入るる人もなし」を指す。「無下に」は悪い方の極端を言う。こうも丸きり召し上らないのは。
二七 「その人」は当人、本人。平素から清少納言たちを見知っての語。あなた方らしくない。
二八 雰囲気をもり立てること。座をとりもって。
二九 生えたてで草の下になっている蕨。
三〇 一列に並んで。中国風の懸盤の前に一列に着席する有様を、下級の官女(=女官)の食事のようだと言ったもの。
三一 懸盤から取って下へ降すのである。
三二 「這ひ伏し」は腹這い。明順の軽口。
三三 「まかなふ」は取り扱うこと、世話して廻る。
三四 雨が降って来ます。「ぬ」は確実を表わす。
三五 郭公を題材にした歌。洛北行きは特別のお許しであったから歌なしで帰れない。それが頭にあって「此歌」と言う。
三六 車の側、であろう。左右側面のこと。
三七 挿し切れないで。挿してなお「あまる」。
三八 「おそひ」は元来覆うもの。車だから屋根。
三九 棟木。
四〇 卯の花葺きの屋根のようになった。
四一 本当は車を牛に懸けているのに、の意。
四二 底本「ともし」。他本により改む。
四三 ここがまだあいている、と競って挿した。
四四 この車の様を誰かに見てほしい。→前段。
四五 近くまで帰って来たが。
四六 「いと」は強意。このまま終ってしまうのか。
四七 →一二一頁注一三。一条南、大宮東にあったのだから大内裏のすぐ脇である。

「[一]侍従殿《じゝう》やおはします。時鳥《ほとゝぎす》の声聞《きゝ》て今なん帰る」といはせたる。使《つかひ》「只今《ただいま》まい《ゐ》る。しばし、あが君《きみ》」となんのたまへる。[二]侍《さぶらひ》にまひろげて[三]おはしつる、急ぎたちて、指貫《さしぬき》たてまつりつ」といふ。「[四]待《まつ》べきにもあらず」とてはしらせて、[五]土御門《つちみかど》ざまへやるに、いつのまにか装束《さうぞ》きつらん、[六]おびは道《みち》のまゝに結《ゆ》ひて、「しばし、〳〵」と[七]おひくる、供《とも》に侍《さぶらひ》三四人ばかり、物もはかではしるめり。「[八]とくやれ」といとゞいそがして、[九]土御門にいきつきぬるにぞ、あへぎまどひておはして、此《この》車のさまをいみじう笑《わら》ひたまふ。「[一〇]現《うつゝ》の人の乗《の》りたるとなん、更に見えぬ。[一一]猶《なほ》下《お》りて見よ」など笑《わら》ひ給へば、供《とも》にはしりつる人、ともに[一二]興《けう》じ笑《わら》ふ。「[一三]歌はいかゞ。それきかん」との給《たま》へば、「[一四]今御まへに御覧ぜさせて後こそ」などいふ程に、[一五]雨まことふりぬ。「などか、[一六]こと御門御門《みかど》のやうにもあらず、[一七]土御門しもかうべもなくしそめけんと、[一八]今日《けふ》こそいとにくけれ」などいひて、「[一九]いかで帰らんとすらん。[二〇]こなたざまはたゞを《お》くれじと思ひつるに、[二一]人目もしらずはしられつるを、[二二]奥《あう》いかん事こそ、いとすさまじけれ」とのたまへば、「[二三]いざ給へかし、内《うち》へ」といふ。「[二四]烏帽子《ゑぼうし》にてはいかでか」「[二五]とりにやり給

一　藤原公信。為光の子。長徳二年(九九六)九月侍従。一条院は一条摂政伊尹から為光に伝領されていたから、当時公信も住んでいたのであろう。「じじゅう」が正。次頁五行目も同じ。
二　侍所。親王家大臣家などに置く侍の詰所。
三　衣服をはだけ、くつろいだ姿となること。
四　わざわざ待つほどの大事ではない。
五　土御門大路。一条大路の二町南の大路。そこにある上東門から大内裏に入ろうとしている。
六　帯。底本「思ひ」。他本により改む。
七　追って来る。底本「思ひ」。他本により改む。
八　男達の様がおかしいのでわざと急がせる。
九　上東門の別名。
一〇　この世の人間が乗っているとは全く見えぬ。
一一　まあ(=なほ)降りて、(自分で)見てごらん。
一二　「きよう」が正。　一三　歌が目的の一つであったことを当然誰かが話して聞かせたのであろう。
一四　これから中宮様のお目にかけて、その後でね。　一五　底本「ま事」。表記を改む。
一六　他の御門(大内裏への門)と同様でなく。上東門の造りが他の門とは異なることを指す。
一七　上東門ばかりが、頭なしに最初から造ったのか。「かうべ」は屋根のことであろう。上東門は切り通しで門構えが無く、当然屋根もない。
一八　屋根なしで雨やどりが出来ないのである。
一九　底本「帰」を欠く。二類本により補う。
二〇　こちらへ向う時は。帰ることに対して言う。
二一　外見(のみっともなさ)を思いもせずに。
二二　「あういかん」の字面だと「奥行かむ(奥へ行く)」だが不審。「こなたざま」に対して言っているのだから、これから帰る一条殿を、平安京の北の奥と見て言うのであろうか。それだと、この雨の中をこの姿で一条まで行くのが、走って追付いた努力の甲斐なく癒し難い、の意となる。

へかし」などいふに、[二六]まめやかにふれば、[二七]かさもなきおの《を》こども、[二八]たゞひきにひきいれつ。一条殿よりかさ持《も》て来たるを[二九]さゝせて、打《うち》見かへりつゝ、[三〇]こたみはゆる〳〵と[三一]物うげにて、卯花ばかりを取《とり》ておはするもをかし。

扨《さて》まい《ゐ》りたれば、有様《さま》などとはせ給《たまふ》。[三二]恨《うらみ》つる人〴〵、[三三]怨《あん》じ心うがりながら、[三四]藤侍従《とうじゝう》の、一条の大路はしりつる語《かた》るにぞ皆笑ひぬる。「扨《さて》いづら、歌は」ととはせたまへば、「かう〳〵」と啓《けい》すれば、「口お《を》しの事や。上人《うへ》などの聞《き》かんに、いかでか[三五]露をかしき事なくてはあらん。[三六]その聞《き》きつらん所にて、[三七]きとこそはよまましか。あまり[三八]儀式定《ぎしきさだ》めつらんこそ、あやしけれ。爰《ここ》にてもよめ。[三九]いといふかひなし」などの給《たまは》すれば、げにと思ふにいと侘《わび》しきを、[四〇]いひあはせなどする程に、[四一]藤侍従、[四二]ありつる花につけて、[四三]卯花の薄様《うすやう》にかきたり。[四四]此歌おぼえず。これが返し[四五]まづせんなど、硯とりに局《つぼね》にやれば、「[四六]たゞこれして、とくいへ」とて御硯蓋《ぶた》に紙《かみ》などして給はせたる。「[四七]宰相の君、かき給へ」といふを、「[四八]猶そこに」などいふ程に、かきくらし雨ふりて、[四九]神いとおそろしう鳴《な》りたれば、物もおぼえず、たゞおそろしきに、御格子《みかうし》まい《ゐ》り[五〇]わたしまどひし程に、[五一]此事も

二三 それなら御一緒に大内裏へ、と戯れて誘う。
二四 「えぼうし」が正。平装だから無理、の意。
二五 こうなると、おもちゃにしているようなもの。 二六 本格的な降りになって来たので。
二七 笠もない（清少納言の）従者たちは。底本「かさり」。二類本により改む。
二八 （清少納言の車を）どんどん（大内裏へ）引き入れてしまった。 二九 無視された公信の有様。
三〇 今度は。もう急ぐ事情はなくなっている。
三一 気の進まぬ様。面白い相手はいなくなった。
三二 一緒に行けなかった人々。底本「人に」。他本により改む。 三三 前（一二七頁一一行）に「なさけなきさまにていくに」とあった清少納言の態度を、帰りを待ちうけて「怨じ、心憂がる」。
三四 藤原公信。 三五 気のきいた事が一つもなし、というわけにどうしてゆくでしょう。
三六 郭公の声を聞いたその場で。
三七 しっかり詠むべきでしたね。
三八 本式に構えたらしいのが解せませんね。
三九 底本「はと」。他本により改む。
四〇 相談する。「ここにてもよめ」との中宮の仰せに、どう対応するかの相談である。
四一 底本「頭侍従」。表記を改む。
四二 七行前に「卯花ばかりを取りておはす」とあった、あの卯の花。
四三 料紙の卯の花がさね。白を表に青を重ねる。それに歌を結んでよこした。
四四 公信は歌も覚えてもらえない。
四五 自分たちが郭公の歌を作るのは後にして。
四六 中宮も今は御機嫌ななめのようである。
四七 →二四頁注一六。
四八 やっぱりあなたが。 四九 「神」は雷。
五〇 「わたし」で端から端までの意が、「まどひ」であわてて格子を下した様が、表わされている。
五一 公信への返歌までも。

忘れぬ。

いと久しう鳴《な》りて、すこしやむほどには、くらうなりぬ。只今《（ただいま）》、猶《（なほ）》此返事《（このかへりごと）》[一]たてまつらんとて、[二]取《（とり）》むかふに、人〳〵上達部《かんだちめ》など、[三]神の事申《（まうし）》にまい《（ゐ）》り給へれば、[四]西面《おもて》に出《（いで）》居て、物聞えなどするに、[五]まぎれぬ。こと人はた、[六]さして得《え》たらん人こそせめ、とてやみぬ。[七]猶此事に宿世《すくせ》なき日なめり、と屈《くん》じて、[八]「今はいかで、さなむ行《い》きたりし、とだに人におほく聞《き》かせじ」など笑《わら》ふ。[九]「今もなどか、その行《い》きたりしかぎりの人どもにていはざらん。[一〇]されどさせじと思ふにこそ」[一一]とものしげなる御けしきなるも、いとをかし。されど、[一二]「いまはすさまじうなりにて侍るなり」と申す。[一三]「すさまじかべきことか、いな」との給《（たまは）》せしかど、さてやみにき。

二日ばかりありて、その日の事などいひ出《（いづ）》るに、宰相の君、「いかにぞ、手づからおり《（を）》たりといひし、下蕨《したわらび》は」とのたまふをきかせ給《（たまひ）》て、[一四]「思出《（おもひいづ）》る事のさまよ」と笑《わら》はせ給《（たまひ）》て、紙《かみ》のちりたるに、

[一五]下蕨《したわらび》こそ恋しかりけれ

一「奉る」が重いが、公信への返事。
二（返歌作りに）取りかかると。
三 雷のお見舞い言上に。
四 西廂に出向いて坐って応待をする。
五 とりまぎれてしまった。返歌は作られない。
六 名指しで歌を贈られた人が返歌すればよいのだ、という調子でそれきりとなった。
七 歌ということに縁のない日らしい。
八 この上は、何とかして、郭公の歌を詠みに行った、とすら多くの人には聞かせまい。「だに」は、歌が作れなかったことはもちろん、の意。
九 今からでもどうして、現地へ行った全員で歌を詠まないのか。「ここにてもよめ」といったのに一向応じないとは、四人合作してでも詠めばよいのに、との御不興の言葉。
一〇 そうはするまいと思っているのね、とは、言うことを聞く気がないのね、の意。
一一 不愉快だ、という感情。
一二 気合いが抜けてしまった、という感情。郭公の歌を詠むには、あまりに多くの出来事が間に起って、気合いが抜けた、というのであろう。
一三 気合いが抜けた、などといえることですか。馬鹿をお言いでない。ますます御立腹の態。
一四 何を思い出すのかと思ったら。食べ物のことを思い出すなんて、とあきれた言い方。
一五 もう一度食べたい、と思っているのね、というひやかしを、食べたがっている当人の気持として表現したもの。　一六 上の句をおつけ。
一七 わざわざ郭公を求めて行って聞いたその声よりも。上下を二人で作る連歌は、この頃よく見られるが、清少納言としては、これでどうやら郭公の歌を作ったことになった恰好である。
一八 大そう威張ったものね。「うけばる」は自信に満ちた態度をとること。この場合、人々の賞

とかゝせ給《(たまひ)》て、「[一六]本《もと》いへ」と仰せらるゝもいとをかし。

[一七]郭公《(ほととぎす)》たづねて聞し声よりも

とかきて、まい《(ゐ)》らせたれば、「[一八]いみじううけばりけり。[一九]からだにいかで時鳥《(ほととぎす)》の事をかけつらん」とて笑《わら》はせ給《(たまふ)》もはづかしながら、「[二〇]なにか。此歌よみ侍《(はべら)》じとなん思ひ侍《(はべる)》を。[二一]物のおり《(を)》など人のよみ侍らんにも「よめ」など仰せられば、え[二二]さぶらふまじき心ちなんし侍《(はべる)》。[二三]いといかゞは、[二四]文字の数しらず、春は冬の歌、秋は梅花《はな》の歌などをよむやうは侍らん。なれど[二五]歌よむといはれし末《すゑ》ぐ\は、すこし人よりまさりて、「[二六]そのおり《(を)》の歌は是《(これ)》こそ有《(あり)》けれ。[二七]さはいへど、それが子《こ》なれば」などいはればこそ、[二八]かひある心ちもし侍らめ。露とりわきたる方もなくて、[二九]さすがに歌《うた》がましう、われはと思へるさまに、最初《さいそ》によみ出《(いで)》侍らん、[三〇]なき人のためにもいとをし《(ほ)》う侍《(はべる)》」とまめやかに啓《けい》すれば、笑《わら》はせ給《(たまひ)》て、「さらば、たゞ[三一]心にまかす。われらはよめともいはじ」との給《(たま)》はすれば、「いと心やすくなり侍《(はべり)》ぬ。今は歌の事思ひかけじ」などいひてある比《(ころ)》、[三二]庚申《かうしん》せさせ給《(たまふ)》とて、[三三]内《うち》の大殿《おほい》いみじう心まうけせさせ給へり。

讃の的となっている郭公を、下蕨よりもおとしめた清少納言の言い方に対する批評。
一九 こんなに見下げた扱いをしてまで、どうして郭公に心を注いで歌に詠もうとしたのかしら。底本「書つらむ」。他本により改む。
二〇 「此歌」は今度の郭公の歌。いいえ、今度の郭公の歌は、もう詠む気はなかったのですが。中宮の「からだに…」の仰せをかわした言葉。
二一 以下、歌を詠むこと一般への清少納言の気持。「物のをり」は「しかるべき折」で、気をひきしめて歌を作らねばならぬような場面を指す。
二二 底本「ふ」を欠く。他本により補う。
二三 「いかがは」は後の「侍らん」に係る反語表現。もちろん…ということはございません。
二四 三十一文字が揃えられぬとか、春に冬の歌を、秋に梅桜の歌を詠むとか、ということは。
二五 清少納言は清原元輔の子、深養父の曾孫だが、しばらく歌人の子孫一般の話として語る。
二六 あの時の歌はこの歌に尽きる。
二七 何といっても誰それの子だからね。
二八 歌の家、という評判を汚さないからである。
二九 「さすがに」は文脈上反対の事実が、どうしても現われて来ることを認める時の語。歌に格別とり柄はないのに、歌詠みの子だけに、こういうのが歌でございますと言わんばかりに。
三〇 ここで父元輔への思いが表面化する。
三一 底本「まかせ」として「すイ」と傍書。傍書による。好きにしなさい。
三二 庚申《(かのえさる)》の夜に眠ると体内の三尸《(さんし)》虫に天に上る機会を与え、犯した罪過を上帝に告げられる、とする道教の考えから徹夜すること。
三三 藤原伊周。中宮の兄。→二二二頁注二。正暦五年(九九四)八月内大臣、長徳二年(九九六)四月大宰権帥に左遷。

夜打《(うち)》ふくる程に、題出《(いだ)》して女房も歌よませ給《(たまふ)》。皆けしきばみ、[一]ゆるがしいだ[二]すも、宮の御前近くさぶらひて、物啓《けい》しなど、こと事をのみいふを、大臣《おとゞ》御覧じて、「など歌はよまで、むげに離《はな》れい《(ゐ)》たる。[三]題とれ」とてたまふを、[四]「さる事うけたまはりて、歌よみ侍《(はべる)》まじうなりて侍れば、[五]思ひかけ侍らず」と申《(まうす)》。「ことやうなる事。[六]まことにさる事やは侍る。などかさはゆるさせ給《(たまふ)》。いとあるまじき事なり。[七]よし、こと時はしらず、こよひはよめ」などせめさせ給へど、[八]けぎよう聞《きゝ》きも入《い》れでさぶらふに、皆人〴〵詠出《(よみいだ)》して、[九]よしあしなど[一〇]定《さだ》めらるゝ程に、いさゝかなる御文《ふみ》をかきて、[一一]なげ給はせたり。見れば、

[一二]元輔《もとすけ》がのちといはるゝ君しもやこよひの歌にはづれてはをる

とあるを見るに、をかしき事ぞたぐひなきや。いみじう笑《わら》へば、「なに事ぞ、〳〵」と大臣《おとゞ》も問《と》ひたまふ。

「[一三]その人の後といはれぬ身なりせばこよひの歌をまづぞよままし

[一四]つゝむ事さぶらはずは、千の歌なりと[一五]是《(これ)》よりなんいでまうでこまし」と啓《けい》しつ。

一 底本「が」を欠く。二類本により補う。身体をゆすって。言葉をしぼり出す苦労の有様。
二 「も」は、そういう状況の下でも、の意。以下の清少納言の「こと事をのみ」言う態度を導く。
三 歌の題をうけとれ。歌を詠めという要求。
四 これこれのお言葉をいただいて。中宮の「われらはよめともいはじ」を承けている。歌を詠まないことへの権威づけ。
五 (今も)そのつもりはございません。
六 以下、事の真偽を中宮に問いかける言葉。
七 以下、清少納言に言いかける言葉。それはいいとしよう、だが他の時はともかく今宵は歌を作りなさい。
八 きれいさっぱり。底本「けによう」。二類本により改む。
九 底本「よしあしと」。他本により「と」を除く。
一〇 底本「さたさため」。他本により改む。
一一 底本「なり」。他本により改む。手紙を投げてよこされた。「宮の御前近く」いて取次不要の距離だからだが、打ちとけた振舞いである。九七段にも同様の表現がある。
一二 歌意平明。こんな歌はよほど気を許した相手でないと贈れない。「しも」が、よりによって歌人元輔の子ともあろう人が、の意を表わす。
一三 これも歌意平明。先の「歌よむといはれし末々は」以下の考え、特に「最初によみ出」すことは出来ない、という考えを、逆から言っただけの歌。平明には平明を以て答えねばならぬのである。
一四 ひかえなければならない事がなければ。父の名誉を汚すまいという呪縛がなければ、の意。
一五 この私ひとりの口から出て参りましょう。「千の歌」でも私ひとりで、という気持であろう。やはり曾祖父、父とつづく歌の家の自負が、ち

（九六段）

職《しき》におはします比《(ころ)》、八月十よ日の月あかき夜、一六右近の内侍に琵琶ひかせて、一七はし近くおはします。一八これかれ物いひ、笑《わら》ひなどするに、一九廂《ひさし》の柱《はしら》によりかゝりて、物もいはでさぶらへば、「など、かう、を《(お)》ともせぬ。物いへ。二〇さう〴〵しきに」と仰せらるれば、「只《(ただ)》、二一秋の月の心を見侍《(みはべる)》なり」と申せば、「二二さもいひつべし」とおほせらる。二三

（九七段）

二四御かた〴〵、君だち、上人《うへ》など、御前に人のいとおほくさぶらへば、二五廂《ひさし》の柱《はしら》によりかゝりて、女房と物語などして居たるに、二六物をなげ給はせたる。あけて見たれば「二七思ふべしや、いなや。人第《だい》一ならずはいかに」とかゝせ給へり。

二八御まへにて物語などするついでにも、「すべて、人に一におもはれずは、なにに《ゝ》かはせん。只いみじう二九中中にくまれ、あしうせられてあらん。二三にては死《し》ぬともあらじ。一にてをあらん」などいへば、「三〇一乗《ぜう》の法《ほう》な《ゝ》り」など、

らりと顔をのぞかせた形。

一六 帝づきの女房。→、五頁注二三。八三段（一〇三頁）にも登場。中宮方によく出入りしていた。　一七 廂の間と孫廂との境の辺を指す。

一八 女房たちを指すが、清少納言を含まない。

一九 清少納言ひとり、おしゃべりに加わらない。

二〇 淋しいじゃないの。

二一 「琵琶ひかせ」の現状に合せて、白楽天・琵琶行の一節「曲終収レ撥当レ心画、四絃一声如レ裂レ帛。東船西舫悄無レ言、唯見二江心秋月白一」をふまえ、無言へのおとがめに答えたもの。

二二 そうも言うことが出来るわね。まっすぐ月を見ていたわけではないので「秋月白」を「秋月心」と言い換えた機転への評。

二三 底本「ら」を欠く。他本により補う。

二四 中宮の妹君たちやお身内の若君たち。

二五 上流の方々が集っておられるので、清少納言も廂の間に退いて、朋輩と話をしている。

二六 殿上人（＝上人）もいるのになれなれしい行為である。皆の目が清少納言に集ったはず。

二七 お前を可愛いく思ってあげようか、どうしよう。「人に第一に」でなかったらどうする気かしら。中宮の戯れである。「人第一」は次にもある清少納言の「人に一におもはれずは」の言い方を使ったもの。

二八 以下、平素の話。中宮の戯れの根拠を語る。このあたりの文章の運びは、枕草子中、最も要領のよいものと言えよう。

二九 いっそ却ってひどく憎まれ、ひどい扱いを受けている方がよい。全か無かの強気な主張。

三〇 「いちじようのほふ」が正。法華経・方便品「十方仏土中、唯有二一乗法一。無レ二亦無レ三」とあるのを、清少納言の「二三にては死ぬともあらじ」にかけたひやかし。まるで法華経ね。

人〴〵も笑《わら》ふ事の筋なめり。

筆紙など給はせたれば、「[一]九品蓮台《くほんれんだい》の間《あひだ》には下品《げほん》といふとも」など書《かき》てまい《ゐ》らせたれば、「無下《むげ》に思ひ屈《くん》じにけり。いとわろし。[二]いひとぢめつる事は[三]さてこそあらめ」との給《たまは》す。「それは人[四]にしたがひてこそ」と申せば、「そがわろきぞかし。[五]第《だい》一の人に又一に思はれんとこそ思はめ」と仰せらるゝ、[六]いとをかし。

（九八段）

[七]中納言まい《ゐ》り給《たまひ》て、御扇たてまつらせたまふに、「隆家《たかいへ》こそいみじき骨《ほね》[八]はえて侍れ。[九]それを張《は》らせてまい《ゐ》らせんとするに、[一〇]おぼろけの紙《かみ》は張《は》るまじければ、[一一]もとめ侍《はべる》なり」と申給《まうしたまふ》。「いかやうにかある」ととひ聞えさせたまへば、「すべていみじう侍り。「更にまだ見ぬ骨《ほね》のさまなり」[一二]となむ人〴〵申す。まことにかばかりのはみえざりつ」と言《こと》たかくの給《たま》へば、[一三]「さては扇《あふぎ》のにはあらで、[一四]海月《くらげ》のななり」と聞ゆれば、「これは隆家《たかいへ》[一五]が言にしてん」とて笑《わら》ひ給《たまふ》。かやうの事こそは、[一六]かたはらいたき事のうちにいれつべけれど、[一七]「ひとつなおと

一 極楽往生を上品上生、上品中生、…下品下生の九段階に別つ。「九品蓮台」はそれ。だから極楽往生できますなら、下の扱いで満足でございます、の意。常に朋輩から法華経にからめてひやかされているのを逆用し、かつ平素の強気はひっこめて中宮に甘えてみせ、更に中宮を阿弥陀如来になぞらえて持ち上げるなど、二重三重の効果を含んだ秀抜の応答。しかもこれは慶滋保胤の願文(和漢朗詠集)の「十方仏土之中、以二西方一為レ望。九品蓮台之間、雖二下品一応レ足」を借用したもので、最新知識が活用されている点は、七八段の「草の庵」と同様。

二 曖昧にせず、きっぱりと言い切ったこと。

三 そのまま押し通すがよい。

四 相手の人次第でございます。こうも露骨に持ち上げられると、普通なら鼻白む所であろう。

五 「第一の人」はこの場合、中宮自身を指すことになる。またとないこの私に、また第一に愛されようと思いなさい。清少納言の露骨な賛辞にびくともしないのは、中宮に生れながらの貴人のみが持つそなわりがあるからである。

六 最高の賛辞をかくも堂々と受けとめられると、清少納言も返す言葉がなく、「をかし」と引き下がるしかない。本当の貴族というべき中宮に貫禄負けすることの幸福感。それに上流の注視の下、中宮と親しく言葉をやりとりした満足感。

七 藤原隆家。伊周の弟。長徳元年(九九五)四月権中納言。六月中納言。同二年四月出雲権守に左遷。　八 扇の骨。「御扇」とはまた別のもの。

九 紙を張らせて、完成品として進上しようと。

一〇 並の紙を張るわけには行きませんから。

一一 骨に調和する程の上等な紙を探しています。

一二 底本「となむ」から次々行「ななり」までを欠く。他本により補う。　一三 「かばかりのは見え

しそ」といへばいかゞはせん。

（九九段）

[一八]雨のうちはへふる比《ころ》、けふもふるに、[一九]御使《つかひ》にて[二〇]式部の丞信経《ぞうのぶつね》まい《ゐ》りたり。例《れい》のごと、褥《しとね》さし出《いで》たるを、つねよりも遠くを《お》しやりて居たれば、「[二一]たが料《れう》ぞ」といへば、笑《わら》ひて「かゝる雨にのぼり侍らば、[二二]足形《あしがた》つきて、いと、ふびんにきたなくなり侍りなん」といへば、「など、[二三]せんぞく料《れう》にこそはならめ」といふを、「是《これ》は、[二四]おまへにかしこう仰せらるゝにあらず。信経《のぶつね》が足形《あしがた》の事を申さざらましかば、えの給《たま》はざらまし」と返《かへすがへす》ゝいひしこそ、お《を》かしかりしか。「[二五]はやう、[二六]中后《なかきさい》の宮に、[二七]ゑぬたきといひて、[二八]名たかき[二九]しもづかえ《へ》なんありける。美《み》濃守《のゝかみ》にてうせける[三〇]藤原時柄《ときから》、[三一]蔵人なりけるお《を》りに、下仕《しもづかへ》どものある所に立《たち》よりて、「是や、[三二]此《この》高《かう》名のゑぬたき、[三三]などさしも見えぬ」といひけるいらへに、「それは、[三四]時柄《ときがら》にさも見ゆるならん」といひたりけるなん、[三五]かたきに選《え》りても、さる事はいかでかあらんと、上達部《かんだちめ》殿上人まで、[三六]興《けふ》ある事にの給《たまひ》ける。又[三七]さり

ざりつ」とおっしゃるからは。

一四 海月の骨は「まことに」見たこともない。

一五 底本「隆家る事」。他本により改め、「事」の表記を改む。隆家の科白にしておこう。

一六 自慢話になるから我が事ながら「かたはらいたし」（一二四頁注一七）である。

一七 一つも書き落すな。朋輩からの注文。

一八 ひきつづき。「はふ」は延ばすこと。

一九 帝の御使いとして。だから蔵人のはず。

二〇 式部省の三等官。「じよう」が正。「信経」は藤原為長の子。長徳元年（九九五）正月蔵人。

二一 褥を遠くに押し離しているのは、まだ誰かが来るためか、と思ったのである。

二二 （褥に）よごれた足の形がついて。

二三 底本「けんそくれうしに」。「け」を「せ」に改め（諸本ほとんど「け」）、二類本により「し」を除く。「氈褥（褥の一種）」と「洗足（足ぬぐい）」とをかけた洒落。内容的には、褥がよごれた足を拭うお役に立つでしょうに、ということ。

二四 「おまへに」は、あなた様が、の意。「かしこう」は、清少納言の秀抜な発言内容を、恐れ入ったと批評したもの。先導批評（それだと発言した行為自体への批評）の連用形ではない。その恐れ入ったお言葉は、あなたおひとりでおっしゃったものではありませんよ、と言ったもの。

二五 信経とのことで、そう言えばこういうことがあった、と思い出した気持が「はやう」。

二六 中宮安子。藤原師輔の娘で村上中宮として重きをなした。冷泉・円融二帝の母。

二七 不明。

二八 どうして「名たかき」なのかも不明。

二九 下級の官女。雑事に当る。

三〇 底本「ときかし」。他本により改む。「時柄」は藤原三仁の子。康保五年（九六八）正月美濃守。天暦の頃蔵人であった。

けるなめり、けふまでかくいひつたふるは」と[一]聞えたり。「それ又、時柄《から》が[二]いはせたるなめり。すべて、たゞ[三]題《だい》からなん、文も歌もかしこき」といへば、「げにさもある事なり。さは題出《いだ》さん。歌よみたまへ」といふ。「いとよき事、[四]ひとつはなせんに、同じくは、あまたをつかうまつらん」なんどいふ程に、[五]御返《かへり》いできぬれば、「[六]あなおそろし。まかり逃《に》ぐ」といひて出《いで》ぬるを、「[七]いみじう真名《まな》も仮名《かんな》もあしう書《か》くを、人わらひなどする、[八]かくしてなんある」といふもをかし。

[九]作物所《つくもどころ》の別当する比《ころ》、たがもとにやりたりけるに[一〇]かあらん、物の[一一]絵様《ゑやう》やるとて、「[一二]これがやうにつかうまつるべし」とかきたる真名《まんな》の様《やう》、文字《もじ》の、よにしらずあやしきを見つけて、「[一三]これがまゝにつかうまつらば、ことやうにこそあるべけれ」とて、殿上にやりたれば、人〴〵とりて見ていみじう笑《わら》ひけるに、おほきに[一四]はらだちてこそにくみしか。

（一〇〇段）

三一　底本「なりけり」。他本により改む。
三二　これがあの有名な「ゑぬたき」か。
三三　どうしてそのように見えないのか。どういう特徴で有名であったのかが不明だから内容は見当がつかないが、「さ」はその特徴を指す。
三四　「時柄」の名と、「時から（時の具合。「から」は「場所がら」などの「から」）」とをかけた洒落。たまたまそんなに見えるのでしょう、の意に、あなたの見そこないでしょう、の意が重なる。
三五　わざわざ相手（＝かたき）に選択を加えても。特に選んだ人を相手にしても、ということ。
三六　「きよう」が正。
三七　評判になるだけの価値はあったでしょう。

一　信経に向って話したのである。
二　底本「ひさせさる」。二類本により改む。時柄が（ゑぬたきに）言う機会を与えた秀句だ。
三　課題次第で詩も歌も立派になるものです。
四　底本「といへは」。能因本により改む。一つではつまらないから。「なせんに」は「なにせんに」。
五　帝への中宮からの御返事。それが出来るまでの応待が、時柄の話であった。
六　退散の潮時、という冗談めいた科白。
七　漢字も仮名もひどく下手で。信経への悪口。
八　字の下手なのを隠しているのです。だから逃げて行ったのです、ということ。
九　底本「つくる」とし「もイ」と傍書。「作物所」は蔵人所に所属し、調度類の調製を担当。信経は長徳二年（九九六）五月にその長官（別当）。
一〇　底本「に」を欠く。二類本により補う。
一一　絵図面。調度の指図（設計図）であろう。
一二　この図面の通りに調製しなさい。
一三　わざと「この字の」ように、と解した悪戯。

[一五]淑景舎《しげいさ》、[一六]春宮《(とうぐう)》にまい《(ゐ)》り給ふ程の事など、[一七]いかゞめでたからぬ事なし。[一八]正月十日にまい《(ゐ)》り給《(たまひ)》て、[一九]御文などはしげうかよへど、まだ御対面《たいめん》はなきを、二月十日よひ、[二〇]宮の御かたに渡り給《(たまふ)》べき御消息《せうそこ》あれば、[二一]つねよりも、御しつらひ心ことにみがきつくろひ、女房などみなようゐ《(い)》したり。夜中ばかりに渡らせ給ひしかば、いくばくもあらであけぬ。

[二二]登《とう》花殿《でん》の東《ひんがし》の廂《ひさし》の二間《ふたま》に御しつらひはしたり。[二三]宵《よひ》にわたらせ給《(たまひ)》て、又の日おはしますべければ、女房《ばう》は御ものやどりにむかひたる渡殿《わたどの》に候べし。[二四]殿、上《うへ》、[二五]暁ひとつ御車にてまい《(ゐ)》り給《(たまひ)》にけり。つとめていととく御格子《みかうし》まい《(ゐ)》り渡して、宮は[二六]御曹司《ざうし》の南に、[二七]四尺の屏風、[二八]西東《にしひんがし》に御座《おまし》しきて、[二九]北むきにたてて、御たゝみ御褥《しとね》ばかりを《(お)》きて、御火桶まい《(ゐ)》れり。御屏風の南、御帳の前に、女房いとおほくさぶらふ。

[三〇]まだこなたにて[三一]御ぐしなどまいる《(ゐ)》ほど、「淑景舎《しげいさ》は見たてまつりたりや」ととはせたまへば、「まだいかでか。[三二]御車よせの日、たゞ御うしろばかりをなん、[三三]はつかに」ときこゆれば「其《(その)》はしらと屏風とのもとによりて、わがうしろより

一四 隠したい悪筆を殿上人に見せたことを怒る。
一五 藤原原子。→一一六頁注八。中宮の妹。
一六 後の三条天皇。冷泉皇子居貞親王。
一七 どうしてどうして結構なことずくめでした。
一八 淑景舎の東宮参りは長徳元年正月十九日。
一九 淑景舎と中宮との間の手紙の交換。
二〇 淑景舎が中宮を訪問される。
二一 妹とは言え、東宮妃をはじめてお迎えするのだからである。
二二 弘徽殿の北の建物。この頃の中宮の御用であった。その東廂の一間(一二七頁注二二)に。
二三 底本「夜ひに」。表記を改む。以下「候べし」まで、「一本」として傍書されたもの。「わたとのに」の「のに」は料紙の切断で欠くも、二類本により補う。傍書全体に関し「任本ニハ押紙也」と注す。宵にお越しになって、翌日の御滞在の御予定なので、女房は配膳室(=御ものやどり)に向きあった渡殿に控えている。
二四 関白道隆と夫人貴子。
二五 底本「あか月」。表記を改む。
二六 先に「登花殿の東の廂の二間に御しつらひはしたり」とあった、その部屋の南の部分。
二七 底本「四人の」。他本により改む。
二八 東西に中宮用の敷物を敷いて。
二九 (屏風を)北向きに立てて。部屋の南端に屏風を北向きに立て、その前に長方形の御座を敷くと、北向きの東西の御座ということになる。
三〇 御対面の座に着く前だから、登花殿の母屋であろう。
三一 髪を整えることが「御ぐしまゐる」。清少納言が奉仕しているのであろう。
三二 御車を直着した日、の意。具体的には二五九段に扱われた積善寺供養の日のことか。
三三 わずかに(拝見したばかりです)。

みそかに見よ。いとをかしげなる君ぞ」との給《(たま)》はするに、うれしく、ゆかしさまさりて、[一]いつしかと思ふ。

[二]紅梅《こうばい》の[三]固紋《かたもん》、浮紋《うきもん》の御衣《ぞ》ども、[四]紅《くれなゐ》のうちたる御衣《ぞ》三重《みへ》がうへに、[五]只《(ただ)》ひきかさねてたてまつりたる。「[六]紅梅には濃《こ》ききぬこそをかしけれ。[七]え着《き》ぬこそ口惜《(くちをし)》けれ。[八]今は紅梅のは着《き》でもありぬべしかし。されど、[九]萌黄《もえぎ》などのにくければ。[一〇]紅《くれなゐ》にあはぬか」などの給《(たま)》はすれど、[一一]たゞいとぞめでたく見えさせ給《(たまふ)》。[一二]たてまつる御衣《ぞ》の色ごとに、[一三]やがて御かたちの匂ひあはせ給《(たまふ)》ぞ、猶《(なほ)》[一四]ことよき人もかうやはおはしますらん、とゆかしき。

[一五]さてゐざり入《い》らせ給《(たまひ)》ぬれば、やがて御屏風にそひつきてのぞくを、「あしかめり。うしろめたきわざかな」と[一六]聞えごつ人〴〵もをかし。障子《さうじ》のいとひろうあきたれば、いとよく見ゆ。上《うへ》は、しろき御衣《ぞ》ども、[一七]紅のはりたる二《ふた》つばかり、女房の[一八]裳《も》なめり、ひきかけて、おくによりて、東《ひんがし》むきにおはすれば、只御衣《ぞ》な[一九]どぞみゆる。淑景舎《しげいさ》は、北にすこしよりて南むきにおはす。[二〇]紅梅いとあまた、濃《こ》く薄《うす》くて、上《うへ》に濃《こ》き綾《あや》の御衣《ぞ》、すこしあかき小袿《こうちぎ》、[二一]蘇枋《すわう》の織《をり》物、萌黄《もえぎ》の[二二]わか

一 「いつしか」は実現を待ちあぐねる時の語。
二 以下は中宮の服装。「紅梅」はここでは織色の「紅梅」で、縦に紅、横に白(紫とも言われる)を用いた織。 三 模様を浮き上らせないように糸を固めて織るのが「固紋」、逆に浮き上るように糸を浮かせて織るのが「浮紋」。
四 紅の色の、砧で光沢を打ち出した打衣。その三重がさねの、そのまた上に。
五 「紅梅の固紋、浮紋の御衣ども」を、表着として着ておられる。
六 紅梅の表着には濃い紫の打衣が、きれいなのだけれど。 七 中宮の好みが、季節による着衣のきまりに合わないのであろう。
八 二月半ばを過ぎたことを「今は」と言う。紅梅の表着を着なくてもよい時だ、の意。
九 黄緑(=萌黄)は嫌いだから。萌黄の表着にしても良い季節だが、嫌だから着たくない、の意。
一〇 結局紅梅の表着を着ているが、紅の打衣に合わないのではないか、という悩みの表明。
一一 お召物がお気にめさないようだが、何の非のうちどころもない、との賞讃。
一二 どんな色の御召物を着られてもその都度。
一三 その御召物の色に応じて(=やがて)御容貌が美しく調和なさるのが。底本「匂ひあらはせ」。
一四 別の美しい方。淑景舎を指す。
一五 中宮が御対面のお部屋へ膝行される。
一六 人に聞えるようにぶつぶつ言うこと。のぞくことを許された中宮に聞える程度にであろう。
一七 糊を張って光沢を出した打衣。
一八 わが娘とは言え中宮と東宮妃との対面という晴の場だから、女房の着ける裳を着用された。
一九 底本「そそ」。他本により一字を除く。
二〇 袿の色の描写。濃淡幾重にも重ね着した様。
類本により「ら」を除く。

やかなる、固紋《かたもん》の御衣《ぞ》奉りて、[二四]扇をつとさしかくし給へる、いみじう、げにめでたくうつくしと[二五]見え給《(たまふ)》。殿《との》は[二六]薄《うす》色の御直衣《なをし》、萌黄《もえぎ》の織《をり》物の指貫《さしぬき》、紅《くれなゐ》の[二七]御衣《ぞ》ども、[二八]御紐《ひも》さして、廂《ひさし》の柱《はしら》にうしろをあてて、こなたむきにおはします。[二九]めでたき御有様を打《(うち)》え《(ゑ)》みつゝ、例《れい》の[三〇]たはぶれごとせさせ給《(たまふ)》。淑景舎《しげいさ》の、いとうつくしげに、絵《ゑ》にかいたるやう[三一]にて居させ給へるに、宮は、いと[三二]やすらかに、今すこしおとなびさせ給へる、御けしきの紅《くれなゐ》の御衣《ぞ》にひかりあはせ給へる、猶[三三]たぐひはいかでか、と見えさせ給《(たまふ)》。

[三四]御手水《おほんてうづ》まい《(ゐ)》る。[三五]かの御かたのは、[三六]宣耀殿《せんよう》、貞観殿を通りて、童《どう》女二人、下仕《しもづかへ》四人して、持《も》てまい《(ゐ)》るめり。[三七]唐廂《からびさし》のこなたの廊《らう》にぞ、[三八]女房六人ばかりさぶらふ。せばしとて、[三九]かたへは御を《(お)》くりして皆かへりにけり。[四〇]桜《さくら》の汗衫《かざみ》、萌黄《もえぎ》、紅梅など、[四一]いみじう、[四二]汗衫《かざみ》ながくひきて取《(とり)》つぎまい《(ゐ)》らする、いとなまめきをかし。織《をり》物の唐衣《からぎぬ》どもこぼれいでて、相尹《すけまさ》の馬《むま》[四三]の頭《かみ》のむすめ少将、[四四]北野《きたの》宰相のむすめ宰相の君などぞちかうはある。をかしと見る程に、[四五]こなたの御手水《てうづ》は[四六]番の采女《うねべ》の、青裾濃《あをすそご》の裳《も》、唐衣《からぎぬ》、裙帯《くたい》、領巾《ひれ》などして、[四七]おもていとしろくて、[四八]下《しも》などとりつ

二二 「すはう」が正。上の「小桂」が蘇枋色の織物だ、という説明である。
二三 「おり物」が正。以下次頁も同じ。
二三 底本「わかやう」。他本により改む。
二四 扇をぴたりと寄せて顔をかくす仕草。
二五 「うつくし」は、可愛い、の意。
二六 薄紫色の直衣。直衣は「なほし」が正。
二七 直衣の下の重ね着。
二八 直衣の襟に通す紐。これをゆるめていないのも、中宮・東宮妃御対面の場だからである。
二九 底本「目出度」。表記を改む。
三〇 底本「た」を欠く。二類本により補う。
三一 底本「やしにて」。他本より改む。
三二 落着いた様。年齢と経験とが与えるところの、人を安心させるような存在感であろう。
三三 やはり淑景舎も中宮には勝らないとの確認。
三四 清めの水。朝になったのである。
三五 淑景舎を指す。 三六 「せんえう殿」が正。淑景舎から登花殿へは宣耀殿・貞観殿が通り道。
三七 唐風に屋根の反った廂。「かたひさし」の誤りとする説がある。 三八 淑景舎つきの女房。
三九 半ばは淑景舎をお送りして(昨夜)帰ってしまった。その残っているのが「六人ばかり」。
四〇 「御手水」を持って来た「童女・下仕」の様。
四一 以上の着衣がすばらしい、ということ。
四二 底本「かさし」。二類本により改む。
四三 底本「むまの」を欠く。二類本により補う。「相尹」→一一八頁注九。
四四 菅原輔正。長徳二年(九九六)四月参議(宰相)。底本「宰相のむすめ」を欠く。二類本により補う。
四五 中宮のお使いになる「御手水」。
四六 当番の采女が。
四七 白粉を顔に塗っている様。
四八 「しも」は「下仕《(しもづかえ)》」であろう。

ぎまい《(ゐ)》るほど、これはた、おほやけしう唐《から》めきてをかし。

[一]御膳《おものゝ》のおり《(を)》になりて、[二]みぐしあげまい《(ゐ)》りて、蔵人ども、[三]御まかなひの髪《かみ》あげてまい《(ゐ)》らする程は、[四]へだてたりつる御屛風もを《(お)》しあけつれば、[五]かいま見の人、[六]隠蓑《かくれみの》とられたる心ちして、[七]あかず侘《(わび)》しければ、御簾《みす》と木帳《(きちやう)》との中にて、はしらの外《と》よりぞ見たてまつる。[八]きぬの裾《すそ》、裳《も》などは、御簾《みす》の外《と》に皆を《(お)》し出《(いだ)》されたれば、殿《との》、[九]はしのかたより御覧じ出《(いだ)》して、「あれはたそや、かの御簾《みす》の間より見ゆるは」ととがめさせたまふに、「少納言が、物ゆかしがりて[一〇]侍るならん」と申させ給へば、「あなはづかし。かれはふるき得意《とくひ》[一一]を。[一二]いとにくさげなるむすめども持《も》たりともこそ見侍れ」などの給《(たまふ)》、御けしき、[一三]いとしたりがほなり。

[一四]あなたにも御物《(おもの)》まいる。[一五]「うらやましう、[一六]かたぐ〳〵の皆まい《(ゐ)》りぬめり。とくきこしめして、[一七]翁《おきな》、を《(お)》んなに御おろしをだに給へ」など、日ひと日たゞ[一八]さるがうごとをのみし給《(たまふ)》程に、[一九]大納言、三位の中将、[二〇]松君《まつぎみ》ゐてまい《(ゐ)》り給へり。殿、[二一]いつしかいだき取給《(とりたまひ)》て、ひざに据《す》ゑたてまつり給へる、いとうつくし。せばき[二二]縁《えん》に[二三]所せき御装束《さうぞく》の下重《(したがさね)》ひきちらされたり。大納言殿は物[二四]〳〵しうきよげに、

一 お食事の時間になって。　二 中宮の髪を整える女官。御食事のために髪を結んでさし上げる。

三 女蔵人も、髪をあげた姿で御膳を運ぶ。髪がふれると不潔だからである。

四 配膳の邪魔になるからである。

五 のぞき見をしていた清少納言。底本このあとに「かくれみの人」の衍。二類本により除く。

六 鬼が着て姿を消す蓑。

七 もっと見ていたい（＝あかず）のに、屛風を取り去られて挙措に窮する（＝わびし）。

八 隠れたつもりの清少納言の着物の裾や裳が。

九 底本「はらのかた」。二類本により改む。

一〇 底本「侍りならん」。他本により改む。

一一 「とくい」が正。馴染みの者。

一二 ひどく不器量な娘たち。もちろん逆の冗談。

一三 本当は娘たちの器量を自慢に思っている姿。

一四 淑景舎を指す。

一五 底本「浦山しう」。表記を改む。「かたがたの皆まゐりぬめり」を対象とする先導批評。

一六 お二人のお膳が全部そろったようだ。

一七 爺さん（＝翁。道隆自身を指す）や婆さん（＝おんな。妻の貴子を指す）に、おさがりを下さい。

一八 猿楽言。何か緊張の雰囲気がある時に、一挙に明るい解放感に転じさせる冗談。

一九 「大納言」は伊周、「三位の中将」は隆家。

二〇 伊周の長男、道雅の幼名。

二一 早速。待ちかねた、という気持。

二二 「えん」が正。七行後も同じ。

二三 伊周と隆家との服装の描写。正装をしているので「所せき御装束」と言う。

二四 重々しくけがれがない、というのは、太って色白だ、ということを賞めて言ったもの。

二五 才の通った印象を言う語。賞めて言う場合も悪口に使う場合もあるが、ここは当然前者。

中将殿はいと[二五]らう〳〵しう、いづれもめでたきを見たてまつるに、[二六]殿《との》をばさる物にて、上《うへ》の[二七]御宿世《すくせ》こそいとめでたけれ。「御円座《わらうだ》」など聞え給へど、「[二八]陣《ぢん》につき侍るなり」とていそぎ[二九]たち給《(たまひ)》ぬ。

しばしありて、式部丞なにがし、御使にまい《(ゐ)》りたれば、[三〇]御膳《おもの》やどりの北《きた》によりたる間に、褥《しとね》さし出《(いだ)》してすゑ[三一]たり。[三二]御返答《たふ》はとく出《(いで)》させ給《(たまひ)》つ。[三三]まだ褥《しとね》もとり入《(いれ)》ぬ程に、春宮《(とうぐう)》の御使に[三四]周頼《ちかより》の少将まい《(ゐ)》りたり。御文とり入《(いれ)》て、渡殿《わたどの》はほそき縁《えん》なれば、こなたの縁《えん》に、こと褥《しとね》さし出したり。御文取入《(とりいれ)》て、[三五]殿、上、宮など、御覧じわたす。「御返《(かへり)》、はや」とあれど、とみにも聞え給はぬを、「[三六]なにがしか見侍れば、かき給はぬなめり。さらぬお《(を)》りは[三七]是《(これ)》よりぞ、間《ま》もなく聞え給《(たまふ)》なる」など申《(まうし)》給へば、[三八]御おもてはすこしあかみて、打《(うち)》ほゝえ《(ゑ)》み給へる、いとめでたし。「[三九]まことにとく」など、上《うへ》も聞えたまへば、奥《おく》にむきて、かいたまふ。上《うへ》ちかうより給《(たまひ)》て、[四〇]もろ共にかゝせ奉りたまへば、[四一]いとゞつゝましげなり。宮の御かたより、萌黄《もえぎ》の[四二]織《をり》物の[四三]小袿袴《こうちぎはかま》、を《(お)》し出《(いで)》たれば、三位の中将かづけ給《(たまふ)》。[四四]頸《くび》くるしげにおもうて[四五]持《も》ちてたちぬ。

二六 「…をばさるものにて」は、「…はもちろんのこと」の意。殿(道隆)は言うまでもなく。
二七 娘は中宮や東宮妃、息子は大納言や三位中将といった、この上ない子の母となることも、前世から約束された運命(=宿世)との考え方。
二八 陣の座に着きますので。「陣」は公式行事の時に公卿の詰める所。伊周は「大納言」と記されているが、この時け内大臣であったから、「陣に…」は伊周の科白だということになる。
二九 底本「たちねぬ」。二類本により改む。
三〇 配膳室の北寄りの間。「間」は柱と柱との間でその間にあたる簀子に褥を置いて迎える。
三一 底本「たち」。他本により改む。
三二 「御使」の式部丞は引き上げた、ということ。
三三 入れ替るように東宮からの御使いが到着。
三四 藤原周頼。道隆の子。長徳元年(九九五)正月右少将。
三五 道隆と貴子と中宮とが、順に目を通す。底本「殿上人宮なと」。二類本により「人」を除く。
三六 私が見ているために。
三七 こちら(淑景舎)の方から。
三八 父道隆の冗談に少し赤面するばかりで、そんな変なことを言わないで、などと抗議も出来ないのが、貴族の娘らしいあり方である。
三九 「御返、はや」と急がしたのに、本当に早くしないと、と本気でせかせにかかる。
四〇 淑景舎には母親の手助けが必要であった、と言いたいのであろう。
四一 ますますきまり悪そうである。母親に助けてもらうことへの恥らい。 四二 「おり物」が正。
四三 底本「こうき」。他本により「ち」を補う。
四四 (肩に被けられた禄の衣装が嵩ばって)頸が苦しいと思って。底本「おもふて」。表記を改む。
四五 手で持って立ち上った。手を添え持った様。

松《まつ》君の、をかしう物の給《(たまふ)》を、たれも〳〵うつくしがり聞え給《(たまふ)》。「[一]宮の御みこたち、とてひき出《(いで)》たらんに、わるく侍らじかし」などの給《(たま)》はするを、げに、など[二]かさる御事の今迄、とぞ[三]心もとなき。

未《ひつじ》の時ばかりに、「[四]筵道《ゑんだう》まい《(ゐ)》る」などいふ程もなく、[五]打《(うち)》そよめきて入《い》らせ給へば、宮もこなたへ[六]入《い》らせ給《(たまひ)》ぬ。[七]やがて御帳に入《い》らせ給《(たまひ)》ぬれば、[八]女房も南おもてに皆そよめきゐぬめり。廊《らう》に殿上人いとおほかり。殿《とのゝ》の御前に宮司《づかさ》めして、「くだ物、さかななどめさせよ。[九]人〳〵酔《ゑ》はせ」など仰せらるゝ。誠に皆ゑひて、女房と物いひかはす程、[一〇]かたみにをかしと思ひためり。

[一一]日の入《(いる)》程におきさせ給《(たまひ)》て、[一二]山の井の大納言めし入《(いれ)》て、[一三]御袿《みうちぎ》まい《(ゐ)》らせ給《(たまひ)》て、かへらせ給《(たまふ)》。桜《さくら》の御[一四]直衣《なをし》に紅《くれなゐ》の御衣《ぞ》の[一五]夕ばえなども、[一六]かしこければとゞめつ。山の井の大納言は、[一七]いりたゝぬ御せうとにては、[一八]いとよくおはするぞかし。[一九]匂ひやかなるかたは、此《(この)》大納言にもまさり給へる物を。かく世の人は、せちにいひおとしきこゆるこそ、いとお《(ほ)》しけれ。[二〇]殿、大納言、山の井も、三位の中将、[二一]内蔵頭《くらのかみ》など[二二]さぶらひ給《(たまふ)》。

一　中宮の御子様だ、と言って人前に出しても。
二　中宮に御子がおできになること。
三　御子を儲けることが、中宮自身としても、関白家としても、何よりの望みである。
四　「えんだう」が正。→九頁注二九。帝がお成りになったのである。
五　衣裳が音を立てる様。急ぎ足の形容。
六　底本「へ」を欠く。他本により補う。
七　直ちに御帳台にお入りになる。中宮をお求めになって寝室(御帳台)へ入られるのである。
八　女房たちも遠慮して急ぎ御帳台から遠ざかる。底本「皆南」。二類本により「皆」を除く。
九　「廊に殿上人いとおほかり」とあった人々。道隆は愛酒家で、人が酔うのを喜んだ。
一〇　殿上人・女房の相互が、楽しいと思う。
一一　冬の最中だから日没は早いが、「未の時」からなので、ゆっくりとお休みであった。
一二　藤原道頼。道隆の子。伊周や中宮にとっては異母兄。正暦五年(九九四)八月権大納言。
一三　服装を整えられる。　一四　「なほし」が正。
一五　夕日に映えた美しさ。
一六　帝の御姿の素晴らしさを書きたいところだが、恐れ多いから書くのを思い止まった、の意。
一七　「入り立つ」は、深入りすること。ここは兄としての縁の薄いこと。道頼は父道隆に愛されず、祖父兼家の養子となった。
一八　立派な方だ。人格のことをいうのであろう。
一九　容姿は伊周以上だった、ということ。
二〇　底本「殿の」。他本により「の」を除く。
二一　藤原頼親か。道隆の子。寛弘二年(一〇〇五)六月内蔵頭だから、後の官職で呼んだことになる。
二二　帝の還御のお供をする。
二三　中宮をお召しの(帝からの)お使いとして。
二四　未詳。典侍(ないしのすけ)は内侍司の二等官。

[二三]宮のぼらせ給ふべき御使にて、[二四]馬《むま》の内侍のすけ参《(まゐり)》たり。「[二五]こよひはえなん」などしぶ[二六]らせ給《(たまふ)》に、殿《との》きかせ給《(たまひ)》て、「いとあしき事。はやのぼらせ給へ」と申させ給《(たまふ)》に、[二七]春宮《(とうぐう)》の御使しきりてあるほど、[二八]いとさはが《(わ)》し。おほんむかへに、[二九]女房、春宮の侍従、などいふ人も参《(まゐり)》て、「とく」とそゝのかし聞ゆ。「まづ、さは、[三〇]かの君わたしきこえ給《(たまひ)》て」との給《(たま)》はすれば、「[三一]さりとも、いかでか」とあるを、「[三二]見をくり《(お)》聞えん」などの給《(たま)》はする[三三]程も、[三四]いとめでたくをかし。「さらば、[三五]とを《(ほ)》きをさきにすべきか」とて、淑景舎《しげいさ》渡り給《(たまふ)》。[三六]殿などかへらせ給《(たまひ)》てぞのぼらせ給《(たまふ)》。[三七]道の程も殿の[三八]御猿楽言《さるがうごと》にいみじう笑《わら》ひて、[三九]ほとほと打橋《うちはし》よりも落《お》ちぬべし。

（一〇一段）

殿上より、梅の、花ちりたる枝を、「[四〇]これはいかゞ」といひたるに、「[四一]たゞはやく落《お》ちにけり」といらへたれば、[四二]其《(その)》詩を誦《ず》して、殿上人[四三]黒戸《くろど》にいとおほく居たる、上《うへ》のおまへに聞召《(きこしめし)》て、「[四四]よろしき歌などよみて出だしたらんよりは、かゝる事はまさりたりかし。よくいらへたる」と仰せられき[四五]。

二五 今宵はお召しにけ応じられない。先ほど御帳台入りをしたばかりだからであろう。
二六 底本「しふせ」。他本により「ら」を補う。
二七 東宮からも、淑景舎をお召しの使いが何度もやって来る（＝しきりてあり）。
二八 関白家にとってけ、名誉で誇らしい忙しさ。
二九 東宮方の女房であろう。「春宮の侍従」はその名と思われる。
三〇 淑景舎。中宮はなお「しぶる」態である。
三一 底本「去とも」。表記を改む。淑景舎の科白。帝の中宮たる姉への遠慮。
三二 お見送りしますから。淑景舎をせかす言葉。
三三 底本「程にも」。二類本により「に」を除く。
三四 底本「目出度」。表記を改む。
三五 道隆の科白。底本「とをく」とし「きイ」と傍書。登花殿からは、清涼殿へ上る中宮よりも淑景舎の方が遠い距離を歩かねばならない。
三六 道隆たちが淑景舎を送って帰って来てから中宮は帝の所へお上りになる。
三七 中宮を送って引き上げる途中。清少納言も当然お供しての帰りである。
三八 底本「御座るかゝとく」。二類本により改む。
三九 底本「程ほと」。表記を改む。ほとんど。
四〇 底本「これはたゝ」とし「いかゝイ」と傍書。これはどう御覧になりますか。殿上人からの知恵だめしである。
四一 和漢朗詠集・大江維時「大庾嶺之梅早落、誰問二粉粧一、匡廬山之杏未レ開、豈趁二紅艶一」を利用した返答。
四二 清少納言の返答ぶりを賞したのである。
四三 清涼殿の北廊。→八九頁注二四。
四四 ちょっとした程度の歌を詠んで返事したのなどよりは。底本「出はし」と読める。
四五 底本「られる」。他本により改む。

（一〇二段）

二月つごもり比《(ごろ)》に、風いたう吹《(ふき)》て、空いみじうくろきに、雪すこし打《(うち)》ちりたる程、黒戸《くろど》に主殿寮《とのもづかさ》きて、「[一]かうてさぶらふ」といへば、よりたるに、「これ、[二]公任《きんたう》の宰相殿の」とてあるを、見れば懐《ふところ》紙に、

[三]すこし春《はる》ある心ちこそすれ

とあるは、げに、けふの[四]けしきにいとようあひたる。これが[五]本《もと》はいかでかつくべからん、と思ひわづらひぬ。「[六]たれ〳〵か」ととへば、「[七]それ〳〵」といふ。皆いとはづかしき中に、[八]宰相の御いらへを、いかでか[九]ことなしびにいひ出《(いで)》ん、[一〇]と心ひとつにくるしきを、[一一]おまへに御覧ぜさせんとすれど、上《うへ》のおはしまして御とのごもりたり。主殿寮《とのもづかさ》は「とく〳〵」といふ。げにをそ《(お)》う[一二]さへあらんは、いと取りどころなければ、[一三]さはれとて、

[一四]空寒み花にまがへてちる雪に

[一五]とわなく〳〵かきてとらせて、[一六]いかに思ふらんと[一七]侘《(わび)》し。

一 底本「うらて」。能因本「かうして」を参照して改む。こうして参上しております。
二 「きんたふ」が正。藤原公任。頼忠の子。正暦三年(九九二)八月参議(宰相)。和歌・詩歌・管絃など多才の人として知られた。
三 白氏文集十四・南秦雪の一節「往歳曾為₂西邑吏₁、慣下従₂駱口₁到中南秦₁上。三時雲冷多飛ㇾ雪、二月山寒少有ㇾ春」を利用した知恵だめし。七八段と同様、上の句をつけよとの趣向。
四 底本「ふしき」。他本により改む。今日の空模様にほんとにぴったりである。
五 上の句(=本)は、いったいどういう風につけるべきかと。
六 誰と誰とがいらっしゃるのか。殿上の間にどんな人々が伺候しているのか、と尋ねるのは「蘭省花時」の時の経験(七八段)があるからのことであろう。
七 尋ねられた主殿寮の返答。誰さまと誰さまとです。 八 参議公任への御返事を。
九 何でもない風に言い出せようか。いいかげんな返事は出来ない、の意。相手が和歌の名手と言われる公任だからである。
一〇 相談相手が居ない、ということ。
一一 底本「おまへ」。他本により「に」を補う。中宮様に御知恵を拝借したいところだが。
一二 下手な上にという気持があって「さへ」と言う。返事は下手でも早いのをまだしもとした。
一三 「さはれ」は決心をする時の語。
一四 注三の白氏文集の「雲冷多飛ㇾ雪」を和歌上の句の態に訳したもの。更に「すこし春ある」に合わせ「花にまがへて」と言い添えてある。
一五 底本「と」を欠く。他本により補う。
一六 反応如何と落着かない。知恵だめしに落第点をとれば、それは中宮の評判にも影響する。

[一八]これが事を聞《き》かばやとおもふに、[一九]そしられたらば聞《き》かじと覚《(おぼゆ)》るを、「[二〇]俊賢《としかた》の宰相など、「[二一]猶《(なほ)》内侍に奏《そう》してなさん」となん定《さだ》め給《(たまひ)》し」と[二二]ばかりぞ、[二三]左兵衛督の中将におはせし、かたり給《(たまひ)》し。

（一〇三段）

[二四]はるかなるもの　[二五]半臂《はんぴ》の緒《を》[二六]ひねる。みちの国へいく人、[二七]逢坂《あふさか》こゆるほど。[二八]生れたるちごの、おとなになるほど。

（一〇四段）

[二九]方弘《まさひろ》はいみじう人に笑《わら》はるゝ物《(もの)》かな。親《おや》などいかにきくらん[三〇]。供《とも》にありくものの、[三一]いとひさしきを呼《よ》びよせて、「なにしに、か[三二]ゝるものには使《つか》はるゝぞ。[三三]いかゞおぼゆる」など笑《わら》ふ。

[三四]物いとよくするあたりにて、[三五]下重《(したがさね)》の色、うへの衣《きぬ》なども、人よりもよくて着《き》たるをば、「これをこと人に[三六]きせばや」などいふ[三七]に、げに又ことばづかひなど

一七 底本「と」を欠く。一類本により補う。
一八 この返事への公任たちの反応が気にかかる。
一九 底本「たしられ」。他本により改む。悪口なら聞きたくない。
二〇 源俊賢。高明の子。長徳元年(九九五)八月参議(宰相)。一条朝の四納言に数えられた有能の人。
二一 掌侍(ないしのじよう)=内侍司の三等官)に推薦しよう。
二二 悪口は無かった、ということであろう。中宮の面目に関わることで、清少納言の安堵の言。
二三 左兵衛督で、当時近衛中将でいらした方。藤原実成が擬せられている。ただしその左兵衛督任官は寛弘六年(一〇〇九)三月。
二四 前途遼遠の感じがするもの。
二五 底本「はひ」。「ん」は当時必ずしも表記されない。束帯の時に袍と下襲との間に着用する。
二六 半臂の後につける「忘れ緒」と呼ばれる紐。糊でひねり合わせるので「ひねる」と言う。長さ一丈二尺に及び、手間がかかるので「はるかなる」作業ということになる。
二七 「逢坂」は都を出たばかりの山越えの関。奥州までは前途遼遠である。
二八 「生れたる」は生れたばかり、ということ。
二九 源方弘。→七一頁注二九。長徳二年(九九六)正月蔵人。　三〇 底本「きく覧」。表記を改む。
三一 長らく方弘に仕えて従い歩く者。
三二 こんな人。方弘をおとしめて言ったもの。
三三 (あんな者の従者として)どんな気持か。
三四 方弘の家についての言及。「物いとよくす」は、家でなすべき事を万事よくする、の意。
三五 「物いとよくす」の一例。服装が人より良い。
三六 底本「きかせ」。二類本により「か」を除く。
三七 上の「などいふ」は方弘を人々が馬鹿にしていることで、同種のことを次に言い続ける気持を表わすのが「に」。だから「げに又」と続く。

ぞあやしき。里[一]に宿直物《とのゐ》取《(とり)》にやるに、「男《(をのこ)》[二]二人まかれ」といふを[三]、「独《(ひとり)》[四]して取《(とり)》にまかりなん」といふ。「あやしのおのこ《(を)》や、ひとりしてふたりが物をばいかでかもたる[五]べきぞ。一升瓶《ひとますがめ》[六]に二升《ふたます》は入《い》るや」といふを、なでう[七]ことゝしる人はなけれど、いみじう笑《わら》ふ。人の使《つかひ》のきて「御返《(かへり)》ごとゝく」といふを、「あのに[八]くのおの《(を)》こや。などかうまどふ[九]。かまど[一〇]に豆《まめ》やくべたる。此《(この)》[一一]殿上の墨《すみ》筆は、なにの盗《ぬす》み隠《かく》したるぞ。飯《いひ》、酒《さけ》ならばこそ、人もほしがらめ」といふを又笑《わら》ふ。

女[一二]院なやませ給《(たまふ)》とて、御使《つかひ》に参《(まゐり)》てかへりたるに、「院[一三]の殿上には、たれ〳〵かありつる」と人の問《と》へば、「それ、かれ」など四五人ばかりいふに、「又[一四]たれか」と問《と》へば、「さて[一五]は、ぬる人どもぞありつる」といふも笑《わら》ふも又あやしき[一六]事にこそはあらめ。人間《ま》によりきて、「わが[一七]きこそ、物きこえん。まづと人[一八]の給《(たま)》ひつる事ぞ」といへば、「なに事ぞ」とて木丁《(きちやう)》のもとにさしよりたれば、「むくろごめ[一九]により給へ」といひたる[二〇]を、「五体《たい》ごめ」となんいひつるとて、又笑《わら》はる。

除目《ぢもく》[二一]の中の夜、さし[二二]あぶらするに、灯台《とうだい》の打敷《うちしき》[二三]をふみてたてるに、あたらし

一 方弘の自宅。宿直着を自宅へ取りにやる。
二 下男。底本「オノコ」とふりがな。
三 方弘が下男に二人行くよう命ずるのである。
四 「独して」と答えるのは、主人の命にさからう態度である。下男までが方弘を馬鹿にしていることがわかる。
五 底本「りたる」。他本により改む。
六 一升瓶に二升は入るまい。二人必要な量のものを受け取るには、二人が必要なのだ、の意。
七 どういうことと判っている人はないが。何か典拠のある言葉なのかも知れないが、何か言う度に笑われるような、そういう人間なのである。
八 「あの」は、わが意に遠いと感じた時の言葉で、何と不快な従僕か、の意。
九 早く早くとせかせる態度を、落着きがない(＝まどふ)と毒づいた言葉。
一〇 世俗諺文所引の魏曹植の故事「煮㆑豆燃㆓豆其㆒、豆子釜中泣、本自㆓同根㆒生、相煎何火急」を「かまどにまめがらやくべたる」と引くべき所を、引きちがえた粗忽、とされる。ただし「などかうまどふ」からの続きがなお落着かない。
一一 返事を書くための墨筆を探す発言。
一二 東三条院詮子。↓一一六頁注七。
一三 女院の御所の殿上の間。
一四 まだ他に誰がいましたか。
一五 他にと言えば、寝ている人もいました。
一六 女院の御病気の時にふざけた不謹慎なやりとりだというのであろう。
一七 我が君こそ、の呼びかけの略。あなた様。
一八 一番に清少納言の耳に入れよと。
一九 体ごとこちらへ寄りなさい。
二〇 と言うべきところを。「むくろごめに」が一種のきまり文句だから、すでに決った言い方、と言う気持で「いひたる」と言う。

き[二四]油単《ゆたん》に、[二五]襪《したうづ》はいとよくとら[二六]へられにけり。さしあゆみてかへれば、やがて灯《とう》台《だい》はたふれぬ。襪《したうづ》に打敷《うちしき》つきてゆくに、まことに[二七]大地震動《しんどう》したりしか。

[二八]頭つき給はぬかぎりは、殿上の[二九]台盤《ばん》には人もつかず。[三〇]それに、豆《まめ》一もりをやをらとりて、小《こ》障子《さうじ》のうしろにてくひければ、ひきあらはして笑《わら》ふ事かぎりなし。

（一〇五段）

[三一]見ぐるしきもの　[三二]衣《きぬ》のせぬい(ひ)、[三三]かたよせて着《き》たる。又[三四]のけ頸《くび》したる。[三五]例《れい》ならぬ人の前に、子《こ》おひていできたる物(もの)。[三六]法師《ほうし》陰陽師《おんやうじ》の、[三七]紙冠《かみかぶり》して祓《はらへ》したる。

色くろうにくげなる女の、鬘《かづら》したると、鬚《ひげ》がちに[三八]かじけやせ〳〵なるおとこ(を)、夏、[三九]昼寝《ひるね》したるこそ、いと見ぐるしけれ。なにの見るかひにて、さて臥《ふ》いたるならん。夜《よる》などは、[四〇]かたちも見えず、又みなをし(お)なべて、[四一]さる事となりにたれば、我《われ》はにくげなりとて、[四二]起《お》きゐるべきにもあらずかし。[四三]さて、つとめては、とく起《お》きぬる、いとめやすしかし。夏、昼寝《ひるね》して起《お》きたるは、[四四]よき人こそ、い

二一　除目の第二夜。除日は三夜にわたる。
二二　灯台に油を追加すること。蔵人の仕事。
二三　敷物。その上に灯台を据える。
二四　油を引いた布。「あたらしき」だから、まだ油が粘っていたはずである。
二五　足袋。ただし親指の所が股になっていない。
二六　つかまってしまった。足袋がくっついた様。
二七　周囲の大さわぎの形容であろう。
二八　蔵人頭が着座されぬかぎりは。
二九　食卓。底本「大はん」。表記を改む。
三〇　この「それに」は、「にもかかわらず」の意。
三一　見た目に快くないもの。
三二　衣服の背中の縫い目。
三三　底本「かたたに」。能因本により改む。真中を通らず片一方に寄った様。
三四　抜き襟。頸と背中の一部が見える着方。
三五　顔なじみとは言えぬ稀な訪問者。
三六　「ほふし」が正。「法師陰陽師」は僧侶である陰陽師。僧形なので紙冠をつけて祓をする。
三七　紙で作った代用冠。頭にかぶる形ではなく、三角の形を額に立てる恰好で頭にしめる。
三八　勢いの衰えた様子。
三九　ここの「昼寝」は男女同衾であろう。「夏」の「昼」だから、人の目につくはずである。
四〇　「色くろうにくげ」であったり「鬚がちにかじけやせやせ」であったりの、醜い容姿も夜だから人の目につかずにすむ、の意。
四一　男女同衾も夜なら当然だとされているから。
四二　起きている必要もない。共寝をしてまともだということ。
四三　まともな共寝をして、翌朝早く起きたのは、見た目にも抵抗感がない。
四四　上流の人ならば少しは風情もあろうというものだ。底本「をかしう」。二類本により改む。

ますこしをかしかなれ、[一]ゑ《(え)》せかたちは、つやめき寝《ね》腫《は》れて、ようせずは[二]頬《ほを》ゆがみもしぬべし。[三]かたみにうち見《み》かはしたらん程の、生《い》けるかひなさや。

やせ色くろき人の、[四]生絹《すゞし》のひとへ着《き》たる、いと見ぐるしかし。

（一〇六段）

[五]いひにくきもの　人の消息《せうそこ》のなかに、よき人の仰せ事などのおほかるを、[六]はじめよりおくまでいひにくし。[七]はづかしき人の、[八]物などおこせたる返事《(かへりごと)》。[九]おとなになりたる子《こ》の、[一〇]思はずなる事を聞《き》くに、[一一]前にてはいひにくし。

（一〇七段）

関は　[一二]相坂《(あふさか)》。[一三]須磨の関。[一四]鈴鹿《すゞか》の関《せき》。[一五]岫田《くきた》の関《せき》。[一六]白河の関。[一七]衣の関《せき》。[一八]たゞごえの関は、はばかりの関に、[一九]たとしへなくこそおぼゆれ。

横走《よこはしり》の関。清見《きよみ》が関。見るめの関。[二〇]よし〱の関こそ、いかに思ひかへしたるならんと、いと知《し》らまほしけれ。[二一]それを勿来《なこそ》の関といふにやあらん。[二二]相坂な

一 醜い容貌は、脂が浮いて(=つやめき)腫れぼったくなって(=寝腫れて)。
二 「ほほゆがみ」が正。顔がいびつになること。
三 男女互いに相手の歪んだ顔を見た時の失望。
四 →四一頁注二九。肌も体型も透けて見えるから「やせ」た上に「色黒き」人には禁物である。
五 口に出しにくいもの。内容・相手・その場の雰囲気など、原因は様々である。
六 初めから最後まで(完全に)伝えるのは。「よき人」の仰せを間違ってはいけないとの緊張が、口を滑らかにさせないのであろう。
七 こちらが恥かしくなるような素質・雰囲気を備えている人が「はづかしき人」。
八 贈物をくれた、それへの礼の返事。
九 一人前になった。思春期である。
一〇 性に関する質問であろう。
一一 面と向っては。まじまじとこちらを見られていては、顔も赤らむ。
一二 逢坂と同じ。山城と近江の国境。平安京から東の方へ出る関門である上に、その名称が男女の「逢ふ」に通うので、好んで歌によまれる。清少納言も「夜をこめて…」の詠を持つ(一二九段)。以下の諸関も歌枕。
一三 摂津と播磨の国境。畿内を西方へ離れる山陽道の関。　一四 近江と伊勢の国境。畿内を東方へ離れる東海道の関。
一五 伊勢にある。大和への要の関。
一六 岩代にある。奥州への入口として重要。
一七 陸中にある。奥州への入口。衣川の関とも。
一八 「ただ越え」は簡単に越える、の意に響くから、遠慮する意の「はばかり」とは正反対(=たとしへなし)となる。
一九 底本「たとしく」。他本により改む。
二〇 底本「よも〱」。二類本により改む。「よし

どを、さて思《おも》ひかへしたらんは、侘《(わび)》しかりなんかし。

（一〇八段）

森《もり》は　浮田《うきた》の森《もり》。[二三]うへ木の森《もり》。岩瀬《いはせ》の森《もり》。たちぎゝの森《もり》。

（一〇九段）

原は　あしたの原《はら》。粟津《あはづ》の原。篠《しの》原。[二四]萩原。園《その》原。

（一一〇段）

[二五]卯月のつごもりがたに初瀬にまうでゝ、[二六]淀のわたりといふものをせしかば、[二七]船に車をかきすゑていくに、[二八]菖蒲《さうぶ》、菰《こも》などの、[二九]末《すゑ》みじかく見えしを、とらせたればいとながかりけり。菰《こも》つみたる船の[三〇]ありくこそ、[三一]いみじうをかしかりしか。

[三二]「高瀬《たかせ》の淀《よど》に」とは、是《(これ)》をよみけるなめり、と見えて。

[三三]三日かへりしに、雨のすこしふりしほど、[三四]菖蒲《さうぶ》かるとて、[三五]笠《かさ》のいとちい《(ひ)》さき

よし」は、あまり認めたくないことを容認する時の言葉だから、止むを得ぬ事情で「思ひかへし」た時の言葉でもあり得る。

二一 その「思ひかへし」て引き返させる事情を、「勿来」の関と言うのだろうか。「なこそ」は来るな、の意だから、関越えを断念するしかない。

二二 逢坂を、「なこそ(来るな)」と言われて(＝さて)断念する(＝思ひかへす)のは、辛くてたまるまい。恋路がせかれたら、の意で言ったもの。

二三 未詳。能因本「うつ木の森」。それなら尾張。

二四 底本「萩原」を欠く。他本により補う。

二五 もうすぐ五月の端午の節句となる。

二六 「淀」は京都と大坂との中間。そこでの船渡り。鴨川と桂川との合流点から少し南西、淀・山崎のあたりで、更に宇治川と木津川とが合流する。東には巨椋(おぐら)池があって(今は干拓で無くなった)、船で行き来した。

二七 船を降りてからまた乗る目的で、牛車を船に乗せて運ぶのであろう。　二八 淀のあたりは水郷で、菖蒲や菰の多いことで知られていた。

二九 葉末が短く見えたのを。水の上に葉の先が出ている、それが短い様。船に据えた牛車に乗ったまま高い位置から見下したのかも知れない。

三〇 水面をゆっくりと行き来する様。端午の用に菰を刈っているのであろう。

三一 都では見かけない光景への興味と「高瀬の淀に」の歌の状況を自ら納得した喜びと。

三二 古今六帖六「こもまくら高瀬の淀に刈る菰のかるともわれは知らで頼まむ」。

三三 初瀬ごもりをして、五月三日に同じ道を帰ったのである。

三四 五月五日の節句の直前だからである。

三五 さしかける傘を見なれた目で、頭にかぶる笠を「いとちひさし」と見たのであろう。

着《き》つゝ、脛《はぎ》一いと高《たか》きお(を)のこ、わらは二などのあるも、屏風三の絵《ゑ》に似ていとをかし。

（一一一段）

四つねよりことにきこゆるもの　五正月の車のを(お)と、六又鳥の声。七暁《あかつき》のしはぶき。八物のねはさらなり。

（一一二段）

九絵にかきおとりする物　なでしこ。菖蒲《さうぶ》。桜《さくら》。一〇物語《がたり》にめでたしといひたるお(を)とこ女のかたち。

一一かきまさりするもの　松の木。秋の野。山里。山道。

（一一三段）

一二冬は　いみじう寒き。

夏は　世に一三しらずあつき。

一 脛の長い男衆。水につかって菖蒲を刈るので、裾を高々とまくっている様。
二 底本「はらは」。能因本により改む。
三 屏風絵には四季絵の他に名所絵が多く描かれたから、こういう図もあったであろう。
四 平素とは違った感じに聞えるもの。聞く者の心の持ち方が平素と異るからのことが多い。
五 「正月の」は、正月を迎えた日の、という意味で言っているのであろう。つまり正月元旦、ということ。能因本「元三」。ただしこれを正月一か月の意とする読み方もある。「車の音」を、正月の諸行事に向う車の音と解する読み方だが、元旦として、人間の活動がこれから一年間にわたって始まる、その音への感慨と見たい。
六 「鳥」は鶏。これも「正月の」を承ける。元旦の夜明けを告げる鶏鳴。だから「正月の」が正月を迎える、の意と判断されるのでもある。
七 明け方の咳ばらい。「正月の車の音」と同様に、人間の今日一日の生活に思いが及ぶ感慨が、「つねよりことに」の印象を与える。
八 「物の音」は、笛などの音楽のこと。これも「暁の」を承ける。愛人の所から帰ろうとする君達の吹く笛だから、「さらなり」と言う。
九 絵に書くと本物より劣って見えるもの。はなやかで美しいものが列挙されている。
一〇 物語の男女は、想像の力で限りなく美しい。
一一 色どりの少い地味なものが列挙されている。
一二 冬は寒いほど冬らしくてよい、という考え。
一三 底本「しらつ」として「す歟」と傍書。
一四 何かに心惹かれて感動し、それから他の事に思いが及んで、更に一段深々と感じる時、それを「あはれ」と言う。
一五 孝行な子供。親に対して「人の子」と言う。「孝」は生存の親に対しても言うが、死してその

（一一四段）

[一四]あはれなるもの　[一五]孝ある人の子。よきおと《(を)》この若《わか》きが、[一六]御嶽精進《みたけさうじ》したる。[一七]たてへだてゐて、うちおこなひたる[一八]暁の額《ぬか》、いみじうあはれなり。[一九]むつまじき人などの、めさまして聞《き》くらん、[二〇]思ひやる。[二一]まうづる程のありさま、いかならんなど、[二二]つゝしみを《(お)》ぢたるに、[二三]たひらかにまうで着《つ》きたるこそいとめでたけれ。[二四]烏帽子《ゑぼうし》のさまなどぞ、すこし[二五]人わろき。なを《(ほ)》いみじき人ときこゆれど、[二六]こよなくやつれてこそまうづと知《し》りたれ。

[二七]右衛門佐宣孝《ゑもんのすけのぶたか》といひたる人は、「[二八]あぢきなき事也。[二九]たゞきよき衣《きぬ》をきてまうでんに、なでう事かあらん。必《(かならず)》よも[三〇]あやしうてまうでよと、御嶽《みたけ》[三一]さらにの給《(たま)》はじ」とて、三月つごもりに、紫のいとこき指貫《さしぬき》、白き襖《あを》[三二]、山吹のいみじう[三三]おどろ〳〵しきなどきて、[三四]隆光《たかみつ》が、主殿助《とのものすけ》なるには、青色《あを》の襖《あを》、紅《くれなゐ》の衣《きぬ》、[三五]すりもどろかしたる水干《すいかん》といふ袴《はかま》をきせて、[三六]打《(うち)》つゞきまうでたりけるを、かへる人も今まうづるも、[三七]めづらしう、あやしき事に、すべて、むかしより[三八]この山に、

喪に服すにも言い、ここは後者とされる。
一六 吉野の金峰山に詣でる前の精進潔斎。きびしく独りこもり、長い日数をかけることもある。精進しているのが「よき男の若き」であるから精進の苦しさへの思いやりもひとしおである。
一七 周囲と隔離した部屋で坐って祈念する様。
一八 底本「あか月」。表記を改む。地に額ずく姿の礼拝。暁に行う。
一九 当の男性と仲の良い人。女性である。
二〇 「よき若き」男の御嶽精進への思いから、それを案ずる「むつまじき」娘の心痛まで思いが及ぶ。「あはれ」の特色がよく表われた表現。
二一 いよいよ御嶽へ詣でる時はどんな様子かと。
二二 「むつまじき人」なども身を慎み不安がる。
二三 底本「たいまいりに」。他本により改む。
二四 「えぼうし」が正。
二五 底本「人の」。他本により「の」を除く。烏帽子の様子が少しみっともない。
二六 御嶽詣は質素なみなりで行く習いであった。
二七 藤原宣孝。為輔の子。長徳四年(九九八)右衛門権佐。紫式部の夫として知られた人。
二八 「やつれて」参詣する習慣への評。困った習慣だ。「あぢきなし」→八七頁注二六。
二九 清浄な服装でさえあればいいはずだ、の意。
三〇 みすぼらしい姿で参詣せよなどとは。
三一 底本「さりに」。他本により改む。
三二 この「襖」は「狩襖」で「狩衣」のこと。
三三 山吹色がひどく派手な衣。
三四 藤原隆光。宣孝の子。長保二年(一〇〇〇)正月主殿権助。　三五 派手に模様を摺った水干。「水干」は狩衣姿の時に着ける袴。
三六 連れ立って参詣したのを。
三七 親子そろって人目を引く派手な姿である。
三八 底本「こ山に」。他本により「の」を補う。

かゝるすがたの人見えざりつと、[一]あさましがりしを、四月一日《ついたち》にかへりて、六月十日の程に、[二]筑前守《ちくぜんのかみ》の辞《じ》せしに、なりたりしこそ、[三]げにいひけるにたがはずも、と聞えしか。これは哀《あはれ》なる事にはあらねど、[四]御嶽《みたけ》のついでなり。

男も女も、若くきよげなるが、[五]いとくろき衣《きぬ》きたるこそ哀なれ。[六]九月つごもり、十月一日《ついたち》の程に、只《ただ》[七]あるかなきかに聞《き》きつけたるきり〴〵すの声。[八]庭《には》鳥の、子いだきてふしたる。[九]秋ふかき庭の浅茅《あさぢ》に、露の、色〳〵の玉のやうにてを《(お)》きたる。夕暮暁[一〇]に、[一一]河《かは》竹の風にふかれたる、めさまして聞《き》きたる。又よるなどもすべて。[一二]山里の雪《ゆき》。思《(おもひ)》かはしたるわかき人の中《なか》の、[一三]せくかたありて、心にもまかせぬ。

（一一五段）

正月に寺にこもりたるは、いみじう寒く、雪がちにこほりたるこそをかしけれ。[一四]雨うちふりぬるけしきなるは、いとわるし。

[一五]清水《きよ》などにまうでゝ、[一六]局《つぼね》する程、[一七]くれはしのもとに、車ひきよせてたてたる

一 あきれかえったが。「あさまし」は啞然とする様。→一二五頁注二九。
二 筑前守が辞任した、その後任になったのは。宣孝の筑前守は正暦元年(九九〇)八月。
三 「あぢきなき事也」以下の宣孝の科白を指す。
四 御嶽詣の話のついでにふれたまでだ。
五 喪服。こんなに「若くきよげ」な男女に不幸が訪れるとは、人間の幸不幸も、という感慨。
六 秋の最後、冬の訪れの頃。
七 秋の「きりぎりす」が、弱りきった(＝あるかなきか)声で鳴く。命というものへの思い。
八 鶏が卵を抱いている姿。母親というものへの思いがあって「あはれ」となる。
九 「浅茅」は手入れが行きとどかず、草の生い茂った光景を喚起する語。そこに置いた露が、様々な色の玉のように光る様子であって、自然の作りなす仕業、との思いがはたらいている。
一〇 底本「あか月」。表記を改む。上の「夕暮」と共に、人の思いをそそる時刻。
一一 川の辺の竹。川風に吹かれる音を目を覚して聞く「あはれ」とは、竹の葉の音のささやかさもさることながら、ふと目覚めた心細さであろう。だから「夜などもすべて」と続く。
一二 その奥に、里人の生活の営みがある。
一三 邪魔をする者などがいて。男女の仲もそううまく行くものではない、との思い。
一四 清少納言は雨を好まない。まして春になったばかりの山寺ごもりは雪と寒さがふさわしい。
一五 清水寺。東山の一角にあり観音信仰で賑わう。ただし能因本は「はつせ」。
一六 部屋の用意をしているのを待つ間。
一七 「くれはし」は、屋根を有する階段「呉階」のことである場合が多いが、反りのついた橋のこ

に、[一八]帯《おび》ばかり打《(うち)》したる若き法師原《(ばら)》の、足駄《あしだ》といふ物をはきて、いさゝか[一九]つゝみもなく、をり《(お)》のぼるとて、[二〇]なにともなき経のはし打《(うち)》よみ、[二一]倶舎《くさ》の頌《ず》など誦《ず》しつゝありくこそ、[二二]所につけてはをかしけれ。[二三]わがのぼるは、いとあやう《(ふ)》くおぼえて、かたはらによりて、[二四]高欄《かうらん(お)》をさへなどしていく物を、たゞ[二五]板敷《いたじき》などの[二六]やうに思ひたるもをかし。「御局《つぼね》して侍り。はや」といへば、沓《くつ》ども持《も》てきて[二七]おろす。[二八]衣《きぬ》うへざまに引返しなどしたるもある。裳《も》、唐衣《からぎぬ》など[二九]こと〴〵しく装束《さうぞ》きたるもあり。[三〇]深履《ふかぐつ》、半靴《はうくは》などはきて、廊《らう》の程[三一]沓《くつ》すり入《い》るは、[三二]内わたりめきて、又をかし。

[三三]内外《ないげ》ゆるされたる若きおと《(を)》こども、家の子《こ》など、あまた[三四]たちつゞきて、[三五]「そこもとはおちたる所侍り。あがりたり」など、をしへゆく。[三六]なにものにかあらん、[三七]いとちかくさしあゆみ、先《さい》だつものなどを[三八]「しばし、人おはしますに、かくはせぬわざなり」などいふを、[三九]げにと、すこし心あるもあり。又聞《き》ゝも入《い》れず、まづ我《(われ)》ほとけの御まへにと思《(おもひ)》ていくもあり。局《つぼね》に入《い》るほども、ゐなみたるまへを、[四〇]通《とほ》り入《い》らばいとうたてあるを、[四一]犬防《いぬふせぎ》のうち見いれたる心ちぞ、いみじ

とだとする説に従う。初瀬なら呉橋(→三四五頁注二八)だが、清水にはふさわしくないからである。　一八 腰衣をつけ帯をしめただけで、上に法衣を着ない姿、と言われる。
一九 つつしみ恐れることなく。気にもとめず。
二〇 ちょっとした経文の一節を口にとなえ。
二一 倶舎論の中の四句一偈の頌。
二二 場所が場所だけに心を惹かれる。
二三 清少納言自身が「くれはし」を上るのは。
二四 橋や廊下の欄干。これにつかまって歩く。
二五 板の間。水平な空間、として言ったもの。
二六 底本「やしに」。他本により改む。
二七 清少納言たちを車から降す。
二八 同様に他の車から降りる女性たちの様子。
二九 底本「事〳〵敷〻」。表記を改む。
三〇 革製の長い靴。「半靴」は木製の短い靴だが「はうくわ」が正。
三一 沓を引きずりながら歩いて入るのは。
三二 底本「打わたり」。表記を改む。内裏めいて。
三三 奥向きへの出入りを認められている若い男。
三四 婦人たちに立ち添って歩く。
三五 そのあたりへこんだ所があります、高くなっています。歩行の注意を怠らない様子。
三六 次に「いと近く…さいだつ」とある、その行動をする人を、この一目で貴婦人とわかる方へ無礼を働くとはどういう人か、と評した語。
三七 貴婦人に近寄り、更には追い越して行く者。
三八 ちょっと、高貴な方がおいでなのに、そんな風にはしないものです。おだやかな注意。
三九 なるほどと反応する、心得ある者もいる。
四〇 底本「返りいらば」。他本により改む。人の居並ぶ前を通って入るのはいやなものだが。
四一 本堂の内陣と外陣とを隔てる格子。

うたう《(ふ)》とく、などて月比《(つきごろ)》まうでですぐしつらんと、まづ[一]心もおこる。

御みあかしの常灯《じやうとう》[二]にはあらで、うちに[三]、又人のたてまつれるが、おそろしきまで燃《も》えたるに、仏のきら〳〵と[四]見えたまへるは、いみじうたう《(ふ)》ときに、手《て》ごとに文[五]どもをさゝげて、礼盤《らいばん》[六]にかひろぎ[七]誓《ちか》う《(ふ)》も、さばかり[八]ゆすりみちたれば、とり[九]はなちて聞《き》きわくべきにもあらぬに、せめて[一〇]しぼり出《(いで)》たる声〴〵、さすが[一一]に又まぎれずなん。「千灯《とう》の御心ざしは、なにがし[一二]の御ため」などは、はつかに聞ゆ。帯《おび》[一三]うちして、お《(を)》がみ奉るに、「こゝに、つかうさぶらふ[一四]」とて、樒《しきみ》の枝をお《(を)》りて持《も》て来たるは、香《か》などのいとたう《(ふ)》ときもをかし。犬防《いぬふせぎ》のかたより、法師《ほうし》[一五]よりきて、「いとよく[一六]申侍《(まうしはべり)》ぬ。幾日《いくか》ばかり籠《こも》らせ給《(たまふ)》べきにか。しかじかの人こもり給へり」などいひきかせて去《い》ぬるすなはち、火お《(を)》け、くだ物など、持《も》てつゞけて、半挿《はんざう》[一七]に手水《てうづ》いれて、手《て》[一八]もなき盥《たらひ》などあり。「御供《とも》の人は、かの坊《ばう》に」などいひて、よびもて[一九]いけば、かはり〴〵ぞゆく。誦《ず》経の鐘《かね》のを《(お)》となど、[二〇]わがななり、ときくも、たのもしうおぼゆ。

かたはらに、よろしきお《(を)》とこのいとしのびやかに、額《ぬか》[二一]など、立居《たちゐ》のほども、

一 早速信心がおこる。　二 底本「しやうとう」とし「常燈」と傍書。仏前に燃やしつづける灯明。
三 内陣に、常灯以外に、人の献じた灯が。
四 本尊が灯明の光を受けて金色に輝く様。
五 どの僧も皆手に参詣人の願文を捧げ持ち。
六 仏の前に設けた高座。その上で修法する。
七 「かひろぐ」は揺れ動く意で、高座の上で体をゆり動かして誓願する(＝誓ふ)様の形容。
八 多数の僧が同時に立てる声の形容。
九 きり離して聞きわけることも出来ないが。自分の願文もそれと聞きとれない、ということ。
一〇 力を集中して体一ぱいに出した声は。
一一 この大音響にもかかわらず聞きとれる。
一二 底本「なにかの」。二類本により改む。(奉る千灯は)誰それのため。
一三 表着の上にしめる掛帯。前から背へまわして後で結ぶ。婦人が仏前に進む身ごしらえ。
一四 「仕うさぶらふ(御用に供します)」とも、「塗香(づかう＝行法の僧が手に塗る香料)」とも言われる。後者だと「樒」の添えられた香水(参詣者に注ぐ)を「塗香」と間違えたことになるのが難で、しばらく前者に従う。　一五 「ほふし」が正。
一六 お祈願の筋は仏様によくお伝えしました。
一七 水を注ぐ道具。「はんざふ」が正。
一八 把手のない盥。昔の盥にはそれがあった。
一九 「呼びもていく」は、次々と呼ぶこと。
二〇 「わが(私の)なるなり」の略。私のらしい。鐘の音を聞いて、私のための誦経だと推定する。
二一 額ずき祈る時の立ったり坐ったりの気配も。
二二 弁えありそうに聞える参詣人が。
二三 ひどく思いつめた様子で。
二四 すこしも眠らないでお勤めを行うのが。
二五 立ったり坐ったりして額ずくのを休む時は。
二六 声をかけたいのだが。後に「何事を思ふ人な

[二二]心あらんと聞えたるが、[二三]いたうおもひ入《い》りたるけしきにて、[二四]いもねずを《お》こなふこそ、いとあはれなれ。[二五]打《うち》やすむ程は、経をたかうは聞えぬ程によみたるも、たう《ふ》とげなり。[二六]打出《うちいで》まほしきに、まいて鼻《はな》などを、[二七]けざやかにきゝにくゝはあらで、しのびやかにかみたるは、何事を思ふ人ならん、[二八]かれをなさばや、とこそおぼゆれ。

日比《ひごろ》こもりたるに、[二九]昼《ひる》はすこしのどやかにぞ、はやくはありし。師《し》の[三〇]坊《ばう》に、お《を》のこども、女、わらはべなど、みないきて、つれ〴〵なるに、[三一]かたはらに、[三二]貝《かい》を俄《にはか》に吹出《ふきいで》たるこそ、いみじうおどろかるれ。きよげなる[三四]たて文持《ぶみも》たせたるお《を》とこなどの、[三五]誦《ず》経の物打《うち》を《お》きて、[三六]堂童子《だうどうじ》などよぶ声、山びこひゞきあひて、[三七]きら〳〵しうきこゆ。鐘《かね》の声、[三八]ひゞきまさりて、[三九]いづこのならんとおもふ程に、[四〇]やんごとなき所の名うちいひて、「御産《さん》たいら《ひ》かに」などげん〳〵[四一]しげに申《まうし》たるなど、[四二]すゞろに、[四三]いかならんなどおぼつかなく、念《ねん》ぜらるかし。是《これ》は[四四]たゞなるお《を》りの事なめり。正月などは、たゞいとさは《わ》がしき。[四五]物のぞみする人など、隙なくまうづるを、[四六]見る程に、おこなひもしらず。

らん」とあるように、事情への関心であろう。
二七「けざやかに(際だった音で)聞きにくく」の全体が「…はあらで」で否定される構文。
二八「なす」は、完成する意で、この人を大願成就させてあげたい、の意。
二九 昼間は少しお勤めの暇が、以前はあった。以下の叙述がその暇の有様。したがって「はやくは」は、執筆時からの回想の言葉。
三〇 導師の宿坊へ。休息に行くのであろう。
三一 底本「なるも」。二類本により改む。次の「おどろかるれ」との対比。
三二 すぐそばで、という気持がある。
三三 法螺貝。正午を知らせるのに吹いたもの。「かひ」が正。
三四 願文。「たて文」→二九頁注二七。「きよげなる」たて文だから、しかるべき人の物のはず。
三五 誦経の御布施とするもの。
三六 底本「たうとし」。他本により「う」を補う。寺の雑役にあたる男。
三七 人の注意をひく様。派手に聞える。
三八 今までより一段と高く響く、ということ。僧が祈願に一段と熱を入れるのだ、と知れるから、「いづこのならん」ということになる。
三九 どなたの御祈願かしら。
四〇 高貴な方のお名前を言って。
四一「験々しげ」。いかにも験ありげに。
四二 しかとした理由目的がないことを意味する「すずろに」は、ここでは他人事なのに、の意。
四三 お産の結果はどうなろうかと気がかりで。
四四 普段の話だ。次の「正月などは」との対比。もともと本段は「正月に寺にこもりたるは」と書き出されていた。「なめり」と柔らかく元へ戻る。
四五 立身の望みなどのこと。
四六 見ていると(彼等は)勤めの作法も知らない。

[一]日打《(うち)》くるゝ程まうづるは、こもるなめり。[二]小《こ》法師《ほうし》ばらの、[三]持《も》ちありくべうもあらぬ、[四]おに屏風の[五]たかきを、いとよく[六]進退《しんたい》して、畳《たゝみ》などをうちを《(お)》く[七]と見れば、[八]只局《(つぼね)》に局たてて、犬防《いぬふせぎ》に簾《すだれ》さら〳〵と打かくる、いみじう[九]しつきたり。[一〇]やすげなり。[一一]そよ〳〵と、あまたおりきて、おとなだちたる人の、いやしからぬ声の、忍びやかなる[一二]けはい《(ひ)》して、かへる人〴〵やあらん、[一三]「その事あやう《(ふ)》し。[一四]火の事制《せい》せよ」などいふもあなり。

七つ八つばかりなるお《(を)》のこごの、[一五]声愛敬《あひぎやう》づき、[一六]おごりたる声にて、侍《さぶらひ》のお《(を)》のこどもよびつき、[一七]物などいひたる、いとをかし。又三つばかりなるちごの、寝《ね》お《(お)》びれて[一八]打しはぶきたるも、いと[一九]うつくし。乳母《めのと》の名、[二〇]母《はゝ》など打いひ出《(いで)》たるも、たれならんと知《し》らまほし。

夜ひとよ、のゝしりを《(お)》こなひあかすに、寝《ね》も入《い》らざりつるを、[二一]後夜《ごや》などはてて、すこしうちやすみたる寝《ね》耳《みゝ》に、[二二]その寺の仏の御経を、いとあら〳〵しう、[二三]たう《(ふ)》とく打いでよみたるにぞ、いとわざと[二四]たう《(ふ)》とくしもあらず、修行者《すぎやうじや》だちたる[二五]法師《ほうし》の、[二六]蓑《みの》うちしきたるなどがよむななりと、[二七]ふと打おどろかれて、[二八]哀《(あはれ)》にき

一 日が暮れる頃参詣するのは籠る人達だろう。
二 「こほふし」が正。小坊主。
三 底本「持ちあるく」。他本により改む。
四 「鬼屏風」であろう。頑丈で大きな屏風か。
五 底本「たかさ」。他本により改む。
六 とり扱うことが「進退」。元来は身の振舞い。
七 と見ていると。事が見る見るはかどる有様を表現する時の言い方。
八 二類本「つぼねたてゝ」、能因本「たゝつほねにいてゝ」、前田本「つほねにつほねたてゝ」、堺本「たゝつほねにたてゝ」。底本のままに「つぼぬ」という動詞を考える意見を支持したい。どんどん局作りをしてあげて。屏風を使いこなして仕切りを設け部屋を作って行く手際のよさ。
九 手つきが慣れている。 一〇 楽々とした様子である。 一一 婦人たちの衣ずれの音。
一二 底本「たはい」。他本により改む。
一三 なになに気をつけなさい。「火あやふし」という言い方と同様に、間接的な命令表現。
一四 火の扱いは慎重に。 一五 「あいぎやう」が正。
一六 威張った声で。身分ある家の息子である。
一七 何か言いつけているのであろう。
一八 底本「打しはふれ」。他本により改む。
一九 底本「うちくし」。二類本により改む。
二〇 「お母さん」と呼んでいるのである。
二一 後夜(寅の刻)のお勤め。
二二 御本尊ゆかりのお経。ここは法華経・普門品。
二三 「たふとし」は、元来「あらあらし」と調和し難いが、ここは有難そうに、の意であろう。能因本は「たかく」。この方が筋は通りやすい。
二四 この「たふとし」は、身分の高さを指すもので、「あらず」は並列の連用形。並列対象は「修行者だちたる」。格別有難くなく、修行者めいた。 二五 「ほふし」が正。

こゆ。

又よるなどは籠《こも》らで、人〴〵しき人の、[二九]青鈍《あをにび》の指貫《さしぬき》の、綿入《わたい》りたる白き衣《きぬ》どもあまた着《き》て、[三〇]こどもなめりと見ゆる若き男の、をかしげなる、[三一]装束《さうぞ》きたるわらはべなどして、侍《さぶらひ》などやうの物《(もの)》ども、あまたかしこまり、[三二]囲繞《いねう》したるもをかし。かりそめに屛風ばかりをたてて、額《ぬか》などすこし[三三]つくめり。顔《かほ》しらずは、たれならんと、ゆかし。しりたるは、[三四]さなめりと見るもをかし。わかき物《(もの)》どもは、[三五]とかく[三六]局《(つぼね)》どものあたりにたちさまよひて、仏の御かたに目も見入《(みいれ)》たてまつらず。別《べ》当《たう》などよび出《(いで)》てうちさゝめき、物語《がたり》していでぬる、[三七]ゑ《(え)》せ物《(もの)》とは見えず。

[三八]二月つごもり、三月一日《ついたち》、花ざかりにこもりたるも、をかし。きよげなるわかきを[三九]とこどもの、[四〇]主《しう》と見ゆる二三人、[四一]桜の襖《あを》、柳《やなぎ》など、いとをかしうて、[四二]くゝりあげたる指貫《さしぬき》の裾《すそ》も、[四三]あてやかにぞ見なさるゝ。[四四]つき〴〵しきお《(を)》のこに、[四五]装束《さうぞく》をかしうしたる餌袋《ゑぶくろ》いだかせて、小舎人童《ことねりわらは》ども、[四六]紅梅《かうばゐ》、萌黄《もえぎ》の狩衣《かりぎぬ》、色〳〵の衣《きぬ》、を《(お)》し摺《す》りもどろかしたる袴《はかま》などきせたり。[四七]花などお《(を)》らせて、侍《さぶらひ》めきてほそやかなる[四八]物《(もの)》など具《ぐ》して、[四九]金鼓《こんぐ》うつこそ、をかしけれ。[五〇]さぞかしと見ゆる

二六 蓑を敷いて坐っているのが。着ていた蓑を坐るのにも使っている様子であろう。
二七「打いでよみたるにぞ」から続く。それに挟まれた部分は、「打おどろかれて」後の印象。
二八「よむななりと」から続く。
二九 →四〇頁注一一。仏事のための着用。
三〇 その人の子と見える若い男の素敵なのや。
三一 装束を整えた召使いの少年などを連れて。
三二「ゐねう」が正。
三三 底本「つゝあり」。他本により改む。
三四 誰それさんだ、と思って見るのも面白い。
三五 底本「菟角」。表記を改む。
三六 婦人たちの部屋のあたりをうろついて。
三七 並の者とは見えない。寺の責任者(=別当)を呼び出したり、別当と話す態度などからの判断で、身分のある人らしい、ということ。
三八 春の盛りを過ぎようとする頃。ここまでは「正月」の寺詣として叙べてあることになる。
三九 底本「こもの」。他本により補う。
四〇 後続文に「をのこ」が登場する、その主人。「しゆう」が正。
四一「桜」→七頁注二〇。「柳」は表が白、裏が青。
四二 指貫は室内でけ足を中へ入れてしまうが、外出事は足を出して括る形で着用する。
四三「あてやか」は、上品な美しさ。
四四 (洒落た主人に)似合った従者。
四五 きれいに飾った餌袋。餌袋は鷹の餌を入れる袋だが、人間の弁当袋としても使った。それの飾りが「装束」。
四六「こうばい」が正。
四七 折からの桜の花の枝など手折らせて。
四八 人間を表わす「もの(者)」。ほっそりした人。
四九 仏教で用いる平たい金属性の、叩く楽器。
五〇 誰それさんに違いないと見える人もあるが。

人もあれど、[一]いかでか知《し》らん。打過《(うちすぎ)》ていぬるも、[二]さうぐ〵しければ、「[三]けしきをみせまし物を」などいふもをかし。

かやうにて、寺にも籠《こも》り、すべて[四]例《れい》ならぬ所に、只《(ただ)》[五]つかふ人のかぎりしてあるこそ、かひなふ《(う)》おぼゆれ。猶《(なほ)》[六]同じ程にて、一つ心に、をかしき事もにくき事も、様ぐ〵に[七]いひ合せつべき人、かならず一人《ひとり》二人《ふたり》、[八]あまたもさ[九]そはまほし。[一〇]そのある人の中にも、口惜《(くちをし)》からぬもあれど、[一一]めなれたるなるべし。[一二]男などもさ思ふにこそあらめ、わざと尋ねよびありくは。

（一一六段）

いみじう[一三]心づきなきもの　[一四]祭《まつり》、禊《みそぎ》など、すべて[一五]男の物見るに、只《(ただ)》ひとり乗《の》りて[一六]見るこそあれ。いかなる心にかあらん。やんごとなからずとも、[一七]若きおのこ《(を)》などの、ゆかしがるをも、ひき乗《の》せよかし。[一八]すきかげに只ひとりたゞよひて、[一九]心ひとつにまぼりゐたらん。いかばかり心せばく、けにくきならん、とぞおぼゆる。

一 先方では、こちら(清少納言の一行)がいるとは知ろうはずもない、ということ。だから「打過ぎていぬる」と続く。
二 こちらに気付いてほしいのである。
三 「けしき」はそぶり。私たちがいるということを、何とかして相手に知らせたい、ということ。底本「させまし」。二類本により改む。
四 特別の場所に。非日常的な経験の場を言う。
五 従者だけを連れて来ているのは。
六 自分と同じ程度の身分で、気心も合い。
七 「いひ合す」は、単に話し合うだけでなく、感じ方や価値判断をわかち合えること。
八 いや「一人二人」と限らない「あまた」でいい、という気持である。
九 底本「さそまほし」。他本により「は」を補う。
一〇 いま現に使っている従者の中にも。
一一 底本「めされたる」。他本により改む。慣れてしまって新鮮味がない、ということ。
一二 底本「なとゝ」。二類本により改む。男性たちも、同様に思っているのに違いない、わざわざ親しい者をさそってまわっているよ。
一三 こうあってほしい、というこちらの望みに合わないものへの不快感。対象は人間の性質や行動であることが多い。
一四 葵祭とそれに先立って鴨川で行われる斎王の禊。共に人々が争って見物した。
一五 「男の」と限るのは、女が「ひとり」牛車で見物する図など、考えてもみないのであろう。
一六 「見るこそ(心づきなく)あれ」という言い方。
一七 若い従者で、見物したがる者などを。
一八 ひとりきりの人影の動くのが透けて見え。
一九 狭量で(=心せばく)、根性が悪い(=けにくし)。清少納言は、ひとりになることの意味がよくわからなかったようである。

物へいき、寺へも詣《まう》づる日の雨[二〇]。つかふ人などの、「[二一]われをばおぼさず、なにがしこそ只今の時の人」などいふを、ほ[二二]の聞《き》ゝたる。人[二三]よりはすこしにくしと思ふ人の、を《(お)》[二四]しはかりごとうちし、すゞろなる物うらみし、[二五]わがかしこなる。

（一一七段）

[二六]侘《(わび)》しげに見ゆるもの　[二七]六七月の午未《(むま)ひつじ》の時ばかりに、[二八]きたなげなる車にゑ《(え)》せ牛《うし》かけて、[二九]ゆるがしいく物《(もの)》。雨ふらぬ日、[三〇]張筵《はりむしろ》したる車。[三一]いと寒きお《(を)》り、暑《あつ》き程などに、[三二]げす女のなりあしきが、子《こ》おひたる。老《お》ひ《(い)》たるかたゐ。ちい《(ひ)》さき板[三三]屋の、くろうきたなげなるが、[三四]雨にぬれたる。又雨いたうふりたるに、ちい《(ひ)》さき馬にのりて、[三五]御前《ぜん》したる人。冬はされどよし、夏はうへの衣下重《きぬ(したがさね)》も[三六]ひとつにあひたり。

（一一八段）

[三七]あつげなるもの　[三八]随身《ずいじん》の長《おさ》の狩衣《かりぎぬ》。[三九]衲《なふ》の袈裟《けさ》。[四〇]出居《いでゐ》の少将。いみじうこえた

二〇 意地悪く雨が降って邪魔をして、という趣。
二一 (御主人は)私を可愛がって下さらない、誰それが目下のお気に入り。使用人根性の一つ。
二二 小耳に挟んだ時。自分の従者にはこんなひがみ根性を持ってほしくないのに、という不快。
二三 他の人よりは少し心にくい、と思う人。
二四 あて推量で物を言うこと。「すずろなる物うらみ」と続くから、誤解で怨みを言われること。
二五 自分は間違っていないと思い込んでいる様。
二六 貧乏くさいもの。「侘し」は元来、解消し難い困難に陥った心境を言う語だが、ここはもっと物質的な意味で使っているようである。
二七 残暑きびしい頃の真昼時。
二八 車は「汚げ」、牛は「えせ(いいかげんな)牛」。
二九 がたぴしさせて進む様。
三〇 雨を防ぐために牛車の屋根に張る筵。見えの良くないものも、雨ならいいが、という気持。
三一 「いと寒きをり」「いと暑き程」の意であろう。
三二 生活の苦しさが決定的。
三三 屋根を板で葺いたみすぼらしい家。
三四 雨は貧相なものを一層貧相にする。
三五 前駆をつとめている人。
三六 表衣と下襲とが雨のために一つになっている。ぴったりと肌にくっついている様子。
三七 見た目にも暑くるしいもの。
三八 「をさ」が正。貴人の警護にあたる随身は、貴人の身分によって人数に定めがあるが、「長」はそのいわば統率者であろう。
三九 底本「のりの」。二類本「のう」により改む。ただし「なふ」が正。端切れを綴り合わせて作った袈裟。厚ぼったい。
四〇 一定の儀式の時に、特別の席に坐する近衛少将。特に七月下旬、暑い盛りの相撲節会のことを頭に置いての叙述に違いない。

る人の、髪《かみ》おほかる。六七月の[一]修法《ずほう》の、[二]日中の時《(じ)》を《(お)》こなふ阿闍梨《あざり》。

（一一九段）

[三]はづかしきもの　[四]おとこ《(を)》の心のうち。[五]いざとき夜居《よひ》の僧《そう》。[六]みそか盗人《ぬす》の、さるべき[七]隈《くま》にゐて見るらんを、[八]たれかはしらん、暗《くら》きまぎれに、忍びて[九]物ひきとる人もあらんかし。[一〇]そはしも、同じ心にをかしとや思ふらん。

夜居《よゐ》の僧《そう》はいとはづかしき物なり。若き人のあつまりゐて、人の上《うへ》をいひ、笑《わら》ひそしり、にくみもするを、[一一]つく〲と聞《き》きあつむる、いとはづかし。「あなうたて、かしがまし」など、おまへちかき人などのけしきばみいふをも聞《き》きいれず、いひ〲のはては、皆うちとけて[一二]ぬるもいとはづかし。

おとこ《(を)》は、[一三]うたて思ふさまならず、もどかしう心づきなき事などありと見れど、[一四]さしむかひたる人を、すかし頼《たの》むるこそ、いとはづかしけれ。まして、情《なさけ》あり、[一五]このましう、人にしられたるなどは、を《(お)》ろかなり[一六]とおもはすべうもてなさずかし。[一七]心のうちにのみならず、又皆、[一八]これが事はかれにいひ、かれが事

一「ずほふ」が正。六、七月は夏の盛りである。
二「日中の時」は、昼夜を六等分した一つで、真昼時の勤行で護摩木も焚かれる。
三 欠点や劣性を見られてこちらが恥しくなるような、そういう雰囲気を相手の側のそなわりとして言うのが昔の「はづかし」。気はずかしいもの、（こちらを）恥しい思いにさせるもの。
四 女をどう思っているだろうか、女性にさまざまな欠点を見ているのではないか、との思い。
五 目ざめやすい夜居（「よゐ」が正）の僧。「夜居の僧」は、加持祈禱で徹夜する僧。
六「みそか盗人」は、こそ泥。「はづかしきもの」の一つとして挙げたので、以下がその理由。
七 隅っこ。どこかの隅に身をひそめて。
八 誰が気付こうか。　九 物を盗みとる。
一〇 底本「そはしも」から「をかし」までを欠く。二類本により補う。そんな人は、同じ盗み根性だと、こそ泥が面白がっているだろう。
一一 細大もらさず聞いてしまう。
一二 底本「ゐる」。他本により改む。さんざんおしゃべりした後の、警戒心もない眠り。
一三 以下の一行は、相手の女性へのうけとり方の表現。理想どおりでないのが鬱陶しく（=うたて）、不満で気にくわぬ点がある、と思っても。
一四 面と向ったその女性を、おだて（=すかし）、愛されていると信じこませる（=頼むる）所が。
一五 直前の「情あり」が「好まし」と並列、その全体が「好ましう」の連用形によって、「人にしられたる」の内容を示す。情愛があり、男としてはあんなのがよい、と人に評判されている人。
一六 底本「と」を欠く。他本により補う。情愛が薄いと女に思わすような態度は取らぬものだ（だが実際どう思っているか知れたものでない）。
一七 心の中で（女の欠点を思う）だけでなく。

は是《これ》にいひきかすべかめるも、一九わが事をばしらで、二〇から語《かた》るは、猶《なほ》こよなきなめりと思《おもひ》やすらん。二一いで、されば、二二すこしも思ふ人にあへば、二三心はかなきなめりと見えて、二四いとはづかしうもあらぬぞかし。二五いみじう哀《あはれ》に、心ぐるしう、見すてがたき事などを、二六いさゝかなにとも思はぬも、いかなる心ぞとこそあさましけれ。二七さすがに、人の上《うへ》をもどき、物をいとよくいふさまよ。二八殊にたのもしき人なき宮づかへ人などをかたらひて、二九只《ただ》ならずなりぬるありさまを、三〇きよくしらで、などもあるは。

（一二〇段）

三一無徳《むとく》なるもの　三二潮干《しほひ》の潟《かた》にをる大船《おほ》。おほきなる木の、風に吹《ふ》きたう《ふ》されて、三三根《ね》をさゝげて三四よこたはれふせる。ゑ《え》せものの《ゝ》、従者《ずさ》三五からがへたる。人の妻《め》などの、三六すゞろなる物怨《あん》じなどして三七かくれたらんを、必《かならず》尋ねさは《わ》がん物ぞとおもひたるに、三八さしもあらず、三九ねたげにもてなしたるに、さてはえ旅《たび》四〇だちゐたらねば、四一心といできたる。

一八 こちらの女の悪口はあちらに言い。
一九 (当の女は)自分の事を知らないで。自分も他の女の所で悪く言われていると気付かないことを指す。
二〇 こんなに他の女を悪く言うのは、やはり私をこの上なく愛しているのだ、と取り違えよう。
二一 だから逆に。「いで」は話を改める語。
二二 少しでも本当に愛してくれる男に出会うと。
二三 かえって情が薄いように感じられてしまい。
二四 気はずかしいとは思わないものだ。この文だけ、本当に女を愛する男もあることを認める。底本「ももあらぬ」。他本により「も」を除く。
二五 再び男一般の情の薄さへ話がもどる。「いみじう哀れに」から「見すてがたき」までは女の様。
二六 女のそういう様子を、男は何とも思わない。
二七 そのくせやはり、他の女性の悪口を言い。
二八 特別しっかりした親などのない宮仕えの女性と深い仲になり。通い婚の時代で女性の家の経済状態が男の関心事であった。
二九 妊娠したことを指す。
三〇 全く知らぬ顔、などという男もいるものだ。
三一 外面であれ内面であれ立派であるべきものが、それにそぐわない状況に陥って、立派さがかえって惨めに作用する印象。かたなしなもの。
三二 潮のひいた干潟にいる大型船。その大きな図体をもてあますようなのを「無徳」と見たもの。
三三 「根をささげて」がぶざまな姿を強調する。
三四 底本「よこはれ」。二類本により「た」を補う。
三五 「かんがふ(勘ふ)」のウ音便。責め叱ること。「えせ者」だから、主人ぶるのが様にならない。
三六 根拠薄弱な嫉妬。あらぬ噂を信じた嫉妬。
三七 山寺へでも身を隠したのであろう。浮気な夫もあわてるだろうと思っての行動である。
三八 夫は別に「尋ねさわぐ」様子もない。

一 修法《ずほう》は　二 奈良方《ならがた》。三 仏の御しんどもなどよみたてまつりたる、なまめかしう、たう《(ふ)》とし。

（一二二段）

四 はしたなきもの　こと人をよぶに、五 われぞとさし出《(いで)》たる。六 物などとらするお《(を)》りはいとゞ。七 を《(お)》のづから人の上《うへ》などうちいひ、そしりたるに、お《(を)》さなき子共《(ども)》の聞《きゝ》きとりて、八 その人のあるにいひ出《(いで)》たる。

九 哀《(あはれ)》なる事など、人のいひ出《(いで)》、うちなきなどするに、げにいと哀なり、など聞《きゝ》きながら、一〇 涙のつと出《(いで)》こぬ、いとはしたなし。なき顔《がほ》つくり、一一 気色《けしき》ことになせど、いとかひなし。一二 めでたき事を一三 みきくには、まづたゞいできにぞいでくる。

一四 八幡《やはた》の行幸《(みゆき)》の一五 かへらせたまふに、一六 女院の一七 御桟敷《さじき》のあなたに御輿《こし》とゞめて、一八 御消息《せうそこ》申させ給《(たまふ)》。世にしらずいみじきに、一九 まことにこぼるばかり、化粧《けさう》じたる顔《かほ》、

三九 妻が口惜しいと感じるような態度(=ねたげ)を夫がとるので。平然としていること。
四〇 底本「たひたら」。他本により改む。そうは旅先ぐらしも続けられないので。
四一 わが心から。自分でのこのこと、という趣。

一 「ずほふ」が正。
二 京都の延暦寺に対する奈良の興福寺。
三 「御しん」は「護身」とされる。護身法は密教の修法。ただし興福寺は法相宗で密教でない。
四 自分の状況や行為がその場の雰囲気に調和せず、それを解消する方法がなくて、身の処置に窮する心情。きまり悪いもの。
五 底本「わかそ」。二類本により改む。自分が呼ばれたのだと勘ちがいして別人が出て来た時。
六 何か物を与えようとしている時は一段と。
七 悪意あってのことでなく、ということ。
八 悪口を言われた当人が居る前で。子供は悪い内容とはわからないので、その人の顔を見て思い出して言うのである。　九 悲しい話。
一〇 涙が即座に出て来ないのは。もらい泣きをしないと、せっかくの同情も相手に伝わらない。
一一 様子を変えるのだが。いかにも同情しているという様子を示す、ということ。
一二 底本「目出度」。表記を改む。
一三 底本「みて」とし「て」に傍書「きくイ」。すばらしい事を見ると。こう書いて、以下「めでたき」事への涙の思い出を綴る。清少納言には悲しみの涙は乏しいらしい。
一四 一条天皇の石清水八幡宮(=八幡)への行幸。
一五 行幸は長徳元年(九九五)十月二十一日、還御は翌日。
一六 一条天皇生母、東三条院詮子。→一一六頁注七。

二〇みなあらはれて、いかに見ぐるしからん。二一宣旨《せんじ》の御使《つかひ》にて、二二斉信《たゞのぶ》の宰相中将の御桟敷《さじき》へ参り給《(たまひ)》しこそ、いとをかしう見えしか。二三たゞ随身《ずいじん》四人、いみじう二四装束《さうぞ》きたる馬副《むまぞひ》の、二五ほそく、しろく、したてたるばかりして、二六二条の大路《おほぢ》の、二七ひろく清《きよ》げなるに、二八めでたき馬を打《(うち)》はやめて、急ぎまい《(ゐ)》りて、すこし遠くよりおりて、そばの御簾《みす》の前にさぶらひ給《(たまひ)》しなど、いとをかし。二九御返《(かへり)》うけ給《(たまはり)》て又かへりまい《(ゐ)》りて、三〇御輿《こし》のもとにて、奏《そう》し給《(たまふ)》ほどなど、いふもを《(お)》ろかなり。

三一さて内のわたらせたまふを、見たてまつらせ給《(たまふ)》らん御心ち、思ひやりまい《(ゐ)》らするは、三二とびたちぬべくこそおぼえしか。それには、三三長泣《ながな》きをして笑《わら》はるゝぞかし。三四よろしき人だに、猶子《(なほ)こ》のよきは、いとめでたき物を。三五かくだに思ひまい《(ゐ)》らするも、かしこしや。

(一二三段)

三六関白殿、三七黒戸《くろど》より出《(いで)》させ給《(たまふ)》とて、女房の隙《(ひま)》なくさぶらふを、三八「あないみじのおもとたちや。翁《おきな》をいかに笑《わら》ひ給《(たまふ)》らん」とて、三九わけいでさせ給へば、戸口ちか

一七 女院が天皇の還御を御覧になっている桟敷のずっと手前。遠くで停止されたのは表敬の趣。
一八 御帰還の御あいさつ。
一九 「まことに」は、前の「めでたき事をみきくには…」を承けて、そう言った通り、の意。
二〇 涙で化粧が落ち、地肌が「あらはれ」ること。
二一 「宣旨」は天皇のお言葉。それを伝える使い。
二二 藤原斉信。→八八頁注一七。
二三 「ただ」以下、斉信が連れた従者の有様。
二四 底本「そうそきたり」。他本により改む。「馬副」は馬の手綱をとる従者。
二五 ほっそりと色白に化粧させたのだけを連れ。
二六 底本「二一条」の右に「朱雀也」と傍書。これは勘物だが、女院は朱雀大路に桟敷を設けておられたと記録にある。
二七 朱雀大路は平安京随一、二条にしてもそれに次ぐ幅員の広い道路であった。
二八 底本「目出度キ」。表記を改む。
二九 東三条院からの御返事。
三〇 先に「御輿とどめて」とあった天皇の御輿。
三一 天皇が、東三条院の桟敷の前を通られるのを。この時の天皇の「宣旨」は、東三条院の前を輿のまま通ってよいか、との打診であった。
三二 感激でとび上ってしまいそうであった。
三三 底本「なかなを」。他本により改む。
三四 並の人でも、その子が立派なのは。
三五 女院の御心を推察するのに「よろしき人」を引き合いに出すことを「かく」と指す。だから「かしこし(恐れ多い)」ということになる。
三六 藤原道隆。→一四頁注三。正暦四年(九九三)四月関白。 三七 →八九頁注二四。清涼殿北廊。
三八 ああ、綺麗な女房たちだ。心中この年寄りをどんなに笑っておいでかな。道隆の冗談。
三九 底本「はけいて」。表記を改む。

き[一]人ゝ、色〳〵の袖口して、御簾《みす》ひきあげたるに、[二]権大納言の、御沓《くつ》とりてはかせたてまつり給《(たまふ)》。[三]いと物〳〵しく、清《きよ》げに、[四]よそほしげに、下襲《したがさね》のしりながくひき、[五]所せくてさぶらひ給《(たまふ)》。あなめでた、[六]大納言ばかりに沓《くつ》とらせ奉り給《(たまふ)》よ、と見ゆ。

[七]山の井の大納言、その御つぎ〳〵の[八]さならぬ人ゝ、[九]くろき物をひきちらしたるやうに、[一〇]藤壺《つぼ》の塀《へい》のもとより、[一一]登《とう》花殿の前まで居なみたるに、[一二]ほそやかに、なまめかしうて、御佩刀《はかし》などひきつくろはせ給ひ、[一三]やすらはせ給《(たまふ)》に、[一四]宮の大夫殿は、戸《と》の前にたゝせ給へれば、[一五]居させ給《(たまふ)》まじきなめり、と思ふ程に、すこしあゆみいでさせ給へば、ふとゐさせ給へりしこそ、[一六]猶《(なほ)》いか斗《(ばかり)》のむかしの御《(お)》をこなひのほどにか、と見奉りしこそ、いみじかりしか。

[一七]中納言の君の、[一八]忌《き》日とて、くすしがりを《(お)》こなひ給《(たまひ)》しを、「たまへ、その数珠《ずゝ》しばし。[一九]を《(お)》こなひしてめでたき身にならん」と借《か》るとて、[二〇]あつまりて笑《わら》へど、[二一]猶いとこそめでたけれ。[二二]御前《おまへ》にきこしめして、「[二三]仏になりたらんこそは、[二四]是《(これ)》よりはまさらめ」とて打《(うち)》ゑませ給へるを、又めでたくなりてぞ見たてまつる。

一　底本「人に」。他本により改む。
二　藤原伊周。道隆の子。↓二二頁注二。
三　以下伊周の様子の叙述。重厚で、美しく。
四　底本「こそほしけ」。他本により改む。着こなしがお見事で。
五　「所せし」は、場所が狭い、の意で、太っていた伊周にはふさわしいが、ここはむしろ、どっしりしている、の意。↓一二五頁注三四。
六　大納言ほどの高位の方に、靴の世話をおさせになることよ。道隆への讃辞。
七　藤原道頼。↓一四四頁注一二。
八　伊周、道頼と進んだ文脈を「さ」と指す。中宮のお身内ではない人々。
九　四位以上の袍は黒色。
一〇　飛香舎のこと。清涼殿の北西に位置する。その東が「塀」になっている。
一一　清涼殿の北、弘徽殿を隔てて位置する。弘徽殿は藤壺の東にあたる。
一二　以下、道隆の様子の叙述。
一三　「やすらふ」は躊躇する意に使うが、休息する意にも用いる。ここは後者。
一四　藤原道長。兼家の子。道隆の弟。道長の中宮大夫任官は定子立后の正暦元年(九九〇)十月。
一五　ひざまずかれたりはするまい。道長が道隆の政敵であることは周知のことであった。
一六　道隆の前世から約束された運命への讃辞。
一七　中宮女房の名。↓二五四段。以下、前世の行いと現世の果報との挿話であろう。
一八　(近親)の命日で殊勝ぶってお勤めしたのを。亡き道隆の命日のお勤めだとする意見がある。
一九　私もお勤めして中宮様のような結構な身分になりたい。底本「目出度キ」。表記を改む。
二〇　道隆追善のお勤めとは思えない書き方。中宮のようになりたいとは、というひやかしの笑

二五大夫殿の居させ給へるを、返〳〵《(かへすがへす)》聞ゆれば、「例《れい》の思ひ人」二六と笑《わら》はせ給《(たまひ)》し。まいて、二七この後《のち》の御ありさまを見たてまつらせ給はましかば、二八ことは《(わ)》りとおぼしめされなまし。

（一二四段）

二九九月ばかり、夜ひと夜《よ》ふりあかしつる雨の、けさはやみて、朝日いとけざやかにさし出《(いで)》たるに、前栽《せんざい》の露は、こぼるばかりぬれかゝりたるも、いとをかし。三〇透垣《すいがい》の三一羅紋《らんもん》、軒《のき》のうへなどは、三二かいたる蜘蛛《くも》の巣《す》の、三三こぼれのこりたるに、雨のかゝりたるが、白《しろ》き玉をつらぬきたるやうなるこそ、いみじう哀《(あはれ)》にをかしけれ。

すこし日たけぬれば、萩などの三四いとを《(お)》もげなるに、露のおつるに、枝打《(うち)》うごきて、人も手ふれぬに、三五ふと上《かみ》ざまへあがりたるも、いみじうをかし。といひたることどもの、三六人の心には露をかしからじ、と思ふこそ、又をかしけれ。

いであろう。
二一 中宮の有様。関白没後は御不遇だが、やはり(＝猶)、「めでたし」と申すにふさわしい。現世で中宮という果報を得られた尊い方、という思い。あるいはこの時定子は皇后か。
二二 女房たちの会話が中宮のお耳にとまる。
二三 いっそ仏になる方が。死んで成仏する方が。
二四 私(＝是)の中宮という身分より上でしょう。
二五 ここで前の話にもどる。文脈が挿話で分断されることはままある。八五・八六・八七段は極端例。なお以上の挿話と見た部分の「めでたき身」は関白のような身、「是より」は関白より、の意とするのが通説だが、いかがなものか。
二六 いつもの贔屓筋ね。清少納言が道長を立派な人物と評価していることへのからかい。
二七 それ以後の現在の道長公の御様子をお目にかけたら。皇后没(長保二年十二月)後の執筆であることがわかる。道長には道隆以上の果報が約束されていたということになるわけだから、というのが「まいて」。
二八 私の道長様贔屓も無理はないと。
二九 晩秋である。
三〇 竹などで編んだ垣。→八二頁注一一。
三一 「らもん」の訛り。透垣の上部にとりつけた木組み。菱格子に細い木を組んだもの。
三二 「かいたる」は「懸きたる」の音便で、「懸く」は下二段の「懸く」と同じ「(巣を)張る」の意。
三三 張った蜘蛛の巣が破れ残っていること。
三四 雨露が置いた有様。
三五 さっと上の方へはね上る様子。
三六 他人の心には一向おもしろくもないだろうと思うと。一向という意味の「露」は、本段の書き出し以来の「露」に通ずる面白さを意識して使われているのであろう。

(一二五段)

[一]七日の日の若菜を、[二]六日、人の持《も》て来《き》さは《(わ)》ぎとりちらしなどするに、[三]見もしらぬ草を、子《こ》どもの取《(とり)》もてきたるを、「なにとか、これをばいふ」と問《と》[四]へば、[五]とみにもいはず、「[六]いま」などこれかれ見合せて、「耳無草《みゝな》となんいふ」といふもののあれば、「[七]むべなりけり、聞《き》かぬ顔《がほ》[八]なるは」と笑《わら》ふに、又いとをかしげなる菊《きく》の[九]おひいでたるを持《も》てきたれば、

[一〇]つめど猶《(なほ)》みゝな草こそあはれなれあまたしあればきくもありけり

といはまほしけれど、又[一一]これも聞《き》き入《い》るべうもあらず。

(一二六段)

二月、[一二]官の司《つかさ》に定考《かう(ぢやう)》[一三]といふことすなる[一四]、なにごとにかあらむ。[一五]孔子《くじ》などかけたてまつりて、することなるべし。[一六]聡明《そうめ》とて、上《うへ》にも宮にも、[一七]あやしきもののかたなど、かはらけにもりてまい《(ゐ)》らす。

一 正月七日の若菜摘み。↓二段。
二 前日に七種の羹(あつもの)の用意をするのである。
三 七種とは関係のない、見知らぬ草を、若菜摘みに参加した子供が摘んで来た、という状況。
四 底本「とへは」を欠く。他本により補う。
五 (誰も名を知らず)すぐに返事もしない。
六 すぐ御返事します。即座の対応をとりあえず延期する時の、きまり文句。二類本・能因本は「いさ」(知らぬことを尋ねられた時の返事)。
七 耳無草なら当り前ね、というだけの冗談。
八 底本「なるい」。他本により改む。
九 芽を出したのを。
一〇 「つめど」は菜を摘む意と耳をつねる意との懸詞。「きく」は菊と聞くの懸詞で、「耳」の縁語。耳をつねっても聞えない耳無草は可哀そうだ、沢山摘んだ中には聞く草(菊)もあったのに。
一一 相手がこんな子供ではわかるまい、の意だが、理解しない意の「聞き入れず」が前の「聞かぬ顔」と同根語なので、「又これも」と言う。
一二 太政官庁。大内裏に入ったすぐの建物である八省院の東に、諸省に囲まれるようにある。
一三 「ぢやうかう」だが、「上皇」の音に通うのでわざと逆に「かうぢやう」と言う。底本「かう定」。官吏登用のために、二月に行われるのを「列見(れつけん)」と言い、その官職を定める八月の儀式を「定考」と言う。だから冒頭「二月」とあるのは列見との混同。
一四 するそうだが。清少納言が列見・定考の儀式に暗かったことがわかる。混同の原因である。
一五 孔子の画像をかけて。孔子を祭るのは大学寮で二月と八月に行われる「釈奠(せきでん)」。列見・定考の混同の上に更に釈奠が混同されている。
一六 釈奠の時の供えもの。翌日帝に献ずる。
一七 変な形のもの。列見・定考の時の「餠餤」(後

頭[一八]弁の御もとより、[一九]主殿寮、[二〇]絵《ゑ》などやうなる物を、白き色紙《しきし》につゝみて、梅《むめ》のはなの、いみじうさきたるにつけて、持《も》てきたり。絵《ゑ》にやあらんと、いそぎとり入《い》れてみれば、[二一]餅餤《へいだん》といふ物を、二《ふた》つならべてつゝみたるなりけり。そへたる立文《たてぶみ》には、[二二]解文《げもむ》のやうにて、

進[二三]上

餅餤《へいだん》一包《つゝみ》、

[二四]依例《れいによて》進上如件《くだんのごとし》、

[二五]別当《べたう》少納言殿

とて、[二六]月日かきて、[二七]「任那成行《みまなのなりゆき》」とて、奥《おく》に[二八]「このお《(を)》のこは、[二九]みづからまい《(ゐ)》らむとするを、昼《ひる》は、[三〇]かたちわろしとて、まい《(ゐ)》らぬなめり」と、いみじうお《(を)》かしげにかひ《(い)》給へり。

御前《ぜむ》にまい《(ゐ)》りて御らんぜさすれば、[三一]「めでたくもかきたるかな。お《(を)》[三二]かしくしたり」など、ほめさせ給《(たまひ)》て、[三三]解文《げもん》はとらせ給《(たまひ)》つ。「かへり事、いかゞすべからむ。この餅餤《へいだんも》持てくるには、物などやとらすらむ、しりたらむ人もがな」とい

出）の形らしい。混同の延長である。

一八 藤原行成。→六四頁注一四。書の名手。

一九 底本「主殿司」と「トノモツカサ」とふる。

二〇 後続文から推して絵巻物らしい。

二一 餅の中に肉や卵その他を包み込んだもの。列見・定考の翌日に供する。その形が円柱状で男性器を思わせるので、「あやしきもののかた」（注一七）と言ったのだ、という説がある。

二二 官庁の公文書。中央・地方を問わず諸官庁から太政官または上級官庁に差し出す。

二三 餅餤を一包み進上申します。底本「へたん」。能因本により「い」を補う。

二四 しきたり通り進上の事この通りであります。

二五 長官（=別当）少納言様。清少納言を、その名に因んで太政官の官人である「少納言」に見立てた戯れ。少納言は蔵人所の長官であるから、中宮づき女房の長官、と洒落たのであろう。

二六 正式の公文書の様式に従ったのである。

二七 底本も他本も仮名書だが、行成からの書状は「解文のやうにて」である以上、当然漢字表記であったであろう。「なりゆき」は本名を戯れに倒置した「成行」に違いない。「みまな」は「任那」以外に考え難く、上級官吏を出さない任那氏の姓を利用し、下官を装ったらしい。

二八 「このをのこ」は自ら下官を装う表現。

二九 自分で参上しようとは思うのですが。

三〇 外貌が見苦しいというので、昼間は参上しないようです。もとより戯れだが、葛城の一言主の神がその醜貌を恥として、役の行者の命じた仕事に、夜だけ従った故事をふまえていよう。

三一 行成の字を賞める言葉。立派な字だこと。

三二 行成の趣向を賞める言葉。面白い思いつきだこと。　三三 書の名手の手紙なので中宮が自分のものに召し上げてしまわれる。

ふをきこしめして、「一惟仲《これなかゝ》が声《こゑ》のしつるを。よびてとへ」とのたまはすれば、端《はし》にいでて、「左大弁に物きこえん」と、さぶらい《(ひ)》してよばせたれば、二いとよくうるはしくてきたり。「三あらず、私《わたくし》事なり。もし四この弁、少納言などのもとに、かゝる物持《も》てくるしもべなどは、することやある」といへば、「さることも侍らず。たゞ五とめてなん、くひ侍《(はべる)》。なにしに問《と》はせ給《(たまふ)》ぞ。もし六上官のうちにて、えさせ給へるか」とと《ゝ》へば、「いかゞは」といらへて、返《(かへり)》ごとを、七いみじうあかき薄様《うすやう》に、「みづから持《も》てまうでこぬ八しもべは、いと九冷淡《れいたん》なり、となむみゆめる」とて、めでたき紅梅につけて、たてまつりたるすなはち、を《(お)》はして、「一〇しもべさぶらふ、〱」とのたまへば、いでたるに、「一一さやうの物、一二そらよみして一三おこせ給へるとおもひつるに、一四びゝしくもいひたりつるかな。女の、すこし我はと思《(おもひ)》たるは、一五歌《うた》よみがましくぞある。さらぬこそかたらひよけれ。麿《まろ》などに、一六さることいはむ人、返《(かへり)》て一七無心《むしん》ならんかし」などのたまふ。一八則光《のりみつ》なりやなど笑《わら》ひてやみにしことを、上《うへ》の御ぜんに人〴〵いとおほかりけるに、一九かたり申給《(まうしたまふ)》。「二〇それはよくいひたり」となんの給《(たま)》はせし」と、二一又人のかたりしこそ、

一　平惟仲。→一一二頁注一八。後文にある「左大弁」は、正暦五年(九九四)から長徳二年(九九六)七月まで。行成の頭弁は長徳二年四月から長保三年(一〇〇一)八月までで、二人の官職がこのまま重なる間には、二月の列見がなく、事件の年次が問題となっている。
二　大そう立派に衣服を正してやって来た。中宮からの大切な仰せ事かと思って来たのである。
三　そんなに威儀を整えてもらうようなことではなくて、私用です。
四　目前に左大弁がいるので「この」と言ったか。
五　手もとにとどめて。受け取って、の意。
六　太政官を指す語。太政官の誰かから手に入れられましたか。
七　行成からの「白き色紙」の向うを張ったか。
八　下僕。行成の「このをのこ」を承けた戯れ。
九　贈られた「餅餤」と語呂をあわせた洒落。内容的には「情の淡いお人のようですね」の意。
一〇　清少納言の「下僕」をそのまま承けたもの。内容的には「私めが参上しました」の意。
一一　あんなもの。自分の手紙をつまらぬものと言いなしたのである。
一二　心をこめないで、いいかげんに歌を詠んで、の意であろう。
一三　返事をなさったものと思っていましたのに。
一四　「美々し」で華やかの意だが、「餅餤」にひっかけて「冷淡」と言っただけの洒落には大袈裟。
一五　歌人面をするものです。
一六　歌を詠んでよこす人は。
一七　心ない仕業というものです。
一八　底本「のりみつなりやす」。能因本により改む。それではまるで則光(歌を嫌ったこと、八〇段に詳しい)ではありませんか、など。
一九　帝に語ったのは行成。

みぐるしき我《（われ）》ぼめどもなりかし[二一]。

（一二七段）

「などて[二二]官《つかさ》えはじめたる六位の笏《しやく》に、[二三]職《しき》の御曹司《ざうし》の辰巳《たつみ》のすみの、築土《ついひち》の板《いた》はせしぞ。さらば西東《にしひんがし》のをもせよかし」などいふことをいひいでて、[二四]あぢきなき事どもを、「衣《きぬ》などに、[二五]すゞろなる名どもをつけけん、いとあやし。衣《きぬ》のなかに、[二六]細長《ほそなが》はさもいひつべし。なぞ[二七]汗衫《かざみ》は。尻長《しりなが》といへかし。[二八]をの童《わらは》のきたるやうに」「なぞ唐衣《からぎぬ》は。[二九]短衣《みじかぎぬ》といへかし」「[三〇]されどそれは[三一]唐土《もろこし》の人のきるものなれば」「うへの衣《きぬ》うへの袴《はかま》は、さもいふべし。下襲《したがさね》よし」「[三二]大口《おほくち》又、ながさよりは口《くち》ひろければ、さもありなん。袴《はかま》いとあぢきなし」「指貫《さしぬき》はなぞ。[三三]足《あし》の衣《きぬ》とこそいふべけれ」「もしは、さやうのものをば、袋《ふくろ》といへかし」など、よろづのことをいひのゝしるを、「いであなかしがまし。いまはいはじ。寝《ね》給ひね」[三四]といふ、いらへに、[三五]夜居《よゐ》の僧《そう》の、[三六]「いとわろからむ。夜一夜《よ》こそ、なをの給《（ほ）（たま）》は[三七]め」と、[三八]にくしと思《（おもひ）》たりし声様《こゑさま》にていひたりしこそ、[三九]をかしかりしにそへて、

二〇 清少納言の行成に対する以上の応待への評。
二一 「又人」は行成とはまた別の人、の意。
二二 底本「をかし」。能因本により改む。見苦しい自慢話を書いてしまったという反省めいた言葉。
二三 はじめて官位を得た六位の者の笏。
二四 「辰巳」は「立身」に通ずるので、そこの土塀の板を使ったのだろうと言う。ただし「職の御曹司」の板だけが狙われたのかどうかは不明。
二五 「あぢきなし」→八七頁注二六。気にくわない名称を。以下の口々の悪口を含んだ「よろづのことをいひののしる」に続く。
二六 根拠のわからぬ命名。
二七 婦人の表衣。おくみがないので細長い。
二八 →五四頁注五。どうして汗衫なんて言うの。
二九 男の童に「尻長」という衣があった。
三〇 細長・尻長（汗衫）の反対として言ったもの。
三一 このあたり、どれだけが同一人の発言かわからないが、ここだけは確かに発言者が変る。
三二 唐衣は名が示す通り中国の衣に模したもの。
三三 幅が広く横が広く開いてた袴。下文に「口ひろし」と言うのはその形状を指す。
三四 屋内では足を包みこむように着用するからである。下文「袋といへかし」も同じ。
三五 と言った、その返答に。直接の相手である女房たちは答えず、替りに、という気持。
三六 →一六二頁注五。一一九段とこの段とは「夜居の僧」に関しては完全に重なっている。
三七 それは良くない。一晩中もっとおしゃべりなさったらよろしかろう。
三八 腹立たしいと思ったらしい声色で。声で立腹がありありであることを示す表現。「こゑさま」は底本「こはさか」。能因本により改む。
三九 立腹ぶりがおかしい。下文で聞いている人がいたとは、思ってもいなかったことがわかる。

おどろかれにしか。

（一二八段）

[一]故殿の御ために、月ごとの十日[二]、経仏[三]など供養《くやう》せさせ給《たまひ》しを、九月十日[四]、職《しき》の御曹司《ざうし》にてせさせ給《たまふ》。上達部《かんだちめ》殿上人いとおほかり。清範[五]、講師《かうじ》にて、説《と》く事はた、いとかなしければ、ことにもののあはれふかゝるまじき、わかき人〴〵、みな泣[六]くめり。

果《は》てて、酒《さけ》のみ、詩誦《ず》しなどするに、頭中将[七]斉信《たゞのぶ》の君の、「月秋[八]と期《き》して身いづくか」といふことを、うちいだし給へり。詩[九]はた、いみじうめでたし。いかでさ[一〇]はおもひいで給《たまひ》けん。

[一一]を《お》はします所にわけまい《ゐ》るほどに、たちいでさせ給《たまひ》て、「めでたしな。いみ[一二]じう、け[一三]ふの料《れう》にいひたりけることにこそあれ」との給《たま》はすれば、「それ[一四]啓《けい》しにとて、も[一五]のみさして、まい《ゐ》り侍《はべり》つる也。猶《なほ》[一六]いとめでたくこそおぼえ侍《はべり》つれ」と啓《けい》すれば、「まい[一七]て、さおぼゆらんかし」とおほせらる。

一 底本「コトノ」とふる。関白藤原道隆、長徳元年（九九五）四月十日没。　二 命日である。
三 経を写し、仏画を造りなどして納める供養。
四 長徳元年の九月十日。　五 底本「セイハン」とふる。→四六頁注一五。説経の有難さで名高い。
六 底本「みな〳〵くめり」。二類本により改む。枕草子中、悲しんで泣く唯一例である。
七 藤原斉信。→八八頁注一七。
八 本朝文粋十四、菅原文時の願文（藤原伊尹が両親を供養する願文の代作）の一節「彼金谷酔レ花之地、花毎レ春匂而主不レ帰、南楼翫レ月之人、月与レ秋期而身何去」。この部分は和漢朗詠集・懐旧所収。
九 詩もまた。詩を吟じた斉信の声はもちろんのこと、という気持で「はた」と言ったもの。
一〇 時の雰囲気と斉信の吟じた詩とが、ぴったりと合った様に感じて「さは」と言ったもの。
一一 中宮のいらっしゃる所へ、ぎっしり坐った人々を分けるようにして入る。斉信の詩の朗吟をお耳に入れるためである。
一二 「いみじう」（連用形）は次の「けふの…」を導く（先導批評）。すばらしいことに。
一三 「けふの料」は、今日のためのとっておき。今日それを言おうとあらかじめ用意しておいての吟詠に違いない、ということ。その用意のほどを「いみじう」と先導批評したのである。
一四 「それ」は中宮の「けふの料にいひたりけることにこそあれ」という判断を指す。私もそうだと判断して、それをお耳に入れようとしたのです、という気持。
一五 皆さんの様子を最後まで見ずに。
一六 以前からすばらしい方だとは思っていましたが、という気持が「猶」。だから次に中宮が「まいて」と言う。

[一八]わざとよびもいで、あふ所ごとにては、「などか麿《まろ》を、まことに[一九]ちかくかたらひ給はぬ。[二〇]さすがにくしとおもひたるにはあらず、と知《し》りたるを、いとあやしくなんおぼゆる。かばかりと[二一]しごろになりぬる得意《とくい》の、[二二]うとくてやむはなし。[二三]殿上などにあけくれなきおり《(を)》もあらば、なに事をか思《(おもひ)》いでにせむ」との給《(たま)》へば、[二四]「さらなり。[二五]かたかるべきことにもあらぬを、[二六]さもあらむのちには、えほめたてまつらざらむが、くちお《(を)》しきなり。[二七]上《うへ》の御前《おまへ》などにても、[二八]役《やく》とあづかりてほめきこゆるに、[二九]いかでか、たゞおぼせかし。かたわら《(は)》いたく、[三〇]心の鬼《おに》いできて、いひにくゝなり侍《(はべり)》なん」といへば、「などて。[三一]さる人をしもこそ、[三二]妻《め》よりほかに、ほむるたぐひあれ」との給《(たま)》へば、「[三三]それがにくからずおぼえばこそあらめ、男《をとこ》も女も、[三四]けぢかき人おもひ、かたひき、ほめ、[三五]人のいさゝかあしきことなどいへば、はらだちなどするがわびしうおぼゆる也」といへば、「[三六]たのもしげなのことや」との給《(たまふ)》もいとをかし。

一七 いままで以上に「めでた」く思うのでしょう。
一八 わざわざ呼び出したりもして会う時ごとに。
一九 「ちかくかたらふ」は、親しくつき合うこと。
二〇 「ちかくかたらふ」ことをしてはくれないが、やはり。
二一 「としごろ」は、長い年月にわたって続くこと。こんなに長くつき合っている仲良しが。
二二 現在の状態を「うとし」と言ったもの。この疎遠な状態のままで終り、という話はない。
二三 斉信自身の将来を思った言葉。私がいつも殿上の間に居る、ということがなくなったら。
二四 「言ふもさらなり」の略。申すまでもありません。斉信の発言の、もっと親しくなりたいという言い分を、私もそう思っています、と承けたもの。
二五 もっと親しくするのは困難なことでもないが。
二六 そうなると、あなたを賞めることが出来なくなるのが残念なのです。
二七 帝の前でも。
二八 それを自分の役目のように引き受けて。
二九 どうして今以上に親しくなれましょう、その所をわかって下さい。
三〇 気がとがめて。愛する人を賞める後暗さ。
三一 「さる人」は文脈上本当に愛する人、の意だが、男の立場からの発言で、愛する女であろう。だから後に清少納言が「男も女も」と言う。
三二 妻以外に。妻を措いて愛人を賞める手合い。
三三 そういう態度が腹立たしくないのならいいのですが。私はそうはなりたくないという気持。
三四 親しい人を大切にし、贔屓にし、賞めて。
三五 人が少しでもその人の悪口を言うと、立腹するのがやり切れないのです。私はそこまで盲目的に人を愛したくない、ということになる。
三六 これでは愛してくれそうもない、という意。

(一二九段)

[一]頭弁の、[二]職《しき》にまい《(ゐ)》り給《(たまひ)》て、物語《ものがたり》などしたまひしに、「夜いたうふけぬ。あす[三]御物忌《いみ》なるに、こもるべければ、[四]丑《うし》になりなばあしかりなん」とてまい《(ゐ)》り給《(たまひ)》ぬ。

つとめて、蔵《くら》人所の[五]紙屋《かうや》紙《がみ》ひきかさねて、「けふは[六]のこりおほかる心ちなんする。夜をとを《(ほ)》して、むかし物語《がたり》もきこえあかさん、とせしを、庭《には》鳥の声《こゑ》に[七]もよほされてなん」と、いみじう[八]言おほくかき給へる、いとめでたし。御返《(かへり)》に、「いと夜ふかく侍《(はべり)》ける鳥の声《こゑ》は、[九]孟嘗《まうさう》君のにや」ときこえたれば、たちかへり、「『孟嘗君《まうさうくん》の庭鳥《にはとり》は、函谷《かんこく》関をひらきて[一〇]三千の客《かく》、わづかにされり』とあれども、[一一]これは逢坂《あふさか》の関《せき》也」とあれば、

[一二]「夜をこめて鳥のそらねははかるとも世にあふさかの関はゆるさじ

[一三]心かしこき関もり侍り」ときこゆ。又たちかへり、

[一四]あふさかは人こえやすき関なれば鳥なかぬにもあけて待《(まつ)》とか

とありし文《ふみ》どもを、[一五]はじめのは[一六]僧都《そうづ》の君《きみ》、[一七]いみじう額《ぬか》をさへつきて、とり給《(たまひ)》て

一 藤原行成。↓六四頁注一四。
二 職の御曹司のこと。↓六四頁注一三。
三 帝の物忌なので「御」を冠する。参内してそれに加わるのが「こもる」。
四 丑の刻を過ぎると翌日となる。
五 朝廷で漉いた紙。紙屋院で製したのでこの名がある。「蔵人所の」を冠したのは、蔵人頭である行成が、勤務先の紙を使ったことを示す。
六 心残りが多い気がします。
七 せき立てられて。この文は男が女と逢った翌朝に書く後朝(きぬぎぬ)の文のような書きぶり。
八 底本「事」。表記を改む。言葉をたくさん。
九 中国の戦国時代の斉の王族。秦の昭王の許に抑留されたが、脱逃し、食客の中の鶏鳴の真似の名手を使って、函谷関開関の刻を誤らせて脱出した、という故事で名高い。
一〇 孟嘗君が三千人の食客を養ったと史記にある。鶏鳴をまねて孟嘗君を救ったのもその一人。ただし三千人全部が秦に抑留されていたとされてはいず、「三千の客わづかに(やっとのことで)去れり」は出所不明。
一一 私達のは「逢坂の関」です。行成はどこまでも後朝めかそうというのであろう。
一二 一晩中、偽の鶏鳴でだまそうとしても、逢坂の関は開きませんからね。拒絶の姿勢を示した戯れ。底本「そらねに」。二類本により改む。
一三 厳格な関守が頑張っています。
一四 逢坂の関は通り易い関なので鶏が鳴かなくてもいつも開けて待っているとかですよ。本当は私を待っているのでしょうの意。これも戯れ。
一五 「けふは残り多かる」とあった最初の手紙。
一六 藤原隆円。中宮の弟。↓一二一頁注二三。
一七 拝み倒して。書の名手の手紙だからである。
一八 「孟嘗君の」の手紙と「あふさかは」の歌とは

き。一八のち〳〵のは、御前《おまへ》に。

一九さて、「逢坂《あふさか》の歌《うた》は二〇へされて、返しもえせずなりにき。二一いとわろし。二二さて二三その文《ふみ》は殿上人みな見てしは」との給《(たま)》へば、「二四まことに思《おぼ》しけりと、これにこそ知《し》られぬれ。二五めでたき言など、人のいひ伝《つた》へぬは、かひなきわざぞかし。又二六みぐるしき言ちるがわびしければ、御文《ふみ》は、いみじう隠《かく》して人につゆみせ侍らず。二七御心ざしのほどを比《くら》ぶるに、ひとしくこそは」といへば、「かくものを思《(おもひ)》しりていふが、猶《(なほ)》、人には似《に》ずおぼゆる。「二八思《(おもひ)》ぐまなく悪《あ》しうしたり」など、例《れい》の女のやうにやいはむ、とこそ思《(おもひ)》つれ」などいひて笑《わら》ひたまふ。「こはなどて。二九よろこびをこそきこえめ」などいふ。「まろが文《ふみ》を隠《かく》し給《(たまひ)》ける、又、猶あはれにうれしきことなりかし。三〇いかに心うくつらからまし。いまよりも、三一さを、頼《たの》みきこえん」などの給《(たまひ)》てのちに、三二経房《つねふさ》の中将を《(お)》はして、「頭弁は、いみじうほめ給《(たまふ)》とは知《し》りたりや。三三一日の文《ふみ》にありし事などかたり給《(たまふ)》。おもふ人の、人にほめらるゝは、いみじううれしき」などまめ〳〵しうの給《(たまふ)》もをかし。「うれしきこと三四二《ふた》つにて、かのほめ給《(たまふ)》なるに、又おもふ人のうちに侍《(はべり)》けるをなむ」といへ

中宮様にさし上げた。しばらく後の事であろう。
一九 それはそうと。行成の手紙を隆円や定子に渡したという後日談に筆が流れたので、出来事の時点に文脈をもどす「さて」。
二〇 圧倒されて返歌も出来ずに終ったね。「逢坂の」以下、行成のからかい。
二一 なっていないね。こうした行成のからかいが、次の清少納言の応酬を生む。
二二 あの後。上の経過を指す「さて」。
二三 あなたからの手紙は。
二四 本当に私を大切に思って下さるのだと、それでわかりました。「これ」は行成が清少納言の手紙を殿上人たちに見せたことを指す。
二五 上出来の歌など、人が口伝てに広めてくれないと甲斐がありませんわ。自分の歌を上出来と我ぼめする冗談。底本「言」を「事」とす。表記を改む。次行も同じ。
二六 見苦しい歌が世間に広まるのがいやなので。からかいへの応酬で行成の歌を見苦しいとする。
二七 私の歌を人に知らせて下さったあなたの御志と、あなたの歌を人に知らせない私の心とを比べたら、相手を思う心は同等ですね。
二八 軽率に(=思ひぐまなく)まずいことをしたと、普通の女のように(私を)悪く言うかと。
二九 お礼を申したいほどですわ。秀歌を皆さんに披露していただいて、の意。ずっと冗談。
三〇 (私のを人に見せたりしたらあなたを)どんなに厭な冷淡な人、と思ったろう。
三一 「さ」は、以上の経験を指し、内容的には、失敗をかばってくれる人だと、の意。「を」は強意。　三二 →八八頁注一二。
三三 先日の手紙に書いてあったことなどを。
三四 下文の通り、行成が賞めてくれたことと、経房が「思ふ人」の中に入れてくれたことの二つ。

ば、「それ[一]めづらしう、いまのことのやうにもよろこび給《(たまふ)》かな」などの給《(たまふ)》。

（一三〇段）

五月ばかり、月もなういとくらきに、「女房《ばう》やさぶらひ給《(たまふ)》」と[二]声《こゑ》ぐ〳〵していへば、「いでて見よ。[三]例《れい》ならずいふはたれぞとよ」とおほせらるれば、「こはたそ。いとおどろ〳〵しう、[四]きはやかなるは」といふ。ものはいはで、御簾《みす》をもたげて、[五]そよろとさしいるゝ、呉竹《くれ》なりけり。「[六]おひ《(い)》、この君にこそ」とい[七]ひたるを、聞《き》きて、「いざ〳〵。これまづ殿上にいきて語《かた》らむ」とて、式部卿の宮の[八]源中将、[九]六位どもなど、ありけるはいぬ。

[一〇]頭弁はとまり給へり。「[一一]あやしくても、いぬるものどもかな。[一二]御前《ぜん》の竹《たけ》をお《(を)》りて、[一三]歌《うた》よまむとてしつるを、おなじくは職《しき》にまい《(ゐ)》りて、女房《ばう》などよびいできこえてと[一四]持《も》てきつるに、呉竹《くれたけ》の名を[一五]いととくいはれて、いぬるこそ[一六]いとお《(ほ)》しけれ。[一七]たがをしへをきゝて、[一八]人のなべてしるべうもあらぬ事をばいふぞ」などの給《(たま)》へば、「[一九]竹《たけ》の名ともしらぬものを。なめしとやおぼしつらん」といへば、

一　珍しく、はじめて経験することのように。あなたは以前から私の「思ふ人」なのに、の意。
二　何人もが次々に言う様。騒々しい態度。
三　「声々して」言うのを「例ならず」と評した。いつもと違った呼び方をするのは一体誰かしら。
四　際立ち目立つ様。騒々しいですよ、の意。
五　さらさらと挿し入れるのは呉竹であった。「呉竹」は淡竹で、清涼殿東庭に植えてあった。
六　おやまあ「この君」でしたか。本朝文粋十一、藤原篤茂の竹の詩の一節「晋騎兵参軍王子猷、種而称二此君一、唐太子賓客白楽天、愛而為二我友一」を使うと共に、中宮の「誰ぞとよ」が頭にあって「この君」でしたか、と人めかした機転。
七　底本「いひわたる」。能因本により改む。
八　源頼定。→六三頁注二七。為平親王の子なので「式部卿の宮の」を冠する。
九　六位蔵人。
一〇　藤原行成も混っていたことがわかる。
一一　「あやしくても」は次の「いぬる」への先導批評。直訳すれば、合点行かぬことにも、帰ってしまった連中だな。帰ってしまうとは変な連中だ、ということ。
一二　清涼殿東庭の呉竹台のを折ったのである。
一三　歌を詠もうと思ってしたことなのだが。
一四　底本「りて」と読めるが「もて」とも見える。能因本「いひて」。
一五　予期もしなかった「この君」という竹の異名を何も言わぬ中に言われて、気勢をそがれた。
一六　気の毒だったな。「頭弁はとまり給へり」の時から行成の気持は皆からちょっと離れている。
一七　誰に教えてもらって。
一八　篤茂の「種而称二此君一」は晋書に典拠のある字句で、それを女性が知っているとは、と驚く。
一九　物知りぶって無礼（＝なめし）と思われたくな

「[二〇]まことにそはしらじを」などの給《（たまふ）》。

[二一]まめごとなどもいひあはせてゐ給へるに、「[二二]うへ《（ゑ）》てこの君と称《しよう》す」と誦《ず》して、又あつまりきたれば、「[二三]殿上にていひ期《き》しつる本意《ほい》もなくては。など返《（かへり）》給ひぬるぞと、あやしうこそありつれ」との給《（たま）》へば、「[二四]さることには、なにのいらへをかせむ。中[二五]〳〵ならん。殿[二六]上にていひのゝしりつるは、上《うへ》もきこしめして、興《けふ》[二七]ぜさせをは《（お）》しましつ」とかたる。頭[二八]弁もろともに、おなじことを返《（かへすがへ》〳〵《す）》誦《ず》し給《（たまひ）》て、いとお《（を）》かしければ、人[二九]〳〵みなとり〳〵に、ものなどいひあかして、かへるとても、猶《（なほ）》[三〇]おなじことを、もろ声《ごゑ》に誦《ず》して左[三一]衛門の陣入《ぢんい》るまできこゆ。

つとめて、いとゞく、少[三二]納言の命婦といふが御[三三]文《ふみ》まいら《（ゐ）》せたるに、この[三四]事を啓《けい》したりければ、下《しも》[三五]なるをめして、「[三六]さることやありし」ととはせ給へば、「[三七]しらず。[三八]なにともしらで侍《（はべり）》しを、行成《ゆきなり》の朝臣《あそん》の、[三九]とりなしたるにや侍らん」と申せば、「[四〇]とりなすとも」とてうちゑませ給へり。た[四一]が事をも、殿上人ほめけりなどきこしめすを、[四二]さいはるゝ人をも、よろこばせ給《（たまふ）》もお《（を）》かし。

い清少納言の空とぼけ。
二〇 清少納言のとぼけを真にうけた顔をする。
二一 真面目な話などを私としていらっしゃると。
二二 篤茂の詩そのものを朗吟して来た有様。
二三 前に「歌よまむとてしつる」とあった本意。以下、行成の発言。
二四 (「同じくは…女房など呼び出で」て歌の贈答をしようと意気ごんで来たのだが)あんな見事な言葉には、返事なんか出来るものですか。
二五 変な歌など詠んだらかえって恥さらしだ。
二六 殿上の間で清少納言の機転を賞讃したのを。
二七 「きよう」が正。帝も面白がっておられた。
二八 行成はここで皆の一員に復帰する。
二九 女房たち(=人々)がそれぞれ殿上人のお相手をして夜をあかし。
三〇 まだ(=猶)同じ詩を合唱(=もろ声)し続ける。
三一 建春門。→八六頁注一一。
三二 帝づきの女房。
三三 帝からのお手紙を中宮に差し上げる際に。
三四 殿上でのいきさつを中宮のお耳に入れる。
三五 御前から下っていた清少納言を。
三六 「此君」のやりとりは細部までは中宮の耳に入っていず、また清少納言も自慢顔に詳しい報告はしなかったのであろう。
三七 ここでも清少納言は手柄話をかくしたがる。
三八 知らずに言ったことでしたが。「この君」が竹の異名とは知らなかった、と言いなす。
三九 うまくとり持って下さったのでしょうか。
四〇 とり持つと言ったって。隠したがっている清少納言に向けられた温い言葉であろう。
四一 どの女房のことでも、殿上人が賞めているとお聞きになることを。私ひとりでない、の意。
四二 そう賞められる当人をも。中宮自身の喜びとしてでなく、当人の喜びとして、ということ。

（一三一段）

一円融院の御二はてのとし、みな人、三御服《ぶく》ぬぎなどして、四あはれなる事を、五公《おほやけ》よりはじめて、院の御ことなど思《(おもひ)》いづるに、雨《あめ》のいたうふる日、六藤三位の局《つぼね》に、七蓑虫《みのむし》のやうなるわらはの、おほきなる、しろき木に八立文《たてぶみ》をつけて、「これ、たてまつらせん」といひければ、「いづこよりぞ。けふあすは九物忌《いみ》なれば、一〇蔀《しとみ》もまい《(ゐ)》らぬぞ」とて、一一下《しも》はたてたる蔀《しとみ》よりとり入《い》れて、一二さなんとは一三聞《き》かせ給へれど、物忌《ものいみ》なればみずとて、一四上《かみ》についさしてを《(お)》きたるを、つとめて、手あらひて、「いで、その昨日の一五巻数《くわんず》」とてこひいでて、ふしお《(を)》がみてあけたれば、一六胡桃《くるみ》色といふ一七色紙《しきし》のあつこゑ《(え)》たるを、あやしと思《(おもひ)》てあけもていけば、一八法師《ほうし》のいみじげなる手《て》にて、

一九これをだにかたみと思ふに宮《(みや)》こにははがへやしつるしゐ《(ひ)》柴の袖

とかひ《(い)》たり。いとあさましう、二〇ねたかりけるわざかな。たれがしたるにかあらん。二一仁和寺《にわじ》の僧正のにや、とおもへど、世にかゝることの給《(たま)》はじ、二二藤大納言ぞ、

一 一条天皇の父帝。正暦二年（九九一）二月十二日没。 二 その諒闇（帝が父母の喪に服される期間）のあける年。すなわち正暦三年。なお清少納言の出仕は正暦四年冬と推定されているから、この段の話は清少納言の直接経験ではなく、聞き書きだということになる。その点、主人公藤三位の立場で書いたような語り口が注意される。
三 喪服を脱ぎなどして。
四 もう喪のあける時になったのか、といった感慨であろう。 五 天皇をはじめ（一同が）。
六 藤原繁子。師輔の娘。従三位典侍。定子の叔父道兼室で一条女御尊子の母。
七 雨で蓑を着た様。なお続く「おほきなる」はこの童の体型の叙述。 八 →二九頁注二七。
九 藤三位の物忌の日に当っていたのである。
一〇 蔀も上げないのですよ。籠っている様。
一一 下半分はしめたままの蔀（の上）から受け取って。「とり入れ」たのは藤三位の侍女。
一二 使いが来て侍女が立文を受け取ったこと。
一三 主語は藤三位。清少納言の立場から敬語を使う。それが以下には徹底しない。
一四 上の方。次文にあるように「巻数」と思い込んで、下には置かぬようにしたものであろう。
一五 依頼されて経文や陀羅尼を誦した僧が、その読誦した巻数を記して届ける文書。
一六 色紙の色目。胡桃の核のような色。
一七 厚ぼったいのが現われたのを。
一八 「ほふし」が正。法師の書く見事な書風で。
一九 この喪服だけでも故院の思い出と思いますのに都では椎柴の袖を着替えられたのですか。椎柴は喪服の染料で、葉替えせぬとされていた（三七段）ので、喪服を脱いだのかと悲しんだ。
二〇 故院への哀悼が薄い、と言われたのだから。
二一 当時寛朝僧正。円融法皇に灌頂を授けた人。

かの院の別当《べたう》にを《（お）》はせしかば、そのし給へる事なめり。これを上《うへ》の御前《おまへ》、宮などに、とくきこしめさせばや、とおもふに、いと[二三]心もとなくおぼゆれど、猶《（なほ）》いとおそろしういひたる物忌《ものいみ》しはてむとて、[二四]念《ねん》じくらして、またの[二五]つとめて、藤大納言の御もとに、[二六]この返しをしてさしを《（お）》かせたれば、[二七]すなはち又、返ししておこせ給へり。

それを[二八]二《ふた》つながら持《も》ていそぎまい《（ゐ）》りて、「かゝることなん侍りし」と、[二九]上《うへ》もおはします御前《ぜん》にてかたり[三〇]申給《（まうしたまふ）》。宮ぞいと[三一]つれなく御らんじて、「藤大納言の手《て》のさまにはあらざめり。[三二]法師《ほうし》のにこそあめれ。むかしの[三三]鬼《おに》のしわざとこそおぼゆれ」など、いと[三四]まめやかにの給《（たま）》はすれば、「さは、こはたがしわざにか。[三五]すきぐ〵しき心ある上達部《かんだちめ》、[三六]僧綱《そうがう》などは、たれかはある。[三七]それにや、かれにや」など、[三八]おぼめきゆかしがり申給《（まうしたまふ）》に、上《うへ》の、「[三九]このわたりにみえし色紙《しきし》にこそ、いとよくにたれ」とうちほゝへ《（ゑ）》ませ給《（たまひ）》て、[四〇]いま一《ひと》つ御厨子《みづし》のもとなりけるをとりて、[四一]さし給はせたれば、「いであな心う。[四二]これ、おほせられよ。[四三]あな頭《かしら》いたや。いかでとくきゝ侍らん」と、たゞせめにせめ申《（まうし）》、うらみきこえて笑《わら》

二二 藤原朝光。兼通の子。円融院の御所であった堀河院の別当であった。
二三 早く報告したい、という気持。
二四 帝と中宮とに報告するのを一日中我慢して。
二五 底本「の」を欠く。能因本により補う。
二六 朝光からの歌、ときめてかかったのである。それが誤解であることは後で語られる。
二七 すぐまた朝光から返歌があった。思い当らない歌に、どうして返歌が出来たかという疑問も生ずるが、つじつまを合わせた無難な歌ぐらい誰でも作れるような世界の話なのである。
二八 最初の「これをだに」の歌と、朝光の返歌と。
二九 帝もおいでの中宮の御前。
三〇 ここから再び藤三位への敬語が使われ出す。
三一 そ知らぬ顔をして。中宮の仕掛けた悪戯だとわかった時点からの表現。
三二 「ほふし」が正。
三三 中宮は使いに立った「蓑虫のやうなる」童が、藤三位にとっての唯一の手がかりであることを頭において、「鬼の」と言われるのであろう。蓑は鬼の着するものであった(→四〇段)。
三四 真面目くさって。悪戯ごころの表現。
三五 物好きな心。これが悪戯であったと知ってしまった立場からの表現。
三六 僧正・僧都・律師の総称。僧侶として上級。
三七 あの方かしら、それともあの方かしら。
三八 あて推量し、真相を知りたがって、帝や中宮に話されるので。
三九 実は私が書いたのだよと白状なさる言葉。
四〇 もう一通。同じ色紙であることを示す料。
四一 「さす」は差し出す、目の前につき出すこと。
四二 このわけをおっしゃって下さい。
四三 頭が痛くなって来ました。頭が混乱して来ました、ということ。

ひ給《(たまふ)》に、やう〳〵おほせられいでて、「使《つかひ》にいきける[一]鬼童《おにわらは》は、台盤《だいばん》所の[二]刀自《とじ》といふものの[三]もとなりけるを、[四]小兵衛《こ》がかたらひいだして、したるにやありけん」など、おほせらるれば、宮も笑《わら》はせたまふを、[五]ひきゆるがしたてまつりて、「など、かくは、はからせを《(お)》はしまししぞ。[六]猶《(なほ)》うたがひもなく、手《て》をうち洗《あら》ひて、ふしお《(を)》がみたてまつりし事よ」と、笑《わら》ひねたがりゐ給へるさまも、いと[七]ほこりかに、愛敬《あいぎやう》づきてお《(を)》かし。

さて、[八]上《うへ》の台盤《だいばん》所にても、笑《わら》ひのゝしりて、[九]局《つぼね》に下《お》りて、この童《わらは》たづねいでて、文《ふみ》とり入《い》れし人にみすれば、「[一〇]それにこそ侍《(はべる)》めれ」といふ。「[一一]たれが文《ふみ》を、たれかとらせし」といへど、ともかくもいはで、[一二]しれ〳〵しうゑみて、はしりにけり。大納言のちに聞《き》きて、[一三]笑《わら》ひ興《けう》じ給《(たまひ)》けり。

（一三二段）

[一四]つれ〳〵なる物　[一五]所さりたる物忌《いみ》。[一六]馬《むま》を《(お)》りぬ双六《すぐろく》。[一七]除目《ぢもく》に司《つかさ》えぬ人の家《いへ》。雨《あめ》うちふりたるは、[一八]まいていみじうつれ〳〵なり。

一 中宮の「鬼のしわざ」と同じく、使いに立った童の蓑笠姿を指す。
二 「刀自」は台盤所その他に勤めた雑役の女。
三 「もとなり」はその使い走りをしていた、の意。
四 八六段に「年若き人」とあった中宮の女房。
五 中宮の体に手をかけて揺する様。藤三位は上﨟の上に、定子の大叔母に当る。
六 巻数と思い込んでいました、ということ。
七 誇らしげで。帝、中宮共謀で悪戯をしかけられた光栄と、中宮を「ひきゆるがす」など大叔母としてなれなれしいことへの自覚。
八 帝と中宮とからこんな悪戯をされたのよ、と吹聴に行った。「笑ひ」も「誇りか」な笑い。
九 藤三位の局に下って。なお真相を追求しようとするのは、嬉しい事件だったのである。
一〇 たしかにこの童のようです。
一一 誰の手紙だと言って、誰が渡したのか。
一二 馬鹿者めいた笑い方をして。
一三 朝光は、自分の間に合わせの返歌もとんちんかんであったろうと面白がる。「きよう」が正。なお、清少納言は、自分の経験を記した回想章段から見ても、容易に、語られる出来事の時点の人となり得たようである。聞き書きを記したこの段ではそれが、途中の、藤三位と同体になったとも思える書き方となって現われているように思われる。
一四 時間が充実せずに退屈に感じられる有様。所在ないもの。手持不沙汰なもの。
一五 自宅を離れて物忌に籠っている時。
一六 双六は駒を十五積み上げ、一定の賽の目が出た時、一つずつ「下し」て盤上を進めて争う。馬が下りない以上することがないという把握。
一七 一二一段では「すさまじき物」であった。同じ下りない馬の心と見ても面白いが表現上無理か。

（一三三段）

[一九]つれづれなぐさむもの　碁《ご》、双六《すぐろく》、[二〇]物語《がたり》。三《み》つ四《よ》つのちごの、物をかしういふ。まだ[二一]いとちひさきちごの、[二二]物語《がたり》し、[二三]たかへなどいふわざしたる。[二四]くだもの。お《(を)》とこなどの、[二五]うちさるがひ、物よくいふがきたるを、[二六]物忌《いみ》なれど入《い》れつかし。

（一三四段）

[二七]とり所なきもの　[二八]かたちにくさげに、心あしき人。[二九]みそひめのぬりたる。これ、[三〇]いみじうよろづの人のにくむなる物とて、[三一]いまとゞむべきにあらず。[三二]又あと火の火箸《ひばし》といふ事、などてか、[三三]世になきことならねど、この草子《さうし》を人のみるべき物と思はざりしかば、あやしきことも、にくき事も、[三四]たゞ思《おも》ふことをかゝむと思ひしなり。

ものが把握の仕方で評語の変る好例。底本「人いへ」。他本により補う。
一八 ひとり静かに物思う充実を知らない言葉。
一九 所在のなさを紛らわしてくれるもの、とは別である。本当に時間の充実を感じさせるもの。
二〇 いわゆる「物語」作品のこと。物語は婦女子の何より好む翫物であった。
二一 「三つ四つ」よりは少し大きい幼児であろう。
二二 一人で何か言っている様子。雛あそびか何かで雛を相手に話しているのを想像してもよい。
二三 未詳。　二四 果実・菓子の類。間食は古今を問わず「つれづれなぐさむ」ものである。
二五 冗談をとばし、話の上手なのが。
二六 物忌であっても迎え入れてしまうものだ。
二七 取り柄のないもの。
二八 「かたち」と「心」とは、人間を外面と内面とに分けた二つで、この両者を並べると人の属性のすべてということになる。それが両方とも悪いのだから取り柄がない。
二九 「みそひめ」はひめ糊。「ぬりたる」は不詳。「ふりたる(腐ったの)」の誤りとする説がある。
三〇 誰もが非常に嫌うものだからと言って。
三一 この草子に書くのを止める必要はない。人が不愉快がることは書くべきでない、という執筆意識があったことを思わせる言葉。
三二 「あと火」は葬儀の時、出棺の後に門前で焚く火、と言うが不詳。あるいは以下の文は、言い古されたことは書きたくない、という執筆意識から出た言葉であるまいか。例えば、火がおこってから使う火箸(二番煎じ)といった諺か。
三三 世間にままあることだが(私としては)。
三四 書きたいことを書いたまで。言い古されたことでも、言わない方がよいことでも、別に気にしない、という弁明。

（一三五段）

[一]猶《(なほ)》めでたきこと　[二]臨時《りんじ》の[三]祭《まつり》ばかりの事にかあらむ。[四]試楽もいとお《(を)》かし。

春は空のけしきのどかに、うら〳〵とあるに、[五]清涼殿のおまへに、[六]掃部司《かもんづかさ》の、畳《たゝみ》をしきて、[七]使《つかひ》はきたむきに、舞人《まひ》はおまへのかたにむきて、[八]これらはひがおぼえにもあらむ、[九]所の衆《しう》どもの、[一〇]衝重《ついがさね》とりて、まへどもにすへ《(ゑ)》わたしたる。[一一]陪従《べいじう》もその[一二]庭ばかりは、[一三]御前《おまへ》にて出《い》で入《い》るぞかし。公卿殿上人かはり〴〵[一四]盃とりて、はてには[一五]屋久貝《やくがひ》といふ物して飲《の》みて起《た》つすなはち、[一六]とりばみといふもの、男《をのこ》などのせんだにいとうたてあるを、御前には、女ぞいでてとりける。おもひかけず人あらむともしらぬ[一七]火焼屋《たき》より、にはかにいでて、おほくとらむとさは《(わ)》ぐものは、[一八]中〳〵うちこぼしあつかふほどに、[一九]かるらかに、ふととりて去《い》ぬるものにはおと[二〇]りて。[二一]かしこき納殿《をさめどの》には、[二二]火焼屋《たき》をしてとり入《い》るゝこそ、いとお《(を)》かしけれ。掃部司《かもんづかさ》の物《(もの)》ども、畳《たゝみ》とるやを《(お)》そしと、[二三]主殿《とのもり》の官人、手《て》ごとに箒《はゝき》とりて、砂子《すなご》ならす。

一　何と言っても（=猶）結構なもの。「猶」は前段の執筆態度の言挙げを承けたものであろう。昔から誰もがめでたしと思っていようがやはり。
二　→一九頁注一七。
三　「臨時の祭ばかりめでたきこと無し」の肯定的な言い方。内容的には臨時の祭が一番だの意。
四　賀茂の臨時祭は十一月だから、以下は三月に行われる石清水の臨時祭の様子である。
五　清涼殿の前庭。そこで食饌を賜わる。
六　掃部司の官人。施設や設営の事にあたる。
七　勅使は北向き。舞人は帝の方を向いて。
八　こういう事は記憶違いがあるかも知れない。
九　蔵人所の雑用係。位は六位。「衆」は「しゅう」が正。
一〇　足つきの食膳。檜の白木作り。なおこれを据えるのは「所の衆」でなく内蔵寮の職員。
一一　「べいじゅう」が正。舞人に従う楽人。
一二　「その庭」は賜饌の儀の場面を指す。
一三　帝の御面前での出入り。平素はあり得ぬこと。
一四　底本「さか月」。表記を改む。
一五　青螺。屋久島産と言う。盃に使ったらしい。
一六　饗宴の後の食べ残しを拾う下衆。
一七　衛士が警備のために火を燃やす小屋。
一八　かえって取りこぼして手こずっている間に。
一九　動作がすばやいこと。
二〇　能因本「おくれぬ」。その方が通りはよい。
二一　要領のよい蔵（=かしこき納殿）では。いろいろの貯蔵所から食べ残しを取りに来る中に頭の働く者がいる貯蔵所がある、ということ。
二二　火焼屋を（応急の物置に）使って。
二三　清掃係には宴会の終了が待ち遠しい。
二四　清涼殿の北東の建物。「そきやうでん」とも。
二五　笏で拍子を打って（楽人が）合奏する。

[二四]承香殿《じようきやうでん》のまへのほどに、笛ふきたて、[二五]拍子《はうし》うちてあそぶを、[二六]とくいでこなん、とまつに、[二七]有度浜《うどはま》うたひて、[二八]竹の籬《ませ》のもとにあゆみいでて、[二九]御琴《みこと》うちたるほど、たゞいかにせんとぞおぼゆるや。[三〇]一の舞《まい》の、いとうるはしう、袖をあはせて、二人《ふたり》ばかりいできて、西《にし》によりてむかい(ひ)てたちぬ。つぎ〳〵出《い》づるに、[三一]足踏《あしぶみ》を拍子《はうし》にあはせて、[三二]半臂《はんぴ》の緒《を》つくろひ、冠《かうぶり》、衣《きぬ》の頸《くび》など、手《て》もやまずつくろひて、[三三]「あやもなきこまつ」などうたひて、舞《ま》ひたるは、すべてまことにいみじうめでたし。

[三四]大輪《おほわ》などまふは、日《ひ》ひと日みるともあくまじきを、はてぬる、いとくちお(を)しけれど、[三五]又あべしとおもへば、たのもしきを、[三六]御琴《みこと》かきかへして、[三七]このたびは、やがて竹のうしろより舞《ま》ひいでたるさまどもは、いみじうこそあれ。[三八]掻練《かひねり》のつや、下襲《したがさね》などの[三九]乱《みだ》れあひて、こなたかなたに、わたりなどしたる、いでさらに、いへばよのつねなり。

[四〇]このたびは、又もあるまじければにや、いみじうこそ、はてなんことはくちお(を)しけれ。上達部《かんだちめ》なども、[四一]みなつゞきていで給ひぬれば、さう〳〵しく、くち

二六 舞人が早く舞い出ればよいと。
二七 東遊《あずまあそび》の駿河舞の一節。
二八 呉竹台。清涼殿の東庭にある。
二九 「御琴」は東遊の和琴の称。それを弾ずる。
三〇 「まひ」が正。駿河舞の最初の舞の名称。
三一 舞人が出揃うまで先着の舞人が待つ動作。
三二 「有度浜」の中の「緋の緒の、衣の袖を垂れてや、袖を垂れてや、あな安らけ」という歌詞に合わせた舞人の、「手もやまず」動かす仕草。「半臂の緒」→一四七頁注二五・二六。
三三 駿河舞の一節「千鳥ゆゑに、あやもなき小松が梢《れう》に、網な張りそや」。能因本「あやまもなきみも」。底本「あやもなきこまやま」。訂す。
三四 舞い終った舞人が輪を描いて退場すること。
三五 駿河舞が終ってもまだ求子《もとめご》が舞われる。
三六 御琴の弾奏が再び始まって。
三七 求子の舞では呉竹台の後から舞人が「舞ひいで」る。それを、前の駿河舞の時の舞人整列の様に対して「やがて(いきなり)」と言ったもの。
三八 「かいねり」が正。舞人は求子では右を肩ぬぎして舞う。だからそれまで目立たなかった下襲の葡萄染や練絹の打衣(掻練)の紅が鮮やか。
三九 舞人が入り交り舞う様を「乱れあひ」「こなたかなたにわたり」と言い表わしたもの。
四〇 求子歌の舞が終ると、もう舞はない。それが「又もあるまじければ」。
四一 舞人たちの退場に引き続いて。

一 社頭の儀が終ってから楽人たちが宮中に還り、神楽を奏するのが「還立の御神楽」。
二 神楽の庭で薪を燃やす火。
三 「ふえ」が正。
四 庭火を焚く時、神を招き降す時、神前で楽を奏する時、神を送る時など度々歌が唱われる。
五 賀茂の臨時祭は十一月。冬の最中である。

お《(を)》しきに、賀茂《かも》の臨時《りんじ》の祭《まつり》は、[一]還立《かへりだち》の御神楽《みかぐら》などにこそ、なぐさめらるれ。[二]庭《には》火の煙の、ほそくのぼりたるに、神楽《かぐら》の[三]笛《ふゑ》の、おもしろく、わななきふきすまされてのぼるに、[四]歌《うた》の声《こゑ》もいとあはれに、いみじうおもしろし。[五]さむく冴《さ》えこほりて、[六]うちたる衣《きぬ》もつめたう、扇持《あふぎも》ちたる手《て》も、[七]ひゆともおぼえず。[八]才《ざえ》の男《をのこ》めして、声《こゑ》ひきたる[九]人長《(にんぢやう)》の、[一〇]こゝちよげさこそいみじけれ。

[一一]さとなる時は、[一二]たゞわたるを見るがあかねば、御社《やしろ》までいきてみるお《(を)》りもあり。おほいなる木どものもとに、[一三]車《くるま》をたてたれば、松の煙《けぶり》のたなびきて、火のかげに、半臂《はんぴ》の緒《を》、衣《きぬ》のつやも、ひるよりはこよなうまさりてぞ見ゆる。橋《はし》の板《いた》をふみならして、声《こゑ》あはせて、[一四]舞《ま》ふほども、いとお《(を)》かしきに、[一五]水のながるゝを《(お)》と、笛のこゑなどあひたるは、まことに神もめでたしとおぼすらむかし。[一六]頭中将といひける人の、[一七]年《とし》ごとに舞《まひ》人にて、[一八]めでたき物に思ひしみけるに、[一九]亡《な》くなりて、[二〇]上の社《やしろ》の橋《はし》の下《した》にあなるをきけば、ゆゝしう、[二一]ものをさしも思ひいれじとおもへど、[二二]猶《(なほ)》このめでたき事をこそ、さらにえおもひすつまじけれ。

「八幡《(やはた)》の臨時《りんじ》の祭《まつり》の日、[二三]名残《なごり》こそいとつれ〴〵なれ。[二四]など返《(かへり)》て又まふわざを

六 打衣。表着の下に着るが、艶を出すのに砧で打ってあるから手ざわりが冷いはず。
七 「寒く冴え氷りて」から「扇持ちたる手も冷ゆ」までの全体が「ともおぼえず」と否定される。
八 「才男」。神楽の間で滑稽な仕草を演ずる者。公卿など身分の高い人が勤めることがあった。
九 舞人の長が「人長」。自分も舞うが神楽の進行を司り、諸役を呼び出す。その呼び出しの声を長く引く有様が「声ひきたる」。
一〇 自分の役柄に満足している様子である。
一一 私(清少納言)が里居をしている時は。
一二 行列が路を通って行くことが「渡る」だが、賀茂の下社から上社への行列を指していよう。だから次の「御社」は上社、つまり上賀茂神社。
一三 見物の牛車が立ち並んでいるのである。
一四 底本「せ」を欠く。能因本により補う。
一五 上賀茂神社を流れる御手洗《みたらし》川。
一六 能因本「良少将」。前田本「在五中将」。以下の叙述が誰のことか不明であったために、異文を生じたらしいが、藤原実方であろうとされる。だとすれば「頭中将」は「藤中将」の誤り。
一七 実方が毎年舞人であったとは確認し難い。
一八 すばらしい方だと(=めでたきものに)「思ひしみ」たのは清少納言。　一九 実方(→四三頁注二六)は長徳四年(九九八)十二月没。
二〇 実方が御手洗川の橋本に魂を留めた、という言い伝えが、徒然草その他にある。
二一 あまり物事に執着をするまいとは思うが。
二二 やはり臨時祭の見事さは忘れようにも忘れられまい。　二三 終った後(=名残)が何もなくて心が満たされません。
二四 どうして還立《かへりだち》の舞をしないのでしょう。八幡の臨時祭でも元来は還立があったらしいが、清少納言の頃は廃止されていた。

せざりけん。[二五]さらばをかしからまし。[二六]禄《ろく》をえてうしろよりまかづるこそくちお（を）しけれ」などいふを、上《うへ》の御前《おまへ》にきこしめして、「[二七]舞《ま》はせん」とおほせらる。「まことにやさぶらふらむ。さらばいかにめでたからむ」など申す。うれしがりて、宮の御前《おまへ》にも、「[二八]「なを（ほ）、それ舞《ま》はせさせ給へ」と申させたまへ」などあつまりて、啓《けい》しまどひしかば、そのたび還《かへ》りて舞《ま》ひしは、いみじうれしかりしものかな。[二九]さしもやあらざらむと、[三〇]うちたゆみたる舞人《まひ》、「御前にめす」ときこえたるに、[三一]ものにあたるばかりさは（わ）ぐも、いと〳〵物ぐるお（ほ）し。[三二]下《しも》にある人〳〵の、[三三]まどひのぼるさまこそ。[三四]人の従者《ずさ》、殿上人など、みるもしらず、[三五]裳《も》を頭《かしら》にうちかづきてのぼるを、笑《わら》ふもをかし。

（一三六段）

[三六]殿などのを（お）はしまさでのち、[三七]世中《よのなか》にこと出《い》でき、さは（わ）がしうなりて、[三八]宮もまい（ゐ）らせ給はず、[三九]小二条殿といふ所にを（お）はしますに、[四〇]なにともなく、[四一]うたてありしかば、ひさしう里《さと》にゐたり。[四二]御前《おまへ》わたりのおぼつかなきにこそ、[四三]猶えたへ（え）て

二五 もし還立の御神楽があったら。
二六 禄をいただくと後ずさりして出て行くのが。
二七 それでは舞わせてあげよう。帝の一言で異例の還立が行われたことは、後文にある通り。
二八 お言葉だけでなく、おっしゃった通りに、という気持を「なほ」が示す。
二九 還立の舞の御下命があろうなどとは思ってもいない、ということを、御下命があった時点から言った表現。
三〇 任務が終って緊張から解放された有様。
三一 周囲の物につき当らんばかりに。周章の様。
三二 自分の局に下っていた女房たち。三三 還立の舞があると聞いて大慌てでやって来る様子。
三四 その様子と来たら。見ものであった、の意。
三五 落着いて着付を整えず、裳を被って来る様。
三六 関白道隆没(長徳元年四月十日)の後。「など」とあるはこの年多数の公卿が死んだから。
三七 誤って花山院に矢を射かけたことや、関白人事で東三条院詮子を呪詛したとされることなどが重なって、道隆の子の伊周・隆家が大宰権帥・出雲権守として配流された事件を指す。
三八 中宮は落飾して参内されなかった。
三九 高階明順(→一二八頁注五)の邸。中宮は伯父に当る明順のもとに身を寄せておられた。
四〇 特に何がということもなしに。こう書いているが後には理出が語られている。最初から露骨に書きたくなかったのであろう。
四一 憂鬱であったので。底本「ありししかは」。二類本により「し」を除く。
四二 中宮様のお身の廻りが気がかりなために。
四三 結局はやはり長く里住いをつづけることはできそうもないのだった。再び出仕した時点から、当時の事を省みた言い方。「こそ…ける」は破格だが、咎めるに及ばないだろう。

あるまじかりける。

[一]右中将を《(お)》はして物がたりし給《(たまふ)》。「けふ宮に[二]まい《(ゐ)》りたりつれば、いみじうものこそあはれなりつれ。女房《ばう》の装束《さうぞく》、裳《も》、唐衣《からぎぬ》、[三]お《(を)》りにあひ、[四]たゆまでさぶらう《(ふ)》かな。御簾《みす》のそばのあきたりつるより見入《みい》れつれば、八九人ばかり、[五]朽葉《くちば》の唐《から》衣《ぎぬ》、[六]薄色《うすいろ》の裳《も》に、[七]紫苑《しをん》、[八]萩《はぎ》など、をかしうてゐなみたりつるかな。御前の草《くさ》のいとしげきを、「[九]などか、かきはらはせてこそ」といひつれば、「ことさら露を《(お)》かせて御覧《らむ》ずとて」と[一〇]宰相の君《きみ》の声《こゑ》にていらへつるが、をかしうもおぼえつるかな。「[一一]御里居《さとゐ》いと心うし。[一二]かゝる所にすませ給はんほどは、[一三]いみじきことありとも、かならず侍《さぶら》ふべきものにおぼしめされたるに、[一四]かひなく」と、[一五]あまたいひつる、[一六]語《かた》り聞《き》かせたてまつれ、となめりかし。まい《(ゐ)》りて見給へ。[一七]あはれなりつる所のさまかな。[一八]対《たい》の前《まへ》にう《(ゑ)》へられたりける牡丹《ぼうた》などの、をかしき事」などの給《(たまふ)》。「[一九]いさ、[二〇]人のにくしとおもひたりしが、又にくゝおぼえ侍《(はべり)》しかば」といらへきこゆ。「[二一]おひ《(い)》らかにも」とて笑《わら》ひたまふ。

げにいかならむ、とおもひまい《(ゐ)》らする。[二二][二三]御けしきにはあらで、さぶらふ人た

一 源経房。↓八八頁注一三。
二 中宮様の所へ参上したら。
三 季節に調和していて。後文では秋らしい。
四 気を弛めないで。中宮が参内なさることもない、という状態であっても、ということ。
五 表が朽葉色、裏黄の襲。 六 薄紫色。
七 表が薄紫、裏青。 八 表が蘇枋、裏青。
九 どうしてこんな風に…、すっかり刈り除けたらよろしいのに。 一〇 ↓二四頁注一六。
一一 清少納言のお里住いはいいことではありません。非難の口調である。
一二 中宮様がこんな所にお住いになる時は。不運の中の淋しい仮住い、ということ。
一三 どんな事情があろうとも。
一四 その甲斐もないではありませんか。中宮の思し召しを無にするとは、という非難。
一五 多くの女房が異口同音に言ったのは。
一六 あなた(清少納言)のお耳に入れて下さいということなのでしょう。
一七 しみじみとした御様子でした。いつもの活気はなかったことが「あはれ」に出ている。
一八 対の屋の前。「台(露台)」の前とも読める。
一九 経房の「まゐりて見給へ」という勧誘への気の進まぬ返事。さあそれがねえ。
二〇 人が私を憎んだことが、逆に私には憎らしく思えましたので。そうおっしゃって下さっても気が進みませんわ、という気持。
二一 「おいらか」は心の素直なことを言う。自分の心を飾らず語った清少納言を、正直な人だな、と評したものであろう。底本「とて」を欠く。能因本により補う。 二二 いわゆる連体終止。
二三 中宮様にそんな御様子はないが。後の女房たちの「放ちいでたるけしき」に対して言う。
二四 「左の大殿」は道長。清少納言は道長方の人

ちなどの、「左[二四]の大殿方《おほとのがた》の人、知《し》るすぢにてあり」とて、さしつどひ物などいふも、下[二五]《しも》よりまいる《(ゐ)》見ては、ふといひやみ、放[二六]《はな》ちいでたるけしきなるが、見[二七]《み》ならはずにくければ、「まいれ《(ゐ)》」などたび〳〵ある仰《おほ》せごとをも過《す》ぐして、げにひさしくなりにけるを、又宮の辺《へん》には、たゞあなたがた[二八]にいひなして、そら事なども出[二九]《い》でくべし。

例[三〇]《れい》ならず仰《おほ》せごとなどもなくて日比《(ひごろ)》になれば、心ぼそくてうちながむるほどに、長女[三一]《おさめ》、文《ふみ》を持《も》てきたり。「御前より、宰相《さいしやう》の君して、しのびて給はせたりつる」といひて、こゝにてさへひきしのぶるも、あまり[三二]なり。人づて[三三]の仰《おほ》せ書《が》きにはあらぬなめりと、胸《むね》つぶれてとくあけたれば、紙[三四]《かみ》には物もかゝせ給はず。山吹[三五]《ぶき》の花びら、たゞ一重《ひとへ》をつゝませ給へり。それに[三六]、

　いはで[三七]おもふぞ

とかゝせ給へる、いみじう[三八]ひごろの絶間《たえま》なげかれつる、みななぐさめてうれしきに、長女[三九]《おさめ》もうちまもりて、「御前には、いかゞ[四〇]、ものゝおり《(を)》ごとにおぼしいできこえさせ給《(たまふ)》なる物を。たれも、あやしき[四一]御ながゐ、とこそ侍《(はべる)》めれ。などか

と親しくしている。敵方と内通しているとの噂。
二五 清少納言が局から参上するのを見かけると。
二六 のけ者にする様子なのが。
二七 今まで経験しないことで腹立たしいから。
二八 道長(＝あなた)の方についた様に言いなして。
二九 最後にはあらぬ噂を立てられるかも知れぬ。
三〇 「まゐれ」などあった仰せ言も何日もなくて。
三一 →二七頁注三六。「をさめ」が正。以下同じ。
三二 「しのびて給はせたりつる」と報告するに当り、その時の人目を忍ぶ雰囲気まで再現してしまったことへの、そこまでしなくても、との評。
三三 多くの場合、中宮の言葉を女房が書く。それが「人づての仰せ書き」。そうでない直筆のお手紙、とは何事かと「胸つぶれ」る。
三四 お手紙には一字も書いてない。
三五 拾遺集・春「わがやどの八重山吹は一重だに散り残らなん春のかたみに」の意を含ませた、とする説に従う。今は秋らしいが「春のかたみ」なら支障はないし、父関白生前への思いは「春のかたみ」の語にふさわしい上、何より「ただ一重」の意味が生きる。更に後の「言はで思ふぞ」と重ねれば、いま残っている女房より、離れているそなたにこそ残ってほしい、という意でもあり得る。だとすれば「人づての仰せ書き」でなかったのも「忍びて給はせ」たのも当然である。
三六 その「山吹の花びら」に。
三七 古今六帖五「心には下ゆく水のわきかへり言はで思ふぞ言ふにまされる」の第四句。長い間手紙も出さなかったけれど、そなたへの思いは「言ふにまされる」強さですよ、の意。
三八 主従思いは同じであったと感激する様。
三九 清少納言の気配が長女にも伝わるのである。
四〇 中宮の思いの程の強さを示す。どんなにか。
四一 理解しかねるほどの長いお里住いだ。

はまい《(ゐ)》らせ給はぬ」といひて、「[一]こゝなる所に、あからさまにまかりて、まい《(ゐ)》らむ」といひていぬるのち、御返事《(かへりごと)》かきてまい《(ゐ)》らせんとするに、[二]この歌《うた》の本《もと》、さらにわすれたり。「いとあやし。おなじふる事といひながら、しらぬ人やはある。[三]たゞこゝもとにおぼえながら、いひ出《い》でられぬは、いかにぞや」などいふを聞《き》ゝて、[四]前《まへ》にゐたるが、「「下《した》ゆく水」とこそ申せ」といひたる、などかくわすれつるならむ。これに教《をし》へらるゝもお《(を)》かし。

[五]御返《(かへり)》まい《(ゐ)》らせて、すこしほどへてまい《(ゐ)》りたる、[六]いかゞと例《れい》よりはつゝましくて、御き丁《(ちやう)》に、[七]はたかくれてさぶらふを、「あれは、いまま《ゝ》い《(ゐ)》りか」など笑《わら》はせたまひて、[八]「にくき歌なれど、このお《(を)》りはいひつべかりけり、となんおもふを、おほかた[九]見つけでは、しばしもえこそ[一〇]なぐさむまじけれ」などの給《(たま)》はせて、[一一]かはりたる御けしきもなし。

わらはに教《をし》へられしことなどを啓《けい》すれば、いみじう笑《わら》はせ給《(たまひ)》て、「さることぞある。[一二]あまりあなづるふる事などは、さもありぬべし」などおほせらるゝついでに、「[一三]なぞ〳〵あはせしける、[一四]方《かた》人にはあらで、さやうのことに、[一五]領《りやう》〳〵

一　ついそこまで、ちょっと失礼しまして、またもどって参ります。
二　この歌の上の句をきれいに忘れている。
三　もう口もとまで思い出しているのに。
四　前に坐っていた女の子が。
五　すぐ御返事をして。ただし参上するのは「すこしほどへて」。清少納言はかなりこだわっているのである。
六　あんな理由でこんなに長く出仕せずにいて中宮の御機嫌は果していかがなものかと、いつもより気がひけて。
七　「はたかくる」で半分身を隠すこと。
八　「言はで思ふぞ」の歌は、思いを表に出さぬ煮え切らぬ点や、したでに出て思いを訴える点などで、中宮としては気に入らぬ(=にくき)歌なのであろう。
九　平常継続して見ることが「見つく」。いつもいつもそなたを見ていずには。
一〇　底本「さむ」を欠く。能因本により補う。
一一　中宮の方にこだわりはない。貴人の風格と解すべきであろう。
一二　(有名すぎて)あまり油断をしている古歌などは、そういうことがあるものね。
一三　謎々合戦。謎を出しあって解答を争う遊び。
一四　左右に分れ自分の組を支持する味方の人々が「方人」。相撲の場合など勝負するのは力士、方人は応援するもの、と別々で理解しやすい。
一五　「領々じ」は、物事を熟知し自分のものにし切っている様。
一六　左方の最初の謎は私が言います、いいわね。この人が出題し、左の方人は、それに対する右方の解答に対して論難することになる。
一七　信頼させる。頼もしくうけあうこと。
一八　謎を考え出し合い、選んできめる。

じかりけるが、「[一六]左の一は、を《(お)》のれいはむ。さ思ひ給へ」など頼《たの》[一七]むるに、さりともわろきことはいひいでじかしと、頼《たの》もしく、うれしうて、みな人〴〵つく[一八]り出《い》だし、選《え》りさだむるに、「[一九]その詞《ことば》を、たゞまかせて残《のこ》し給へ。さ[二〇]申《(まうし)》ては、よもくちお《(を)》しくはあらじ」といふ。[二一]げにとを《(お)》しはかるに、日[二二]いとちかくなりぬ。

「[二三]猶《(なほ)》このことの給《(たま)》へ。[二四]非常《ひざう》に、[二五]おなじ事もこそあれ」といふを、「[二六]さは、いさしらず。な頼《たの》まれそ」などむつかりければ、[二七]おぼつかなながらその日になりて、[二八]みな方《かた》の人、おと《(を)》こ女ゐわかれて、[二九]見証《けんそ》の人など、いとおほくゐなみてあはするに、左の一、いみじく用意《ようゐ》[三〇]して、もてなしたるさま、いかなる事をいひ出《い》でん、と見えたれば、[三一]こなたの人、あなたの人、みな心もとなくうちまもりて、「[三二]なぞ、〳〵」といふほど、[三三]心にくし。「[三四]天に張弓《はりゆみ》」といひたり。右方《かた》の人は、いと興《けう》[三五]ありてとおもふに、[三六]こなたの人は、ものもおぼえず、みな、にくゝ、愛《あひ》[三七]敬《ぎやう》なくて、[三八]あなたに寄《よ》りて、ことさらに負《ま》けさせんとしけるを、など、片時《かた》[三九]のほどにおもふに、右の人、「[四〇]いとくちお《(を)》しく、烏滸《をこ》なり」とうち笑《わら》ひて、「[四一]やゝ、さらにえ知《し》らず」とて、[四二]口《くち》をひきたれて、「知《し》らぬ事よ」とて、[四三]猿楽《さるがう》しかくる

一九　一の謎の言い方は、私に白紙委任して、いまきめないでちょうだい。
二〇　こう言う以上、まずいことはしませんよ。
二一　本人が言う通り、まずいことはするまいとその人の腹案を想像している中に。
二二　謎合わせの当日が近づいた。
二三　やっぱりあなたの腹案を話して下さい。
二四　普通でないことが「非常に」。万が一、の意。
二五　同じ謎を出すこともあり得ますから。
二六　そう言うなら私は知らない、あてにしないでちょうだい。
二七　気になりながら当日となって。
二八　方人が男女みな、左右に別れて坐り。
二九　立ち合って勝負を見定める人。審判。
三〇　「ようい」が正。気どった態度でいるのが。
三一　左方も、対する右方も、みな気が気でなく。
三二　謎を出す人がかける言葉。これから出す問題の答は何だ何だ、の意。
三三　自信たっぷり、の様子を示す言葉。
三四　弓張月、つまり上弦下弦の月を心(解答)とする謎で、最も平凡なもの。
三五　これは面白い。しめた、こんな易しい謎で来るとは、と思ったのである。「きよう」が正。
三六　左方は、あれだけ「頼め」たのが、こんな子供でも知っている謎とは、と茫然とする。
三七　「あいぎやう」が正。いやな人だなと、の意。
三八　敵方に心を寄せて。
三九　一瞬そう思ったのだが。
四〇　人を馬鹿にして、阿呆らしい。ふざけた出題だと憤慨して、冷笑しながら言う科白。
四一　あれあれ、一向わかりません。ふざけた出題にはふざけた解答で応ずるのである。
四二　口をへの字に曲げる様。軽蔑の表情。
四三　冗談をしかけるのに。

に、数《かず》[一]さゝせつ。「いとあやしきこと。これ知《し》らぬ人は、たれかあらむ。さらに数《かず》さゝるまじ」と論《ろむ》[二]ずれど、「知《し》[三]らずといひてんには、などてか負《ま》くるにならざらむ」とて、つぎ〳〵のも、[四]この人なんみな論《ろん》じかたせける。[五]いみじく人の知《し》りたることなれども、おぼえぬ時はしかこそはあれ、なにしにかは「知《し》らず」とはいひし。[六]のちにうらみられけること」など語《かた》りいでさせ給へば、おまへなるかぎり、「[七]さ思《(おもひ)》つべし」「[八]くちお《(を)》しういらへけん」「[九]こなたの人の心ち、うち聞《き》きはじめけむ、いかゞにくかりけん」なんど笑《わら》ふ。[一〇]これはわすれたることかは、たゞみな知《し》りたることとかや。

（一三七段）

正月十よ日のほど、空いとくろう曇《くも》り、[一一]あつくみえながら、[一二]さすがに日はけざやかにさしいでたるに、ゑ《(え)》[一三]せものの家の、荒畠《あらばたけ》[一四]といふ物の、土《つち》[一五]うるはしうもなを《(ほ)》からぬ、桃《もゝ》の木の若《わか》だちて、[一六]いとしもとがちにさし出《い》でたる、[一七]かたつかたはいと青《あを》く、いまかたつかたは濃《こ》くつやゝかにて蘇枋《すはう》の色なるが、日かげにみ

一　得点の印に針状のものを挿すこと。
二　抗議をしたけれども。
三　知らない、と言った以上は、どうして負けたことにしないわけがあろう。
四　左の一の謎を出した人。前に「方人にはあらで」とあったが、方人のように論じている。
五　よくよく人の知ったことでも、思い出せない時なら「知らず」ということになるけれど、どうして「知らず」などと答えたのかしらねえ。
六　後で皆に恨まれたことったら。
七　うらみがましく(=さ)思ったことでしょう。
八　「くちをしう」は「いらふ」への先導批評。返事してまずかったと思ったでしょう、の意。以上二つは負けた右方への感想。
九　右方への感想を受けて主人公側を「こなた」と言う。左方の人たちは、最初の謎を聞き始めた時、どんなに癪にさわったことでしょう。
一〇　「これは」以下、中宮の話に対する「おまへなるかぎり」の女房たちの反応を見ての思いであろう。でもこのお話は忘れた失敗談ではなくて、皆知っての失敗談だと私には思えるけれど、の意。女房たちにはわだかまりを捨て切れず同調できない気持の反映、と思われる。底本「かは」の「か」を欠く。能因本により補う。
一一　雲が厚く覆っていると見えはするものの。
一二　正月らしく、という気持が「さすが」。
一三　立派に見えてその実あまり立派でない、というのが「似而非(えせ)」。それほどでもない者の家。その家に「荒畠」がある。
一四　荒っぽい畑。開墾して年数を経ない畑。
一五　きれいだと言えるほどに平坦にもなっていない(畑)。「なほさ」も似而非だ、ということであろう。そこに「桃の木」がある。
一六　小枝(=しもと)がとても沢山出ている(桃)。

えたるを、いとほそやかなるわらはの、[一八]狩衣《かりぎぬ》はかけやりなどして、髪《かみ》うるはしきが、のぼりたれば、[一九]ひきはこへ《(え)》たる男児《をのこゞ》、また、[二〇]こはぎにて[二一]半靴《はうくわ》はきたるなど、木のもとにたちて、「我に[二二]毬打《ぎちやう》きりて」などこふに、又髪《かみ》お《(を)》かしげなるわらはの、袙《あこめ》どもほころびがちにて、袴《はかま》なへ《(え)》たれど、よき袿《うちぎゞ》きたる三四人きて、「[二三]卯槌《うづち》の木のよからむ、きりておろせ。御前《おまへ》にもめす」などいひて、おろしたれば、[二四]奪《ば》ひしらがひとりて、さしあふぎて、「我におほく」などいひたるこそ、お《(を)》かしけれ。黒袴《くろばかま》きたるをのこの、走《はし》りきてこふに、「[二五]まて」などいへば、木[二六]のもとをひきゆるがすに、あやう《(ふ)》がりて、猿《さる》のやうに、[二七]かひ《(い)》つきてお《(を)》めくもお《(を)》かし。梅などのなりたるお《(を)》りも、[二八]さやうにぞするかし。

（一三八段）

[二九]きよげなるをのこの、双六《すぐろく》を日ひと日《ひ》うちて、猶《(なほ)》あかぬにや、みじかき灯台《とうだい》に火をともして、いとあかう[三〇]かゝげて、[三一]敵《かたき》の、[三二]賽《さい》をせめこひて、とみにも[三三]入《い》れねば、[三四]筒《どう》を盤《ばん》のうへにたてて《ゝ》待《ま》つに、[三五]狩衣《かりぎぬ》の頸《くび》の、顔《かほ》にかゝれば、片手《かたて》してを《(お)》

一七 以下、畑の桃の木の色。日光(＝日かげ)の加減で、一方が青く、もう一方が濃い蘇枋に見える、ということ。
一八 狩衣をひっかけて破ったりして。
一九 衣をたくし上げることが「ひきはこゆ」。帯のあたりが袋のような形になる。
二〇 「こはぎ」は、袴をまくり上げて、脛が見える恰好、と言われる。 二一 →一五五頁注三〇。
二二 木製のまりを打つ競技で子供の遊戯となった。それを打つための曲った木を切ってほしいと頼んでいるのである。
二三 →三二一頁注四九。正月初の卯の日に使うものだから、「正月十よ日」はぎりぎりである。
二四 争って奪い取って。「しらがふ」は、争ってする様。なお底本「ししかひ」とも読める。
二五 底本「まして」。能因本により改む。
二六 早く取ってくれないとこうするぞ、という子供らしいおどかしの行為。
二七 木にかじりついて、大声でわめく。
二八 木に登って梅の実を採る子供と、木の下でそれを待つ子供とのあり方も全く同じ、の意。
二九 見た目に小ぎれいな男衆が。「をのこ」は人に召し使われる身分の男性。
三〇 灯心をかき立てること。灯火が明るくなる。
三一 相手方が。「敵の賽」と続くのではない。
三二 後に「賽いみじく呪ふとも」とあるように、賽に呪文をかけてせめ立て、良い目が出るように乞い祈ること。
三三 賽は筒に入れて振り、そこから振り出す。すぐには(その筒に)入れようとしないので。ここまでが相手方の叙述。
三四 賽を入れる「筒」を双六の盤の上に立てて待つ。以下ずっと『きよげなるをのこ』の描写。
三五 狩衣の襟が顔にかぶさって邪魔になる。

しいれて、[一]強《こは》からぬ烏帽子《ゑぼうし》[二]ふりやりつゝ、「[三]賽《さいゝ》いみじく呪《のろ》う《(ふ)》とも、うちはづしてんや」と、[四]心もとなげにうちまもりたるこそ、[五]ほこりかにみゆれ。

（一三九段）

碁《ご》を[六]やむごとなき人のうつとて、[七]紐《ひも》うちとき、[八]ないがしろなるけしきに[九]拾《ひろ》ひを《(お)》くに、[一〇]おとりたる人の、[一一]ゐずまひもかしこまりたるけしきにて、[一二]碁盤《ごばん》よりはすこしと《(ほ)》をくて、[一三]を《(お)》よびて、[一四]袖のしたはいま片手《かたて》してひかへなどして、うちゐたるもをかし。

（一四〇段）

[一五]を《(お)》そろしげなる物　[一六]つるばみのかさ。[一七]焼《や》けたる野老《(ところ)》。[一八]水ふゞき。[一九]菱《ひし》。[二〇]髪《かみ》おほかるお《(を)》とこの、洗《あら》ひてほすほど。

（一四一段）

一 漆で固めない柔らかな烏帽子。身分の低い者の着用するもの。「えぼうし」が正。
二 烏帽子を振りのけながら。
三 賽にどんなに呪文をかけたところで、失敗などするものか。狙っている目を出しそこなうのが「うちはづす」。この言い方は、自分が賽を振る番であることを示している。
四 期待していることがなかなか実現しない時の不安や焦燥。ここは後者。じれったそうに。
五 自信に満ちた態度。　六 身分の高い人が。
七 直衣の襟をしめる紐。それを解いて(=うちとき)いるのは、相手が気楽な人物だからである。→一四一頁注二八。　八 無造作な様子で。勝負に必死になっていない様を表わす表現。
九 碁石入れから石を摘んで出すのが「拾ふ」、それを碁盤の上に「置く」。
一〇 身分が一段劣る人。碁の相手方。
一一 「やむごとなき人」の「ないがしろなるけしき」に対比。　一二 碁盤から身を遠ざけているのも「かしこまりたるけしき」である。
一三 及び腰になって。碁盤から遠く坐したため。
一四 袖の下の方。手をのばすと袖が碁盤の上にかぶさるようになる、それを避けるために一方の手で袖の下の方を押えている様。
一五 こわそうに見えるもの。「げ」は見た印象を表わす接尾語。　一六 櫟(くぬぎ)の実の毬(いが)。とげがあるので「おそろしげ」。
一七 底本「やけたる所」。表記を改む。野老は山の芋の一種。焼いて食するが鬚根が恐ろしげ。
一八 鬼蓮。茎にも葉にもとげがある。
一九 菱の実。菱形に角ばった四隅が鋭い。
二〇 多い頭髪が乱れたまま逆立っている。
二一 「きよげ」と言っても同じ。見た目に綺麗なもの。「きよし」は汚れや欠点のない美しさ。

[二一]きよしとみゆる物　[二二]かはらけ。[二三]あたらしきかなまり。[二四]たゝみにさすこも。[二五]水を物に入《い》るゝ透《す》き影《かげ》。

（一四二段）

[二六]いやしげなる物　[二七]式部の丞《ぜう》の笏《しやく》。[二八]くろき髪《かみ》の筋《すぢ》わろき。[二九]布屛風《ぬのびやうぶ》のあたらしき。古《ふ》りくろみたるは、[三〇]さるゆ《(い)》ふかひなき物にて、中〳〵なにとも見えず。あたらしうしたて、[三一]桜《さくら》の花《はな》おほく咲《さ》かせて、[三二]胡粉《ごふん》、朱砂《すさ》などいろどりたる絵《ゑ》どもかきたる。[三三]遣戸厨子《やりどづし》。[三四]法師《ほうし》の太《ふと》りたる。[三五]まことの出雲筵《いづもむしろ》の畳《たゝみ》。

（一四三段）

[三六]むねつぶるゝ物　[三七]競馬《くらべむま》みる。[三八]元結《もとゆひ》よる。おやなどの[三九]心ちあしとて、例《れい》ならぬけしきなる。まして世中《(よのなか)》などさは《(わ)》[四〇]がしときこゆるころは、よろづのことおぼえず。又[四一]ものいはぬちごの、[四二]泣《な》き入《い》りて、乳《ち》ものまず、乳母《めのと》のいだくにもやまで、ひさしき。

二二 土器。食器で一度の使い捨てだから新品。
二三 新品の金属製の椀。
二四 「薦(こも)」は畳表。それを畳の台に糸で綴じつけるのが「さす」。新しい畳が出来上がる。
二五 何か(=物)に水を入れる時に、流れる水を透して光る光線。　二六 見た目に下品なもの。
二七 式部省の三等官である式部丞(「じょう」が正)の持つ笏。なぜそれが「いやしげ」なのかは不詳。笏には儀式の時など備忘のために必要事項を書いた笏紙を貼りつけるが、式部丞などは繁忙な職で、笏紙を貼った糊の跡で汚いのだと言う。　二八 毛髪の「黒」はよいのに毛筋が悪い。
二九 布張りの屛風。絹張りに対して安っぽい。
三〇 そういうとるに足らない物であるために、かえって気にはならない。
三一 桜の花を一ぱい咲かせた図柄にして。
三二 「胡粉」は白の、「朱砂」は赤の顔料。こういった顔料で彩色した絵。
三三 厨子には前に開く観音開きの妻戸をつけるのが普通。横に開く引戸をつけたのが「遣戸厨子」。観音開きの方が細工が上なのであろう。
三四 「ほふし」が正。
三五 「出雲筵」は出雲国産の筵。「まことの」と言う理由、「いやしげ」とされる理由、共に不詳。
三六 はらはらするもの。「心ときめき」が、良いことにも使った(一六段)のに対して、悪い予感のする場合に言うことが多い。
三七 爽快な競技と言うより危ないと見ている。
三八 髪を縛る紙撚(こより)。途中で切れそうな危惧。
三九 気分が悪いと言って病気らしい様子の時。
四〇 流行病で世間が落着かないこと。
四一 以下の不機嫌の原因を知るよしもない不安。
四二 「泣き入る」は、体全体で泣くような感じ。火がついたように泣いて。

例《れい》[一]の所ならぬ所にて、[二]ことにまたいちじるからぬ人の声《こゑ》きゝつけたるは[三]ことは《(わ)》り、[四]こと人などの、その上《うへ》などいふにも、まづこそつぶるれ。いみじうにくき人のきたるにも、又つぶる。あやしくつぶれがちなる物は胸《むね》こそあれ。[五]よべきはじめたる人の、けさの文《ふみ》のを《(お)》そきは、[六]人のためにさへつぶる。

（一四四段）

[七]うつくしき物　[八]瓜《うり》にかきたるちごの顔《かほ》。雀《すゞめ》の子《こ》の、[九]ねずなきするにをどりくる。二《ふた》つ三《み》つばかりなるちごの、いそぎてはひくる道《みち》に、いとちひさき塵《ちり》のありけるを、目《め》ざとに見つけて、いとをかしげなる指《および》にとらへて、大人《おとな》ごとにみせたる、いとうつくし。頭《かしら》は[一〇]尼《あま》そぎなるちごの、目《め》に髪《かみ》のおほへるを、かきはやらで、うちかたぶきて物など見たるも、うつくし。

おほきにはあらぬ[一一]殿上わらはの、[一二]装束《さうぞ》きたてられてありくも、うつくし。をかしげなるちごの、[一三]あからさまにいだきて、あそばし[一四]うつくしむほどに、[一五]かひ《(い)》つきてねたる、いとらうたし。

一 いつもの所とは違う所。不慣れな場所。
二 また特別に表立った間柄でない人の声。公然の仲となっていない恋人、の意。「また」は、「まだ」と読むことも可。
三 もちろんのこと。
四 別人が、その恋人の噂をする。あの人がどんな風に噂されるのか、との心配。
五 昨夜初めて通って来た男の後朝(きぬぎぬ)の手紙。
六 ひとごとであっても。
七 かわいいもの。可憐なもの。後文で清少納言自身が言うように、小さなものを主に、弱・幼といった属性のものが挙げられている。
八 甜瓜(まくわ)(うり)の類。それに嬰児の顔を描いた。
九 鼠の鳴き声のようにチュッチュッと呼ぶこと。
一〇 毛髪を肩のあたりで切り揃えた姿。
一一 良家の子で元服以前に殿上の間に昇ることを許された者。雑役に従ったが、親の方では将来に備えた見習いのつもりであった。
一二 親が着飾らせて連れ歩く。
一三 ついちょっと抱き上げて。
一四 可愛がる。「いつくしむ」と同じ。「うつくし」の語義をよく示す派生語である。
一五 だきついて眠ってしまったのは。人の手の中で眠るのは、安心しきっているようで、たまらなく可愛いであろう。「らうたし」は「うつくし」よりも一段と主情的。いとしい。
一六 雛人形の道具。→二七段。
一七 蓮の浮いている葉。水上につき出たのでなく水面に浮いているもののこと。
一八 葵の葉。→二七段。
一九 肌がまっ白で肥えた幼児。
二〇 藍色の勝った紫色。「いみじうしろく」が、この着物の色で一層引き立つ。
二一 「肥えたる」体も透けて見えるであろう。

雛《ひいな》[一六]の調度《てうど》。蓮《はちす》[一七]の浮葉《うきば》のいとちい《(ひ)》さきを、池よりとりあげたる。葵《あふひ》[一八]のいとちい《(ひ)》さき。なにも〳〵ちい《(ひ)》さき物はみなうつくし。

[一九]いみじうしろく肥《こ》へ《(え)》たるちごの、二《ふた》つばかりなるが、二藍《ふたあゐ》[二〇]のうすもの[二一]など、衣《きぬ》ながにて、襷《たすき》[二二]ゆひたるが、はひ出《い》でたるも、又、[二三]みじかきが袖《そで》がちなるきてありくも、みなうつくし。八《や》つ九《こゝの》つ十《とを》ばかりなどの、男児《をのこゞ》の、声《こゑ》はをさなげにて、文《ふみ》[二四]よみたる、いとうつくし。

庭鳥《にはとり》の雛《ひな》の、足高《あしだか》[二五]に、しろうをかしげに、衣《きぬ》みじかなるさまして、ひよ〳〵と、かしがましうなきて、人のしりさきに[二六]たちてありくも、をかし。又、をや《(お)》[二七]のともにつれて、たちて走《はし》るもみなうつくし。雁《かり》[二八]のこ。瑠璃《るり》の壺《つぼ》。

（一四五段）

[二九]人ばへ《(え)》するもの　[三〇]ことなることなき人の子の、[三一]さすがにかなしうしならはしたる。[三二]しわ《(は)》ぶき。はづかしき人に物いはんとするに、さきにたつ。

[三三]あなたこなたにすむ人の子《こ》の、四《よ》つ五《いつゝ》つなるは、[三四]あやにくだちて、ものとり[三五]

二二 着物が這い歩きの邪魔にならぬよう、襷で結んである。
二三 丈が短くて袖ばかりのように見える着物。
二四 本を読んでいるのが。初歩の漢文であろう。「声はをさなげ」が、難しい内容に調和しないために一段と「うつくし」く感じられる。
二五 以下、ひよこの形状の描写。「ひよ〳〵」は「ぴよぴよ」の鳴き声。
二六 「しり」が後、「さき」が前。人に先だったり後を追ったり、歩きまわる様。
二七 親鶏が一緒に連れ立って走るのも。
二八 雁の卵。
二九 「人ばえ」は多分「人映え」。「映え」は、ある条件の下に派手になるもの。人前で調子づくもの。
三〇 別にどうということもない人の子。底本「子の」を欠く。二類本により補う。
三一 そこは親の情で常日頃甘やかしている(子)。
三二 咳ばらい。気のはる人に物を言おうとするとまず咳ばらいをしてしまう。
三三 近所に住む人。あちらとこちらと、と言えるような近さを言う。
三四 手におえない風になって。
三五 散らかしたりこわしたりするのを。

一 「おや」が正。四行後も同じ。
二 好条件に恵まれるのが「ところ得(う)」。親が来ると強い味方が現われたとばかりに調子づく。
三 ねえ、お母さんったら。
四 「おとな」が正。大人たちはお喋りして、すぐにも聞いてくれないので。底本「物」を欠く。能因本により補う。母親がお喋りに夢中の様。
五 いけません。「すな」は禁止の副詞。
六 そんなことをしては駄目よ。こわすんじゃないのよ。

ちらしそこならう《(ふ)》を、引《ひ》きはられ、制《せい》せられて、心のまゝにもえあらぬが、親《をや》[一]のきたるにところ得《え》[二]て、「あれみせよ。やゝ[三]、はゝ」などひきゆるがすに、大人《をとな》[四]どもの物いふとて、ふともきゝいれねば、手《て》づからひきさがし出《い》でて、見さは《(わ)》ぐこそ、いとにくけれ。それを、「まな[五]」ともとりかくさで、「さなせそ[六]、そこなふな」などばかり、うち[七]笑《ゑ》みていふこそ、親《をや》もにくけれ。我[八]はた、え[九]はしたなうもいはで見《み》るこそ、心[一〇]もとなけれ。

（一四六段）

名[一一]おそろしき物　青淵《あをぶち》[一二]。谷《たに》の洞《ほら》。鰭板《はたいた》[一三]。鉄《くろがね》。土塊《つちくれ》。雷《いかづち》は、名のみにもあらず、いみじうおそろし。疾風《はやち》。不祥雲《ふさうぐも》[一四]。矛星《ほこぼし》[一五]。肱笠雨《ひぢかさあめ》[一六]。荒野《あらの》[一七]ら。

強盗《がうだう》、又よろづにおそろし。らんそう[一八]、おほかたおそろし。かなもち[一九]、又よろづにおそろし。生霊《いきすだま》[二〇]。蛇《くちなわ》[二一]いちご。鬼《おに》[二二]わらび。鬼《おに》ところ。荊《むばら》[二三]。枳殻《からたち》。炒炭《いりずみ》[二四]。牛鬼《うしおに》[二五]。碇《いかり》、名《な》よりも見るはを《(お)》そろし。

七 いたずらを許しているようなものである。
八 そういう私自身がまた。
九 その子の親がきまり悪く思うような叱り方も出来ず、ただ見ているしかないのが。
一〇 こわされはしないかと気が気でない様。
一一 名前のひびきが恐ろしいもの。実物は別として名前が喚起する印象を言おうとしている。
一二 青い淵。何か主が住んでいて、底へ引きずりこまれそう。以下、名前の一部、あるいはその組み合せの恐ろしそうなのが列挙される。
一三 板塀。魚のひれ(=鰭)のとげとげしさか。
一四 凶事の前兆というので「不祥」の名がある。
一五 彗星。矛という武器の名の恐ろしさ。
一六 俄か雨。肱を笠にする、つまり袖で頭を掩うのでこの名がある。これは名前より事柄の性質で挙げられているのであろうか。ただし「おそろし」と言うほどのことではない気がする。
一七 「ら」は「野良仕事」の「ら」で、接尾語。
一八 不明。「乱声」「緑衫」「乱鐘」「濫僧」などの諸案が提出されている。「らんそう」の文字面に仮名遣いのあうのは「濫僧」。
一九 不明。「かなめもち」かと言われるが、「金持」ないし「金鞭」かとの説も提出されている。名だけの恐ろしさでもよいのだから、正体をつきとめることは困難を極める。
二〇 これは名だけでなく、実体の方が恐ろしい。
二一 「くちなは」が正。「蛇」の部分が恐ろしい名。
二二 「鬼蕨」も「鬼野老」も、「鬼」の所が恐ろしい。
二三 「荊」も「枳殻」も棘があるからの恐ろしさであって、名前そのものの問題ではない。なお底本「からたけ」。能因本により改む。
二四 焙って湿気を除いた炭。「炒る」が焦点か。
二五 牛頭(ず)のことかと言う。「牛」「鬼」共に恐ろしい。

（一四七段）

[二六]見るにことなることなき物の文字《もじ》にかきてことぐ〳〵しき物　覆盆子《いちご》。鴨頭草《つゆくさ》。水茨《ふゝき》。蜘蛛《くも》。胡桃《くるみ》。[二七]文章博士《もんじやうはかせ》。[二八]得業《とくごふ》の生《（しやう）》。皇太后宮権大夫。[二九]楊梅《やまもゝ》。

いたどりは、まいて虎杖《とらのつゑ》とかきたるとか。[三〇]杖《つゑ》なくともありぬべき顔《かほ》つきを。

（一四八段）

[三一]むつかしげなる物　[三二]縫《ぬい》物の裏《うら》。[三三]鼠《ねずみ》の子《こ》の、毛《け》もまだ生《お》ひぬを、巣《す》の中よりま[三四]ろばし出《い》でたる。裏《うら》まだつけぬ[三五]裘《かはぎぬ》の縫目《ぬいめ》。[三六]猫《ねこ》の耳《みゝ》の中。[三七]ことにきよげならぬ所のくらき。

[三八]ことなる事なき人の、子《こ》などあまた持《も》てあつかひたる。[三九]いとふかふ《（う）》しも心ざしなき妻《め》の、[四〇]心ちあしうして久《ひさ》しうなやみたるも、[四一]男《をとこ》の心ちはむつかしかるべし。

二六 見た目に平凡だが漢字で書くと仰山なもの。
二七 大学寮の教授。見た目に平凡であろう。
二八 大学寮の学生で試験に及第した者。
二九 底本「山もゝ」。表記を改む。
三〇 杖がなくてもよさそうな表情なのにねえ。字に「虎」という動物を使うので「顔つき」と言う。
三一 見た目に気味悪いもの。複雑な形や構造をしていて、爽やかな印象を与えないものに言うことが多い。現代語の「難しい」はその延長。
三二 「ぬひ物」が正。次行の「ぬいめ」も同じ。縫い物は刺繡で、その裏は、糸の端が一面に下り、表面の仕上りの良さからは考えられないほどごちゃごちゃしている。　三三 「なにもなにもちひさきものはみなうつくし」ではあるが、毛も生えぬ鼠の子はやはり例外である。これは気味悪いの方で複雑さはないであろう。
三四 布切れか何かを引き出した時に鼠の巣があって転がり出た、といった状況。そうと知らずに出してしまったのを「出でたる」と言ったもの。
三五 毛皮の衣。表面では気付かぬ縫い合わせ目や縫い代の毛などが、裏をつけるまでは丸見え。
三六 筋が凸凹と複雑で汚らしい毛も生えている。
三七 掃除や整頓が十分でない上に暗い。どこに何があるか乱雑で不潔。
三八 格別大したこともない人が、子供を多勢もてあましているの。あちらで泣きこちらで食べ物をこぼす、といった乱雑さが「むつかしげ」。
三九 さほど愛情の深くない妻が。妻に対する男の愛情が浅い、ということ。
四〇 病気になって長く患っているのも。
四一 男の心中は鬱陶しいものであろう。心から愛する妻の病気なら心配で胸は一ぱいだが、かと言って気にはなるし、長患いで支出もかさむし、とすっきりしない気持であろう。

（一四九段）

[一]えせものの所うるおり《(を)》　[二]正月の大根《おほね》。行幸のおり《(を)》の[三]ひめまうち君。御即《そく》位の[四]御門司《みかどつかさ》。六月十二月のつごもりの、[五]節《よ》折《おり》の蔵《くら》人。[六]季《き》の御読《ど》経の威儀師《いぎし》。赤袈裟《あかげさ》きて僧《そう》の名どもをよみあげたる、いときら〳〵し。

季《き》の御《み》読《ど》経、[七]御《み》仏名などの、御装束《さうぞく》の所の衆《しう》。[八]春日祭《かすがまつり》の近衛舎人《この(ゑ)どねり》ども。[九]元三の薬子《くすりこ》。卯杖《うづえ》の[一〇]法師《ほうし》。[一一]御前の試《こゝろみ》の夜の御髪上《みぐしあげ》。[一二]節会《せちえ》の御まかなひの采女《うねべ》。

（一五〇段）

[一三]くるしげなる物　夜なきといふわざするちごの乳母《めのと》。[一四]思《(おもふ)》人二人《ふたり》もちて、こなたかなたふすべらるゝ男《をとこ》。[一五]強《こは》き物怪《(もの)のけ》にあづかりたる験者《げんざ》。[一六]験《げん》だにいちはやからばよかるべきを、さしもあらず、[一七]さすがに人笑《わら》はれならじと念《ねん》ずる、いとくるしげ也。[一八]わりなく物うたがひする男《をとこ》にいみじう思はれたる女。

[一九]一の所《ところ》などにときめく人も、[二〇]えやすくはあらねど、そはよかめり。[二一]心いられ

一　つまらぬものが幅をきかす時。以下に、平素はあまり価値のないものと、それを例外的に価値あらしめる晴れがましい好条件との、組み合わせが語られる。
二　大根は正月の歯固めの必需品。
三　「姫大夫」。東豎子（あずまわらわ）。内侍司の女官で幼いが従五位下に叙せられ、行幸に供奉する。
四　後宮十二司の中の闈司の女官。御即位の時には高御座（たかみくら）の帝に絹蓋をさしかける。
五　「よをり」が正。六月の夏越（なごし）の祓、十二月の年越の祓に、帝の身長や手足などの長さを計る女蔵人。
六　二月と八月に百僧を請じて大般若経を転読させる宮中の法会（＝季御読経）に、御前僧二十人の先導をする役が「威儀師」。その法衣が「赤袈裟」で、二十名の「僧の名どもをよみあげる」。
七　「御仏名」→八八頁注一。蔵人所の衆（一八二頁注九）は装束係として昇殿する。「衆」は「しゅう」が正。
八　二月と十一月に行われる春日祭に近衛中将少将が勅使に立つ。それに従う近衛の舎人が、途中仮に左右大臣、左右大弁などに任ぜられる。
九　正月三が日に帝の屠蘇の毒見役の童女。
一〇　「ほふし」が正。→八七頁注三二。そこにも触れたが「ほうぢ（捧持）」とする説がある。
一一　五節の第二夜（寅）に行われるのが「御前の試」。その時舞姫の理髪（＝御髪上）は清涼殿に行くことが出来る。　一二「せちゑ」が正。諸節会には采女が帝の御膳をお世話をする。
一三　何とかしなければと困っているもの。
一四　愛人二人を持ち、双方から嫉妬される男。
一五　手強い物怪の祈禱に当っている験者。
一六　法力のききめ（＝験）が強い（＝いちはやし）と。
一七　体面上、物笑いになるまいと祈念する。

したる人。

（一五一段）

[二二]うらやましげなる物《もの》　経などならふとて、いみじうたど〳〵しく、わすれがちに、返《かへすがへす》〳〵おなじ所を[二三]よむに、[二四]法師《ほうし》はことは《わ》り、[二五]男《をとこ》も女《をんな》も、[二六]くる〳〵と、やすらかによみたるこそ、[二七]あれがやうにいつの世にあらん、とおぼゆれ。心ちなどわづらひてふしたるに、[二八]笑《え》うち笑《わら》ひ[二九]ものなどいひ、思事《おもふ》なげにて[三〇]あゆみありく人みるこそ、いみじううらやましけれ。

[三一]稲荷《いなり》に思《おもひ》おこしてまうでたるに、[三二]中の御社《みやしろ》のほどの、わりなうくるしきを[三三]念《ねん》じのぼるに、いさゝかくるしげもなく、を《お》くれて来《く》と見《み》るものどもの、[三四]たゞいきに先《さき》にたちてまうづる、[三五]いとめでたし。[三六]二月午《むま》の日の[三七]暁に、[三八]いそぎしかど、坂《さか》のなからばかりあゆみしかば、[三九]巳《み》の時ばかりになりにけり。やう〳〵あつくさへなりて、まことにわびしくて、[四〇]など、かゝらでよき日もあらんものを、なにしにまうでつらむ、とまで[四一]涙もおちてやすみ困《こう》ずるに、四十よばかりなる

一八 むやみに猜疑心の強い男に深く愛された女。
一九 摂関家(＝一の所)などで羽振りのいい人。
二〇 朋輩の嫉妬があるからであろう。
二一 いらいらしている人。
二二 羨しくなるもの。自分にない長所が羨しいので、対象は人に限られている。
二三 声を出して経を誦えること。
二四 「ほふし」が正。法師は当然として。
二五 法師に対して在俗の男女を指す。
二六 舌のよく廻る形容。つるつる喋る、などという時の「つるつる」に近いであろう。
二七 あの人のように、いつの世になったらなれるのかと思われることだ。
二八 「ゑ」が正。「寝(い)を寝(ぬ)」と同じ構造で、「笑(ゑ)を笑ふ」で、快さそうに笑うこと。
二九 おしゃべりをして。後続部にあるように、人と歩きながらの「笑ひもの言ひ」である。
三〇 あちこち歩くのが「あゆみありく」。ここは一人の有様でなくて、行き来する人々であろう。
三一 伏見稲荷。京都の南部洛外にある。
三二 伏見稲荷の、上中下と三社ある、その中の社。「わりなうくるしきを念じのぼる」とあるように、山の上にあった。
三三 (こちらは)我慢して登るのに。
三四 「ただいき」は、どんどん行く様子を指す語。
三五 感服したものだ、という気持を表わす。
三六 二月の初午、一の午が稲荷の祭日。
三七 底本「あか月」。表記を改む。
三八 文字通り「急ぐ」ことで、準備する忙しさを表わすことが多いが、ここは出発の忙しさ。
三九 午前十時前後。昼前陽ざしの強くなる頃。
四〇 どうして、こんなに暑苦しくない好い日もあろうのに、何のためにお詣りしたのか。
四一 涙まで流れて来て休息し疲れ切っていると。

女の、[一]壺装束《つぼさうぞく》などにはあらで、[二]たゞひきはこえたるが、「まろは[三]七度《ど》まうでし侍《(はべる)》ぞ。三度《ど》はまうでぬ。[四]いま四度《よたび》は事《こと》にもあらず。[五]まだ未《ひつじ》に下向《かう》しぬべし」と、道《みち》にあひたる人にうちいひて、くだりいきしこそ、[六]たゞなる所には目《め》にもとまるまじきに、これが身にたゞいまならばや、とおぼえしか。

[七]女児《ど》も男児《をのこゞ》も法師《ほうし》も、よき子《こ》ども持《も》たる人、いみじうう《ゝ》らやまし。髪《かみ》いとながく、[八]うるはしく、[九]下《さが》りばなどめでたき人。又、やむごとなき人の、よろづの人にかしこまられ、かしづかれ給《(たまふ)》、見るもいとうらやまし。[一〇]手《て》よくかき、歌《うた》よくよみて、[一一]もののお《(を)》りごとにも、まづとり出《い》でらるゝ、うらやまし。

よき人の御前《おまへ》に、女房《ばう》いとあまたさぶらふに、[一二]心にくき所へつかはす[一三]仰《おほ》せがきなどを、[一四]たれもいと鳥《とり》の跡《あと》にしもなどかはあらむ、されど[一五]下《しも》などにあるを、わざとめして、御硯《すゞり》とりおろしてかゝせさせ給《(たまふ)》も、うらやまし。さやうの事は、[一六]所《ところ》の大人《おとなゝ》などになりぬれば、まことに[一七]難波《なには》わたりとを《(ほ)》からぬも、[一八]ことにしたがひてかくを、これは[一九]さにはあらで、[二〇]上達部《かんだちめ》などの、また、[二一]はじめてまい《(ゐ)》らむ、と申さする人のむすめなどには、心ことに、紙《かみ》よりはじめてつくろはせ給へる

一 婦人の外出姿。裾をからげ市女笠をかぶる。
二 ただ裾をからげただけなのが。「ひきはこゆ」→一九一頁注一九。
三 上中下の三社を七回巡拝すること。
四 あと四回は何でもありません。
五 未(午後一時から三時の間)の刻の間に(お詣りをすませて)帰途につけるでしょう。
六 普通の場所だと人目にもとまらぬ女だが。
七 「女児」「男児」「法師」の三つは、次の「よき子」の種類を列挙したもの。出家せぬ女子でも男子でも、出家した子でも。「ほふし」が正。
八 「うるはし」は整って欠陥のない美しさ。
九 垂れ下った額髪。
一〇 字が上手なこと。
一一 何か事があるとその都度お召しを受ける。
一二 「心にくし」は、優れたそなわりがあるに違いないと思われるものへの評語。すぐれた人に違いないと思われる人の所へ出す手紙、のこと。
一三 貴人が自ら書くのでなく、口で言うのを女房に書かせた書面。
一四 誰だって鳥の足跡のような下手な字でどうしてあろうか。「御前」の女房の誰だって見苦しくない字で書けるのだが、の意。
一五 「御前」の反対、自分の局に下っているのを。
一六 そこに長く仕える年輩の女房ともなれば。
一七 古今集序文に挙げる「難波津に」の歌(一二三頁注三三)は和歌入門すなわち手習い入門の歌だから、ここの「難波わたり」は、手習い入門程度、という意味に、その歌を使ったのであろう。手習いを始めたばかりといった字の下手な人でも。
一八 必要に応じて適当に書くものだが。
一九 「さ」は「ことにしたがひて」を指す。必要に応じて適当に、などということでなく。
二〇 「上達部などの」は後の「むすめ」に続く。
二一 始めて宮仕えいたします。

を、[二二]あつまりて、たはぶれにもねたがりいふめり。琴《こと》、笛《ふゑ》[二三]などならふ、[二四]又さこそはまだしきほどは、[二五]これがやうにいつしか、とおぼゆらめ。内、春宮《(とうぐう)》の御乳母《めのと》。上《うへ》[二六]の女房《ばう》の、御かた〴〵いづこもおぼつかなからずまい《(ゐ)》りかよふ。

（一五二段）

[二七]とくゆかしき物　巻染《まきぞめ》[二八]、むら濃《ご》[二九]、くゝ[三〇]り物など染《そ》めたる。人の子《こ》うみたるに、男女《をとこ》、とく聞《き》かまほし。よき人さら也、ゑ《(え)》[三一]せ物《(もの)》、下衆《げす》のきはだに猶《(なほ)》ゆかし。除目《ぢもく》[三二]のつとめて。[三三]かならず、しる人のさるべき、なきお《(を)》りも、猶きかまほし。

（一五三段）

[三四]心もとなき物　人のもとにとみの物ぬい《(ひ)》にやりて、待[三五]つほど。物見にいそぎ出でて、[三六]いま〳〵とくるしうゐ入《い》りて、あなたをまもらへたる心ち。子《こ》うむべき人の、[三七]そのほど過《す》ぐるまでさるけしきもなき。遠き所より[三八]おもふ人の文《ふみ》をえ

二二 特別に心をこめたお便りの代筆なので、女房たちが集って半分冗談めかして羨しがる様。
二三 「ふえ」が正。
二四 それほどはまだ上達しない間は。
二五 「これ」は上手な人、例えば先輩などを指す。
二六 帝づきの女房で、女御がた(=御かたがた)のどこへも許されて出入りしている人。
二七 早く知りたいもの。結果がどちらになったのか、気になるものが列挙されている。
二八 糸を巻きつけて染め、その部分だけ染まらないようにする染色法。
二九 濃淡の変化をつけて染め出すもの。
三〇 しぼり染め。巻染もむら濃も、糸を巻いての染色だから、糸をほどいて染め上りの結果を早くたしかめたいのである。
三一 大した身分でない者や下々の身分の者でも。
三二 除目の翌朝。誰が何になったのか。人事への好奇心は古今東西を問わない。
三三 「しる人のさるべき」は、知人で今度の除目でしかるべき官に任ぜられる可能性のある人、のこと。そういう人が必ずしもない時でも、やはり除目の結果は知りたい。
三四 期待していることがなかなか実現しない時の感情。早く早くと思う点ではいらいらする感情だが、悪くすると思う通りの形での実現は困難かも知れぬ、という不安が働く時は、頼りない思いを表わすことになる。感覚に確かにとらえられない手ごたえの無さを指すこともある。
三五 底本「待つほど」から「いそぎ出でて」までを欠く。能因本により補う。
三六 今か今かと苦しい姿勢で坐り込んで。物見車の中でのことであろう。
三七 出産予定日が過ぎても産気づかない時。
三八 愛する人からの手紙がとどいて。

て、かたく[一]封《ふん》じたる続飯《そくひ》などあくるほど、いと心もとなし。物見にを《(お)》そくいでて、[二]事《こと》なりにけり、[三]しろきしもとなど見《み》つけたるに、[四]ちかくやり寄《よ》するほど、わびしう[五]下《お》りてもいぬべき心ちこそすれ。

[六]しられじと思《(おもふ)》人のあるに、[七]まへなる人に教《をし》へて物いはせたる。[八]いつしかとまち出《い》でたるちごの、五十日《いか》[九]百日《もゝか》などのほどになりたる。ゆくすゑ、いと心もとなし。とみの物ぬふに、[一〇]なまくらうて、針《はり》にいとすぐる。されど[一一]それはさる物にて、[一二]ありぬべき所をとらへて、人にすげさするに、それもいそげばにやあらん、とみにもさし入《い》れぬを、「[一三]いで、たゞ、なすげそ」といふを、[一四]さすがに、などてかとおもひ顔《がほ》に、[一五]えさらぬ、[一六]にくさゝへそひたり。

なに事にもあれ、いそぎてものへいくべきおり《(を)》に、[一七]まづ我さるべき所《ところ》へいくとて、「[一八]たゞいまを《(お)》こせん」とて、出《い》でぬる車《くるま》まつほどこそ、いと心もとなけれ。[一九]大路《おほぢ》いきけるを、[二〇]さななりとよろこびたれば、外《ほか》ざまにいぬる、いとくちお《(を)》し。まいて、物見に出《い》でんとてあるに、「[二一]ことはなりぬらん」と人のいひたるを聞《き》くこそ、わびしけれ。

一 固く封をした糊をはがす間。「続飯」は、飯粒をつぶして練った接着剤。
二 行列は来かかってしまっている。ああ、しまったとの思いを具体化して言った挿入句で、文脈は「物見におそくいでて、しろきしもとなど見つけ」と続く。
三 白い杖。行列の先に立つ検非違使のつく杖。
四 行列の近くへ車を寄せようとする間。ひしめき合った車で期待通り前へ割り込めない。
五 車から降りて歩いて行きたい気持がする。
六 自分が居ることを知られたくないと思う男が来ているのに対して。
七 自分の前の人(女童などであろう)に口上を教えて応待させている時。居留守がばれないよう、うまく応待し切ってくれるかという不安。
八 やっと生れて来た嬰児が。
九 底本「か」を欠く。他本により補う。生まれたばかりの時よりも、五十日百日と生きはじめた頃にかえって命というものを感じるものである。
一〇 薄暗くて。老眼を「なまくらし」と言ったのだという説がある。
一一 底本「さる」を欠く。能因本により補う。自分が針に糸を通せないじれったさはまだしも。
一二 針の穴があるはずの場所を押えて。
一三 もういいわ。通さないで結構。いらいらした末の科白。
一四 もういらないと言われても、この私にどうして糸が通せないのかと不思議そうな顔で。
一五 立ち去ることもせずにいるのは。
一六 糸を通すことの出来ないいら立たしさに加えて、頼んだのに成功しない人(若い女房であろう)までが憎くなって来る、ということ。
一七 先に私がしかじかの所へ行く必要があると言って。

[二二]子《こ》うみたる後《のち》の事のひさしき。物見《み》、[二三]寺詣《てらまふで》などに、もろともにあるべき人を乗《の》せにいきたるに、車《くるま》をさしよせて、[二四]とみにも乗《の》らでまたするも、いと心もとなく、[二五]うちすてゝもいぬべき心ちぞする。[二六]又とみにて炒炭《いりずみ》を《(お)》こすも、いとひさし。

人の歌《うた》のかへし、疾《と》くすべきを、えよみ得《え》ぬほども心もとなし。[二七]懸想《けさう》人などは、さしもいそぐまじけれど、[二八]を《(お)》のづから、又さるべきお《(を)》りもあり。まして、[二九]女も、[三〇]たゞにいひかはすことは、疾《と》きこそはとおもふほどに、[三一]あひ《(い)》なくひがごともあるぞかし。

[三二]心ちのあしく、物のを《(お)》そろしきお《(を)》り、夜のあくるほど、いと心もとなし。

（一五四段）

[三三]故殿《ことの》ゝ御服《ぶく》のころ、六月のつごもりの日、[三四]大祓《おほはらへ》といふことにて[三五]宮のいでさせ給《(たまふ)》べきを、[三六]職《しき》の御曹司《ざうし》をかた悪《あ》しとて、[三七]官の司《つかさ》の朝所《あいた(どころ)》にわたらせ給へり。そのよさり、[三八]あつくわりなき闇《やみ》にて、なにともおぼえず、せばく[三九]おぼつかなく

一八 すぐに車をお返しします。自分の用件が終り次第、こちらへ車を廻すという約束。
一九 大路を通って行った車を。通り過ぎてしまった時点からの表現。
二〇 さっきの車が返って来たのだろうと。
二一 行列はもう通っているでしょう。
二二 いわゆる後産。それがなかなかすまない。
二三 「てらまうで」が正。
二四 すぐに乗って来ずにこちらを待たせるのも。
二五 捨てておいて出発してしまいたい気がする。
二六 急用で炒炭（一九六頁注二四）をおこすのもひどく時間がかかる。だからいらいらする。
二七 自分に思いを寄せている男への返事なら。愛されていると知った強みであろう。
二八 事情によっては、また、急がねばならぬ（＝さるべき）時もあろう。
二九 相手が女性の場合も。
三〇 直接にやりとりする歌の返事では。手紙のやりとりでない場合を指す。例えば八六段の実方中将を女性にしたような場合である。
三一 「あいなく」は先導批評。まずい返歌をしてみっともない思いをすることもあるものだ。
三二 病気になって、物怪《(もののけ)》が恐ろしい時。
三三 関白道隆没（長徳元年四月十日）後の服喪中。
三四 六月末日の夏越《(なごし)》の祓のこと。朱雀門で行われる。
三五 中宮は喪中の身なので内裏から退出される。
三六 職の御曹司は方角が悪いというので。
三七 太政官庁の朝所。「朝所」は朝の食事の他、集会に用いられた場所。
三八 暑いとか暗いとか狭いとか、悪いことばかり並べられている。住いに用いる所ではないから当然であろう。
三九 落着かない気持で。慣れぬ所だからである。

てあかしつ。つとめて見《み》れば、屋《や》のさまいと平《ひら》[一]にみじかく、瓦葺《かはらぶき》にて唐《から》めきさまことなり。例《れい》のやうに格子《かうし》などもなく、[二]めぐりて御簾《みす》ばかりをぞかけたる。[三]中〳〵めづらしくてお《(を)》かしければ、女房《ばう》、庭《には》におりなどしてあそぶ。前栽《せんざい》に[四]萱《くわん》草《ざう》といふ草を、[五]籬《ませ》ゆひて、いとおほくうへ《(ゑ)》たりける。花の[六]きはやかに、ふさなりて咲《さ》きたる、[七]むべ〳〵しき所の前栽《せんざい》にはいとよし。[八]時司《ときつかさ》などは[九]たゞかたはらにて、[一〇]鼓《つゞみ》のを《(お)》とも[一一]例《れい》のには似《に》ずぞきこゆるを、[一二]ゆかしがりて、わかき人ゝ廿人ばかり、[一三]そなたにいきて、[一四]階《はし》よりたかき屋にのぼりたるを、[一五]これより見《み》あぐれば、あるかぎり[一六]薄鈍《うすにび》の裳、唐衣《からぎぬ》、おなじ色の単襲《ひとへがさね》、紅《くれなゐ》の袴《はかま》どもを着《き》てのぼりたるは、[一七]いと天人などこそえいふまじけれど、空《そら》よりおりたるにや、とぞ見ゆる。[一八]おなじわかきなれど、[一九]を《(お)》しあげたる人は、えまじらで、うらやましげにみあげたるもいとをかし。

[二〇]左衛門の陣《ちん》までいきて、[二一]たう《(ふ)》れさはぎ《(わ)》たるもあめりしを、「[二二]かくはせぬことなり。[二三]上達部《かんだちめ》のつきたまふ倚子《いし》などに、女房《ばう》どものぼり、[二四]上官などのゐる床子《さうじ》どもを、みな[二五]うちたう《(ふ)》しそこなひたり」など、[二六]くすしがる物《(もの)》どもあれど[二七]聞《き》きも

一 平で低くて瓦葺で中国風で異様である。
二 周囲に御簾だけ掛けてある。何とか住む部屋らしくしようとの応急措置。
三 以下すこし慣れて来ると珍しさが興味となって、女房たちのはしゃぐ様。
四 秋の草で赤味を帯びた黄色の花が咲く。
五 垣根を結って、ずいぶん沢山植えてある。
六 あざやかな色で一ぱい咲いているのは。
七 「むべむべし」は、もっともらしい、の意で儀式ばっている様。太政官庁に対する評。
八 時刻を知らせる役人。陰陽寮所属。
九 陰陽寮は、太政官の「朝所」から道を隔てた北にある。文字通り「ただかたはら」。
一〇 時を知らせるのに鼓を打った、その音。
一一 すぐそこに聞える珍しさを言ったもの。
一二 様子を見たがって。はしゃいだ気持の延長。
一三 陰陽寮へ行ってしまうのである。
一四 階段を通って高い楼に昇ったのを。鐘楼にまで昇ってしまう。若い女性集団の破目外し。
一五 朝所の方から見上げると。
一六 「故殿の御服のころ」だからである。
一七 いくら何でも「天女」とまでは言えないが。
一八 同じ若い女房なのだが。
一九 朋輩を上へ押し上げた人は、皆に交ることが出来ないで。最後に残った者は押し上げてくれる人がないので、上へ昇れない。
二〇 建春門。→四頁注一一。陰陽寮の鐘楼から降りて、北行して左衛門の陣まで行ってしまう。なおこの集団行動は七月四日のことで、左衛門の陣附近の侍従所にまで侵入したと伝えられる。
二一 倒れんばかりに大騒ぎしたのもいたのを。
二二 そんなことはしてはいけない。
二三 公卿のお坐りになる椅子。
二四 太政官員が坐る腰かけ。「上達部のつきたま

いれず。

屋のいとふるくて[二八]瓦葺《かはらぶき》なればにやあらむ、あつさの世にしらねば、[二九]御簾《みす》の外《と》にぞ夜《よる》も出《い》で来《き》ふしたる。ふるきところなれば百足《むかで》といふ物、日ひとひ落《お》ちかゝり、蜂《はち》の巣《す》のおほきにて[三〇]付《つ》きあつまりたるなどぞ、いとを《(お)》そろしき。

[三一]殿上人日ごとにまい《(ゐ)》り、[三二]夜《よる》もゐあかして物いふをきゝて、「[三三]豈《あに》はかりきや、太政官の地の、いま夜《や》行《かう》の庭とならんことを」と[三四]誦《ず》しいでたりしこそ、をかしかりしか。

秋になりたれど、[三五]かたえ《(へ)》だに涼《すゞ》しからぬ風の、ところがらなめり、さすがにむしの声《こゑ》などきこえたり。八日ぞかへらせ給《(たまひ)》ければ、[三六]七夕祭《たなばたまつり》、こゝにては例《れい》よりもちかう見ゆるは、ほどのせばければなめり。

[三七]宰相中将斉信《たゞのぶ》、[三八]宣方《のぶかた》の中将、[三九]道方《みちかた》の少納言など、まい《(ゐ)》り給へるに、人〻いでて物などいふに、[四〇]つゐ《(い)》でもなく、「[四一]明日《あす》はいかなることをか」といふに、[四二]いさゝか思《(おもひ)》まはしとゞこほりもなく、「[四三]人間の四月をこそは」といらへ給へるが、いみじうをかしきこそ。

ふ倚子」と共に、太政官庁か侍従所の備品。

二五 倒してこわしてしまった。

二六 奇怪なことと非難する者もいたが。

二七 集団心理で気にもとめないのである。

二八 瓦葺は熱を貯えて暑かったであろう。

二九 前に「めぐりて御簾ばかりをぞかけたる」とあったその御簾の外だから、ほとんど庭の側。

三〇 蜂が集ってくっついている様。

三一 以下、中宮女房の一行が朝所に寝泊りしているので、殿上人が日毎夜毎に集って来る様。

三二 夜は夜通し坐り込んで話をするのを聞いて。

三三 いったい予想したろうか、太政官のある場所が、今や夜遊びの場となろうなどと。特に典拠のある言葉ではないのではあるまいか。

三四 典拠もない言葉であるならば、それを漢詩を朗吟するような口調で言うことが既に面白い。

三五 古今集・夏・凡河内躬恒の「夏と秋とゆきかふ空の通ひ路はかたへ涼しき風や吹くらむ」を使って、片一方(=かた(へ))さえ涼しくない、とこの建物の暑さを強調した。

三六 七月七日の夜、ここ(朝所)で七夕祭をする、それが例年清涼殿東庭で行われる乞巧奠(きこうでん)と比べて間近に見える、ということ。

三七 →八八頁注一七。 三八 →九〇頁注一三。

三九 →八八頁注八。

四〇 唐突に。前後の関係(=ついで)もなしに。

四一 これがどういう発問であるかは後に詳しい。

四二 思案したり(=思ひまはし)言葉につかえたり(=とどこほり)することが「いささか」もなく。

四三 これが三人の殿上人の中の誰の返事なのか、またどういう解答であるかは後に詳しい。ただしこれが白氏文集十六・大林寺桃花「人間四月芳非尽、山寺桃花始盛開、長恨春帰無㆓覓処㆒、不㆑知転入㆓此中㆒来」の一節であることは自明。

過《す》[一]ぎにたることなれども心えていふは、たれもをかしき中に、女などこそさ[二]やうの物わすれはせね、男《をとこ》はさしもあらず、よみたる歌などをだになまおぼえなるものを、まことに[三]をかし。内《うち》なる人も外《と》なるも、心えずと[四]思《(おもひ)》たるぞことは《(わ)》りなる。

[五]この四月の一日《ついたち》ごろ、細殿《ほそどの》[六]の四のくちに、殿上人あまたたてり。やう／＼すべり失《う》せなどして、たゞ頭中将[七]、源中将[八]、六位[九]ひとりのこりて、よろづのこといひ、経[一〇]よみ、歌《うた》うたひなどするに、「あけはてぬなり。かへりなむ」とて、「露[一一]はわかれの涙なるべし」といふことを、頭中将のうちいだし給へれば、源中将ももろともに、いとをかしく誦《ず》んじたるに、「いそぎける[一二]七夕《たなばた》かな」といふを、いみじうねたがりて、「たゞ[一三]暁のわかれ一すぢを、ふとおぼえつるまゝにいひて、わびしうもあるかな。すべて[一四]、このわたりにて、かゝること、思ひまはさずいふはくちをしきぞかし」など、返／＼《(かへすが(へす)》笑《わら》ひて、「人にな語《かた》り給《(たまひ)》そ。かならず笑《わら》はれなむ」といひて、あまりあかうなりしかば、「葛城《かづらき》[一五]の神、いまぞ術《ずち》なき」とてにげをは《(お)》しにしを、七夕《たなばた》[一六]のお《(を)》りにこの事をいひいでばやとおも

一 以下がこのやりとりの種あかしになるのだが、それに先立って一般的なことを言う。過ぎたことでもしっかり承知して物を言うことは誰の場合でも趣深い、その中で。
二 女なら前の出来事を忘れたりせぬものだが。
三 男の人でこんなに「物わすれ」なさらないのが特にすばらしい、ということ。
四 周囲の誰にも以上の応酬がのみこめない。
五 以下いよいよ種あかしに入る。今年の四月一日ごろ。三か月前の「過ぎにたること」である。
六 登花殿の西廂、とされる。その四番目の遣戸口。北から数えるものらしい。
七 藤原斉信。宰相になる前の呼び方。
八 源宣方。　九 六位蔵人がひとり。
一〇 次の「歌うたひ」と同じく声楽としての誦経。
一一 「年不㆓再秋㆒夜五更、料知霊配暁来情、露応㆓別涙㆒珠空落、雲是残粧鬢未㆑成」(菅家文草五「七月七日代㆓牛女㆒惜㆓暁更㆒」)。和漢朗詠集には「七夕」として載せる。　一二 四月の初めに「七夕」の詩とは気が早い、の意。
一三 「惜㆓暁更㆒」という気持一本を、ふと思いついたままに言ったので、時節外れと言われる結果になったのは残念至極、の意。底本「あか月」。
一四 大体、この中宮女房の近くで、こういうことを、不注意に口にすると無念な結果になる。
一五 葛城の神は、こう明るくなると居たたまれない。「葛城の神」→一六九頁注三〇。
一六 三か月前の失敗談を持ち出したらどう反応なさるだろうか、という興味。底本「この」虫損。
一七 ここで相手が斉信であることが決定的。ただし斉信の参議は長徳二年(九九六)四月二十四日。この段は長徳元年四月のこと。底本「かば」虫損。
一八 必ず七夕の夜にお目にかかれると限るまい。
一九 七夕前後に偶然お目にかかることもあろう。

ひしかど、[一七]宰相になり給《(たまひ)》にしかば、[一八]かならずしもいかでかは、[一九]そのほどに見つけなどもせん、[二〇]ふみかきて殿司《とのもづかさ》してもやらん、などおもひしを、七日にまい《(ゐ)》り給へりしかば、いとうれしくて、[二一]その夜の事などいひいでば、心もぞえ給《(たまふ)》、[二二]たゞすゞろにふといひたらば、あやしなどやうちかたぶき給《(たまふ)》、[二三]さらばそれにを、ありしことをばいはん、とてあるに、[二四]つゆおぼめかでいらへ給へりしは、まことに[二五]いみじうをかしかりき。月ごろ[二六]いつしかとおもはへたりしだに、わが心ながらすき〳〵しとおぼえしに、[二七]いかでさ思ひまうけたるやうにの給《(たま)》ひけん。[二八]もろともにねたがりいひし中将は、[二九]おもひもよらでゐたるに、[三〇]「ありし暁のこと、いましめらるゝはしらぬか」との給《(たまふ)》にぞ、「げに〳〵」と笑《わら》ふめる、[三一]わろしかし。

人と物いふことを[三二]碁《ご》にして、[三三]ちから語《かた》らひなどしつるをば、「[三四]手《て》ゆるしてけり。[三五]結《けち》さしつ」などいひ、「男《をとこ》は、[三六]手《て》うけむ」などいふことを、人はえしらず、[三七]この君とこゝろえていふを、「なにぞ〳〵」と源中将は[三八]そひつきていへど、いはねば、かの君に「いみじう、[三九]猶《(なほ)》これの給《(たま)》へ」とうらみられて、よきなか

二〇 会えなければ手紙を書いて。 二一 あの夜のことを言い出したら、すぐ合点されるだろうか。
二二 唐突に言い出したら、何のことかと首をひねられるかしら。 二三 そしたらその時こそは。
二四 あやふやなことなど全くなしに。
二五 以上の種あかしによって、清少納言の「明日はいかなることをか」という発問は、明日はどんな詩を吟じられますか、も一度「露はわかれの」でしょうか、という問いであること、斉信の即答が、いや今度は逆に、七月に「人間の四月を」の詩を吟じて埋め合わせをするつもりです、というしゃれた応酬であったことがわかる。
二六 この何か月の間、早く七夕にならないかと思いつづけ(=思はへ)ていたことさえ。
二七 どうしてあんなに準備していたかのように。
二八 四月に斉信と一緒にくやしがっていた宣方。
二九 どういうことだか思い当らない。
三〇 先日の暁のことの御注意がわからぬか。底本「あ月」。能因本により「か」を補い表記を改む。
三一 宣方への評。仕様のない人だこと。
三二 碁になずらえて。斉信と清少納言との間の一種の暗号として使ったのだと後でわかる。
三三 男女が親しくなったことを。
三四 「手ゆるす」は、碁で相手に先に石を置かせることのようである。だから男が近寄ることを許す女の態度の暗号としたものであろう。
三五 「結さす」は、碁で終盤の寄せに入ること。愛情の最終的確めを期する男の態度であろう。
三六 「手受く」は、碁で何目か置いて相手をすることのようである。だから、男は女に一目置いた態度をとるだろう、という意と思われる。
三七 この方(斉信)とは(暗号の)約束承知で話すのを。 三八 清少納言につきまとって。
三九 このわけを話して下さい。斉信への依頼。

なれば聞《き》かせてけり。[一]あへなくちかくなりぬるをば、「[二]を《(お)》しこぼちのほどぞ」などいふ、[三]われも知《し》りにけりと、いつしか知《し》られんとて、「碁盤《ごばん》侍りや。[四]まろと碁《ご》うたんとなんおもふ。[五]手《て》はいかゞ、ゆるし給はむとする。[六]頭中将とひとし碁《ご》也。[七]なおぼしわきそ」といふに、「[八]さのみあらば、定《さだ》めなくや」といひしを、またかの君に語《かた》りきこえければ、「うれしういひたり」とよろこび給《(たまひ)》し。[九]猶《(なほ)》すぎにたる事わすれぬ人はいとをかし。

宰相になり給ひしころ、[一〇]上《うへ》の御前《おまへ》にて、「詩をいとをかしう誦《ず》じ侍《(はべる)》ものを。[一一]蕭会稽之過古廟《(せうくわいけいがこべうをよぎつし)》なども、たれかいひ侍らむとする。[一二]しばしならでもさぶらへかし。くちお《(を)》しきに」と申しかば、いみじう笑《わら》はせ給《(たまひ)》て、「[一三]さなんいふとてなさじかし」などおほせられしもをかし。されどなり給《(たまひ)》にしかば、まことにさうぐ〳〵しかりしに、[一四]源中将おとらず思ひて、ゆへ《(ゑ)》だちあそびありくに、[一五]宰相中将の御うへをいひいでて、「[一六]「いまだ三十の期《(ご)》にを《(お)》よばず」といふ詩を、さらにこと人に似ず誦《ずう》じ給《(たまひ)》し」などいへば、「などてかそれにを《(お)》とらん。[一七]まさりてこそせめ」とてよむに、「さらに似《に》るべくだにあらず」といへば、「わびしのこと

一 余す所なく親しくなった仲を。
二 「おしこぼち」は、碁で勝負がついて盤面の石を崩すこと。だから二人の仲はもう成立、の意の暗号となる。
三 それらを自分も覚えたと早く知られたい。
四 私と(あなたと)碁を打とうと思う。
五 どうです「手ゆるし」て下さるか。暗号として「仲よくしよう」の意となる。
六 頭中将と同程度の碁です。彼に劣る男ではない、の意。
七 私を頭中将と差別しないでいただきたい。
八 「さ」は「手ゆるす」を指す。誰彼なしに「手ゆるし」ては、無節操ではありませんか。「定め」に碁の用語「目」を懸けていよう。
九 斉信との暗号のやりとりは、宣方がそれを使ったのよりかなり前、というのであろう。宣方は面白がったが「すぎにたること」であった。
一〇 帝の居られる前で斉信の噂をする。
一一 大江朝綱の詩序の一節。本朝文粋十、和漢朗詠集・交友に載る。斉信のこの詩の誦し方を賞めるのである。
一二 しばらく参議にならずにいてほしい。参議になると蔵人頭を辞するのが習いで、清涼殿周辺で会う機会が減るのが「くちをし」い。
一三 清少納言がそう言っていると斉信に伝えて、宰相(参議)にはしないことにしよう。
一四 宣方は(斉信に)後れをとるまいと思って、気どって遊び廻る(私の所へも来る)のに。
一五 斉信の噂を(清少納言が)言い出して。
一六 本朝文粋一「吾年三十五、未レ覚二形体衰一、今朝懸二明鏡一、照二見二毛髪一…顔回周賢者、未レ至二三十期一、潘岳晋名士、早著二秋興詞一」(源英明「見二二毛一」)とある詩の一節。「二毛」は黒髪白髪で、ごま塩頭の意。斉信が蔵人頭になったの

や。一八いかであれがやうに誦《ずう》ぜん」との給《たまふ》を、「三十期《さんじふのご》、といふ所なん、すべていみじう一九愛敬《あいぎやう》づきたりし」などいへば、ねたがりて笑《わら》ひありくに、二〇陣《ぢん》につき給へりけるを、脇《わき》によびいでて、「からなんいふ。猶二一そこもと教《をし》へ給へ」との給《たま》ひければ、笑《わら》ひて教《をし》へけるもしらぬに、局《つぼね》のもとにきて、いみじうよく似《に》せてよむに、あやしくて、「こはたそ」とゝへば、二二笑《ゑ》みたる声《こゑ》になりて、「二三いみじきことをきこえん。かう〱、昨日陣《ぢん》につきたりしに、とひ聞《き》きたるに、二四まづ似《に》たるなり、「たれぞ」と、にくからぬけしきにてとひ給《たまふ》は」といふも、二五わざとならひ給《たまひ》けむがをかしければ、二六これだに誦《ずう》すれば出《い》でて物などいふを、「二七宰相中将の徳《とく》をみること。二八そのかたにむかひて拝《おが》むべし」などいふ。二九下《しも》にありながら、「上《うへ》に」などいはするに、これをうちいづれば、「三〇まことはあり」などいふ。三一御前《おまへ》にもかくなど申せば笑《わら》はせ給《たまふ》。

内の御物忌《ものいみ》なる日、三二右近の将監《さうくわん》みつなにとかやいふ物《もの》して、畳紙《たゝうがみ》にかきておこせたるを、みれば、「三三参《さん》ぜむとするを、けふあすの御物忌《いみ》にてなん。三四三十の期にを《お》よばずはいかゞ」といひたれば、返事《かへりごと》に、「三五その期《ご》はすぎ給《たまひ》にたらん。

は二十八歳、「いまだ三十の期におよばず」であった。

一七 (斉信より)もっと上手に誦して見せよう。

一八 何とか斉信程度に誦してみたい。

一九 「あいぎやう」が正。魅力たっぷりでした。

二〇 (斉信が参議として)公卿陣に出席する。

二一 そこの所を。そこを上手に誦する要領を。

二二 笑っていることがわかるような声。

二三 いいことをお耳に入れましょう。

二四 どうやら似たようですね。「どなた」と、不快でもない様子でお聞きになるところを見ると。

二五 わざわざ(斉信を呼び出してまで)習われたというのが面白いので。

二六 (それ以後)この「三十の期におよばず」という詩さえ誦すれば、端に出てお相手をすると。

二七 斉信のおかげを蒙ることよ。「徳」は恩恵。

二八 斉信のいる方角に向って拝まねばならないな。「拝む」は「をがむ」が正。

二九 局に下りているのに、「中宮様の所へ行っています」など言わせるのに。居留守である。

三〇 本当を言うと居りますのよ。

三一 中宮様にこのお話をすると。

三二 右近衛将監(近衛府の四等官)みつ何とか。「みつなに」は名を正確に言う必要もない、と認めた時の言い方。このあと主語抜きなのは、宣方を主人公と決めてかかっているのである。

三三 お訪ねするつもりですが、今日明日の宮中の物忌で参れません(終ったら参ります)。

三四 「三十の期におよばず」と誦しさえすれば清少納言は面会に応じた、という経験をふまえている。会っていただけますね、という意味。

三五 もう三十歳は越えておいででしょう。宣方の年齢はいま一つ明らかでないが、後文からして三十九の少し手前あたりのようである。

一朱買臣が妻《め》を教へけん年《とし》にはしも」とかきてやりたりしを、又ねたがりて、上《うへ》の御前《おまへ》にも奏《そう》しければ、宮の二御かたにわたらせ給《(たまひ)》て、「いかでさる事はしりしぞ。「三三十九なりける年《とし》こそ、さはいましめけれ」とて「四宣方《のぶかた》はいみじういはれにたり」といふめるは」とおほせられしこそ、五物くるを《(ほ)》しかりける君、とこそおぼえしか。

（一五五段）

六弘徽殿《こうきでん》とは、閑《かん》院の左大将の女御をぞきこゆる。その御かたに、七うちふしといふもののむすめ、八左京といひてさぶらひけるを、九源中将かたらひてなん、と人〴〵一〇笑《わら》ふ。

宮の職《しき》一一にを《(お)》はしまいしにま《(ゐ)》いりて、「とき〴〵は宿直《とのゐ》などもつかうまつるべけれど、一二さべきさまに女房《ばう》などももてなし給はねば、一三いと宮仕《みやづかへ》を《(お)》ろかにさぶらう《(ふ)》こと。一四宿直所《とのゐ》をだにたまはりたらば、いみじうまめにさぶらひなん」といひゐ給《たま》へれば、人〴〵、一五「げに」などいらふるに、一六「まことに、人はうちふしやす

一　朱買臣が妻に教訓したというお年になら、「いまだその期に及び給はじ」ですけれど。呉の朱買臣が、貧をなげく妻にいま私は四十余だが五十になったら富貴となろう、それを待て、といましめた話が前漢書にある。ただし後の帝の言葉から、清少納言が古注蒙求の「予年四十当ㇾ貴。今三十九。妻不ㇾ聴遂去」によったらしいと推定されている。
二　帝がそれを伝えに中宮の所へいらっしゃる。
三　朱買臣は三十九歳の時、そんな風に妻を教戒したのだ。宣方の発言である。
四　私は一本とられました、という気持。宣方が三十九歳の直前であることを思わせる。
五　そんなことを帝に申し上げるとは、との気持。
六　一条女御、藤原義子。藤原公季の娘。公季（＝閑院の左大将）は正暦二年（九九一）九月左近大将。
七　大鏡などにも見える巫女。「臥してのみ」託宣を告げたので、この名があった。
八　紫式部日記などにも名の見える女性。
九　前段終りの、主人公を宣方ときめてかかった書き方からは無用の語。筆が改ったのである。
一〇　低い身分の女に通う不見識への軽侮である。
一一　職の御曹司。
一二　しかるべき扱いを女房がたが取って下さらないので。待遇がよくない、という不満。
一三　どうも御奉公を怠りがちでございます。
一四　宿直部屋をあてがって下さりさえすれば。
一五　左様でございますね。とりあえず相手に逆らわない当座の応答であろう。
一六　おっしゃる通り、誰でも「うちふし」て休む所が必要でございますね。そういう所へは貴方様もしばしばとお出かけのようですものね。「うちふし」の女に通っていることへの揶揄。
一七　味方だと信じていたら。私を真に理解して

む所《ところ》のあるこそよけれ。さるあたりには、しげうまい《ゐ》り給《たまふ》なるものを」とさしいらへたりとて、「すべてものきこえじ。一七かた人とたのみきこゆれば、一八人のいひふるしたるさまにとりなし給《たまふ》なめり」など、いみじうまめだちて一九怨《え》じ給《たまふ》を、「あなあやし。二〇いかなることをか聞《きこ》えつる。さらに聞《き》き《ゝ》とがめ給《たまふ》べきこともなきを、「二二さるべきこともなし」などいふ。二一かたはらなる人をひきゆるがせば、「二二さるべきこともなきを、ほとを《ほ》りいで給《たまふ》、やうこそはあらめ」とて二三はなやかに笑《わら》ふに、「二四これもかのいはせ給《たまふ》ならん」とて、二五いとものしと思《おもひ》たまへり。「さらに、さやうのことをなんいひ侍らぬ。二六人のいふだににくき物を」といらへてひき入《い》りにしかば、のちにも猶《なほ》、「二七人に恥《は》ぢがましきことといひつけたり」とうらみて、「二八殿上人笑《わら》ふとていひたるなめり」との給《たま》へば、「二九さては、ひとりをうらみ給《たまふ》べきことにもあらざなるに、あやし」といへば、三〇そのの《ゝ》ちはたえてやみ給《たまひ》にけり。

（一五六段）

三一むかしおぼえて不用《ふよう》なる物　三二繧繝縁《うげむばし》の畳《たゝみ》の、三三ふしいできたる。三四唐絵《からゑ》の屏風の、

くれている人だと思っていたのに、ということ。
一八 人の言い古した線で私をとり扱われるようですね。悪い噂をかばって下さればよいものを、という不平。
一九 「ゑ」が正。「ゑんじ」と同じ。
二〇 一体私が何を申しあげたとおっしゃるのでしょう。お耳にさわるようなことは何一つ申しておりません。宣方をものともせぬ空とぼけ。
二一 側の女房の体をゆすると。口ぞえの要求。
二二 「聞きとがめ給ふべき(=さるべき)」ことはございませんのに、お腹立ちなさる(=ほとほりいづ)のは、やはりわけ(=やう)がおありなのでは。清少納言の尻馬に乗った揶揄。
二三 相手には気にさわる笑い方である。
二四 これも清少納言が言わせなさるのであろう。
二五 「ものし」は不愉快でむっとする様。
二六 誰かがそんなことを言うのも嫌いですのに。
二七 私の恥になるようなことを朋輩の女房に言わせた、と清少納言を恨んで。
二八 殿上人たちが(左京と私とのことを)笑っている、というので「やうこそはあらめ」などと言ったのだろう。
二九 それじゃ私ひとりをお恨みになる筋でもありますまいに、わけがわかりませんこと。もとは殿上人の責任ということになりますわね、と相手の言葉尻をとらえた逆襲。
三〇 左京との関係を絶ってしまわれた。
三一 昔のすばらしさが思いやられて、今の役立たなさの目立つもの。たしかに盛りであった頃は立派であったに違いない、と思われることが「むかしおぼゆ」。
三二 「繧繝」は色の濃淡を段層的に彩色すること。そのような錦を縁にした、貴人用の最高級の畳。
三三 畳表の横糸がむき出しになっているもの。
三四 中国風の絵。大和絵に対する概念。

一くろみ面《おもて》そこなはれたる。二絵師《ゑし》の目《め》くらき。三七八尺の鬘《かづら》のあかくなりたる。葡《え》萄《び》染《ぞめ》の織《をり》物、四五はい《(ひ)》かへりたる。色好《いろごの》みの老《お》六いくづ《(ほ)》おれたる。おもしろき家《いへ》の、木《こ》立《だち》やけうせたる。池《いけ》などは七さながらあれど、浮《うき》草水《み》草《くさ》などしげりて。

（一五七段）

八たのもしげなき物　九心みじかく人一〇わすれがちなる婿《むこ》の、つねに夜《よ》がれする。そらごとする人の、さすがに、一一人のことなしがほにて一二大事うけたる。風はやきに帆《ほ》かけたる舟。七八十ばかりなる人の、一三心ちあしうて日ごろになりたる。

（一五八段）

読《ど》経は　一四不《ふ》断《だん》経。

（一五九段）

一 日焼けして黒くなったり、表面が傷んでいるの。「面そこなふ」は破れていることであろう。
二 絵師が老眼になっているの。
三 「鬘」は、今言う「かつら」。毛髪を補うもの。毛髪の長いことを美人の条件とした当時だが、「あかく」日焼けするまで使い古せば「七八尺」の長さがかえって醜い。　四 「おり物」が正。
五 色あせること。葡萄染は灰汁(あく)を使って染めるので、色あせるのを「灰かへる」と言う。
六 すっかり若さを失ってしまった様。
七 昔のままあるのだが。その池にも草が茂り放題で、火にあう前の立派さとの落差が大きい。
八 頼りないもの。多分だめだろう、という先への悲観的見通しが含意されていよう。
九 物事への関心や努力の長つづきしない人の心を「心みじかし」と言う。文脈によって、短気、薄情などの意となるが、ここは「飽きっぽい」の意であろう。　一〇 妻への愛を怠りがちの夫。
一一 他人の用事をいかにも成しとげることが出来そうな様子で。
一二 大仕事を引きうけているの。うまく行くはずがない、という気持である。
一三 病気になって何日も経ったの。多分もう治るまいという暗い見通し。
一四 昼夜を通して中断することなく経をよむこと。十二人の僧が一時ずつを分担するのが常であった。
一五 底本「宮のまへの」。能因本により改む。「みやのめの祭(宮咩祭)」と言い、正月初午、十二月初午に行われる民間の祭。十二月の祭から正月の祭までは、一か月の近さだが年を隔てている。その点を「近くて遠し」としたもの。
一六 親しくない親戚との人間関係。
一七 鞍馬山への登山道は、屈折のつづく「つづら

ちかうてとを《(ほ)》き物　宮[一五]のべの祭《まつり》。思[一六]はぬはらから親族《しぞく》の中。鞍馬《くらま》のつゞら[一七]お《(を)》りといふ道《みち》。師走《しはす》[一八]のつごもりの日、正月《むつき》の一日《ついたち》の日のほど。

とを《(ほ)》くてちかき物　極楽《ごくらく》[一九]。舟《ふね》[二〇]の道《みち》。人[二一]の中。

（一六〇段）

井[二二]は　ほりかねの井。たまの井。はしり[二三]井は、逢坂《あふさか》なるがをかしき也。山[二四]の井、などさしもあさきためしになりはじめけん。飛鳥《あすか》井は、「[二五]みもひもさむし」とほめたるこそをかしけれ。千貫《(ちぬき)》の井。少将井《(の)》。さくら井。きさきまちの井。

（一六一段）

野は　嵯峨野《さがの》[二六]さら也。印南野《いなみ》。交野《かたの》。駒野《こまの》。飛火野《とぶひ》。しめし野《の》。春日野《かすが》。そ

（一六二段）

折」で、直線距離の近さに似ず遠い。
一八 十二月三十一日から一月一日までの時間。
一九 極楽は十万億土という気の遠くなるような彼方とされる一方、極楽に迎えて下さる阿弥陀仏はすぐ身近にいらっしゃる、と説かれていた。「従レ是西方過二十万億仏土一有二世界一、名曰二極楽一、其土有レ仏、号二阿弥陀一」（阿弥陀経）、「阿弥陀仏、去レ此不レ遠」（観無量寿仏経）。
二〇 海路。陸路と違って時間はかかるのだが、陸路は目的地までの間に間断なく事物や事件があって、経過が小きざみにぎっしりと区切られている。それに対して海路は経過が単調で、出発点と到着点との間に変化の区切りがない。
二一 男女の仲、の意。
二二 水の湧き出ている所、またその湧き水。
二三 「はしり井」は元来、勢いのよい湧き水をいうのであろうが、「逢坂」のが特に有名で、しばしば歌によまれた。清原元輔の「走り井のほどを知らばや逢坂の関ひきこゆる夕かげの駒」（拾遺集・雑秋）などは、その一つ。
二四 「山の井」は元来、人里はなれた山の湧き水であろうが、岩代国安積郡のものが歌枕として特に有名。万葉集・巻十六の采女の歌「あさか山かげさへ見ゆる山の井の浅き心をわが思はなくに」は、「難波津に咲くやこの花…」と共に、古今集仮名序に「歌の父母」として引かれ、誰知らぬ者のない歌であった。
二五 催馬楽・飛鳥井「飛鳥井に宿りはすべし、や、おけ、蔭もよし、御甕(みもひ)も寒し、御秣もよし」。「御甕」は元来、水瓶をさすが、転じて水の意。
二六 山城国葛野郡。平安京の西方、大井川の北にひろがる野。嵯峨帝が離宮(今の大覚寺)を、源融が別邸(今の清涼寺)を営むなど、平安時代も格別の野であった。だから「さらなり」。

うけ野《の》こそすゞろにをかしけれ。[一]などてさつけけむ。[二]宮木野《の》。粟津《あはづ》野。[三]小野《をの》。[四]紫野《むらさきの》。

（一六三段）

[五]上達部《（かんだちめ）》は　[六]左大将、右大将。[七]春宮《（とうぐうの）》大夫。[八]権大納言、権中納言。[九]宰相《（の）》中将、[一〇]三位《（さんみの）》中将。

（一六四段）

[一一]君達《きんだち》は　[一二]頭《（とうの）》中将、頭《（の）》弁。[一三]権《（の）》中将、[一四]四位《（しゐの）》少将。[一五]蔵人《（の）》弁、[一六]四位《（の）》侍従。[一七]蔵人《（の）》少納言、蔵人《（の）》兵衛佐。

（一六五段）

[一八]受領《（ずりやう）》は　伊予《（の）》守。紀伊《（の）》守。和泉《（の）》守。大和《（の）》守。

一「そうけ野」の命名に対する清少納言の興味の内実はよくわからない。
二 陸前国。萩の名所として知られた。
三 山城国。比叡山麓で惟喬親王の隠棲の地として知られた。
四 山城国。賀茂斎院のあった所。
五 参議以上の官職または三位以上の位階の人の総称。ただし大臣を除く称として用いられることが多い。ここもそうであろう。前途になお栄光のひかえている人達だからである。
六 左右近衛府の長が左右大将。関白には大将の経験のある人がなるのを常とした。
七 春宮坊の長官。従四位下相当の官だが、これも名門の子弟でないと任ぜられない。
八 大納言は令に定められた官、中納言はいわゆる令外の官、共に左右大臣の下で国政にあたる。「権」は定員外の義で、わざわざ「権」を冠しているのは、定員を満している時になお敢えて任ぜられるのが、特別扱いの印象だからか。
九「宰相」は参議。近衛中将兼参議が「宰相中将」で、大臣家の子弟の官である。
一〇 三位の位で近衛中将の官にある人。中将は従四位下相当の官だから、特に三位に叙せられた名門の子弟、ということになる。
一一 上流貴族の子弟。前段の人達より一段若い。
一二 蔵人頭で近衛中将を兼ねるのが「頭中将」、中弁を兼ねるのが「頭弁」。上達部への最短距離にある人である。
一三 近衛中将の権官。定員外の魅力か。
一四 近衛少将は正五位下相当。特に四位に叙せられた少将で、前段の「三位中将」に似る。
一五 五位蔵人で弁官に任ぜられた人。
一六「侍従」は中務省の三等官だが帝の側近く仕える。従五位下相当だから「四位」は特別。

[一九]権守《ごんのかみ》は　甲斐《かひ》。越後《ゑちご》。筑後《ちくご》。阿波。

（一六六段）

[二〇]大夫《たいふ》は　[二一]式部《の》大夫。[二二]左衛門《の》大夫、右衛門《の》大夫。

（一六七段）

法師は　[二三]律師。[二四]内供《ないぐ》。

（一六八段）

女は　[二五]内侍のすけ。[二六]内侍。

（一六九段）

[二七]六位《の》蔵人などは、[二八]思《おもひ》かくべきことにもあらず。[二九]かうぶりえて、なにの[三〇]権守《かみ》、

（一七〇段）

一七 五位蔵人で、少納言を兼ねた人。兵衛佐を兼ねたのが「蔵人兵衛佐」。
一八 底本この段を欠く。二類本により補う。「受領」は国守。実収入の多い地方長官だが、以下に挙げられた国は必ずしもいわゆる「大国」でない。なお先の楽しみがあるということであろう。
一九 上国・大国に限って置かれる国守代理。
二〇 五位に叙せられた者の総称。
二一 式部大丞（正六位下相当）、同少丞（従六位上相当）で特に五位に叙せられた者の称。
二二 左（右）衛門大尉（従六位下相当）で特に五位に叙せられた者の称。
二三 僧正・僧都に次ぐ僧官。この三等を「僧綱」と総称する。
二四 内供奉の略。「供奉」とも略称する。宮中の内道場に供奉するほか、夜居僧として帝の近くに奉仕する。
二五 内侍司の次官。典侍（ないしのすけ）＝従四位相当）のこと。長官の「尚侍（ないしのかみ）」は上流の女性がなり、女御・更衣と同様に帝の御寝に侍ることが多かったけれども、典侍は中流の女性にも開かれた官であった。
二六 内侍司の三等官。掌侍（ないしのじょう）＝従五位相当）のこと。尚侍・典侍・掌侍とも内侍所に侍し、神鏡守護その他の重職を処した。
二七 八四段「めでたきもの」における六位蔵人に関する記述を参照のこと。
二八 「思ひかく」は、将来あり得ることとして思い描くこと。以下に語られているようなことを自分の将来像として考えるべきではない、の意であろう。ただしこの冒頭文は表現的に未熟。
二九 労六年（勤続六年）で五位に叙せられる巡爵のこと。
三〇 一六六・一六七段を内容的に承けている。

[一]大夫《たいふ》などいふ人の、[二]板《いた》屋などのせばき家《いへ》持たりて、[三]又[四]小檜垣《こひがき》などいふものあたらしくして、車宿《くるまやどり》に車《くるま》ひきたて、[五]まへ近《ちか》く一尺ばかりなる木生《お》ほして、牛《うし》つなぎて、草《くさ》など飼《か》はするこそ、いとにくけれ。庭いときよげにはき、[六]紫革《むらさきがは》して[七]伊予簾《よす》かけわたし、[八]布障子《ぬのさうじ》はらせて、住《す》まゐ(ひ)たる。よるは「[九]門《かど》つよくさせ」など、ことおこなひたる、いみじうを(お)[一〇]ひさきなう、心づきなし。

[一一]おやの家《いへ》、[一二]舅《しうと》はさら也、をぢ兄《あに》などの住《す》まぬ家《いへ》、[一三]そのさべき人なからんは、[一四]を(お)のづから、むつまじくうち知《し》りたらん受領《ずりやう》の、[一五]国《くに》へいきていたづらならむ、さらずは、院、[一六]宮ばらの、屋あまたあるに住《す》みなどして、[一七]司《つかさ》まち出《い》でてのち、いつしか[一八]よき所たづねとりて、[一九]住《す》みたるこそよけれ。

（一七一段）

[二〇]女ひとりすむ所は、[二一]いたくあばれて築土《ついひぢ》なども全《また》からず、池《いけ》などある所も水《み》[二二]草《くさ》ゐ、庭《には》なども[二三]蓬《よもぎ》にしげりなどこそせねども、ところ〳〵[二四]砂子《すなご》の中より青《あを》き草《くさ》うち見え、さびしげなるこそあはれなれ。[二五]ものかしこげに、[二六]なだらかに修理《すり》し

一 底本「などいふ」を欠く。能因本により補う。「などいふ人の」が叙爵して任官することへの嫌悪感を示している。
二 板葺の家。檜皮葺でない粗末な家。
三 以下「…て…て」と並べ立てて行くのが、気に入らぬ、という気持を表わしている。
四 檜の薄板で組んだ網代垣。
五 建物のすぐ前に、ということであろう。
六 紫色に染めた革。 七 →三五頁注二六。
八 布張りの障子。紙張りより丈夫な実用向き。
九 警戒心一本槍の不風流な指図である。
一〇 先の見込みがなく。巡爵してこんな風になるようなら、前途は知れている、という気持。
一一 以下、男の住むべき家への言及。
一二 舅(妻の父)の家は言うまでもなく。
一三 住家を提供してくれるような、しかるべき近親の人が無い場合には。
一四 良くしたもので、自然、住むべき家に恵まれるものだ、という気持が「おのづから」。
一五 任国へ赴任して使われなくなっている空屋。
一六 底本「宮はうの」。他本により改む。院(上皇・女院)や宮様がたで、邸を多くお持ちの、その一つに住んだりして。
一七 いい官職を得て後。「まち出で」が、無理な猟官はしないで自然に、という気持を表わす。
一八 優れた家を手に入れて。
一九 底本「よみたる」。他本により改む。
二〇 生活を支える親などのない、女の独り住い。
二一 以下、あまりきちんと整っていない有様が描かれる。頼りなげな所をよしとする考え方。
二二 腰を据えたように生えついた様の表現。
二三 「蓬」は「葎(むぐら)」と共に、荒れた庭の象徴。そこまで荒れ果ててはみっともないので「などこそせねども」と言う。

て、[二七]門《かど》いたくかため、[二八]きはぐ\しきは、いとうたてこそおぼゆれ。

（一七二段）

[二九]宮づかへ人のさとなども、親《おや》ども二人《ふたり》あるはいとよし。人しげく出《い》で入《い》り、奥《おく》のかたに、[三〇]あまた声《こゑ》ぐ\さまぐ\きこえ、馬《むま》のを《(お)》となどして、いとさは《(わ)》がしきまであれど、[三一]とがもなし。

[三二]されど、[三三]しのびてもあらはれても、を《(お)》のづから、[三四]「いで給ひにけるをえ知《し》らで」とも、また[三五]「いつかまい《(ゐ)》り給《(たまふ)》」などいひにさしのぞき来《く》るもあり。[三六]心かけたる人、はた、[三七]いかゞは。[三八]門《かど》あけなどするを、[三九]うたてさは《(わ)》がしう、[四〇]おほやうげに夜中まで、など[四一]思ひたるけしき、いとにくし。[四二]「大御門《おほみかど》はさしつや」など問ふなれば、「いま。まだ人のを《(お)》はすれば」など[四三]いふものの、[四四]なまふせがしげに思《(おもひ)》ていらふるにも、「人いで給ひなばとくさせ。このころ盗人《ぬす》いとおほか也。火あやう《(ふ)》し」などいひたるが、いとむつかしう、[四五]うちきく人だにあり。

[四六]この人の供《とも》なるものどもは、[四七]わびぬにやあらん、[四八]この客《かく》いまやいづる、とた

二四 庭に敷いた微粒の石。そこに青い草が生えていて抜かれないままになっている有様。
二五 いかにも落度というもののないような態度が「ものかしこげ」。以下の住居の管理のしかたを情緒が無いと悪く評価した言い方。
二六 抵抗感を与えないのが「なだらか」。
二七 要慎堅固は警戒心の現われである。
二八 けじめがはっきりしているのは。
二九 宮仕えする女性が里下りした実家。
三〇 以下、両親の揃った家の活気の描写。
三一 気にとがめるようなことでもない。
三二 以下、親のいる家の窮屈さの側面への描写。
三三 人目を忍んででも、公然とでも。里へ下った「宮づかへ人」を訪ねて来る人の態度である。
三四 里へお下りになったと存じませんで。
三五 いつ御主人のお邸へもどられますか。いつまで御滞在ですか、の意。
三六 その「宮づかへ人」に心を寄せている男性。
三七 どうして訪ねて来ないことがあろう。
三八 逢いに来た男を迎えるべく門を開けるのを。
三九 うるさいことに、大さわぎして。
四〇 おおごとのように、夜中まで。
四一 親の迷惑がっているのが娘からは「にくし」。
四二 大そうな言い方である。
四三 返事をする者が。「の」は主格の「の」。
四四 「ふせがしげ」は、出来れば避けたい、という気持であろう。迷惑そうに。
四五 聞いている人だって居るものを。訪ねて来てくれた男性への、娘の立場からの気遣い。
四六 訪ねて来た男性の従者たち。
四七 主人(男)が長居しても、それが苦にならないのか。
四八 訪問された女の家の使用人の立場からの表現。このお客さんがもう帰るかもう帰るかと。

えずさしのぞきてけしきみるものども[一]を、笑《わら》ふべかめり。まね[二]うちするを聞《き》かば、[三]ましていかにきびしくいひとがめむ。いと[四]色《いろ》にいでていはぬも、思ふ心なき人は、かならず来《き》などやはする。されど、す[五]くよかなるは、「夜ふけぬ。御門《みかど》あやう《(ふ)》かなり」など笑《わら》ひて出《い》でぬるもあり。ま[六]ことに心ざしことなる人は、「[七]はや」などあまたゝびやらはるれど、猶《(なほ)》ゐあかせば、た[八]び〳〵見ありくに、あけぬべきけしきをいと[九]めづらかに思《(おもひ)》て、「[一〇]いみじう、御門《みかど》を、こよひ、ら[一一]いさうとあけひろげて」と聞《きこ》[一二]えごちて、あ[一三]ぢきなく、暁[一四]にぞさすなるはい[一五]かゞはにくきを、おやそひぬるは、猶[一六]さぞある。まいて、ま[一七]ことのならぬはい[一八]かに思《(おもふ)》らむとさへ、つゝまし。せうとの家《いへ》なども、け[一九]にくきはさぞあらむ。

[二〇]夜中、暁ともなく、門《かど》もい[二一]と心かしこうもてなさず、なにの宮、内《うち》わたり、殿《との》ばらなる人[二二]〳〵も、出《い》であひなどして、格子《かうし》などもあげながら冬《ふゆ》の夜をゐあかして、人[二三]の出《い》でぬるのちも、見いだしたるこそ、をかしけれ。有明《ありあけ》などは、ましていとめでたし。笛《ふゑ》[二四]などふきて出《い》でぬるなごりは、いそぎてもねられず。

一 女の家の迷惑がっている使用人たち。
二 迷惑がっている使用人の様子を、訪問客の従者たちが、笑いの種に真似るのである。
三 笑いものにされていると知ったら、どんなにきつく咎めだてをすることだろう。
四 はっきりと口に出さなくても、愛情もない人がきまってやって来る、などいうことがあろうか。口には出さなくても愛情があればこそ、こんなに里下りの度ごとに逢いに来るのだ、の意。
五 あっさりした人は。　六 本当に深い愛情を抱いている男は。「すくよかなる」男との対比。
七 もうお帰り下さい。男の立場を思っての女の科白だから「やらはる」は悪い意味でない。
八 男が帰ろうとしないから、使用人は何度も邸の内を見まわらねばならない。
九 とうとう夜が明けそうなのを見て、ここまで長居するとは「めづらか」と呆れるのである。
一〇「御門を…あけひろげて」を対象とする先導批評の連用形。なんとまあ。
一一「懶散と」であろうとされる。だらしなく、の意で、「あけひろげて」を対象とする先導批評。
一二 人に聞えるようにつぶやくこと。
一三 不愉快そうに。使用人の心情への言及。
一四 底本「あか月」。表記を改む。四行後も同じ。
一五 何とも腹立たしい限りだが。
一六 まだしもましだ。
一七 実の親でない間柄の場合は。
一八 訪ねて来てくれた男がどう思うかと。
一九 不愛想な兄であれば似たようなことだろう。
二〇 以下、里下りした女房の、望ましい過し方の描写。　二一 それほど厳重に戸締りせず。
二二 宮家・内裏・大臣家などに宮仕えしている女房たち。里下りした女房を、知り合いの女房たちが訪ねて来る有様である。

[二五]人のうへどもいひあはせて、[二六]歌《うた》などかたりきくまゝに寝《ね》いりぬるこそ、をかしけれ。

（一七三段）

ある所に、なにの君とかやいひける人のもとに、君達《きんだち》にはあらねど、[二七]そのこころいたうすいたるものにいはれ、心ばせなどある人の、九月ばかりにいきて、有明《ありあけ》のいみじう霧《き》りみちておもしろきに、[二八]なごり思い《(おもひ)》でられんと、[二九]ことばをつくして出《い》づるに、[三〇]いまはいぬらむと、[三一]とを《(ほ)》くみを《(お)》くるほど、えもいはず艶《えん》なり。[三二]出《い》づるかたをみせて、たちかへり、立蔀《たてじとみ》の間《あひだ》に、[三三]かげにそひてたちて、[三四]猶いきやらぬさまに、[三五]いまひとたびいひ知《し》らせんとおもふに、[三六]「有明《ありあけ》の月のありつゝも」としのびやかにうちいひて、[三七]さしのぞきたる髪《かみ》の、[三八]頭《かしら》にもよりこず、[三九]五すんばかりさがりて、[四〇]火をさしともしたるやうなりけるに、[四一]月の光《ひかり》もよを《(ほ)》されて、[四二]おどろかるゝ心ちしければ、[四三]やをら出《い》でにけり、[四四]とこそかたりしか。

二三 訪ねて来ていた男性が帰った後。
二四 「ふえ」が正。男性が笛を吹きながら帰って行った、その印象の揺曳が「なごり」。
二五 あの人、その人の噂話をしあって。
二六 噂の主の歌った歌を話したり聞いたりしている中に。底本「きまゝに」。二類本により改む。
二七 当時の風流人、との評判をとり。
二八 去った後の、印象の揺曳を残そうと。男は「すいたるもの」らしく振舞おうとしている。
二九 愛情の深さを語る言葉のたけを尽して。
三〇 もう行ってしまうのだと。いまの別れの辛さを、残る女の立場から表現したもの。
三一 男の姿が遠くなるまで見送っているのは。
三二 立ち去る様子を見せて。帰るふりをして。
三三 向うから見えない角度（＝かげ）に沿って立ち。
三四 まだ立ち去りきれないのだ、という風に。「いい知らせん」につづく。殺し文句である。
三五 もう一度（殺し文句を）告げ知らせたい。
三六 女の口ずさんだ古歌。拾遺集・恋三・柿本人麿「長月の有明の月のありつつも君し来まさばわれ恋ひめやも」。
三七 折からの長月の有明の月を眺める姿勢。
三八 頭の地肌につき従って来ない。女の髪が鬘であった、ということであろう。
三九 五寸ばかりずり下って。
四〇 そこだけを明るく照らし出した様子。五寸ばかり禿頭がむき出しになったことを指す。
四一 そこへ月の光が射して輝きを増した様。
四二 思いがけない物を見た男の驚き。
四三 そっと退散した、という気持であろう。
四四 以上の話が、聞き書きであることを示す。ただし主人公兼語り手を「君達にはあらねど…心ばせなどある人」と紹介する書き出しが途中で直接話法的に流れ、叙法は至って鷹揚である。

（一七四段）

雪のいとたかうはあらで、うすらかにふりたるなどは、いとこそをかしけれ。
又雪のいとたかうふりつもりたる夕暮《ゆふぐれ》より、[一]端《はし》ちかう、おなじ心なる人二三人ばかり、火お《(を)》けを中にすへ《(ゑ)》て、物語《がたり》などするほどに、くらうなりぬれど、[二]こなたには火もともさぬに、[三]おほかたの雪のひかり、いとしろうみえたるに、[四]火箸《ばし》して灰《はひ》などかきすさみて、あはれなるもをかしきも、いひあはせたるこそ[五]をかしけれ。

よゐ《(ひ)》もやすぎぬらむと思ふほどに、沓《くつ》のを《(お)》とちかうきこゆれば、あやしと見いだしたるに、時〴〵[六]かやうのお《(を)》りに、[七]おぼえなく見《み》ゆる人なりけり。「[八]今日《けふ》の雪《ゆき》をいかにと思《(おもひ)》やりきこえながら、[九]なでふ事に障《さは》りて、[一〇]その所にくらしつる」などいふ。「[一一]今日《けふ》こん」[一二]などやうのすぢをぞいふらむかし。[一三]昼《ひる》ありつることどもなどうちはじめて、よろづのことをいふ。[一四]円座《わらうだ》ばかりさしいでたれど、[一五]かたつかたの足《あし》は、下《しも》ながらあるに、鐘《かね》のを《(お)》となども聞《きこ》ゆるまで、[一六]内《うち》にも外《と》に

一 室内の、ただし最も庭などに近い所。雪のつもった庭を見ながら、という風情であろう。
二 自分たちの手許には火もともさないのに。
三 あたり一面（＝おほかた）の雪が、室外になお残る明るさを反射しているのである。
四 火桶の灰を火箸で掻きならす所作は、時間と精神のゆとりが生む「すさび」の所作である。
五 後の徒然草を思い出させる叙述である。
六 こういう情緒の深い時に。
七 予告もなく。ふらりと立ち寄る趣である。
八 今日の雪をどんな風に見ておいでかと。
九 何のかのといった、いささかの所用。
一〇 どこそこで日を過してしまいました。
一一 拾遺集・冬・平兼盛「山ざとは雪ふりつみて道もなし今日こむ人をあはれとは見む」。
一二 といった方面のことを言うのだろう。今日訪ねて来た私を「あはれ」と見てほしい、と言いたいのだろう、の意。
一三 訪ねて来た男の談話。
一四 坐って下さい、という意思表示だけはしてある、という状況。そこに坐ってしばらく話し込んでゆくことを期待しているのである。
一五 片足は縁にあげないまま。仮に坐ってほんのちょっと話するだけ、といった姿勢。
一六 室内の女房達にも、室外の男にも。
一七 こうした状況で話をすることは。
一八 明け方の、まだ暗い時刻。「夕暮」の対語。
一九 和漢朗詠集・雪「暁入㆓梁王之苑㆒、雪満㆓群山㆒、夜登㆓庾公之楼㆒、月明㆓千里㆒」。この詩の作者は謝観とも賈嵩とも伝えられる。「なにのやま」と吟じたのは「群山」のいわば意訳。
二〇 女だけだったならば、徹夜してここまで坐ってはいまいものを。
二一 男の訪問客などのない、普段の女ばかりの

も、一七このいふことはあかずぞおぼゆる。

一八あけぐれのほどに返《（かへる）》とて、「一九雪《ゆき》なにのやまにみてり」と誦《ず》したるは、いとをかしき物也。二〇女のかぎりしては、さもえ居《ゐ》あかさゞらましを、二一たゞなるよりはをかしう、二二すきたるありさま、二三などいひあはせたり。

（一七五段）

村上《むらかみ》の前帝《（せん）だい》の御時に、雪《ゆき》のいみじうふりたりけるを、二四様器《やうき》にもらせ給《（たまひ）》て、二五梅《むめ》の花《はな》をさして、二六月のいとあかきに、「二七これに歌《うた》よめ。いかゞいふべき」と二八兵衛の蔵《くら》人に給はせたりければ、「二九雪《ゆき》月花の時」と奏《そう》したりけるをこそ、三〇いみじうめでさせ給《（たまひ）》けれ。「歌《うた》などよむはよの常《つね》なり。三一かくおり《（を）》にあひたる事なんいひがたき」とぞおほせられける。

おなじ人を御供《とも》にて、三二殿上に人侍《さぶら》はざりけるほどたゝずませ給《（たまひ）》けるに、三三火櫃《ひゞつ》にけぶりのたちければ、「三四かれはなにぞと見よ」と仰《おほ》せられければ、みて返りまい《（ゐ）》りて、

状態が「ただなり」。この段の書き出しの数行も「ただなる」折に属するであろう。

二二 風流人といったところね。男性の訪問を受け、夜通し話して明け方に帰す、といった時間の過し方を、自ら「すきたる」と評したもの。

二三 「女のかぎりしては」以下が、男を帰した後の女房たちのお喋りであることがわかる。

二四 規定の様式どおりに作られた飲食の器。

二五 器に盛った雪に梅の花枝を挿したのである。

二六 ちょうど月があかるく照っている時に。

二七 村上帝の期待は、雪と梅との取り合わせを歌に詠むことであったろう。従って「これ」に月のことまでは入っていない、と思われる。

二八 伝未詳だが帝づきの女蔵人。

二九 和漢朗詠集・交友「琴詩酒友皆抛レ我、雪月花時最憶レ君」。白楽天の詩の一節。

三〇 村上帝がこの応答を賞でた理由は、次に語られている通りだが、「月」をも採り込んだ機智の冴えが御感に入ったのである。

三一 「折に合ひたる」が、折からの月光を指していて、これが御感の焦点であることを物語る。

三二 殿上の間に、ちょうど誰も伺候していない時に、しばらくたたずんでおられると。

三三 長方形の火鉢。殿上の間に置かれていた。

三四 あれは何なのかと確認して来なさい。

一 後の説明にもあるように、蛙が燠(燃え残りの炭)で焦げる煙でしたと報告する歌だが、「焦がる」に「漕がる」をかけ、漁夫関係の縁語を連ねた技巧が見所。すなわち「わたつうみ」「沖」「あま」「釣して帰る」は「漕がる」の縁語。言うまでもないことだが「沖」は「燠」の懸詞、「帰る」は「蛙」の懸詞。帝の「かれはなにぞと見よ」との仰せに、まっすぐ応じる構造をとった歌。

[一]わたつうみの沖《おき》にこがるゝ物みればあまの釣《つり》してかへる也けり

と奏《そう》しけるこそをかしけれ。蛙《かへる》のとび入《(いり)》て焼《や》くるなりけり。

（一七六段）

[二]御形《みあれ》の宣旨《せじ》の、[三]上《うへ》に、五寸《すん》ばかりなる[四]殿上わらはの、いとをかしげなるをつくりて、[五]みづら結《ゆ》ひ、装束《さうぞく》などうるはしくして、[六]なかに[七]名《な》かきてたてまつらせ給ひけるを、「[八]ともあきらの大《おほ》君」とかいたりけるを、いみじうこそ[九]興《けう》ぜさせ給《(たまひ)》けれ。

（一七七段）

[一〇]宮にはじめてまい《(ゐ)》りたるころ、[一一]物のはづかしきことのかずしらず、涙《なみだ》もおちぬべければ、[一二]夜《よる》〳〵まい《(ゐ)》りて、三尺のみき丁《(ちやう)》のうしろにさぶらふに、[一三]絵《ゑ》などとりいでて見《み》せさせ給《(たまふ)》を、[一四]手にてもえさし出《い》づまじう、わりなし。「[一五]これはとあり、かゝり。それが、かれが」などの給《(たま)》はす。高坏《たかつき》にまい《(ゐ)》らせたる御《(おほ)》殿油《となぶら》な

二 源相職の娘のこととされる。花山院が東宮であった時の東宮宣旨であった。
三 何天皇とも特定出来ぬ書き方だが、御形宣旨との関係で、花山天皇であろう。永観二年(九八四)、十七歳で即位。在位二年に満たなかった。
四 殿上童のかわいい人形を作ったのである。
五 少年の正式の髪型。左右に分けて結う。
六 表面から見えない内側。人形の体であろう。
七 人形に名前をつけたのである。
八 「兼明王」だとされる。醍醐皇子で源氏に降り、左大臣に昇ったが、晩年に親王に復した。花山天皇の東宮時代に皇太子傅であった人で、親王に復した時は六十四歳。普通は皇子に親王宣下があるのは幼い間だから、その落差への思いを、御形宣旨が殿上童の人形に託して花山天皇に伝えたのであろう、という考え方である。兼明親王宣下の時、花山天皇はまだ東宮で十歳、「兼明」には「ともあきら」のよみもあり得るなど、辻褄のあう考え方である。 九 「きよう」が正。
一〇 正暦四年(九九三)の冬と推定されている。
一一 以下はじめて宮仕えする初心が語られる。
一二 昼は明るすぎて恥かしいのである。
一三 今参りの女房の気を安らげようとの心遣い。
一四 手ですらさし出すことが出来ず。「手にても」は、手ごときものであってすら、の意であろう。手をさし出すということすら、と言うのと同じ。 一五 この絵はこうこう、その絵はどうこう、その人が(どうして)、この人が(こうして)。すべて絵の説明。気持を楽にさせようとの中宮の心遣いである。
一六 かえって昼よりはっきり見えて恥かしいが。
一七 以下に中宮定子の美しさを叙べる。この段の執筆は後のことだから、これも回想による喚起なのだが、いま現在の描写のような臨場感が

れば、髪《かみ》のすぢなども中〳〵[一六]ひるよりも顕証《けそう》にみえてまばゆけれど、念《ねん》じて見などす。[一七]いとつめたきころなれば、さしいでさせ給へる御手《て》のはつかにみゆるが、いみじうにほひたる薄紅梅《うすこうばい》なるは、かぎりなくめでたしと、見しらぬ里人《さと》心ちには、[一八]かゝる人こそは世にを《(お)》はしましけれと、おどろかるゝまでぞまもりまい《(ゐ)》らする。

[一九]暁にはとく下《お》りなんといそがるゝ。「[二〇]葛城《かづらき》の神もしばし」など仰《おほ》せらるゝを、[二一]いかでかはすぢかひ御覧《らむ》ぜられんとて、猶《(なほ)》ふしたれば、御格子《みかうし》もまい《(ゐ)》らず。[二二]女官どもまい《(ゐ)》りて、「[二三]これ、はなたせ給へ」などいふを聞《き》き《ゝ》て、女房《ばう》のはなつを、「[二四]まな」と仰《おほ》せらるれば、笑《わら》[二五]ひてかへりぬ。

ものなどとはせ[二六]給《(たまひ)》、の給《(たま)》はするに、[二七]ひさしうなりぬれば、「下《お》りまほしうなりにたらむ。[二八]さらば、は《ゝ》や。[二九]よさりはとく」と仰《おほ》せらる。[三〇]ゐざりかくるゝやを《(お)》そき、[三一]とあげちらしたるに、[三二]雪《ゆき》ふりにけり。[三三]登花殿のおまへは、立蔀《たてじとみ》ちかくてせばし。雪《ゆき》いとをかし。

昼《ひる》つかた、「けふは猶まい《(ゐ)》れ。雪《ゆき》にくもりてあらはにもあるまじ」など、た

ある。清少納言は、「宮にはじめて参りたるころ」と書くだけで、直ちに回想される事件の時の、現在時の人となり得たようである。
一八 定子の美に驚嘆する現在感覚を、ひたすら述べようとしている。
一九 底本「あか月」。表記を改む。
二〇 →一六九頁注二〇。醜さを恥じて昼は姿をかくした神。夜しか仕えない清少納言への比喩。
二一 どうして斜めに顔をお目に入れたり出来ようか。早く退出したいのだが、退出には伏せた顔を持ち上げねばならず、そうしたらいくら顔をそむけても、中宮に斜めから顔を見られることになる。どうしてそんなことが出来ようか、ということで、従って「猶ふしたれば」と続く。
二二 掃司の女官。　二三 格子をあけ放って下さい。
二四 「まな」は禁止の副詞。だめよ。
二五 女官も苦笑して帰って行く。
二六 中宮が清少納言に問いかけ、また話しかけられること。「問ふ」「のたまふ」と中宮の行為が重ねられているのは、清少納言からの反応が少ないことを示すのであろう。
二七 底本「ひさうなりぬれは」。能因本により改む。　二八 それなら早く退出しなさい。
二九 そのかわり、夜には早く出仕なさいね。
三〇 底本「かへるにや」と読まれるが、能因本と同じく「かくるゝや」とも読め、それを採る。膝行してお前から姿を消すことが「ゐざりかくる」。それを待ちかねて、という気持が「…やおそき」。
三一 待ちかねた苛だちが「…ちらす」によって表わされている。
三二 格子を上げ放ったら、雪が降っていた、という、直接には関係ない二つの事柄を、時間の接点で結びつける「に」。
三三 弘徽殿の北。その東庭に立蔀がある。

びく〳〵めせば、この[一]局《つぼね》のあるじも「見《み》ぐるし。さのみやは籠《こも》りたらんとする。[二]あへなきまで[三]御前《おまへ》ゆるされたるは、[四]さおぼしめすやうこそあらめ。思《(おもふ)》にたがふはにくき物ぞ」とたゞいそがしに出《い》だしたつれば、あれにもあらぬ心ちすれどまい《(ゐ)》るぞ、いとくるしき。[五]火焼《たき》屋の上《うへ》にふりつみたるも、めづらしうをかし。

御前《おまへ》ちかくは例《れい》の炭櫃《すびつ》に火こちたくを《(お)》こして、それには[六]わざと人もゐず、上臈《らふ》[七]御まかなひにさぶらひ給《(たまひ)》ける[八]まゝに、ちかうゐ給へり。[九]沈《ぢん》の御火お《(を)》けの梨《なし》絵《ゑ》したるに[一〇]を《(お)》はします。次《つぎ》の間《ま》に、長炭櫃《ながすびつ》にひまなくゐたる人〴〵、唐衣《からぎぬ》こきたれたるほどなど、馴《な》れやすらかなるを見《み》るも、[一一]いとうらやまし。御文《ふみ》とりつぎ、立居《たちゐ》いきちがふさまなどの、つ[一二]ゝましげならず、ものいひ笑《ゑ》わらふ。いつの世にか[一三]さやうにまじらひならむ、と[一四]おもふさへぞつゝましき。[一五]あふ《(う)》寄《よ》りて、三四人、さしつどひて、絵《ゑ》など見るもあめり。

しばしありて前駆《さき》たかうをう《(おふ)》声《こゑ》すれば、[一六]殿まい《(ゐ)》らせ給《(たまふ)》なりとて、[一七]ちりたる物とりやりなどするに、いかで下《お》りなんとおもへど、[一八]さらにえふともみじろがねば、いますこし奥《おく》にひきいりて、[一九]さすがにゆかしきなめり、みき丁《(ちやう)》のほころび

一　局の責任者格の古参女房を指す。
二　「あへなし」は、こちらの気勢がそがれるさま。女房達のしっかりお仕えしようという気構えがそがれてしまうほど、清少納言への御寵愛が深い、ということであろう。
三　中宮のお前近く伺候することが許されているのは。
四　それなりのお考えがおありなのでしょう。
五　宮中や東宮御所で夜の警固のための衛士が篝火をたいて詰める所。
六　格別に誰がひかえているでもなく。「わざと…ず」で、特に…するわけではない、の意。
七　中宮のお世話にお側近く侍ること。
八　「ままに」は、何事かを、ある事柄の自然な流れと把握する言葉。この場合は、「上臈」が中宮のお世話をする都合で、「炭櫃」に「近うゐ給へり」である、と言うのであろう。先の「わざと…ず」と「ままに…」とが対になった構文である。
九　「沈」は香木の一つ。それで製した丸火鉢。
一〇　中宮は、梨地の蒔絵の火鉢の所におられる。
一一　緊張の解けぬ新参者の心情。
一二　もっと慎み深い態度をとるべきなのではないか、と思う、新参者の側からの感想である。
一三　あの人達のように宮仕え慣れしたいものだ。
一四　そう思うことさえ不遜なように思える。
一五　奥に寄った所で。
一六　道隆を指す。殿がおいでになったのだ。「まゐる」は中宮への、「せ給ふ」は道隆への敬語。
一七　散らかったものを取り捨てなどするさわぎにまぎれて何とか退出しようとするのだが。
一八　底本「さたに」。前田本により改む。新参の緊張で、体もうまく動かない、ということ。
一九　奥に引き入りはしたものの、やはり見たいのであろう。

より二〇はつかにみいれたり。

二一大納言殿《どの》のまい《(ゐ)》り給へるなりけり。御二二直衣《なをし》、指貫《さしぬき》の紫《むらさき》のいろ、雪《ゆき》にはへ《(え)》ていみじうをかし。柱《はしら》もとにゐ給《(たまひ)》て、「昨日今日《けふ》、二三物忌《ものいみ》に侍《(はべり)》つれど、雪のいたくふり侍《(はべり)》つれば、二四おぼつかなさになん」と申《(まうし)》たまふ。「二五道《みち》もなしとおもひつるに、二六いかで」とぞ御いらへある。うち笑《わら》ひ給《(たまひ)》て、「あはれともや御覧《らん》ずるとて二七」などの給《(たまふ)》御ありさまども、これよりなにごとかはまさらん。物語《がたり》に、いみじう口《くち》に二八まかせていひたるに違《たが》はざめりとおぼゆ。

宮はしろき御衣《ぞ》どもに、紅《くれなゐ》の二九唐綾《からあや》をぞ上《うへ》にたてまつりたる。御髪《ぐし》のかゝらせ給へるなど、絵《ゑ》三〇にかきたるをこそかゝることは見《み》しに、うつゝにはまだしらぬを、夢《ゆめ》の心ちぞする。三一女房《ばう》とものいひ、たはぶれごとなどし給《(たまふ)》。三二御いらへを、いさゝかはづかしともおもひたらず聞《きこ》えかへし、三三そら事などの給《(たまふ)》はあらがひ論《ろん》じなど聞《きこ》ゆるは、三四めもあやに、三五あさましきまで、あひ《(い)》なうおもてぞあかむや。御くだ物まい《(ゐ)》りなどとりはや三六して、三七御前にもまい《(ゐ)》らせ給《(たまふ)》。「み丁《(ちやう)》のうしろなるはたれぞ」ととひ給《(たまふ)》なるべし。三八さかすにこそはあらめ、たちてを《(お)》はするを、三九なを《(ほ)》

二〇 わずかに。ちょっと覗き見をした。 二一 道隆の息、伊周。 二二「なほし」が正。 二三 物忌なので出あるけないところですが。 二四 こちらのことが気がかりになりまして。 二五 拾遺集・冬・平兼盛「山里は雪ふりつみて道もなし今日こむ人をあはれとは見む」。 二六 どんな風にして来られましたか。大変だったでしょう、の意。 二七「御覧ずるとて」。他本により改む。兼盛の歌をふまえてのお言葉と承知した応待。 二八 出まかせに言った様子と全く違いがないように見える。あり得そうもないと思われた理想的な情況が目の前にある、という驚きの表明。 二九 中国から渡来の綾織物。 三〇 以下、「物語に…口にまかせて」と同様の、現実にはあり得そうもない現実への驚嘆を、絵画の角度から繰り返す。 三一 伊周の態度の描写。 三二 女房の応接の描写。 三三 伊周が冗談(＝そら事)などを言うと、それは嘘でしょうと言い争い(＝あらがひ論じ)。 三四 目もくらむようで。 三五 自分でも呆れるほどに、みっともなくも顔が火照ってしまう。「あいなう」は「面ぞあかむ」に対する先導批評の連用形。 三六 手持ち不沙汰にならぬよう接待すること。 三七 中宮自身も召し上がる。「にも」は、貴人をぼやかして主格に立てる言い方。 三八「さかす」は、物事が盛んになるようにする、の意。そそのかす。そそる。ここは女房たちが伊周にけしかけて清少納言と対面させ、その困窮する姿を見ようとするのであろう。 三九 こちらへ近寄って来られるのに、それでもまだ(＝なほ)どこか他へいらっしゃるのかと希望的な観測を抱く。

ほかへにやとおもふに、いとちからゐ給《(たまひ)》て、ものなどの給《(たまふ)》。[一]まだまい《(ゐ)》らざりしより聞《き》きを《(お)》き給《(たまひ)》けることなど、[二]「まことにや、さありし」などの給《(たまふ)》に、みき丁《(ちやう)》へだててよそに見やりたてまつりつるだにはづかしかりつるに、[三]いとあさましう、さしむかひ聞《きこ》へ《(え)》たる心ち、[四]うつゝともおぼえず。行幸などみるおり《(を)》[五]車《くるま》のかたにいさゝかも見を《(お)》こせ給へば、下簾《したすだれ》ひきふたぎて、[六]透影《すきかげ》もやと扇《あふぎ》をさしかくすに、猶《(なほ)》いとわが心ながらも[七]おほけなく、いかでたち出《い》でしにかと、汗《あせ》あへ《(え)》て[八]いみじきには、なにごとをかはいらへも聞《きこ》えむ。[九]かしこき陰《かげ》とさゝげたる扇《あふぎ》をさへとり給へるに、[一〇]ふりかくべき髪《かみ》の[一一]おぼえさへあやしからんとおもふに、[一二]すべてさるけしきもこそは見《み》ゆらめ、[一三]とくたち給《(たまひ)》なむと思へど、扇《あふぎ》を手《て》まさぐりにして、絵《ゑ》の事「[一四]たがかゝせたるぞ」などの給《(たまひ)》て、とみにも[一五]たまはねば、袖《そで》をを《(お)》しあててうつぶしゐたるも、[一六]唐衣《からぎぬ》にしろいものうつりて、まだらならむかし。

ひさしくゐ給へるを、[一七]心なうくるしと思《(おもひ)》たらむ、[一八]と心えさせ給へるにや、「[一九]これみ給へ。これはたが手《て》ぞ」ときこえさせ給《(たまふ)》を、「[二〇]たまはりて見侍らむ」と申《(まうし)》たまふを、「[二一]猶こゝへ」との給《(たま)》はす。「[二二]人をとらへてたて侍らぬなり」との給《(たまふ)》もい

一 清少納言がまだ宮仕えに上る前からお聞きになっていた事などについて。
二 本当か、そんなことがあったのか。
三 「あさましう」は、「さしむかひ聞えたる(面と向いあう)」ことへの先導批評。あきれたことに。こんな貴人とさし向いになっていることを、本当とも思えぬと把握している気持の表明。
四 現実とは思えない。
五 清少納言の乗っている車の方へ、ちょっとでも視線を流されようものなら。
六 自分の姿が透けて見えはしないかと扇で顔をかくすのに。平素の様子への言及。
七 「おほけなし」は「たち出でし」への先導批評。厚顔にも、どうして宮仕えに出たのかと。
八 とてもつらい気持でいるのだから。
九 頼もしい遮蔽物として。扇をかざしていたら大丈夫、と思っているのである。
一〇 それなら髪を顔にふりかけるしかない、というのが「ふりかくべき」。
一一 その髪の印象(=おぼえ)もひどいに違いないと思うと。
一二 どう逃れようとしても(=すべて)、見苦しい(=さる)有様がまる見えとなろうと。
一三 底本「とて」。能因本により改む。早く向うへ行ってほしいと思うのに。
一四 この絵は誰が描かせたのか。
一五 取り上げた扇を返して下さらないので。
一六 「しろいもの」は白粉(おしろい)。今度は唐衣に白粉が移ってお化粧がまだらになるだろう。
一七 「心なう」は「くるし」と並列の連用形。伊周に思いやりの心がない、本当につらい、と。
一八 中宮が清少納言の心を察して下さったのか。
一九 伊周を呼び寄せて清少納言から離してやろう、との中宮の心遣いの言葉。

と[二三]いまめかしく、身のほどにあはず、かたわ《(は)》らいたし。人の[二四]草仮名《さうかな》かきたる草《さう》子《し》などとり出《い》でて御覧《らん》ず。「[二五]たれがにかあらむ、かれに見せさせたまへ。[二六]それぞよにある人の手《て》はみな見しりて侍らん」など、たゞいらへさせんと、あやしきことどもをの給《(たまふ)》。

[二七]ひと所だにあるに、又前駆《さき》うちを《(お)》はせて、おなじ[二八]直衣《なをし》の人まい《(ゐ)》り給《(たまひ)》て、これは[二九]いますこしはなやぎ、猿楽言《さるがうごと》などし給《(たまふ)》を、笑《わら》ひ[三〇]興《けう》じ、[三一]我も「[三二]なにがしがとあること」など、殿上人のうへなど[三三]申給《(まうしたまふ)》をきくは、猶、[三四]変化《へんげ》のもの天人などのおりきたるにやとおぼえしを、[三五]侍《さぶら》ひなれ、日ごろすぐれば、いとさしもあらぬわざにこそはありけれ。[三六]かく見る人〴〵も、みな家《いへ》のうちいでそめけむほどは、[三七]さこそはおぼえけめなど、[三八]観じもてゆくに、を《(お)》のづからおもなれぬべし。

物など仰《おほ》せられて、「[三九]我をば思ふや」ととはせ給《(たまふ)》。御いらへに、「[四〇]いかゞは」と啓《けい》するにあはせて、[四一]台盤《ばん》所のかたに、鼻《はな》をいとたかうひたれば、「あな、こゝろ憂《う》。[四二]そらごとをいふなりけり。よし〳〵」とて奥《おく》へ入《い》らせ給ひぬ。いかでかそらごとにはあらん、[四三]よろしうだに思ひきこえさすべきことかは、あさま

二〇 こちらへ頂戴して拝見しましょう。清少納言の所から離れてはやらぬ、との意思表示。
二一 そんなに戯れて清少納言を困らせないでやって頂戴との言葉。軽い言葉のやりとりである。
二二 清少納言が私(=人)をつかまえて、立たせてくれないのです。
二三 若やいだ戯れで、年とった私(=身のほど)に似合わず、間が悪い。
二四 漢字の草書と平仮名との中間の崩し字体。
二五 誰が書いた字か、清少納言に見せて下さい。
二六 彼女なら当今の人の筆跡は。
二七 お一方でさえ十分なのに。
二八 「なほし」が正。 二九 もう少し伊周より華やかで。道隆であろう。 三〇 「きよう」が正。
三一 「笑ひ興じ」る女房たちを指す。話を聞いて笑っているだけでなく、自分も話に加わる。
三二 だれそれさんがこうこうでした。
三三 主語は噂話に参加する女房。まだ新参者だという意識が「給ふ」をつけさせるのだろう。
三四 人間界の出来事とも思えない驚異の表明。
三五 いつの間にか宮仕え慣れすることの表明。
三六 こんな風に(清少納言が)観察する女房たち。
三七 清少納言と同様の驚きを感じたに違いない。
三八 「観ず」は、そういうものだと見てとること。宮仕えとはそういうもの、とわかって来るにつれ、上流社会になじんでしまう、ということ。
三九 中宮の問いかけ。私を大事にお思いか。
四〇 反語。どうして大切に思わないことがありましょう。 四一 底本「大はん所」。表記を改む。
四二 くしゃみ(=鼻をひる)が、嘘や冗談の印とされていたことがわかる。
四三 「よろし」は、まあ合格、という程度のことを指すから、「そらごと」どころか、「よろし」程度の慕い方ではない、ということ。

しう、一鼻《はな》こそそらごとはしけれ、と思ふ。さても、たれかかくにくきわざはしつらむ、二おほかた心づきなし、とおぼゆれば、三さるおり《（を）》もをし《（お）》ひしぎつゝあるものを、四まいていみじ、にくしとおもへど、まだうゐ《（ひ）》うゐ《（ひ）》しければ、ともかくもえ五啓《けい》しかへさで、あけぬれば下《お》りたるすなはち、浅緑《あさみどり》なる薄様《うすやう》に、艶《えん》なる文《ふみ》を「これ」とてきたる、あけてみれば、

「六いかにしていかにしらましいつはりを空にたゞすの神なかりせば

となん、七御けしきは」とあるに、めでたくもくちおし《（を）》うも思《（おもひ）》みだるゝにも、なを《（ほ）》よべの人ぞねたくにくままほしき。

「八薄《うす》さ濃《こ》さそれにもよらぬはなゆへ《（ゑ）》にうき身のほどをみるぞわびしき

猶《（なほ）》これば九かり啓《けい》しなを《（ほ）》させ給へ。一〇式《しき》の神もを《（お）》のづから。いとかしこし」とてまい《（ゐ）》らせてのちにも、一一うたて、おり《（を）》しも、などて、さ、はたありけんと、いとなげかし。

（一七八段）

一 嘘をついたのは、くしゃみした鼻の方だ。
二 そもそもくしゃみというものは気に入らぬという思いがあるので。→二五段(三六頁)。
三 くしゃみが出そうな時(=さるをり)も、おしころしている(我慢している)のに。
四 選りに選ってあんな時に、という気持が「まいて」。
五 宮仕え慣れした後の清少納言なら、うまい対応の言葉を思いつくところである。
六 嘘を嘘だと糺明して下さる糺の神がおいででなければ、どうやって嘘を見抜くことが出来たかしら。「空」は「いつはり」の縁語。「ただす」は「糺の神(下鴨神社の神)」の懸詞。
七 仰せ書き(中宮の言葉を女房が書く)なので女房の立場からの言葉が加えられる。中宮様の仰せは右の通りです、の意。
八 「はな」に「鼻」と「花」をかける。「薄さ濃さ」は「花」の縁語で、誠実さの度合の意を含む。本当の誠実さとは関係のないくしゃみのために、嘘つきと思われたのが心憂く思われます、の意。
九 とり次ぎの女房へ語りかける言葉。
一〇 陰陽師に使役される神。中宮の「糺の神」に対応すべく「式神」を持ち出した。式神も自ら真偽を見て下さっているでしょう。
一一 「うたて」以下、くやしさをもてあますかのように、言葉が連ねられている。
一二 得意顔なもの。人のうらやむような幸せを手に入れて、人にそれを見せびらかしたい気持。
一三 底本「る」を欠く。二類本により補う。元日にくしゃみをするのは長寿の相、と考えられていたらしい。不吉なものにも僅かの例外を認めようとする知恵であろうか。
一四 まあまあの身分の人は得意顔を見せびらかせたりしない、するのは下の身分の者だ。「下

[一二]したりがほなる物《（もの）》　正月一日《ついたち》に最初《さいそ》に[一三]鼻《はな》ひたる人。[一四]よろしき人はさしもなし、下臈《らう》よ。[一五]きしろふたびの蔵《くら》人に子《こ》なしたる人のけしき。又除目《ちもく》にその年《とし》の[一六]一の国《くに》えたる人。よろこびなどいひて、「いと[一七]かしこうなり給へり」などいふいらへに、「[一八]なにかは、いとことやうにほろびて侍《（はべる）》なれば」などいふも、[一九]いとしたりがほなり。

又[二〇]いふ人おほくいどみたる中に、[二一]選《え》りて婿《むこ》になりたるも、[二二]我はと思ひぬべし。[二三]受領《ずりやう》したる人の、宰相になりたるこそ、[二四]もとの君達《だち》のなりあがりたる[二五]よりも、したりがほに、[二六]けだかういみじうは思《（おもひ）》ためれ。

（一七九段）

[二七]位《くらゐ》こそ猶めでたき物はあれ。おなじ人ながら、[二八]大夫《たいふ》のきみ、[二九]侍従の君、など聞《きこ》ゆるおり《（を）》は、[三〇]いとあなづりやすきものを、中納言、大納言、大臣などになり給《（たまひ）》ては、[三一]むげにせくかたもなく、やむごとなうおぼえ給《（たまふ）》ことの、こよなさよ。[三二]ほど〳〵につけては、[三三]受領《ずらう》なども、みな[三四]さこそはあめれ。あまた国にいき、大

臈」は「げらふ」が正。
一五 競争者の多い時の六位蔵人。六位蔵人はやがて五位に叙せられ、国司に任ぜられるなど、期待の多い身分で、競争がはげしいのが普通。「きしろふたびの」はとりわけ競争のはげしい中から、という意である。　一六 最上の国。
一七 見事に一番のくじをお引きになりましたね。
一八 いえなに、異様なほど疲弊している国ですから。国司の官を射とめた、人のうらやむ国を謙遜して悪く言っているのである。
一九 わざとらしい謙遜が、一そう得意気である。
二〇 言い寄る人が多く、競い合った中で。
二一 選ばれて婿に迎えられた者も。
二二 「我は」は、得意の様を言う言葉。「我は顔」という言葉もある。　二三 国司（＝受領）を勤めて、その経路から参議（＝宰相）になった人。
二四 もともと名門の子弟である人。これらの子弟は、蔵人頭、近衛中将、左右大弁などを経て参議になるのが通常であった。
二五 名門の子弟は参議に昇るのも当然と思っているので、別に得意顔に振舞わないのである。
二六 「けだかう」は、上流に伍した、という思いを表わしているのであろう。
二七 官位はやはりこの上なくすばらしいものだ。
二八 五位に叙せられた人を「大夫」と言う。
二九 従五位下。宴会や儀式に帝の側近く仕える。
三〇 気楽なのに。気を張らずにすむのに。
三一 行動を規制する（＝せく）ことも、全く（＝むげに）なくなり。万事思いのまま、の意。
三二 （中納言・大納言・大臣などになる上流名門でなくても）一段低い階級はその階級なりに。
三三 「ずりやう」が正。受領の階級でも、の意。
三四 そういうものだ。官位が上ると立派になるものだ、ということ。

弐や四位三位などになりぬれば、上達部《かんだちめ》なども、やむごとながり給《(たまふ)》めり。

[一]女こそ猶《(なほ)》わろけれ。[二]内わたりに、御乳母《めのと》は内侍のすけ、三位などになりぬれば、をも《(お)》〱しけれど、さりとて[三]ほどより過《す》ぎ、[四]なにばかりのことかはある。[五]又おほやうはある。受領《ずりやう》の北《きた》の方《かた》にて、国《くに》へ下《くだ》るをこそは、[六]よろしき人の幸《さいはひ》のきはと思ひて、めでうらやむめれ。[七]たゞ人の上達部《かんだちめ》の北の方《かた》になり、上達部《かんだちめ》の御むすめ、后《きさき》にゐ給《(たまふ)》こそは、めでたきことなめれ。

されど男《をとこ》は猶、[八]わかき身《み》のなりいづるぞ、いとめでたきかし。[九]法師《ほうし》などの、[一〇]なにがしなどいひてありくは、[一一]なにとかはみゆる。経たう《(ふ)》とくよみ、[一二]みめきよげなるにつけても、女房《ばう》に[一三]あなづられて、なりかゝりこそすめれ。僧都僧正になりぬれば、[一四]仏《ほとけ》のあらはれ給へるやうに、おぢまどひかしこまるさまは、[一五]なににか似《に》たる。

(一八〇段)

[一六]かしこき物は、乳母《めのと》の[一七]をとこそあれ。[一八]帝《みかど》、親王《みこ》たちなどはさるものにて、

一 その点、女はやっぱりつまらない。
二 宮中で、帝の乳母は典侍《(ないしのすけ)》に任ぜられたり、三位に叙せられたりすると。
三 年齢的に女の盛りを過ぎているし。
四 どれほどの身分、というわけでもあるまい。これからまだまだ出世をしてゆく男と比べての思いであろう。
五 「おほやうはさはある」の意と見ておく。大多数の女は、そうは行くまい。
六 一応の身分の女にとっての最高の幸福と思って賞めうらやむようだ。
七 「ただ人の」「上達部の御むすめ」は、それぞれ「北の方になり」「后にゐ給ふ」の主語。
八 若い身そらで立身してゆくのが。
九 「ほふし」が正。
一〇 誰それと称して世間を渡るのは。「なにがしなどいひて」は、名が世間に知られていることを言った表現。
一一 別にどういうことはない、の意。
一二 美男子であるにつけても。そのこと自体はいいことだが、それゆえに「なりかかりこそすめれ」というよからぬ結果が生ずる。
一三 「あなづられ」は、軽く見られることで、男に一目置いていたらそんなに「なりかかり」などはしない、という判断からの発言。「なりかかり」は、大声を挙げて目標にとりかかること。女房が美男の僧に大さわぎする様。
一四 手のひらを返したように尊敬するのである。
一五 軽視から尊敬へのあまりの変り方を、譬えようもないと、あきれて見る言葉。
一六 自然の力や人間のそなわりに対して抱く畏怖や驚嘆の念が「かしこし」。この場合は非難の心持を強く含ませた用法で、かなわないもの、全くおそれ入るもの、といった意味あい。

[一九]を(お)きたてまつりつ。そのつぎ〳〵、[二〇]受領《ずらう》の家《いへ》などにも、[二一]所につけたるおぼえ、[二二]わづらはしきものにしたれば、したりがほに、[二三]わが心ちもいとよせありて、このやしなひたる子《こ》をも、[二四]むげにわが物になして、[二五]女はされどあり、男児《をのこゞ》は[二六]つとたちそひてうしろみ、いさゝかも[二七]かの御ことにたがう(ふ)ものをば、爪《つめ》たて讒言《ざうげん》し、あしけれど、[二八]これが世をば心にまかせていふ人もなければ、所《ところ》えいみじき面持《おもゝち》して、[二九]ことおこなひなどす。

[三〇]むげに稚《をさな》きほどぞすこし人わろき。[三一]をや(お)の前《まへ》にふすればひとり局《つぼね》にふしたり。[三二]さりとてほかへいけば[三三]こと心ありとてさは(わ)がれぬべし。[三四]しゐ(ひ)て呼《よ》びおろしてふしたるに、「[三五]まづ〳〵」とよばるれば、冬《ふゆ》の夜など[三六]ひきさがし〳〵のぼりぬるが、いとわびしきなり。それは、[三七]よき所もおなじこと、[三八]いますこしわづらはしきことのみこそあれ。

(一八一段)

やまひは　[三九]胸《むね》。[四〇]物の怪《け》。[四一]脚《あし》の気《け》。はてはたゞ[四二]そこはかとなくて物くはれぬ

一七 夫。底本「をとゝ」。二類本により改む。
一八 帝や親王の場合は言うまでもないので。乳母の夫への厚遇は言うに及ばぬ、の意。
一九 触れないことにさせていただく。
二〇 「ずりやう」が正。　二一 その家なりの待遇。
二二 ことごとしく待遇すべき人物と扱うので。
二三 自分の心でも、後盾がついている気になり。
二四 まるで自分ひとりのもののように取り扱い。
二五 女の児の場合はまだしもなのだが。
二六 あととり息子への節介をきらった言い方。
二七 若様(=かの御こと)の御気に召さぬ者。
二八 この男の言いなりの時に、素直に苦情を言う人もいないものだから。
二九 「ことおこなふ」は、監督として事の進行や処理の指図をすること。
三〇 養い子が、まだほんの赤ん坊である間は、ちょっと恰好が悪い。
三一 乳母は(嬰児につき添って)実の母親の前で寝るので、乳母の夫は局でひとりねとなる。
三二 かと言って他の女の所へ行くと。
三三 浮気をするのだと一騒動あるにきまっている。
三四 無理に(妻を嬰児・実母の所から)呼び下して(共寝をしていて)も。
三五 「まづ」は、ちょっと、と呼び出す言葉。
三六 妻が、脱いだ衣類を探し探しして戻る様子。
三七 結構な身分のお邸でも同じことで。
三八 もう一段面倒なことばかりのようだ。
三九 何の病気かはっきりしない。次頁にその症状が記されているのだが、心臓の病であろうか。
四〇 死霊や生霊、物の精霊などにとりつかれた病気。一般に病気は物の怪のしわざと考えられていたが、「胸・脚」と限定できぬ病であろう。
四一 脚気。　四二 原因のわからない食欲不振。

心ち。

　十八九ばかりの人の、髪《かみ》いとうるはしくて、[一]たけばかりに、裾《すそ》いとふさやかなる、いとようこゑ《(え)》て、いみじう色《いろ》しろう、[二]顔愛敬《かほあひぎやう》づき、[三]よしとみゆるが、歯《は》をいみじうやみて、額髪《ひたひがみ》もしとゞになきぬらし、乱《みだ》れかゝるもしらず、[四]面《おもて》もいとあかくて、[五]おさへてゐたるこそ、いとをかしけれ。

　八月ばかりに、しろき単衣《ひとへ》なよらかなるに、[六]袴《はかま》よきほどにて、[七]紫苑《しをん》の衣《きぬ》の、いとあでやかなるをひきかけて、胸《むね》をいみじう病《や》めば、ともだちの女房《ばう》など、かず〳〵きつゝとぶらひ、[八]外《と》のかたにも、若《わか》やかなる君達《きんだち》あまたきて、「いといとほしきわざかな。[九]例《れい》もかうやなやみ給《(たまふ)》」など、[一〇]ことなしびにいふもあり。[一一]心かけたる人は、[一二]まことにいとお《(ほ)》しと思《(おもひ)》なげきたるこそ、をかしけれ。[一三]いとうるはしう長《なが》き髪《かみ》をひきゆひて、[一四]ものつくとて、[一五]おきあがりたるけしきもらうたげなり。

　[一六]上《うへ》にもきこしめして、[一七]御読経《みどきやう》の僧《そう》の、声《こゑ》よき給はせたれば、[一八]き丁《(ちやう)》ひきよせてすへ《(ゑ)》たり。[一九]ほどもなきせばさなれば、とぶらひ人あまたきて、[二〇]経きゝなどする

一　髪の毛が身長に等しい長さであること。
二　「あいぎやう」が正。愛くるしい様。
三　美人だと見える人が、歯をひどく病んで。
四　痛みをこらえて顔が赤らんでいるのである。
五　歯の痛むあたりを押さえている様。
六　袴は結構なのを着けて。
七　→一八六頁注七。
八　男の見舞客は病室まで入れてもらえないので「外のかた」で見舞いを言う。
九　平素もこんな風にお苦しみでしょうか。
一〇　「ことなしび」は、大ごとでないように振舞うこと。大げさでなく、何気なく。
一一　この病人に思いを寄せている男性は。
一二　先の「ことなしびに」と対比的に言う。
一三　病気で臥しがちなので、長い髪が邪魔にならぬように結いあげているのである。
一四　嘔吐することが「ものつく」。
一五　嘔吐は不潔なものだが、病む人によってはそれすら同情の対象となる。「らうたげ」は、いたわりの心を催すような有様。
一六　これでこの病気の女房が、帝づきの女房だったということになる。
一七　加持祈禱のため、声のよい僧を遣わされる。
一八　病人の傍に几帳を引き寄せて、僧を坐らせる。病人が女性だから、特に見えないように心配りして「ひきよせ」るのである。
一九　宮中の局の隅にでも狭い病室を設けて臥せっているのであろう。
二〇　見舞いに来て、加持僧の経を聞いているのも丸見えなのに。「外のかた」ではないはずだから、「かくれな」く見えるのは女性の見舞客だということになる。
二一　見舞人の方に目を配って。読経に心がこもっていないわけだし、中には美しい女房もいる

もかくれなきに、目《め》[二一]をくばりてよみゐたるこそ、罪《つみ》や得《う》らむ、とおぼゆれ。

（一八二段）

すき〴〵しくて人[二二]かずみる人の、よるはいづく[二三]にかありつらん、暁[二四]に返《(かへり)》て、やが[二五]ておきたる、ねぶたげ[二六]なるけしきなれど、硯《すゞり》[二七]とりよせて、墨《すみ》[二八]こまやかにを《(お)》しすりて、ことなしび[二九]に、筆《ふで》にまかせてなどはあらず、心とゞめてかく、まひ[三〇]ろげすがたもをかしうみゆ。

しろき衣《ぬ》どものうへに、山吹《ぶき》[三一]、紅《くれなゐ》などぞきたる。しろき単衣《ひとへ》の、いたうしぼみたるを、うちまもりつゝかきはてて、まへなる[三二]人にもとらせず、わざとだち[三三]て、小舎人童《ことねりわらは》、つき〴〵しき随身《ずいじん》など、ちかう呼《よ》びよせて、さゝめき[三四]とらせて、いぬる[三五]のちもひさしうながめ[三六]て、経などのさるべきところ〴〵、しのびやかにくちずさびによみゐたるに、おくのかたに、御粥《かゆ》[三七]、手水《てうづ》などしてそゝのかせば、あゆみ入《い》りても、文机《ふづくゑ》[三八]にを《(お)》しかゝりて、文《ふみ》[三九]などをぞみる。おもしろかりける所は、高《たか》うち誦《ず》したるも、いとをかし。

ことであろうから「罪や得らむ」と言う。
二二 多数の異性と関わりを持っている人が。本文の「人かずみる」は少し落着きの悪い言い方なので、能因本の「ひとりずみする人」を採ることも可能。前田本・堺本は「ひとりすぐしたる人」。
二三 どの女性の所で過したのか。能因本の本文を採れば、多分どこか女性の許で過したのであろうが、といった気持になるであろう。
二四 底本「あか月」。表記を改む。
二五 そのまま寝られずにいるのが。
二六 徹夜であるから、さすがに眠いのである。
二七 さっき別れて来た女性の所へ、後朝《きぬぎぬ》の文を書こうというのであろう。
二八 心をこめて丁寧に墨をする。
二九 「ことなしびに、筆にまかせて」の全体が、「などはあらず」と否定される構文。
三〇 くつろいだ姿。
三一 「山吹」と「紅」とは、又は、という関係で選択的に並列されているのであろう。物語風の段の中で見られる筆法の一例（→二三二段）。
三二 前にひかえている人にも渡さず。ひかえているのはこの家に仕える女房であろう。
三三 わざとらしく。いかにも秘密の手紙のように扱うのである。
三四 先方の女性への口上などを、小声で伝えて（＝ささめき）手紙を手渡す。
三五 使いに立った者が出かけた後も。
三六 焦点の定まらぬ視線を投げながら物思いにふけることが「ながむ」。
三七 朝の食事や洗面の用意が出来たことを知らせるのが「そそのかす」。 三八 「ふづくえ」が正。
三九 書物。漢籍である。そそのかされて部屋へ入っても、早速に食事にとりかかるわけではなく、落着いて書見をする。教養人の様である。

手《て》あらひて、[一]直衣《なをし》ばかりうちきて、[二]六の巻《まき》そらによむ。[三]まことにたう《(ふ)》ときほどに、ちかき所なるべし、ありつる使《つかひ》[四]うちけしきばめば、ふとよみさして、[五]かへりごとに心うつすこそ、[六]罪得《つみう》らんとをかしけれ。

（一八三段）

いみじう暑《あつ》きひる中に、[七]いかなるわざをせんと、[八]扇《あふぎ》の風もぬるし、氷水《ひ(みづ)》に手《て》をひたしもてさは《(わ)》ぐ[九]ほどに、[一〇]こちたう赤《あか》き薄様《うすやう》を、唐撫子《からなでしこ》の、いみじう咲《さ》きたるにむすびつけて、とり入《い》れたるこそ、[一一]書《か》きつらんほどの暑《あつ》さ、心ざしのほど、あさからずを《(お)》しはかられて、[一二]かつ使《つかひ》つるだにあかずおぼゆる扇《あふぎ》も、うちを《(お)》かれぬれ。

（一八四段）

南《みなみ》[一三]ならずは東《ひんがし》の廂《ひさし》の板《いた》の、[一四]かげ見《み》ゆばかりなるに、[一五]あざやかなる畳《たゝみ》をうちを《(お)》きて、三尺のき丁《(ちやう)》の帷子《かたびら》、いとすゞしげに見えたるをおしやれば、[一六]ながれて、

一「なほし」が正。「ばかり」とあるのは、経をよむために服装のうわべを整えるべく、表着だけをひっかけたことを示す。
二 特に限定しないのは法華経なのである。その「六の巻」は、如来寿量品・分別功徳品・随喜功徳品・法師功徳品の四品から成る。その寿量品は特に重んぜられた。「そらによむ(暗誦する)」のはやはり寿量品であろう。
三 まことに尊い雰囲気だと思っていると。
四 帰って来たことの合図をする。
五 使いが女性の所から返事の手紙を持って帰って来た、それに気をとられてしまう。
六 ああこれで罰があたる、と興を引かれる。宗教心の無さを咎めているのではなく、むしろ女からの手紙に気をとられるのを風流と見て、また一段興がっているのである。
七 この暑さから逃れるためにどうしようかと。次行の「もてさわぐ」につづく。
八 挿入句。扇であおいでもなまぬるい風が来るばかりだし。
九 ああこれでいい気持、などとさわぐ様子。
一〇 この上なく赤い紙、それに加えてまっ盛りの石竹(=唐撫子)と、暑さをきわだたせるような道具立てである。
一一 こんなに暑くるしいものを、この暑さの中で書いてくれたのか、と感じ入ってしまう。
一二「かつ」は、一方では、の意で、「氷水に手をひたし」ながら使っていても、なお(十分涼しくないと)不満に思った扇、の意であろう。
一三「ならずは」は、物語風章段の中の選択的並列の一例。物語風だがやっぱり随筆であることを示す言葉遣いである。
一四 廂の間の板が、物の影を映すほどに拭きこんである、ということであろう。

[一七]思ふほどよりもすぎてたてるに、しろき生絹《すゞし》の単衣《ひとへ》、紅《くれなゐ》の袴《はかま》、[一八]宿直物《とのゐもの》には、こき衣《きぬ》のいたうは萎《な》へ《(え)》ぬを、すこしひきかけてふしたり。[一九]灯籠《とうろ》に火ともしたる、二間《ふたま》ばかりさりて、簾《す》たかうあげて、女房《ばうふ》二人《たり》ばかり、童《わらは》など[二〇]長押《なげし》によりかゝり、また、おろいたる簾《す》にそひてふしたるもあり。[二一]火とりに火ふかう埋《うづ》みて、[二二]心ぼそげににほはしたるも、いとのどやかに心にくし。

[二三]よ《(ひ)》ゐうちすぐるほどに、しのびやかに門《かど》たゝくをと《(お)》のすれば、[二四]例《れい》の心しりの人きて、[二五]けしきばみたちかくし、人まもりて入《い》れたるこそ、[二六]さるかたにをかしけれ。[二七]かたはらに、いとよく鳴《な》る[二八]琵琶《びわ》の、をかしげなるがあるを、[二九]物語《がたり》のひまくに、[三〇]音《ね》もたてず爪《つま》びきにかき鳴《な》らしたるこそ、をかしけれ。

（一八五段）

[三一]大路《おほち》ぢかなる所にて聞《き》けば、車《くるま》にのりたる人の、有明《ありあけ》のをかしきに、[三二]簾《すだれ》あげて、「[三三]遊子《いうし》、猶《(なほ)》残《のこり》の月に行《ゆ》く」といふ詩《し》を、声《こゑ》よくて誦《ず》したるもをかし。

馬《むま》にても、[三四]さやうの人の行《い》くはをかし。さやうの所にて聞《き》くに、[三五]泥障《あふり》のを《(お)》と

一五 新しい色も鮮やかな青畳。涼しげであることを言うために持ち出した道具立てと思われる。
一六 押された几帳が、邪魔になるものもないままに遠くまで押しやられる様子。
一七 思いがけぬ遠い所に几帳が押しやられて立っている、その所に。
一八 夜具には。上の「単衣・袴」は着衣。その上に着る夜具だから「ひきかけて」と言う。
一九 釣り灯籠。
二〇 「長押」は、廂と簀子との境目の下長押。そこで柱に「よりかかる」。
二一 香炉に火を深く埋めて。火力を弱めるため。
二二 あるかないかわからぬくらいに香をたく。
二三 以下、恋する男性の訪問の趣。
二四 事情を心得た女房が立ち現われて。恋人との仲をとりもった女房の趣である。
二五 心得顔に(=けしきばみ)男をかくすようにしながら、人目に注意を配りつつ(=人まもりて)女主人の部屋に導き入れる。
二六 当然のことながら情緒たっぷりである。「さるかた」は、何かがもつ性質を、そうあるのも当然、と認める時に使う言葉。
二七 男を迎え入れた女主人の側に。
二八 「びは」が正。「いとよく鳴る」は、音色のよいことを指す。
二九 女主人と話をする、その合間合間に。
三〇 大きな音も立てずに。音を殺して弾くこと。
三一 都大路に近い所。
三二 下簾も巻きあげて。月を見るためである。
三三 和漢朗詠集・暁・賈島の「佳人尽飾二於晨粧一、魏宮鐘動、遊子猶行二於残月一、函谷鶏鳴」。「遊子」は旅人の意。「残月」はまさに「有明」の月で、自分を旅人に擬した風流。
三四 「遊子」の詩を吟ずる程の風流心のある男性。
三五 泥はねを防ぐ馬具。

の聞《きこ》ゆるを、いかなる物《(もの)》ならんと、[一]するわざもうちを《(お)》きてみるに、[二]あやしの物《(もの)》を見つけたる、いと[三]ねたし。

（一八六段）

[四]ふと心おとりとかするものは、男《をとこ》も女もことばの[五]文字《もじ》いやしう遣《つか》ひたるこそ、[六]よろづのことよりまさりてわろけれ。たゞ[七]文字《もじ》一《(ひとつ)》に、[八]あやしう、あてにもいやしうもなるは、いかなるにかあらむ。[九]さるは、かうおもふ人、ことにすぐれてもあらじかし。[一〇]いづれをよしあしと知《し》るにかは。[一一]されど人をば知《し》らじ、たゞ心ちにさおぼゆるなり。

賤《いや》しきことも、悪《わろ》きことも、[一二]さと知《し》りながらことさらにいひたるは、あしうもあらず。[一三]我《(わが)》もてつけたるを、[一四]つゝみなくいひたるは、あさましきわざ也。又[一五]さもあるまじき老《お》いたる人、男《をとこ》などの、[一六]わざとつくろひ、鄙《な》びたるはにくし。[一七]まさなきことも、あやしきことも、を《(お)》とななるは、[一八]まのもなくいひたるを、[一九]若《わか》き人は、いみじうかたはらいたきことに消《き》えいりたるこそ、さるべきことなれ。

一 きっと素敵な男性が通るのだろうと期待したことが、この表現に表われている。
二 期待外れの下賤な人物であった時は。
三 こんな期待をするのでなかったと、自分の甘さをくやしがる気持。
四 急にがっかりさせられるもの。「心おとり」は、こちらの期待が過大であるために、実体がそれほどでないとわかってがっかりする気持。前段からの聯想があろう。
五 「ことばの文字」は、会話の用語、ということであろう。「文字」が、書き記す字のことでなく、言葉の意味で使われるのは珍しくない。
六 早くも文脈は「心おとり」から離れる。
七 ただの一語の使い方が原因で。
八 後続する「あてにもいやしうもなる」ことを、不思議なことに、と先導批評したもの。
九 もっとも、こう判断する人(私)が、特別言葉遣いに秀でているわけでもないが。「さるは」は、逆の考えを但し書き風に言う時の言葉。
一〇 何を基準に良い悪いの判断が下せるのであろう。自らを省みつつ言う一般論。
一一 だが他人のことは気にかけまい、ただ自分の気持で良し悪しを感ずるのだ。
一二 賤しい、悪いと知りつつわざと言うのは。
一三 自分の身に付いてしまっている言葉を。
一四 つくろいもせずに口に出すのは。
一五 後続表現にある「わざとつくろひ」以下を、先に「さ」と指したもの。そんなことをすべきでない老女や男などが。
一六 わざわざ言葉をつくろったつもりで、田舎びた言葉を使うのは。
一七 正しくない言葉も、賤しい言葉も。
一八 「まのもなく」は不詳。後続の「かたはらいたきことに消えいりたる」の反対であることは確

なに事をいひても、「そのことさせんとす、いはんとす、なにとせんとす」といふ「と」[二〇]文字《もじ》を失《うしな》ひて、たゞ「いはむずる、里《さと》へいでんずる」などいへば、[二一]やがていとわろし。[二二]まいて、文《ふみ》に書《か》いてはいふべきにもあらず。[二三]物語《ものがたり》などこそ、あしう書《か》きなしつれば、いふかひなく、[二四]作《つく》り人さへいとを(ほ)しけれ。「[二五]ひてつ車《くるま》に」といひし人もありき。「求《もと》む」といふことを「みとむ」なんどは、みないふめり。

（一八七段）

宮仕《みやづかへ》人のもとに来《き》などする男《をとこ》の、[二六]そこにて物くう(ふ)こそ、いとわろけれ。くはする人もいとにくし。[二七]おもはん人の、「猶(なほ)」など心ざしありていはむを、忌《い》みたらんやうに、口《くち》をふたぎ、[二八]顔《かほ》をもてのくべきことにもあらねば、くひをるにこそはあらめ。いみじう酔《ゑ》ひて、わりなく夜ふけてとまりたりとも、さらに[二九]湯漬《ゆづけ》をだにくはせじ。[三〇]心もなかりけりとて来《こ》ずはさてありなん。[三一]里《さと》などにて北《きた》面《おもて》より出《い》だしては、いかゞはせん。[三二]それだに猶ぞある。

実で、気にもとめず、平然と、といった意か。
一九 若い女房は、耳にするのも恥かしいことのように思って消え入りそうにしているのが。
二〇 「と」という一文字分を発音せずに。
二一 「やがて」は、それがそのまま、の意。
二二 文字に書く言葉は、口で話す言葉より整ったものであるべきだ、という意識から「まいて」と言う。
二三 物語に対する清少納言の批判的言辞として注目される。
二四 紫式部が日記に清少納言を批判したように、清少納言には紫式部への意識がはたらいていたのかも知れない。
二五 「ひとつ車に」の訛であろう。ただし誰がこんな訛を言ったのかは明らかでない。
二六 恋愛と食事とは、調和しないものであるらしい。早く伊勢物語にも、食事する女を見て愛情を失う男が描かれていた。
二七 愛する女性が、「でもやっぱり」などと心をこめてすすめるのを。
二八 顔をそむけるわけにもゆかないから、仕方なく食べているのであろう。
二九 冷飯に湯をかけて食べる、最も簡単な食事。「くはせじ」と言うのは、私だったら、といった気持であろう。
三〇 (「わりなく夜ふけてとまりたり」なのに、食事の心配もしないとは)気のつかない女だと思って来なくなったら、それはそれでよい。
三一 女房の実家などで、親の判断で食事を出した場合は、それはかまわない。「北面」は寝殿造りの北側で、家事の面倒を見る側を指す。ここは宮仕え女房が実家へ帰っている時のことだから、母親が気をきかせた場合は、ということ。
三二 それだってあらずもがなのことである。

（一八八段）

風は　嵐《あらし》。[一]三月ばかりの夕暮《ゆふぐれ》に、ゆるく吹《(ふき)》たる雨風《あまかぜ》。

八九月ばかりに、雨にまじりて吹《ふ》きたる風、いとあはれなり。雨《あめ》のあし、横《よこ》様《ざま》にさは《(わ)》がしう吹《ふ》きたるに、[二]夏とを《(ほ)》したる綿衣《わたぎぬ》のかゝりたるを、[三]生絹《すゞし》の単衣《ひとへぎぬ》かさねて着《き》たるもいとをかし。[四]この生絹《すゞし》だにいと所せく、あつかはしくとり捨《す》てまほしかりしに、いつのほどに[五]かくなりぬるにか、とおもふもをかし。[六]暁に格子《かうし》妻戸《つまど》をを《(お)》しあけたれば、[七]嵐《あらし》の、さと顔《かほ》にしみたるこそ、いみじくをかしけれ。

[八]九月つごもり、十月のころ、空《そら》うちくもりて、風のいとさは《(わ)》がしく吹《ふ》きて、黄《き》なる葉どもの、[九]ほろ〳〵とこぼれ落《お》つる、いとあはれなり。桜《さくら》の葉《は》、椋《むく》の葉《は》こそ、いととくは落《お》つれ。[一〇]十月ばかりに、木立《こだち》おほかる所の庭《には》はいとめでたし。

[一一]野分《わき》のまたの日こそ、いみじうあはれにをかしけれ。立部《たてじとみ》、透垣《すいがい》などの乱《みだ》[一二]れたるに、[一三]前栽《せんざい》どもいと心ぐるしげなり。[一四]大《おほ》きなる木ど

一　この段で「嵐」と呼ばれる強風が挙げられる中で、三月の風だけは「ゆるく吹きたる」風で例外的。ただし「雨風」である点では他の風と共通。
二　一夏とおして使った綿衣が(衣桁に)かかっているのを。「綿衣」は綿入れで、夜具として夏も用いた。それを衣桁から降してまた使う。
三　生絹の単衣に着重ねて臥す。
四　生絹は夏の衣料だが、それでも暑苦しい思いがしたのに、という季節の移り変りへの思い。「所せく」は邪魔に感じられること。「あつかはしく」は暑苦しく感じられること。
五　こんなに涼しくなったのか。綿衣を着重ねるほどになったことへの思いである。
六　底本「あか月」。　七　強風がさっと吹き込んで顔の温度を奪う。それが「顔にしみたる」。
八　九月末、十月初めは初冬に属する。
九　この頃の風はそろそろ木枯しである。
一〇　落葉の季節だから「木立おほかる所の庭」は、一段と風情を増す。
一一　「野分」は台風。最も強い「嵐」である。台風の翌朝は、たいへん趣が深く面白いものだ。ここからを別段と扱う読み方も可能である。
一二　台風の力で吹き乱されている。倒れたりしていることを指すのであろう。
一三　庭の植込みが、痛々しい有様である。
一四　大木が倒れ、枝が吹きちぎられている、というのだから強い台風だということになる。
一五　「よころぶ」は、横倒しに転ぶこと。萩や女郎花の上に、横倒しに押しかぶさっているのは。
一六　「思はずなり」は、こちらの意に添わないこと。花の上に倒れて花を台なしにしてしまうことへの思いであろう。
一七　格子のくぼみ。組んだ木の奥の方のこと。
一八　わざと意図してそうしたかのように。

もも倒《たふ》れ、枝など吹《ふ》きおられ(を)たるが、萩、女郎花《をみなへし》などのうへによころばひふせ[一五]る、いと思はずなり。[一六]格子《かうし》[一七]のつぼなどに、木の葉《は》を、ことさらに[一八]したらんやうに、こまぐ〜と吹入《い》れたるこそ、荒《あら》[一九]かりつる風のしわざとはおぼえね。

いと濃《こ》き衣《きぬ》のうはぐもりたる[二〇]に、黄朽葉《きくちば》[二一]の織物《をり》、薄物《うす》[二二]などの小袿《こうちぎ》きて、まこ[二三]としうきよげなる人の、夜《よる》は風のさはぎ(わ)[二四]に寝《ね》られざりければ、ひさしう[二五]寝《ね》おきたるまゝに、母屋《もや》[二六]よりすこしゐざり出《い》でたる、髪《かみ》[二七]は風に吹《ふ》きまよはされて、すこしうちふくだみたる[二八]が、肩《かた》にかゝれるほど、まことにめでたし。

[二九]ものあはれなるけしきに見いだして、「むべ山風を」[三〇]などいひたるも、心あらんとみゆるに、十七八ばかりやあらん、ちひさう[三一]はあらねど、わざと大人《おとな》とはみえぬが、生絹《すゞし》の単衣《ひとへ》の、いみじうほころび[三二]絶《た》え、はなもかへり[三三]ぬれなどしたる、薄色《うすいろ》の宿直物《とのゐ》[三四]をきて、髪《かみ》[三五]いろに、こまぐ〜と[三六]うるはしう、する[三七]もおば(を)なのやうにて、[三八]たけばかりなりければ、衣《きぬ》[三九]の裾《すそ》にかくれて、袴《はかま》[四〇]のそばぐ〜より見《み》ゆるに、童《わらはべ》、若《わか》き人ぐ〜の、根《ね》[四一]ごめに吹《ふ》きおられ(を)たる、こゝかしこに取《と》[四二]りあつめ、おこし立《た》てなどするを、[四三]うらやましげにをしはり(お)[四四]て、簾《す》[四五]にそひたるうしろ

一九 「荒かりつる」が「こまごまと」と調和しない。言葉の上の対比をも読むべきであろう。

二〇 表面の艶が失われている様。光沢がなくなっているので「くもりたる」と言う。

二一 黄ばんだ朽葉色の織物。「おり物」が正。

二二 羅のような薄物の小袿。

二三 ほんとうに上品な人が。この邸に仕える上級の女房らしい。

二四 台風への対応で寝られなかったので。

二五 台風が去った後で、長く寝こんで目をさました、そのまま身づくろいをするでもない姿を「寝おきたるまま」と言ったもの。

二六 野分のあとを確めようとするのであろう。

二七 吹く風はまだ平素よりは強い。

二八 「うちふくだみたる」は、ふくらんだような形にもり上っている様。

二九 感慨深げに外を眺めて。「ひさしう寝おきたる」女房の描写の続き。

三〇 古今集・秋下・文屋康秀「吹くからに秋の草木のしをるればむべ山風を嵐といふらむ」。

三一 小柄だとは言えないが、さほど大人っぽくも見えない女房が。 三二 縫い糸が切れて。

三三 「はな」は縹色(はなだいろ)のことで、「かへり」はその色が褪せることであろうが、「ぬれなどしたる」は「濡れなど」かと思われるものの不詳。「ふりなど」の誤りと見る意見がある。

三四 夜具にしていた薄紫の衣をひきかけて。

三五 髪について言う「色に」は、五一段参照。

三六 手入れが行きとどいていること。

三七 毛の先が薄(=をばな)のように房々として。

三八 身長と同じほどの長さなので。

三九 上に羽織った「宿直物」にかくれて。「裾に」が落着かない。能因本「はづれて」で、その方がわかりやすい。

でもをかし。

(一八九段)

[一]心にくき物　[二]ものへだてて聞《き》くに、[三]女房《ばう》とはおぼえぬ手《て》の、しのびやかにをかしげに聞《きこ》えたるに、[四]こたへ若《わか》やかにして、[五]うちそよめきてまい《(ゐ)》るけはひ。もののうしろ、障子《さうじ》などへだてて聞《き》くに、[六]御物《(おもの)》まい《(ゐ)》るほどにや、箸《はし》、匙《かひ》などとりまぜて鳴《な》りたる、をかし。[七]提子《ひさげ》の柄《え》のたう《(ふ)》れふすも、[八]耳《み》こそとまれ。

よう打ちたる衣《きぬ》のうへに、[九]さは《(わ)》がしうはあらで、髪《かみ》のふりやられたる。[一〇]長《なが》さを《(お)》しはかる。いみじうしつらひたる所の、大殿油《おほとなぶら》はまい《(ゐ)》らで、炭櫃《すびつ》などにいとおほくを《(お)》こしたる火[一一]の光《ひかり》ばかり照《て》りみちたるに、[一二]御丁《(みちやう)》の紐《ひも》などの、つやゝかにうち見《み》えたる、いとめでたし。[一三]御簾《みす》の帽額《もかう》総角《あげまき》などにあげたる鉤《こ》の、[一四]きはやかなるも、けざやかにみゆ。[一五]よく調《てう》じたる火桶《をけ》の、はい《(ひ)》の際《きは》きよげにてを《(お)》こしたる火に、内《うち》にかきたる絵《ゑ》などの見えたる、いとをかし。[一六]箸《はし》の、いときはやかにつやめきて、[一七]すぢかひ立《た》てるもいとをかし。

四〇 袴のひだの所々からのぞいて見える。
四一 根こそぎに吹き折られた木を。
四二 見込みのないものは「取りあつめ」、植えなおすべきものは「おこし立て」る。
四三 庭で立ち働いた方が、こんな朝は快いのにと思って「うらやまし」がるのであろう。
四四 簾を押し張って。外を見るためである。
四五 簾に寄り添って見ている後姿。

一 「心にくし」は、視覚や聴覚にとらえられるものを手がかりにして、その奥にすばらしい実体があることを思い描く感情。奥ゆかしい。
二 実体に直接ふれないことが、「心にくし」の基本条件であることを示すような表現。
三 女房が立てるとは思われない手をうつ音。「手」は人を呼ぶ時に立てる手の音。
四 返事の声がいかにも若い女性らしい。
五 衣ずれの音を立てて。少し急いでいる様子。
六 物を召し上がるところなのか。
七 液体を入れる手提げの器。その手提げの柄が倒れて器の本体に当って音を立てる。
八 奥の人々の有様を想像して耳につく様。
九 仰山にではなく。髪が多すぎないこと。
一〇 立ち上がらないと全長はわからない。
一一 炭の火だけが明るく照っている。「大殿油はまゐらで」であるから、一部分だけ明るい。
一二 御帳台に下げた飾り紐。
一三 「帽額」は御簾の上部を覆う布。「総角」は御簾を巻き上げてとめる紐。結び方で、左右に小さな輪をもつ。帽額や総角結びの紐まで御簾を巻き上げて受けとめる金具が「…などに(御簾を)あげたる鉤」。
一四 「きはやか」は「鉤」の輪郭が金属らしくくっきりしていることを、「けざやか」はその輪郭が

夜いたくふけて、御前にもおほとのごもり、人〴〵みな寝《ね》ぬるのち、外《と》のかたに殿上人などに物などいふ。[一八]奥《おく》に、碁石《ごいし》の笥《け》[一九]に入《い》るゝを《(お)》と[二〇]あまたゝび聞《きこ》ゆる、いと心にくし。火箸《ひばし》をしのびやかについ立《た》つるも、[二一]まだおきたりけりと聞《き》くも、いとをかし。

猶《(なほ)》[二二]いねぬ人は心にくし。[二三]人のふしたるに、物へだてて聞《き》くに、夜中ばかりなど、[二四]うちおどろきて聞《き》けば、おきたるなりと聞《きこ》えて、いふことは聞《きこ》えず、男《をとこ》もしのびやかにうち笑《わら》ひたるこそ、なにごとならむとゆかしけれ。

又[二五]を《(お)》はしまし、女房《ばう》などさぶらふに、上《うへ》[二六]人、内侍のすけなど、はづかしげなるまい《(ゐ)》りたる時、[二七]御前《おまへ》ちかく御物語《ものがたり》などあるほどは、大殿油《おほとなぶら》も消《け》ちたるに、長《なが》炭櫃《すびつ》の火に、[二八]もののあやめもよく見《み》ゆ。[二九]殿《との》ばらなどには、心にくきいまゝい《(ゐ)》りの、[三〇]いと御覧《らむ》ずる際《きは》にはあらぬほど、やゝ[三一]更《ふ》かしてまうのぼりたるに、[三二]うちそよめく衣《きぬ》のを《(お)》となひなつかしう、ゐざり出《い》でておまへにさぶらへば、[三三]ものなどほのかに仰《おほ》せられ、[三四]児《こ》めかしうつゝましげに、声《こゑ》のありさま聞《きこ》ゆべうだにあらぬほどに、[三五]いとしづかなり。[三六]女房《ばう》こゝかしこにむれゐつゝ、物語《がたり》うちし、下《お》[三七]り

炭火の光ではっきり見えることを指す。

一五 立派な作りの火桶の、灰際をきれいに手入れしておこした炭火の光で。 一六 火箸。

一七 二本の火箸が交叉して立ててある様子。

一八 女房が話をする。外には立派な殿上人が居て素敵な話を交しているのだと思うのである。

一九 碁石を入れる木製の器。

二〇 勝負が進んでいる様子。どんな風にしゃれた形で勝負を楽しんでいるのかと想像する。

二一 早々と寝るのは不風流と考えられた。

二二 何と言っても眠らずにいる人は心にくい。

二三 朋輩の女房が別室で寝ているのであろう。

二四 ふと目ざめて聞くと、眠ってはいなかったのだとわかる音がして、話し声まで聞きとれず。

二五 中宮が起きておいでで。

二六 殿上人や典侍。帝に側近く仕える気のはる(＝はづかしげ)訪問客である。

二七 中宮が近くにての人々を召されて話をされる間は。

二八 物の形や色などの細かい所。

二九 若殿たちには奥ゆかしく思われる新参の女房が。まだ新参だから男性達の期待が大きい。

三〇 特別に心にかけてお使いになるほどの身分ではないのが。

三一 新参の上に身分もそれほどでないから、少しおそく御前へあがるのであろう。

三二 参上する衣ずれの音も親しみが持て。

三三 新参女房に対する中宮の話しかけ。

三四 返事する新参女房の声と話しぶりの印象。

三五 皆が、この可愛い新参女房と中宮との会話に耳をすましてあたりが静かになる。

三六 以下、話は新参女房の件から離れる。

三七 多数の女房が交互に御前から下ったり、御前に上ったりする、その衣ずれの音。

上《のぼ》る衣《きぬ》のを《(お)》となひなど、おどろ〱しからねど、[一]さな《ゝ》りと聞《きこ》えたる、いと心にくし。

[二]内の局《つぼね》などに、うちとくまじき人のあれば、[三]こなたの火は消《け》ちたるに、[四]かたはらの光《ひかり》の、もの《ゝ》の上《かみ》などよりとを《(ほ)》りたれば、[五]さすがにもの《ゝ》のあやめはほのかに見ゆるに、[六]みじかきき《ゝ》丁《(ちやう)》ひきよせて、[七]いと昼《ひる》はさしもむかはぬ人なれば、[八]き丁《(ちやう)》のかたにそひふして、うちかたぶきたる頭《かしら》つきの、よさあしさはかくれざめり。[九]直衣《なをし》、指貫《さしぬき》など、[一〇]き丁《(ちやう)》にうちかけたり。六位の蔵《くら》人の[一一]青色《あをいろ》もあへなん、[一二]緑衫《ろうさう》はしも、[一三]あとの方《かた》にかいわぐみて、[一四]暁にも、えさぐりつけでまどはせこそせめ。[一五]夏も冬も、[一六]き丁《(ちやう)》の片《かた》つかたにうちかけて人のふしたるを、奥《おく》のかたよりやをらのぞいたるもいとをかし。

たきものの《ゝ》香《か》、いと心にくし。五月の[一七]なが雨《あめ》のころ、[一八]上《うへ》の御局《つぼね》の小戸《こと》の簾《す》に、[一九]斉信《たゞのぶ》の中将のよりゐ給へりし香《か》は、まことにをかしうもありしかな。[二〇]その物の香《か》ともおぼえず、[二一]おほかた雨《あめ》にもしめりて艶《えん》なるけしきの、[二二]めづらしげなきことなれど、いかでかいはではあらむ。又の日まで御簾《みす》にしみかへりたりしを、

一 一人一人の衣ずれごとに、これはあの女房だ、と聞きわけられること。
二 宮中での女房の局などで、気楽には扱えない男性が訪ねて来ている、という場面設定。
三 こちら側の灯は消してあるが。男性の訪問は隣室なのであろう。だから気をきかせて灯火を消してやるのである。
四 横あいからの灯の光が、隔ての物の上からさし通って来るので。「かくれざめり」へ続く。
五 逢っている二人の部屋の灯は、もちろん消して暗くしてあるけれども(=さすがに)。
六 丈の低い几帳を引き寄せて。
七 昼間は人目を憚ってこんなに近々と逢うことはない間柄だから、の意であろう。
八 (女が)几帳に近々と添うように横になって、うつ向いている、その髪の様子の良し悪しは。女がなおはじらっている有様であろう。
九 「なほし」が正。直衣・指貫などが几帳に脱ぎかけてある、それで二人の逢瀬の上に「心にくき」思いを及ぼすことになる。
一〇 この後では、几帳に脱ぎかけられた男の着衣を軸に、身分の低い男の場合は「心にく」さがなくなるという考えを展開する。
一一 「青色」は「六位蔵人」に許された着衣。それならまあよろしい、と言うのが「あへなん」。
一二 「緑衫」は六位一般の着衣。蔵人でない六位の者だったりしたら、という気持が「しも」。
一三 足もとの方にくしゃくしゃに丸めて。
一四 明け方に、探し出せないでまごまごさせてやりたいものだ。底本「あか月」。
一五 この文は、前文の激しさを中和させる文。
一六 几帳の片側に打ちかけて。
一七 湿気で匂いがきわだつ時候である。
一八 定子の使っていた弘徽殿の上局の小さな戸。

[二三]若《わか》き人などの世にしらず思へる、ことは《（わ）》りなりや。

ことにきら〳〵しからぬ[二四]男《をのこ》の、[二五]たかきみじかき、あまたつれだちたるよりも、すこしのりならしたる車《くるま》の、いとつやゝかなるに、[二六]牛飼童《うしかひわらは》なりいとつき〴〵しうて、牛《うし》のいたう[二七]はやりたるを、童《わらは》はを《（お）》くるゝやうに綱《つな》ひかれて遣《や》る。ほそやかなる男《をのこ》の、[二八]裾濃《すそご》だちたる袴《はかま》、[二九]二藍《ふたあゐ》かなにぞ、[三〇]かみはいかにも〳〵、掻練《かひねり》、山吹《ぶき》など着《き》たるが、沓《くつ》のいとつやゝかなる、[三一]筒《どう》のもとちかう走《はし》りたるは、[三二]中〳〵心にくゝみゆ。

（一九〇段）

島《しま》は　[三三]八十島《やそしま》。浮島《うきしま》。[三四]たはれ島《しま》、[三五]絵島《ゑしま》、松《まつ》が浦島《うらしま》。豊浦《とよら》の島《しま》。[三六]籬《まがき》の島《しま》。

（一九一段）

浜《はま》は　[三七]有度浜《うどはま》。長浜《ながはま》。[三八]吹上《ふきあげ》の浜《はま》。[三九]打出《うちいで》の浜《はま》。[四〇]もろよせの浜《はま》。[四一]千里《さと》の浜《はま》、ひろふ《（う）》おもひやらる。

一九　藤原斉信。↓八八頁注一七。
二〇　何の薫物の香ともわからず。複雑に調合された香であったと賞めているのである。
二一　あたりが雨に湿って香も引き立つ雰囲気が。
二二　特に珍しくもないこととは言いながら。
二三　若い女房達が並びないものに思ったのも。
二四　「をのこ」は人の従者。　二五　背の高いのや低いのや、沢山連れているのよりも。
二六　身なりがとても(身分に)ふさわしくて。
二七　意気の盛んな様子が「はやる」。
二八　裾を濃い紫に染めた袴。
二九　↓七頁注三一。
三〇　上衣はどうでもよく、例えば掻練や山吹襲なんかを着たのが。「かいねり」が正。
三一　「筒」は車輪の中心部の軸を通す部分。
三二　「あまたつれだちたるよりも」とあったのを受けて「なかなか」と言う。多数の従者を連れた主人より、少数の気のきいた従者を連れたこういう人の方がかえって「心にく」い。
三三　「八十島」と「浮島」とは、固有名詞ではないのかもしれない。多数の島を一括して呼ぶ時、大きな浮洲を島と見る時、それぞれ普通名詞として使われる言葉だからである。もし以下の島と同様に場所を特定すべきだとすれば、陸奥の塩竈の八十島・浮島を擬するのが最も自然であろう。　三四　肥後国の島。伊勢物語に登場する。
三五　淡路国の島。在原行平が須磨に流された時、この島の海女と親しくなったと伝える。
三六　陸奥の塩竈の島。最も好まれた歌枕の一つ。
三七　駿河国の浜。東遊歌に有度浜を歌ったのがあって、名はよく知られていた。↓一三五段(一八三頁)。
三八　紀伊国の浜。風が砂を吹き上げるように吹くのでこの名があるという。

浦《うら》は　[一]おほの浦《うら》。[二]塩竈《しほがま》の浦《うら》。[三]こりずまの浦《うら》。名高《なだか》の浦《うら》。

（一九二段）

森《もり》は[四]　うへきの森《もり》。岩田《いはた》の森《もり》。木枯《こがらし》の森《もり》。うたゝねの森《もり》。岩瀬《いはせ》の森《もり》。[五]大荒木《おほあらき》の森《もり》。[六]たれその森《もり》。[七]くるべきの森《もり》。たちぎゝの森《もり》。[八]ようたての森《もり》といふが耳《みゝ》とまるこそあやしけれ。森《もり》などいふべくもあらず、たゞ一木あるを、[九]なにごとにつけけ《ゝ》む。

（一九三段）

寺《てら》は　壺坂《つぼさか》。笠置《かさぎ》。[一〇]法輪《ほうりん》。[一一]霊山《（りやうぜん）》は釈迦仏の御すみかなるがあはれなるなり。[一二]石《いし》山。粉河《こかは》。志賀。

（一九四段）

三九 近江国の浜。湖の浜だが、都から東へ下る時、逢坂山を越えてすぐ目に入る浜で、平安人には印象が深かったのであろう。

四〇 但馬国の浜だとされる。「もろよせ」は波が幾重にも寄せる、という意味らしい。

四一 紀伊国の浜。「千里」だから広々とした浜だろう(＝ひろう思ひやらる)ということになる。

一 能因本・前田本「おふのうら」。それに基づいて「をふの浦」だとする読み方もある。「をふ」なら伊勢の「麻生浦」、「おふ」なら遠江の「大浦」、ということになるが、平安人に知名度の高いのは伊勢の方である。

二 源融の塩竈熱愛など、極めて有名な松島海岸。

三 摂津国の須磨浦のこと。「こりずまに(懲りもせずに)」という言葉を懸ける面白さから、須磨浦の別名とみなされるようになった。

四 一〇八段にも「森は」という段があった。「うへきの森」と「岩瀬の森」と「たちぎきの森」とは、そこにすでに挙げられていて、重出である。

五 「大荒木の森の下草」と歌によまれることの多い森。山城国所在。

六 「たれそ」は「誰そ」と誰何(すいか)する意。

七 「くるべき」は「くるめく(まわる)」の意。「目くるめく」などが聯想される名。

八 底本「よこたて」。前田本により改む。蜻蛉日記にある山城国の大和国に近い森とされる。ただし「耳とまるこそあやしけれ」との関係は判明でない。直前の「たちぎき」を承けて、言葉あそびをしているのかもしれない。

九 どうして「森」などと名付けたのだろう。「ようたての森」は「ただ一木」だったらしい。

一〇 「ほふりん」が正。「笠置」と共に山城国。「壺坂」は大和国。観音信仰で名高い。

経は　法花経[一三]さらなり。普賢十願[一四]《(ふげんじふぐわん)》。千手経《(せんじゆ)》。随求《ずいぐ》経。金剛般若《こんがうはんにや》。薬師経。仁[一五]《(にん》王《わう)》経の下巻。

（一九五段）

仏は　如意輪。千手。すべて六[一六]観音。薬[一七]師仏。尺迦仏。弥勒[一八]《みろく》。地蔵。文殊。不動尊。普賢。

（一九六段）

文[一九]《ふみ》は　文集[二〇]《(もんじふ)》。文選[二一]《(もんぜん)》、新賦《(しんぷ)》。史記[二二]、五帝本紀。願文[二三]《(ぐわんもん)》。表[二四]。博士[二五]《はかせ》の申文《(まうしぶみ)》。

（一九七段）

物語《ものがたり》は　住吉《すみよし》。宇津保《うつぼ》、殿[二六]《との》うつり。国譲《くにゆづり》はにくし。埋[二七]《むも》れ木。月まつ女。梅壺《むめつぼ》の大将。道心《だうしん》すゝむる。松《まつ》が枝《え》。[二八]こまの物語《がたり》は、古蝙蝠[二九]《ふるかはほり》さがしいでて、持《も》て

（一九八段）

一一　山城国。東山の鷲の尾にあるので霊鷲山(釈迦説法の地)に擬してこの名がある。「釈迦仏の御すみか」とあるのはそれを指す。
一二　以下順に近江・紀伊・近江。
一三　妙法蓮華経。宗派を超えて尊ばれた。だから「さらなり(言うまでもない)」。
一四　華厳経の普賢十願品を指す。
一五　「下巻」と限定するのは、下巻巻頭の護国品が国家守護を内容とし、仁王会(宮中で春秋に行われる)で耳にすることが多かったからであろう。　一六　千手・聖・馬頭・十一面・准胝(じゆんてい)・如意輪、の六観音。六道に配されて衆生を救うという。観音は菩薩で如来ではない。
一七　「薬師」「尺迦」は如来。
一八　以下は「不動」が明王である以外すべて菩薩。中で「弥勒」は釈迦入滅の五十六億七千万年後にこの世に現れて衆生を救うと信ぜられ、「地蔵」はそれまでの間衆生済度にあたるとされた。
一九　漢詩文。
二〇　白氏文集。白居易(楽天)の詩集。
二一　梁の昭明太子撰の詩文集。その中の六朝の賦。漢代のを「古賦」と呼ぶ、その対だとされる。
二二　前漢の司馬遷著の史書。その第一巻。黄帝から尭・舜までの五帝の事蹟を扱った巻。底本「五帝本記」。表記を改む。
二三　神仏への祈願文。　二四　天皇への上奏文。
二五　官位嘆願書。文章博士に作ってもらうことが多い。
二六　宇津保物語の巻名らしいことが後続の「国譲」から考えられるが、この通りの巻はない。
二七　以下の物語は今に伝わらない。
二八　底本「こまの物語」。能因本により改む。
二九　古扇。

いきしがをかしきなり。ものうらやみの中将。宰相《さい》に子《こ》うませて、かたみの衣《きぬ》など乞《こ》ひたるぞにくき。交野《かたの》の少将。

[一]陀羅尼《だらに》は　[二]暁。経は　ゆふぐれ。（一九九段）

[三]あそびは　よる。[四]人の顔《かほ》みえぬほど。（二〇〇段）

[五]あそびわざは　[六]小弓《こゆみ》。碁《ご》。さまあしけれど[七]鞠《まり》もをかし。（二〇一段）

舞《まひ》は　[八]駿河舞《するがまひ》。求子《もとめご》いとをかし。[九]太平楽《たいへいらく》。太刀《たち》などぞうたてあれど、いとお（二〇二段）

一 梵音のまま誦える呪文。誦えられるのを聞くこととも、自ら誦えることとも解し得るが、鑑賞者として耳にすることを言うのであろう。次の経に関しても同じ。
二 底本「あか月」。表記を改む。
三 管絃の遊び。これも聴くことであろう。
四 絃楽器や打楽器の場合はよいとして吹奏楽器は奏者の表情の見えぬ方がよいのであろう。
五 遊戯。いま言うゲームに当る。
六 小型の弓を射る競技。
七 蹴鞠。鞠を落さず蹴りかえすために、鞠庭の中を動きまわらねばならず、服装も乱れがち。それで「さまあしけれど」と言う。
八「駿河舞」「求子」とも東遊（あずまあそび）の中の舞曲。賀茂の臨時祭をはじめ舞われる機会が多かった。
九 唐楽の一つ。武人姿で太刀を抜いて舞う。それで「太刀などぞうたてあれど」と言う。
一〇 太平楽の起源は、漢の高祖と楚の項羽との鴻門の会の席上、項荘が剣の舞にことよせて高祖を刺そうとし、項伯が阻止のため抜剣して合い舞をした、その故事によるとされていた。
一一 などと聞くものだから。上に「いとおもしろし」と言ったことの理由。
一二 唐楽の古楽。迦陵頻（かりょうびん）の舞。鳥の翼の形をつけて四人の童が舞う。
一三 西域伝来の舞楽。長い髪をつけた仮面を用いる。それで「髪ふりあげたる」と言う。
一四（髪をふりあげた）目つきなどは気味悪いけれども、伴奏の音楽もやはり面白い。
一五 高麗楽。二人舞で（＝二人して）蹲った姿のまま（＝膝ふみて）舞う部分がある。
一六「狛竜（こまりょう）」の俗称。小馬を形どったものに跨って舞う。
一七「びは」が正。以下は琵琶の音調である。

もしろし。[一〇]唐土《もろこし》に敵《かたき》どちなどして舞《まひ》けん、など[一一]きくに。[一二]鳥《とり》の舞《まひ》。[一三]抜頭《ばとう》は、髪《かみ》ふりあげたる。[一四]まみなどはうとましけれど、楽《がく》もなを(ほ)いとおもしろし。[一五]落蹲《らくそん》は、二人《ふたり》して膝《ひざ》ふみて舞《まひ》たる。[一六]駒形《こまがた》。

（二〇三段）

ひく物は　[一七]琵琶《びわ》。調《しら》べは　[一八]風香調《ふかうでう》。黄鐘調《わうしきでう》。[一九]蘇合《そかう》の急《きう》。[二〇]鶯《うぐひす》のさえ(へ)づりといふ調《しら》べ。

[二一]箏《しやう》の琴《こと》、いとめでたし。調《しら》べは[二二]想夫恋《さうぶれん》。

（二〇四段）

[二三]笛《ふゑ》は　横笛《よこぶゑ》、いみじうをかし。[二四]遠《とを》うより聞《きこ》ゆるが、やう〳〵近《ちか》うなりゆくもをかし。近《ちかゝ》かりつるがはるかになりて、いとほのかに聞《きこ》ゆるも、いとをかし。[二五]車《くるま》にても、かちよりも、馬《むま》にても。すべて懐《ふところ》にさし入《い》れて持《も》たるも、[二六]なにとも見《み》えず、さばかりをかしき物はなし。まして、聞《きゝ》きしりたる[二七]調子《てうし》などは、いみ

一八「風香調」「黄鐘調」はまさに琵琶の音調だが、播合せ（本式の奏曲の前に、調子を整える目的で短い曲をひくこと）と見る意見がある。「蘇合の急」と曲名に続いて行く点を考え合わせると、可能性の高い読み方である。

一九「急」は「序破急」の「急」で終りの部分。「きふ」が正。「蘇合」は『蘇合香』の略。

二〇 春鶯囀。鶯の鳴声を模した曲とされる。

二一 中国伝来の絃楽器。十三絃。

二二 想府蓮とも。箏の曲名。唐楽。

二三 以下「ふゑ」とあるのはみな「ふえ」が正。前段の、絃楽器に対して管楽器に及ぶ段である。

二四 だんだん音が近づき、逆に遠ざかる興味。必ずしも歩みながら吹いているとは限らない。「とほ」が正。

二五「車・徒歩・馬」のどの場合でも、と言うのは、前二文をうけての追加説明であろう。

二六 何か持っているとも見えない、の意。

二七 これも前段の「調べ」と同じく曲を指すであろう。「まして」で始まるこの文と、「すべて」で始まる前文との、順を入れ替えた方が通りがよい。

一 底本「あか月」。表記を改む。

二 女の所に泊った男が置き忘れたのである。

三 置き忘れた男が、笛をとりに使いを遣わす。

四 紙で丁寧に包んで返す有様。

五 細長いから紙で包むと立文のようである。

六 十七本の管があり、そこにつけられた簧(した)を息で振るわせて音を出す。

七 車に乗って聞えて来たのが面白い。

八 横笛と比べると大仰（＝所せし）である。横笛について「懐にさし入れて持たるも、なにとも見えず」とあったのとの対比がある。

じうめでたし。[一]暁などに、[二]忘《わす》れて、をかしげなる、枕《まくら》のもとにありける見つけたるも、猶《なほ》をかし。[三]人の取《と》りにおこせたるを、[四]おしつゝみてやるも、[五]立文《たてぶみ》のやうにみえたり。

[六]笙《ふゑ》の笛は、月のあかきに、[七]車《くるま》などにて聞《き》き《ゝ》えたる、いとをかし。[八]所せく持《も》てあつかひにくゝぞ見ゆる。[九]さてふく顔《かほ》やいかにぞ。[一〇]それは横笛《よこぶゑ》もふきなしなめりかし。

[一一]篳篥《ひちりき》は、いとかしがましく、[一二]秋の虫をいはゞ、轡虫《くつわむし》などの心ちして、[一三]うたて[一四]けぢかく聞《き》かまほしからず。まして悪《わろ》くふきたるは、いとにくきに、[一五]臨時《りんじ》の祭《まつり》の日、まだ[一六]御前《おまへ》にはいでで《ゝ》、ものの《ゝ》うしろに横笛《よこぶゑ》をいみじうふきたてたる、あなおもしろと聞《き》くほどに、[一七]なからばかりより、うちそへてふきのぼりたるこそ、[一八]たゞいみじう、[一九]うるはし髪《がみ》もたらん人も、みなたちあがりぬべき心ちすれ。やう〳〵琴《こと》、笛《ふゑ》にあはせて、[二〇]あゆみいでたる、いみじうをかし。

（二〇五段）

九 笙の笛を吹く時の顔ときたら、どんなにみっともないか、の意。笙の笛が構造的に複雑で吹奏にも大きな息遣いをせねばならぬことを、美的でないと評したもの。
一〇 その点については、横笛でも吹き方一つに違いはないでしょうよ、の意。底本「なめしかし」。他本により改む。
一一 太短い形の竹管。柔らかみのない大きな音を出す。それが「いとかしがましく」。
一二 秋の虫を譬えにして言うと。
一三「うたて」は、見たくない聞きたくない、という拒絶感を表わす言葉。下の「けぢかく聞かまほしからず」と同じ内容を専ら感情的に言い表わした言い方。
一四 身近に聞きたいとは思わない。
一五 →一九頁注一七。
一六 楽人たちがまだ帝の前に出て行く前に。
一七 途中のあたりから(篳篥が)加わって大きな音で吹き上げたのは。
一八 まったくびっくり仰天で。
一九 整って美しいのが「うるはし」。立派に髪を整えた人でも、せっかくの髪が逆立ちに立ち上がってしまいそうな、(ぞっとした)気持がする。髪が逆立つ逆髪は、恐怖や異常の印である。
二〇 やっと楽人たちが現われて、視覚の世界がひらける。舞も始まるであろう。
二一 見るに値するもの。見てすばらしいもの。
二二 →一九頁注一七。
二三 正月二日、朝覲行幸をはじめ定まった行幸も少なくないが、ここは特にいつの行幸と限らない言い方であろう。
二四 →五九頁注三三。
二五 摂関家の賀茂社への参詣。四月中の酉の日の賀茂祭の前日、申の日に行われた。

二一見物《(みもの)》は　二二臨時《りんじ》の祭《まつり》。二三行幸。二四祭《まつり》の還《かへ》さ。二五御賀茂詣《かもまうで》。

賀茂《かも》の臨時《りんじ》の祭《まつり》、空のくもり、二六寒《さむ》げなるに、雪《ゆき》すこしうちちりて、二七挿頭《かざし》の花、二八青摺《あをずり》などにかゝりたる、えもいはずをかし。二九太刀《たち》の鞘《さや》のきはやかに、黒《くろ》うまだらにて、三〇ひろふ《(う)》見《み》えたるに、三一半臂《はんぴ》の緒《を》の、三二瑩《やう》じたるやうにかゝりたる、三三地摺《ずり》の袴《はかま》のなかより、三四氷《こほり》かとおどろくばかりなる打目《うちめ》など、すべていとめでたし。

三五いますこしおほくわたらせまほしきに、三六使《つかひ》はかならずよき人ならず、受領《ずりやう》などなるは、三七目《め》もとまらずにくげなるも、三八藤《ふぢ》の花《はな》にかくれたるほどはをかし。猶すぎぬるかたを見《み(お)》をくるに、三九陪従《べいじう》の品《しな(お)》をくれたる、四〇柳《やなぎ》に挿頭《かざし》の山吹《ぶき》わりなく見ゆれど、四一泥障《あふり》いとたかううちならして、「四二神のやしろのゆふだすき」とうたひたるは、いとをかし。

四三行幸にならぶものはなにかはあらん。四四御輿《こし》にたてまつるを見《み》たてまつるには、あけくれ御前《おまへ》にさぶらひつかうまつるともおぼえず、四五神《かう》ぐしく、いつくしう、いみじう、つねはなにとも見《み》えぬ、四六なに司《つかさ》、四七姫《ひめ》まうちぎみさへぞ、やむごとなくめづらしくおぼゆるや。

二六 賀茂臨時祭は十一月。冬の最中である。
二七 勅使以下が挿す造花。
二八 この日、舞人と陪従とは、青摺の袍を着る。
二九 舞人の佩く太刀の鞘。豹や虎の皮で覆う。斑文があるので「黒うまだら」と言う。
三〇 鞘を更に皮で覆うから「広う」見える。
三一 →一四七頁注二五・二六。
三二 貝などを使って巾に艶を出すこと。
三三 藍で模様を摺り出した織物。
三四 氷かと見違えるほどの砧の打ち目。砧で打って光沢を出すので「氷かと」と言う。
三五 もう少し多勢で行列をしてほしいのだが。
三六 勅使はきまって上流の人ではなく。ただし即位後最初の臨時祭の時は公卿が立った。
三七 「目もとまらず」は人の品への悪口。公卿でなければ人ではない、とでも言いたげな言葉である。「にくげ」は顔つきへの悪口。
三八 挿頭にさした藤の花に顔がかくれた様子。
三九 勅使からして「にくげ」だから、舞人の世話をする陪従はもちろん「品おくれ」となる。「べいじゆう」が正。
四〇 服装が柳襲、挿頭が山吹では、どうしようもない取り合わせだが。
四一 「あふり」が正。→二三五頁注三五。
四二 古今集・恋一「ちはやぶる神の社のゆふだすき一日も君をかけぬ日はなし」。
四三 段の冒頭に「臨時の祭。行幸。…」と列挙したのを、順に細叙して行くことがわかる。
四四 帝が御輿にお召しになるのを拝見するにつけ。底本「みたてまつる」の「み」を欠く。二類本により補う。
四五 神々しく、気品高く、素晴らしく。
四六 行幸に供奉する女官を、何々司の女官、と指したもの。　四七 →一九八頁注三。

[一]御《み》綱《つな》の助《すけ》の中少将、いとをかし。[二]近衛の大将、ものよりことにめでたし。近《この》衛府《ゑづかさ》こそ、[三]猶《(なほ)》いとをかしけれ。

[四]五月こそ世にしらずなまめかしきものなりけれ。されど、[五]この世に絶《た》えにたる事なめれば、いとくちお《(を)》し。昔語《むかしがたり》に人のいふをきゝ思ひあはするに、げにいかなりけん。[六]たゞその日は菖蒲《さうぶ》うちふき、[七]よのつねのありさまだにめでたきをも、[八]殿《とのゝ》のありさま、[九]所《ところ》〳〵の御桟《さ》敷《じき》どもに菖蒲《さうぶ》ふきわたし、よろづの人ども菖《さう》蒲鬘《ぶかつら》して、[一〇]あやめの蔵《くら》人、かたちよきかぎり選《え》りて、いだされて、薬玉《くすだま》たまはすれば、拝《はい》して腰《こし》につけなどしけんほど、いかなりけむ。[一一]ゑいのすいゑうつり[一二]よきもなどうちけんこそ、お《(を)》こにもをかしうもおぼゆれ。返らせ給《(たまふ)》御輿《こし》のさきに、[一三]獅《し》子《ゝ》、狛犬《こまいぬ》など舞《ま》ひ、[一四]あはれさる事のあらむ、時鳥《ほとゝぎす》うちなき、[一五]ころのほどさへ似《に》るものなかりけんかし。

行幸はめでたきものの、[一六]君達車《きんだちぐるま》などの、このましうのりこぼれて、[一七]上下《かみしも》走《はし》らせなどするがなきぞくちお《(を)》しき。さやうなる車《くるま》の、[一八]を《(お)》しわけてたちなどするこそ、心ときめきはすれ。

一　御輿の屋根の四隅から緋の綱を張り、駕輿丁がそれを持つ、その付き添いの近衛中少将。
二　行幸の総指揮をとる。御輿の御綱を四方に張るのも、近衛大将の号令による。
三　こういう事を思うとやはり、という気持。
四　五月の御幸。五日・六日の武徳殿への行幸。
五　この頃、武徳殿への行幸はなくなっていた。
六　前文に「昔語に人のいふをきき思ひあはするに」と言ったことを、以下に述べる。
七　平素の様子ですら結構である上に。
八　武徳殿のその日の様子。ただし前文からつづけ、「の」一字衍と見て「…めでたきを、もとのありさま…」と読む見解がある。
九　見物の「御桟敷」が設けられてあった。
一〇　以下「あやめの蔵人」のことは八五段参照。
一一　不詳。「えびすのいへうつり」の誤りとする意見がある。　一二　不詳。「よもぎなど」の誤りとする意見がある。「えびすのいへうつり」と共に、西宮記の記事をふまえ、五月六日に行われた雑戯と見る意見である。直後の「をこにもをかしうも」とはよく調和するのが魅力的である。
一三　武徳殿からの還御に当り、御輿の前で舞われた蘇芳菲のこと。獅子の姿で舞い、それに戯れるように犬の装束の子が二人舞うのを指したもの。
一四　ああ、そういうこともあろう。挿入句。折しも「時鳥うちなき」という、申し分ない添えものもあり得るだろう、との思い入れ。
一五　五月という時節柄さえ。
一六　君達の乗った車、の意であろう。
一七　北へ南へと走り廻ることの無いのが惜しい。次の「祭の還さ」の項との対比。
一八　他の車を押しのけて駐車したりするのが、どなたの車かと胸がさわぐ。

[一九]祭《まつり》の還《かへ》さいとをかし。昨日はよろづのこと[二〇]うるはしくて、[二一]一条の大路《おほち》のひろうきよげなるに、[二二]日のかげもあつく、車にさし入《い》りたるもまばゆければ、扇《あふぎ》して[二三]かくしゐなを《(ほ)》り、ひさしく待《ま》つもくるしく、汗《あせ》などもあへ《(え)》しを、[二四]今日《けふ》はいとゝくいそぎいでて、[二五]雲林院《(うりんゐん)》知足《ちそく》院などのもとにたてる車《くるま》ども、[二六]葵《あふひ》かつらどももうちなびきてみゆる。

[二七]日は出《い》でたれども、空《そら》は猶うちくもりたるに、いみじういかで聞《き》かむと、[二八]目《め》をさまし起《お》きゐて待《ま》たるゝ時鳥《ほとゝぎす》の、[二九]あまたさへあるにやと鳴《な》きひゞかすは、いみじうめでたしと思ふに、[三〇]鶯《うぐひす》の老《お》いたる声《こゑ》してかれに似《に》せんと、[三一]をゝしううちそへたるこそ、[三二]にくけれど又をかしけれ。

[三三]いつしかと待《ま》つに、御社《みやしろ》のかたより、[三四]赤衣《あかぎぬ》うちきたるものどもなどの、つれだちてくるを、「いかにぞ、[三五]ことなりぬや」といへば、「[三六]まだ無期《むご》」などいらへ、[三七]御輿《こし》など持《も》てかへる。[三八]かれに奉《たてまつ》りてを《(お)》はしますらむもめでたくけだかく、[三九]いかでさる下衆《げす》などの近《ちか》くさぶらふにか、とぞおそろしき。

[四〇]はるかげにいひつれど、ほどなくかへらせ給《(たまふ)》。[四一]扇《あふぎ》よりはじめ、青朽葉《あをくちば》どもの

一九 以下最後まで「祭の還さ」の見物の叙述。
二〇 「うるはし」も次の「きよげ」も、祭の当日のすべて申し分ない様子を形容した語。
二一 祭の当日(=昨日)行列の通る大路。
二二 日ざしが暑い。夏の最中である。
二三 日光から顔をかくし、坐りなおし。
二四 祭の還さ見物の今日は、早朝に家を出て。まだ涼しい間に、ということである。
二五 二院とも斎院の住いに近かったのであろう。以下の叙述を含めて二八段参照。
二六 「葵・桂」は共に賀茂祭の飾りの料。車にも懸け垂したので「うちなびきて」と言う。
二七 そろそろ暑くなる時刻だが、ということ。
二八 時鳥の鳴声を聞こうと苦労する平素の態度。
二九 時鳥がいっぱい居るのかとさえ思われるほど頻りに鳴き立てるのは。紫野だからである。
三〇 底本「うくひ」。他本により改む。
三一 時鳥の美声に負けまいとする対抗心を「ををしう」と批評したもの。
三二 時鳥の向うを張ろうとは、という気持。
三三 早く還さの行列が来ないかと待つのである。
三四 行列に従う下人の服装。退紅色であった。
三五 そろそろお渡りですか。
三六 まだ、いつになるやらわからない。
三七 祭の当日に召された御輿など、すでに用ずみとなったものを、まず斎院へ持ち帰る様子と見る。「つれだちてくる」「まだ無期」など、任から解放された者の動作・発言のようだからである。斎王自身は牛車で帰られるのである。
三八 あの御輿にお乗りなのかと思うと。
三九 どうしてあんな下賤の者が、斎王の身近に仕えるのかと、恐ろしくなる。
四〇 「まだ無期」と、ずっと先のように言ったが。
四一 供奉する女房たちの描写。

いとをかしうみゆるに、一所の衆《しゅう》の、二青色《あをいろ》に白襲《しらがさね》を、けしきばかりひきかけたるは、三卯《う》の花《はな》の垣根《かきね》ちかうおぼえて、四時鳥《ほととぎす》もかげにかくれぬべくぞ見ゆるかし。昨日は車一《くるまひと》つにあまたのりて、五二藍《ふたあゐ》のおなじ指貫《さしぬき》、あるは狩衣《かりぎぬ》などみだれて、六簾《すだれ》ときおろし、ものぐるを(ほ)しきまで見《み》えし君達《きんだち》の、七斎院の垣下《ゑが》にとて、八日《ひ》の装束《さうぞく》九うるはしうして、今日《けふ》は一〇一人《ひとり》づゝさう〴〵しく乗《の》りたるしりに、をかしげなる殿上童《わらはの》乗せたるもをかし。

一一わたりはてぬるすなはちは、一二心ちもまどふらん、我も〳〵と、あやうくおそろしきまで先《さき》にたゝんといそぐを、「かくないそぎそ」と、扇《あふぎ》をさしいでて制《せい》するに、一三聞《き》きもいれねば、一四わりなきに、すこしひろき所にて、一五しゐ(ひ)てとゞめさせてたてる、一六心もとなくにくしとぞ思ひたるべきに、一七ひかへたる車《くるま》どもを見やりたるこそをかしけれ。一八男車《おとこぐるま》の誰《たれ》ともしらぬが、後《しり》にひきつゞきてくるも、一九たゞなるよりはをかしきに、二〇ひきわかるゝ所にて、「二一峰《みね》にわかるゝ」といひたるもをかし。二二猶(なほ)あかずをかしければ、二三斎院の鳥居《とりゐ》のもとまでいきて見るおり(を)もあり。

一 蔵人所の衆。祭に参加する。「しゅう」が正。
二 青色の袍に、白襲(白の薄物の重ね着。袍の下に着する)をちょっとひっかけた姿は。
三 卯の花の垣根に似ている感じで。
四 時鳥は卯の花の陰にかくれる、とされた。
五 二藍の、(袍と)同色の指貫。
六 簾を外してしまって。
七 祭や儀式の時の宴会で饗応を受ける、正客以外の人を「垣下」と言う。斎王還御の後の宴会に招かれた、というわけで。
八 正装。夜の宿直姿に対して言う。束帯姿。
九 きちんと整えて着て。
一〇 先の「車一つにあまたのりて」と対比。
一一 行列が終ったすぐその後は。
一二 早く帰ろうとあせる様。
一三 制せられた従者たちが、言うことを聞かないことを指す。
一四 「わりなし」は、手の打ちようがない気持。
一五 無理に車をとめて立ちどまっていると。
一六 早く帰りたく(=心もとなく)無理に止まらせるなんて(=にくし)と思っていようが。
一七 後続する(=ひかへたる)車を見渡すのも興があるものだ。
一八 「をとこ」が正。男の車で、誰ともわからないのが、すぐ後について来ているのも。
一九 何事もないのよりは興味があるが。
二〇 別れ別れになる所で。行く方角がこの別れ道から別々となる。
二一 古今集・恋二・壬生忠岑「風吹けば峰に別るる白雲の絶えてつれなき君が心か」。これだけ後からついて来たのにこのままお別れとは貴女も薄情な方ですね、の意。
二二 行列が「わたりはてぬる」後も、まだ飽き足らぬ思いがして。

[二四]内侍の車《くるま》などのいとさは《（わ）》がしければ、[二五]ことかたの道《みち》よりかへれば、まことの山里《やまざと》めきてあはれなるに、[二六]うつぎ垣根《かきね》といふものの、[二七]いとあら〳〵しくおどろ〳〵しげに、さし出《い》でたる枝《えだ》どもなどおほかるに、[二八]花《はな》はまだよくもひらけはてず、つぼみたるがちに見《み》ゆるを、[二九]お《（を）》らせて車《くるま》のこなたかなたにさしたるも、[三〇]かつらなどのしぼみたるがくちお《（を）》しきに、お《（を）》かしうおぼゆ。[三一]いと狭《せば》う、えも通《とを》[三二]るまじう見ゆる行《ゆ》く先《さき》を、近《ちか》[三三]ういきもていけば、[三四]さしもあらざりけるこそお《（を）》かしけれ。

（二〇六段）

五月ばかりなどに山里《ざと》にありく、いとお《（を）》かし。草《くさ》[三五]葉も水もいとあをく見えわたりたるに、上《うへ》[三六]はつれなくて、草おひしげりたるを、なが〳〵とたゝ[三七]ざまにいけば、下《した》[三八]はえならざりける水の、ふかくはあらねど、人[三九]などのあゆむに走《はし》[四〇]りあがりたる、いとお《（を）》かし。

左右《ひだりみぎ》[四一]にある垣《かき》にあるものの枝《えだ》などの、車《くるま》[四二]の屋形《やかた》などにさし入《い》るを、いそぎて

二三 紫野の斎院にも嵯峨野の斎宮と同様黒木の鳥居があった。
二四 行列に加わった掌侍の車。それが忙しげに帰るのを「さわがしければ」と言ったもの。
二五 避けて脇道へ入るのである。脇道だから「まことの山里めきて」ということになる。
二六 「うつぎ」は卯の花のこと。その垣根。
二七 以下、手入れの行きとどかぬ様子の描写。
二八 花はまだ十分よく開き切らず。
二九 枝ごと折らせて車のあちこちに挿す。
三〇 すでに飾りの桂は凋みはじめている。
三一 「まことの山里」めいた道だから、先はますます細く見える。
三二 「とほる」が正。通れそうもなく見える所。
三三 どんどん近づいてゆくと。
三四 見たほど狭くなかったのが面白い。
三五 地面に繁った草の葉、水面にはびこった水草、を言うのであろう。夏の盛りである。
三六 表面はそ知らぬ顔で草が茂っている所を。拾遺集・恋四「蘆根はふうきは上こそつれなけれ下はえならずおもふ心を」によった修辞。「うき」は泥深い沼地のことで、表面こそ蘆が茂って何の変った所もないが、下は水気が多くて大変だの意で、内心の恋心のつらさを伝える歌。
三七 縦の方向に。短く横切るのではないので「たたざまに」と言う。
三八 「上は」の所と同じく、拾遺集の歌によった修辞。下は思いもよらないほどの水が。
三九 従者を指す。本人は牛車で「山里にありく」のである。
四〇 水が勢いよくはねあがる様。
四一 道の左右に垣があり、その垣として木が植えてある、その枝が、ということ。
四二 道幅が狭いから、左右から枝が入って来る。

とらへてお《(を)》らんとするほどに、[一]ふとすぎてはづれたるこそ、いとくちお《(を)》しけれ。[二]蓬《よもぎ》の、車《くるま》にを《(お)》しひしがれたりけるが、輪《わ》のまはりたるに、ちかううちか[三]ゝへたるもお《(を)》かし。

（二〇七段）

いみじう暑《あつ》きころ、[四]夕涼《ゆふすゞ》みといふほど、[五]物のさまなどもおぼめかしきに、[六]男《をとこ》車《ぐるま》の、前駆《さき》を《(お)》ふはいふべきにもあらず、[七]たゞの人も後《しり》の簾《すだれ》あげて、[八]二人《ふたり》も一人《ひとり》ものりて、はしらせゆくこそ涼《すゞ》しげなれ。まして、[九]琵琶《びわ》かひ《(い)》調《しら》べ、[一〇]笛《ふゑ》のを《(お)》とどきこえたるは、過《す》ぎていぬるもくちお《(を)》し。[一一]さやうなるに、[一二]牛《うし》のしりがひ《(い)》の香《か》の、[一三]猶《なほ》あやしうかぎしらぬものなれど、お《(を)》かしきこそ[一四]物ぐるお《(ほ)》しけれ。

いとくらう闇《やみ》なるに、[一五]さきにともしたる松《まつ》の煙《けぶり》の香《か》の、[一六]車《くるま》のうちにかゝへたるもお《(を)》かし。

（二〇八段）

一 すっと（指の間を）抜けて取り逃がすのが。
二 車輪が廻るのに合わせて。
三 底本「うちかゝりたるも」。能因本・前田本などに「かゝへ」とするのにより改む。「かかへ」は香の漂う様を言う言葉。押しつぶされた蓬が車輪にくっついて上の方へ来て、近々と匂って来る有様の描写。
四 夕涼み、といった頃合いで。
五 物の形などもはっきり見えない時分に。
六 「をとこぐるま」が正。
七 「前駆おふ」ほどの身分ではない人。「簾あげて」は簾を巻きあげ切って、の意。
八 少人数であることを言ったものであろう。
九 「びは」が正。車に乗っての管絃である。
一〇 「ふえ」が正。
一一 そういう風情のある車に行き合わせた時に。
一二 牛の尻にかける組紐。
一三 「猶」は、次に「をかしき」と賞める前に、もちろん欠点のあるものだがと、当然の言いわけをする言葉。「あやしう（下品で）」は「かぎしらぬ」への並列の連用形。
一四 つまらぬ物の匂いに興ずる自分を、我ながらおかしいと評する言葉。
一五 車の前にともした松明の匂いが。
一六 車の内に漂っているのも。「かかへたる」と言う語は、この場合のように、匂いが逃げずに漂っている様を表わすのにふさわしい。
一七 翌五月五日は端午の節句である。その「夕つかた」であるから、節句の直前ということ。
一八 節句直前だから、当然「菖蒲」である。「おほく」も「いとうるはしく」も、翌日のための用意であることを示している。
一九 両肩にということであろう。「おほく」とあったのと照応する。

[一七]五月四日の夕《ゆふ》つかた、[一八]青《あを》き草おほくいとうるはしく切《き》りて、[一九]左右《ひだりみぎ》になひて、[二〇]赤衣《あかぎぬ》きたる男《をのこ》のゆくこそお《(を)》かしけれ。

（二〇九段）

賀茂《かも》へまい《(ゐ)》る道《みち》に、[二一]田植《たう》ふ《(う)》とて、女の、あたらしき[二二]折敷《おしき》のやうなるものを笠《かさ》にきて、いとおほう立《た》ちて、[二三]歌《うた》をうたふ。[二四]お《(を)》れ伏《ふ》すやうに、また、なにごとするともみえで、うしろざまにゆく。[二五]いかなるにかあらむ、お《(を)》かしとみゆるほどに、時鳥《ほとゝぎす》をいとなめう[二六]歌《うた》ふ、聞《き》くにぞ心うき。[二七]「ほとゝぎす、を《(お)》れ、かやつよ、を《(お)》れなきてこそ、我は田植《たう》ふ《(う)》れ」と歌《うた》ふを聞《き》くも、[二八]いかなる人か「いたくななきそ」とはいひけん。[二九]仲忠《なかたゞ》が童生《わらはお》ひいひを《(お)》とす人と、時鳥《ほとゝぎす》鶯《うぐひす》におとるといふ人こそ、[三〇]いとつらうにくけれ。

（二一〇段）

[三一]八月つごもり、[三二]太秦《うづまさ》にまうづとて見れば、[三三]穂《ほ》にいでたる田を、人いとおほく

二〇 下人の服装。→一五一頁注三四。
二一 田植をしようとして。
二二 「をしき」が正。薄い板で作った角形の盆。「のやうなるもの」とある通り、田植の笠を見たこともない目からの比喩。
二三 田植をしながらの労働歌である。
二四 この文は、田植のしぐさを見たこともない目からの描写。要点が押えられている。
二五 何をするのであろうか。田植の具体的手順への無知なる者からの興味。
二六 無礼な言葉で歌う。時鳥は清少納言にとって鳥の最たるものであったから、自分が無礼に扱われたことへの不快を表わすのに適わしい語を使っている。
二七 時鳥よ、やい、あいつめ、きさまが鳴くおかげで、おいらは田植さ。「おれ」は罵って呼びかける語。「聞くにぞ心うき」語である。
二八 どんな気の人が「いたくななきそ」などと歌によんだのだろう。こんなすばらしい時鳥に「あまり鳴くな」と歌った心得違いの昔人までがうらめしくなる、の意。拾遺集・夏・大伴坂上郎女「ほととぎすいたくな鳴きそひとり居ていの寝られぬに聞けば苦しも」(万葉集・巻八が原歌)。
二九 宇津保物語の主人公。木の洞で育ったという「童生ひ」は、仲忠を悪く言う種に使われた。→七九段。
三〇 わがことのように「つらう」、何たる心得違いの人かと「にく」い。
三一 秋も半ば、とり入れの季節である。二〇五段の「祭の還さ」を承けた二〇六段の「五月」から二一一段まで、季節の順を追っている。
三二 洛西嵯峨に近い土地。広隆寺が古くからあった。それへの参詣である。
三三 稲穂の伸びるのを「穂にいづ」と言う。

見《み》[一]さは(わ)ぐは、稲《いね》かるなりけり。「早《さ》[二]苗《なへ》とりしかいつの間《ま》に」まことに、さ[三]いつころ賀茂《かも》[四]へまうづとてみしが、あ[五]はれにもなりにけるかな。

これは男《をのこ》どもの、いと赤《あか》[六]き稲《いね》の、本《もと》ぞ青《あを》きを持《も》たりてかる。な[七]ににかあらむして本《もと》をきるさまぞ、や[八]すげに、せまほしげにみゆる也。い[九]かでさすらむ、穂《ほ》[一〇]をうちしきて、並《な》みお(を)るもお(を)かし。庵《いほ》[一一]のさまなど。

(二一一段)

九[一二]月廿日あまりのほど、長谷《はせ》にまうでて、いとはかなき家《いへ》にとまりたりしに、いとくるしくてたゞ寝《ね》に寝《ね》いりぬ。

夜ふけて、月の窓《まど》よりもりたりしに、人[一三]のふしたりしどもが衣《きぬ》の上《うへ》に、し[一四]ろふ(う)て映《うつ》りなどしたりしこそ、いみじうあはれとおぼえしか。さ[一五]やうなるお(を)りぞ、人歌《うた》よむかし。

(二一二段)

一 見てがやがや言っているのは。
二 古今集・秋上「きのふこそ早苗とりしかいつのまに稲葉そよぎて秋風の吹く」。それを引いたもので、「まことに」は、古今歌の内容を、その通りだ、と評した言葉。古今に「きのふこそ…」と歌うのは嘘でなく、の意。
三 古今歌の「きのふこそ」に応じて用いた言葉。先ごろ。
四 賀茂社へ参詣する時に「早苗とる」のを見たばかりと思われるに。
五 こんなになあ(=あはれに)と思われるまでに(=も)なったものよ。
六 穂が赤く、根元が青い稲。熟し切った稲の穂を「いと赤き」と言ったのであろう。
七 何なのかわからぬものを使って。鎌である。
八 簡単そうで、自分でやってみたく見える。
九 どうしてそうするのか知らないが。
一〇 刈った穂を敷きつめて、並んで坐っている。
一一 あとに補われるべきものは「をかし」だが、その内容は物めずらしさが主となった興味。
一二 この前後、物詣での経験が並べられている。
一三 参詣の人々が臥っている、その人たちが夜具としてかぶっている衣。「人の」は「ふしたり」の主語。「人のふしたりし」の全体を複数に導くのが「ども」。
一四 月光が映って白く光っている様を、「白うて映り」と言ったもの。いまも「白く映えている」と言うのと同じく、結果の有様(白く)を先に言う表現法だが、それを「白うて」と「て」を添えて言うのは、有様を表現の眼目に据える、昔の表現法である。
一五 そんな時に、人は歌をよむものだ。清少納言が歌をよむことをあまり得意としなかったことを思うと、この言い方は少しおかしい。

清水《きよ》[一六]などにまい《(ゐ)》りて、坂《さか》[一七]もとのぼるほどに、柴《しば》たく香《か》の、いみじうあはれなるこそお《(を)》かしけれ。

（二一三段）

五月[一八]の菖蒲《さうぶ》の、秋冬すぐるまで[一九]あるが、いみじう白《しら》み枯《か》れてあやしき[二〇]を、ひ[二一]きお《(を)》りあけたるに、その[二二]お《(を)》りの香《か》のの《ゝ》こりてかゝ《(こ)》えたる、いみじうお《(を)》かし。

（二一四段）

よくたきしめたる薫物《たきもの》[二三]の《ゝ》、昨日、一昨日《をとゝひ》、今日《けふ》などは、わすれたるに、ひき[二四]あけたるに、煙のの《ゝ》こりたるは、たゞ[二五]いまの香《か》よりもめでたし。

（二一五段）

月のいとあかきに、川をわたれば、牛《うし》のあゆむまゝに、水晶《すいさう》[二六]などのわれたるやうに、水のちりたるこそお《(を)》かしけれ。

一六 洛外東山の清水寺。前段の「長谷(大和)」と共に、観音信仰で参詣する者が多かった。
一七 清水の山門まで、ちょっと急な坂がある。多分歩いてのぼるのであろう。
一八 「五月の」と冠するのは、五月五日端午の節句の時に使った、ということを示すもの。ただし能因本・前田本・堺本は「五日の」。その方がもっとはっきりする。
一九 節句に使った菖蒲が、「秋冬すぐるまで」捨てられずに残っている。
二〇 みっともなくなっているのを。
二一 わかりにくい表現だが、次段に同様の言葉遣いがあって、それと同義であろう。だとすれば両段とも「ひきあけ」で、本段は菖蒲であるが故に「をり」を介入させたものと思われる。そうであれば「ひきあけ」る菖蒲とは、五月の薬玉だということになる。ただし「秋冬すぐるまである」というのとは、うまく調和しない。
二二 端午の節句の時のままの香が消えずに漂っているのは。
二三 着物に薫をたきしめた、ということ。それをつい忘れていた、というのである。
二四 伏籠(香をたきしめるのに用いる)にかぶせたままの着物を引っ張って、伏籠が現われる様子を「ひきあけ」と言ったもの。
二五 いまたきしめたばかりの香よりも。
二六 水滴が月光に照らされて白々と散る有様を形容したもの。

一 大きいことで結構なもの。大きい方がよいもの、の意。
二 多分、夏の暑さを頭に置いてのことであろう。大きな家なら屋根も高いし、広いことで心理的にも涼しい。

一おほきにてよき物　家《いへ》二。餌袋《ゑぶくろ》三。法師《ほうし》四。くだ物五。牛《うし》六。松の木。硯の墨《すみ》。男《をのこ》七の目の細《ほそ》きは女びたり。又金椀《かなまり》八のやうならんもおそろし。火桶《おけ》九。酸漿《ほうづき》一〇。山吹《ぶき》の花。桜《さくら》一一のはなびら。

（二一六段）

一二みじかくてありぬべき物　とみの物ぬふ糸《いと》。下衆《げす》一三女の髪《かみ》。人のむすめ一四の声《こゑ》。灯台《とうだい》一五。

（二一七段）

一六人の家《いへ》につきぐ〱しき物　肱《ひぢ》一七をりたる廊《らう》。円座《わらうだ》。三尺のき丁《（ちやう）》。おほきやかなる童《どう》女。一八よきはしたもの。侍《さぶらひ》一九の曹司《ざうし》。折敷《おしき》二〇。懸盤《かけばん》二一。中《ちう》二二の盤《ばん》。おはらき二三。衝立障子《ついたちさうじ》。かき二四板《いた》。装束《さうぞく》よく

（二一八段）

三 食料を入れる携帯用の袋。携行する食料は多い方がよいことは言うまでもない。
四「ほふし」が正。ただし法師がどうして大きい方がよいと言われるのかはよくわからない。
五 木の実、の意で、副食・間食の品を指す。
六 牛車を引かせる牛のことであろう。
七「をのこ」は人に使われる男性。使う女主人の側からは、頼もしい感じの方がよい。
八 これも使う女主人らしい注文。目が大きすぎる従者からは圧迫感を受ける。
九「火をけ」が正。炭火が多く燃えていると見た目にも暖かそうだからであろう。
一〇「ほほづき」が正。鳴らして遊ぶ。
一一 特に「花びら」と限るのは三四段も同じ。幹や枝のごつごつした感じを嫌う感覚が一般的であった。
一二「みじかし」は、短・小、の意。短小であってほしいもの。
一三 上流の女性ならふさわしいのに、の意。
一四 未婚の娘に大声はふさわしくない。
一五 灯をともす台。足の短い方が手もとが明るくて良い。
一六 住居にふさわしいもの。上流の家であろう。
一七 折れまがった廊。まっすぐでない廊のこと。幾部屋もあって、複雑な構造の趣である。
一八 上品な下女。「はしたもの」→七一頁注四九。
一九 侍の詰所。「曹司」でなく「雑仕（ざふし）」と見て、侍所の下働きの女、と解する意見がある。
二〇「をしき」が正。
二一 →四四頁注八。
二二 中の大きさの盤。丸形の平膳であろうとされる。
二三 不詳。「おばしま（欄干）」の誤りとする意見がある。続く二項と共に建具関連語とみるもの。

したる餌《ゑ》袋。唐傘《からかさ》[二五]。棚厨子《たなづし》[二六]。提子《ひさげ》[二七]。銚子《てうし》[二八]。

（二一九段）

[二九]ものへいく路に、[三〇]きよげなる男《をのこ》の、細《ほそ》やかなるが、立文《たてぶみ》もちていそぎいくこそ、[三一]いづちならんと見ゆれ。[三二]又きよげなる童《わらは》べなどの、衵《あこめ》どもの、いとあざやかなるにはあらで、なへ(え)ばみたるに、屐子《けいし》[三三]のつやゝかなるが、歯《は》[三四]に土《つち》おほくつきたるをはきて、白き紙《かみ》におほきに包《つゝ》みたる物、もしは、箱[三五]の蓋《ふた》に草子《さうし》[三六]どもなどいれて、持《も》ていくこそ、いみじうよびよせて見《み》まほしけれ。門《かど》[三七]ぢかなる所のまへわたりをよび入《い》るゝに、愛敬《あひぎやう》[三八]なく、いらへもせでいくものは、使《つか》う(ふ)らむ人こそを(お)しはからるれ。

（二二〇段）

[三九]よろづのことよりも、わびしげなる車《くるま》に、装束《さうぞく》わるくて物[四〇]見る人、いともど[四一]かし。説経[四二]などはいとよし。罪《つみ》[四三]うしなふことなれば。それだになを(ほ)、[四四]あなが

二四 飯粒を糊に練るのに用いる攪板(かきいた)であろうとされる。
二五 大型の、従者がさしかける傘。
二六 棚を設けた厨子。「厨子」は扉つきの物入れのこと。いわゆる観音びらきの扉である。
二七 →二四〇頁注七。
二八 酒を注ぐ、長い柄のついた器。
二九 どこかへ出かける途中。
三〇 「きよげ」「細やか」共に、よき家の従僕と見えるはずである。
三一 いったい何処へどんな手紙をとどけに行くのか、と注意を引かれる。
三二 これもよき家の女童と見えるであろう。
三三 足駄の一種だが前の方に革が靴のように張ってあり、その革を「つややか」と言ったもの。
三四 足駄の歯に、泥土が沢山ついている様子。ただし「埴土(はにつち)」と読む意見、「つややかなる革(はか)に」と読む意見がある。
三五 硯箱の蓋など、物を持ち運ぶのに使われた。
三六 書物なら漢籍でもよいわけだが、やはり物語の類を思い浮べて「草子」と言うのであろう。
三七 門のすぐ外を通って行く所を呼び入れると。
三八 「あいぎやう」が止。
三九 何よりも。「いともどかし」にかかる。
四〇 祭や行幸など、催しものの見物。
四一 非難したい、という気持が「もどかし」。美しいものを見るにはこちらも美しくという美学。
四二 説経を聞きに行くこと。こんな時なら「わびしげなる車」も「装束わるく」も大へん良い。
四三 滅罪のためなのだから。説経聴聞は美的なものへの参加ではないから、こちらも美しく装う必要はない、という考え方であろう。
四四 一方的であることが「あながち」。質素一方ではやはり見苦しい。

ちなるさまにては見《み》ぐるしきに、まして祭《まつり》などは見《み》でありぬべし。下簾《したすだれ》なくて、白《しろ》き単衣《ひとへ》の袖などうちたれて[一]あめりかし。[二]たゞその日の料《れう》とおもひて、車《くるま》の簾《すだれ》もしたてて《ゝ》、[三]いとくちお《(を)》しうはあらじと出《い》でたるに、[四]まさる車《くるま》など見つけては、[五]なにしにとおぼゆるものを、まいていかばかりなる心にてさて[六]みるらん。

[七]よき所にたてんといそがせば、とく出《い》でて《ゝ》まつほど、[八]居《ゐ》いり立《た》ちあがりなど、[九]暑《あつ》く苦《くる》しきに困《こう》ずるほどに、[一〇]斎《さい》院の垣下《ゑが》にまい《(ゐ)》りける殿上人、所の衆《しう》[一一]、弁、少納言など、[一二]七《なゝ》つ八《や》つとひきつゞけて、[一三]院のかたより走《はし》[一四]らせてくるこそ、[一五]ことなりにけりとおどろかれて、うれしけれ。

[一六]物見《ものみ》の所のまへに立《た》てて《ゝ》みるも、いとお《(を)》かし。[一七]殿上人ものいひにを《(お)》こせなどし、所の[一八]御前《ごぜん》どもに水飯《すいはん》くはすとて、階《はし》[一九]のもとに馬ひきよするに、[二〇]おぼえある人の子どもなどは、[二一]雑色《ざうしき》などおりて馬の口《くち》とりなどして、お《(を)》かし。[二二]さらぬものの《ゝ》、見《み》もいれられぬなどぞ、いとお《(ほ)》しげなる。

御輿《みこし》のわたらせ給へば、轅《ながへ》[二三]ども、あるかぎりうちおろして、過《す》ぎさせ給ひぬ

一　この文は「見ぐるし」い車の描写なので、「あめりかし(…であるようだ)」と冷く言う。
二　この文は清少納言の車の装いへの言及。ただ当日の使用にと思って。
三　人目にもみっともなくは映るまいと。
四　こちら以上にすぐれた装いの車を見つけると。
五　どうしてこの程度の装いで出て来たかと。
六　そんなみすぼらしい恰好で。
七　(見物をするのに)よい場所に車をとめようと(牛飼を)せかしたので。
八　坐り込んだり(=居いり)立ち上ったり。
九　五月の賀茂祭を頭に置いての文章らしい。
一〇　→二五二頁注七。ただし本段では斎王還御以後の宴会ではなく、以前の宴会らしいことが後続する表現からわかる。
一一　「所のしう」は「しゅう」が正。
一二　車の数を言ったもの。七台八台と。
一三　斎院の方から。斎王のいらっしゃる所から。
一四　「走らせてくる」のは「斎院の垣下にまゐりける」人々である。斎王還り立ち後の宴会が終っての行動には適しくなく、以前に、賀茂社で宴会が持たれたのらしい。それなら、これから行列だから、宴会に出た人々もそれの見物のために車を「走らせ」ることになる。
一五　行列の準備がととのったのだと。
一六　見物のために設けられた桟敷が「物見の所」。身分ある人やその縁者が利用したであろう。
一七　桟敷に居て行列を待つ殿上人が、女車と見て物を言いかけに従者をよこすのである。
一八　「御前」は斎王の前駆をつとめる人々のこと。蔵人所の前駆の人々に水飯(水漬けの御飯)をふるまうというので。ふるまうのは桟敷の人。
一九　水飯をふるまわれる「御前ども」が、桟敷の下まで馬を引き寄せるのである。

れば、二四まどひあぐるもお(を)かし。二五その前《まへ》に立《た》つる車《くるま》は、二六いみじう制《せい》するを、「などて立《た》つまじき」とてしゐ(ひ)て立《た》つれば、二七いひわづらひて、二八消息《せうそこ》などするこそお(を)かしけれ。所もなく立《た》ちかさなりたるに、よき所《ところ》の御車《くるま》、二九人だまひ、ひきつゞきておほくくるを、いづこに立《た》たむとすらんとみるほどに、三〇御前《ごぜん》どもたゞ下《お》りに下《お》りて、三一立《た》てる車《くるま》どもをたゞ退《の》けに退《の》けさせて、人だまひまで立《た》てつゞけさせつるこそ、三二いとめでたけれ。おひさけさせつる車《くるま》どもの、三三牛《うし》かけて所《ところ》あるかたにゆるがしゆくこそ、いとわびしげなれ。三四きら〳〵しくよきなどをば、いとさしもおしひしがず。

三五いときよげなれど、三六また鄙《ひな》びあやしき下衆《げす》など、たえず呼《よ》びよせ、三七いだし据《す》へ(ゑ)などしたるもあるぞかし。

（二二一段）

「三八細殿《ほそどの》に、三九びんなき人なん、四〇暁に傘《かさゝ》さして出《い》でける」といひ出《い》でたるを、四一よくきけば、四二わがうへなりけり。四三地下(ちげ)などいひても、めやすく人に四四ゆるされぬば

二〇 その「御前」が見おぼえのある子息の場合は。
二一 「ざふしき」が正。桟敷の主の下僕(=雑色)が迎えに降りて来て馬を誘導する。
二二 見おぼえのある「人の子」ではない「御前」で、見向きもされない(=見もいれられぬ)のは、見ていて気の毒だ。
二三 「ながえ」が正。斎王の「御輿」の渡御の間は、敬意を表して轅を榻(しじ)から降す。
二四 急いで(=まどひ)轅を榻にかけ上げる。
二五 各自の車の前に駐車しようとする車。
二六 目の前に駐車しないで下さい、という気持。
二七 いくら言っても埒があかないこと。
二八 主人自らが交渉すること。もちろん口上を伝えるのは従者である。 二九 副車。お供の車。
三〇 前駆の者が馬からさっと降りて。
三一 駐車している車をどんどんと退けさせて。
三二 こうした迫力のある従者の実行力の背後に主の威光を見て「めでたし」と言う。
三三 移動のために牛をつないで、空いた場所を求めてゆく。「ゆるがし行く」には、不承不承の気持がこめられていよう。
三四 美しく装った車には、そうまで高圧的に出たりはしない。物見車は美しく装って、という書き出しの線にもどった言い方。だから「いときよげなれど」と次文が続く。
三五 底本「いときとけ」。能因本により改む。大そう美しい車ではあっても。美しく装った車にも、あまり感心しないものがあることへの言及。
三六 美しい装いの　方でと、反対のことを述べる気持を「また」が表わす。
三七 車の前面に坐らせて見物させる様子。
三八 ↓八三頁注三一。女房の局がある。
三九 困った人が、明け方に傘をさして出て行った。女房のもとで一夜を明かした不届きな男が

かりの人にもあらざなるを、あやし[一]のことやとおもふほどに、上《うへ》より御文《ふみ》もてきて、「返事《(かへりごと)》たゞいま」と仰《おほ》せられたり。なにごとにか、とてみれば、[二]大傘《おほかさ》のかたをかきて、人[三]は見《み》えず、たゞ手《て》[四]のかぎりをとらへさせて、下《しも》に、

山[五]の端《は》あけしあしたより

とかゝせ給へり。猶《(なほ)》はかなきことにても、たゞめでたくのみおぼえさせ給《(たまふ)》に、はづかしく心[六]づきなきことはいかでか御覧《らん》ぜられじ、とおもふに、かゝる空事《そらごと》のいでくる、苦《くる》しけれどお《(を)》かしくて、異紙《ことかみ》に、雨《あめ》をいみじう降《ふ》らせて下《しも》[七]に、

「ならぬ[八]名のたちにけるかな

さてや[九]濡衣《ぬれぎぬ》にはなり侍らむ」と啓《けい》したれば、右近[一〇]の内侍などにかたらせ給《(たまひ)》て、笑《わら》はせ給《(たまひ)》けり。

（二二二段）

[一一]三条の宮におはしますころ、五日[一二]の菖蒲《さうぶ》の輿《こし》など持《も》てまい《(ゐ)》り、薬《くす》玉まい《(ゐ)》らせなどす。若《わか》き人〴〵御匣殿《みくしげ》[一三]など、薬玉《くすだま》して姫《ひめ》[一四]宮、若《わか》宮につけたてまつらせ給《(たまふ)》。

いるという意で、男を泊らせた女房への非難。
四〇 底本「あか月」。表記を改む。 四一 女房たちが「言ひ出で」たので、要するに噂が立ったこと。
四二 私(清少納言)自身に関する噂だった。
四三 噂の相手となった男についての言及。地下(昇殿を許されない者)とは言え。
四四 底本「ゆるさるはかり」。能因本により改む。

一 「びんなき人」などと言われるのはおかしい。
二 頭に着ける笠に対して、手に持つ傘。
三 傘を持っているはずの人は描いてないこと。
四 手だけを、傘を握った形に描いて。
五 絵が「みかさやま」の第一句として働き、五七五の上の句の体となる。あの傘の暁以来、の意。拾遺集・雑賀・藤原義孝「あやしくもわが濡衣を着たるかなみかさの山を人に借られて」をふまえたものとされる。だとすればあの噂は濡衣だね、の意が寓せられていることになる。
六 自分でも不愉快なことは決してお目にかけまいと思っているのに。
七 中宮からの書式に合わせるのである。
八 絵で「雨」が補われ、七七の下の句となる。雨ではない名(無き名)が立ちました、の意。
九 傘を借られたからは濡衣となりましょう、の洒落。 一〇 →一五頁注二三。帝つきの女房。
一一 大進生昌の邸。中宮が長保二年(一〇〇〇)三月から同年八月まで滞在しておられた間のことである。この時定子は第三子を懐妊の身であった。
一二 五月五日に使う菖蒲を運ぶための輿。それを持って来るとは要するに菖蒲を運んで来たことを指す。
一三 道隆四女。すなわち定子の妹。→九四頁注八。定子から、定子の御子の世話を頼まれていた人である。

いとお《(を)》かしき薬玉《くす》ども[一五]ほかよりまい《(ゐ)》らせたるに、[一六]青《あを》ざしといふ物を持《も》てきたるを、青《あを》き薄様《うすやう》を、艶《えん》なる硯の蓋《ふた》にしきて、「これ、[一七]籬越《ませご》しにさぶらふ」とてまい《(ゐ)》らせたれば、

[一八]みな人の花や蝶《てふ》やといそぐ日もわが心をばきみぞしりける

[一九]この紙《かみ》の端《はし》をひきやらせ給《(たまひ)》てかゝせ給へる、いとめでたし。

（二二三段）

[二〇]御乳母《めのと》の大夫の命婦、日向《ひうが》へくだるに、給はする扇《あふぎ》どもの中に、[二一]かたつかたは、[二二]日いとうらゝかにさしたる田舎《ゐなか》の館《たち》などおほくして、いまかたつかたは、[二三]京のさるべき所にて雨いみじうふりたるに、

[二四]あかねさす日にむかひても思《(おもひ)》いでよ都《みやこ》ははれぬながめすらんと

[二五]御手《て》にてかゝせ給へる、いみじうあはれなり。さる君《きみ》を見《み》を《(お)》きたてまつりてこそ、えゆくまじけれ。

一四 定子御産の脩子内親王(=姫宮)、敦康親王(=若宮)を指す。敦康親王は長保元年十一月生れ。数え年二歳の初節句にあたる。
一五 私的に薬玉を献ずることも行われたのを指す。　一六 青麦をついて作った菓子。
一七 古今六帖二「ませ越しに麦はむ駒のはるばるに及ばぬ恋もわれはするかな」。この歌の第一句を用いた言葉で、麦菓子であるから「麦はむ」の第二句をきかせて「お召し上り下さい」の意を伝え、更に第三句以下に「おそれながらお体を案じております」の意を託したもの。
一八 この歌の上の句には当時の定子の淋しい心境が投影している。この年の二月、定子は皇后となったが、それは道長が長女の彰子を中宮に立てるための操作であった。父道隆は世を去り、兄弟の伊周・隆家は左遷の傷なお癒えず、道長側は日を追って隆盛で、この端午の節句も帝は中宮彰子と過された。「みな人の花や蝶やといそぐ日」は、彰子方の隆盛への思いが言わせる言葉であろう。だから清少納言の忠勤を喜ぶ、下の句を生み出した。
一九 清少納言が「硯の蓋」に敷いた「青き薄様」。
二〇 大輔命婦。伝不詳だが、定子の叔母の高階光子だとする説がある。　二一 扇の片面には。
二二 日向へ下る人に賜わる扇だからであろう。
二三 都のしかるべき所。三条の宮を頭に置いての絵であろうと、文脈から推察してよいだろう。
二四 「あかねさす」は「日」の枕詞。「日に向ひても」は日向の国名を含ませる。「ながめ」は長雨と詠めとの懸詞。明るい日向に行っても思い出すように、都では晴れぬ長雨に嘆きの心の晴れる間もない私がいることを。やはり前段と同じく、家運の傾きを嘆いておられた頃である。
二五 直筆でお書きになっているのが。

（二二四段）

[一]清水《きよ》にこもりたりしに、[二]わざと御使《つかひ》して給はせたりし[三]唐《から》の紙《かみ》の赤《あか》みたるに、[四]草《さう》にて、

「[五]山ちかき入相《あひ》のかねの声《こゑ》ごとにこふるこゝろの数はしるらんものを、こよなの長居《ながゐ》や」とぞかゝせ給へる。[六]紙《かみ》などのなめげならぬも、とりわすれたる旅《たび》にて、紫《むらさき》なる蓮《はちす》のはなびらに[七]かきてまい《（ゐ）》らす。

（二二五段）

[八]駅《むまや》は　梨原《なしはら》。望月《もち》の駅《むまや》。[九]山は駅《むまや》は、[一〇]あはれなりしことを聞《き》き《ゝ》を《（お）》きたりしに、又もあはれなることのあり[一一]しかば、猶《（なほ）》[一二]とりあつめてあはれなり。

（二二六段）

社《やしろ》は　布留《ふる》の社《やしろ》。生田《いくた》の社《やしろ》。[一三]旅《たび》の御社《みやしろ》。花ふちの社《やしろ》。[一四]杉《すぎ》の御社《みやしろ》は、[一五]しるしや

一　清少納言が清水ごもりをしていた時に。
二　わざわざ御使いをつかわして。
三　中国伝来の紙。　四　草書体で。
五　清水は東山の麓なので「山ちかき」と言う。清水の入相(午後六時)の鐘が聞える度に、あそこにそなたがいるのだと恋しく思う私の心は、そなたにはわかっているでしょうに。歌の後の「ものを」は和歌から「しるらんものを」と続く。「心の数」は、入相の鐘の声の「数」にあわせて言ったもので、一種の縁語。
六　御返事に使っても失礼にあたらぬような紙も持って来るのを忘れた旅先なので。
七　御返事を書いてさし上げた。
八　主要な道に置かれた公的な宿駅。馬を備えた他、通行の人の宿泊食糧補給に応じた。
九　後続する「あはれなりしこと」との関係で、筑前の山駅、播磨の山駅、などの説がある。ただしどちらも「山の駅」。
一〇　後続する「又もあはれなることのありしかば」との関係で、播磨説が魅力に富む。今昔物語巻十四などに見える話で、法華経を六の巻まで誦んじながら、七・八巻を誦んじられない金峰山の僧が、夢の告げで、自分が前世播磨の山駅に住む毒蛇で、食おうとした聖人が法華経を誦するのを聴いて邪心が無くなったこと、聖人が六巻まで誦した時夜があけ、だから七・八巻が誦んじられないこと、を知ったという。
一一　「ありしかば」という言い方は、前の「聞きおきたりしに」との対比において、清少納言の実際的見聞に違いない言い方である。「山は駅」を播磨の「山の駅」とする時、定子の兄伊周の身に起った「あはれなる」事件が擬せられて好都合である。伊周は罪を得て大宰府へ左遷されることになるが、帝の計らいで播磨に留ることを許さ

あらんとお《(を)》かし。

[一六]ことのまゝの明神、いとたのもし。「[一七]さのみ聞《き》きけん」とやいはれ給はん、とおもふぞいとお《(ほ)》しき。

[一八]蟻通《ありとをし》の明神。貫之[一九]が馬《むま》のわづらひけるに、この明神の病《や》[二〇]ませ給《(たまふ)》とて、歌《うた》よみてたてまつりけん、いとお《(を)》かし。

この蟻通《ありとをし》とつけけるは、まことにやありけん、昔《むかし》[二一]おはしましける帝《みかど》の、[二二]たゞ若《わか》き人をのみおぼしめして、四十[二三]になりぬるをば失《うしな》はせ給《(たまひ)》ければ、人の国《くに》[二四]のとを《(ほ)》きにゆき隠《かく》れなどして、さらに宮《(みや)》この内《うち》にさるもののなかりけるに、中将なりける人の、いみじう時[二五]の人にて、心などもかしこかりけるが、七十ちかき親《おや》二人《ふたり》を持《も》たるに、かう[二六]四十をだに制《せい》することに、まいておそろしとおぢさは《(わ)》ぐに、いみじく孝《けう》なる人にて、とを《(ほ)》き所に住《す》ませじ、一日に一度《ひとたび》みではえあるまじとて、みそかに、家《いへ》のうちの土《つち》をほりて、その内《うち》に屋をたてて、籠《こ》めすへ《(ゑ)》て、[二七]いきつゝ見《み》る。人にも公《おほやけ》[二八]にも、失《う》せ隠《かく》れにたるよしをしらせてあり。[二九]などか、家《いへ》に入《い》りゐたらん人をば、知《し》らでもおはせかし。うたてありける世にこそ。

れ、それをよいことに病母に会う目的もあって入京を試み、今度は本当に大宰府へ流される。定子周辺の者には「あはれなる」ことであった。
一二 伊周が本当に大宰府へ流されることとなった直後、伊周・定子の母高階貴子は没する。それらをも思い浮べ「とりあつめ」と言うのだろう。
一三 祭の時に神輿が一時的に鎮座する、いわゆる御旅社のこととされる。河内の丹比《(たじひ)》神社を擬する意見もあるが、「御社」から前者か。
一四 三輪山伝説で名高い大和の大神《(おおみわ)》神社であろう。「御社」と重く呼ばれるに適しい。
一五 古今集・雑下「わが庵は三輪の山もと恋しくはとぶらひ来ませ杉立てる門」以来、三輪は「印の杉」の社として有名。目印の杉と同様に明らかな霊験《(しるし)》があろうかと。
一六 遠江の己等乃麻知《(ことのまち)》神社であろう。「ことのまま」は、願い言のまま聞き入れて下さる神社、の意。だから「いとたのもし」。
一七 そんなに何もかもお聞き入れになってはかえってどうか、の意。古今集・誹諧・讃岐「ねぎ言をさのみ聞きけん社こそ果はなげきの森となるらめ」の第二句を用いたもの。
一八 「ありとほし」が正。二行後も同じ。和泉国の社で、紀貫之の説話で名高い。
一九 貫之集などに載せる説話。貫之が紀州から帰る途中、馬が動かなくなる。通行人にこの神のしわざだと教えられ、神の名を「ありとほし」と聞いて「かきくもりあやめも知らぬ大空にありとほし(「在り」「星」を懸ける)をば思ふべしやは」と詠ずると、神が許し馬も元気になった。
二〇 馬を病気にさせる。「せ」は使役。
二一 以下の説話は、仏教説話にも類話が見え、奥義抄にも紹介されている。
二二 若い人ばかりを大切にして。

一この親《おや》は、上達部《かんだちめ》などにはあらぬにやありけん、中将などを子にて持《も》たりけるは。心いとかしこう、二よろづの事しりたりければ、この中将も若《わか》けれど、いと三聞《きこ》えあり、いたりかしこくして、時の人におぼすなりけり。

唐土《もろこし》の帝《みかど》、四この国の帝《みかど》五をいかではかりて、この国うちとらんとて、つねに心六みごとをし、あらがひごとをしてを《（お）》そり給《（たまひ）》けるに、つや〳〵と丸《まろ》にうつくしげに削《けづ》りたる木の、二尺ばかりあるを、「これが七本末《もとすゑ》、いづかた」と、問《と》ひにたてまつれたるに、すべてしるべきやうなければ、帝《みかど》おぼしわづらひたるに、八いとお《（ほ）》しくて、親《おや》のもとにいきて、かう〳〵の事なんあるといへば、「たゞ疾《はや》からん河《かは》に、九たちながら、横様《よこざま》になげいれて、一〇返《かへ》りて流《なが》れんかたを末《すゑ》と印《しる》してつかはせ」と教《をし》ふ。まい《（ゐ）》りて、我しりがほに、さて心み侍らんとて、人と具《ぐ》してなげいれたるに、先《さき》にしていくかたに印《しるし》をつけて、つかはしたれば、まことに一一さなりけり。

又二尺ばかりなる一二蛇《くちなわ》の、たゞおなじ長《なが》さなるを、「これは、いづれかお《（を）》とこ、女」とてたてまつれり。又さらに人え見しらず。一三例《れい》の、中将きて問《と》へば、「ふた

二三 四十歳に達した人を殺してしまわれたので。
二四 遠い他国に行って隠れなどして。
二五 羽振りのいい人。帝の信頼が厚いのである。
二六 このように、四十歳をさえ禁じることに対して、これでは七十近い身は一層恐ろしいと。
二七 「つつ」が同じ行為の反復を表わしている。毎日のように、行って会っていた。
二八 朝廷に対しても。
二九 清少納言の意見の挿入。どうして家の中にとじこもっている人などは、問題になさらないでいらっしゃればよろしいのに。

一 七十近い人の子が中将、という所を見ると、この親は上達部ではなかったのだろう、の意。
二 何でも知っていたから。後続する話の伏線。
三 評判がよく、造詣が深く。
四 日本。以下の説話を、中国と日本との間の出来事として述べようとするのは、後進国の心理的後遺症によるのであろう。
五 何とか計略にかけて日本を奪い取ろう。
六 試験を課し、もめ事を設けて、脅威を加えられたのだが。「おそり」を「おそる」の他動的用法と見ての解である。
七 どちらが根元でどちらが梢の方か。
八 中将が帝の困窮を「いとほし」と思った。
九 立ったまま流れに直角に投げ入れて。
一〇 反転して流れて行く先の方を。
一一 その通りであった。本末の判断は正しかった、ということ。　一二 「くちなは」が正。
一三 いつものように。この前のように。
一四 「を」が正。注一六も同じ。蛇のしっぽの方。
一五 木の幹や枝からまっすぐに伸びた若枝。
一六 尾の動かない方を雌と判断せよ。
一七 その通り(＝さ)してみたところ。

つをならべて[一四]尾《お》のかたに、細《ほそ》き[一五]すはえをしてさしよせんに、[一六]尾《お》はたらかざらんを女《め》としれ」といひける。やがてそれは内裏《だいり》のうちにて、[一七]さしけるに、まことに一《ひと》つはうごかず、一《ひと》つはうごかしければ、又さる印《しるし》つけて、つかはしけり。ほど久《ひさ》しくて、[一八]七曲《なゝわだ》にわだかまりたる玉《たま》の、[一九]中《なか》とを《(ほ)》りて左右に口《くち》あきたるがちい《(ひ)》さきをたてまつりて、「これに緒《を》とを《(ほ)》して給はらん。[二〇]この国にみなし侍《(はべる)》事なり」とてたてまつりたるに、「[二一]いみじからんものゝ上手《ず》、不用《ふよう》なり」と[二二]そこらの上達部《かんだちめ》、殿上人、[二三]世にありとある人いふに、又いきてかくなんといへば、「大なる蟻《あり》をとらへて、[二四]二《ふた》つばかりが腰《こし》に細《ほそ》き糸《いと》をつけて、又それに[二五]いますこし太《ふと》きをつけて、[二六]あなたの口《くち》に蜜《みち》をぬりて見よ」といひければ、さ[二七]申《(まうし)》て、蟻《あり》をいれたるに、蜜《みち》の香をかぎて、[二八]まことにいとゝくあなたの口《くち》より出《い》でにけり。さてその糸《いと》のつらぬかれたるを、つかはしてける後《のち》になん、[二九]猶《(なほ)》日の本《もと》の国《くに》はかしこかりけりとて、[三〇]後《のち》にさる事もせざりける。

この中将をいみじき人におぼしめして、「[三一]なにわざをし、[三二]いかなる官位《つかさくらゐ》をか給《(たまふ)》べき」とおほせられければ、「さらに官《つかさ》もかうぶりも給はらじ。たゞ[三三]老《おい》たる

一八 七曲りにまがりくねった玉。まがった場所を「曲《(わだ)》」と言い、それが七か所もあること。
一九 まん中に穴が通っていて、その穴の口が玉の左右にあいている、という有様である。
二〇 わが国(中国)では誰でもすることです。
二一 どんなに器用な人でも、役に立たない。「ものの上手」の「ものの」は、具体性があることを示すための接頭語。「不用」は本来は不必要の意で、無価値、役立たぬ、の意。
二二 「そこら」は多数の意。大勢の。
二三 日本中の大さわぎになっている、という趣で「世にありとある人」と言うのであろう。
二四 蟻を二匹ばかり、と言うのであろう。数を二匹とする理由も、腰に糸を結びつけられた時の二匹の蟻の関係なども、よくわからない。
二五 その糸にもう少し太い糸を結びつけて。だんだん糸を太くして行く、という工夫。
二六 向う側の穴の口に蜜を塗ってみなさい。こちら側の穴の入口に蟻を置くのである。
二七 その通り帝に進言して。
二八 親の言った通り。親が「いととくあなたの口より出でむ」と言ったとは書かれていないが文脈からして言うまでもないことである。
二九 やっぱり日本の国は賢い国だ、と言って。
三〇 以後は中国から難題をしかけるようなことは無くなった。
三一 並列の連用形で「何わざをすべき」の意。私(帝)はお前にどんな褒美を与えるべきであろうか。どんな褒美を望むか、ということ。
三二 どんな官位が望みか、ということ。
三三 老父母は最初から地下の住いに隠していたのだから、「かくれ失せて侍る」は、最初からの嘘を通した形だが、実は、といきなり真実を言うのを避けたまでのことである。

父《ちゝ》母のかくれ失《う》せて侍《(はべる)》、たづねて宮《(みや)》こに住《す》まする事をゆるさせ給へ」と申《(まうし)》ければ、いみじうやすき事とてゆるされければ、よろづの人の親《おや》、これをきゝてよろこぶ事いみじかりけり。中将は、上達部《かんだちめ》大臣になさせ給《(たまひ)》てなんありける。

さて、[一]その人の神になりたるにやあらん、[二]その神の御もとにまうでたりける人に、[三]夜《よる》あらはれての給《(たま)》へりける。

[四]七曲《なゝわだ》にまがれる玉の緒《をゝ》をぬきてありとを《(ほ)》しとはしらずやあるらん

との給《(たま)》へりける、と[五]人の語《かた》りし。

（二二七段）

[六]一条の院をば[七]今《いま》内裏とぞいふ。[八]おはします殿《でん》は清涼殿にて、その北《きた》なる殿に[九]おはします。[一〇]西東《にしひんがし》は渡殿《わたどの》にて、[一一]わたらせ給ひまうのぼらせ給《(たまふ)》みちにて、まへは壺《つぼ》なれば、前栽《せんざい》うへ《(ゑ)》[一二]籬《ませ》ゆひていとお《(を)》かし。

[一三]二月廿日ばかりの、うら〳〵とのどかに照《て》りたるに、渡殿《わたどの》の西《にし》の廂《ひさし》にて、上《うへ》の御笛《[一四]ふゑ》ふかせ給《(たまふ)》。[一五]高遠《たかとを》の兵部卿、御笛《ふゑ》の師《し》にてものし給《(たまふ)》を、[一六]御笛《ふゑ》二《ふた》つして[一七]高砂《たかさご》

一「その人」は、中将とも中将の親とも解し得るが、恐らく親の方であろう。中将が救国の英雄のごとくに神にまつられる、というのよりも、親の並み外れた知能が、実は神の知恵であった、という方が古代説話的だからである。
二 後続の文脈と和歌から、これが蟻通の神なのだということになる。
三 恐らく参詣した人の夢に、蟻通の神が現われて、和歌を示したのであろう。
四 七曲りにまがりくねった玉の緒を貫いて見せたが、蟻を使って通したのだとは、唐の帝も知らずに居るのではないか。蟻通し説話の内容からすると、見事に難題を解決して見せたことへの、神の自負を述べた歌と見てよいが、同時にこれは、自分の所に「まうでたりける人」に対する、私があのようにして難題を退けた蟻通の明神と知るまいな、という名乗りでもあるだろう。
五「この蟻通とつけけるは」以下が、聞き書きであるという言及。
六 藤原伊尹（これまさ）から弟の為光へと伝領された家。この頃は道長の領となっていた。一条南、大宮東にあった。
七 長保元年（九九九）六月の内裏焼亡で、一時的に皇居となり、「今内裏」と呼ばれた。
八 帝の居所を内裏の「清涼殿」に見立てた。
九 中宮定子は長保二年二月から一か月あまり、今内裏に過された。
一〇 中宮のおられる建物（＝殿）の西側も東側も、南の「清涼殿」に通ずる渡殿になっている。
一一 帝がこちらへ「わたらせ給ひ」、定子が帝の所へ「まうのぼらせ給ふ」ための通路で。
一二 植込みの周囲を囲う低い柵。
一三 二月二十五日に彰子を中宮とし、定子が皇后に棚上げされる、その直前である。

をお《(を)》りかへしてふかせ給《(たまふ)》は、猶《(なほ)》いみじうめでたしといふも世のつねなり。一八御笛《ふゑ》の事どもなど奏《そう》し給《(たまふ)》、いとめでたし。御簾《みす》もとにあつまり出《い》でて《ゝ》、一九見《み》たてまつるお《(を)》りは、「二〇芹《せり》つみし」などおぼゆる事こそなけれ。

二一輔尹《すけたゞ》は、二二木工允《もくぜう》にてぞ二三、蔵《くら》人にはなりたる。いみじく荒《あら》〱しくうたてあれば、殿上人、女房《ばう》「二四あらはこそ」とつけたるを、二五歌《うた》につくりて、「二六左右《さう》なしの主《ぬし》、二七尾張人《おはりうど》の種《たね》にぞありける」とうたふは、二八尾張《おはり》の兼時《かねとき》がむすめの腹《はら》なりけり。二九これを御笛《ふゑ》にふかせ給《(たまふ)》を、三〇そひにさぶらひて、「猶たかくふかせおはしませ。え聞《き》き《ゝ》さぶらはじ」と申せば、「いかゞ。さりとも聞《き》き《ゝ》しりなん」とて、みそかに三一のみふかせ給《(たまふ)》に、三二あなたよりわたりおはしまして、「かの物《(もの)》なかりけり。たゞいまこそふかめ」と仰《おほ》せられて、ふかせ給《(たまふ)》は、三三いみじうめでたし。

（二二八段）

三四身をかへて、天人などは三五かやうやあらんとみゆる物は、三六たゞの女房《ばう》にてさぶらふ人の、御乳母《めのと》になりたる。三七唐衣《からぎぬ》もきず、裳《も》をだにもよう三八言《い》はば《ゝ》きぬさまに

一四「ふえ」が正。以下本段の「笛」みな同じ。
一五「たかとほ」が正。藤原高遠。斉敏の子。正暦三年(九九二)八月から長徳二年(九九六)九月まで兵部卿。この時は左兵衛督。一条帝の笛の師。
一六 帝の笛(=御笛)との二本合奏で。
一七 催馬楽「長生楽」の破の曲。
一八 高遠が帝に笛の御指導をなさる有様は。
一九 女房たちが透き見をする有様。当時の事を回想しての筆遣いであろう。
二〇 奥義抄などに引く歌に「芹つみし昔の人もわがごとや心にものの叶はざりけむ」がある。心にものが叶わない不満も、あの時ばかりは胸に浮ばなかったと、当時に身を置いての回想。
二一 藤原輔尹。興方の子。木工頭の経歴がある。「すけただ」を藤原為済(敏政の子)とし、「木匠にてぞ」とよむ意見もある。
二二「もくじよう」が正。「もくの」と言いならわす「の」字を欠くと認める解である。「木匠」なら「もくしやう」が正。
二三 木工允の経路から蔵人になった。稀な経路なので「ぞ」と強めて言う。
二四「こそ」は呼び名の接辞。荒っぽさん。
二五 更にはやし立てる歌詞を作ったのである。
二六 否諾(いやおう)なしの大将。「性なし」と仮名違いに読む説もある。
二七「をはり」が正。以下同じ。尾張人の子孫だものね。ただし「尾張独活(どう)の種」がかけてあるとの説もある。
二八 神楽の人長(にんじよう)で有名であった人。その尾張兼時の娘が産んだのが輔尹だ、という説明。
二九 この囃し歌の曲を帝が笛で吹かれる。
三〇(清少納言が)お側添いとして侍っていて。
三一「のみ」が同一行動の繰返しを表わしている。
三二 清涼殿(=あなた)の方からお渡りになって。

て、[一]御前《おまへ》にそひふし、[二]御丁《（みちやう）》のうちを居《ゐ》どころにして、女房《ばう》どもをよびつかひ、[三]局《つぼね》にものをいひやり、文《ふみ》をとりつがせなどしてあるさま、いひつくすべくもあらず。

[四]雑色《ざうしき》の蔵人になりたる、めでたし。去年《こぞ》の霜《しも》月の[五]臨時《りんじ》の祭《まつり》に、御琴《みこと》持たりしは、人とも見えざりしに、君達《きんだち》とつれだちてありくは、いづこなる人ぞとおぼゆれ。[六]ほかよりなりたるなどは、いとさしもおぼえず。

（二二九段）

雪《ゆき》たかうふりて、いまも猶《（なほ）》ふるに、五位も四位も、[七]色《いろ》うるはしう若《わか》やかなるが、[八]上《うへ》の衣《きぬ》の色いときよらにて、[九]革《かは》の帯《おび》のかたつきたるを、[一〇]宿直姿《とのゐすがた》に[一一]ひきはこへ《（え）》て、紫《むらさき》の指貫《さしぬき》も雪に冴《さ》へ《（え）》映《は》へ《（え）》て、濃《こ》さまさりたるをきて、[一二]衵《あこめ》の、紅《くれなゐ》ならずは、おどろ〳〵しき[一三]山吹《ぶき》を[一四]出《い》だして、唐傘《からかさ》をさしたるに、風のいたうふきて、横《よこ》ざまに雪をふきかくれば、すこし傾《かたぶ》けてあゆみくるに、[一五]ふかき沓《くつ》、半靴《はうくわ》などの、[一六]はゞきまで雪のいと白《しろ》うかゝりたるこそ、お《（を）》かしけれ。

二三　帝のいたずらっぽさへの評。
二四　生れ変って天人になった、などと言うのは。
二五　こういうのを言うのか、と見えるのは。
二六　普通の女房として仕えていたのが、帝の御子の乳母になった（といったのがそれだ）。
二七　女房の正装は、唐衣・裳をつける。
二八　どうかすると着けない恰好のまま。

一　「御前」は母たる后の御前。正装でいるべき状況である。そこで御子に「添い伏し」という姿でいるのが「身を変へた」ようなのである。
二　御帳台。后の言わば寝室である。
三　公然と人を使う有様の描写。
四　蔵人所の雑色が六位蔵人に任ぜられたのは。「ざふしき」が正。
五　賀茂の臨時祭に和琴を支え持っていた時は。
六　他の経歴から蔵人になった人に対しては、別に「身を変へ」たようには思われない。
七　「うるはし」は整った美を言うが、「色」は顔色であろうか。若さに溢れた顔色を言うか。
八　五位の袍《（うへのきぬ）》の色は緋、四位のは紫。
九　石帯をしめた痕がついているのを。石帯は束帯につける牛革の帯で、玉や石の飾りがある。
一〇　束帯姿に対する略装の姿。下襲を着けず、袴の替りに指貫をはいた姿。この場合は、束帯姿でいたのを、石帯を外しなどしてくつろいだ姿なのだから、宿直姿風にということであろう。
一一　袍の後身ごろを指貫にたくしあげること。
一二　束帯の下襲の下に着る。それが襟元にのぞいて見えるのであろう。
一三　山吹色であろう。衵の色を指定したもの。
一四　のぞいて見えるのを、わざと見えるように着た態に見なして「出だして」と言う。
一五　深靴とそれよりは浅い半靴。雪の日のはき

（二三〇段）

[一七]細殿《ほそどの》の遣戸《やりど》を、いととう《ゝ》を《(お)》しあけたれば、[一八]御湯殿《ゆどの》に、馬道《めだう》より下《お》りてくる殿上人、なへ《(え)》たる[一九]直衣《なをし》、指貫《さしぬき》の、いみじうほころびたれば、色[二〇]〳〵の衣《きぬ》どものこぼれいでたるを、を《(お)》し入《い》れなどして、[二一]北《きた》の陣《ぢん》ざまにあゆみゆくに、[二二]あきたる戸《と》の前《まへ》を過《す》ぐとて、[二三]纓《あい》をひき[二四]こして、顔《かほ》にふたぎていぬるもお《(を)》かし。

（二三一段）

岡《をか》は　船岡《ふなをか》。片岡《かたをか》。[二五]鞆岡《ともをか》は、笹《さゝ》の生《お》ひたるがお《(を)》かしきなり。かたらひの岡《をか》。人見《ひとみ》の岡《をか》。

（二三二段）

ふるものは　雪。霰《あられ》。霙《みぞれ》は[二六]にくけれど、[二七]しろき雪《ゆき》のまじりてふる、お《(を)》かし。

雪《ゆき》は、[二八]檜皮葺《ひはだぶき》いとめでたし。[二九]すこし消《き》えがたになりたるほど。[三〇]まだいと多《おほ》う

物として採りあげられている。
一六 脛に巻く布。脚絆。深靴・半靴の足首から上を覆う部分をも言う。ここはそれ。
一七 弘徽殿・登花殿の西廂で、女房の局が設けられた所。
一八「御湯殿」は、清涼殿の西北隅、後涼殿に通ずる北の渡殿に面してある。その東西両側に南の渡殿まで通ずる「馬道」がある。
一九「なほし」が正。宿直姿である。
二〇 様々な色の衣類。前段に言う「袓」などであろう。それを見えないよう「おし入れ」る。
二一 朔平門の方角へ。内裏から退出の様子。
二二 女房の局の「遣戸をおしあけ」た前を通り過ぎるので、少しとりつくろうのである。
二三「えい」が正。冠の後にある飾り。羅を張る。
二四 前の方へ持って来て。寝起きの顔をかくす。
二五 山城国。神楽歌「この笹は、いづこの笹ぞ、天に坐す、豊岡姫の、宮の御笹ぞ、宮の御笹ぞ」。この第三句以下を「舎人らが、腰にさがれる、鞆岡の笹」とするのが梁塵愚案抄に伝わっている。
二六 雨まじりであるから「にくし」なのであろう。清少納言は雪を愛し雨を嫌う。
二七 霙でも、雪まじりである側面がとり柄である、という考え方。
二八 檜皮葺の屋根に降る有様が一番だ。檜皮葺は板葺はもちろん瓦葺よりも上品だ、という感覚から、上品な雪とのとり合せに適う。
二九 すこし雪が消えかけた頃がよい。ところどころ檜皮が見え、雪とのとり合せが露わだから。
三〇 まだあまり沢山は降らないのが、瓦の重ね目の所ごとに降り込んで。「瓦の目」は瓦の重ね目の段になった部分。その一つ一つ（＝ごと）に雪が吹き込み、雪の白と瓦の黒の対比が鮮やか。

もふらぬが瓦《かはら》の目《め》ごとに入《い》りて、[一]黒《くろ》う丸《まろ》に見えたる、いとお《(を)》かし。

時雨、霰《あられ》は、[二]板屋《いたや》。霜も、板屋《いたや》。庭《には》。

（二三三段）

日は　入日。入《い》りはてぬる山のはに、[三]ひかり猶《(なほ)》とまりて、[四]赤《あか》う見《み》ゆるに、[五]うす黄《き》ばみたる雲の、たなびきわ[六]たりたる、いとあはれなり。

（二三四段）

月は　[七]有《あり》明の東《ひんがし》の山ぎはに、[八]細《ほそ》くて出《い》づるほど、いとあはれなり。

（二三五段）

星は　[九]すばる。[一〇]彦星《ひこぼし》。[一一]夕《ゆふ》づゝ。[一二]よばひ星《ぼし》、すこしお《(を)》かし。[一三]尾《お》だになからましかば、まいて。

一 平らな瓦が雪の溜った曲線で丸く見える、というのであろう。
二 板屋根は庶民のもので上品さに欠ける、という意識があろう。時雨や霰の場合は、板屋に降る音が考えに入れられているのかもわからない。
三 太陽は「入りはて」たが、日の光だけが「山のは」に残っている様子。
四 残照になる前の、まだ日光の赤の残る様。
五 いわゆる夕焼けの赤い雲でなくて、もう少し時間が経った後の、赤みのうすい雲。それを「うす黄ばみたる」と言ったもの。
六 西の空一面に、という気持が「わたる」で表わされている。
七 明け方（＝有明）の東の山の陵線（＝山ぎは）の所に出る月、と言えば、日の出と共に出て、日没と共に沈む新月の直前である。
八 欠け切ろうとする頃の月だから、細い。
九 「すまる」とも言う。六つの星が一所に小ぢんまりと集っている。「すばる」の名は「統ばる（まとまる）」からである。この段でこれ以外は一つ星であるが、これも一つに身を寄せたような小ささが愛されたものと思われる。
一〇 織女星に対する牽牛星。織女・牽牛を隔てる天の川を挙げないのが注意される。一つ星好みの線には外れるからであろうか。
一一 宵の明星。金星である。
一二 流星。
一三 「を」が正。尾さえなければもっと素敵なのに。流れ星が尾を引くことを惜んだもの。尾がどうして気に入らないのか、よくわからない。
一四 明け切る頃に、今までの黒い雲がだんだん消え去り、空が白くなってゆく。
一五 白氏文集十二・花非花「花非レ花、霧非レ霧、夜半来、天明去、来如二春夢一幾多時、去似二朝

（二三六段）

雲は　白《しろ》き。紫《むらさき》。黒《くろ》きもお《（を）》かし。風ふくお《（を）》りの雨《あま》雲。[一四]あけはなるゝほどの黒《くろ》き雲の、やう〳〵消《き》えて、白《しろ》うなりゆくもいとお《（を）》かし。「朝《[一五]（あした）》に去《さ》る色《いろ》」とかや、文《ふみ》にもつくりたなる。[一六]月のいとあかき面《おもて》にうすき雲《くも》、あはれなり。

（二三七段）

[一七]さは《（わ）》がしき物　[一八]走《はし》り火。板《いた》屋の上にて烏《からす》の斎《[一九]（とき）》の生飯《さば》くふ。

[二〇]十八日に清水に籠《こも》りあひたる。暗《くら》うなりて、まだ火もともさぬほどに、[二一]ほかより人のきあひたる。まいて[二二]と《（ほ）》をき所の人の国などより、家《いへ》の主《あるじ》ののぼりたる、いとさは《（わ）》がし。

[二三]ちかきほどに「火いできぬ」といふ。されど燃《も》えはつかざりけり。

（二三八段）

[二四]ないがしろなる物　[二五]女官《（にようくわん）》どもの髪上姿《かみあげすがた》。[二六]唐絵《からゑ》の革《かは》の帯《おび》のうしろ。[二七]聖《ひじり》のふる

雲ニ無ニ覓処ニ」を思い浮べての言葉とされる。
一六 とても明るい月面に薄雲のかかった風情は。
一七 平静な状態をかき乱すものの有様が「さわがし」。音響に関して言うことが最も多いが、必ずしも聴覚と限らず、心的状態にも言う。
一八 炭などのはじけて飛ぶ火。
一九 底本「時の」。表記を改む。「斎」は仏教で定まった時刻に採る食事。「生飯」は僧が食事の前に食物の一部を鬼神や衆生に施すこと。板屋の上に投げ上げた「生飯」を、烏が集まって来てつつくのだから、足音・喙の音がやかましい。
二〇 十八日は観音の縁日。京に近く観音信仰で人を集めた清水は、十八日には参籠の群衆で混雑したはずである。
二一 他所からの参籠の客と、泊り合わせることになった趣である。「暗うなりて、まだ火もともさぬほど」ならば、行き当ったり、呼び合ったりなど、乱雑な状態の最もひどい時であろう。
二二 遠い国から「家の主」が参籠に来た、となると、供の者の不慣れ、主のための過度の奉仕など、都人には「いとさわがし」く感じられる。
二三 近所で「火事だ」と叫んだ時。
二四 心をこめ大切にする、ということの全くない様。不注意、無造作、だらしなさ、など。
二五 下級の女官の髪を上げた姿。労働のための髪の処置で、念を入れた髪型でないことを言ったものであろう。
二六 唐絵に描かれた（＝唐絵の）、石帯をしめた人の（＝革の帯の）後姿（＝うしろ）、の意とされる。唐絵の中の人物の石帯は、前に装飾部が来て後には無装飾の部分が来る、それを「ないがしろ」と評したのだ、と言う。
二七 寺院の機構や僧侶の体制の外で、自在な行動をとった僧が「聖」。

まひ。

（二三九段）

[一]こと葉なめげなる物《(もの)》 [二]宮のべの祭文《さいもん》よむ人。[三]舟漕《こ》ぐものども。[四]雷《かんなり》の陣《ぢん》の舎人《とねり》。[五]すまゐ《(ひ)》。

（二四〇段）

[六]さかしき物《(もの)》 [七]いまやうの三歳児《とせご》。

[八]ちごの祈《いの》りし、腹《はら》などとる女。[九]ものゝ具《ぐ》どもこひ出《い》でゝ、祈《いの》り物つくる。紙《かみ》[一〇]をあまたをし《(お)》重《かさ》ねて、いと鈍《にぶ》き刀《かたな》してきるさまは、[一一]一重《ひとへ》だに裁《た》つべくもあらぬに、[一二]さるものの具《ぐ》となりにければ、おのが口《くち》をさへひきゆがめてをし《(お)》切《き》り、[一三]目《め》おほかるものどもして、[一四]かけ竹《たけ》うち割《わ》りなどして、いとかう〴〵しうしたてゝ、うちふるひ、祈《いの》る[一五]事ども、いとさかし。[一六]かつは「[一七]なにの宮、その殿《との》ゝ若君《わかぎみ》、[一八]いみじうおはせしを、[一九]かいのごひたるやうにやめたてまつりたりしかば、[二〇]禄《ろく》をお

一 物の言い方の無礼な者。礼節を守る、といった意思や自覚のない言葉遣いをする人達。
二 「宮咩祭」(→一五九段)の祭文をよむ祭人。宮咩祭は世俗的な祭で、その祭文は拾芥抄に載せる所によると、厳かさとはほど遠いふざけた文。
三 水夫。
四 雷の時の警備の兵士。
五 力士。相撲節会に諸国から集められた。
六 「さかし」は賢明の意だが、自分を賢明だと思っている有様への、悪い評価をこめた語としても使う。ここはそれである。
七 最近の三歳児。幼児だから「さかし」もませた、こまっしゃくれた、の意。
八 幼児の病気の祈禱をしたり、腹もみの治療をしたりする女。自分のことを特別の能力があると思っているであろう。
九 道具を借りて、祈禱用品を作ったりする。
一〇 以下、滑稽な行為を大まじめでする様子。
一一 紙一枚さえ裁断できそうもないのに。
一二 おきまりの道具(=さるものの具)となっているから。「いと鈍き刀」がいつもの道具になっている、ということ。
一三 「目おほかるもの」は、竹割のための、刃が幾つもついた道具であろう。
一四 幣をかけるための竹(=かけ竹)を割り。
一五 祈りの言葉を指すのでなく、上に述べられたような過程を経て祈りを始める、その行動様式を指すもの。
一六 当面の祈りをする一方で。
一七 「何の宮」と「その殿」とが並列関係で連なる。つまり「何の宮の若君やその殿の若君」の意。
一八 ひどい御病気でいらしたのを。
一九 拭い取るように治してさし上げたので。
二〇 御褒美を沢山いただいたことでした。

ほく給はりし事。[二一]その人かの人めしたりけれど、しるしなかりければ、[二二]いまに女《をんな》をなんめす。[二三]御徳《とく》をなん見《み》る」などかたりをる。[二四]顔《かほ》もあやし。

[二五]下衆《げす》の家《いへ》の女あるじ。[二六]痴《し》れたる物(もの)。[二七]それしもさかしうて、[二八]まことにさかしき人を教《をし》へ[二九]などすかし。

（二四一段）

[三〇]たゞすぎにすぐる物　[三一]帆《ほ》かけたる舟《ふね》。[三二]人のよはひ。[三三]春《はる》、夏《なつ》、秋、冬。

（二四二段）

[三四]ことに人にしられぬ物　[三五]凶会日《くゑにち》。人の[三六]女親《めおや》の老《お》いにたる。

（二四三段）

[三七]文《ふみ》こと葉なめき人こそ、いとにくけれ。[三八]世《よ》をなのめに書《か》きながしたること葉の、にくきこそ。[三九]さるまじき人のもとに、[四〇]あまりかしこまりたるも、[四一]げにわろ

二一　「その人かの人」は、自分以外の祈禱女を指す。他の者をお召しになったりしましたが。
二二　いまだにこの私(＝女)をお呼びです。
二三　おかげでいい目をさせていただいています。
二四　こういう自慢話は、自分がすぐれていると誇示する態度だから「さかし」なのである。
二五　偉くもないのに偉いと思う人の一典型。
二六　馬鹿者。本当は馬鹿なのに、自分は偉いと思っているので「さかしき者」である。
二七　本段の「さかし」の意味を、自ら説明するような使い方。賢いと思って、賢ぶって。
二八　本段の「さかし」が、「まこと」の「さかし」でないことが、これでも明瞭である。
二九　「かし」に批判があろう。教えたりするよ。
三〇　一方的に過ぎ去るもの。もどることもとどまることもない有様が「ただ過ぎ」。
三一　帆かけ舟。風をうけて一気に走り去る。人の漕ぐ舟に対して言ったもの。
三二　人は年齢において最も強く時間を自覚する。
三三　四季の移り変り。
三四　特に注意されないもの。とかく忘れられがちなもの、の意。
三五　陰陽道の定める凶の日。定め方が繁雑であり、日数も多かったために実際には軽視されていたらしい。
三六　「女親」と限るのは、衣食の面倒を見る必要が、男親より遥かに少ないからであろう。
三七　手紙の言葉遣いの無礼な人こそ。
三八　世の中をいいかげんに扱って。世間というものへの謙虚さがないこと。
三九　さほど立派でもない人。
四〇　手紙を出すことを論じている文脈だから「もとに」と言う。
四一　なるほど感心しないことではある。

きことなり。されど、[一]わが得《ゑ》たらんはことは《(わ)》り、人のもとなるさへ、にくゝこそあれ。

おほかた、[二]さしむかひてもなめきは、などかくいふらんと、かたはらいたし。まいて、[三]よき人などをさ申すものは、いみじう[四]ねたうさへあり。[五]田舎《ゐなか》びたるものなどの、[六]さあるはお《(を)》こにていとよし。

[七]男主《おとこしゅう》など、なめくいふ、いとわるし。[八]わが使《つか》ふものなどの、「なにとおはする、のたまふ」などいふ、いとにくし。[九]こゝもとに「侍《(はべり)》」などいふ文字《もじ》をあらせばや、と聞《き》くこそおほかれ。[一〇]さもいひつべきものには、「[一一]人間《げん》の愛《あひ》敬な。などかう、このこと葉はなめき」といへば、きく人も、いはるゝ人も笑《わら(ふ)》う。[一二]かうおぼゆればにや、「[一三]あまりみそす」[一四]などいふも、[一五]人わろきなるべし。

殿上人、宰相などを、[一六]たゞなのる名を、いさゝかつゝましげならずいふは、いとかたはなるを、[一七]きようさいはず、[一八]女房《ばう》の局《つぼね》なる人をさへ、「あのおもと、君」などいへば、めづらかにうれしと思《(おもひ)》て、ほむる事ぞいみじき。

[一九]殿上人、君達《だち》、[二〇]御前《おまへ》よりほかにては、官《つかさ》をのみいふ。又御前《おまへ》にては、を《(お)》のが

一「えたらん」が正。自分が受け取った手紙はあたり前のこと。
二 手紙でない直接の対話のこと。
三 高貴な方のことを無礼な言葉で話すのは。
四 前の「かたはらいたし」に対して、言葉遣いを直してやりたい、というじれったさ。
五 底本「ゐ中」。表記を改む。
六 言葉遣いが礼を失しているのは、馬鹿な田舎者と思えばすむことで、かえって面白い。
七「をとこしゆう」が正。男主人のことを。以下使用人の言葉遣いへの言及。
八 自分の使用人が。使用人が主人のことを、来客に向って、敬語で話すことへの批判。前文の「なめく言ふ」の反対でも、聞手次第では、その聞手に対して「なめし」ということになる。
九 いま問題のまさにその場所に、という気持が「ここもとに」。
一〇 そのように注意できる相手には。
一一 人間関係の上でいやな感じを与えますよ。底本「あひ行」。「あいぎやう」が正。なお「人間の」は前田本「あなにげな」で、これに従う解もある。
一二 痛い所を指摘されたという自覚のない反応。
一三 底本「みうす」。「う」は「そ」の誤りと認めて訂す。「みそす」は過度に見る意。あまりお気がつきすぎです。
一四 などと人が言うのを見ると。
一五 人の目には(私は神経質すぎて)みっともないのであろう。
一六 本名を、すこしの遠慮の様子もなしに口にするのは。
一七 きっぱりと、そんな言い方をしたりはせず。
一八 女房の室づきの侍女。身分は低い。
一九 殿上人や君達のことを。「官をのみいふ」に

どち、ものをいふとも、聞《きこ》[二一]しめすには、などてか「まろが」[二二]などはいはん。さ[二三]いはんにかしこく、いはざらんにわろかるべきことかは。

（二四四段）

[二四]いみじうきたなき物　なめくぢ。[二五]ゑ《(え)》せ板敷《いたじき》の帚《はゝき》の末《すゑ》。[二六]殿上の合子《がうし》。

（二四五段）

[二七]せめておそろしき物　[二八]夜《よる》なる神。ちかき隣《となり》に盗《ぬす》人のいりたる。[二九]わがすむ所にきたるは、ものもおぼえねば、なにともしらず。ちかき火、又おそろし。

（二四六段）

たのもしき物　心ちあしきころ、伴僧《ばんそう》あまたして修法《ずほふ》[三〇]したる。[三一]心ちなどのむつかしきころ、[三二]まこと〳〵しき思人《(おもひびと)》の、いひなぐさめたる。

続く。その人の官職で間接的に指す。その方が露骨でないからである。

二〇 帝や中宮の御前以外では。御前では話題の殿上人・君達への敬意も抑えねばならない。注八における同様の言葉遣いの法則である。

二一 お上がお聞きの場合には。

二二 「まろ」が、気を張らず、かつすこし偉そうな言い方であったことがわかる。

二三 「まろ」と言うと偉くなり、言わないとみっともなくなる、というわけでもあるまい。「さいはんにかしこく」は「(さ)いはざらんにわろし」と並列され、その全体が「べきことかは」と反語に導かれる表現。

二四 ひどく不潔なもの。

二五 本格的でない粗末な板敷。それを掃いた帚の先が、汚れすすけてきたならしいことを言ったもの。

二六 「がふし」が正。「合子」は蓋つきの食器を指すが、殿上人が宿直の時に枕に使用した。「殿上の」を冠するのは、それを指すのであろう。

二七 「せめて」は心に迫ること。恐ろしさで魂も縮み上がるようだ、という感覚である。

二八 夜の雷。

二九 自分の家に盗人が入った時は、気も顛倒して、恐ろしいとも気付かない。近所に泥棒が入った時の方が恐ろしいのは万人共通であろう。

三〇 「ずほふ」が正。「伴僧あまたして」であるから本格的な修法である。

三一 前の「心ちあしきころ」が、肉体的な病気を主とする言い方であるのに対して、「心ちなどのむつかしき」は、精神的な鬱屈や不満を主とした言い方。だから前者には「修法」が、後者には「言ひなぐさめ」が「たのもし」い。

三二 誠実そのものの友人が。

（二四七段）

一いみじうしたてて婿《むこ》どりたるに、ほどもなく住《す》まぬ婿《むこ》の、舅《しうと》にあひたる、い二とお《(ほ)》しとやおもふらん。

ある人の、三いみじう時にあひたる人の婿《むこ》になりて、たゞ四一月ばかりもはかぐ〳〵しう来《こ》でやみにしかば、五すべていみじういひさは《(わ)》ぎ、六乳母《めのと》などやうのものは、七まが〳〵しきことなどいふもあるに、八そのかへる正《む》月に蔵《くら》人になりぬ。九あさましう、一〇か〻るなからひにはいかで、とこそ人は思《(おもひ)》たれ、など、一一いひあつかふは聞《き》くらんかし。

六月に、人の八講《かう》し給《(たまふ)》所に、人〴〵あつまりて聞《き》きしに、一二蔵《くら》人になれる婿《むこ》の、一三れうの上《うへ》の袴《はかま》、一四黒半臂《くろはむび》など、いみじうあざやかにて、一五忘《わす》れにし人の車《くるま》の一六鵄《とみ》の尾《お》といふ物に、一七半臂《はんび》の緒《を》をひきかけつばかりにてゐたりしを、一八いかに見るらんと、一九車《くるま》の人〴〵も、二〇しりたるかぎりはいとお《(ほ)》しがりしを、二一こと人〴〵も「つ二二れなくゐたりし物かな」など、二三のちにもいひき。

一 大そうな支度をして迎えたのに、間もなく通って来なくなった婿が、舅に出くわした時は。
二 気の毒だと思うであろうか。後続文脈からすれば、ここには否定的な気持が含まれている。
三 女の親の羽振りがよかった、ということ。だから普通なら男はせっせと通うはずである。
四 一か月ばかりせっせと通って来る、ということもなくて離れてしまった。
五 周囲の者も、男の気持が解せぬ、と噂する。
六 見捨てられた女の乳母。自分が養育した人の幸福を一途に楽しみにしている人物である。
七 不吉なこと（＝まがまがしきこと）、というのは、見捨てた男への呪い、などであろう。
八 その男が、翌年正月に蔵人に抜擢された。
九 「あさましう」は、こんな男が蔵人に抜擢されたことへの意外さの表明。続く「かかるなからひにはいかで」と共に、「思ひたれ」の内容。
一〇 こんな間柄で、どうして蔵人に抜擢されたのか。女の親が「時にあひたる人」だから、蔵人昇進は抑えられるだろうという考えの反映。
一一 噂するのを、当人は耳にするだろうよ。男はどう思って聞くだろう、の意で以下に続く。
一二 右に描かれて来た男。 一三 綾織の表袴。
一四 黒色の半臂。「半臂」→一四七頁注二五。
一五 以上に述べられて来た「忘れ」られた女性。
一六 「とみのを」が正。車の轅が後方まで突き出ている部分。
一七 半臂には長い緒がある。それが鵄尾にひっかかるほどの近くに立っていた、ということ。
一八 車中の当の女が、どんな思いで見るかと。
一九 近くの車にいる女性達、であろう。
二〇 事情を知っている人はすべて。
二一 当人達の近くにいた「車の人々」以外の人々。すこし離れた所から見ていた趣である。

猶《(なほ)》お《(を)》とこは、ものの[二四]いとお《(ほ)》しさ、人の[二五]思はんことは、しらぬなめり。

（二四八段）

世中《(よのなか)》に猶いと心うきものは、人[二六]に憎《にく》まれん事こそあるべけれ。たれて[二七]ふ物狂《ものぐるひ》か、我人にさ[二八]思はれん、とは思《おも》はん。されど自然《しぜん》に宮仕《づか》へ所《どころ》にも、親《おや》[二九]はらからの中にても、思はるゝ思はれぬがあるぞ、いとわびし[三〇]きや。

よ[三一]き人の御ことはさらなり、下衆《げす》[三二]などのほどにも、親《おや》などのかなしうする子は、目《め》[三三]たて耳《みみ》たてられて、いたはしうこそおぼゆれ。見[三四]るかひあるはことは《(わ)》り、いかゞおもはざらんとおぼゆ。ことなる事なきは、又[三五]これをかなしとおもふらんは、親《おや》なればぞかしと、あはれなり。

親《おや》にも君にも、すべてうちかたらふ人にも、人におもはれんばかりめ[三六]でたき事はあらじ。

三一 何と平然としていたなあ。男の、気にもとめない態度への悪評。
三三 後々までの語りぐさになった、ということ。
二四 「ものの」は、具体的対象があることを示すための語で、何かを気の毒だと思う心、のこと。
二五 人の気持、ということだが要するに女の心。
二六 人に憎まれることが一番（心うきこと）だ。
二七 誰という変人が…と思おうか。どんな変った人でもそうは思わない。
二八 「さ」は「人に憎まれん」を指す。
二九 親兄弟の間でも。肉親の間でもということ。
三〇 「わびし」は、打開策がないと認めてあきらめる、消極的な感情。
三一 高貴な方の場合はもちろんのこと。
三二 下々程度の身分においても。
三三 目に立ち耳にもとまって。底本「み見たて」の「見」は、仮名らしからぬ印象である。
三四 実際に見ても可愛い子は、当然で。
三五 こんな子を可愛いと思うらしいのは。
三六 底本「目出事」。表記を改む。

一 「…こそ…はあれ」という構文は、「…が一番…だ」という気持を表わす。言い換えれば「…ほど…なものはない」の意。
二 「ありがたく」は珍しいの意で「あやしき」と並列。男の思考様式が女ならしそうもない考え方だということ。「あやしき」はそれを具体的に言ったもので、理解しがたいの意。
三 欠点のない整った美女。
四 「公所」は宮中を指す。宮中に入って立派にやっている男。 五 良家の子弟。
六 多数いる美人の中の美人を、選んで求愛されればよいのに。「こそ」の係結びは、反対の現実を頭に置いての強め。

（二四九段）

[一]お《(を)》とここそ、[二]猶《(なほ)》いとありがたく、あやしき心ちしたる物はあれ。いときよげ[三]なる人をすてて、にくげなる人を持《も》たるも、あやしかし。[四]公所《おほやけ(どころ)》に入《い》りたちたるお《(を)》とこ、[五]家《いへ》の子《こ》などは、[六]あるがなかによからんをこそは、選《え》りて思給《(おもひたま)》はめ。[七]を《(お)》よぶまじからむ際《きは》をだに、めでたしとおもはんを、死《し》ぬばかりも[八]思《(おもひ)》かゝれかし。[九]人のむすめ、[一〇]まだ見《み》ぬ人などをも、[一一]よしと聞《き》くをこそは、[一二]いかでとも思《(おもふ)》なれ。[一三]かつ女の目《め》にもわろしと思《おも》ふを思《おも》ふは、いかなる事にかあらん。

かたちいとよく、心もお《(を)》かしき人の、手《て》もようかき、歌《うた》もあはれによみて、[一四]うらみをこ《(お)》せなどするを、[一五]返《(かへり)》ごとはさかしらにうちするものから、よりつかず、[一六]らうたげにうちなげきてゐたるを、見すてていきなどするは、あさましう、[一七]おほやけ腹《ばら》たちて、[一八]見証《けんそ》の心ちも心うくみゆべけれど、[一九]身の上《うへ》にては、つゆ[二〇]心ぐるしさを思ひしらぬよ。

七 身分違いの女性であっても、すばらしいと思うような女性を。
八「思ひかかる」は、思慕することと積極的に行動することとを一挙に言った語。愛を訴えなさいよ。反対の現実を思って「かし」と強める。
九「人のむすめ」は、良家の子女の意で、人目にふれることのない、深窓に育つ女性。
一〇 良家の子女、というほどでなくて、まだ姿かたちを見たことのない女性。
一一「人のむすめ」「まだ見ぬ人」だから、美人だ(＝よし)という評判に心を動かすことになる。そういう男の心の動かし方への非難がある。
一二 何とか手に入れようと思うらしい。
一三 そんなに美女を美女をと思っているくせにという気持が「かつ」。そのくせ現実には。
一四 男の薄情を怨む便りをよこしたりするのは男の心を惹く技巧であった。
一五 返事は適当にするものの。「さかしら」に、誠意を伴わない言葉だけ、という非難があろう。
一六（女が）見た目にも可憐に歎いているのを。
一七 自分個人の立場を離れて立腹すること。
一八「見証」は第三者。第三者にも不愉快に見えるに違いないのに。 一九 自分のこととなると。
二〇 女への申しわけなさを（男は）自覚しないものだ。誰が見ても非難に値するのに、当の男だけは、少しもわかっていない、ということ。
二一 何はさておき情愛があるということが。
二二 女の立場からの発言である。
二三 格別とり立てて言うほどの言葉でなくても。
二四 本当に心に深く感じ入ったのでなくても。感じ入るのは情愛のある言葉を発する人で、つまり、心の底から出た言葉でなくても、の意。
二五 その人が言ったということを、人伝てに耳にした時は。

（二五〇段）

[二一]よろづのことよりも、なさけあるこそ、お《(を)》とこ[二二]はさらなり、女もめでたくおぼゆれ。[二三]なげのことばなれど、[二四]せちに心にふかく入《い》らねど、いとおし《(ほ)》きことをば「いとおし《(ほ)》」とも、あはれなるをば「げにいかに思《おも》ふらん」など、[二五]いひけるをつたへて聞《き》きたるは、[二六]さしむかひていふよりもうれし。いかで[二七]この人に、思《(おもひ)》[二八]しりけりとも見《み》えにしがなと、つねにこそおぼゆれ。

[二九]かならず思《おも》ふべき人、とふべき人は、[三〇]さるべきことなれば、とりわかれしもせず。[三一]さもあるまじき人の、[三二]さしいらへをも、後《うしろ》[三三]やすくしたるは、うれしきわざなり。[三四]いとやすき事なれど、[三五]さらにえあらぬことぞかし。

おほかた、[三六]心よき人の、まことに[三七]かどなからぬは、お《(を)》とこも女もありがたきことなめり。[三八]又さる人もおほかるべし。

（二五一段）

[三九]人の上《うへ》いふを腹《はら》だつ人こそ、[四〇]いとわりなけれ。[四一]いかでかいはではあらん。[四二]わ

二六 面と向って直接に言われるのよりも嬉しい。直接だとこちらへの機嫌とりが混る危険があるが、間接だと本心だという心理である。
二七 情愛のこもった言葉を言ってくれた人。間接的にそうと聞いた言葉の主。
二八 身に沁みて感じていると知ってほしい。その情愛を心から有難く思っていると知られたい。
二九 （こちらを）思っているにきまっている人、たずねてきてくれるにきまっている人は。
三〇 （思い、たずねてくれるのが）当然のことだから、格別嬉しいとも思わない。
三一 「かならず思ふべき」や「かならずとふべき」でない人。
三二 「さしいらへ」け返事・返答で、こちらから体や心のなやみを言ってやった時の、対応の仕方を言うのであろう。
三三 「後めたし」の反対。不安を残さないさま。こちらが安心するように。頼もしく。
三四 人にその程度の対応をすることは、さほど難しいことではないけれども、の意。
三五 実際にはめったに見られないことだ、の意。
三六 「心よき人」は「なさけある」人の言い換え。
三七 「かど」は才能の意。才能がなくはない、と本当に言える人は。「なさけある」ことと「かどあり」とは、なかなか両立しない、との考え。
三八 「さる人」は情もあり才能もある人、の意であろう。前言を修止し、もちろんそういう人も多いだろうけれど、と言い添えた文。
三九 他人の噂をすることに腹を立てる人。
四〇 困ったものだ。道理にあわない、処置の方法がないことが「わりなし」。
四一 どうして言わずに居れようか、とは強い表現で、人への興味の強烈さを示している。
四二 自分のことは棚上げにして。

が身をばさしを《(お)》きて、一さばかりもどかしく、いはまほしきものやはある。二されど、けしからぬやうにもあり、又を《(お)》のづから三聞《き》きつけて、うらみもぞする、四あひ《(い)》なし。又五思ひはなつまじきあたりは、六いとお《(ほ)》しなど思ひ解《と》けば、七念《ねん》じていはぬをや。さだになくは、うちいで笑《わら》ひもしつべし。

（二五二段）

八人の顔《かほ》に、とりわきてよしと見ゆる所は、九度《たび》ごとに見《み》れども、あなお《(を)》かし、めづらし、とこそおぼゆれ。絵《ゑ》一〇など、あまた度《ゝび》みれば目《め》もたゝずかし。ちかう一一たてたる屏風の絵《ゑ》などは、いとめでたけれども、見も入《い》れられず。人一二のかたちはお《(を)》かしうこそあれ。

一三にくげなる調度《てうど》の中にも、一《ひと》つよき所のまもらるゝよ。見一四にくきも、さこそはあらめと思ふこそ、わびしけれ。

（二五三段）

一 人のことほど(=さばかり)、良くないように言いたく(=もどかしく)噂の種にしたい(=いはまほしき)ものがあろうか。
二 だが、ひとをあれこれ言うのは、感心しない(=けしからぬ)ことのようでもあるし。
三 自然と当人の耳にも入って。
四 ここでは「ばつが悪い」の意。
五 無関係になり切れそうもない人のことは。
六 気の毒だなどと甘い心になるものだから。
七 我慢して言わないだけのことだ。
八 ひとの容貌の中で、ここが特別きれいだと思われる所は。
九 会う度ごとに見ているにもかかわらず。
一〇 絵など(の美しい所は)何度も見ている中に、全く注意を引かなくなるものだ。
一一 身近に立ててある屏風の絵。最も「あまた度みる」もの、として挙げてあるのであろう。
一二 人の容貌とは不思議なものだ。不思議な魅力をそなえたものと賞めて「をかし」と言うのであろう。
一三 見るも不愉快な家具類の中にも。
一四 見苦しいことに関しても、全く同じことだろうと思われるのが、がっかりだが。
一五 古風な人。古くさい人。
一六 「たいだいし」はもと「たぎたぎし」で、歩きにくい様。ここはそれから転じて、はかどりの悪い様や段どりの悪い様に用いたものと思われる。指貫の着用の要領が悪いのである。
一七 指貫をまず体の前にあてがって。
一八 着衣の裾を全部(指貫の中に)押し入れて。
一九 「腰」は腰紐。腰紐はほうっておいて。
二〇 着衣の前の方を整え終ってその後で。
二一 腰紐を及び腰でつかもうとするものだから。
二二 背中の方へ手を伸ばして。腰紐は後の方に

[一五]古代《こだい》の人の、指貫《さしぬき》きたるこそ、いとたい[一六]〴〵しけれ。前《まへ》[一七]にひきあてて、まづ裾《すそ》[一八]をみな籠《こ》めいれて、腰《こし》[一九]はうちすてて衣《きぬ》[二〇]の前《まへ》をとゝのへはてて、腰《こし》[二一]をおよびてとるほどに、後《うしろ》[二二]ざまに手《て》をさしやりて、猿《さる》[二三]の、手《て》ゆはれたるやうに、[二四]ほどきたてるは、頓《とみ》[二五]のことにいでたつべくもみえざめり。

(二五四段)

十月十よ日[二六]の、月のいとあかきに[二七]ありきて見《み》んとて、女房《ばう》十五六人ばかり、みな濃《こ》[二八]き衣《ぬ》をうへにきて、[二九]ひきかへしつゝありしに、[三〇]中納言の君の、紅《くれなゐ》[三一]のはりたるをきて、頸《くび》[三二]より髪《かみ》をかきこし給へりしが、[三三]あたらしきそとばに、いとよくも似《に》たりしかな。雛《ひゝな》[三四]のすけとぞ、若《わか》き人〴〵つけたりし。後《しり》[三五]にたちて笑《わら》ふもしらずかし。

(二五五段)

成信《なりのぶ》[三六]の中将こそ、人[三七]の声《こゑ》はいみじうよう聞《き》きしり給ひしか。おなじ所の人の

結んだままで手がとどきにくいのであろう。
二三 猿が手を縛られたみたいに。
二四 未詳。結ばれたままの腰紐を「ほどく」のだと見るのがよさそうだが「たつ」が不明。あるいは「言ひたつ」と同じく、一途にすることを表わす接尾語とすれば、もつれようとする腰紐を必死にほどこうとする姿と解し得るか。
二五 急の用に直ちに出発出来そうにない。
二六 満月も近く、月は明るかったであろう。
二七 (牛車でではなく)徒歩で月見に行こうと。
二八 濃い紫の衣を一番上に着て。
二九 (その衣の裾の方を)上へ折り返して歩いていたが。歩行の邪魔にならぬためである。
三〇 一二三段に登場した女房。二五九段(三〇四頁)によれば藤原忠君(道隆の叔父)の娘。
三一 紅の強く糊ばりした衣を着て。この人だけが紅の衣を着ていたのであろう。
三二 頸の所から髪を前にまわしていらしたのが。他の女房は上衣を「ひきかへす」ことで、髪が下の方にたまる形となっているのに対して、この人だけは頸のすぐ下の所にたまる形となる。
三三 底本「あたらしそとは」。能因本により「き」を補う。新しい卒都婆。頸の所が髪でふくらんで、その上に頭が乗っているのが、五輪塔に似て見えた、ということ。
三四 赤い上衣を着ていたのでつけた綽名であろう。中納言の君が「典侍(ないしのすけ)」で、それをもじったことが考えられる。
三五 後について歩いて笑うのも当人は御存知でないよ。月見の興にさそわれて、「卒都婆みたい」とか「雛の典侍」とか言い戯れたのだろう。
三六 源成信。九段に登場した「権中将」。
三七 人の声を(あれは誰それの声と)よく聞きわけなさった。

声《こゑ》などは、つねに聞《き》かぬ人はさらにえ聞《き》き《ゝ》わかず、[一]ことにお《(を)》とこは、人の声《こゑ》を[二]も手《て》をも見《み》わき聞《き》き《ゝ》わかぬ物を、[三]いみじうみそかなるも、[四]かしこう聞《き》き《ゝ》わき給ひしこそ。

（二五六段）

[五]大蔵《くら》卿ばかり[六]耳《みゝ》とき人はなし。まことに[七]蚊のまつげの落《お》つるをも[八]聞《き》き《ゝ》つけ給《(たまひ)》つべうこそありしか。

[九]職《しき》の御曹司《ざうし》の西面《にしおもて》にすみしころ、[一〇]大殿《おほとの》の《ゝ》新中将、宿直《とのゐ》にてものなどいひしに、そばにある人の、「[一一]此《(この)》中将に扇の絵《ゑ》の事いへ」とさゝめけば、「いま[一二]かの君のたち給ひなんにを」といとみそかに[一三]いひ入《い》るゝを、その人だにえ聞《き》き《ゝ》つけで、「なにとか、〳〵」と耳《みゝ》をかたぶけ来《く》るに、とを《(ほ)》くゐて、「にくし。[一四]さの給《(たま)》はば《ゝ》、けふはたゝじ」との給《(たま)》ひしこそ、いかで聞《き》き《ゝ》つけ給《(たまふ)》らんと、あさましかりしか。

（二五七段）

一 一般の男性が聴覚的に女性に劣るのは今も同じだが、ここでは視覚的にも劣る、とする。
二 筆跡。誰の字だと見わけることも、男は不得手であるということ。
三 非常にひそかな声でも。どんな小声でも。
四 見事に聞きわけられたことだった。
五 藤原正光。兼通の息。長徳四年(九九八)十月大蔵卿。 六 耳ざとい人はない。
七 ほとんど音もしないもの、として挙げた。
八 ちゃんとお聞きとりになりかねないほどであった。「つべう」が極端な話であることを示す。
九 そこに清少納言の局があった。
一〇 「大殿」は道長のこと。「大殿の新中将」とは長徳四年十月、右近衛中将となり、道長の養子となった前段の藤原成信。
一一 この新中将の扇の絵のことを言いなさい。扇の絵を話題にするのか、扇の絵を描くことを依頼するのか、どちらとも不明。
一二 大蔵卿。正光も来て遠くに居たのである。
一三 耳もとでささやくように、といった趣。
一四 そんなに言われるなら今日は座を立つまい。
一五 よい事があって心が明るくなる気持。
一六 まだ読んだことのない物語の最初の巻。
一七 「のみ」が継続の意を表わす。続きがよみたい、とつねづね思っているのが。
一八 「さて」は「のこり見出で」を指す。続きの巻を手に入れて読んだ結果、期待はずれとなることもあるだろう。
一九 「破りすてたる」紙をつぎ合わせて。
二〇 ひと続きの文章を何行も読み続けたとき。不完全なものを完全にする快さであろう。
二一 どういう意味かと気になる夢を見て。
二二 特に重大な意味はないと夢解きをしてくれたとき。夢の持つ意味を説明することを「夢を

[一五]うれしき物　[一六]まだ見ぬ物語《がたり》の一をみて、いみじうゆかしとのみおもふが、[一七]のこり見出《い》でたる。[一八]さて、心おとりするやうもありかし。人の破《や》りすてたる文《ふみ》を[一九]つぎて見《み》るに、[二〇]おなじ続《つゞ》きをあまたくだり見続《みつゞ》けたる。[二一]いかならんとおもふ夢を見《み》て、おそろしと胸《むね》つぶるゝに、[二二]ことにもあらずあわ《(は)》せなしたる、いとうれし。

[二三]よき人の御前《おまへ》に、人〳〵あまたさぶらふおり《(を)》、昔《むかし》[二四]ありける事にもあれ、今《いま》きこしめし世にいひけることにもあれ、語《かた》[二五]らせ給《(たまふ)》を、我に[二六]御覧《らん》じあはせての給《(たま)》はせたる、いとうれし。とをき《(ほ)》所はさらなり、おなじ宮《(みや)》このうちながらもへだゝりて、[二七]身にやむごとなく思ふ人のなやむをきゝて、[二八]いかに〳〵とおぼつかなきことをなげくに、[二九]をこ《(お)》たりたるよし、消息《せうそこ》きくもいとうれし。

思ふ人の、人にほめられ、[三〇]やむごとなきひとなどの、くちおし《(を)》からぬものにおぼしの給《(たまふ)》。[三一]もののおり《(を)》、もしは、[三二]人といひかはしたる歌《うた》の聞《きこ》えて、[三三]打聞《うちぎゝ》などに書《か》きいれらるゝ。[三四]みづからのうへにはまだしらぬことなれど、猶思《(おもひ)》やるよ。[三五]いたうちとけぬ人のいひたる古《ふる》きことの、しらぬを[三六]聞《き》きいでたるもうれし。

あはす」と言う。「あはせなす」の「なす」が、うまくそうしてくれた、という気持を表わす。
二三 高貴な方の前で、女房たちが沢山いる時に。
二四 昔あった出来事であろうが、最近お耳に入って世間でも話題になっていることであろうが。
二五 座の中心である「よき人」が語るのである。
二六 こちらに目を見合わせて。お前に聞いてほしいのだ、という気持が快い。こちらもじっと「よき人」の目を見つめていることが「御覧じあはせて」の「あはせ」に表われている。
二七 自分にとって(=身に)大切だと思っている人が御病気だと聞いて。
二八 「遠き所」「同じ都のうちながらも隔りて」とあったことが示すように、簡単に見舞いに行くことも出来ず、従ってどんな御病状かと気をもむ(=おぼつかなき)だけ、ということ。
二九 良くなられたと、お便りで聞くのも。
三〇 高貴な方が、とり柄のない者ではない、と評しておられること。しっかりした男だ、と賞めているのである。
三一 しかるべき時。晴れがましい正式の時。
三二 人とよみ交した贈答歌が世に知られて。
三三 人から聞いた話や歌を書きとどめることが「打聞」。興味をひかれ価値を認めたものを記しとどめるものだから、書かれる方は快い。
三四 私自身に関してはその経験はないけれど、やはり、さぞかしと想像はつくというものだ。
三五 あまり親しくない人が口にした古歌で、まだ知らなかったのを。まだ知らない古歌の一節が口ずさまれたが、相手が「いたうちとけぬ人」だから、尋ねるわけにもゆかぬ、という趣。
三六 別の機会に聞き知ったのも。気になっていた古歌の全容がわかった快さ。

一のちに物の中などにて見いでたるは、たゞお《(を)》かしう、これにこそありけれ、と二かのいひたりし人ぞお《(を)》かしき。

三陸奥紙《みちのくにがみ》、たゞのも、よき得《え》たる。四はづかしき人の、歌《うた》の本末《もとすゑ》とひたるに、ふとおぼえたる、我ながらうれし。五つねにおぼえたる事も、又ひとのとふに、きよう忘《わす》れてやみぬるお《(を)》りぞおほかる。六頓《とみ》にてもとむる物、見《み》いでたる。七物合《ものあはせ》、なにくれと、いどむことに勝《か》ちたる、いかでかはうれしからざらん。又、八我はなど思《(おもひ)》てしたり顔《がほ》なる人、謀《はか》りえたる。九女どちよりも、お《(を)》とこは勝《まさ》りてうれし。一〇これが答《たう》はかならずせん、と思《(おもふ)》らむと、つねに心づかひせらるゝもお《(を)》かしきに、一一いとつれなく、なにとも思ひたらぬさまにて、一二たゆめすぐすも又お《(を)》かし。にくきものゝ、あしきめみるも、一三罪《つみ》や得《う》らんと思《(おもひ)》ながら、又うれし。

ものの《ゝ》お《(を)》りに、一四衣《きぬ》うたせにやりて、いかならんとおもふに、きよらにて得《え》たる。刺櫛《さしぐし》すらせたるに、お《(を)》かしげなるも又うれし。一五又もおほかるものを。

日ごろ月ごろ、一六しるき事ありてなやみわたるが、を《(お)》こたりぬるもうれし。一七おもふ人のうへは、わが身よりもまさりてうれし。

一 後で何かの中でその古歌に出会った時は。
二 その古歌を口にした当人に惹かれる。
三 「陸奥紙」は上質の紙。そんなのでなくとも、というのが「ただのも」。
四 気の張る人が、古歌の上の句か下の句を尋ねた時に、すぐ思い出せたのは。
五 常に覚えている事も、あらためて人が尋ねると、きれいに忘れて答えられずに終る時が多い。
六 至急の探しものを見つけたとき。
七 物合か何やかやの勝負事に勝ったとき。
八 自信満々で得意げな人に一ぱいくわせた時。
九 女同志より相手が男の時は一段と快い。
一〇 このしかえし(=答)はきっとしてやろう。「たう」は「たふ」が正。
一一 相手は一向に気にせず。
一二 「たゆむ」は、たゆませること。油断させる。
一三 「にくきもの」であっても、ひとの不幸を喜ぶのは仏の道に外れるからである。
一四 衣類の艶出しを頼んで。次の「刺櫛すらせ」と共に、晴れの場に臨む(=ものの折)用意。
一五 他にも(嬉しきものは)多いだろうに。もっと嬉しいものが他にあろうに、という気持。
一六 ひどい症状でわずらい暮していたのが。
一七 それが恋人の身の上のことである場合は。
一八 今参りは。宮仕えに出たばかりの初心者は。
一九 こっちへおいで、と仰せがあるので。
二〇 「所もなくゐたる」先輩女房たちが道をあけて。清少納言の実経験から出た言葉であろう。
二一 人々と話をするついでにも、の意。
二二 中宮がものをおっしゃるその時にも。
二三 底本「はうたゝしう」。二類本により改む。
二四 どこでもいいから行ってしまいたい。
二五 後続する「白き色紙・陸奥紙」に対して言う。普通の紙のごく白く汚れのないのに加えて。

御前《おまへ》に人〳〵所もなくゐたるに、[一八]いまのぼりたるは、すこしとを《(ほ)》き柱《はしら》もとなどにゐたるを、とく御覧《らん》じつけて、「[一九]こち」と仰《おほ》せらるれば、[二〇]道《みち》あけて、いと近《ちか》うめしいれられたるこそうれしけれ。

（二五八段）

御前《おまへ》にて人〳〵[二一]とも、又[二二]もの仰《おほ》せらるゝついでなどにも、「[二三]世中《(よのなか)》のはらだゝしう、むつかしう、かたときあるべき心ちもせで、たゞいづち[二四]も〳〵行《い》きもしなばやとおもふに、たゞ[二五]の紙《かみ》の、いと白《しろ》うきよげなるに、よき筆《ふで》、白《しろ》き色紙《しきし》、陸奥紙《みちのくにがみ》などえつれば、こよなうなぐさみて、[二六]さはれ、かくてしばしも生《い》きてありぬべかんめり、となんおぼゆる。又、[二七]高麗縁《かうらいばし》のむしろ、[二八]青《あを》うこまやかに厚《あつ》きが、[二九]縁《へり》の紋《もん》いとあざやかに、[三〇]黒《くろ》う白《しろ》う見えたるをひきひろげて見《み》れば、[三一]なにか、[三二]猶《(なほ)》この世はさらに〳〵え思ひすつまじと、命《いのち》さへおし《(を)》くなんなる」と申せば、「[三三]いみじくはかなきことにもなぐさむなるかな。[三四]姨捨山《をばすて》の月は、いかなる人の見けるにか」など笑《わら》はせ給《(たまふ)》。さぶらふ人も「いみじうやすき[三五]息災《そくさい》の祈《いの》りなな

二六「さはれ」は思考を停止して、思い切って結論を出してしまう気持を示す。ままよ、このましばらく生きていてもいいようだ。
二七 雲や菊の模様の綾で縁どりしたむしろ。
二八 むしろの本体の描写。まだ青々と新しく、織りもきっちりとつまってしかも薄手でない。
二九 高麗縁の模様のこと。
三〇 高麗縁が白地に黒く模様を出したのを指す。
三一「なにか」は常識やそれまでの考えを改める気持を表わす。前の「さはれ」よりも意見変更の趣が強く、従って後続文の調子も強い。
三二（いやだいやだと思って来たが）やっぱりこの世は絶対に思い捨てるべきでない。
三三 ほんとにささやかなことでも慰められるようなのね。「なるかな」が意外性を表わす。
三四 古今集・雑上「わが心なぐさめかねつ更科や姨捨山に照る月を見て」。月を眺めて自分の心は慰められることがない、と歌った人は（そなたと比べると）どんな人だったのでしょうね。
三五「息災」は仏教で言う、身の災いをとめること。密教に息災の修法がある。それを頭においての揶揄。何とも簡単な息災の祈りのようね。

一 本段が「…ついでなどにも」と、平素のこととして書き出されていたのと、この「さてのち」とは調和しないが、そういった日常があった後、というつもりであろう。
二 清少納言が道長方と通じているように噂されて、長い里居をした時のことか。↓一三六段。
三 以下は女房が中宮のおっしゃるのを手紙に書いた仰せ書き。だから敬語が使われる。
四 お聞き及びになっていたことがあったので。先の清少納言の、紙や筆が手に入ると慰められる、という発言を指す。

り」などいふ。

[一]さてのち、ほどへて、[二]心から思《(おもひ)》乱《みだ》るゝ事ありて、里《さと》にある比《(ころ)》、めでたき紙《かみ》二十をつゝみて給はせたり。仰《おほ》せごとには、「とくまい《(ゐ)》れ」などの給《(たま)》はせて、「[三]これは、[四]聞《きこ》しめしを《(お)》きたることのありしかばなむ。[五]わろかめれば寿命経もえ書《か》くまじげにこそ」とおほせられたる、いみじうお《(を)》かし。[六]思ひわすれたりつることを、おぼしを《(お)》かせ給へりけるは、猶《(なほ)》、[七]たゞ人にてだにお《(を)》かしかべし。[八]まいて、を《(お)》ろかなるべきことにぞあらぬや。心もみだれて、啓《けい》すべきかたもなければ、たゞ、

「[九]かけまくもかしこき神のしるしには鶴《つる》のよはひとなりぬべきかな

[一〇]あまりにや、と啓《けい》せさせ給へ」とてまい《(ゐ)》らせつ。[一一]台盤《だいばん》所の雑仕《ざうし》ぞ御使《つかひ》には来《き》たる。青《あを》き綾《あや》の単衣《ひとへ》とらせなどして、[一二]まことに、この紙《かみ》を草子《さうし》につくりなど、もてさは《(わ)》ぐに、むつかしきこともまぎるゝ心ちして、お《(を)》かしと心のうちにもおぼゆ。

二日《ふつか》ばかりありて、[一三]赤衣《あかぎぬ》きたるおと《(を)》こ、[一四]畳《たゝみ》を持《も》てきて、「これ」といふ。「[一五]あ

五 あまり良い紙でないから寿命経（一切如来金剛寿命陀羅尼経）を書くことも出来ないでしょうね。寿命経は延命を祈る経で、清少納言の「かくてしばしも生きてありぬべかんめり」をふまえての冗談。
六 言った私が忘れてしまっていることを。
七 相手がただの人でも心動かされるであろう。
八 まして大切な中宮様のお言葉だから、並一通りに受け取っていいことではない。
九 「神」に「紙」をかけ、神の御利益と、紙をいただいたおかげとの意を兼ねる。恐れ多くももったいない紙（神）をいただいたおかげ（御利益）で、私は千年も寿命を延ばしそうです。「寿命経も書けまい」というお言葉への応待が主眼。
一〇 言い方が大袈裟にすぎましょうか。「鶴のよはひ」と言ったことへの言及。
一一 台盤所の雑役に従う女性。「ざふし」が正。
一二 「むつかしきこともまぎるる心ちす」に続く。
一三 「赤衣」は下人の服。→二五一頁注三四。
一四 前出の「むしろ」より厚手のものを指す。
一五 「あれ」は、思いがけぬ者、という気持での使用。お前は誰、室の中がまる見えじゃないの。
一六 無作法にずけずけと、といった気持。
一七 ずけずけ言われた男の反応。これも無作法。
一八 （使いの者は）帰ってしまいました。
一九 特別に御座という畳の仕様で。「御座」は貴人の用いる畳、「高麗縁」である。
二〇 前の「いづこよりぞ」を承けて、中宮様からであろうか、の意。
二一 はっきりそうとわからないので。立てつづけに立派なものを戴く自信が今はないのである。
二二 不思議に思っていろいろ言うが。
二三 「つかひ」が正。使いの者がいなくなっているからどうしようもなくて。

れはたそ。あらはなり」など[一六]ものはしたなくいへば、[一七]さしを《お》きていぬ。「いづこよりぞ」と問《ゝ》はすれど、「[一八]まかりにけり」とて、とりいれたれば、[一九]ことさらに、御座《（ご）ざ》といふ畳《たゝみ》のさまにて、高麗《かうらい》などいときよらなり。心のうちには、[二〇]さにやあらんなんど思へど、猶[二一]おぼつかなさに、人〴〵いだしてもとむれど、うせにけり。[二二]あやしがり言《い》へど、[二三]使《つかゐ》の無《な》ければいふかひなくて、[二四]所違《ところたが》へなどならば、をのづから又いひに来《き》なん、[二五]宮の辺《へん》に案内《あない》しにまいら《（ゐ）》まほしけれど、[二六]さもあらずはうたてあべし、とおもへど、猶[二七]たれかすゞろにかゝるわざはせん、仰《おほ》せごとなめりと、いみじうお《（を）》かし。

[二八]二日ばかりを《（お）》ともせねば、うたがひなくて、[二九]右京の君のもとに、「かゝる事なむある。[三〇]さることやけしき見給ひし。忍《ゝの》びてありさまのたまへ。[三一]さること見えずは、かう申《（まうし）》たりと、な散《ち》らし給《（たまひ）》そ」といひやりたるに、「[三二]いみじうかくさせ給《（たまひ）》し事也。[三三]ゆめ〳〵まろが聞《きこ》えたると、な口《くち》にも」とあれば、さればよ、と[三四]思《おも》ふもしるくお《（を）》かしうて、[三五]文《ふみ》をかきて、[三六]又みそかに御前《おまへ》の高欄《かうらん》にを《（お）》かせし[三七]ものは、[三八]まどひけるほどに、やがてかけ落《おと》して、[三九]御階《みはし》のしもに落《お》ちにけり。

二四 場所を間違えたのならば、ほうっておいても言って来るだろう。
二五 中宮様の周囲に様子をうかがいに行きたいが。女房にでも聞いて確かめたいということ。
二六 もし間違いだったらみっともないだろう。中宮やその周囲にちょっと具合悪くなっている時のことである。変な間違いは気まずい。
二七 誰が動機もなしにこんなことをしようか。
二八 「所違へなどならば、おのづから又いひに来なん」を承けての言葉。これで確実となった。
二九 清少納言にとって心安い女房だったのだろう。次段に「若き人」(二九七頁)として登場。
三〇 それに当るような様子がありましたか。
三一 もし、そうしたことがなかったら、私からこんなことを尋ねて来たとは、口外しないでね。
三二 中宮様が、ごく内密になすったことです。
三三 私がお耳に入れたとは口にもなさらないで。
三四 「思ふもしるく」は思った通りだ、の意。
三五 この文は高麗縁への直接的な礼状などではあるまい。中宮の「いみじうかく」した贈り方に合わせて、間接的に礼とわかるような「文」が工夫されたに違いない。→三四一頁注一一。
三六 私の方もこっそりと。内密には内密で対応。
三七 「ものは」は、「…したのに、それは」の意を表わす。こっそりとしたことなのに、という含みがあって、後の「御階のしもに落ちにけり」という、計算違いになった、に逆接的に続く。
三八 (内密の「文」を持たせた使いが)あわてたために、そのまま置きそこなって。
三九 落ちたのは「文」なのだが、前に「この紙を草子につくり」とあったように、草子に書いたものを届けさせたものと思われる。跋文と酷似する内容・表現で、枕草子の成立過程・流布過程を暗示するか。→解説。

（二五九段）

関白殿《どの》[一]、二月廿一日に法興院《ほこ》[二]の積善寺《さくぜんじ》といふ御堂《みだう》にて、一切経供養せさせ給《たまふ》に、女院[三]もおはしますべければ、二月一日《ついたち》[四]のほどに、二条の宮[五]へいでさせ給《たまふ》。ねぶたくなりにしかばなに事も見《み》いれず。

つとめて、日のうらゝかにさし出《い》でたるほどにおきたれば、白《しろ》[六]うあたらしうおかしげ《を》につくりたるに、御簾《みす》よりはじめて、昨日[七]かけたるなめり、御しつらひ、獅《し》子《ゝ》[八]、狛犬《こまいぬ》など、いつのほどにか入《い》りゐけんとぞおかしき《を》。桜《さくら》の一丈ばかりにて、いみじう咲《さ》きたるやうにて、御階《みはし》のもとにあれば、いとと《ゝ》く咲《さ》きにけるかな、梅《むめ》こそたゞいまはさかりなれ、とみゆるは、つくり[九]たるなりけり。すべて花のに[一〇]ほひなど、つゆまことにおとらず。いかにうる[一一]さかりけん。雨《あめ》ふらばしぼみなんかしとおもふぞくちおしき《を》。小家《こいゑ》[一二]などいふものおほかりける所を、いまつくらせ給へれば、木立《こだち》など見所ある事もなし。たゞ宮[一三]のさまぞけぢかうおかしげ《を》なる。

一 藤原道隆。この話は正暦五年（九九四）二月のことである。
二 道隆の父兼家が二条京極の邸を寺院としたのが「法興院」。そこへ道隆が、兼家が吉田に作っていた「積善寺」を移して供養をした。その時の話で、正確には二月二十日であった。
三 藤原詮子。→一一六頁注七。この時三十三歳。
四 中宮が内裏から二条宮へ移られたのは二月六日。一条帝の母后（＝女院）も御出席になるというので、中宮も出席の準備のため、早めに里邸へ出られた、というのであろう。
五 長徳二年（九九六）焼亡まで中宮の里邸であった。この段の頃はまだ一年ほどしか経っていない新邸である。
六 建物の新しさへの言及。中宮はこの時まで少なくとも一度はここへお越しだが、清少納言にとってははじめてであったようである。
七 ま新しい「御簾」についての言及。昨日かけたばかりなのだろう。
八 御帳台の裾に据える置物。「御しつらひ」の具体を挙げたもの。
九 造花なのであった。　一〇 色つや。
一一 造るのが面倒だったことだろう。
一二 「こいへ」が正。もと小さな民家が多く建っていた所を最近邸にされたばかりだから。
一三 御殿の様子が親しみやすい。
一四 道隆。　一五 →四〇頁注一一。
一六 →二二頁注四。　一七 →七頁注二〇。
一八 「なほし」が正。以下も同じ。
一九 →二八頁注一四。　二〇 「おり物」が正。
二一 「もえぎ」が正。→一四〇頁注九。
二二 柳襲。→一五九頁注四一。底本「やな木」。表記を改む。
二三 道隆の描写。中宮のお前にお坐りになり。

殿[一四]わたらせ給へり。[一五]青鈍《あをにび》の[一六]固紋《かたもん》の御指貫《さしぬき》、[一七]桜《さくら》の[一八]御直衣《なをし》に、紅《くれなゐ》の御衣《ぞ》みつばかりを、たゞ御直衣《なをし》にひきかさねてぞ奉《たてまつ》りたる。御前《おまへ》よりはじめて、[一九]紅梅《こうばい》の濃《こ》き薄《うす》き織《を》[二〇]り物、固紋《かたもん》、無紋《むもん》などを、あるかぎりきたれば、たゞひかりみちて見《み》ゆ。唐衣《からぎぬ》は、[二一]萌黄《もえぎ》、柳[二二]、紅梅《こうばい》などもあり。

[二三]御前《おまへ》にゐさせ給《(たまひ)》て、ものなど聞《きこ》えさせ給《(たまふ)》。[二四]御いらへなどのあらまほしさを、[二五]里《さと》なる人などにはつかに見せばや、とみたてまつる。女房《ばう》など御覧《らん》じわたして、「[二六]宮なにごとをおぼしめすらん。[二七]こゝらめでたき人〳〵をすへ《(ゑ)》並《な》めて、御覧《らん》ずるこそはうらやましけれ。ひとりわるきかたちなしや。[二八]これみな家《いへ》〳〵のむすめどもぞかし。[二九]あはれなり。[三〇]よう返《(かへり)》みてこそさぶらはせ給はめ。さても、[三一]この宮の御心をば、いかに知りたてまつりて、[三二]かくはまい《(ゐ)》りあつまり給へるぞ。[三三]いかにいやしく、ものお《(を)》しみせさせ給《(たまふ)》宮とて。我は宮のうまれさせ給《(たまひ)》しより、[三四]いみじうつかうまつれど、[三五]まだおろしの御衣《ぞ》ひとつ給はらず。[三六]なにか、しりうごとには聞《きこ》えん」などの給《(たまふ)》がお《(を)》かしければ、笑《わら》ひぬれば、「まことぞ。[三七]お《(を)》こなりと見《み》て、かく笑《わら》ひいますがはづかし」などの給《(たま)》はするほどに、内より[三八]式部《しき》

二四 中宮の御返事の申し分ない有様を。
二五 清少納言の家族などを指すのであろう。うちの者などにちょっとでも見せたいものだ。
二六 中宮様(定子)は何をお考えだろうか、の意だが、何の御不満もあるまい、ということ。
二七 こんなに沢山の美人を並べ坐らせて。
二八 この人達はみなしかるべき良家の娘さんだ。
二九 大したことだ。
三〇 よく面倒を見て(=かへりみて)お仕えするように計らって(=さぶらはせ)下さいよ。
三一 それにしてもこの宮様の御心を、どう理解して。
三二 こんなに大勢宮仕えに集って来られたのか。宮様がどんな御心の持主と考えて、の意。
三三 どんなにけちで、物惜みをなさる宮様か。とてもけちだという冗談。
三四 とても大切にお仕えしているのだが。
三五 お下りの着物一枚いただいたことがない。
三六 「しりうごと」は陰口。どうして陰口で言ったりしようか。本当のことだから本人の前で堂々と言ってよいのだと、これも冗談。
三七 馬鹿な人だと思ってこんなにお笑いになるのがはずかしい。
三八 「じよう」が正。源則理。重光の息。当時蔵人式部丞。

一 伊周。
二 帝からの手紙の上包みを道隆が解く。
三 どんなお手紙か読んでみたい、ということ。
四 お許しが得られれば開けて見ますが。開けてよいですか、ということ。もちろん共に冗談。
五 (中宮が)はらはらしておいでのようだ。
六 (それに帝のお手紙で)恐れ多くもある。
七 受け取ってすぐにお手紙をひろげたりはならない、ということ。

の丞《ぞう》なにがしまいり《ゐ》たり。

御文《ふみ》は、一大納言殿とりて殿《との》に奉《たてまつ》らせ給へば、二ひきときて、三「ゆかしき御文《ふみ》かな。四ゆるされ侍らばあけてみ侍らん」とはの給《たま》はすれど、五「あやうし《ふ》とおぼいためり。六かたじけなくもあり」とて奉《たてまつ》らせ給《たまふ》を、七とらせ給《たまひ》ても、ひろげさせ給《たまふ》八やうにもあらずもてなさせ給《たまふ》、九御用意《ようひ》ぞありがたき。御簾《みす》のうちより、女房褥《ばうしとね》さしいでて、三四人みき丁《ちやう》のもとにゐたり。「あなたにまかりて、一〇禄《ろく》のこともの し侍らん」とてたゝせ給《たまひ》ぬるのち一一ぞ、御文《ふみ》御覧《らん》ずる。御返《かへり》、紅梅《こうばい》の薄様《うすやう》にかゝせ給《たまふ》が、御衣《ぞ》のおなじ色ににほひ通《かよ》ひたる、一二猶《なほ》かくしもおしはかりまいら《ゐ》する人はなくやあらん、とぞくちおし《を》き。一三今日《けふ》のはことさらにとて、一四殿《との》の御かたより禄《ろく》はいださせ給《たまふ》。一五女の装束《さうぞく》に紅梅《こうばい》の細長《ほそなが》そへたり。一六「さかな」などあれば一七酔《ゑ》はさまほしけれど、一八「今日《けふ》はいみじきことの行事に侍り、一九あが君、ゆるさせ給へ」と二〇大納言殿にも申《まうし》てたちぬ。

二一君《きみ》などいみじく化粧《けさう》じ給《たまひ》て、紅梅《こうばい》の御衣《ぞ》ども、劣《おと》らじとき給へるに、二二三の御《お》前《まへ》は、御匣殿《みくしげ》、中姫《ひめ》君よりもおほきに見え給《たまひ》て、二三上《うへ》など聞《きこ》えむにぞよかめる。

八 手紙を拡げるようでもない態度でとり扱われる、間接的なもって廻った表現だが、すぐ拡げるでなく、ただし横に置くわけでもない、といった中宮の態度を表わしたもの。

九 「ようい」が正。御心遣いがすばらしい。

一〇 使者の式部丞への禄の指示をして来よう。

一一 その後ではじめて、という気持が「ぞ」。

一二 底本「かへしも」。他本により改む。どう考えても(=猶)、中宮のこんな御様子まで(=かくしも)正しく御想像申し上げる人はないだろうと、残念な気がする。この美しい宮様の御様子には、誰の想像力も及ぶまいという意。

一三 今日の使者への禄は特別にしよう、というわけで。道隆の行う積善寺供養のために里へ下られた中宮への、帝からのお便りだから、使いへの禄も道隆が出さねば、という判断であろう。

一四 道隆の側から。道隆の負担で、の意。

一五 女の着物一揃いに、細長を添えてある。「細長」→一七一頁注二七。

一六 道隆が「酒の肴を」と命じたのであろう。道隆は愛酒家で、人に酒を振舞って楽しんだ。

一七 主人たる道隆の意を体して、お使いを酔わせようと思う女房の心の描写。

一八 今日は、大切なことの進行を司らねばなりません。「行事」は事の進行の指図をする責任者。この後に大事な仕事がひかえていますので、という辞退の言葉。

一九 酒肴をすすめようとする女房に言ったのであろう。

二〇 酒肴を辞退する旨を、女房たちの主人筋にあたる伊周にも伝えて出て行く。

二一 中宮の妹姫君たち。

二二 道隆第三女。「御匣殿」の姉、「中姫君(淑景舎)」の妹。

[二四]上《うへ》もわたり給へり。みき丁《(ちやう)》ひきよせて、[二五]あたらしうまい《(ゐ)》りたる人〴〵には見え給はねば、[二六]いぶせき心ちす。

[二七]さしつどひて、かの日の装束《さうぞく》、扇《あふぎ》などのことをいひあへるもあり。[二八]また挑《いど》みかくして、「[二九]まろは、なにか。たゞあらんにまかせてを」などいひて、「[三〇]例《れい》の、君の」などにくまる。[三一]よさりまかづる人おほかれど、[三二]かゝるおり《(を)》のことなれば、えとゞめさせ給はず。

上《うへ》、[三三]日〴〵にわたり給ひ、夜《よる》もおはします。[三四]君たちなどおはすれば、御前《おまへ》ひとずくならで、よし。[三五]御使《つかひ》日〴〵にまい《(ゐ)》る。御前《おまへ》の桜《さくら》、[三六]露に色《いろ》はまさらで、日などにあたりて、しぼみわろくなるだにくちをしきに、雨の、夜《よる》ふりたるつとめて、[三七]いみじく無徳《むとく》なり。いととう起《お》きて、「[三八]なきて別《(わかれ)》けん顔《かほ》に心おとりこそすれ」といふをきかせ給《(たまひ)》て、「[三九]げに雨《あめ》ふるけはひしつるぞかし。いかならん」とて[四〇]おどろかせ給《(たまふ)》ほどに、殿《との》の御かたより、[四一]侍《さぶらい》の物《(もの)》ども、下衆《げす》などあまた来《き》て、花《はな》の本《(もと)》にたゞよりによりて、[四二]ひき倒《たう》しとりて、みそかにゆく。「[四三]まだ暗《くら》からんに、とこそ仰《おほ》せられつれ。あけ過《す》ぎにけり、ふびんなるわざかな。とく〴〵」

二三 「奥様」と呼んだ方が似合いそうだ。
二四 道隆室貴子。定子の母。 二五 新参の女房たちには姿をお見せにならないから。
二六 清少納言が「あたらしうまゐりたる人々」の一人だったことを、自ら語る言葉。「いぶせし」は思いの叶わぬ不満。一目見たいのである。
二七 女房たちの描写。「かの日」は供養の当日で、その日着るべき衣裳や持つべき扇の相談。
二八 一方では(=いどみ)、当日の予定を秘密にして。
二九 私は、特別なことはしないわよ。ただありあわせで間にあわすつもりよ。
三〇 またいつもの、あなたの(やり方ね)。
三一 夜には退出する女房も多いけれども。
三二 女房も当日の服装や扇の用意に、実家へ帰る必要があった、ということ。
三三 毎日毎日中宮の所へお越しになり。
三四 お姫様方がいらっしゃるので。
三五 帝からのお使いも毎日やって来る。
三六 底本「まさりて」。能因本により改む。造花だから露で色が映えることもなく、陽が当って乾くと共に縮んでしまう、それが残念な上に。
三七 全く台なしだ。「無徳」→一六三頁注三一。
三八 拾遺集・別「さくらばな露にぬれたる顔みれば泣きて別れし人ぞ恋しき」。露にぬれた桜は泣いて別れた顔にたとえられるのに、この花はひどく見劣りがすること。
三九 清少納言の言葉から「露にぬれたる」を直ちに諒解して「げに」と言う。
四〇 中宮がおめざめになる。
四一 「さぶらひ」が正。侍所の者共や下人たちが大勢やって来て。
四二 「たふし」が正。二行後も同じ。
四三 まだ暗い中に始末せよ、とおっしゃったぞ。

と倒《たう》しとるに、いとお《(を)》かし。「[一]いはばいはなんと、[二]兼澄《かねずみ》が事を思《(おもひ)》たるにや」とも、[三]よき人ならばいはまほしけれど、「[四]かの花盗《はなぬす》むはたれぞ、あしかめり」といへば、いとゞ逃《に》げてひきもていぬ。[五]猶《(なほ)》殿《との》の御心はお《(を)》かしうおはすかし。[六]枝《えだ》どももぬれまつはれつきて、いかにびんなきかたちならまし、とおもふ。[七]ともかくもいはでいりぬ。

[八]掃司《かもんづかさ》まい《(ゐ)》りて、御格子《みかうし》まい《(ゐ)》る。[九]殿司《とのも》の女官御きよめなどに[一〇]まい《(ゐ)》りはてて、おきさせ給へるに、花もなければ、「あなあさまし。あの花《はな》どもは、いづちいぬるぞ」と仰《おほ》せらる。「[一一]暁に「花盗《はなぬす》人あり」といふなりつるを、なを《(ほ)》枝《えだ》などすこしとるにや、とこそきゝつれ。たがしつるぞ。見《み》つや」と仰《おほ》せらる。「[一二]さも侍らず。まだ暗《くら》うてよくも見《み》えざりつるを、[一三]白《しろ》みたる物《(もの)》の侍りつれば、花をお《(を)》るにやと、[一四]うしろめたさにいひ侍《(はべり)》つるなり」と申す。「さりともみなは、から、いかでかとらん。殿《との》の、かくさせ給へるならん」とて笑《わら》はせ給へば、「いで、[一五]よも侍らじ。春の風のして侍《(はべる)》ならん」と啓《けい》するを、「[一六]かういはむとて、かくすなりけり。盗《ぬす》みにはあらで、いたうこそ[一七]ふりなりつれ」と仰《おほ》せらるゝも、めづ

一 後撰集・春中・素性「山守は言はば言はなむ高砂の尾上の桜をりてかざさむ」が擬せられている。ここに桜番人が居るのに無視する気ですか、の意を寓する秀句にはなはだ適する。
二 「かねずみ」には源兼澄（信孝の息）が擬せられるが、その詠に「言はば言はなむ」に該当するものが知られず、清少納言の誤認かとされる。
三 （相手が）教養のある人ならば言いたいところだが。相手が「侍の者ども・下衆」では、せっかくの警句も通じまい、とあきらめるのである。
四 あきらめた結果、清少納言としては珍しく、味もそっけもない言葉を口にする。
五 造花が見苦しい姿をさらす前に取り除こうとした道隆の、風流心への批評。
六 もしそのままだったら、どんなに醜かったことか、との推測。
七 一同が「逃げて」行く時に警句を浴びせる二度目の機会があったのに、やはり相手が相手だから、もう一度味もそっけもない言葉を言う気にはなれなかった、ということ。
八 後宮の設営を司る。 九 →六三頁注三七。
一〇 すっかり周囲がきれいになってからである。
一一 底本「あか月」。清少納言の「かの花盗むはたれぞ、あしかめり」を耳にされたことを指す。
一二 「見つ」というわけでもございません。
一三 白っぽい者がおりましたので。
一四 曲もない言葉を発したことへの、弁明の気持が含まれているであろう。
一五 まさか殿ではございますまい。
一六 「春の風」のせいだなどと気のきいたことを言おうとして、誰の仕業か隠すのね。
一七 「ふる（降る・古る）なり」や「ふりう（風流）なり」、に訂す意見があるが未詳。
一八 関白様がお越しになったので。

らしきことにはあらねど、いみじうぞめでたき。

[一八]殿《との》おはしませば、[一九]寝《ね》くたれの朝顔《あさがほ》も、[二〇]時ならずや御覧《らん》ぜんと、ひき入《い》る。おはします[二一]まゝに、「かの花《はな》はうせにけるは。[二二]いかでからは盗《ぬす》ませしぞ。いとわろかりける女房《ばう》たちかな。[二三]いぎたなくて、え知《し》らざりけるよ」と[二四]おどろかせ給へば、「されど、[二五]我よりさきにとこそ思《おもひ》て侍《はべり》つれ」と[二六]しのびやかにいふに、いととう聞《き》きつけさせ給《たまひ》て、「[二七]さ思《おもひ》つることぞ。[二八]世にこと人出《い》でゐて見《み》じ。[二九]宰相とそことのほどならん、とを《お》しはかりつ」といみじう笑《わら》はせ給《たまふ》。「さりけるものを、少納言は、[三〇]春の風《かぜ》におほせける」と、宮の御前《おまへ》のうち笑《ゑ》ませ給へる、いとお《を》かし。「[三一]そらごとをおほせ侍《はべる》なり。[三二]いまは山田《だ》もつくるらんものを」などうち誦《ず》せさせ給へる、いとなまめきお《を》かし。「さても、[三三]ねたく見つけられにける哉《かな》。さばかりいましめつるものを。[三四]人の御かたには、かゝるいましめもののあることこそ」などの給《たま》はす。「[三五]春の風は、空《そら》にいとかしこうもいふかな」など又うち誦《ず》[三六]せさせ給《たまふ》。「[三七]たゞごとには、うるさく思《おもひ》つよりて侍《はべり》し。けさのさま、いかに侍らまし」などぞ笑《わら》はせ給《たまふ》。[三八]小《こ》若《わか》君、「されどそれをいととく見《み》て、「[三九]露

一九 寝てしどけなくなった(私の)朝の顔。
二〇 (二月だから)「朝顔(の花)」は季節外れだと。
二一 来るや否や。次の冗談を言いに来たのである。 二二 どうしてこうも見事に盗ませたのか。
二三 いじきたなく寝こんで気づかなかったな。
二四 わざと大仰に驚いて見せたのであろう。
二五 忠見集「桜見るに有明の月に出でたれば我より先に露ぞおきける」。気づいて見に参りましたがそれより先に露が置いていました。関白様が先を越されたのだと思っておりました、の意。
二六 道隆が皆をだまそうとしていることに逆らうわけだから、露骨に大声では言わない。
二七 そんなことだろう(気づかれた)と思ったよ。
二八 まず外の女房は「出でゐて見」はすまい。清少納言が「桜見るに」の歌を用いたことを見抜いて、その歌の用語を使って応じたもの。
二九 清少納言と並ぶ中宮お気に入りの女房。↓一三六段(一八六頁)など。「そこ」は清少納言。(気付くのは)宰相とそなたぐらいのものだろう。
三〇 貫之集「山田さへ今は作るを散る花のかごとは風におほせざらなむ」。なのに清少納言は春の風に責任を押しつけました。
三一 「そらごと」は、中宮のふまえた和歌を引きついでの言い廻しで、「嘘のかごと」の意。だから和歌の「かごと」と同じく「おほせ」とつづく。
三二 中宮がこの和歌をふまえたのだとわかっていることの、明瞭な表示になっている。
三三 「ねたく」は「見つけられにけり」への批評。先に評して批評対象を導く先導批評の連用形。
三四 こちら様にはこういう油断の出来ぬ人がいるのだなあ。
三五 春の風とは、嘘をうまくついたものだ。「春の風」に合わせて嘘を「空」と言う。
三六 底本「すさせ」。二類本により改む。

にぬれたる」といひける、[一]面《おもて》ぶせなりといひ侍りける」と申給《(まうしたま)》へば、いみじう[二]ねたがらせ給《(たまふ)》もお《(を)》かし。

さて、八九日のほどにまかづるを、「[三]いますこし近《ちか》うなりてを」などおほせらるれど、いでぬ。いみじう、つねよりものどかに照《て》りたる昼《ひる》つかた「[四]花の心ひらけざるや。いかに〳〵」との給《(たま)》はせたれば、「[五]秋はまだしく侍れど、夜《よ》に[六]ここのたびのぼる心ちなんし侍《(はべる)》」ときこえさせつ。

[七]いでさせ給《(たまひ)》し夜、車《くるま》の[八]次第《しだい》もなく、まづ〳〵と乗《の》りさは《(わ)》ぐがにくければ、さるべき人と「猶《(なほ)》、この車《くるま》に乗《の》るさまの、いとさは《(わ)》がしう、祭《まつり》の還《かへ》さなどのやうに、[九]倒《たう》れぬべくまどふさまの、いとみぐるしきに、[一〇]たゞさはれ、乗《の》るべき車《くるま》なくて、えまい《(ゐ)》らずは、を《(お)》のづから聞《きこ》しめしつけて、給はせもしてん」などいひあはせて[一一]立《た》てる前《まへ》よりを《(お)》しこりて、[一二]まどひ出《い》でて乗《の》りはてて、「[一三]かう来《こ》」といふに、「[一四]まだし、こゝに」といふめれば、[一五]宮司《づかさ》寄《よ》りきて、「たれ〳〵おはするぞ」と問ひきゝて、「いとあやしかりけることかな。いまはみな乗《の》り給ひぬらんとこそ思ひつれ。こはなどかうを《(お)》くれさせ給へる。いまは[一六]得選《とくせん》乗《の》せんとしつ

三七「ただごと」は道隆の「そらごと」を承けた表現。嘘でない言葉の意。「かごと」から「そらごと」へ、そして「ただごと」へと、言葉のうけつぎが続く。ただの表現にしては、わけありげに気どって(=思ひつよりて)いました。
三八 中宮の女房の名であろう。
三九 清少納言が「なきて別れけん顔に」の科白でふまえた歌に、この人も気付いていたのである。

一 清少納言の「心おとりこそすれ」の言い換え。
二 道隆が、自分の桜が「なきて別れし」の桜の「面ぶせ」だ、と言われたことを口惜しがる。
三 もう少し供養の日が近づいてからにしてね。
四 白氏文集十二・長相思「九月西風興、月冷霜華凝、思ㇾ君秋夜長、一夜魂九升、二月東風来、草拆花心開、思ㇾ君春日遅、一日腸九廻」。まだ「花心開」にはなりませんか、私のことを思って春の日をかこっていませんか(「思ㇾ君春日遅」ではありませんか)、と出仕をうながす言葉。
五 白詩の「秋夜長」はまだ先ですが、私は「一夜魂九升」の状態でございます。「升」にはもちろん御前へ「のぼる」の意を利かせていよう。
六 底本「このたひ」。諸本同じ。改む。
七 二九〇頁三行目の夜に、話が溯っている。
八「しだい」が正。車の順序もはっきりせず。
九「たふれ」が正。
一〇 まあ、かまわないわね。乗る車がなくて参上しなければ、自然お耳に入って、迎えの車をよこしていただけるわね。
一一 じっと立っている前から押し合って。
一二 他の女房たちが我がちに乗る有様。
一三 さあ行きましょう。先だつ者の言葉。
一四 まだよ、ここに居ますわよ。
一五 中宮職の役人。車の手配をしていた人。

るに、めづらかなりや」などおどろきて寄《よ》せさすれば、「さは、まづ[一七]その御心ざしあらんをこそ乗《の》せ給はめ。[一八]つぎにこそ」といふ声《こゑ》[一九]をきゝて、「[二〇]けしからず腹《はら》きたなくおはしましけり」などいへば乗《の》りぬ。そのつぎには、まことに御《み》[二一]厨子《づし》が車《くるま》にぞありければ、火もいとくらきを笑《わら》ひて、二条の宮にまい《(ゐ)》りつきたり。

御輿《こし》[二二]はとくいらせ給《(たまひ)》て、しつらひゐさせ給《(たまひ)》にけり。「[二三]こゝによべ」と仰《おほ》せられければ、「いづら、〳〵」と右京小左近[二四]などいふ若《わか》き人〴〵待《ま》[二五]ちて、まい《(ゐ)》る人ごとに見《み》れどなかりけり。下《お》[二六]るゝにしたがひて、四人づゝ、御前《おまへ》にまい《(ゐ)》りつどひてさぶらふに、「[二七]あやし。なきか。いかなるぞ」と仰《おほ》[二八]せられけるも知《し》らず、[二九]あるかぎり下《お》りはててぞからうじて見つけられて、「[三〇]さばかり仰《おほ》せらるゝに、を《(お)》そくは」とて、[三一]ひきゐてまい《(ゐ)》るに、見《み》[三二]れば、いつのまにから年頃《としごろ》の御すまひのやうにおはしましつきたるにか、とお《(を)》かし。「いかなれば、かう、[三三]なきかとたづぬばかりまでは見えざりつる」と仰《おほ》せらるゝに、[三四]ともかくも申さねば、もろともに乗《の》りたる人、「[三五]いとわりなしや。最終《さいはち》の車《くるま》に乗《の》りて侍らん人は、いか

一六 御厨子所の女官。乗車は最後でよい身分。
一七 乗せようとのお目あての女性を。宮司が得選に気があるかのように言いなしたからかい。
一八 私たちはその次でいいわよ。「さるべき人」の発言。 一九 あたりが暗かったことがわかる。
二〇 ひどく意地が悪くいらっしゃったのですね。
二一 底本「みつからか」。能因本により改む。次は、本当に御厨子(得選)の車だったので、松明も十分に明るくないのをおかしがって。
二二 中宮の御輿はとっくに御到着で、部屋もととのえて坐っておいでであった。清少納言が到着するより前のことに話をもどしていることが、以下の文脈によってわかる。
二三 清少納言も到着した、と思ってのお呼び。
二四 前段に登場の「右京の君」。「小左近」は不詳。
二五 到着する女房車を待って。
二六 (車が到着して)下りるとそのまま、四人ずつ御前に参上して侍るのだが。 二七 変ね、(清少納言は)いないの。どうしたのかしら。
二八 とおっしゃっているとも知らず(遅く帰り)。
二九 女房全員が降り終ってから、やっと右京や小左近に見つけられて。中宮がお呼びだと、その時にやっと教わった、ということ。
三〇 あんなに早くからお呼びであったのに、これ以上おそくなっては大変と。
三一 (右京が)引っぱるように御前へ行くので。
三二 あたりを見ると、いつの間にこのように以前からのお住いのように、住み慣らした様子でいらっしゃるのかと。最初に「ねぶたくなりにしかばなに事も見いれず」とあったのとは矛盾。
三三 宮仕えをやめてしまったのか、と探しまわりそうになるまで姿を見せなかったのか。
三四 中宮が御機嫌斜めなのを感じた新参者(清少納言)の反応。 三五 致し方がございません。

でかとくはまい《(ゐ)》り侍らん。[一]これも御厨子《みづし》がいとおし《(ほ)》がりて、ゆづりて侍《(はべる)》なり。暗《くら》かりつるこそわびしかりつれ」と[二]わぶ〳〵啓《けい》するに、「[三]行事するものの、いとあしきなり。[四]又などかは、[五]心しらざらん人こそはつゝまめ、[六]右衛門などいはむかし」と仰《おほ》せらる。「されど、いかでかは[七]走《はし》り先立《さいだ》ち侍らん」などいふ。かたえ《(へ)》の人、[八]にくしと聞《き》くらんかし。「[九]さまあしうて、高《たか》う乗《の》りたりとも、かしこかるべきことかは。[一〇]定《さだ》めたらんさまの、やむごとなからんこそよからめ」と、[一一]ものしげにおぼしめしたり。「[一二]下《お》りはべるほどの、いとまちどを《(ほ)》に、くるしければにや」とぞ[一三]申《(まうし)》なを《(ほ)》す。

[一四]御経の事にて、あすわたらせ給はんとて、今宵《こよひ》まい《(ゐ)》りたり。[一五]南《みなみ》の院の北面《きたおもて》にさしのぞきたれば、高坏《たかつき》どもに火をともして、二人《ふたり》、三人《みたり》、三四人、さべきどち屏風ひきへだてたるもあり。き丁《(ちやう)》などへだてなどもしたり。又さもあらで、あつまりゐて、衣《きぬ》どもとぢかさね、[一六]裳《も》の腰《こし》さし、化粧《けさう》するさまはさらにもいはず、髪《かみ》などいふもの、[一七]明日《あす》よりのちはありがたげに見《み》ゆ。[一八]寅《とら》の時になんわたらせ給《(たまふ)》べかなる。「などかいままでまい《(ゐ)》り給はざりつる。[一九]扇《あふぎ》持たせて求《もと》めきこゆ

一 これでも得選が同情して順を譲ったのです。
二 情なさそうに申し上げると。発言の中の「わびしかりつれ」という訴えを、口調にあらわした様子を「わぶわぶ」と言ったのであろう。
三 現場で指図する責任者が駄目なのだ。
四 それに又どうして。そなた達の側にも落度がある、と言おうとしての言葉。
五 様子を心得ぬ新参者(清少納言)は遠慮しようが。挿入句。この挿入で以下文脈が乱れる。
六 「右衛門」は清少納言と同乗した女房の名らしい。古参と見え、「などかは言はざらむ(どうして車を早くまわせと苦情を言わないの)」と言われることになる。ただし先の挿入のために「などかは」を承ける言葉の形が流れた。
七 走ってまで人の先に出たりできましょうか。
八 次々と中宮に立ててつくことへの反感に、自分たちが「走り先立」ったと言われている不快が加わった感情であろう。
九 不様に先を争って身分の高い車に乗ってもそれが偉いということなものですか。
一〇 定まったことが重んじられるのが一番です。
一一 「ものし」は強い不快感を表わす語。
一二 車から降ります時が、(後の車ほど)待ち遠しく、苦しいからでございましょう。
一三 女房たちが先を争ったことをとりなして言うのだが、「申しなほす」のは清少納言。
一四 一切経供養の事で明日法興院へお渡りになるというので、清少納言はその前夜に参上する。文脈が「夜に九度」の話の所(二九六頁六行目)へ帰って来たわけである。
一五 東三条院の南院。当時道隆邸。中宮は「二条の宮」からここへ移っておられたのである。
一六 裳の腰に緒を縫いつけたり。この前後、翌日のための最後の準備の有様。

る人ありつ」とつぐ。

さて、まことに寅《とら》の時かと[二〇]装束《さうぞ》きたちてあるに、[二一]あけはて日もさしいでぬ。

西《にし》の対《たい》の唐廂《からびさし》[二二]にさしよせてなん乗《の》るべきとて、渡殿《わたどの》へ[二三]あるかぎりいくほど、まだうゐ《（ひ）》〳〵しきほどなる[二四]今参《いまゝゐ》りなどは、つゝましげなるに、西の対《たい》に殿のすませ給へば、[二五]宮もそこにおはしまして、まづ女房《ばう》ども車《くるま》に乗《の》せさせ給《（たまふ）》を御覧《らん》ずとて、御簾《みす》のうちに[二六]宮、淑景舎《しげいさ》、三四の君《きみ》、[二七]殿の上《うへ》、その御おとゝ三所《みところ》、[二八]立《た》ち並《な》みおはしまさふ。

車《くるま》の左右に[二九]大納言殿、三位中将、二所《ふたところ》して簾《すだれ》うちあげ、下簾《したすだれ》ひきあげての せ給《（たまふ）》。[三〇]うち群《む》れてだにあらば、すこし隠《かく》れ所《どころ》もやあらん、四人づゝ、[三一]書《か》き立《た》てにしたがひて、[三二]「それ〳〵」とよびたてて乗《の》せ給《（たまふ）》に、[三三]あゆみ出《い》づる心ちぞまことにあさましう、[三四]顕証《けそう》なりといふも世のつねなり。[三五]御簾《みす》のうちに、そこらの御目《め》どもの中に、[三六]宮の御前《おまへ》の、みぐるしと御覧《らむ》ぜんばかり、さらにわびしきことなし。汗《あせ》のあゆれば、つくろひたてたる髪《かみ》なども、[三七]みなあがりやしたらんとおぼゆ。[三八]からうじて過《す》ぎいきたれば、[三九]車のもとに、はづかしげにきよげなる御さ

一七 明日がすぎるともう見られまいと思われるほどの念の入れ様である。
一八 寅の一刻であろう。午前三時。 一九 使いに扇を持たせてあなたを探していた人が。
二〇 「装束きたつ」で、衣裳を着け支度すること。
二一 予定の時刻を過ぎて明るくなってしまった。
二二 車を直接に着けて乗ることになっている。
二三 女房全員が歩いて行く間。
二四 「いままゐり」が正。まだ初心な新参者は気おくれしそうだが。清少納言自身の感覚。
二五 （そこから車に乗ろうとする西の対に）中宮もいらっしゃっていて。
二六 中宮以下、道隆の娘たち。年齢順である。
二七 道隆室貴子、その妹方三人。
二八 この女性たちに見られながら歩まねばならない。
二九 伊周（＝大納言殿）と隆家（＝三位中将）。女性たちだけでなく、この二人の男性にも間近に見られることになる。
三〇 大勢一緒に連れ立ってさえいれば。
三一 乗車の順序を記した書きもの。
三二 誰それ。車に乗るべき女房の名が呼ばれる。
三三 呼ばれて出て行く時の気持は。
三四 「顕証」はまる見えの様。まる見えだ、と言うのも平凡な言い方だ。まる見えなんてものではない、の意。
三五 御簾の中にいらっしゃる大勢様の目の中で。
三六 中宮様が、見苦しいと御覧になることほど。
三七 すっかり逆立ってしまってはいないか。髪が逆立つのは、恐怖・強度の緊張の表われ。
三八 やっとのことで（女性がたの目の前を）通りすぎたと思ったら。
三九 車のすぐ傍に（お二人の男性が）気がひけるような、申し分ないお姿で。

まどもして、うち笑《ゑ》みて見給《(みたまふ)》も、うつゝならず。されど倒《たう》[一]れでそこまでは行《い》きつきぬるこそ、[二]かしこきかおもなきか、思ひたどられ。

みな乗《の》りはてぬれば、ひきいでて、二[三]条の大路《おほぢ》に、榻《しぢ》にかけてもの見る車のやうに、立《た》て並《なら》べたる、いとお《(を)》かし。人も、さ[四]見《み》たらんかしと心ときめきせらる。四位、五位、六位など、いみじうおほう出《い》[五]で入《い》り、車[六]の本《(もと)》にきて、[七]つくろひものいひなどする中に、明順《あきのぶ》[八]の朝臣《あそん》の心ち、空《そら》をあふぎ胸《むね》をそらひ《(い)》たり。

まづ院[九]の御むかへに、殿をはじめたてまつりて、殿上人、地下などもみなまい《(ゐ)》りぬ。「[一〇]それわたらせ給《(たまひ)》てのちに、宮はいでさせ給《(たまふ)》べし」とあれば、い[一一]と心もとなしとおもふほどに、日[一二]さしあがりてぞおはします。御[一三]車《くるま》ごめに十五、四《よ》つは尼《あま》の車《くるま》、[一四]一の御車は唐《から》車なり。それにつゞきてぞ尼《あま》[一五]の車《くるま》、後口《しりくち》[一六]より水晶《すいさう》[一七]の数珠《ずゝ》、薄墨《うすゞみ》の裳《も》、袈裟《けさ》、衣《きぬ》、いといみじくて、簾《すだれ》はあげず、下簾《したすだれ》も薄《うす》[一八]色の、裾《すそ》すこし濃《こ》き、[一九]つぎに女房《ばう》の十、桜《さくら》[二〇]の唐衣《からぎぬ》、薄《うす》色の裳《も》、濃《こ》き衣《ゝぬ》、香染《かうぞめ》、薄《うす》色の表《うは》着《ぎ》ども、いみじうなまめかし。日はいとうらゝかなれど、空《そら》[二一]はみどりにかすみわたれるほどに、女房《ばう》の装束《さうぞく》のにほひあひて、いみじき織《をり》[二二]物、色〳〵の唐衣《からぎぬ》な

一「たふれ」が正。気を失わないで車まで行きついたのは。底本「ぬるそ」。能因本により改む。
二 私がしっかりしているのか、それともあつかましいのか、判断がつかない。
三 二条大路に轅を榻にかけて、まるで物見車のようにずらっと駐車したのは。
四「さ」は「もの見る車のやうに…いとをかし」を指す。きっと人もそう思って見ているだろうと。自分たちが素敵に見えるだろうという期待。だから「心ときめき」(→一二六段)する。
五 東三条院に出入りするのである。
六 車の傍までやって来て。
七 気どって(女車に)物を言いなどする中で。
八 中宮の伯父。中関白家の縁に連なる身として今日の盛事に「胸をそら」す。
九 東三条院詮子のお迎えのために。
一〇 女院がこちらへお越しになってから、中宮様は御出発になることになっている。
一一 いつ女院がこちらへ着かれ、いつ積善寺へ出発となるか、わからないのである。
一二 日が昇ってから女院がお見えになった。
一三 女院の車(=御車)を含めて(=ごめに)十五台、その中の四台は尼の乗用である。東三条院は入道の身で、側近の尼をお連れなのである。
一四 先頭の(=一の)女院のお車(=御車)は唐車である。「唐車」は中国風の唐庇を有する大型の車。皇族・摂関などが晴れの場に使う。
一五 尼たちの格が高いことが、事の順序にも表われている。
一六 車の後の出入口。車の乗り降りに使う所。
一七 以下尼車の様子の描写。女房たちの出衣のかわりに、「数珠」や「袈裟」を見せている。
一八 薄紫色の、裾の方が濃くなっている(下簾)。
一九 その次に女房の車が十台。底本「女はうの

どよりも、なまめかしうお《(を)》かしきことかぎりなし。

関白殿、[二三]そのつぎ〳〵の殿《との》ばら、おはするかぎりもて[二四]かしづき、わたしたてまつらせ給《(たまふ)》さま、いみじくめでたし。これをまづ見《み》たてまつりめでさは《(わ)》ぐ。[二五]此《(この)》車共の廿立《た》てならべたるも、またお《(を)》かしと見るらんかし。

[二六]いつしかいでさせ給はなん、と待《ま》ちきこえさするに、[二七]いとひさし。[二八]いかならんと心もとなく思ふに、からうじて采女《うねべ》[二九]八人、馬《むま》に乗《の》せてひきいづ。青裾濃《あをすそご》の裳《も》、[三〇]裙帯《くたい》、領巾《ひれ》などの、風《かぜ》にふきやられたる、いとお《(を)》かし。豊前《ぶぜ》[三一]といふ采女《うねべ》は、[三二]典薬頭重雅《てんやくのかみしげまさ》が[三三]しる人なりけり。[三四]葡萄染《ゑびぞめ》の織物《をりもの》の、指貫《さしぬき》をきたれば、「[三五]重雅《しげまさ》は、色《いろ》ゆるされにけり」など[三六]山の井の大納言笑《わら》ひ給《(たまふ)》。[三七]みな乗《の》りつゞきて立《た》てるに、[三八]いまぞ御輿《こし》いでさせ給《(たまふ)》。[三九]めでたしと見《み》たてまつりつる御ありさまには、これはた、くらぶべからざりけり。[四〇]朝《あさ》日のはな〴〵とさしあがるほどに、[四一]水葱《なぎ》の花《はな》、いときはやかにか[四二]ゝやきて、御輿《こし》の帷子《かたびら》のいろつやなどの、きよらさゝへぞいみじき。[四三]御綱《みつな》はりていでさせ給《(たまふ)》。御輿《こし》の帷子《かたびら》のうちゆるぎたるほど、まことに、[四四]頭《かしら》の毛《け》など人のいふ、さらにそらごとならず。さてのちは、髪《かみ》あしから

丁」。能因本により改む。
二〇 以下女房車の様子の描写。「桜」→七頁注二〇。「濃き衣」は濃い紅。「香染」→四八頁注一三。
二一 青を指すのであろう。 二二 「おり物」が正。
二三 道隆の弟、道兼・道長たち。 二四 女院詮子に奉仕して、積善寺へお供なさる有様は。
二五 こちら(中宮)の車が二十立ち並んでいるのを、先方様(女院)側も同じように、すばらしいと見ていることだろう。
二六 早く(中宮様も御出発にならないかなと。
二七 心理的な待遠しさが感じさせる「久し」さ。
二八 どうなっているのかと気をもんでいると。
二九 御幸・御啓に従う女官を指す。
三〇 「裙帯」「領巾」→一一五頁注三八・三七。
三一 「ぶぜん」であろう。撥音はしばしば無表記。
三二 丹波重雅。康頼の息。ただしその「典薬頭」は長徳四年(九九八)八月。 三三 愛人であった。
三四 「えびぞめのおり物」が正。女性だが馬に乗るのに指貫を着用。その指貫への言及。
三五 紫の織物の指貫は禁色である。乗馬の豊前を男性に見立て、重雅と見なしたもの。
三六 →一四四頁注一二。
三七 采女の描写。采女がみな次々馬に乗って。
三八 いよいよ中宮の御輿が御出発になる。
三九 先に出発した女院詮子のこと。ああ立派だと拝見した女院の御様子とは、この中宮様の有様は、比べることが出来ぬほどすばらしい。
四〇 女院の東三条院到着の「日さしあがりてぞ」から、あまり時間が経っていないことになる。
四一 中宮の御輿の屋根の飾り。
四二 昇る朝日の光を受けて輝く有様。
四三 御輿の四方に張る綱。→二五〇頁注一。
四四 「頭の毛が逆立つ」などと人が言うのは、全く嘘ではない。→二九九頁注三七。

ん人も[一]かこちつべし。[二]あさましう、いつくしう、猶《なほ》いかでかゝる御前《おまへ》に馴《な》れつからまつるらんと、[三]わが身もかしこうぞおぼゆる。[四]御輿《こし》すぎさせ給《たまふ》ほど、[五]車《くるま》の榻《しぢ》ども、一度《ひとたび》にかきおろしたりつる、[六]又牛《うし》どもに、たゞかけにかけて、御輿《こし》の後《しり》につゞけたる心ち、めでたく[七]興《けふ》あるさま、いふかたもなし。

[八]おはしましつきたれば、大門のもとに、[九]高麗《こま》、唐土《もろこし》の楽《がく》して、[一〇]獅子《しゝ》、狛犬《こまいぬ》、をどりまひ、[一一]乱声《らんじやう》の音《をと》、鼓《つゞみ》の声《こゑ》に、ものもおぼえず。こは生《い》きての仏の国《くに》などに来《き》にけるにやあらんと、空《そら》にひゞきあがるやうにおぼゆ。

[一二]うちに入《い》りぬれば、色〳〵の錦《にしき》の[一三]あげばりに、御簾《みす》いと青《あを》くかけわたし、[一四]屏《へい》幔《まん》どもひきたるなど、すべてすべてさらに此世《このよ》とおぼえず。[一五]御桟敷《さじき》にさしよせたれば、[一六]またこの殿《との》ばらたち給《たまひ》て、「とう下《お》りよ」との給《たまふ》。[一七]乗《の》りつる所だにありつるを、[一八]いますこしあから顕証《けそう》なるに、[一九]つくろひそへたりつる髪《かみ》も[二〇]唐衣《からぎぬ》の中にてふくだみ、あやしうなりたらん、色の黒《くろ》さ赤《あか》さゝへ見《み》えわかれぬべき[二一]ほどなるが、いとわびしければ、ふともえ下《お》りず、[二二]「まづ後《しり》なるこそは」などいふほどに、それもおなじ心にや、[二三]「しぞかせ給へ。かたじけなし」などいふ。「はぢ給《たまふ》

一 「かこつ」は本来、相手に責任があると責めること。そんな後では髪の悪い人でも、あの時髪が逆立ったからだと口実に使うだろう、の意。
二 「あさましう」も「いつくしう」も、先に評しておいて批評対象「かかる御前に馴れつかうまつる」を導く、先導批評の連用形。我ながらあきれたことに、また恐れ多いことに、どうしてこんな立派な方のお側に馴れお仕えするのかと。
三 自分自身が偉いように思えて来る。
四 中宮の御輿が前をお通りになる間。
五 轅を榻から降すのは表敬の態度。
六 大急ぎで車に牛をつなぐ。　七 「きよう」が正。
八 積善寺への御到着は、女院詮子にあいついで、辰一刻(午前七時)ごろであった。
九 高麗楽や唐楽を奏して。次の「獅子・狛犬」の舞の音楽として書いているようである。
一〇 獅子と連れの犬の舞い。→二五〇頁注一三。
一一 笛の吹き方の一つ。太鼓や鉦鼓との合奏で乱れ声に聞えるので「乱声」と呼ばれ、「鼓の声にものもおぼえず」となる。「おと」が正。
一二 積善寺の門の内に入ると。
一三 幕を張った仮設の小屋。その幕が「色々の(色とりどりの)錦」なのである。
一四 仕切りのために張る幔幕。
一五 中宮のために設けられた桟敷。
一六 ここにも伊周・隆家が立っているのである。
一七 車に乗った所でさえまる見えだったのに。
一八 更に時間がたって明るくまる見えなのに。
一九 かもじを添えて整えた髪も。
二〇 唐衣の中でけば立ち見苦しくなっていよう。
二一 明るさからも距離からも、といった気持。
二二 まず後に坐っている人から。
二三 離れて下さいまし、もったいないですから。
二四 笑ったのは、「しぞかせ給へ」と言われた伊

か」など[二四]笑《わら》ひて、からうじて下《お》りぬれば、[二五]寄《よ》りおはして、「[二六]むねたかなどに見《み》せで、かくして下《お》ろせ」と[二七]宮の仰《おほ》せらるれば、来《き》たるに、[二八]思ひぐまなく」とて、[二九]ひきおろして、ゐてまいり給《(たまふ)》。[三〇]さ聞《きこ》えさせ給《(たまひ)》つらんと思《おも》ふも、[三一]いとかたじけなし。[三二]まい《(ゐ)》りたれば、[三三]はじめ下《お》りける人、[三四]もの見《み》えぬべき端《はし》に八人ばかりゐにけり。[三五]一尺よ、二尺ばかりの、長押《なげし》のうへにおはします。「[三六]こゝにたちかくしてゐてまい《(ゐ)》りたり」と申給《(まうしたま)》へば、「いづら」とてみき丁《(ちやう)》のこなたにいでさせ給へり。[三七]まだ御裳《も》、唐《から》の御衣《ぞ》奉《たてまつ》りながらおはしますぞいみじき。紅《くれなゐ》の御衣《ぞ》ども、[三八]よろしからんやは。[三九]中に唐綾《からあや》の柳《やなぎ》の御衣《ぞ》、[四〇]葡萄染《えびぞめ》の五重襲《いつへがさね》の織《をり》物に、[四一]赤色《あかいろ》の唐《から》の御衣《ぞ》、[四二]地摺《ずり》の唐《から》の薄《うす》物に象眼《ざうがん》かさねたる御裳《も》など奉《たてまつ》りて、[四三]ものの色などはさらになべてのに似るべきやうもなし。

「[四四]我をばいかゞ見《み》る」と仰《おほ》せらる。「いみじうなんさぶらひつる」なども、[四五]ことにいでては世のつねにのみこそ。「[四六]ひさしうやありつる。それは[四七]大夫の、[四八]院の御ともにきて、[四九]人に見《み》えぬる、おなじ下襲《したがさね》ながらあらば、人わろしと思《(おもひ)》なんとて、[五〇]こと下襲《したがさね》ぬはせ給ひけるほどに、を《(お)》そきなりけり。[五一]いとすきたまへり

周・隆家ではなく、同車している清少納言。
二五 寄って来たのは伊周であろう。
二六 清少納言が姿を見られない方がよい、と中宮が判断していた男性であることが、以下の文章からわかるけれども、誰なのか不明。
二七 中宮がおっしゃるから、わざわざ来たのに。
二八 人の気持のわからないのが「思ひぐまなし」。
二九 底本「ひきおとろして」。能因本により改む。
三〇 「さ」は中宮が伊周に言った内容を指す。
三一 そんな心配までした下さったのかとの感謝。
三二 桟敷にいらっしゃる中宮の前に参上する。
三三 先に車から降りた女房たちが。
三四 よく見物できそうな前の方に。
三五 一尺あまり、二尺ほどの高さの長押。
三六 (仰せの通り)私が隠して連れて来ました。
三七 まだ正装のままでいらっしゃるのは、女院への敬意のためである。
三八 並一通りのはずがあろうか。とてもすばらしくていらっしゃる、ということ。
三九 「中に」は「紅の御衣」の内部、すなわちもう一つ下に、の意。「柳」→一五九頁注四一。
四〇 表着の描写。「ゑびぞめ」「おり物」が正。
四一 最も上の唐衣の描写。
四二 腰につける裳の描写。「地摺」は白地に藍で模様を摺ったもので、更に金泥銀泥で模様の縁どり(=象眼)が施されている。
四三 以上の衣裳の配色は。
四四 この服装をどう思う、とのお尋ねである。
四五 言葉に出すと、ありきたりだ。
四六 着付けが長びいていると思いましたか。
四七 道長。当時は中宮大夫。
四八 女院のお伴で(東三条邸へ)やって来て。
四九 人に見られた同じ下襲のままでいたらみっともないと思って。

な」とて笑《わら》はせ給《(たまふ)》。[一]いとあきらかに晴《は》れたる所は、[二]いますこしぞけざやかにめでたき。[三]御額《ひたひ》あげさせたまへりける御釵子《さいし》に、[四]わけ目《め》の御髪《ぐし》の、いさゝか寄《よ》りてしるくみえさせ給《(たまふ)》さへぞ、聞《きこ》えんかたなき。

三尺のみき丁《(ちやう)》[五]一《ひと》よろひをさしちがへて、こなたの隔《へだ》てにはして、その後《うしろ》に畳《たゝみ》一《ひと》ひらを、[六]ながざまに縁《はし》を端《はし》にして、長押《なげし》のうへにしきて、[七]中納言の君といふは、殿《とのゝ》の御叔父《をぢ》の右兵衛の督忠君《かみたゞきみ》ときこえけるが御むすめ、[八]宰相の君は、[九]富《とみ》の小路の右の大臣《おとゞ》の御孫《まご》、それ二人《ふたり》ぞうへにゐて見《み》たまふ。御覧《らん》じわたして、「宰相はあなたにいきて、[一〇]人どものゐたる所《ところ》にて見《み》よ」と仰《おほ》せらるゝに、[一一]心えて、「[一二]こゝにて三人はいとよく見侍《(はべり)》ぬべし」と申給《(まうしたま)》へば、「[一三]さは、入《い》れ」とてめしあぐるを、[一四]下《しも》にゐたる人〻は、「[一五]殿上ゆるさるゝ内舎人《うどねり》なめり」と笑《わら》へど、「こは[一六]わらはせむと思給《(おもひたまひ)》つるか」といへば、「[一七]馬副《むまさゑ》のほどこそ」などいへど、そこにのぼりゐて見《み》るは、いと面《おも》だゝし。

かゝることなどぞ、みづからいふは、[一八]ふき語《がた》りなどにもあり、又君の御ためにもかる〲しう、[一九]かばかりの人を、さおぼしけんなど、を《(お)》のづからもものし

五〇 別の下襲を縫わせていたので遅くなったのよ。供奉する道長の準備を中宮は待っておられた、というのである。

五一（下襲をとり替えるなんて）おしゃれなのね。

一 積善寺の桟敷が、いつもの室内に比べてすべてがはっきり見え（＝あきらかに）、晴れがましい（＝晴れたる）場所だ、というのであろう。

二 平素よりもう少し（お顔が）くっきり見えて（＝けざやかに）すばらしい。

三「額」は正面につける髪飾の名。それを「釵子」（かんざしの類）で安定させるのが「あぐ」。

四 分け目の所の髪がすこし片寄って。

五 一双をかみ合った形に立てて、それをこちらとの仕切りとして。

六 横長に、畳の縁を長押の端に合わせて。

七 →二八三頁注三〇。　八 二〇段以来しばしば登場する女房。　九 藤原顕忠（時平の息）。

一〇 女房たちの居る場所で見物しなさい。

一一 清少納言と並んで見物させよう、との思召しだとすぐに心得て。

一二 ここで三人でも十分よく見物できます。

一三 それでは清少納言が入って来るがよい。

一四 几帳で隔てられていた「人どものゐたる所」に坐っている女房たち。

一五「内舎人」は中務省に属し最初は上流子弟が選ばれたが後は下級となった。その中で内の昇殿を許される者があり、中宮のお側に呼ばれた清少納言を、それに擬して皮肉ったもの。

一六「笑はせむ」の意のようだが通じない。「童選」という語を認めようとする意見もある。

一七「むまさへ」が正。馬副童（馬の口とりをする少年）といったところね。一段下げた皮肉。

一八 吹聴（ふいちょう）話。自慢話。

り、[二〇]世中《(よのなか)》もどきなどする人は、[二一]あひ《(い)》ならぞ、かしこき御ことにかゝりて、かたじけなけれど、[二二]あることは又いかゞは。まことに、身のほどに過《す》ぎたること[二三]どもありぬべし。

女院の御桟敷《さじき》、所〳〵の御桟敷《さじき》ども見《み》わたしたる、めでたし。[二四]殿の御前《おまへ》、このおはします御前《おまへ》より、院の御桟敷《さじき》にまい《(ゐ)》り給《(たまひ)》て、しばしありてこゝにまい《(ゐ)》らせ給へり。[二五]大納言二《ふた》所、[二六]三位の中将は[二七]陣《ぢん》につかうまつり給へるまゝに、[二八]調度《てうど》おひて、いとつき〴〵しう、お《(を)》かしうておはす。[二九]殿上人、四位、五位こちたくうち連《つ》れ、御ともにさぶらひて並《な》みゐたり。

[三〇]入《い》らせ給《(たまひ)》て見《み》たてまつらせ給《(たまふ)》に、[三一]みな御裳《も》、御唐衣《からぎぬ》、御匣殿《みくしげどの》までにき給へり。[三二]殿の《とのゝ》上《うへ》は、裳《も》のうへに[三三]小袿《こうちぎ》をぞき給へる。「絵《ゑ》にかいたるやうなる御さまどもかな。いま[三四]一まえは、今日《けふ》は人〳〵しかめるは」と申給《(まうしたまふ)》。「[三五]三位の君、宮の御裳《も》ぬがせ給へ。[三六]この中の主君《すくん》には、わが君こそおはしませ。御桟敷《さじき》のまへに[三七]陣《ぢん》屋すへ《(ゑ)》させ給へる、おぼろけのことかは」とて、うちなかせ給《(たまふ)》。げにとみえてみな人涙ぐましきに、[三八]赤《あか》色に桜《さくら》の五重《いつへ》の衣《きぬ》を御覧《らん》じて、「[三九]法服《ほうぶく》の、一《ひと》つたら

一九 この程度の人をそんなに寵愛されたのかと。
二〇 世間を批判したりする人は。
二一 「あいなう」は違和感があって不快な感じ。「かしこき御ことにかかる」への先導批評。不謹慎にも中宮様のことをとり上げてとかく言うのが恐れ多いが。「ぞ」の結びは「て」の所で消滅。
二二 実際にある事をどうして言わずにおれよう。
二三 底本「ことも〳〵」。能因本・前田本「事も」。改む。実際、身分に似合わぬ御寵愛もあったと言ってよいだろう。
二四 道隆が、中宮の桟敷から女院の桟敷へ行き、しばらくそこに居て、こちらへ帰って来る。
二五 伊周と道頼の二人。 二六 隆家。
二七 警固にあたられるままの姿で。隆家の姿。
二八 胡簶(やなぐい)を背負っていることを指す。
二九 伊周たち以外の、道隆の伴をしている人々。
三〇 道隆が中宮の桟敷へ入る。
三一 姫君たちの様子。 三三 裳・唐衣より少し軽い衣装。 三二 道隆室貴子。
三四 底本「一尺」かと見えるが「一まへ」であろう。耳なれぬが「一前」で、御一方、の意か。わが妻貴子を指して「今日は人々し」と戯れた文脈であることはほぼ確実であろう。
三五 貴子(正三位であった)を指したもの。中宮定子が最上の礼装をしているのに貴子がそれより軽い礼装でいることを、中宮の裳(唐衣も)を脱がせよと命じることでとがめたものとする解が、後続の文脈からも支持されるべきであろう。
三六 この桟敷の主人公は中宮様だ。底本「おはせませ」。能因本により改む。
三七 警固の近衛兵の詰所を据えておられるのは並のことではない。 三八 清少納言の服装。
三九 「ほふぶく」が正。僧侶の正装。僧に着せる服が一枚足らなかったのを。

ざりつるを、[一]にはかにまどひしつるに、[二]これをこそかり申《（まうす）》べかりけれ。[三]さらずはもし又、さやうの物をとりしめられたるか」との給《（たま）》はするに、大納言殿、すこししぞきてゐ給へるがきゝ給《（たまひ）》て、「[四]清僧都《せいそうづ》のにやあらん」との給《（たまふ）》。一《ひと》事としてめでたからぬことぞなきや。

[五]僧都《そうづ》の君、赤色《あかいろ》の薄物《うすもの》ゝ御衣《ころも》、紫《むらさき》の御袈裟《けさ》、[六]いとうすき薄色《うすいろ》の御衣《ぞ》ども、指貫《さしぬき》などき給《（たまひ）》て、頭《かしら》つきの[七]青《あを》くうつくしげに、地蔵菩薩《ぢざうぼさつ》のやうにて、女房《ばう》にまじりありき給《（たまふ）》も、いとお《（を）》かし。「[八]僧綱《そうがう》の中に、[九]威儀具足《いぎぐそく》してもおはしまさで、見《み》ぐるしう、女房《ばう》の中に」など笑《わら》ふ。

大納言殿の御桟敷《さじき》より[一〇]松君《まつぎみ》ゐてたてまつる。[一一]葡萄染《えびぞめ》の織物《をり》の直衣《なをし》、濃《こ》き綾《あや》のうちたる、紅梅《こうばい》の織物《をり》などき給へり。[一二]御ともに、[一三]例《れい》の四位五位いとおほかり。御桟敷《さじき》にて女房《ばう》の中にいだき入《い》れたてまつるに、[一四]なにごとのあやまりにか、[一五]泣《な》きのゝしり給《（たまふ）》さへ、[一六]いとはへ《（え）》ばへ《（え）》し。

[一七]ことはじまりて、一切経を[一八]蓮《はす》の花の赤《あか》き一《ひと》花づゝに入《（いれ）》て、僧俗《そうぞく》、上達部《かんだちめ》、殿上人、地下、六位[一九]なにくれまでもてつゞきたる、いみじうたう《（ふ）》とし。[二〇]導師まい《（ゐ）》

一　急のことでまごまごするしかなかったが。
二　底本「かへり申」。能因本により改む。この人のを借りればよかったな。僧都以下は赤い法服なので、清少納言の「赤色」の表着を借りて間に合わせればよかった、との冗談。
三　あるいはひょっとすると、赤い服（＝さやうの物）をひとり占めになさったのかな。冗談。
四　清少納言を僧に見立て、赤服が僧都であることをからませて、「清」僧都のものでしょうかと、伊周が父の冗談に応じたもの。
五　道隆の息隆円。この時十五歳であった。
六　紫の大そう色薄い衣類。袒であろう。
七　剃った頭が青く可愛い。
八　僧正・僧都・律師の総称。僧侶たちの中で。
九　「ゐぎ」が正。僧としての挙措が作法にかなっていること。僧の作法をお守りにならず。
一〇　伊周の息。道隆の孫。この時三歳。
一一　以下松君の服装。三歳ながら正装である。「えびぞめ」「おり物」（次行も）、「なほし」が正。
一二　松君の御ともに、の意。
一三　いつもの通り（＝例の）四位の者・五位の者が大勢ついて来た。
一四　何がどうまずかったのか。
一五　「ののしる」は大声を挙げること。大声でお泣きになるのさえ。
一六　その場の雰囲気が引き立つ、といった気持。幼児の大きな泣声が、元気に満ちていて、道隆一族の栄えを引き立てる、という受けとり方。
一七　一切経供養がいよいよ始まったこと。
一八　蓮の造花の赤い一つずつに。一切経の巻の一つを蓮の花一つに入れたのであろう。
一九　その他様々な人に至るまでが、（経巻を入れた造花を）持って続いているのは。
二〇　供養を主導する僧。

り、[二一]講《かう》はじまりて、舞《まい》などす。[二二]ひぐらし見《み》るに、[二三]目《め》もたゆく、くるし。御使《つかひ》に[二四]五位の蔵《くら》人まい《(ゐ)》りたり。御桟敷《さじき》のまへに、[二五]胡床《あぐら》たてゝゐたるなど、げにぞめでたき。

よさりつかた、[二六]式部の丞則理《ぞうのりまさ》まい《(ゐ)》りたり。「「[二七]やがてよさり入《い》らせ給《(たまふ)》べし。御ともにさぶらへ」と宣旨《せんじ》かうぶりて」とて[二八]帰りもまい《(ゐ)》らず。宮は「[二九]まづかへりてを」との給《(たま)》はすれど、又[三〇]蔵人《くら》の弁まい《(ゐ)》りて、[三一]殿にも御消息《せうそこ》あれば、[三二]たゞ仰《おほ》せごとにて入《い》らせ給ひなんとす。院の御桟敷《さじき》より[三三]千賀《ちか》の塩竈《しほがま》などいふ御消息《せうそこ》まい《(ゐ)》り通《かよ(ふ)》う。[三四]お《(を)》かしきものなど持《も》てまい《(ゐ)》りちがひたるなどもめでたし。

こと果《は》てゝ、院かへらせ給《(たまふ)》。院司《じ》、上達部《かんだちめ》など、[三五]こたみはかたへぞつかうまつり給《(たまひ)》ける。

[三六]宮は内にまい《(ゐ)》らせ給《(たまひ)》ぬるもしらず、女房《ばう》の従者《ずさ》どもは、二条の宮にぞおはしますらんとて、[三七]それにみないきゐて、[三八]まてども〳〵見えぬほどに、夜いたうふけぬ。[三九]うちには、[四〇]宿直物《とのゐ》もて来《こ》なんと待《ま》つに、[四一]きよう見《み》え聞《きこ》えず。[四二]あざやかなる衣《きぬ》どもの、身にもつかぬをきて、寒《さむ》きまゝいひ腹《はら》だてどかひもなし。つとめ

二一 法会の次第に基いて、「かう」を僧たちが左右にわかれてお堂の周囲をまわる「大行進」の「行」、「まい」(「まひ」が正)をまわる意の「廻(ま)ひ」、とする説は説得力があるが、「ひぐらし見るに」との調和が悪く、「かう」は経の講説、「まひ」は舞楽が行われたもの、と見ておく。
二二 桟敷から一日中見た、というのだろうし、女院その他の桟敷も設けられているのだから、堂外で舞などが行われたものと想像される。
二三 目もだるくなり、疲れてしまう。
二四 源明理(重光の息)とされる。
二五 折りたたみ式の椅子。それを立てて坐る。
二六 二九一頁に「式部の丞なにがし」として登場した人物。「じよう」が正。
二七 (法会のあと)すぐに、夜(中宮は)入内されることになっている。そのお供をせよ。
二八 則理は中宮の入内を待ってこのまま内裏へ帰ろうともしない。底本「返も」。改む。
二九 ひとまず二条の宮へ帰って、それから。
三〇 高階信順。明順の兄。
三一 道隆にも、定子をこのまま内裏へ来させるように、という御指示がある。
三二 ひたすら仰せに従い入内なさることになる。
三三 古今六帖三「みらのくの千賀の塩竈ちかながら遥けくのみも思ほゆるかな」。近々と桟敷を設けながら、お会いもせず、遥かに思いを通わせるだけとは残念です。中宮が、このまま入内いたします、という挨拶をされた返事であろう。
三四 女院と中宮との間で贈物が交換される様。
三五 今度は半分がお供をした。残り半分は中宮のお供に、と人数が半分にわかれたのである。
三六 中宮が入内されたのも知らないで。
三七 二条の宮に全員が行ってしまい。
三八 主人たる女房を「女房の従者」が待つ。

て来《き》たるを、「いかでかく心もなきぞ」などいへど、[一]のぶる事もいはれたり。
又の日、雨の降《(ふり)》たるを、殿《との》は、「[二]これになん、を《(お)》のが宿世《すくせ》はみえ侍りぬる。[三]いかゞ御覧《らん》ずる」ときこえさせ給へる、御心を《(お)》ごりもことは《(わ)》りなり。されど、そのお《(を)》りめでたしと見《み》たてまつりし[四]御ことどもも、[五]いまの世の御ことどもに見たてまつりくらぶるに、[六]すべて一《ひと》つに申すべきにもあらねば、ものうくて、[七]おほかりしことどもも、みなとゞめつ。

（二六〇段）

[八]たう《(ふ)》ときこと　[九]九条《でう》の錫《さく》杖。[一〇]念仏の回向《ゑかう》。

（二六一段）

うたは　[一一]風俗《ふぞく》。中にも[一二]杉立《すぎた》てる門《かど》。[一三]神楽歌《かぐらうた》もお《(を)》かし。[一四]今様歌《いまやううた》は、長《なが》うて[一五]くせついたり。

三九 内裏では(中宮のお供をした女房たちが)。
四〇 (従者どもが)夜具を持って来るだろうと。
四一 きれいさっぱり姿も見えず連絡もない。
四二 積善寺へ着て行った晴着である。

一 言い分ももっともだ。
二 翌日雨となったことで、法会の当日雨とならなかったことを、身の幸運と自慢する言葉。
三 あなたはどうお思いですか。同意を求める言葉である。中宮に対する発言。
四 底本「御ことゝも〳〵」。二類本により改む。あの時申し分ないと拝見した道隆様の御様子も。
五 今の(道長様の)御様子と比べてみると。
六 何もかも同様に言えることではないので。道長の今の様子の方が遥かに立派だ、ということ。
七 他にも沢山あった結構なことも、すべて書かないことにした。
八 有難いこと。宗教的な意味でいう「尊し」で、「こと」を「言」と限る意見もある。
九 「錫杖」は僧の持つ、頭に環をとり付けた杖だが、これを振り鳴らして称える偈がある。九節からなり、一節ごとに錫杖を鳴らすことから「九条の錫杖」の名がある。
一〇 念仏のあとに称える回向文。「光明遍照十方世界、念仏衆生摂取不捨」など。
一一 もと諸国の民謡で、貴族たちの唱いもの。
一二 古今集・雑下「我が庵は三輪の山もと恋しくはとぶらひ来ませ杉立てる門」。この歌には古今六帖に「とふとふ来ませ」とする他、異伝があって広く唱われたことを示している。
一三 神楽の時に唱われた歌謡。
一四 当世風の歌謡、の意。七五調四句仕立てのものが多い。だから「長うて」。
一五 節まわし(=くせ)が特徴的である。

(二六二段)

指貫《さしぬき》は 紫《むらさき》の濃《こ》き。[一六]萌黄《もえぎ》。夏《なつ》は[一七]二藍《ふたあひ》。いと暑《あつ》きころ、[一八]夏虫《なつむし》の色《いろ》したるもすゞしげなり。

(二六三段)

狩衣《かりぎぬ》は [一九]香染《かうぞめ》の薄《うす》き。[二〇]白《しろ》きふくさ。[二一]赤《あか》いろ。松《まつ》の葉《は》いろ。青葉《あをば》。桜《さくら》。柳《やなぎ》。又青《あを》き藤《ふぢ》。

(二六四段)

[二二]男《おとこ》はなにの色《いろ》の衣《きぬ》をも着《き》たれ、単衣《ひとへ》は白《しろ》き。[二三]日《ひ》の装束《さうぞく》の、[二四]紅《くれなゐ》の単衣《ひとへ》の衵《あこめ》など、かりそめにきたるはよし。[二五]されど、なを《(ほ)》白《しろ》きを。[二六]黄《き》ばみたる単衣《ひとへ》などきたる人は、いみじう心づきなし。[二七]練《ねり》色の衣《きぬ》どもなどきたれど、[二八]猶《(なほ)》単衣《ひとへ》は白《しろ》うてこそ。

一六「もえぎ」が正。
一七「ふたあゐ」が正。→七頁注三一。
一八 瑠璃色。「夏虫」は青蛾を指すとされるが色は瑠璃色でなく該当しないもののようである。
一九 →四八頁注一三。
二〇「ふくさ」は糊づけしない柔らかな絹。それの色が白いもの。
二一「赤色」以下は、単独で「狩衣」の色の指示。
二二「をとこ」が正。『男は…着たれ』を、前段の結びの文と見る解は、本段も「単衣は」と他の諸段と同じ始まり方となる点が良いようだが、「たれ」の已然形は、「単衣は白き」の判断に逆接で続く句の形にふさわしく、また本段に「なほ白きを」「猶単衣は白うてこそ」と、繰り返される主張との関わりからも、本段の書き出しと見るのが良いと思う。男は何色の衣でも着ているけれども、単衣はやっぱり白に限る。「単衣」は「袷(あはせ)」のように裏をつけることをしない衣。
二三 束帯姿の正装。宿直姿に対する言い方。→八五頁注三六。
二四 束帯姿の時に紅の単衣の衵(下襲の内側に着用する)を、気楽に着ているのはよい。衵は普通は袷仕立てである。
二五 前文に「紅の」単衣を「よし」と認めたのでそれでもやっぱり白の方がよい、と白の良さを強調したもの。
二六 後続する「練色の衣」から見て、着ふるして黄ばんでいることを指すのであろう。
二七 練った白絹で、黄色味を帯びている。着ふるして黄色くなっているのではない。
二八 やっぱり単衣は白くてこそ単衣らしい。二度にわたって単衣は白に限ることを強めるのは異例で、「男はなにの色の衣をも着たれ」と書き出したが故の言及だと考えてよいであろう。

（二六五段）

[一]下襲《したがさね》は　冬は[二]躑躅《つゝじ》。桜《さくら》。[三]掻練襲《かいねりがさね》。[四]蘇枋襲《すわうがさね》。[五]夏は二藍《ふたあゐ》。[六]白襲《しらがさね》。

（二六六段）

[七]扇《あふぎ》の骨《ほね》は　[八]朴《ほお》。[九]色《いろ》は赤《あか》き、紫《むらさき》、みどり。

（二六七段）

[一〇]檜扇《ひあふぎ》は　[一一]無文《むもん》。[一二]唐絵《からゑ》。

（二六八段）

神は　[一三]松《まつ》の尾《お》。[一四]八幡《やはた》。[一五]この国の帝《みかど》にておはしましけんこそめでたけれ。行幸などにな[一六]木《（ぎ）》の花《はな》の御輿《こし》に奉《たてまつ》るなど、いとめでたし。[一七]大原野《おほはらの》。[一八]春日《かすが》いとめでたくおはします。

一 袍(うえのきぬ)・半臂の内側に着る。
二 以下、襲の色目の指示。「躑躅」は、貝で磨いて艶出しした白を表に、砧で打って艶出しした濃い紅を裏に、重ねたもの。
三 表が砧で打って艶出しした紅、裏が板張りで艶出しした紅。
四 「すはうがさね」が正。表が白、裏が蘇枋。
五 以上の冬向きの色が、紅系統のいわゆる暖色であるのに対して、以下の夏向きの色は、藍や白の寒色系があげられているのは、言わば当然のことで、むしろ数ある暖色系・寒色系の中からの選択に眼目があるのであろう。
六 表も裏も白。
七 次段の「檜扇」と異なり、実用的な扇、いわゆる「かはほり」の扇である。
八 「ほほ」が正。扇の骨として最も一般的。
九 扇の紙の色。
一〇 檜の薄板を要の所で絹糸でとじた扇。装飾的な扇だが、顔をかくすのに用いたり、笏の代りに使うこともあった。
一一 以下は檜扇の模様についての言及。「無文」は模様なし。何も描いてないこと。
一二 描いてあるとすれば、中国風の絵がよい。
一三 「まつのを」が正。山城国葛野郡。賀茂神社と共に、京都で最も古い社の一つ。
一四 山城国綴喜郡の石清水八幡のこと。賀茂神社と共に、臨時祭が行われた社。
一五 石清水中社の祭神は応神天皇。
一六 葱花輦。屋根に葱に似た宝珠を飾った輿。帝がこれに乗って行幸になるのである。
一七 山城国乙訓郡。春日神社を移した社。
一八 大和国添上郡。藤原氏の氏神。
一九 山城国葛野郡。
二〇 使われていない建物があったのを。

[一九]平《ひら》野はい[二〇]たづら屋のありしを、なにする所ぞと問ひしに、[二一]御輿宿《こしやど》りといひしも、いとめでたし。[二二]斎《い》垣《がき》に葛《つた》などのいとおほくかゝりて、[二三]もみぢの色〳〵ありしも、「[二四]秋にはあへず」と貫之《つらゆき》が歌《うた》思《(おもひ)》いでられて、[二五]つくづくとひさしうこそ立《た》てられしか。[二六]みこもりの神、又お《(を)》かし。[二七]賀茂《かも》さらなり。[二八]稲荷《いなり》。

（二六九段）

崎《さき》は　[二九]唐崎《からさき》。[三〇]みほが崎《さき》。

（二七〇段）

屋は　[三一]まろ屋《や》。[三二]東屋《あづまや》。

（二七一段）

[三三]時奏《そう》する、いみじうお《(を)》かし。いみじうさむき夜中ばかりなど、[三四]こほ〳〵とこほめき沓《くつ》すり来《き》て、[三五]弦《つる》うちならして、「[三六]なんなのなにがし、時[三七]丑《うしみ》三つ、子《ね》四《よ》つ」

二一　神輿が一時的に留まられる所、いわゆる御旅所。天皇の御幸の時、御輿を納めておく建物、とする意見もある。
二二　神社の境内を囲う垣。その内部は神域なので「斎垣」と言う。
二三　色さまざまの紅葉があったのも。
二四　古今集・秋下・紀貫之「ちはやぶる神の斎垣にはふくずも秋にはあへずうつろひにけり」。秋にはさからうことが出来ず色づいたことよ。
二五　ついじっと見とれて長い時間、車をとめていたことだった。「立てられ」は自発。
二六　大和国吉野郡の水分(みくまり)神社のこと。
二七　山城国愛宕郡。賀茂祭の社で、朝廷や都人の最も敬う神。だから「さらなり」。
二八　山城国紀伊郡。豊作の神。
二九　近江国滋賀郡。
三〇　近江国滋賀郡の「三尾(おみ)崎」、出雲国島根郡の「三穂(ほみ)崎」が擬せられている。
三一　蘆や茅(かや)などで葺いただけの粗末な小屋。
三二　棟木を設けず屋根を四方に葺き下した小屋。
三三　時刻を公に告げること。宮中で近衛の官人が行う。亥一刻(午後九時)からの四時間を左近衛が、丑一刻(午前一時)からの四時間を右近衛が分担した。
三四　沓の音の擬音表現。「沓すり来て」は沓を引きずって来ること。
三五　魔性を退けるまじないに弓弦をはじく。
三六　「なんな」のままで「何姓」の意と見るにしても、能因本「なんけ」に従い「何家」の意と見るにしても、当番の者の姓の名乗であることに間違いはないであろう。続く「なにがし」は名で、当番が姓名を完全に名乗るのである。
三七　「丑三つ」は午前二時。「子四つ」は午前零時三十分。三十分(一刻)おきに時奏がある。

など、一はるかなる声《こゑ》にいひて、二時の杭《くい》さす音《をと》など、いみじうおかし《(を)》。三子《ね》九《こゝの》つ、丑《うしや》八つなどぞ里《さと》びたる人はいふ。すべてなにも〳〵たゞ四四《よ》つのみぞ杭《くい》にはさしける。

（二七二段）

日のうら〳〵とある昼《ひる》つかた、五又いといたう更《ふ》けて、子《ね》のときなどいふほどにもなりぬらんかし、六おほとのごもりおはしましてにや、など思ひまいら《(ゐ)》するほどに、「七男《をのこ》ども」とめしたるこそ、いとめでたけれ。夜中ばかりに八御笛《ふゑ》の声《こゑ》の聞《きこ(え)》へたる、又いとめでたし。

（二七三段）

九成信《なりのぶ》の中将は、入道兵部卿の宮の御子《こ》にて、かたちいとおかし《(を)》げに、心ばへもおかし《(を)》うおはす。一〇伊予守兼資《いよのかみかねすけ》がむすめ忘《わす》一一れて、親《おや》の伊予《いよ》へゐてくだりしほど、いかにあはれなりけんとこそおぼえしか。一二暁にいくとて、一三今宵《こよひ》おはして一四在明《ありあけ》の

一 名乗と時奏が遠くから聞えること。
二 「くひ」(次行も)、「おと」が正。現在の時刻を告げる時に、時刻を書き記した「時簡(ときのふだ)」と称する板(殿上の間の小庭に設けられた)の当該時刻の所に杭を差すことになっていたようである。それが「時の杭さす」。この時の音が深夜の静けさの中で遠くまで聞えるのであろう。
三 時刻は鼓を打って周囲に知らされた。それが子午は九打、丑未は八打、…巳亥は四打、であったので、民間(=里びたる)人は、刻名と鼓の数とを結びつけて「子九つ」「丑八つ」などと言う習慣があった。
四 宮中では各時の四つの刻だけを杭に挿すことになっているのだ。子丑…などの時が、一刻から四刻までに四分され、子一つ、二つ、などと言うので「子九つ」などとは言わぬ、の意。
五 あるいはまた深夜に。
六 帝はお寝みになっておいでだろうか。
七 蔵人をお召しになる帝の言葉。
八 「ふえ」が正。一条帝は笛を好まれた。→一八頁注四。
九 源成信。致平親王の子。
一〇 源兼資。惟正の息。その伊予守は長保元年(九九九)前後。源成信がその娘に通った。
一一 「忘れて」だと「心ばへもをかしう」と調和しない、というので「忘れで」と読む解がある。いずれにせよ落着かぬ表現で、「むすめ忘れて」と「親の伊予へゐてくだりし」との並列と見ておく。成信が女を「忘れ(別れ)し」時が、親が「ゐてくだりし」時である、という読み方。
一二 底本「あか月」。表記を改む。
一三 出発の当の夕刻に。 一四 「有明」と同じ。
一五 「なほし」が正。
一六 清少納言の所に坐り込んでいた、ということである。

月に帰給《(かへりたま)》ひけむ[一五]直衣姿《なをしすがた》などよ。

その君《きみ》、つねに[一六]ゐてものいひ、[一七]人のうへなど悪《わる》きは悪《わる》しなどの給《(たまひ)》しに、[一八]物忌《ものいみ》くすしう、[一九]つのかめなどにたててくふ物まつかいかけなどするものの名を、姓[二〇]にて持《も》たる人のあるが、[二一]こと人の子《こ》になりて、たい《(ひ)》らなどいへど、たゞ[二二]そのもとの姓《さう》を、若《わか》き人〴〵ことぐさにて笑《わら》ふ。[二三]ありさまもことなることもなし。お《(を)》[二四]かしきかたなどもとを《(ほ)》きが、[二五]さすがに人にさしまじり、心などのあるを、[二六]御前《おまへ》わたりも「みぐるし」など仰《おほ》せらるれど、[二七]腹《はら》ぎたなきにや、つぐる人もなし。

[二八]一条の院につくらせ給《(たまひ)》たる一間《ひとま》のところには、にくき人はさらによせず、[二九]東《ひんがし》の御門《みかど》につとむかひて、いとお《(を)》かしき小廂《こひさし》に、式部《しきぶ》の[三〇]おもとともろともに、夜《よる》も昼《ひる》もあれば、[三一]上《うへ》もつねにもの御覧《らん》じに入《い》らせ給《(たまふ)》。今宵《こよひ》はうちに寝《ね》なんとて、南《みなみ》の廂《ひさし》に二人《ふたり》ふしぬるのちに、いみじうよぶ人のあるを、うるさしなどいひあはせて、寝《ね》たるやうにてあれば、猶《(なほ)》いみじうかしがましうよぶを、[三二]「それ、おこせ。そら寝《ね》ならん」と仰《おほ》せられければ、[三三]この兵部きておこせど、いみじう寝《ね》いりたるさまなれば、「さらにおきたまはざめり」と[三四]いひにいきたるに、[三五]やが

一七 人のことでも悪いことは悪いとはっきりおっしゃったものだが。以下への続き方は不明。この段の話として書き出された文脈が、全く関係のない雨の話に流れて行ってしまうなど、草子中で最も言語的なまとまりが悪い。強いて続けるなら、五行後の「つぐる人もなし」か。女房たちは成信と違って「はらぎたな」く、悪いことは悪いと直接告げる人もない、と読むのである。

一八 物忌を神妙にして、の意だが、下文が難解のため続き具合は一分に明らかでない。

一九 以下「かいかけ」まで不詳。後続表現から人の姓に音が一致または近似する「物」の説明であることは確実で、「つるかめ(鶴亀)」などに立てて、食ふ物まづかいかき(かい掻き)などする物の名」つまり「箸」であるとする解がある。

二〇 「箸(はし)」なら、音の近い姓は「土師(はじ)」。

二一 別の姓の人の養子になって「平」と名乗るが。

二二 旧姓を若い女房たちが話の種にして笑う。

二三 平姓を名乗るようになった女房の描写。

二四 気がきく、といった性質にも遠いが。

二五 それでも女房に伍して一人前気どりなのを。

二六 底本「おまへわりも」。他本により改む。中宮様あたりも「みっともない」とおっしゃるが。

二七 女房たちは意地悪なのか、本人に直接忠告してやる人はいない。清少納言自身のことを含めて言っているのであろう。

二八 「一条院」は二二七段の言う「今内裏」である。なお「一間のところ」は清少納言たちの局の設けられた所。

二九 東の門にまっすぐ向った、洒落た小廂。

三〇 底本「おりと」。二類本により改む。

三一 帝が気軽に立ち寄られるのである。

三二 その人(清少納言)を起しなさい。中宮の仰せ。

三三 話題の(平姓の)女房の呼び名。

てゐつきて物いふなり。

[一]しばしかと思《(おもふ)》に、夜いたう更《ふ》けぬ。権中将[二]にこそあなれ、こはなにごとをかく居《ゐ》てはいふぞとて、[三]みそかに、たゞいみじう笑《わら》ふもいかでかはしらん。暁[四]までいひあかして帰《(かへる)》。[五]又「[六]此君《(このきみ)》いとゆゝしかりけり。[七]さらに寄《よ》りおはせんに、ものいはじ。[八]なにごとをさはいひあかすぞ」などいひ笑《わら》ふに、遣戸《やりど》あけて女は[九]入《い》りきぬ。

つとめて、[一〇]例《れい》の、廂《ひさし》に人の物いふをきけば、「雨《あめ》いみじうふるおり《(を)》に来《き》たる人なん、あはれなる。[一一]日《ひ》ごろおぼつかなく、つらきこともありとも、[一二]さて濡《ぬ》れて来《き》たらんは、うきこともみな忘《わす》れぬべし」とは[一三]などていふにかあらん。[一四]さあらんを、[一五]よべも昨日の夜も、そがあなたの夜も、[一六]すべてこのごろうちしきり見《み》ゆる人の、[一七]今宵《こよひ》いみじからん雨《あめ》にさはらで来《き》たらんは、猶《(なほ)》一夜《ひとよ》もへだてじと思ふなめり、[一八]とあはれなりなん。さらで、[一九]日《ひ》ごろも見《み》えず、おぼつかなくて過《す》ぐさむ人の、[二〇]かゝるおり《(を)》にしも来《こ》んは、[二一]さらに心ざしのあるにはせじ、とこそおぼゆれ。[二二]人の心〳〵なるものなればにや。[二三]もの見しり思ひしりたる女の、心

二四 外で呼んでいる人の所へ、もう寝ておられます、と知らせに行くのである。
二五 そのままそこへ坐りこんで外の人と話をしているのが聞える。

一 すぐ帰って来るか、と思っていると。
二 源成信を指す。
三 ひそかに、全くの笑いものにしているのも（二人は）どうして気付こうか。
四 底本「あか月」。表記を改む。
五 それをきっかけに「又」笑いものにする。
六 話してられた方（成信）はひどい方だった。
七 お立ち寄りになっても、絶対お相手すまい。
八 何事をああも夜明けまで話すのかしらね。
九 兵部は何も気付かずに入って来た。
一〇 いつも通り、廂で女房の話を聞いていると。
一一 平素は音沙汰なく怨めしいことがあっても。
一二 雨をいとわず（＝さて）濡れて来ると。
一三 どうしてそんなことを言うのだろうか。
一四 「さあり」は直前の発言の「雨いみじうふる折に来」ることを指す。そういう場合にしても。
一五 そのまた前日の夜も。
一六 およそこの頃欠けることなく来る人が。
一七 今夜もひどい雨にもめげずに来たのなら。
一八 しみじみ愛情を感じるであろう。
一九 平素から寄りつかず、音沙汰なしで過しているような男が。
二〇 こんな雨のひどい夜にわざわざ来るのは。「しも」が選りに選ってこんな夜に、という気持を表わしている。
二一 思いが深い、という人の数には入れまい。
二二 人が、それぞれの考え方をするものだからであろうか。雨夜に来る男を賞める人への疑問。
二三 経験を積んだ女で情趣を解する人を。

ありとみゆるなどを[二四]かたらひて、[二五]あまた行《い》くところもあり、[二六]もとよりのよすがなどもあれば、しげくも見《み》えぬを、[二七]猶さるいみじかりしお《(を)》りに来《き》たりしなど、[二八]人にも語《かた》りつがせ、ほめられんとおもふ人の[二九]しわざにや。[三〇]それも、[三一]むげに心ざしなからんには、[三二]げに、なにしにかは作《つく》りごとにても見《み》えんとも思はん。

されど、雨《あめ》のふる時には、たゞむつかしう、今朝《けさ》まではれ〴〵しかりつる空《そら》ともおぼえず、にくゝて、[三三]いみじき細殿《ほそどの》、めでたき所ともおぼえず。まいて、[三四]いとさらぬ家《いへ》などは、とくふりやみねかしとこそおぼゆれ。[三五]お《(を)》かしきこと、あはれなることもなきものを。

[三六]さて、月のあかきはしも、[三七]過《す》ぎにしかた行末まで、おもひ残《のこ》さるゝことなく、[三八]心もあくがれ、めでたくあはれなる事、たぐひなくおぼゆ。[三九]それに来《き》たらん人は、十日廿日、一月、もしは一年《ひとゝせ》も、まいて七八年ありて、[四〇]思い《(おもひ)》でたらんは、いみじうお《(を)》かしとおぼえて、[四一]えあるまじうわりなきところ、ひとめつゝむべきやうありとも、[四二]かならずたちながらも物いひて返し、[四三]又とまるべからんは、とゞめなどもしつべし。

二四 (男がそういう女性と)昵懇になり。
二五 他にも愛人がある、ということ。
二六 以前からの縁(本妻)などもあるから。
二七 それでも、そんなひどい(雨の)日に来たと。
二八 人にも次々噂させ評判になりたいと思う男の手管であろうか。
二九 三行前の「人の、心々なるものなればにや」と並ぶが、これは雨夜にやって来る男の、真意に対する不審の表明。
三〇 先に言ったことを認めながら、但し書き風に反対の方へ話を持って行く言い方。だとしても。それにしても。
三一 全く愛情の持てない女であれば。
三二 なるほど、どうして作りごとであっても、会おうと思おうか。少しは愛情があると認めねばなるまい、ということ。
三三 立派な細殿、すばらしい宮中とも思えない。
三四 そんなでないただの家などに居ると。
三五 (雨の日は)面白いことも、心にしみ入るようなことも、何一つないのに。雨の日に男の情を感じるなどということはない、という主張。
三六 以下、月のすばらしさに重点が移る。
三七 過去から未来まで、思いが行きわたって残す所がない、ということ。
三八 心も浮き立ち、すばらしく、心にしみ入ることは他に比べるものがないように思われる。
三九 そんな月の夜に来るような男性は。
四〇 昔を思い出してやって来たなどとなると、とても心を動かされて。
四一 (会うことが)具合悪いような困った所や、人目をしのぶべき事情があっても。
四二 絶対に立ち話でもいいから話をして帰し。
四三 もしまた、泊ることの出来る状況なら、泊らせたりもしたいところだ。

月のあかき見《み》るばかり、[一]ものゝとを《(ほ)》く思ひやられて、すぎにしことの、うかりしも、うれしかりしも、お《(を)》かしとおぼえしも、たゞいまのやうにおぼゆる[二]お《(を)》りしも、ある。[三]こまの物語《がたり》は、なにばかりお《(を)》かしきこともなく、こと葉もふるめき、見どころおほからぬも、[四]月にむかしを思《(おもひ)》いでて、[五]虫《むし》ばみたる蝙蝠《かはほり》とり出《(いで)》て、「[六]もとみしこまに」といひてたづねたるがあはれなるなり。

[七]雨《あめ》は心もなきものと思《(おもひ)》しみたればにや、かた時ふるもいとにくゝぞある。[八]やむごとなきこと、[九]おもしろかるべきこと、[一〇]たう《(ふ)》とうめでたかべいことも、雨《あめ》だにふれば、いふかひなく、くちお《(を)》しきに、[一一]なにか、その濡《ぬ》れてかこち来《き》たらんがめでたからん。

[一二]交野《かたの》の少将もどきたる落窪《おちくぼ》の少将などはお《(を)》かし。[一三]よべ一昨日《をとゝひ》の夜もありしかばこそ、それもお《(を)》かしけれ。[一四]足《あし》あらひたるぞにくき。きたなかりけん。風などのふき、あら〳〵しき夜来《き》たるは、たのもしくて[一五]うれしうもありなん。

雪《ゆき》こそめでたけれ。「[一六]わすれめや」などひとりごちて、[一七]しのびたることはさらなり、いとさあらぬ所も、[一八]直衣《なをし》などはさらにもいはず、表《うへ》のきぬ、[一九]蔵《くら》人の青《あを》

一　ずっと遥かな所まで思いが及んで。
二　文頭の「月のあかき見るばかり」をうけ、月の明るいのを見る時ほど、いまこの場のことのように感じられる時があろうか、の意。
三　一九八段にも挙げられていた物語。
四　一九八段でも「古蝙蝠さがし出でて、持て行きしがをかしきなり」とあった。
五　虫の食った扇。
六　古今六帖一、後撰集・秋上「夕やみは道も見えねど古里はもと来し駒にまかせてぞ来る」。後撰の詞書は「思ひ忘れにける人のもとにまかりて」。こまの物語の主人公が、昔の女を訪ねてこの歌を引いたのであろう。
七　雨は思いやりのないもの、と思い込んでいるためか、ほんのしばらく降るのも憎らしい。
八　宮中の儀式を頭に「やむごとなし」と言う。
九　歌舞管絃の遊びを頭に置いた表現。
一〇　神事仏事を頭に置いた表現。
一一　ここで再度、雨夜に来る男に感動する考え方への反撥が甦り、次の三行を生み出す。
一二　「交野の少将」は一九八段にも挙げられた物語でここはその主人公名。落窪物語に、主人公(=落窪の少将)が、交野少将に擬えられる弁少将を「もどく(非難する)」叙述がある。その落窪少将が女主人公落窪君に豪雨をおかして通う条があり、あれはいい、と清少納言も認める。
一三　落窪少将の場合、三日連続雨であった。だからこそ、雨夜の来訪も心を動かすのだ。
一四　認めておいて、やはり悪口を添える。
一五　雨夜でも嵐の日なら男がいる方が頼もしく嬉しくもなろう、とは悪口の延長に他ならない。
一六　古今六帖四「わが命生けらむ限り忘れめやいや日ごとには思ひますとも」を引いたものとされる。「雪こそめでたけれ」と言った直後の文と

色《いろ》などの、いとひやゝか[二〇]に濡《ぬ》れたらんは、いみじうお《(を)》かしかべし。緑衫《ろうさう》[二一]なりとも、雪《ゆき》にだに濡《ぬ》れなばにくかるまじ。昔《むかし》の蔵《くら》人は、夜《よる》など人のもとにも、たゞ[二二]青色《あをいろ》をきて、雨《あめ》[二三]に濡《ぬ》れてもしぼりなどしけるとか。今《いま》[二四]は昼《ひる》だにきざめり。たゞ緑衫《ろうさう》[二五]のみうちかづきてこそあめれ。衛府《ゑふ》[二六]などのきたるは、まいていみじうお《(を)》かしかりしものを。かく[二七]聞《き》ゝて、雨《あめ》にありかぬ人やあらんとすらむ[二八]。

月のいみじうあかき夜、紙《かみ》[二九]の又いみじう赤《あか》きに、たゞ「[三〇]あらずとも」と書《か》きたるを、廂《ひさし》にさしいりたる月にあてて、ひと[三一]の見しこそお《(を)》かしかりしか。雨[三二]ふらんお《(を)》りは、さはありなむや。

(二七四段)

[三三]つねに文《ふみ(お)》をこする人の、「なにかは[三四]。いふにもかひなし。いまは」といひて、又[三五]の日を《(お)》ともせねば、さすがにあけたてば[三六]さしいづる文《ふみ》の見えぬこそさう〲しけれと思《(おもひ)》て、「さても[三七]、きは〲しかりける心かな」といひてくらしつ。

又の日、雨《あめ》[三八]のいたくふる、昼《ひる》までを《(お)》ともせねば、「むげに[三九]思《(おもひ)》たえにけり」な

して、雪との関係の薄いのが難。
一七 人目を忍ぶ仲。　一八「なほし」が正。
一九 蔵人に許された青色の麴塵の袍。
二〇 雪に濡れているので「ひややか」と言う。
二一「緑衫」は六位の色。六位蔵人の緑衫を清少納言は好まなかった(一八九段など参照)ので、「なりとも(でさえも)」と言う。
二二 青色の袍しか着ず、ということ。
二三 またすぐ着ることが出来るように、である。
二四 今の蔵人は昼でも青色を着ないようだ。
二五 蔵人たる誇りを忘れている、という非難。
二六 六衛府の武官で六位蔵人になった者の袍についての言及。下襲の裾を長く引いて目立った。
二七 こんな意見を聞いて、雨に女性を訪れない人が出て来るかも知れない。
二八 底本「すゝむ」。二類本により改む。
二九 紙の、これまたとても赤いのに。
三〇 拾遺集・恋三・源信明「恋しさは同じ心にあらずともこよひの月を君見ざらめや」。その第三句だけを書いた手紙を。
三一 女房が月光に透して見ていたのであろう。
三二 雨降りにこんな趣のある情景はない、と最後も雨攻撃で閉じる。
三三 後朝の文を欠かしたことのない男、の意。
三四 どうして(今まで通って行ったのか)、話にならない、もうこれっきりだ。絶交めいた科白。
三五 その翌朝ばかりは後朝の文がなかった。
三六 戸を開けるとすぐ使いが差出す手紙。いつもは男の使いが女の起床を待っているのである。
三七 それにしても、きっぱりしたお心だこと。
三八 雨がひどく降る、(そういう状態の)昼まで音沙汰なしなので。
三九 いつもの「あけたてばさしいづ」から判断しての独り言。すっかり見限ったのだわ。

どいひて、端《はし》のかたにゐたる夕暮《ゆふぐれ》に、傘《かさゝ》したるものゝ、持《も》てきたる文《ふみ》を、つ[一]ねよりもとくあけて見《み》れば、たゞ「水[二]ます雨《あめ》の」とある、[三]いとおほくよみいだしつるうたどもよりもお《(を)》かし。

（二七五段）

今朝《けさ》[四]はさしも見えざりつる空《そら》の、いと暗《くら》うかきくもりて、雪のかきくらし降《ふ》るに、いと心[五]ぼそく見《み》いだすほどもなく白《しろ》うつもりて、猶《(なほ)》いみじうふるに、随《ずい》身《じん》めきてほそやかなる男《をのこ》の、傘《かさゝ》さして、[六]そばのかたなる塀《へい》の戸《と》より入《い》りて、文《ふみ》をさし入《い》れたるこそお《(を)》かしけれ。いと白《しろ》き陸奥紙《みちのくにがみ》、白《しろ》き色紙《しきし》の[七]むすびたる、上《うへ》[八]にひきわたしける墨《すみ》の[九]ふと氷《こほ》りにければ、[一〇]末薄《すそうす》になりたるを、あけたれば、い[一一]と細《ほそ》くまきてむすびたる、[一二]巻目《まきめ》はこまぐ\とくぼみたるに、[一三]墨《すみ》のいと黒《くろ》う、うすく、[一四]くだりせばに、裏表《うらうへ》かきみだりたるを、うちかへしひさしう見るこそ、[一五]なにごとならんと、[一六]よそにて見《み》やりたるもお《(を)》かしけれ。まいて、[一七]うちほゝゑむ所はいとゆかしけれど、[一八]と《(ほ)》をうゐたるは、[一九]黒《くろ》き文字《もじ》などばかりぞ、[二〇]さなめりと

一　見限られた、と思っていたところだから、いつもより大急ぎで開封することになる。
二　後撰集・秋上・源中正「雨降りて水まさりけり天の川こよひはよそに恋ひむとや見し」などが擬せられている。「水ます雨の」という字句どおりの歌があったのかも知れないが、要するに雨で水かさが増すと共に私の思いも増すばかりです、と告げたもの。
三　たくさん歌をよんでよこしたのより、気がきいている。
四　天気が悪くなるとも見えなかった空模様が。
五　(どんなに積るか)心配で様子を見る間もなく。
六　塀に設けた戸があって、それが主人公の位置から見て「そばのかた」だったのであろう。
七　結び文にしてあることを指す。
八　結び文の結び目の所に引く封印の墨。紙にまたがるように引くので「ひきわたす」と言う。
九　筆をおろすや否や(=ふと)、墨が氷って。
一〇　あとの方ほどかすれているのを。
一一　巻かれている陸奥紙または白色紙の描写。
一二　紙の折り目が間隔も狭くへこんでいる所へ。
一三　墨の色が、ある所はとても黒く、他のある所はごく薄く、濃淡様々に書かれている様。
一四　行間を狭く、表と裏とに乱れ書きにしてあるのを。「くだりせば」を、行末ほど狭くなる意に、「うらうへ」を末上(うらうへ)、つまり上下の意に、それぞれ解する意見もある。
一五　どういう内容の手紙かと。
一六　自分のこととしてでなく(=よそにて)見やるのも。
一七　読んでいる女性が笑みを浮べたりするところは(何が書かれているのか)本当に知りたいが。
一八　遠くに居る者の目からは。
一九　黒々と書かれた文字の所だけが。

おぼゆるかし。

額髪《ひたひがみ》ながやかに、面《おも》やうよき人の、暗《くら》きほどに文《ふみ》をえて、[二二]火ともすほども心もとなきにや、[二三]火桶《おけ》の火をはさみあげて、たど〳〵しげに見《み》ゐたるこそ、おか《（を）》しけれ。

（二七六段）

[二三]きら〳〵しき物　[二四]大将、御前駆《さき》を《（お）》ひたる。[二五]孔雀《くざ》経の御読経《みど》、[二六]御修法《みずほう》。[二七]五大尊《だいそん》のも。[二八]御斎会《ごさいゑ》。蔵人《くら》の式部《しきぶ》の[二九]丞《ぞう》の、白馬《あをむま》の日大場《おほば》練《ね》りたる。その日、[三〇]靫負《ゆげい》の佐《すけ》の摺衣《すりぎぬ》破らする。[三一]尊星王《そんしやうわう》の御修法《みずほう》。[三二]季《き》の御読経《みど》。[三三]熾盛光《しじやうくわう》の御読経《みど》。

（二七七段）

[三四]神のいたうなるおり《（を）》に、[三五]神《（かん）》鳴《なり》の陣《（ぢん）》こそいみじうおそろしけれ。左右の大将、中少将などの、[三六]御格子《みかうし》のもとにさぶらひ給《（たまふ）》、[三七]いといと《〳〵》お《（ほ）》し。鳴《な》りはてぬるおり《（を）》

二〇　あそこを読んでほほえんでいるのだなと。
二一　灯台に明りをともす間。
二二　「ひをけ」が正。
二三　輝いて見えるもの。視覚的な見事さに加えてそのものの振舞いの立派さを、あわせて示す語として使われているようである。
二四　近衛大将が、御幸の前駆をつとめている様。帝の「御前駆」であり、その任にあるのが近衛大将という最高位の武官であることの完璧さ。
二五　仏母大孔雀明王経を読誦すること。続く「御修法」と内容的に同じであろう。
二六　「みずほふ」が正。三行後も同じ。ここは天変地異などを除く孔雀の修法。
二七　五大尊に調伏を祈る、いわゆる「五壇の御修法」。中央に不動、東方に降三世（ごうざんぜ）、南方に軍荼利夜叉（ぐんだりやしゃ）、西方に大威徳、北方に金剛夜叉、の五大明王（＝五大尊）を配する。
二八　宮中で金光明最勝王経を講ぜさせる国家鎮護の法会。正月八日から十四日まで。
二九　「しきぶのじよう」が正。蔵人式部丞は白馬節会の日、紫宸殿の広庭に出入りする。それを指して「大場練りたる」と言ったもの。
三〇　「ゆげひ」が正。白馬節会の当日に、違法の摺衣を着ている者があった時、検非違使がその着衣を破らせることがあったのを指す。
三一　北斗星のこと。この星を祀る修法。
三二　→一九八頁注六。
三三　熾盛光大威徳消災吉祥陀羅尼経の読誦。ただし読経による修法を指すものと思われる。
三四　「神」は雷。雷鳴がはげしい時に。
三五　雷が鳴ると近衛大将以下が弓箭を帯して警護に当った。その勤務のこと。
三六　近衛大将たちは帝の近く、清涼殿の孫廂にひかえることになっていた。

[一]大将おほせて「[二]おり」との給《(たまふ)》。

（二七八段）

[三]坤《こむ》元《(げん)》録《ろく》の御屏風こそ、お《(を)》かしうおぼゆれ。[四]漢書の屏風は、[五]お《(を)》ほ《(を)》しくぞきこえたる。[六]月次《なみ》の御屏風もお《(を)》かし。

（二七九段）

[七]節分違《せちぶんたが》へなどして[八]夜ふかくかへる、寒《さむ》きことといとわりなく、[九]おとがひなどもみなおちぬべきを、からうじて来《き》つきて、[一〇]火桶《おけ》ひきよせたるに、火の、おほきにてつゆ黒《くろ》みたる所もなくめでたきを、こまかなる[一一]灰《はい》のなかよりおこしいでたるこそ、[一二]いみじうお《(を)》かしけれ。

[一三]又ものなどいひて、火の消《き》ゆらんもしらずゐたるに、こと人の来《き》て、炭《すみ》いれてを《(お)》こすこそいと[一四]にくけれ。されど、[一五]めぐりにを《(お)》きて中に火をあらせたるはよし。みな[一六]ほかざまに火をかきやりて、炭《すみ》をかさねを《(お)》きたるいたゞきに、火をお

二七 いくら近衛の武官でも、まともに雷に向っているのは恐ろしいだろう、という同情で「いとほし」と言ったもの。

一 大将が（部下に）お命じになって。次の「おり」がその命令である。
二 降りよ。孫廂の四方の隅に立って警護に当っている部下に、降殿するよう命じる言葉。
三 坤元録は中国の地誌。村上天皇の時に、大江朝綱に命じてこの地誌の中から名所二十を選ばせ、巨勢公忠に画を描かせ、朝綱・橘直幹・菅原文時の三人に詩を作らせ、小野道風にそれを書かせた、という屏風。
四 漢書の中から題材を選んで作った屏風。画と詩と書との芸術品であること、右に同じ。
五 男らしい感じに響く。漢書から画材をとると名君・忠臣・勇将といった男性人物画となることを言ったもの。ただし「おほしく」のままで、画がその人物を髣髴させる、の意とする解がある。その場合「きこえたる」は、そういう評判だ、の意と解することになる。
六 月ごとに一面、十二面の四季絵の屏風。
七 立春の前夜に方違えをすること。二二段にも、節分違えの接待のことにふれてあった。
八 方違えを終えて自宅へもどって来ること。
九 顎も落ちそうになるのを。
一〇 「ひをけ」が正。　一一 「はひ」が正。
一二 主人の帰りに備えていた侍女の志への賞讃。
一三 話に夢中になり火の消えるのも気付かぬ様。
一四 不注意を暴きに来たかのように感じる気持。
一五 周りに新しい炭を置いて、中に熾っている炭（＝火）を置くのはよい。炭をつぎ足すだけだからであろう。　一六 一旦火を横にかき除けて。
一七 気にくわない。いままでもえつづけてきた

きたる、いと[一七]むつかし。

（二八〇段）

雪のいとたかう降《（ふり）》たるを、[一八]例《れい》ならず御格子《みかうし》まい《（ゐ）》りて、[一九]炭櫃《すびつ》に火をこ《（お）》して、物《もの》語《がたり》などしてあつまりさぶらふに、「[二〇]少納言よ。[二一]香炉峰《かうろほう》の雪いかならん」と仰《おほ》せらるれば、[二二]御格子《みかうし》あげさせて、[二三]御簾《みす》をたかくあげたれば、笑《わら》はせ給《（たまふ）》。人々もさることはしり、[二四]歌などにさへうたへど、「[二五]おもひこそよらざりつれ。[二六]猶《（なほ）》此《（この）》宮の人にはさべきなめり」といふ。

（二八一段）

[二七]陰陽師《をんやうじ》のもとなる小童《こわらはべ》こそ、いみじう[二八]物は知《し》りたれ。祓《はらへ》などしにいでたれば、[二九]祭文《さいもん》などよむを、[三〇]人は猶こそきけ、[三一]ちうとたち走《はし》りて、「[三二]酒《さけ》、水《みづ》、いかけさせよ」ともいはぬに、しありくさまの、例《れい》しり、いさゝか[三三]主《しう》に物いはせぬこそ、うらやましけれ。[三四]さらん物《（もの）》な使《つか》はん、とこそおぼゆれ。

のを崩すようなやり方だからであろう。

一八 珍しく御格子をおろして。雪見を楽しもうとなさる御様子もなく、という気持が「例ならず」にこめられているであろう。中宮がわざとそうさせられたのだと匂わせる表現である。

一九 角形の火鉢。これを囲んで女房たちが会話を楽しんでいる様子。

二〇 名指しの御下問である。自分が特別の期待を受けていることへの喜びが含まれていよう。

二一 白氏文集十六「日高睡足猶慵レ起、小閣重レ衾不レ怕レ寒、遺愛寺鐘欹レ枕聴、香炉峯雪撥レ簾看」をふまえた御下問。有名な詩で和漢朗詠集にも「遺愛寺」と「香炉峯」との対句の部分が採録されて周知であった。

二二 早速御格子をあげさせて。

二三 「撥レ簾看」の実践。清少納言自身、黙って御簾をあげたのであろう。この場合言語は無用。

二四 （この詩の境地を）和歌によむことすらあるほどだが。 二五 この詩にぴったりの状況だとは）思いもつかなかった。「例ならず御格子まゐり」であったわけも、いま合点がいった、ということの表明であろう。

二六 やはりこの中宮に宮仕えする人としては、最もふさわしい人のようだ。清少納言に対する評で、大勢いる女房の中で、名指して御下問を受けるだけのことはある、と賞讃したもの。

二七 「おんやうじ」が正。 二八 気がつくものだ。

二九 神に告げる言葉。「よむ」のは陰陽師。

三〇 「なほ」は平凡なこと。人はただ聞いているだけだが。 三一 敏捷な様。さっと。

三二 酒や水を振りかけさせよ。使役表現だが「小童」が「いかけ」るはずで、この表現は不審。

三三 「しゆう」が正。

三四 こういう気のきく者を使いたいものだ。

（二八二段）

三月ばかり物忌《いみ》しにとて、[一]かりそめなる所に、人の家《いへ》にいきたれば、木どもなどのはか〴〵しからぬ中に、[二]柳《やなぎ》といひて、例《れい》のやうになまめかしうはあらず、[三]ひろく見《み》えてにくげなるを、[四]あらぬものなめりといへど、[五]かゝるもありなどいふに、

　[六]さかしらに柳《やなぎ》のまゆのひろごりてはるの面《おもて》をふする宿かな

[七]とこそみゆれ。

その比《（ころ）》、又おなじ物忌《いみ》しに、さやうの所に[八]いでくるに、[九]二日といふ日の昼《ひる》つかた、いとつれ〴〵まさりて、[一〇]只今《（ただいま）》もまい《（ゐ）》りぬべき心ちするほどにしも、[一一]仰《おほ》せごとのあれば、いとうれしくてみる。浅緑《あさみどり》の紙《かみ》に、[一二]宰相の君《きみ》、いとお《（を）》かしげに[一三]書《か》い給へり。

　[一四]いかにして過《す》ぎにしかたを過《すぐ》しけんくらしわづらふ昨日けふかな

となん。[一五]私《わたくし》には、「今日《けふ》しも[一六]千年《とせ》の心ちするに、[一七]暁にはとく」とあり。此君《（この）》の

一（物忌の間の）仮の宿として。
二 柳の木だと（その家の人が）言って、通常の柳のように優美でなく。
三 葉が広く、これでも柳かと腹立たしいのを。
四 別の木なのでしょうと（清少納言が）言うのだが。　五 こんな柳もある。宿の人の発言。
六 生意気に柳の葉が広がって、春の面目を丸つぶしにする家だこと。「柳のまゆ」は柳の葉の、言わば別称。その形状から人間の眉にたとえたもの。だから「面」は縁語になる。
七 という気がした。「にくげなる」柳を植えている宿の主への思いである。
八 中宮の御前から退出した、の意であろう。
九 二日目の昼ごろ。
一〇 ただ二日しか経っていないのに、もう中宮の御前に参上したい、と思うのである。
一一 ちょうどその時に、という気持が「しも」。
一二 二〇段・一三六段など、最もしばしば登場する女房。清少納言と並ぶ中宮のお気に入り。
一三 中宮の仰せを筆記した、仰せ書き、である。
一四 どのようにして（そなたが出仕する）以前の日々を、私は過していたのでしょう、昨日今日は時間を過しかねています。そなたがいないのでこの二日間どう暮してよいのかわからない、の意。「二日といふ日の昼つかた」届いた手紙だから、中宮は、清少納言が退出したその時から、もう「くらしわづらふ」状態になったと、当の清少納言に伝えておられることになる。
一五 仰せ書きの後に添えた宰相の君の私信。
一六 後拾遺集・恋二・藤原隆方「暮るる間の千年を過すここちして待つはまことに久しかりけり」。
一七 底本「あか月」。表記を改む（四行後も同じ）。
一八 宰相の君がこうおっしゃるのだけでも、心

[一八]の給《たまひ》たらんだにおかし《(を)》かべきに、まして仰《おほ》[一九]せごとのさまはをろか《(お)》ならぬ心ちすれば、

雲[二〇]の上もくらしかねける春の日をところからともながめつるかな

[二一]私《わたくし》には、「今宵《こよひ》[二二]のほどども少将にやなり侍らんとすらん」とて、暁[二三]にまいり《(ゐ)》たれば、「昨日の返し、「かねける」[二四]いとにくし。[二五]いみじうそしりき」とおほせらるゝ、[二六]いとわびしう、[二七]まことにさることなり。

（二八三段）

[二八]十二月廿四日、宮[二九]の御仏名《(みぶつみやう)》の半《はん》夜[三〇]の導師《し》聞《きゝ》きて出《い》づる人[三一]は、夜中ばかりも過《す》ぎにけんかし。

日《ひ》ごろふりつる雪の、今日《けふ》はやみて、風などいたうふきつれば、垂氷《たるひ》[三二]いみじうしたり。地《つち》などこそむら〳〵白《しろ》き所がちなれ、屋《や》のうへはたゞをし《(お)》なべて白《しろ》きに、あやしき賤《しづ》の屋も雪にみな面《おも》[三三]がくしして、有明《ありあけ》の月のくまなきに、いみじうおかし《(を)》。[三四]銀《しろかね》などをふきたるやうなるに、[三五]水晶《すいさう》の滝《たき》、などいはましやうにて、

に深く感じて当然である上に。
一九 中宮のおっしゃり方はおろそかには受けとれぬ思いがするので。退出したその日から、とは何ともったいない、という気持。
二〇「雲の上」は宮中で、中宮の居場所を指す。中宮様も「も」で、私だけでなく、の意を表わす。中宮様もお過しになれなかったのでしたか。長い春の昼間を、御前を離れた仮住いのせいかと思いつつ、過しかねておりました。早くお目にかかりたいと私だけが歎いているのだと思っておりました、の意で、あんな恐れ多いお便りをいただく前から、私は中宮様のもとを離れた空しさをもて余していました、と必死に訴えた歌。
二一 宰相の君の私信への返事として。
二二 私は今宵のうちに少将になりそうです。「少将」は、小野小町に百夜通ったという深草少将を、清少納言の当時に既にその話があったと判断すべき証拠はないけれども、擬するしかないであろう。宰相の君の「暁には」に対して「今宵」と言うことで、私は暁まで待てそうもありません、の意を利かせたことは確実だろうから、同様に宰相の君の「千年」に対して、私は「百夜」が限度です、といった意を利かせた言葉の上での応酬、と見ておく。中宮側に先んじられ、失地回復に必死の態である。
二三「今宵」と言っておいて、行くのはやはり暁。
二四「かねける」は、何かをしようとして出来ないことを表わす。自分の事に使った語が、「も」のために、中宮の能力不足を言ったように響く結果となった。中宮の「にくし」はその点への評。
二五 私をひどく悪く言ったものね。
二六 必死に思いを伝えたつもりなのに、尊敬する中宮に「にくし」と言われて困窮の極にある様。
二七 言われて見ればその通りだとしょげかえる。

長《なが》く短《みじか》く、[一]ことさらにかけわたしたると見えて、いふにもあまりてめでたきに、下簾《したすだれ》もかけぬ車の、簾《すだれ》をいとたかうあげたれば、[二]奥《おく》までさし入《い》りたる月に、[三]薄《うす》色、白《しろ》き、紅梅《こうばい》など、七《なゝ》つ八《や》つばかりきたるうへに、[四]濃《こ》き衣《きぬ》のいとあざやかなる、艶《つや》など月にはへ《(え)》ておか《(を)》しうみゆるかたはらに、[五]葡萄染《えびぞめ》の[六]固紋《かたもん》の指貫《さしぬき》、白《しろ》き衣《きぬ》どもあまた、山吹《ぶき》、紅《くれなゐ》など着《き》[七]こぼして、[八]直衣《なをし》のいと白《しろ》き紐《ひも》をときたれば、[九]ぬぎ垂《た》れられていみじうこぼれ出《い》でたり。[一〇]指貫《さしぬき》の[一一]かたつかたは、[一二]軾《とじきみ》のもとにふみいだしたるなど、道に人あひたらば、おか《(を)》しと見《み》つべし。

[一三]月のかげのはしたなさに、後《うしろ》ざまにすべり入《い》るを、つねにひきよせ、あらはになされてわぶるもおか《(を)》し。「[一四]凜《りん》〳〵として氷鋪《こほりし》けり」といふことを、かへす〴〵誦《ず》しておはするは、いみじうおか《(を)》しうて、夜ひと夜もありかまほしきに、[一五]いく所のちからなるもくちお《(を)》し。

（二八四段）

宮づかへする人〴〵の[一六]いであつまりて、[一七]を《(お)》のが君《きみ》〴〵の御こと、めできこえ、

二八 通常「御仏名」は十二月十九日から三日間行われるが、後れる場合もあり、これは二十二日から始まった第三夜であろう、とされる。
二九 中宮主催の御仏名。
三〇 第二夜の子二刻(午後十一時半)から丑一刻(午前一時)まで、第三夜の子三刻(午前零時)から丑二刻(午前一時半)まで行われる法会で、その時の主席の僧が「導師」。
三一 一般的に想定した人物のはずだが、こう言うことで清少納言は、その人物と一体となり得たようである。以下実体験のような叙述となる。
三二 つららが一面に下っている。
三三 雪で「あやし」さが隠されることを指す。
三四 「あやしき賤の屋」が銀葺きのように見える。
三五 つららの形容。「銀葺き」に合わせて言う。

一 底本「ことさらにことさらに」。他本により改む。わざわざ一面に下げたようにみえて。
二 「十二月廿四日」は月の末で、「半夜の導師聞きて」から一時間もしないと月は出ない。
三 薄紫。　四 濃い紫の唐衣、であろう。
五 「えびぞめ」が正。　六 →二二頁注四。
七 女の「かたはら」の男性の、裾を出した着方。
八 「なほし」が正。その襟の紐を解いた様子。
九 直衣が肩のあたりまで垂れて来た様子。
一〇 直衣の下に着ている衣が丸見えとなる様子。
一一 片一方。左右の足のどちらかのこと。
一二 牛車の前後に設けた閾。これは当然後の方。
一三 前に「奥までさし入りたる月」とあった。
一四 和漢朗詠集・十五夜「秦甸之一千余里、凜凜氷鋪、漢家之三十六宮、澄澄粉餝」。ただし八月十五夜の詩で、やや季節外れ。
一五 目的地が近くなるのも残念だ。
一六 退出し集まって来て。　一七 それぞれの主人。

[一八]宮のうち[一九]殿《との》ばらのことども、かたみに語《かた》りあはせたるを、[二〇]その家主《いへあるじ》にて聞《き》くこそお《(を)》かしけれ。家《いへ》ひろくきよげにて、わが親族《しぞく》はさらなり、[二一]うち語《かた》らひなどする人も、[二二]宮仕《づかへ》人《びと》を、[二三]かた〴〵にすへ《(ゑ)》てこそあらせまほしけれ。[二四]さべきお《(を)》りは、ひとゝころにあつまりゐて物語し、[二五]人のよみたりし歌なにくれと語《かた》りあはせて、[二六]人の文《ふみ》など持《も》てくるもろともに見、かへりごとかき、又[二七]むつまじうくる人もあるは、[二八]きよげにうちしつらひて、[二九]雨《あめ》などふりてえ帰《かへ》らぬも、お《(を)》かしうもてなし、[三〇]まい《(ゐ)》らんお《(を)》りは、そのこと見《み》いれ、[三一]思はんさまにして出《い》だしたてなどせばや。

[三二]よき人のおはしますありさまなどの、いとゆかしきこそけしからぬ心にや。

（二八五段）

[三三]見ならひする物　[三四]あくび、[三五]ちごども。

一八 お仕えしている宮様方の内部の様子。
一九 家柄の方々の有様。
二〇 集まって来た家の主人の立場で。
二一 いつも仲よく話しあっている人。
二二 宮仕えしている人を。それが「親族」なら言うまでもない、仲のよい友人でもよい、とにかく宮仕えしている女性を、ということ。
二三 あの部屋この部屋に住まわせて見たい。そういう「広く清げ」な家がほしい、という願望。
二四 以下、そういう宮仕えの女房たちと、こんな風に暮したら楽しいだろう、という想像。
二五 誰かのよんだ歌をあれこれと話しあって。
二六 誰かの手紙など持って来るのも一緒に見て。女房が、自分の所へ来た手紙を持って来て、皆に見せるのである。
二七 親しくして訪ねて来る男があったりすると。
二八 家主として、男の訪問を受ける女房の部屋をきれいに整えて、と世話をやきたいのである。
二九 雨が降って男が帰れなくなった時も。
三〇 女房が宮仕えに上る時には、その世話をし。
三一 思う通りの姿に仕立てて送り出しなどしてみたい。底本「いたしいて」。能因本により改む。
三二 高貴な方のお暮しの御様子などが、ひどく知りたいのは、感心できぬ心であろうか。上流のいろんな家に仕える女房を住まわせたい、というのも、上流社会への抑え切れぬ好奇心であることを、ちょっと自己反省した言葉だが、この段は清少納言が、本質的には世話好きで、ためらうことの少ない正直な人物であることの、よくあらわれた段と言ってよいであろう。
三三 見て真似をするもの。すぐうつるもの。
三四 欠伸(あくび)がうつることは今も同じ。
三五 幼児の一人が何かすると、すぐ他の幼児が同じことをする、その点を言ったもの。

（二八六段）

[一]うちとくまじき物　ゑ《（え）》[二]せもの。[三]さるは、よしと人にいはるゝ人よりも、うらなくぞみゆる。

[四]船のみち。日のいとうらゝかなるに、海の面《おもて》の、いみじうのどかに、浅《あさ》[五]みどりの打《う》ちたるをひきわたしたるやうにて、いさゝか恐《おそ》ろしきけしきもなきに、若《わか》き女などの衵《あこめ》[六]、袴《はかま》などきたる、侍《さぶらひ》のものゝ若《わか》やかなるなど、櫓《ろ》といふ物押《を》[七]して、歌《うた》[八]をいみじうゝたひたるは、いとおか《（を）》しう、[九]やむごとなき人などにも見せたてまつらまほしう思ひいくに、風いたうふき、海の面《おもて》[一〇]たゞ悪《あ》しに悪《あ》しうなるに、物もおぼえず、泊《とま》[一一]るべきところに漕《こ》ぎつくるほどに、船[一二]に浪のかけたるさまなど、[一三]かた時にさばかり和《なご》かりつる海ともみえずかし。

おもへば、船《ふね》[一四]に乗《の》りてありく人ばかり、[一五]あさましうゆゝしき物こそなけれ。[一六]よろしき深《ふか》さなどにてだに、[一七]さるはかなき物に乗《の》りて漕《こ》ぎいづべきにもあらぬや。まいて、[一八]そこゐ《（ひ）》もしらず、千尋《ちいろ》[一九]などあらむよ。ものをいとおほく積《つ》みいれ

一 気を許すことの出来ないもの。
二 とるに足らぬ者。下賤の者を指すのだろう。
三 もっとも、いい身分だと人に言われる人達より裏表がないように見える。「さるは」は但し書き風に言い添える時の言葉。「よしと人にいはるる」は、無条件に「よし」ではないことを言うものであろう。こういう人は裏表があってえせ者より気が許せない。　四 船旅。
五 浅緑色の打衣。艶がある。
六 →一二頁注八。　七「おして」が正。
八 舟歌。のんびりとした様子の描写。
九 ひたすら面白く平穏であることを強調した表現。「思ひいくに」から様子を一変させる。
一〇 一方的に悪い状態になるばかりであること。
一一 船泊りすべき港に何とか漕ぎつける頃に。その時になってやっと心が落着く、ということで、上の「物もおぼえず」から反転する形で以下の観察と印象を導く。
一二 船に波がかぶさって来る様子など。底本「浪のの」。能因本により改む。
一三 人心地ついての感想。
一四 船に乗りあるく人ほど。漁人・水夫の類。
一五「あさましう」は理解を超えた驚きを、「ゆゆしき」は命がけであることへの、とんでもないといった拒絶感を、それぞれ示す。驚くべく危険この上ないものはない。
一六 並一通りの(大したことのない)深さでも。
一七 あんな頼りないものに乗って(陸を離れて)漕ぎ出せるものではないというものだ。
一八「そこひ」は「底」と同義。
一九「ちひろ」が正。尋(ろひ)は両手を拡げた長さ。
二〇 吃水はただの一尺ほどしかないのに。
二一 船の上を走りまわること。
二二 少しでもまずく扱うと船が沈まないかと思

たれば、二〇水際《ぎはゝ》はたゞ一尺ばかりだになきに、下衆《げす》どもの、いさゝかおそろしとも思はでは二一しりありき、二二つゆ悪《あし》うもせば沈《しづ》みやせんと思ふを、大きなる松《まつ》の木などの、二三二三尺にて丸《まろ》なる、五《いつゝ》つ六《む》つ、二四ほう〳〵と投《な》げいれなどするこそいみじけれ。

屋形《やかた》といふ物のかた二五にて押《を》す。されど奥《おく》二六なるはたのもし。端《はた》にて立《た》てるものこそ、目《め》くるゝ心ちすれ。早緒《はやお》二七とつけて、櫓《ろ》とかにすげたるものの《ゝ》、弱《よは》二八げさよ。二九かれが絶《た》へ（え）ば、なにに《ゝ》かならん。三〇ふと落《お》ちいりなんを。それだに太《ふと》くなどもあらず。

三一わが乗《の》りたるはきよげにつくり、三二妻戸《つまど》あけ格子《かうし》あげなどして、三三さ水とひとしうをりげになどあらねば、三四たゞ家《いへ》のちい（ひ）さきにてあり。三五小船《こぶね》を見やるこそいみじけれ。とを（ほ）きはまことに笹《さゝ》三六の葉をつくりて、うち散《ゝ》らしたるにこそ、いとようにたれ。泊《とま》りたる所にて、船《ふね》ごとに灯《とも》したる火は、又いとおか（を）しう見《み》ゆ。三七はし舟とつけて、いみじうちい（ひ）さきに乗《の》りて漕《こ》ぎありく。つとめてなど、いとあはれなり。三八あとの白浪は、まことにこそ消《き》三九えもていけ。四〇よろしき人は、

われるのに。
二三 長さ二、三尺の松丸太を五、六本。船へ投げ入れるのであろう。これを防舷材と見る意見があり、それに従えば、船から海面へ投げ入れることになる。船に視線を注ぐ文脈で、船へ投げ「入れ」るのだと見ておく。 二四 ぽんぽんと。
二五 「かた」は「方」で、屋方のある側を指し、「押す(「おす」が正)」は前頁にもあった「櫓を押す」こと。屋方のある船尾の方で櫓を押す。
二六 櫓が二人押しで、船べりから遠い者が「奥なる」、船べりの者が「端にて立てる者」。
二七 「はやを」が正。「つけて」は、名付けて、の意。注三七も同じ。下に「櫓とかにすげたるもの」とある通り櫓にとりつけた綱。
二八 「よわげ」が正。
二九 あれが切れたらどういうことになるだろう。
三〇 いきなり海に落ちてしまうだろうに。
三一 私の乗っているのは綺麗に作ってあり。前の「屋形」のあるのが荷船であることがわかる。
三二 居住用に作られている有様。
三三 そのように(＝さ)水と同じ高さに居るような感じではないので。
三四 まるで家の小さなのに居る感じだ、の意。
三五 「家のちひさき」のような船から小舟を見下すとこわいような気がする。
三六 笹の葉を舟に作って。いわゆる笹舟のこと。このあたり土佐日記の「これを見れば春の海に秋の木の葉しも散れるやうにぞありける」を思い浮べて「まことに」と言うのかもしれない。
三七 現在の「はしけ」と呼ぶ小舟であろう。
三八 拾遺集・哀傷・沙弥満誓「世の中をなににたとへむ朝ぼらけ漕ぎゆく舟のあとの白波」。
三九 次から次へと消えてゆく。
四〇 ちょっとした人なら。

猶《なほ》のりてありくまじき事[一]とこそおぼゆれ。徒歩路《かちぢ》も又おそろしかなれど、それはいかにも〳〵地《つち》につきたればいとたのもし。

海《うみ》は[二]猶いとゆゝしとおもふに、まいて、海女《あま》の[三]かづきしに入《い》るは、[四]うきわざなり。腰《こし》につきたる緒《を》の、絶《た》えもしなばいかにせんとならん。[五]男《をのこ》だにせましかばさてもありぬべきを、[六]女は猶おぼろけの心ならじ。舟《ふね》に[七]男《おとこ》は乗《の》りて、歌《うた》などうちうたひて、この[八]栲縄《たくなわ》を海に浮《う》けてありく。[九]あやう《ふ》く、うしろめたくはあらぬにやあらん。[一〇]のぼらんとて、その縄《なわ》をなんひくとか。[一一]惑《まど》ひくり入《い》るゝさまぞ、ことは《わ》りなるや。[一二]舟の縁《はた》をおさへてはなちたる息《いき》などこそ、まことにたゞ見《み》る人だに[一三]しほたるゝに、[一四]落《おと》しいれてたゞよひありく男《をのこ》は、[一五]めもあやにあさましかし。

（二八七段）

[一六]右衛《ゑ》門《もん》の尉《ぞう》なりけるものゝ、[一七]ゑ《え》せなる男親《おとこおや》を持《も》たりて、[一八]人の見るに面《おもて》ぶせなりと、[一九]くるしう思ひけるが、伊予《いよ》の国よりのぼるとて、[二〇]浪に落《おと》しいれけるを、

一 底本「事こそ」。他本により補う。
二 何が何でも大そうこわい。特別の条件を加えなくても、という気持が「猶」。
三 潜りに海中へ入るのは。
四 見るのもつらい仕事だ。
五 せめて男がするというのならまだしもだが。
六 女がするとなると、並や大抵の気持ではあるまい。　七「をとこ」が正。
八「たくなは」が正。楮（ぞう）の皮で作った縄。
九 危険に思ったり、心配になったりはしないのかしら。「歌などうちうたひて」という呑気そうな態度への疑念。
一〇 （女は）海面へ浮き上ろうとして、その縄を引くのだそうだ。「なは」が正。
一一 縄の合図を受けた男の様子。あわてて（＝惑ひ）縄を舟にたぐり込む有様は。
一二 海女が一気に呼吸する時の音。「などこそ」の結びは「しほたるるに」で解消されている。
一三 涙が流れるのに。海女の話をしているので「しほたる」と言う。言わば縁語。
一四 女に労働をさせ、自分はぶらぶらして、という思いで「落し入れ」「ただよひありく」と言う。
一五 あきれかえるばかり、ひどいことだ。
一六「ゑもんのじよう」が正。誰ともわからない。
一七 碌でもない男親を持って。「をとこ」が正。
一八 人が見ると自分の恥になると。
一九 耐え難い思いでいたのが。「思ひける」の連体形は、主語「右衛門尉なりける者の」を承けて名詞句を作る連体形。次の「が」は主格。
二〇 父親を海につき落した、ということ。
二一 主語は、世間の者であろう。
二二 （殺した父親のために）盆の供養をする、と言って（右衛門尉が）用意するのを。
二三 藤原道綱の息。従って定子の従兄。長保三

人の心ばかりあさましかりけることなしと、[二一]あさましがるほどに、七月十五日、[二二]盆《ぼん》たてまつるとていそぐを見給《(みたまひ)》て、[二三]道命阿闍梨《だうめいあざり》、

[二四]わたつ海におや押《を》しいれてこの主《ぬし》の盆《ぼん》するみるぞあはれなりける

と[二五]よみ給《(たまひ)》けんこそおか《(を)》しけれ。

（二八八段）

[二六]小原《をはら》の殿《とのゝ》の御母上《はゝうへ》[二七]とこそは、[二八]普門《ふもん》といふ寺《てら》にて八講《かう》しける、[二九]きゝて、又の日、[三〇]小野殿《をのどの》に人〴〵いとおほくあつまりて、[三一]あそびし文《ふみ》つくりてけるに、

[三二]たきゞこる事は昨日につきにしをいざ斧《をのゝ》の柄《え》はこゝに朽《く》たさん

とよみ給ひたりけんこそ、[三三]いとめでたけれ。[三四]こゝもとは打聞《うちぎゝ》になりぬるなめり。

（二八九段）

又、[三五]業平《なりひら》の中将のもとに、母《はゝ》の皇女《みこ》の、[三六]「いよ〳〵みまく」との給《(たま)》へる、いみじうあはれにおか《(を)》し。[三七]ひきあけてみたりけんこそ思《(おもひ)》やらるれ。

年(一〇〇二)十一月阿闍梨。歌人としても名をなす。
二四 海に親をつき落しておいて当の本人が盆供養をするのを見るのが心に沁み入る思いだ。「おしいれて」が正。「あはれなり」はむしろ、恐れ入ったものだ、に近い逆説的な表現であろう。
二五 続詞花集にこの歌が道命法師の作として採られているが、本当に道命の歌か疑わしい。
二六 後の歌から、これは「藤原道綱の母」に該当することになるが、道綱と「小原の殿」との結びつきは不明。前田本「又、傅(ふ)の殿」に従って東宮傅であった道綱を指すとする説がある。
二七 「…とこそは聞け」の省略形。道綱様の御母上の歌、と聞いているものだが、の意。
二八 京都の北郊岩倉にあったとされる普門寺。
二九 法華八講を、道綱母が聴聞して。
三〇 比叡西麓の小野にあった邸であろうが不明。
三一 管絃の遊びと作詩。歌も作られたであろう。
三二 拾遺集・哀傷に「春宮大夫道綱母」の作としてこの歌を載せる。その詞書によれば、藤原為雅の普門寺での経供養の翌日「小野にまかりてはべりけるに、花のおもしろかりければ」詠んだ歌ということになっている。「薪こる」は、法華経・提婆達多品に、釈迦が阿私仙に仕え「採レ果汲レ水、拾レ薪設レ食」して法華経を伝えたと説く所によりつつ、法華八講五巻の日に「法華経をわが得しことけ薪こり菜つみ水汲み仕へてぞ得し」と唱えながら行道することを踏まえて言ったもの。「斧の柄」は王質の故事(→八二頁注一)を踏まえたもの。薪を伐って法華経を讃嘆することは昨日で終了しましたから、今日は小野の宴に時のたつのを忘れましょう。「薪」の縁で「つき」と言い、「斧」に「小野」を懸ける。
三三 印度・中国の故事を、縁語・懸詞として和歌に組み込んだ抜群の手ぎわへの賞讃。

（二九〇段）

お《(を)》かしと思《(おもふ)》歌《うた》を、草子《さうし》などに書《か》きてを《(お)》きたるに、いふかひなき下衆《げす》の、う一ちうたひたるこそ、いと心うけれ。

（二九一段）

二よろしき男《おとこ》を、下衆《げす》女などのほめて、「いみじう三なつかしうおはします」などいへば、四やがて思《(おもひ)》おとされぬべし。五そしらるゝは中〳〵よし。下衆《げす》にほめらるゝは、六女だにいとわろし。又七ほむるまゝにいひそこなひつる物は。

（二九二段）

左右の衛門の八尉《ぞう》を九判官《はう》といふ名《な》つけて、いみじうおそろしう、かしこきものに思ひたるこそ一〇。一一夜行《やかう》し、細殿《ほそどの》などに入《い》りふしたる、いと見《み》ぐるしかし。一二布《ぬのゝ》の白袴《しろばかま》、き丁《(ちやう)》にうちかけ、うへの衣《きぬ》の、一三長《なが》くところせきをわがねかけたる、いと

三四 このあたりは、人から聞いた話の書きとどめ(=打聞)になってしまったようだ。

三五 在原業平。元慶元年(八七七)右近権中将。阿保親王第五子で、在五中将と呼ばれる。平安初頭を代表する歌人。その「母の皇女」は伊登内親王。

三六 古今集・雑上「老いぬればさらぬ別れもありと言へばいよいよ見まくほしき君かな」。

三七 伊勢物語・八十四段にもこの歌を載せる。そこに「とみのこととて御ふみあり、おどろきて見れば」とある。それを頭において言うのであろう。

一 ひょいと口にまかせて唱う、といった気持であろう。「をかしと思」い「草子」にまで書き留めておいた歌を、「いふかひなき下衆」に、気安く唱われる無念が、「いと心うけれ」。

二 一応立派だと言える程の男。「をとこ」が正。

三 「なつく」の形容詞。親しみやすい。

四 それを聞いただけで(=やがて)軽く見てしまうことになろう。「れ」は自発。

五 (下衆女に)悪く言われるのはかえって(=なかなか)よいことだ。

六 「よろしき男を」と書き出したので、女でも同様と言う。「だに」が強いが、男に比べて女の社会性が低かったことの反映であろう。

七 それに(下衆は)賞めている中に言い違いをしてしまったりするものだからね。賞めるつもりで変なことを言ってしまう、ということ。

八 「じよう」が正。　九 検非違使尉の称。

一〇 「こそ」で終止であろう。強調表現の一種で、恐しく、偉いものだと思っていることだ、の意。

一一 夜の巡察。以下「細殿」の女を訪ねる叙述は四二段に似る。　一二 白い指貫。

一三 裾が長く仰山なのを丸めてかけたのは。

つきなし。[一四]太刀《たち》のしりに、ひきかけなどしてたちさまよふは、されどよし。[一五]青色《あをいろ》をたゞつねに着《き》たらば、いかにお《(を)》かしからん。[一六]「見し有明《ありあけ》ぞ」とたれいひけん。

(二九三段)

[一七]大納言殿まい《(ゐ)》り給《(たまひ)》て、[一八]文《ふみ》のことなど奏《そう》し給《(たまふ)》に、例《れい》の、夜いたくふけぬれば、御前《おまへ》なる人〳〵一人《ひとり》二人《ふたり》づゝうせて、御屛風みき丁《(ちやう)》のうしろなどにみなかくれふしぬれば、只《(ただ)》ひとり、ねぶたきを念《ねん》じてさぶらふに、[一九]「丑四《うしよ》つ」と奏《そう》すなり。[二〇]「あけ侍《(はべり)》ぬなり」とひとりごつを、大納言殿[二一]「いまさらに、なおほとのごもりおはしましそ」とて、[二二]ぬべき物ともおぼいたらぬを、[二三]うたてなにしにさ申《(まうし)》つらん、と思へど、[二四]又ひとのあらばこそはまぎれも臥《ふ》さめ。

[二五]上《うへ》の御前《おまへ》の、柱《はしら》によりかゝらせ給《(たまひ)》て、すこしねぶらせ給《(たまふ)》を、[二六]「かれ見《み》たてまつらせ給へ。いまはあけぬるに、かうおほとのごもるべきかは」と申させ給へば、「げに」など[二七]宮の御前《おまへ》にも笑《わら》ひきこえさせ給《(たまふ)》もしらせ給はぬほどに、[二八]長女《おさめ》

一四 太刀の先の方に裾をひっかけて(細殿のあたりを)うろうろ歩くのは。
一五 六位蔵人の麴塵の袍。
一六 引歌未詳。
一七 伊周。大納言であったのは、正暦三年(九九二)八月から正暦五年八月まで。
一八 漢詩文のことを帝にお話なさる中に。恐らく漢詩文に関する講義であろう。正暦三年に一条帝は十三歳。正暦五年でも十五歳である。
一九 午前二時半。「奏す」は二七一段に描かれた時奏である。
二〇 夜も明けるようだ。午前二時半ではまだ夜明けではないが、「ねぶたきを念じて」寝ずにいた清少納言として、とうとう徹夜になりそうだ、という気持であろう。続く「ひとりごつを(独り言を言ったのを)」はその気持の自らの表われと見てよかろう。
二一 この時間になって、お寝みにはなりませんように。極めて丁重な言葉遣いだが、清少納言への言葉で、戯れての言葉遣いであろう。
二二 寝ることなど考えてもおいでないのを。
二三 まずかった(=うたて)どうしてあんなことを言ったのかしら。眠りたがることは「いぎたなし」と言って、不風流なことである。
二四 他に(=又)女房がいるならば、かくれて寝ることも出来ようけれど。上の「と思へど」との続きがしっくりしないので、能因本「まぎれもせめ」に従う解もあるが、実のところは眠りたいのだという気持が表現されたものと見ておく。
二五 一条帝。まだお若くておやすみである。
二六 中宮定子への言葉。定子は帝より四歳年長。
二七 中宮も微笑される、それをも帝は御存知なくおやすみのまま、という状況。
二八 「をさめ」が正(→二七頁注三六)。それの使う女の童。

が童《わらは》の、庭鳥《にはとり》をとらへ持《も》てきて、「一あしたに里《さと》へ持《も》ていかん」といひて、かくしを《(お)》きたりける、いかゞしけん、犬《いぬ》みつけてをい《(おひ)》ければ、二廊《らう》の間木《まき》に逃《げ》いりて、三おそろしう鳴《な》きのゝしるに、みな人おきなどしぬなり。四上《うへ》もうちおどろかせ給《(たまひ)》て、「五いかでありつる鶏《とり》ぞ」などたづねさせ給《(たまふ)》に、大納言殿の「六声《こゑ》、明王《めいわう》の眠《ねぶ》りをおどろかす」といふことを、七たかううちいだし給へる、めでたうお《(を)》かしきに、八たゞ人のねぶたかりつる目《め》もいとおほきになりぬ。「九いみじきお《(を)》りのことかな」と、上《うへ》も宮も一〇興《けふ》ぜさせ給《(たまふ)》。猶《(なほ)》かゝることこそめでたけれ。

又の夜は、一一夜《よる》のおとゞにまい《(ゐ)》らせ給《(たまひ)》ぬ。夜中ばかりに、一二廊《らう》にいでて人よべば、「下《お》るゝか。いでを《(お)》くらん」との一三給《(たま)》へば、一四裳《も》、唐衣《からぎぬ》は屏風にうちかけていくに、月のいみじうあかく、一五御直衣《なをし》のいと一六白《しろ》うみゆるに、指貫《さしぬき》を長《なが》うふみしだきて、一七袖をひかへて「たう《(ふ)》るな」といひて、おはするまゝに、「一八遊子《ゆふし》、猶残《のこり》の月に行《(ゆく)》」と誦《ず》し給へる、一九又いみじうめでたし。「二〇かやうの事めで給《(たまふ)》」とては笑《わら》ひ給へど、二一いかでか、猶お《(を)》かしきものをば。

一 朝になったら。
二 清涼殿の北廊か。正確な所はわからない。「間木」は長押に設けられた棚。そこへ逃げ込んだのである。舞台が清涼殿であることについては、注一一参照。
三 とんでもない大声で鳴き立てるので。
四 帝も目をさまされて。
五 どうしてあんな所に鶏がいるのか、の意。
六 都良香「鶏人暁唱、声驚二明王之眠一、鳧鐘夜鳴、響徹二暗天之聴一」(和漢朗詠集・禁中)。
七 声高に吟詠されたのが。
八 「鶏人」に対する語かとも考え得るが、甚だ不遜ながら、「明王(帝)」に対して自分を「ただ人」と言ったもののようである。
九 いまの状況にぴったりの言葉だね、の意。
一〇 「きよう」が正。
一一 中宮が夜の御殿(清涼殿にある)へ参上なさった。これで前夜の出来事が、帝の方から中宮の上の御局(これも清涼殿にある)へ来ておられる場での事であったことがわかる。
一二 清少納言が退出する。「廊」は北廊。
一三 主語を書かずにただ「のたまへば」と記すのは、書き出しからしてこの段全体を、「大納言殿」の話として書こうとしているからである。
一四 伊周が送って下さるので、大急ぎでという趣であろう。 一五 「なほし」が正。
一六 月光がさして直衣が白く見える。
一七 清少納言の袖を(倒れぬよう)ひっ張って。
一八 「いうし」が正。→二三五頁注三三。
一九 この場にふさわしいだけでなく、前夜の「声驚二明王之眠一」と、鶏鳴がつながっていることへの興味が加わっていよう。
二〇 これも丁寧だが清少納言への言葉。
二一 どうして、やはり面白いものは面白いのに。

(二九四段)

[二二]僧都《そうづ》の御乳母《めのと》のまゝなど、[二三]御匣殿《みくしげ》の御局《つぼね》にゐたれば、[二四]男《をのこ》のある、板敷《いたじき》のもと近《ちか》うよりきて、「[二五]辛《から》い目《め》をみさぶらひて、たれにかはうれへ申《(まうし)》侍らん」とて、[二六]泣《な》きぬばかりのけしきにて、「なにごとぞ」ととへば、「[二七]あからさまにものにまかりたりしほどに、[二八]侍《(はべる)》所の焼《や》け侍《(はべり)》にければ、[二九]がうなのやうに、人の家《いへ》に尻《しり》をさしいれてのみ[三〇]さぶらふ。[三一]馬寮《むまづかさ》の御秣《みまぐさ》つみて侍《(はべり)》ける家《いへ》よりいでまうできて侍《(はべる)》なり。たゞ垣《かき》をへだてて侍れば、[三二]夜殿《よどの》にねて侍《(はべり)》けるわらはべも、[三三]ほと〳〵やけぬべくてなん、[三四]いさゝかものもとうで侍らず」などいひをるを、御匣殿《みくしげ》もきゝ給《(たまひ)》て、いみじう笑《わら》ひ給《(たまふ)》。

[三五]みまくさをもやすばかりの春の日に夜殿《よどの》さへなど残《のこ》らざるらん

とかきて、「[三六]これをとらせ給へ」とて投《な》げやりたれば、[三七]笑《わら》ひのゝしりて、「[三八]このおはする人の、家《いへ》やけたなりとて、いとおし《(ほ)》がりてたまふなり」とてとらせたれば、ひろげてうちみて、「[三九]これはなにの御短冊《たんざく》にか侍らん。[四〇]ものいくらばかりにか」といへば、「[四一]たゞよめかし」といふ。「[四二]いかでか。片目《かため》もあきつかうま

二二 道隆の息隆円。「まま」は乳母のこと。
二三 →九四頁注八。 二四 ある下僕が。
二五 ひどい目にあいまして、どなたに窮状を聞いていただいたらいいやら。どなたに助けていただけるだろうか、の意。
二六 下僕の泣き顔は滑稽に見えたであろう。だから以下のようなからかいとなる。
二七 ちょっと用事で出かけておりました間に。
二八 住んでおります所が火事で焼けましたので。
二九 やどかり。他の貝の貝殻に入って生きる。
三〇 やっとのことで、という気持が「のみ」。
三一 「馬寮」は馬の飼育・牧場の事務などを司る役所。その「御秣」を貯える建物から出火した(=いでまうでき)、という訴え。
三二 「夜殿」は寝所。「わらはべ」は妻を指す。
三三 ほとんど(=ほとほと)焼死するところで。
三四 全く何一つ持ち出しておりません。底本「ものもとて侍らす」。他本により改む。
三五 秣を燃やす程度の火でどうして夜殿が焼け残らなかったのかしら。「みまくさ」は「御秣」に「草」を懸け、「もやす」に「燃やす」と「萌やす」を懸け、「春のひ」に「日」と「火」を懸け、「夜殿」に「淀野(山城の地名)」を懸ける。それぞれが縁語。
三六 これを与えて下さい。清少納言からの依頼。
三七 依頼された女房が歌を見て大笑いする。
三八 ここにおいでの方が、お前の家が焼けたそうだと、同情して下さるのよ。女房のからかい。
三九 官庁から支給される物品の、品名や数量を書き記した紙。女房の「いとほしがりてたまふなり」を、早速何かもらえるのだと速断した言。
四〇 品物をどれぐらいいただけますので。
四一 まあお読み。女房の意地悪い対応。
四二 どうして読めましょう。片目もあいておりませんからけ。

つらでは」といへば、「人[一]にも見《み》せよ。たゞいまめせば[二]、頓《とみ》にてうへへまい《(ゐ)》るぞ。さばかりめでたき物をえてはなにをか思ふ[三]」とて、みな笑《わら》ひまどひ[四]のぼりぬれば、「人にや見せつらん、里《さと》にいきていかに腹《はら》だゝん」など、御前《おまへ》にまい《(ゐ)》りてまゝの啓《けい》すれば、又笑《わら》ひさはぐ《(わ)》。御前《おまへ》にも、「などかく物ぐるを[五]しからん《(ほ)》」と笑《わら》はせ給《(たまふ)》。

（二九五段）

男《おとこ》[六]は、女親《めおや》なくなりて、男親《をおや》のひとりある。いみじうおもへど[七]、心わづらは[八]しき北《きた》の方《かた》出《い》できてのちは、内《うち》[九]にもいれたてず、装束《さうぞく》[一〇]などは乳母《めのと》又故上《こうへ》の御人どもなどしてせさす。

西東《にしひんがし》[一一]の対《たい》のほどに、まらうとゐなどおか《(を)》し。屏風、障子《さうじ》の絵《ゑ》も見《み》どころありてすまゐ《(ひ)》たり。殿上[一二]のまじらひのほど、くちおし《(を)》からず人〳〵も思ひ、上《うへ》[一三]も御気色《しき》よくて、つねにめして御遊《あそ》びなどのかたき[一四]におぼしめしたるに、猶《(なほ)》[一五]つねにものなげかしく、世中《(よのなか)》[一六]心にあはぬ心ちして、すき〴〵[一七]しき心ぞかたはなるま

一 誰かに読んでもらいなさい、の意。
二 いまちょうど御主人様がお呼びだから。
三 こんな結構なものをいただいたからは何をくよくよ思うことがあろう。
四 笑いころげながら中宮の御前へ行く様子。
五 下僕とは言え、人の災難を笑いの種にしてあきない女房たちへの、中宮の評。どうしてこうも羽目を外すのでしょうね。
六 「をとこ」が正。男は、母親が亡くなって、男親だけになったのが、風情がある。母親を亡くした若い男性の、好ましい生き方への一般論。
七 父親は息子を心から愛しているのだが。
八 後妻をめとり、それに気がねをせざるを得ない雰囲気になる、という設定である。
九 「内」は父親と後妻との暮す生活空間。
一〇 息子の衣裳の世話などは、息子の乳母か亡くなった妻(息子の実母)の侍女に委せる。
一一 以下、息子の方の生活態度。西か東の対の屋などに、客人住いのようにしているのが興味を引く。「まらうとゐ」は客人向きの部屋を言う語だが、ここは動詞の名詞化のようである。
一二 殿上の間での勤めぶりも。
一三 帝もお気に入りで。
一四 競争相手のように思っておいでなのに。
一五 幼い時に母親を失ったことが、この人物を少し暗くしている趣である。
一六 どうも世間としっくり行かない気がして。
一七 色好みの心は度が過ぎるほど強いようだ。世間にちょっと背を向けて、異性への興味は人一倍強い、という人間像。
一八 ある上達部がこの上ない扱いで大切にされている妹が一人あるのだけが。
一九 同腹の妹といった趣で、特定の人物の描写のような書き納めだが、一般論のつもりだろう。

であべき。

[一八]上達部《かんだちめ》の、またなきさまにてもかしづかれたる妹《いもうと》、一人《ひとり》あるばかりにぞ、おもふ事うち語《かた》らひ、[一九]なぐさめ所なりける。

（二九六段）

ある女房《ばう》の、[二〇]遠江《とをたあふみ》の子《こ》なる人を[二一]語《かた》らひてあるが、[二二]おなじ宮人をなん、しのびて語《かた》らふときゝて、怨《うら》みければ、[二三]「親《おや》などもかけて誓《ちか》はせ給へ。いみじきそらごとなり。[二四]夢《ゆめ》にだに見《み》ず」となんいふは、[二五]いかゞいふべき、といひしに、

[二六]誓《ちか》へきみ遠江《とをたあふみ》の神かけてむげに浜名《はまな》の橋《はし》みざりきや

（二九七段）

[二七]びんなき所にて、[二八]人に物をいひける、[二九]胸《むね》のいみじうはしりけるを、[三〇]「などかくある」といひける人に、[三一]

[三二]逢坂《あふさか》は胸《むね》のみつねに走井《はしりゐ》の見つくる人やあらんと思へば

二〇「とほたあふみ」が正。三行後も同じ。「遠江の子なる人」は、遠江守の息子、ということ。
二一 仲よくなったのが。遠江守の息子と言い交した、その女房が、ということ。この主語は、「ききて」「怨みければ」の意味上の主語としてはたらきつつ、歌の前の「いひしに」にかかる。
二二 この段の女主人公である「ある女房」と同じ宮に仕えている女房。その女房に遠江守の息子が、ひそかに仲よくなったのである。
二三 怨み言を言われた遠江守の息子の言葉。私の親にかけて誓わせて下さい。「せ」は使役。
二四 夢の中でだって逢ったことはありません。
二五 どう返事したらよいものか、と私(清少納言)に言ったので。
二六「遠江の神かりて」は「遠江の守」と「神」との懸詞。「親などもかけて誓はせ給へ」という男の科白を承けて、「遠江の守」を持ち出したのだが、併せて、「親」以上に重い「神」にかけて誓わせるように言った技巧。「浜名の橋」は遠江の浜名の入江の橋。浮気の相手の女の譬えとしては何でもよいわけだが、「かけて」の縁で「橋」と言ったもの。
二七 具合の悪い所で。誰かに見られると具合が悪い場所、ということ。
二八 男性と逢っていた、その時に。
二九 動悸が早くなるのが「胸はしる」。胸がひどくさわいだのを。
三〇 いったいどうしたのだ、といった趣。
三一 逢っていた相手の男性。
三二「逢坂」は「逢坂関」に「逢ふ」を懸ける。胸の「走る」に逢坂関にある「走井の水」を懸け、その「水」に「見つくる」を懸ける。お目にかかる時はいつも胸がさわいでいます、私達の仲を見つける人がありはしないかと思うと。

（二九八段）

[一]「まことにや、やがては下《くだ》る」といひたる人に、

[二]思《おもひ》だにかゝらぬ山のさせも草《ぐさ》たれかいぶきのさとはつげしぞ[三]

[四]一本　[五]きよしとみゆる物の次に

（一）

[六]夜まさりする物　濃《こ》き掻練《かひねり》[七]の艶《つや》。[八]むしりたる綿《わた》。女は額《ひたひ》[九]はれたるが髪《かみ》うるはしき。琴《きん》[一〇]の声《こゑ》。かたち悪《わろ》き人の、けはひ[一一]よき。時鳥《ほとゝぎす》。滝《たき》の音《おと》。

（二）

[一二]日かげにおとる物　紫《むらさき》の織物《をり》[一三]。藤《ふぢ》の花。すべて[一四]その類《るい》はみなおとる。

一 本当ですか、近々都を離れるというのは。
二 「思ひ」に「火」を懸け、「かからぬ」は「火」の縁語。「させも草」は「艾（もぐさ）」で山に生えるので「山の」を冠するが、伊吹山（近江と美濃の境の山）は艾の産で知られているので「伊吹」の序。「伊吹の里」に「さとは（そうとは）」を懸ける。都を離れるなど思ってもいません、誰がそんなことを告げたのですか。
三 以上の三段は清少納言の自作歌の記録。
四 底本が他の伝本を参照したことの注記。
五 本書の一四一段。「一本」にはその位置に以下の諸段が存する、という注記。現存伝本には、ここに言う「一本」に擬すべきものが知られていない。
六 夜にひきたつもの。
七 「かいねり」が正。→一八三頁注三八。濃紅の掻練。
八 真綿。蚕の繭をゆでてむしって製することからの名で、光沢が夜の照明でひきたつのだ、と言う。
九 額の出張った様。当時は出額が好まれたが夜勝りの条件となる理由はよくわからない。
一〇 七絃琴（＝琴）の音色。夜勝りの理由不明。
一一 内面のそなわりの外的現れ。挙措・進退など。
一二 「日かげ」は「火かげ」（普通は「ほかげ」だが）であろう。「火かげに劣る」は前段「夜勝りする」の正反対。
一三 「おり物」が正。→三三九頁注一四。
一四 紫色をした物。
一五 居ねむりしながら陀羅尼（→二四六頁注一）

紅《くれなゐ》は月夜にぞ悪《わろ》き。

（三）

きゝにくき物　こゑにくげなる人の、物いひ笑《わら》ひなど、うちとけたるけはひ。[一五]ねぶりて陀羅尼《だらに》よみたる。[一六]歯黒《はぐろ》めつけて物いふ声《こゑ》。[一七]ことなることなき人は、物くひつゝもいふぞかし。[一八]篳篥《ひちりき》ならふほど。

（四）

[一九]文字《もじ》にかきてあるやうあらめど心えぬ物　[二〇]熬塩《いためしを》。[二一]衵《あこめ》。[二二]帷子《かたびら》。[二三]屐子《けいし》。[二四]泔《ゆする》。[二五]桶《おけ》。[二六]槽《ふね》。

（五）

[二七]下《した》の心かまへてわろくてきよげにみゆる物　[二八]唐絵《からゑ》の屏風。[二九]石灰《いしばひ》の壁《かべ》。[三〇]盛《もり》物。[三一]檜《ひ》皮葺《はだぶき》の屋の上《うへ》。[三二]川尻《かうじり》の遊女《あそび》。

をとなえているの。
一六 お歯黒をつけながら。
一七 格別とりえもない人物。
一八 篳篥(↓二四八頁注一一)を習う頃。二〇四段でもその音を悪く言う。まして練習段階である。
一九 漢字で(そのように)書くわけはあるのだろうが、納得のゆかないもの。
二〇 「いためしほ」が正。焼いて水分を少なくした塩。この段は漢字表記が問題なのだが、古い表記はわからない。
二一 ↓一二頁注八。
二二 ↓四〇頁注一〇。
二三 ↓七頁注三八。
二四 髪を洗う水。ちなみにそれを入れる器は「泔坏(ゆするつき)」と言う。
二五 「をけ」が正。
二六 上の「をけ」と切り離し、これで一語と見る説に従う。水や飼料を入れる桶だが、舟の形に似ているからの名と言う。
二七 かくれている本質は間違いなく悪くて表面が立派に見えるもの。
二八 屏風は下張りを重ねて張る。表面の「唐絵」は立派だが、下地は汚いにきまっている、という把握。「唐絵の」と限るのは表面の立派さを強調するためであろう。
二九 荒壁の汚さを言ったもの。
三〇 神仏への供え物。形や品質の良くないものを下に隠すようにして盛り上げる。
三一 下地の木摺の美しくないことを言ったもの。
三二 「かうじり」は「かはじり」の音便形で、川口、つまり淀川の川口。そこに旅人を相手の遊女がいたのを指す。客の目をひくために美しく粧っているが、粧いを落せば、の意であろう。

（六）女の表着《うはぎ》は　薄色《うすいろ》[一]。葡萄染《ゑびぞめ》[二]。萌黄《もゑぎ》[三]。桜《さくら》[四]。紅梅《こうばい》[五]。すべて薄《うす》色の類《るい》。

（七）唐衣《からぎぬ》は　赤色《あかいろ》。藤《ふぢ》[六]。夏は二藍《ふたあゐ》[七]。秋は枯《かれ》[八]野。

（八）裳《も》は　大海《おほうみ》[九]。

（九）汗衫《かざみ》は　春は躑躅《つゝじ》[一〇]。桜《さくら》[一一]。夏は青朽葉《あをくちば》[一二]。朽葉《くちば》[一三]。

（一〇）

一 薄い紫。
二 「えびぞめ」が正。→三七頁注二七。
三 「もえぎ」が正。
四 →七頁注二〇。
五 →二八頁注一四。
六 →二二頁注一〇。
七 →七頁注三二。
八 表が黄、裏が薄青。
九 白地に大海の模様を摺ったもの。藍で摺る。
一〇 →三一〇頁注二。
一一 →七頁注二〇。
一二 →七頁注三一。
一三 →一八六頁注五。

（一一）

[一四]織物《をり》は　紫《むらさき》。白《しろ》き。[一五]紅梅《こうばい》もよけれど、[一六]見《み》ざめこよなし。

（一二）

[一七]綾《あや》の紋《もん》は　葵《あふひ》。かたばみ。[一八]あられ地《ぢ》。

（一三）

薄様《うすやう》、色紙《しきし》は　白《しろ》き。紫《むらさき》。赤《あか》き。[一九]刈安染《かりやすぞめ》。青《あを》きもよし。

（一四）

[二〇]硯《すゞり》の箱《はこ》は　[二一]重《かさ》ねの蒔絵《まきゑ》に[二二]雲鳥の紋《もん》。

筆《ふで》は　[二三]冬毛《ふゆげ》。[二四]使《つか(ふ)》うも、みめもよし。[二五]兎《う》の毛《け》。

一四 「おり物」が正。模様を織り出した絹織物。
一五 →二八頁注一四。
一六 見飽きがひどい。見飽きの程度がひどいこと。
一七 綾織物。→一一三頁注一六。それの模様。
一八 市松模様のこと。
一九 刈安草で染めたもの。
二〇 ただ硯だけでなく筆記具や小道具類をも入れる。大きくてその蓋は物を運ぶのに使われた(九五段、二二二段など)。
二一 二重になったもの。二重がさねの蒔絵の箱。
二二 雲と鶴とをとり合わせた模様。
二三 動物の毛は夏と冬で生え替る。その冬の毛。
二四 使い勝手も見た目もよい。
二五 兎の毛は上の筆とされた。

墨《すみ》は　[一]丸《まろ》なる。　（一五）

[二]貝《かひ》は　[三]うつせ貝《がひ》。蛤《はまぐり》。いみじうちゐ《(ひ)》さき[四]梅《むめ》の花貝《はながひ》。　（一六）

[五]櫛《くし》の箱《はこ》は　[六]蛮絵《ばんゑ》いとよし。　（一七）

鏡《かゞみ》は　[七]八寸五分《ぶん》。　（一八）

（一九）

一 丸形ということだが、唐墨を指すとされる。

二 貝殻。
三 巻き貝の貝殻を指すらしい。
四 つきがい科の小さな貝。

五 櫛に限らず化粧道具入れ。
六 鳥獣・草花などを図案化した丸い模様。装束にも用いるが、ここは調度で蒔絵。

七 直径の長さ。手鏡でなく台に置く鏡である。

蒔絵《まきゑ》は　八唐《から》草。（二一〇）

九火桶《おけ》は　赤色《あかいろ》。青色《あをいろ》。一〇白《しろ》きに作《つく》り絵《ゑ》もよし。

（二一一）一一畳《たゝみ》は　一二高麗縁《かうらいばし》。又一三黄《き》なる地《ち》の縁《はし》。

（二一二）一四檳榔毛《びらうげ》は　のどかにやりたる。一五網代《あじろ》は　走《はし》らせ来《く》る。

（二一三）一六松の木立《だち》たかき所の、東南《ひんがしみなみ》の格子《かうし》あげわたしたれば、すゞしげにすきて見ゆる母屋《もや》に、一七四尺のき丁《(ちやう)》たてゝ、そのまへに一八円座《わらうだ(お)》をきて、四十ばかりの僧《そう》の、

八　蔓草の模様。
九「ひをけ」が正。↓三頁注一四。

一〇　無彩色の(=白き)木肌に彩色画(=作り絵)を描いたもの。

一一「薄様、色紙は」の章段(三三九頁)からこの段までが、二五八段で清少納言が中宮に「みそかに」届けようとした「文」(二八九頁)ではないかと思われる。ただし「貝は」の章段(前頁)は、他系統の本にない独自本文であり、後人の追加と考えるべきかもしれない。↓解説。
一二　↓二八七頁注二七。
一三　黄色の縁。六位侍の用とされた。
一四　↓九頁注二七。高貴の乗用だから「のどかにやりたる」でなければならない。この段は二九段の書き出しとほとんど同じ。
一五　↓三九頁注二七。
一六　この一行で、かなりの邸らしいこと、そして夏らしいと、がわかる。
一七　高さ四尺の几帳。最も一般的なのは三尺の几帳で(↓二一八段)、ここは病室で高いのを使っているのであろう。
一八　↓一一〇頁注四。几帳の前に円座を敷いて僧が坐っている、というので加持祈禱とわかる。

いときよげなる、墨染《すみぞめ》の衣《ころも》、[一]薄《うす》ものの袈裟《けさ》、あざやかに装束《さうぞく》きて、[二]香染《かうぞめ》の扇《あふぎ》をつかひ、[三]せめて陀羅尼《だらに》をよみゐたり。

[四]物の怪《け》にいたうなやめば、[五]移《うつ》すべき人とて、[六]おほきやかなる童《わらは》の、生絹《すゞし》の単衣《ひとへ》、あざやかなる袴長《はかまなが》うきなして、ゐざりいでて、[七]横《よこ》ざまにたてたるき丁《(ちやう)》のつらにゐたれば、[八]外《と》ざまにひねり向《む》きて、いとあざやかなる[九]独鈷《とこ》をとらせて、うち[一〇]拝《おが》みてよむ陀羅尼《だらに》もたう《(ふ)》とし。[一一]見証《けそ》の女房《ばう》あまた添《そ》ひゐて、[一二]つとまもらへたり。ひさしうもあらで[一三]震《ふる》ひいでぬれば、[一四]もとの心うせて、[一五]おこなふまゝに従《したが》ひ給へる仏の御心も、いとたう《(ふ)》としとみゆ。

[一六]せうと、いとこなども、みな[一七]内外《ないげ》したり。[一八]たう《(ふ)》とがりてあつまりたるも、[一九]例《れい》の心ならばいかにはづかしと惑《まど》はん。[二〇]みづからは苦《くる》しからぬことと知《し》りながら、いみじうわび泣《な》いたるさまの心ぐるしげなるを、[二一]憑《つ》き人の知《し》り人どもなどは、[二二]らうたくおもひ、[二三]けぢかくゐて衣《きぬ》ひきつくろひなどす。

かゝるほどによろしくて、[二四]「[二五]御湯《ゆ》」などいふ。[二六]北面《きたおもて》にとりつぐ。若《わか》き人どもは、[二七]心もとなく、ひきさげながらいそぎ来てぞ見《み》るや。[二八]単衣《ひとへ》どもいときよげに、

一　夏なので、羅の袈裟を着ている。
二　丁子で染めた香りの高い扇。
三　懸命に陀羅尼(→一九九段)を誦えている。
四　病人がいることはもはや自明、と言った書き方。やがてわかるが病人は女主人。
五　物の怪は祈禱によって別の人間に「移し」て調伏する。その移される人間。よりまし。
六　大柄の女の童。「生絹」→四一頁注二九。
七　横向きに立てた几帳のすぐ前に坐っている。
八　僧の様子。外の方へ体をねじらせて。
九　→三〇頁注三。それをよりましに持たせる。
一〇　「をがみて」が正。
一一　加持に立ち会うのである。→一八九頁注二九。
一二　じっと見つめている。
一三　よりましの様子。物の怪が移ったのである。
一四　よりましが正気を失うこと。
一五　僧が祈禱する通りに従われる仏様の御心も。僧が祈り、その通りに験があらわれて行くのを、仏様が僧の祈りに従って下さるのだと見たもの。
一六　(病人の)兄弟や従兄弟たち。
一七　底本「みな〳〵いけ」。能因本「内きしたる」。改む。加持の場所へ出入りしている。
一八　僧の加持を尊く思って集まっているのをも。兄弟や従兄弟に他の興味はないが、ということ。
一九　(よりましの童女が)正気であったら、どんなに恥しいと狼狽することだろう。以下に記されているあられもない姿を見られるからである。
二〇　よりまし自身が苦しむのではない、とわかっているが。以下の様子は、よりましの口と体を借りた物の怪のすることである。
二一　よりまし(=憑き人)の知人。
二二　保護を加えたくなる気持が「らうたし」。この文脈では、かわいそう、の意。

薄《うす》色の裳《も》など、なへ《(え)》か丶りてはあらず、きよげなり。

いみじうこと[二九]は《(わ)》りなどいはせて、ゆるしつ。「[三〇]き丁《(ちゃう)》の内《うち》にありとこそおもひしか、あさましくもあらはに出《い》でにけるかな。いかなることありつらん」とはづかしくて、髪《かみ》[三一]をふりかけてすべり入《い》れば、「しばし」とて、加持《かち》すこしうちして、「いかにぞや。さは《(わ)》やかになりたまひたるや」とて、[三二]うちゑみたるも心はづかしげなり。「[三三]しばしもさぶらふべきを、[三四]時のほどになり侍りぬれば」などまかり申して出《い》づれば、「しばし」など留《と》むれど、いみじう[三五]いそぎかへる所に、[三六]上臈《らう》とおぼしき人、簾《す》のもとにゐざり出《い》でて、「いと[三七]うれしくたちよらせ給へるしるし[三八]に、たへがたうおもひたまへつるを、只今《(ただいま)(お)》をこたりたるやうに侍れば、かへすぐ〵なん[三九]よろこびきこえさする。明日《あす》も御[四〇]いとまのひまには、物せさせ給へ」となん[四一]いひつぐ。「いと執念《しうね》き御物の怪《け》に侍《(はべる)》めり。[四二]たゆませ給はざらむ、よう侍《(はべる)》べき。[四三]よろしう物せさせ給《(たまふ)》なるをよろこび申侍《(まうしはべり)》」と言《こと》ずくなにて出《い》づるほど、[四四]いとしるしありて、仏《ほとけ》のあらはれたまへる、とこそおぼゆれ。

二三 近くに坐って乱れた着衣を直してやる。
二四 少しよくなって。
二五 僧の命令であろう。薬湯をあげなさい。
二六 邸の家事万端をとりしきるのが「北面」。北の方のいらっしゃる奥向き。
二七 心配で、(薬の提子を)ぶら下げたままで。提子を両手で持たないことで大急ぎの様。
二八 薬を持って来た「若き人ども」の描写。
二九 (物の怪に)詫びを言わせて許してやった。
三〇 物の怪が退散して正気に返ったよりましの言葉。
三一 顔をかくす仕草。
三二 僧が微笑しているのも立派に見える。
三三 もうしばらく居る方がよいのですが。
三四 お勤めの時刻になりましたので。
三五 お勤めを定時に行うために急ぐ。
三六 この邸の、最も重だった女房、という趣。「上らふ」が正。
三七 「うれしく」は「たちよらせ給へる」ことへの先導批評。
三八 その効果歴然で。以下に述べる病気平癒があなたに来ていただいたお蔭だ、ということ。以下の物言いは、まだ病室にいる女主人に替っての口上である。
三九 感謝いたします。
四〇 おひまの時分がありましたらお越し下さい。
四一 底本「いひつゝ」。二類本により改む。
四二 油断なさらない方がよいでしょう。
四三 快方に向われたようなのを嬉しく存じます。「よろこび申す」は二行前のように、感謝に使うことが多いが、要するに嬉しいという気持を相手に伝えること。
四四 まことに効験あらたかで。

（二一四）

きよげなる童《わらはべ》の、髪《かみ》うるはしき、又[一]おほきなるが、髭《ひげ》は生《お》ひたれど、おもはずに髪《かみ》うるはしき、[二]うちしたゝかに、むくつけゞに[三]おほかる、など[四]おほくて、[五]いとまなう、こゝかしこに[六]やむごとなう覚《おぼ》えあるこそ、[七]法師《ほうし》もあらまほしげなるわざなれ。

（二一五）

宮仕所《づかへどころ》は　[八]内。[九]后《きさい》の宮。[一〇]その御腹《はら》の一品の宮など申《(まうし)》たる。[一一]斎院《さい》。[一二]罪《つみ》ふかゝなれど、お《(を)》かし。まいて、[一三]余《よ》の所《ところ》は。又[一四]春宮《(とうぐう)》の女御の御かた。

（二一六）

荒《あ》れたる家《いへ》の[一五]蓬《よもぎ》ふかく、葎《むぐら》はい《(ひ)》たる庭《には》に、月の、くまなくあかく澄《す》みのぼりて見《み》ゆる。又さやうの荒《あ》れたる[一六]板間《いたま》よりもりくる月。荒《あら》うはあらぬ風《かぜ》のを《(お)》と[一七]。

一　大柄で髭が生えているが、思いがけず髪のみごとな童。
二「うち」を「したたかに」の接頭語とする意見もあるが、動詞に冠する接頭語であるのが難。要するによくわからない。
三　髪の毛が多いこと。以上、童の記述は三件とも、なぜか頭髪のことが主眼になっている。
四　こうした童を多く連れて、の意か。
五　方々から加持祈禱に招かれるのである。
六　尊い僧だと評判をとっているのが。
七「ほふし」が正。
八　内裏。一条帝の内裏が念頭にあるのは当然。
九「后の宮」は、皇后(中宮)・皇太后・太皇太后の、いわゆる三后に通ずる言い方だが、中宮(後に皇后)定子が念頭にあるのは当然。
一〇　后がお産みになった一品の宮様。宮の品位は四品まで。定子腹の脩子内親王の一品は寛弘四年(一〇〇七)正月で定子没からほぼ五年後。
一一　賀茂の斎院。未婚の内親王・皇女が任ぜられた。当時は大斎院選子(→一〇七頁注三〇)。
一二　斎院は神に仕え、仏教を避けた。それで「罪ふかかなれど」と言う。
一三　能因本・堺本の「このころはめでたし」を採る意見や、「世の所」と解する意見がある。共に、目下の斎院、つまり大斎院選子と解する意見だが、以上の皇族方から斎院を除いた「余の」方々の「所」であろう。斎院は「罪ふかかなれど」宮仕えしたい所。だから「罪深し」でない他の方々の

(二七)

池《いけ》ある所の五月長雨《ながあめ》のころこそいとあはれなれ。菖蒲《さうぶ》、菰《こも》など生《お》[一八]ひこりて、水もみどりなるに、庭《には》[一九]も一《ひと》つ色《いろ》に見えわたりて、曇《くも》りたる空《そら》をつく〴〵とながめくらしたるは、いみじうこそあはれなれ。

いつも、すべて、池ある所はあはれにお《(を)》かし。冬も氷《こほ》りしたる朝《あした》などは、いふべきにもあらず、[二〇]わざとつくろひたるよりも、[二一]うちすてて水草《みくさ》がちに荒《あ》れ、[二二]青《あを》みたる絶《た》え間《ま》〳〵より、月かげばかりは白《しろ》〴〵とうつりて見えたるなどよ。

すべて、月かげは、いかなる所にてもあはれなり。

(二八)

[二三]初瀬《はせ》にまうでて、局《つぼね》にゐたりしに、あやしき下臈《げらう》[二四]どもの、後《うしろ》[二五]をうちまかせつゝゐ並《な》みたりしこそ、[二六]ねたかりしか。[二七]いみじき心をこ《(お)》してまい《(ゐ)》りしに、川のを《(お)》となどのおそろしう、呉階《くれはし》[二八]をのぼるほどなど、おぼろけならず困《こう》じて、[二九]いつ

所は「まいて」。

一四 女御は皇族でない。皇族の所を挙げ終って、皇族外に筆が及ぶ。ただし「春宮の」だから、将来は「后の宮」となられるかも知れぬ方。

一五 「蓬」も「葎」も荒れた庭を象徴するもの。

一六 板のすき間。

一七 この段は文末に全く述語を持たない。「あはれなるもの」の段の一部として書かれたもののごとくである。能因本・前田本・堺本はそうなっている。

一八 密生して。その結果が「水もみどりなる」。

一九 庭の草木も、水と同じ「みどり」である様。

二〇 気をつけて手入れをしてあるのよりも。

二一 ほったらかしで水草だらけに荒れ。

二二 一面青草で覆われているそのすき間すき間から。草のすき間は水面が現われているわけで、月光が映っているのが、そこから見えるのである。

二三 長谷寺。→一九頁注二二。

二四 「げらふ」が正。

二五 →一七頁注二七・二八。

二六 気にくわない相手なのだが、それと争うことも出来ない立場から「ねたし」と言う。後の「ねたし」も同じ。

二七 心からの信心をおこして参詣したのに。

二八 欄干のついた階段。長谷寺には長い呉階がある。

二九 早く仏様を拝みたい。

しか仏の御前《まへ》をとく見たてまつらん、とおもふに、白衣《しろぎぬ》きたる法師《ほうし》[一]、蓑虫《みのむし》[二]などのやうなる物《（もの）》どもあつまりて、立《た》ち居《ゐ》、額《ぬか》づきなどして、つゆばかり[三]所《ところ》もを《（お）》かぬけしきなるは、まことにこそねたくおぼえて、押《を》[四]したう《（ふ）》しもしつべき心ちせしか。[五]いづくもそれはさぞあるかし。

やむごとなき人などのまい《（ゐ）》りたまへる、御局《つぼね》などの前《まへ》[六]ばかりをこそ払《はら》ひなどもすれ、[七]よろしき人は制《せい》しわづらひぬめり。さはしりながらも、猶《（なほ）》[八]さしあたりてさる[九]お《（を）》り／＼いとねたきなり。

[一〇]はらひえたる櫛《くし》、[一一]あかに落《おと》しいれたるもねたし。[一二]

（二一九）

女房《ばう》のまい《（ゐ）》り[一三]まか出《で》には、人の車を借《か》るお《（を）》りもあるに、[一四]いと心よういひて貸《か》したるに、牛飼童《うしかいわらは》[一五]、例《れい》のしもじ[一六]よりも強《つよ》く[一七]いひて、いたうはしりうつも、あなうたてとおぼゆるに、男《をのこ》[一八]どもの、ものむつかしげ[一九]なるけしきにて、「とうやれ。夜ふけぬさきに」などいふこそ、主《しう》[二〇]の心をし《（お）》はかられて、又いひふれ[二一]んともお

一 「ほふし」が正。修行者で「白衣」を着ている。
二 蓑を着ている有様。巡礼の姿であろう。
三 全く遠慮をしない態度なのは。
四 「おしたふし」が正。
五 初瀬に限らずどこでもこういう連中はこんなものではある。
六 前だけは人払いをするけれども。
七 底本「よろしは」。能因本により改む。まずまずの階級の人は、（不作法な連中を）抑えきれないようだ。
八 自分に直接かかわることが「さしあたりて」。
九 そういう目にあう折ごとに本当に口惜しく思うのだ。
一〇 掃除のできた櫛。
一一 「垢」のようだか明らかでない。
一二 この段全体が「ねたきもの」の段らしいこと、「ねたし」の統一述語からも考えられよう。堺本は「ねたきもの」の末尾に置く。
一三 御前への参上（＝まゐり）や退出（＝まかで）。
一四 持主は快く貸してくれたのに。
一五 「うしかひ」が正。
一六 「し文字」、つまり牛を追う「しっ」という言葉、の意とする解に従う。
一七 「し文字」の発声も、牛の追い方も、自分の主人でない人のために働く不機嫌の表われ。
一八 車副いの下僕。
一九 不機嫌をあらわに顔に出している様子。
二〇 こんな使用人の主人だから、ということ。「しゆう」が正。
二一 「いひふる」は軽く言葉をかけること。ちょっと車を貸して、と気軽に頼むことを指す。

ぼえね。
[二二]業遠《なりとを》の朝臣《あそん》の車のみや、夜中暁[二三]わかず、人の乗るにいさゝかさる事[二四]なかりけれ。[二五]ようこそ教《をし》へならはしけれ。[二六]それに道《みち》にあひたりける女車の、ふかき所に落《おと》しいれて、えひきあげで、[二七]牛飼《かひ》の腹《はら》だちければ、[二八]従者《ずさ》して打《う》たせさへしければ、まして[二九]いましめを(お)きたるこそ。

二二「なりとほ」が正。高階業遠。成忠(定子の祖父)の甥。
二三 底本「あか月」。表記を改む。
二四 牛飼童や車副いの不作法を指す。
二五 使用人をよく教育してあるものだ。
二六 業遠の車(=それ)に道で行き合わせた女車。
二七 女車の牛飼童が、立ち往生となったことに腹をたてたのである。乱暴な仕草や言葉に及んだのであろう。
二八 業遠が、自分の従者に、女車の不心得な牛飼童を打擲させた、ということ。それほど厳しかったから、というのが「さへ」。
二九 (自分の従者には)まして厳しく注意してあったに違いない。

[一]この草子《さうし》、目《め》に見え心に思ふ事を、人[二]やは見《み》んとする、とおもひて、つれ〴〵なる里居《さとゐ》のほどに、書《か》きあつめたるを、あ[三]ひなう《(い)》、人[四]のためにびんなきいひ過《すぐ》しもしつべき所〴〵もあれば、よ[五]う隠《かく》しをき《(お)》たりと思《(おもひ)》しを、心[六]よりほかにこそ漏《も》り出《い》でにけれ。

宮[七]の御前《おまへ》に、内の大臣《おとゞ》の奉《たてまつ》りたまへりけるを、「これになにを書《か》かゝまし、上《うへ》[八]の御前《おまへ》には、史記《しき》といふ文《ふみ》をなん書《か》かゝせ給へる」などのたまはせしを、「枕[九]にこそは侍らめ」と申《(まうし)》しかば、「さ[一〇]は、得《え》てよ」とてたまはせたりしを、あや[一一]しきを、こよやなにやと、つきせずおほかる紙《かみ》を書《か》きつくさんとせしに、い[一二]と物おぼえぬ事ぞおほかるや。

おほかた、これは、世中《(よのなか)》にをか《(を)》しきこと、人のめでたしなどおもふべき名《な》[一三]を選《え》りいでてゝ、歌《うた》などをも木草鳥虫をもいひ出《いだ》したらばこそ、お[一四]もふほどよりはわろし、心[一五]見えなりとそしられめ、[一六]たゞ心ひとつに、をの《(お)》づから思ふ事を、た

一　以下、跋文めいた内容で、自著の執筆事情について語る。
二　人が見ることなどあるまい、と思って。自著の内容について直前に、「目に見え心に思ふ事」だと書いたのをうけた表現。執筆に何らかの実益が期待された時代で、この枕草子も例外ではないはずだが、内容が先例のない随筆なので、個人用だと装ったもの。
三　以下の、「いひ過し」が混った、ということへの先導批評。不都合なことに。あいにく。
四　人のために具合悪い言い過ぎをしてしまったような部分部分があるので。
五　うまく隠しておいたと思ったのに。
六　心ならずも。これも「漏り出でにけれ（世間に漏れてしまった）」の先導批評。
七　中宮に伊周が、紙をさし上げたのである。伊周の「内大臣」は正暦五年（九九四）八月から長徳二年（九九六）四月である。
八　帝の所では史記を書いていらっしゃる。
九　（ではこちらは）枕でございましょう。「枕草子」の名の由来らしい大切な所で、諸説があるがよくわからない。帝側の「史記」を沓底の「底(きし)」と取りなし、こちらは頭の「枕（歌枕の類）」を、と言ったものと見る解を支持しておく。
一〇　では、そなたにあげよう。自由にお書き、といった雰囲気だった、と言いたいのであろう。
一一　つまらないことを。実益にはならないことばかりだ、と言いなしたもの。
一二　全くわけのわからぬ事が多いだろう。
一三　事項名。歌枕や、歌の素材の名称を指す。
一四　期待したよりはつまらない。
一五　（作者の）心の働かせ方の程度が知れる、と悪口を言われるであろうが。
一六　この逆接は人に見せる気はないからという

はぶれに書《か》きつけたれば、物[一七]にたちまじり、人なみ〳〵[一八]なるべき耳《み丶》をも聞《き》くべき物かは、と思《(おもひ)》しに、はづかしき[一九]なんどもぞ見《み》る人はし給《(たまふ)》なれば、いとあやし[二〇]うぞあるや。げに[二一]そもことはり《(わ)》、人の[二二]にくむをよしといひ、ほむるをもあしといふ人は、心の[二三]ほどこそをし《(お)》はかられ。たゞ人に[二四]見えけんぞねたき。

左中将[二五]、まだ伊勢の守《かみ》ときこえし時、里《さと》[二六]におはしたりしに、端《はし》[二七]のかたなりし畳《たゝみ》をさし出《い》でしものは、この草子《さうし》乗《の》りて出《(いで)》にけり。惑《まど》ひ取《と》りいれしかど、やがて持《も》ておはして、いと久《ひさ》しくありてぞかへりたりし。それより[二八]ありありきそめたるなめり、とぞ[二九]本《ほん》に。

含み。
一七 他の方の書物(=物)の仲間入りをして。
一八 人並の作(一応の出来)だとの評判が聞けるわけはないと。
一九 読んだ自分が恥しく思うほど立派だ、という評判を読者がして下さるようだから。やはり読まれる自信が顔をのぞかせる。
二〇 自分ではおかしな感じだ。
二一 私が言うのは嘘でなく(=げに)、おかしな感じになるのも(=そも)当然で。
二二 自分の考えは人の常識に反することばかりだ、との言いなし。
二三 心性(の低さ)の見当がつくにきまっているのだ。だから賞められるとかえっておかしな気になるのだ、ということ。
二四 人に見られたのがまずかったと思う。
二五 源経房。その伊勢守は長徳元年正月から同三年正月まで。
二六 清少納言の里へ訪ねて来られた時に。
二七 端にあった畳を差し出したところ、何と。「ものは」については、一二五八段の末尾参照。
二八 それ以来、世間に流布し始めたらしい。
二九 と原本に書いてある、の意だが、作品を書き終えて筆を擱く時によく使われる言い廻し。

枕草子心状語要覧

この要覧は、枕草子に用いられた、心状にかかわる語彙の主要なものを採り上げて、簡単な解説を施したものである。事の性質上、いわゆる情意性形容詞が中心となったが、一部に副用語類を含む。これら心状語彙は、内容的に複雑な意味を託されているのが特色で、この要覧でも、枕草子におけるおおよその意味の解説という限界を超えるものではない。

あいなし　本来は、甲が乙に対して無関係である、という認定を表わす語であった。一〇七頁五行のはそういう用法のものと思われる。だが甲を無関係と断ずる時の基準となる乙に、話者が抱く期待、平素からの判断、などが用いられるようになって、話手にとって違和感がある、こちらの価値の置き方となじまない、という、やや感情的な表現に用いられる。五一頁八行のは、この段階のものであろう。そうした違和感は、直ちに不快感という、より感情的な意味に移行する。話手は、自分の期待、価値の置き方こそ最高のもの、と考えがちだからである。ただし、いくら感情性を深めても、不快な甲に対置される乙が心の中に位置を占めているのが特色のようである。みっともない、ばつが悪い、など、現代語への置き換えは、文脈によって様々可能であろうが、対置される乙との不調和という基本線を外れず、「にくし」のような不快感のむき出しにはならない。

あさまし　思いもかけない事態に遭遇した時の、あっけにとられた気持を表わす。その事態のもつ意味さえ十分にのみ込めていない、とっさの気持を表わし得るが、実際の用法としては、その事態を、思いもかけない事態として受けとっている、という心状を表わす場合が多い。ただその場合も、その事態に対する対応の仕方までは、まだ方向づけられていない状態と見るべきであろう。四七頁七行の場合などはそのよい例かと思われる。その事態に対して腹を立てるか、あるいは自分には真似は出来ないと感心するかは、次の段階の心の動き方によって決まるのであって、「あさまし」はただ呆れたままでいる段階、そこから様々な感情が分化する、その起点の感情だと言ってよい。だから善悪どちらにも分化し得るわけだが、悪いことに呆れる場合の方により多く使われるようで、後世には専ら悪い評語になってしまった。

あぢきなし　事態が思う通りの形で実現しない時の感情の一つ。それを思う方向へ改めることが出来ない、と見てとった時の感情であることが特徴なのだが、事態の打開への意志を強く働かせた末のことではない。その意味では消極性を基本性格とするもので、思い通りでない事態への不満はあっても、それはあきらめの方向を向き、攻撃性を持たない。その点「すさまじ」と似るけれども、「すさまじ」には、不満・不快が癒されることへの期待があるようなのに対して、「あぢきなし」には、そうした期待も薄いようである。言わば、最初からあきらめてかかっている感情であろう。だから他者への評に使われる時も、何とかすればよいのに、といった他者への心理的働きかけは稀薄で、それだけ冷淡な心の動きに属するであろう。四八頁六行・五六頁七行の場合などはその例である。

あながち　判断を下し行動をとる時の有様が、一方的であること。人間が判断し行動する態度について言うのを基本的性格とし、したがって自然現象などに関して言うことは多くない。弾力的に考えたり、進退自在に行ったりする柔軟性を欠く態度を意味するわけで、事態が他の形で実現する可能性もあり得る、とは思わない様子を表わす。後世には、一方的にこうだと判断することは出来ない、といった意味を表わすべく、否定表現と呼応する形で使われることが増えて、現在では「あながち悪いとも言い切れない」など、ほぼその用法に固定的に用いられるようになっている。

あはれ　何かに触れて深く感じるだけでなく、そこから思いが他のことや、一般的なものに拡がって、一段深々と感じる時に、それを「あはれ」と言う。例えば人の死に接して深い悲しみを抱くだけでなく、そこから思いが人の命というものに拡がり、人の命ははかないものだなあ、といった感慨まで深まる時、「あはれ」を感じているのである。したがって「あはれ」の感情は持続的であり、すぐには発散しないで長く漂う特色がある。「をかし」と比べて陰性の感情だと言われるのはそのためであろう。また「あはれ」の感情に伴うのが「笑ふ」でなくて「泣く」であるのも同じところに起因する。枕草子で「あはれ」が「をかし」と比較にならぬほど使用例が少いのは、人間や社会への興味の持ち方において、源氏物語とは全く異なる方向を向いていることの象徴であろう。

あへなし　こちらの元気や気合いがそがれた時の気持を表わす語。こちらの思う線に事態が乗らないのだから、不快感の一種ではあるが、ある事態に遭遇することで、こちらの気勢がそがれる、ということを意味するだけで、その事態そのものに向けられた感情ではない所に特徴がある。甲の事態に対して、人が積極的な心構えを抱いている所へ、乙の事態が出現して、その心構えが崩れてしまう、その脱緊張感なのである。「にくし」「すさまじ」「あぢきなし」など、様々ある不快感情語彙との違いは、そこに求められよう。この、強い場合には虚脱、弱い場合でも緊張の弛緩という特性が、十分な対抗、抵抗を伴わずに成り立ってしまう事態への、「あっけない」といった意味へと発展し、中世を中心に、人が命を落すことに用いられ、「あへない最期」などの言い方を生み出した。

あやし　十分に理解し、更には容認することが出来ない、という気持を表わす語。事態にうまく対応できない、という点では「あさまし」に通ずるけれども、「あさまし」が予期せぬ出来事に遭遇した時の、とっさの呆れた思いであるのに対して、「あやし」は十分な観察、吟味の末の思いであり得る。「あさまし」と思った後で、感情は更に分化して行くが、どう見ても諒解できず納得し難い、という不審が残りつづける時、それを「あやし」と言う、と言ってもよい。十分に時間をかけても、なお釈然としない心が残るわけだから、それは少くとも不審という不調和感の方向を辿り、強烈さを加えるにつれて不快から拒絶の感覚にまで発展する。現代では、「怪しい人影」のような警戒感にとどまるが、古代では下賤・下品の意の蔑視(拒絶の一種である)に用いられることが稀でない。五七頁七行の場合などはそれであって、現代ではこういう意味は「いやしい」によって表わされている。

いぶせし　気になることがたまり、正体を理解したり行き詰りを打開したり出来ず、心がはればれとしない感情。事が気持よく進行せずとどこおる一方である時の思いを基本とする点から言えば「心ゆく」の正反対。そこから発展して、見た目に爽快でない印象を与える対象への批評の語としても用いられる。二七頁四行のはその場合であろう。そうした対象への悪い批評に用いられる時も、対象のどういう性質が不快なのか、についてまで思いの及んでいないのが特色で、事態の複雑さに不快の焦点を置く「むつかし」や、事態の大仰さに不快の焦点を置く「うるさし」とは、一線を画して用いられる。ただし、複雑さや大仰さへの不快は

「むつかし」「うるさし」によって表わされるわけだから、「いぶせし」は、不潔や醜悪に使われることが多い、といった程度の偏りはあろう。

うつくし　現在は「美」の字を宛て、美一般を指す広い感覚の語だが、元来は可憐なものへの感情であった。動詞「うつくしむ」が現代語の動詞「いつくしむ」と同根であることは、「うつくし」の原義への最も強い証言であろう。一四四段は「うつくしきもの」を挙げた著名な段。そこに清少納言自身が「なにもなにもちひさきものはみなうつくし」と書いているように、小なるもの、弱なるもの、幼なるものなどへの感情で、大・強・長などの優性を備えた立場からの、保護したくなるような感情を言う。その限り、「らうたし」と異なり、人間以外のもの、動物以外のものにも使える道理だが、やはり愛情は、生あるものに向けられるもののようで、せいぜい植物までが対象となり得る限度のように見受けられる。一四四段の最後に「瑠璃の壺」が一項目添えてあるのが、無生物の唯一で、このあたりから、広く現代の、「美しい山」「美しい空」といった広い用法が生まれて来るのであろう。

うるさし　事態を大仰だと受けとる気持を表わす。もともとは、それを必ずしも不快と感じなくても「うるさし」であったはずで、一一八頁六行の「うるさげ」は、そうした段階のものと思われるが、やはり不快の方向へ向うのは当然で、九八頁二行の「あまりうるさくもあれば」は、人々のあまりの口さがなさに対応しきれぬ不快感を表わす段階のものであろう。ただし通常のもの以上の工夫や努力を払う必要がある大仰さを、対象の要求する性質と把握して、それを「うるさし」と言うこともある。二九〇頁一〇行の、桜の造花に払われたであろう労力に関して「うるさし」と言うのは、その段階に近く、もう少しで専ら対象のもつ性質を表わすようになる、直前の用法と見ることが出来る。現在最もよく使われる音響の大きさについて言う用法も古くからあり、三一三頁一一行のは、それと見なすことが出来る。

うるはし　美なるものへの評語の一つだが、整った美しさを指す語。人間の容貌にも態度にも、あるいは服装などにも、広く用いられ、人間以外のものにも用いられるが、人間の手の加わったものに関して言う傾向が強い。三八頁五行の「うるはしき糸」、一九〇頁一一行の「土」なども、一一五頁七行の「菖蒲をうるはしう葺き渡し」と同様に、人間がそのように整えた結果としての「うるはし」さを表わしたものであろう。その整った破綻の無さは、あまりにも隙《すき》がない、という負の角度から把握される危険があり、堅苦しい、儀式ばっている、といった悪い評語として使われることもある。ただし枕草子の中で悪い意味を含ませて用いた例は、見当らないようである。「うるはし」は、枕草子中の愛用語の一つだが、人間の毛髪について言うのが最も多く、服装がそれにつぐのは、やはり女性ゆえであるように思われる。

おぼつかなし　それが何なのか、何事が起っているのか、関心のある者がいまどこにいてどうしているのか、など肝腎の情報が欠けているための、不安な気持を表わす語。「こころもとなし」も似た不安感を表わす語だが、それが何かの確認が出来ない手ごたえの無さ、を眼目とする不安であり、むしろ情報が不確定的には与えられている、と把握した時の思いであるのに対して、「おぼつかなし」は、情報そのものが与えられていない、と把握した時の思いであると言ってよかろう。三八頁一〇行では、公私の区別をはっきりさせることに「おぼつかなからず」と言っているが、与えるべき情報を与えて肝腎の所を判明にさせることを、「おぼつかなからず」と言うのであろう。六〇段で、愛人と昼間逢えないことを「おぼつかなからむこと」と言うのなどは、どうしているのかと不安になる思いを訴えたもので、当の愛人の生存の承知を、与えられた情報と把握しさえすれば、難なく「こころもとなし」になり得るきわどい所であろう。

かたはらいたし　まずいことを誰かがしていて、それを制することが出来ない時、当人がまずいことをしていると気付きそうもない時、などに、心を痛める困窮の気持を表わす語。こういう場合に、みっともないなと離れて見ていれば「すさまじ」だし、どうしようもないなと見てとれば「あぢきなし」だろうが、もっとわが身に引きよせて、これはまずい、と心を痛めるのが基本線のようである。九二頁一行で、面と向って賞讃される時の気持に使っているのは、気まずさに照れそうになる思いを言ったものである。ただし、そうした気まずさが、気まずさを感じさせるような態度をとった相手に対する、批判的な意味の言葉となるのは自然な意味の動きであって、九二段では、前半こそわが身の気まずさが列挙されているけれども、後半になると、ほとんど他人への批判的な評語として使われている。こうした線を現代語の「かたはらいたい」は引きつぐものである。

きよし　美なるものへの評語の一つ。その限り「うるはし」と同類だが、「うるはし」が整った美しさを眼目とするのに対して、「きよし」は、汚れのないこと、不純物が混っていないこと、などを美と見た感覚を表わす。「うるはし」が主として形について言うのに対して、「きよし」が色についても言うのは、その差の現われと言ってよいであろう。一四一段は、「きよしと見ゆるもの」の四項目が列挙された段であるが、形に関するものは一つも混っていず、色に眼目があるかと思われるものが四項目中の二項目を占めている。連用形の形が、一六三頁六行の「きよく知らで」、二八六頁四行の「きよう忘れて」、三〇七頁一三行の「きよう見え聞えず」のように、すっかり、まるっきり、の意に用いられるのも、不純物を含まぬ百パーセントの意味からの転用である。なお「きよし」の派生語に「きよら」「きよげ」があるが、賞め言葉としては「きよら」の方が上である、とされる。

くちをし　他に対して期待する所、あるいはみずからたのむ所、いずれにしてもそれが大きいのを第一の条件とし、にもかかわらず、その期待や自負を満足させる方向に事態が展開しないことを第二の条件とする、不快感覚語。そんな時の激しい不充足感を表わす。期待通りに運ばぬ不快感は、「すさまじ」でも表わされ得るけれども、「すさまじ」が出来事から少し身をひいて、ひとごとのように醒めた目をはたらかせる所から出る感情であるのに対して、「くちをし」は出来事の中に身を置いて、わがこととして残念がる熱い感情である。その点では「にくし」と同じ程度にはげしいが、「にくし」が不快の原因を他者の責任に求めて、それに攻撃的な目を向けようとするのに対して、「くちをし」は不満のはけ口を他のどこへも向けず、もちろん「ねたし」のように自分自身の力不足を含意することもなく、無念の思いに直面するだけである点を特色とする。

こころづきなし　こうあってほしいというこちらの望みに、ぴったり合わないものへの拒否感を表わす語。語源的に「心・付く」の否定であろう。その点からも不調和の感覚を表わすのが基本なわけだが、「はしたなし」が不調和の基準を、その場の雰囲気といった外的なものにとったのとは異なり、専ら自分の価値観のようなものを基準とするだけに、主観的な性格が濃厚である。ただしその主観性は激しい感情への道を辿ることなく、不調和による拒否感覚を示すに留るようであって、拒否されるべき対象への攻撃にまでは及ばない。とは言えその拒否の姿勢は決して甘いものではないこと、一一六段の筆致を見ても明らかである。数多い不快感覚語彙の中で、攻撃に転じるまでの激しさはないものの、拒否によってはねつける厳しさは失いはしない、といった位置にあるものと思われる。

こころときめきす　次に起るであろうことへの不安や期待のために、胸がどきどきすること。悪いことが起るのではないかという不安、良いことが起りそうな期待、その両方に使われるが、どちらかと言うと良いことへの期待に使うことが多い。悪いことへの予感には「胸つぶる」を用いる方がぴったりすること、一四三段に見られる通りである。言わば「心ときめきす」と「胸つぶる」とが、善悪の方向をわかち合っているような恰好だが、「心ときめきす」の方には、一つの面白い用法があるのが注意される。それは、現在の出来事が、現実からかけ離れた好ましい様相を示した、と感じた時の心的反応で、二六段に幾つかその例を見ることが出来る。特に曇った唐鏡に自分の顔を映した時、というのは好例で、自分がひどく美しい女のように映り、ひょっとしたらこれが本当かしらと思ったり、これは何かの間違いではと思ったり、期待と不安が交錯する思いなのだと思われる。こういう交錯した思いを「胸つぶる」が表わすことは、無いのではあるまいか。

こころにくし　「にくし」の原義であった阻害感が、実体がよくわからないで疑問や関心が残りつづけることに用いられるようになり、そこから生まれた語。善悪に関係なく、実体がうまくつかめない、という意味にも用い得るし、後にはよからぬものへの予感にも使われるに至るが、枕草子では、専ら対象によいものを期待する感情として用いられる。つまり視覚や聴覚にとらえられる外面を手がかりにして、その奥にすばらしい実体があることを思い描く、という心のはたらきを表わす。ちなみに内面の備わりが外面ににじみ出す所をとらえる語が「けはひ」「ありさま」などで、紫式部はこの「けはひ」を愛用したが、清少納言が使う「けはひ」は、「げに雨ふるけはひしつるぞかし」(二九三頁一一行)のように、事態を探る手がかりとしての外面を指し、紫式部のように、その外面であるが故にこの感受を引き出したその外面、の意に使うことは見当らない(一本章段にはある)。

こころもとなし　どうしたらこれがうまく行くのか、本当にこれがそのものなのか、など、当面関心のある事への確たる解答が得られないための、不安感を表わす語。不安感を表わす似た語として「おぼつかなし」があるが、「おぼつかなし」が、何が何だか情報が全くつかめない、と思った時の不安を言うのに対して、「こころもとなし」は、いま何かに関心を持っていることを、すでに情報と把握して、それへの解答が得られぬと感じた不安を言うもののようである。三四段では梨の花の香りに関して「心もとならつきためれ」と言っている。これが香りなのか、と確認し難い思いを指すのであろう。そのような、情報として把握される関心は、最もしばしばこちらの抱く期待であるから、その期待が実現しない時の、早く早くといらいらする思いや、悪くすると期待どおりに実現しないかもしれぬという頼りなさを表わすことが多く、枕草子においても一五三段に、その例を見ることが出来る。

こころゆく　物事が渋滞せず、すらすらと進んで行く快感を表わす語。快感を表わす語は、不快感情を表わす語ほどではないにしても、快感の分化に応じていろいろあり得るが、とどこおらないことによる、胸がすっとする、といった非渋滞の快感を基本線とする所に特色がある。二八段は全段「心ゆくもの」の列挙だが、そこに挙げられているものは、すべて淀みなく事が進行する有様と見ることが出来る。その淀みの無さに加えて、量的な豊富さが備わると、非渋滞の快感は完璧に近くなる道理であって、二八段も、量の多いものから話が始まっているが、量の多さは、「こころゆく」の必要条件ではない。なお、胸がすっとする、心が晴れ晴れとする、という快感を表わすのに「胸あく」という言い方があるが、これは主として怨みや憎しみ、少くとも「いぶせき」思いが心にたまっていて、それが解消して行く時に使われるものであり、「こころゆく」はそうした心の鬱屈を前提としない点で全く異なる感情である。

こころをやる　満足することを言う語。満足にもいろいろの満足の仕方があり、「こころゆく」「胸あく」もその同類に数えることが出来るが、「こころをやる」は、自分の思いを、心の内にとどめておかずに、他へはき出してさっぱりする、という形での満足感である。したがって周囲への気配り、遠慮、などを伴わない、という意味で、ひとりよがりの所があり、そのような気ままなひとり勝手の満足、に使われる傾向がある。自分なりの慰め、を表わすのに用いられるのは、ひとり勝手、という批判が弱い場合と考えてよいであろう。

こひし　名詞の「こひ」は勅撰和歌集の部立ての、最重要なものであることが示すように、文学にとっては無くてはならない感情なのだが、枕草子の中では使用が極めて少い。二七段の「すぎにしかた恋しきもの」と、九五段の中宮の連歌「下わらびこそ恋しかりけれ」の二か所にとどまるようである。「こひし」は現代でも「恋しい」という形で全く同じように使われていると見えるかもしれないが、古代語の「恋し」と現代語の「恋しい」との間には一つの違いがあるようである。現代の「恋しい」は、昔あって今は無いものへの再現願望が強く、それが再現すれば解消する感情だが、二七段など、再現願望は強くないと思われ、その点現代語の「なつかしい」に近い。「なつかしい」は再び手に入らないものに寄せる情感で、ひたすら再現を望み現状否定の色彩の濃い「恋しい」とは異なって現状肯定を基盤とする。二七段も現状肯定に立った回顧であろう。つまり古代語の「恋し」は、現代の「恋しい」と「なつかしい」との双方にまたがる感情だった、と言ってよさそうである。

さすがに　一つの事態甲が成り立っているのに、それとは方向を逆にする事態乙が成り立っている時、乙を甲に矛盾する事態として述べる気持を表わす。現代語では「そうは言うものの」が、ほぼこれに相当するであろう。八九頁四行の「さすがにさうざうしくこそあれ」などは、清少納言を無視する態度をとった(甲)のに、清少納言と話す機会のない淋しさを感ずる(乙)ことを言ったもので、典型的な用法と言うことが出来よう。ただし、甲の成立にさからうような形で乙が実現することを認めることは、もともと乙が実現して当然であったのだ、という容認を伴うもので、本来実現すべきものの実現、もともとそうあってよいことの具体化、という評価を乙に対して、下すことになりがちである。八九頁四行の「さすがに」も、清少納言へのもとからの評価を、再認識するような形になっていると認めてよい。現代語の「さすがに」は、この、本来的なものをいまの具体に即して再認識する、という性格を、そのままうけついだものである。

さること　指示詞の「さ」は、先行文脈にあるものを指す、いわゆる文脈指示詞の一つだが、必ずしも先行文脈上に存在しないものを指すこともある。その場合に話者の頭の中にあるものは、一般常識とでも言うべきもので、「さることなり」は、現代でも「そうしたものだ」と言う時の気持に近く、無理もない、当然だ、という意味を表わすことになる。そのような用法が最も固定的となったのが「さるものにて」という言い方で、一四三頁一行のように、「甲をばさるものにて」という型で使われ、甲はもちろん、甲は言うに及ばず、の意を表わす。それが時に、甲はともかくとして、と甲を棚上げにする態度を表わすように理解されることがあるのも、甲が問題となるのは当然と承知していることを、「さるものにて」が表わせばこそであろう。中古の難語の一つである「さるは」は、この「さるものにて」という言い方の延長線上に、生まれて来るもののように思われる。

さるは　中古文においては現代のような意味での接続詞はない、と言われる中で、唯一の例外とされるもの。用法が複雑で整理しにくく、その意味では中古の難語の一つ。だがこれは、「さること」「さるものにて」などの言い方と共に解明されるべきものであろう。すなわち「さる」は、当然・勿論の意を有し、「さるは甲なり」という風に用いて「もちろん甲だ」といった、全面的な肯定を表わすのに用いられる。だが全面的な肯定を表わす語は、「もちろん甲だが、乙だ」のように、矛盾する二つの事態の同時併存を表わすのに容易に用いられるもので、「さるは」も、「さるは甲なれど、乙なり」のように使われる。そこから更に「乙だ。もちろん甲でもある」と言うのと全く同様に、「乙なり。さるは甲なり」と、一つの事態に矛盾するような他の事態を、但し書き風に述べる時に使われるようになる。これが接続詞と呼ばれる段階のもので、枕草子の場合は、五九頁一行のも、二三六頁六行のも、三二六頁二行のも、ほぼこの接続詞風但し書きに用いられたもの、と見てよいであろう。

すさまじ　物事が期待どおりの姿をとらない時の不快感を表わす語。誰かのせいでとか、自分の力量の不足からとかの、不快の原因の方に目を向けるのでなく、事態そのものの受けとり方であるのを基本線とし、その点で「にくし」や「ねたし」と異なる。「にくし」はもちろん「ねたし」でさえ、不快な事態を自分に直接関わっているものとしてとらえるのだが、「すさまじ」は、対象への愛情や関心が弱くて、自分から離れたもの、自分と関わって来ないひとごととしてとらえた、さめた感情である。二二段「すさまじきもの」に挙げられている事項に、人間以外のものが目立つのはそのためである。もっとも人間に「すさまじ」と言う時は、不快感を癒す処置が期待されるからか、その処置がとられずかえって不快が倍増する時に用いられる傾向があり、「にくし」に近い面をもつことになる。ただその場合でも、人間への攻撃に出る手前にとどまり、事態の受けとり方を表わす語、という基本線は保たれるようである。

つれなし　語源的には「連れ・なし」であろう。事態甲が一つの方向をめざして動いているのに、他の事態乙が、それに順応して動こうとしない様子、を言うのが原義と思われる。事態甲の側に寄って乙を、順応しない、と否定的に把握する言葉で、負の評価を伴うことが多い。現代語ではそうなって、「つれない仕打ち」のように、人の行為に対する批判にばかり使われる。それに対して平安時代では、負の評価への偏りは現代ほど顕著でなく、九一頁六行の場合など、上文に「いささかなにとも思ひたらず」とある、その意に介さぬ態度を、評価ぬきに言ったものであろうし、一〇七頁四行には、「雪の山」に変化がないことを「つれなし」と言った例さえある。なお一七九頁七行の「つれなし」は、中宮が、しかけた悪戯の空とぼけをしている有様に用いたもので、犯人が中宮であることを問わず語りに語ってしまう、清少納言の正直さを示す言葉遣いとして興味深いものがある。

なつかし　賞め言葉の一つだが、形や色などの外形の美とは関係なく、対象の中身、対象の備わりに関する賞讃である。その点で、「きよし」や「うるはし」と基本線が異なり、むしろ「うつくし」に通ずる所がある。その「うつくし」が「うつくしむ」「いつくしむ」時の心を形容詞にしたものであるのと同様に、「なつかし」は「なつく」時の心の形容詞表現である。つまり親しみやすい、という、近親感・心やすさを表わす。三三〇頁五行の「なつかしうおはします」は、親しみやすさの典型的な用例である。要するにこちらが対象を、好意的に見る以上に、肯定的に身近に受け入れようとする積極性を有する。後世「なつかし」は、昔あって今は無い良い事態に寄せる思いとなり、現在は親しみやすさの意味を失った(「人なつこい」などにその痕跡をとどめる)が、それでも「恋しい」のように現状否定的でないのは、本来の好意的・肯定的な性格が、尾をひいてのことなのかもしれない。

にくし　不快感を表わす語の中で、最も攻撃的な感情の語。もともとは、「立ちはなれにくし」などの複合語に残っているように、物事の進展が阻まれることを言う語だが、自分の思う通りに進まぬことへの気持に用法が傾いて、不快感の語に仲間入りした。そして、不快と感じられる事態の中に、こちらを不快にさせた責任者と見なし得るものを見た時の感情となり、ひたすらその責任者の非を突くべく投げかけるような語気を持つのが特徴。二五段「にくきもの」に挙げられているのがほとんど人間であるのはそのためであり、例外と見えるものも、責任者扱いされていると解すべきであろう。だからまた三二三頁五行で中宮に「にくし」と言われる清少納言は、身も世もない有様となったはずである。この感情は不快に感ずる自分の方には、一切目を向けない一方的なもので、その点「ねたし」とは大いに異なり、不快の責任者までつかむほどに不快の実質がはっきりしている点で、実質をはっきりつかまない「ものし」と異なる。ただし、不快な感情を、不快感をおこさせた責任者たる対象の側に転嫁して、対象の属性を添えれば、対象の属性専用となる。

「にくし」と言うこともある。「にくげ」「にくさげ」と「げ」を

ねたし　「にくし」が、責任は一切相手にある、という攻撃的な不愉快感であるのに対して、これは、自分の備わりの不足に原因があると認める不快感。すなわち自分の能力や、注意力などが、もう少し立派であったならば防げたかもしれないのに、それが十分でなかったために、不快な事態の生起を許してしまった、といった思いを表わす。つまり相手への攻撃によって不快感から解放されようというのでなく、自分の内を省みつつ攻撃に出ない所に基本線があるような感情と言えよう。もとより、相手の方が自分より上だと認めることから来る不快感は、決して弱いものではないけれども、それでも自分もあのようでありたいという羨望の要素、または何らかの角度からの弱者の劣性の自覚、といったものが尾を引くようである。同根の動詞「ねたむ」が「にくむ」に対して持っているような特徴が、「ねたし」にもあると考えられる。なお一本章段(二八)に典型的に現れているように、礼儀をわきまえぬ下賤の者への気持に使うのは、教養人ゆえに無教養人の水準に下ってそれと争うことの出来ないじれったさを、行動力の無さと自覚した用法である。

はしたなし　人間のとる行動が、その場の状況や雰囲気に調和せず、それを直ちに解消することが出来ない時の、困惑の気持を表わす。主として自分のとった行動に用いて、身の処置に窮する心境を、稀に他人のとった行動に用いて、感情の処置に窮する心境を表わす。心的状況としては「かたはらいたし」と酷似するが、「かたはらいたし」が主として他人の行為に関して言うのに対して、「はしたなし」は逆に、主として自分の行為に関して言うものである点に違いがある、と考えてよさそうである。一二三段は「はしたなきもの」の段、九二段は「かたはらいたきもの」の段だが、そこに挙げられた項目の、自分の行為・他人の行為という差をとり換えれば、そのまま一二三段が「かたはらいたきもの」、九二段が「はしたなきもの」に看板更えする、と言ってもよいほどである。ただし現代では「はしたない」は他人の行為の不心得をせめる言葉になろうとしている。

はづかし　自分が何らかの劣性をもつ、と意識した時の、その劣等感。自分に劣性を意識させる契機となった対象、すなわち優性を見せつけるような対象から、逃げ出したくなる気持を表わすのが原義で、要するに動詞「はづ」の形容詞なのだが、自分の感じる劣等感を、そう感じさせた対象の性質のせいと見なし、自分を恥じさせた対象の優性を指すのに用いられるようになる。つまり賞め言葉の仲間入りをするわけだが、そうなっても原義はもちろん生きて働き、こちらに劣等感を抱かせるようなすばらしさ、を意味することになる。一一九段は「はづかしきもの」の段だが、女のおしゃべりを聞く「夜居の僧」と「男の心」との二項目だけについて、その「はづかし」い理由が述べられていて、気が許せない、という感じが「はづかし」の中心にあることを示している。現代語の「気が張る」は、この感情に近いであろう。

むつかし　心が爽やかでないこと、つまり不機嫌なことを表わす(三二一頁一行など)ほか、事態の構造が複雑で、爽やかな印象を持てないことを表わす。不快語彙の一つだが、単純明快でない対象への評語として用いられる時は、不快感はそれほどおもてだ

たず、せいぜい「不気味だ」という程度の不調和感にとどまる。一四八段の「むつかしげ」は、刺繡の裏に対して使われていて、感情性の最も稀薄な用法である。ただし、人間を対象として使われると、取り扱いが面倒だ、心配りを複雑にしなければならぬ、といった対人感情に偏り、嫌悪の感情が強くなる。三三頁五行のはそれであろう。現代でも「気むずかしい人」など言うのは、扱い難さを、その人の気質と見て言う言い方である。また現代では、困難、の意味に使うことが最も多いが、それも事態が複雑すぎて、解決するのに面倒な手続きや努力を必要とすることから、派生して来た意味にほかならない。平安時代では困難の意味に使われることはあまりない。

めでたし　動詞「めづ」の形容詞。「めづ」が無条件の賞讃を表わすように、「めでたし」も、対象の中に無条件に優性を認める言葉である。「うつくし」や「なつかし」が、保護してやりたくなる弱小性や、親しみやすさ、といったことを条件とする賞め言葉であるのに比べると、無条件であるだけに対象の属性に関しては制限が緩く、かわりに賞讃の程度は最も高くなければならないという厳しさを持つ。全く申し分がない、といった気持である。八四段は「めでたきもの」の段であるが、工芸品から始まって、自然物に移り、人間のあり方に多くの言葉を費した後、紫の色彩で終る、という構造になっていて、対象の制限の緩さがそこにも現われているが、人間に関する条項の中で「六位蔵人」に関して詳しく述べてあるのが注目される。位としては決して高くないのに、上流に対等以上に交わる立場が、この上なく結構なものに見えた、ということであろう。

ものの…　「もののおほきさ」(六一頁九行)、「ものの底」(八一頁七行)、「ものの折」(一八七頁一三行)、「ものの上手」(二六七頁六行)などと使われる「ものの…」という言い方は、何かある具体的な対象がある、ということを言い添えるための、接頭語風な言葉。具体性を与えるためだけの言葉だから、格別のイメージを喚起する力はないけれども、場合によっては「しかるべき」といった、一定水準に達したもの、を含意することがあり得、その点では「さるべき」に似る。「ものの折」「ものの上手」、「ものの下部」(一二四頁六行)などは、それと見ることが出来るであろう。一二八頁一〇行の「家のむすめ」が、しかるべき家の娘を意味するのと、似た表現法である。「ものの怪《ケ》」「もののあはれ」などは、この言い方の固定した語、と見てよいようである。

…ものは　「みそかに御前の高欄に置かせしものは」(二八九頁一三行)、「端のかたなりし畳をさし出でしものは」(三四九頁五行)の、二か所に用いられた表現で、他作品にあまり多くない言い廻しだが、枕草子では、意図したことが意外な方向に展開したことを言うのに用いられているようである。「甲せしものは乙しけり」という型で使われ、こちらの意図は甲を実現させることにあったのに、事態は乙の実現となってしまった、という状況を述べるに当って、実は甲こそが目的であったのだ、と印象づけようとする言い方のように見える。そしてこの二例とも、どうやら枕草子という作品の成立や流布に関わる発言を、作者たる清少納言が自ら語る部分だと判断され、清少納言にとっては言いわけ、不本意な事態が実現したことへの、自己弁護の効果を持たせたものかと推定される。

らうたし　可愛い、という感情を表わす点では「うつくし」と同じだが、「らうたし」は人間に関してしか用いないのが特色である。動物ならば人間に準じて扱い得るから、「らうたし」の範囲に収まり得ようが、植物には及び得ないと思われる。語源的には「労いたし」であるとされ、対象によって惹きおこされる感情が、心を痛めるような思いである、というのが原義であろう。現代語の「いたいたしい」は、その原義に近いであろうか。ただし「らうたし」は、心を痛めるだけでなく、それを保護し、大切にしたい、という気持を伴うので、「いたいたしい」より遥かに愛情が深く暖かい。その点は「うつくし」も同様だけれども、対象が人間に限られるだけに、一段と主情的で、幼い者・弱い者への、たまらない可愛さ、と言うに近い感情を表わす。現代語の「いとしい」がほぼこれに近いかと思われるがどうであろうか。

わびし　事態が望ましからぬ方向に進んで、もはやそれを打開する可能性はない所にまで立ち至った時の、あきらめ切った消極的な感情。あきらめの感情を表わす語として「あぢきなし」があるが、「わびし」はそれよりも一段と閉鎖的で陰性の感情のようである。「あぢきなし」は、なお対象を評する語たり得る、という点で対象を視野に含んだ感情であるのに対して、「わびし」は、消極的に沈んでゆく心のあり方だけを見た言葉と思われる。動詞の「わぶ」も、手の打ちようのない落胆の現われた態度を指し、「住みわぶ」のように、「…わぶ」と接尾語風に使う時も、思い通りの行為がとれずに困惑し処置に窮することを表わす。こうした感情を対象の側に返して、対象を評するに使おうとすれば「わびしげなり」という派生語を使うしかないのであろう。一一七段がそれであり、そこでは物質的に、審美的に、絶望的な低さを示す語としてそれが使われていて、「わびし」の絶望的消極性に対応する姿を見せている。

わりなし　事態を打開する道が鎖されている状態を表わす語。「わびし」が、打開の道がないと見てひたすら沈んでゆく心情を表わすのに対して、「わりなし」は、打開の道がないということを、そのまま述べる語である。いわば、「わりなき」事態への心的反応が「わびし」、「わびしき」心に人を追いやる事態が「わりなし」である、と言っても、あながち図式的すぎるとも言えないであろう。もっとも、事態のあり方を言う語が、事態への心的反応を言う語の方向へ進むことは自然なことであって、「わりなし」も打開できぬ不快感を表わすためにしばしば用いられるようである。二九頁一三行の「いとにくくわりなし」などは、そういう用い方の一例であろう。だがその場合も、「わびし」のように気分が沈んでゆくのではなく、打開の不可能を、不都合なこと、不合理なこと、とうけとめる気持を表わし、感情性を強めれば、むしろ「わびし」とは逆の、攻撃の方向へ行きそうな傾向を内含するもののように思われる。

をかし　「あはれ」のような持続的な感情でなく、思いがそこから他へ拡がるような重層構造を持たない。後に滑稽を意味する方向へ偏ってゆく、その片鱗は、すでに平安時代に萌しているけれども、なお「面白おかしい」の意は薄く、好意をもって物事をとらえる感情として広く用いられ、「あはれにをかし」のように「あはれ」と共に使われることもしばしばある。ただし「をかし」はあくまで目下の事態に集中した心のはたらきに用いられる語で、次々と思いが拡がることはない。したがって心のはたらきとしては構造が単純で、そういう意味で陽性感情に属する。そう感ずることで自分が劣位にまわるような感情でなく、むしろ優性にある者の心であるとも言えることは、「をかし」に伴うのが「泣く」でなくて「笑ふ」であることにも現われている。好意をもって受けとる感情の「をかし」が、下賤や醜悪への評としても使われるのは、それが優越者の心だからであろう。枕草子はこの「をかし」を頻用することが知られているが、その都度都度にこめられた作者の心は一様でなく、例えば三頁五行の「をかし」と一三六頁五行の「をかし」とは全く異なると言うことも出来る。

をしく（連用形の代表として）　いわゆる連用形は、「美しく咲く」のように、述語を限定的に連用修飾する用法に基づいて与えられた名だが、連用形の用法はそれにとどまらず、次のように種々重要な用法にわたる。

〈判断内容〉「をしく思ふ」のように、判断の内容を示す連用形で、「をしと思ふ」と言うのと同じ。広義の連用修飾の一つとは言えようが、判断動詞の前に立った時だけの用法であるのが特異。ただし判断動詞は「言ふ」「見る」「感ず」「覚ゆ」など多数ある上、判断動詞相当として使われる言い廻しは少くないから、実際の使用頻度は決して低くない。

〈対等並列〉「をしく、あたらしき人」のように、後続する語句（この場合「あたらし」）と対等の関係で並べたてる時に使われる連用形。対等の関係を外せば「をしき人、あたらしき人」となる所を、同じ対象（この場合「人」）に、同じ関係（この場合、連体修飾）で続く共通性を、いわば同類項の要約のように、一まとめにする表現。対等の関係だから、前項と後項とを入れ替えて、「あたらしく、をしき人」と言っても同じであるのが特色である。

〈先導批評〉「をしく、えあはで帰りぬること」のように、後続する事実「えあはで帰りぬる」を、あらかじめ「をし」と批評しておいて、それに先導させる形で批評対象たる事実を言う表現法。これと同じ表現法が現代語にないために、正当な理解をさまたげて来たが、「惜しいことに」「嬉しいことに」「珍しいことに」など今言うのと同じ表現法である。「をしくも」のように「も」を添えれば、「惜しくも、十票の差で落選した」のように、今でも使うことが稀でない。先導批評に用いられるのは、評語であり得る語（主として情意性形容詞）に限られるわけだが、評語たり得る語も少からずあり、また先導批評の使用は極めて活潑で、古代語において重い位置を占める。

〈批評代入〉評語として使われる所の、例えば情意性形容詞が、連用形をとっていても、普通の連用修飾である場合もある。例えば「あさましう煤《すす》けたる几帳」などの場合である。もしこれが、几帳が煤けている事実を、「あさまし」と批評したのであれば先導批評だが、煤けていると言っても、それは程度の問題であることから、程度を限定する連用修飾語の位置に、評語が代入されることがあって、それだと見れば、批評代入の連用修飾である。「あさましきまで煤けたる几帳」の意と解し得る場合がこれである。二〇八頁五行の「うれしういひたり」は、発言内容に「うれし」という批評が代入されて、「うれしきことをいひたり」に等しい意を表わす場合で、これも連用修飾である。

解説

解説

渡辺実

作者の素質と環境

現在「枕草子」の名で親しまれている古典随筆の伝本には、「清少納言枕草子」のように、題名に「清少納言」を冠するものが多い。これは「枕草子」というのが普通名詞的であったことと、その作者が清少納言であるとされていたこととを、同時に示すものであろう。

清少納言の生涯については、乏しい資料と『枕草子』の中の記事とから推すしかなく、詳しいことはわかっていない。歌人清原元輔の娘として生まれたことは、草子の九五段に、「元輔がのちといはるる君しもや」と名指されている所からも明らかであるが、生年などは不明である。ただし「宮にはじめてまゐりたるころ」で始まる草子の一七七段の記事が、正暦四年(九九三)のことと推定され、その初出仕の頃の年齢を三十歳に近いと仮定して、村上天皇の康保二(九六五)ないし三年頃の出生かとするのが、大体の考え方となっている。

父の清原元輔は梨壺の一人として『後撰和歌集』の編纂に従った有名な歌人で、中古三十六歌仙の一人に数えられている。伝によると、その祖父が清原深養父であって、曾祖父から父へと繋がる優秀な歌人の血が、清少納言にも当然流れていたことが考えられるのであるが、彼女の歌として世に伝わるものは極めて少く、また草子の九五段でも「元輔が後」と言われることを負い目と感ずるような記事が書かれていて、和歌には彼女は自信がなかったらしい。その替りに彼女には、すばやい機転のきく頭脳と、その機転に乗って場面に即した抜群の効果をあげる豊富な知識とに恵まれ、それが宮仕えの世界での彼女の存在を、極めて輝かしいものにしたようである。『枕草子』はそうした彼女の知識と頭脳が、宮仕えという絶好の土壌を得て、この上なく見事に開花した幸運の産物、と言うことが出来るであろう。

宮仕えに出るより前に、清少納言には結婚の経験があったことが推定されている。その最初の夫と目されているのは橘則光で、天元五年(九八二)には二人の間に、橘則長が生まれている。ただし則光は草子の七八段などにも登場する時の、その記述の仕方に現れているように、妻からは重厚な夫とは思われていなかったようで、草子八〇段によると、遠江介となって蔵人を辞した頃に仲が絶えたらしい。長徳四年(九九八)のことと考えられている。清少納言の初宮仕えから五年後、ということになる。清少納言の夫と認められる者には、なお藤原棟世がある。棟世は長保元年(九九九)に摂津守となり任国に下ったが、清少納言との結婚もそれから間もない頃であったかと思われる。二人の間に生まれた女児は、長じて上東門院に宮仕えし、小馬命婦と呼ばれた。この他にも交渉のあった男性はいたであろうけれども、それを辿る手がかりは残されていない。父の元輔も官としては肥後守で終ったようであり、要するに清少納言自身の生活は、受領階級のそれを出るものではなかった。

ただし清少納言の天分は、宮仕えに出ることによって洗練され、貴族階級の水準のものとなる。宮仕えは、容姿なり才能なりの聞えが上流の耳に達して、それによって招かれるものであろうし、また宮仕えすることによって、すでに擢んでた所のある当人の資質が、一段と磨きをかけられることにもなるであろう。清少納言の場合も、恐らく例外ではなかった。と言うより清少納言の場合、その宮仕え先が、一条天皇の中宮、藤原定子の所であったことが、決定的な幸運をもたらしたと言うことが出来るであろう。

一条天皇は花山天皇の後をついで、寛和二年(九八六)即位されたが、わずかに七歳であった。この皇位継承には、一条天皇の外祖父である藤原兼家の謀略がはたらいて、花山天皇を退位にさそい込んでのものであったことが知られている。幼帝の摂政となった兼家は正暦元年(九九〇)の七月に没するが、一条帝はその年の一月に十一歳で元服、兼家の長子で内大臣の任にあった藤原道隆の、その長女が直ちに入内して、一条帝の女御となり、同年十月に中宮となった。それが定子である。定子は兼家や道隆が、かねがね后《きさき》がねとかしずいて来た女性で、一条帝より四歳年上の十五歳であった。まだ幼少の帝にとって中宮定子は、すべての点で最良の指導者であったろう。また幼帝に配される年長の后は、そのようでなければならなかったに違いない。したがって定子の許には評判のよい女性たちが、宮仕えに招かれたであろう。帝王の指導者として振舞い得べく養育されて来たであろう中宮定子を、その任を完うすべく補佐する宮仕え女房の、その一人として清少納言は選ばれたのだと考えてよい。宮仕え女房は、入内の時に集中的に集められるのだとするならば、定子入内に二年以上おくれて宮仕えしたということになる清少納言の場合は、特に選ばれての召しであったと推定してよいのかも知れない。宮仕え間もない頃のこと、と推定される草子章段は、先の一七七段を始めとして、二五九段などもそれに属するであろうが、そこに描かれた清少納言の扱われ方からも、その可能性は決して低くないように思われるものがある。

定子の父の藤原道隆は、その父兼家から関白の位を引きつぎ、「中関白」と呼ばれ、一条朝の初期の政界に君臨したが、道隆が兼家から引きついだものは権力だけではなかった。兼家はその妾の一人の著作『蜻蛉日記』にうかがわれるように、興言利口の人でもあった。その性質は道隆に引きつがれ、更に洗練されつつ大きくなり、中宮定子を中心とする後宮を明るく開放的な雰囲気に染めて行く。道隆の妻の貴子は高階氏で、漢学は男性のものとされた時代であるにもかかわらず、漢詩文の素養が男子に伍してなお極めて高く、中宮定子もその兄の伊周や隆家も、みな両親の素質を受けついで、漢詩文の高い教養と、機知にあふれた諧謔性を身につけ、生れながらの貴族としての貫禄にそれらの色どりが加わって、稀に見る後宮文化の土壌が作られていた。知的教養と機転即興とを身上とする清少納言は、まさに召されるべき所に召されたのである。彼女はこの中関白一家のあり方に心酔し、とりわけ中宮定子に仕えてその愛顧を蒙ることに、無上の満足を感じたもののようである。草子九七段には、尊敬する中宮と対等に言葉を交し、遂に中宮に貫禄負けすることの幸福感が、まことに生き生きと語られているほどである。

作品の執筆と成立

このような環境にあった清少納言が、いま見るような『枕草子』を執筆するについては、必ずや中関白家または中宮定子からの意向がはたらき、支援が与えられたに違いないと思われる。紙も貴重なものであったし、ものを書くという行為が、書くに値する動機なり目的なりを持っていなければならないような時代であったはずだからである。現に二五八段には、清少納言自身、何も書いてない白紙や筆を手に入れることが出来たらどんなに幸せだろう、そんな時は世を捨てようと思う気持が一挙になぐさめられて、生きる喜びが湧いて来る、といったことを語っている。二五八段では、それを聞かれた中宮が紙二十を下賜されるのだが、『枕草子』の執筆もまた、似たような状況の下に可能であったに相違ないのである。

それを雄弁に物語るのが、現在の『枕草子』の巻尾に記された、跋文めいた文章である。それによると中宮の兄、内大臣藤原伊周が、草子を中宮に献上した。この贈物を手にした中宮が、これに何を書こうか、帝の所では『史記』をお書きだが、とおっしゃったのに対して、清少納言が、「枕にこそは侍らめ」と答え、これを中宮が採用して「さは、得てよ」とその草子を清少納言に下賜された。それに書き記したのが「この草子」なのだ、ということが語られている。

この跋文は清少納言の著作の、「枕草子」の名の由来を語るものとして注目され、彼女の著作の原初の形態を探る手がかりとしても種々の検討と議論の対象となって来た。さらにこの跋文は言葉を続けて、彼女の著作が世に流布した経緯についても、問わず語りにふれてゆき、『枕草子』の流布や伝本の関係についての様々な推定を、誘い出す震源となっている。すなわちその語る所を要約すれば、清少納言は自分の著作を、他人に見せる気はなく「よう隠しお」いたのだが、左中将源経房がまだ伊勢守であった時に清少納言を里に訪問し、迎える清少納言が彼のために畳をさし出した所、「この草子乗りて出《いで》にけり」という不覚なことになった。あわてて取りもどそうとしたけれども、経房はそのまま持ち去り、「いと久しくありて」返してくれた。その時からこれが清少納言の意に反して世間に「ありきそめ」たのだ、というのである。

この跋文の内容の真偽のほどをしばらく置いて、語られている事の経緯を整理すれば、

(1) 内大臣伊周が中宮定子に草子を献上した。伊周が「内大臣」と呼ばれていることを時期限定に使うなら、それは正暦五年(九九四)八月から長徳二年(九九六)四月までの間のことである。

(2) 中宮はその紙を清少納言に下賜し、清少納言はそれに文章を書いた。中宮の下賜は、帝の方で『史記』を書いておられるのに対して、中宮側としては「枕でございましょう」と、清少納言が進言したのを採用されてのことであった。

(3) 清少納言は自作を隠していたが、不注意から源経房の手に渡ってしまった。経房が「伊勢守」と呼ばれていることから、その時期は長徳元年正月から長徳三年正月までの間と限定される。

(4) 経房から草子が返された後に、清少納言は跋文を書いた。跋文以外に書き加えられた章段があるに違いないが、少くとも跋文の執筆の時期は、経房が「左中将」と呼ばれていることから、長徳四年十月から長保三年(一〇〇一)八月までの間と限定される。

という流れとなる。

事の真偽は明らかでないが、少くとも『枕草子』の執筆が、中宮との間に交された対話から見ても、中宮定子の意を体してのものであったはずであること、その意というのが、「枕にこそは侍らめ」という清少納言の発案の採用、に他ならないこと、そして同時に「枕草子」という書名も、この発案に由来するものであること、などが判明する点は動かないであろう。この経緯の中から書名のことに関してだけ言い添えるならば、中宮に献ぜられたものが「草子」であり、その草子に書くべきものは「枕」でございましょう、との案が採用されたのである以上、それは「枕草子」と呼ばれるべきもの、ということになるのが自然であり当然であって、『枕草子』の書名の由来は、ほとんど疑点を挿しはさむ余地はない、と言ってよいのである。

問題はだから、「枕」と言われたことの内実の方である。この「枕」という言葉は、帝の側で書いておられる『史記』に対して言われたもの、という側面を持つことは否定できまい。その『史記』に対する「枕」の関係については、「しき」には靴に敷く「底」あるいは馬具の「鞍褥」を、「まくら」には寝具の「枕」あるいは馬具の「馬鞍」をあてる、などの有力な見解が提出されている。そのいずれが正しいかは議論の存する所であり、なお新な見解の可能性が追求される望みを残しているけれども、『史記』との言葉合せはともかくとして、中宮が「さは、得てよ」と清少納言の案を採用するだけの実質内容を、「枕にこそは」は備えていたわけであり、その内実は『史記』との関係の解明とは別に、明らかにされねばならないと思われる。そして普通名詞としての「枕」は、「歌枕」という複合語に用いられ、その「歌枕」とは、好んで和歌に詠まれる名所、といった狭い意味にとどまらず、歌の素材・用語を指す、広い内容の語であった。恐らく清少納言は「歌枕」を、『史記』に合わせるべく「枕」と略言したのであって、中宮は、ではそれをお書きなさい、と清少納言に執筆を託された、というようなことであったかと想像される。

この想像は当然のことながら、『枕草子』の当初の執筆姿勢の推定へと展開する。『枕草子』には、「山は……」「すさまじきもの……」などの書き出しを持つ類想章段(類聚的章段)、「思はむ子を……」などの随想章段、「大進生昌が家に……」などの回想章段(日記的章段)を混然と含んでいるが、「枕にこそは……」の発言を以上のように解する限り、これら各種章段の中で「枕」と呼び得る章段、つまり類想章段のごときものを書き集めることが、当初の執筆目的であった、と推定することにおのずからなるのである。帝の側では漢籍を書かれ、対して中宮の所では和歌の言葉を書き集める、という形は、決して均衡を崩すことにはならないと認められる点でも、この見解は、不都合でないと言えるであろう。

こうなると問題は章段配列を異にする『枕草子』の伝本のあり方へと移るわけだが、その前に『枕草子』の成立過程を暗示するかと思われる章段の存在について、同じく伝本のあり方にからむ問題として採り上げておくべきであろう。と言うのは、清少納言が中宮定子の御覧に入れるべく書いておいたものが、誤って人手に渡ったという跋文の言及と酷似することが、もう一か所、草子の中に見出されることに注目したいのである。先にもすこし触れた二五八段がそれである。そしてそこから、『枕草子』の成立や伝本についての、一つの可能な見方を提供してみたいのである。

二五八段の内容については、中宮から清少納言に紙が贈られたことまでは、前に要約した通りで、その後に書かれていることの要を摘めば次のようである。すなわち「めでたき紙二十」を下賜された清少納言は、その紙を「草子に作り」などして心の晴れる思いをする。二日ばかり後に、今度は誰からともなく高麗縁《こうらいばし》の畳がとどく。高麗縁も清少納言が心の晴れる物として紙と共に挙げていた一つであって、更に二日ほど様子を見る中に、中宮からの内密の贈物であることがわかる。そこで清少納言も「文を書きて」内密に中宮のもとに届けさせる。ところが使いの者の不注意で、「みそかに御前の高欄におかせしものは……御階《みはし》のしもに落ちにけり」ということになる。これが、跋文の「端のかたなりし畳をさし出でしものは、この草子乗りて出《いで》にけり」と、表現と内容との両面において酷似することは瞭然たるものがあろう。しかるに二五八段で清少納言の書いた「文《ふみ》」とは、畳への礼状でなければならないのだが、それは正面からの平凡な礼状であってはならなかったはずである。中宮は誰からともわからぬよう、内密に畳をとどけて来られたのである。九五段、二二一段などに見られるように、相手方の言動に応答の形を合わせることに心掛けた清少納言のことだから、畳への礼は、礼の言上などという直接の形ではなしに、中宮にはそれとわかるような特別の工夫の下に、そっと伝えようとしたに違いない。多分は同時に紙の礼をも兼ねるものであったろう。それが「みそかに御前の高欄におかせ」たところの「文※」だというのだから、それは必ずや「めでたき紙二十」を「草子につく」った、それ(の一部)に、必ずや「畳は高麗縁……」(三四一頁、一本章段二一)と書かれた文であったと推定される。更に、最も清少納言らしい形を想定するなら、それは「薄様、色紙は白き……」の段(三三九頁、一本章段一二)から始まって「畳は……」の段で終るような、『枕草子』の一部と呼んでもよい章段群であったと思う。これは単なるほしいままな想像のようだが、「薄様……」の段に始まり、「畳は……」の段に終る章段群(これを「薄様・畳章段群」と呼ぼう)の、現存『枕草子』諸本における存否、ならびに配列位置を考え合わせると、どうもそうらしく思えること、以下に触れる通りであって、それをふまえてここにほぼ確実かと考えたいのは、『枕草子』は、二五八段のごとき形をも含めて、何回にもわけて中宮に提出されたのであろう、ということである。当初は類想章段から始めたと推定されるとは言うものの、回を追うごとに随想章段や回想章段も書かれたに違いない。つまるところ『枕草子』は、どう始めてどう終るかの一貫した構想のもとに、といった形で一気に書かれたのではなく、何度にもわけて、その時の関心興味への偏りを含んだかたまりが、成立するに従って中宮のもとに提出された、というのが、ほぼ事実に近いのではないかと思われる。『枕草子』が話の筋を持った物語ではなく、構成的には緩やかな随筆であることは、このような成立事情の結果でもあり原因ですらある、と言っても過言ではないのではあるまいか。

※ 書状は、誰にあてたどんな内容のものであっても、「高欄にお」いて帰ったりできるものでない。この「文」が、書状とは全く異る態のものだったに違いないことは、この点からも明らかである。

伝本と本書の底本

清少納言が「それよりありきそめたるなめり」という所の彼女の作品は、人から人への転写を経て、二種四系統の諸伝本へと複雑に成長し変貌した。現在そのように整理される諸本を表示すれば次の通りである。

- 雑纂本
  - 三巻本
    - 一類本
    - 二類本
  - 能因本
- 類纂本
  - 堺　本
  - 前田本

能因本や堺本を更に二類に下位区分することも可能だが、三巻本の下位区分ほど重要ではないと判断される。

この中の「雑纂本」と呼ばれる諸本は、類想章段・随想章段・回想章段が、混り合って配列された形態を持つ。それに対して「類纂本」と呼ばれる諸本は、それらが章段の性質によって類別され、同種章段群がまとめられて配列された形態を持つものである。こうした全く有様の異る形態の、相互の関係、あるいはどちらが清少納言の原著の形に近いのか、といったことは、早くから議論の対象となって来た。その議論が『枕草子』の執筆事情の推定とからむのは当然で、跋文の語る所を前に記したように解する立場を採る時には、類纂形態のごときものが、当初の執筆においては思い描かれていたであろう、と考えることになる点は、先に一言した通りである。

ただし今日見られる類纂本の姿が、そのまま清少納言の原著の姿を反映する、などということにはならないのも、これまた言うまでもないことである。「枕にこそは」の発言において考えられていたものは、類想章段のごときものであるとしても、前言したように清少納言の著述は、何回にもわけて中宮に提出されたのであろうし、それらはやがて随想章段や回想章段を含む形へと、自由に膨んで行ったかと思われる。かたまりの一つ一つは、類想章段群であったり、随想章段群であったりしたとしても、それらの集まりとしての『枕草子』全体の姿は、雑纂本のごとき形態であった可能性が最も高いのである。

さらに雑纂本と類纂本とが、併行して同時に成立するはずはなく、どちらかをもとにして他が再編輯をしたのだと考えた場合、雑纂形態が先で、類纂形態が後の再編、とする可能性が圧倒的な優位を占めることは否定できないであろう。整頓されない雑纂本をもとに、整頓された類纂本を再編輯することはあり得るが、その逆は再編輯の意図としてあり得ないからである。この意味で類纂本は後人の手による再編輯本であると位置づけてよく、次にその簡単な紹介を記すことで、専ら雑纂本の方に目を向けることにする。

堺　本　「元亀元年十一月日」の日付けを持つ「宮内卿清原朝臣」の奥書に、「泉の堺」の道巴という人の持っていた本を写した、ということが記されている所から、堺本と呼ばれる。回想章段を欠くのが特徴である。その本文の大体は、雑纂本系の本文に手の加わったものとされる一方、部分的に雑纂本よりも古い性格を残す、とされていて、今後の研究が期待される。諸方の現存本が知られているが、朽木文庫旧蔵本が田中重太郎氏から影印刊行されて便利になった。

前田本　前田家の尊経閣蔵であることから前田本と呼ばれる。他に同系の伝本はない。奥書はないが、書物としての成立は鎌倉中期に遡り、『枕草子』の、雑纂本を含む現存伝本中最古のものである点で重宝すべきものである。ただしその本文には能因本と堺本の影響があり、純度に劣るとされている。堺本と異って回想章段を有するが、その量は雑纂本におけるそれの半ばに留る。尊経閣からの複製が早く刊行されている。

類纂本二系統は大略右の通りであるが、ここで雑纂本二系統についてもその大略を記しておくのが順序であろう。

三巻本一類　三冊からなる特徴によって三巻本と呼ばれるが、「心地よげなるもの」の七六段を巻首に持ち、それより前の章段、すなわち、「春は曙」の一段から「あぢきなきもの」の七五段までを欠き、本来はこの欠損部を備えた四冊本であったものと思われる。奥書に「安貞二年(一二二八)三月」の日付けの「耄及愚翁」のものを始め、日付けも署名も無い第二のもの、「文安五年(一四四八)」の日付けの「秀隆兵衛督大徳」(この署名を欠く本もある)の第三のもの、及び「文明乙未(一四七五)之仲夏」の日付けの「正二位行権大納言藤原朝臣教秀」の第四のものを備えているが、第四の「藤原教秀」は勧修寺教秀であり、第一の「耄及愚翁」は藤原定家ではないかと言われていて、信頼度の高い系統と認められるものである。本文も、巻首を欠くのが大きな欠点だが、純度において最も高く、『枕草子』伝本中で第一の評価を受けるべきものとされる。現存諸本の中でも最善本とされる陽明文庫本は、同文庫の叢書として複製刊行された。

本書は右の陽明文庫本を底本に用いた。

三巻本二類　一類と同じく三冊から成るのだが、一類本に欠けている「あぢきなきもの」までの章段を含む完本であるのが特徴である。奥書は一類本の「耄及愚翁」のものと、勧修寺「教秀」のものとを持ち、第二・第三のそれを持たない。その本文の純度が高ければ、完本である点とあわせて価値は極めて高くなるが、堺本の影響を受けたものであるため、一類本の本文より劣ることが確認されている。この系統に属するものとしては、大東急記念文庫本が日本古典文学会から複製されている。

本書は、陽明文庫本の欠損部を補う底本として、内閣文庫本を用いた。今まであまり利用されていない本だからである。その他の二類本は内閣文庫本に対して「他本」として校訂に利用した他、七六段以降も校訂資料として活用した。

能因本　奥書に「枕草子は人ごとに持たれども、誠によき本は世にありがたき物也。これもさまではなけれど、能因が本ときけばむげにはあらじとおもひて、書きうつしてさぶらふぞ……」とあるのによって能因本と呼ばれる。能因は、清少納言の同時代人であるばかりでなく、清少納言の夫の橘則光と同じ橘氏であり、清少納言の子の則長は能因の妹を妻として則季をもうけている、などの間柄にあるので、能因所持の本だとあれば、「無下にはあらじ」と期待するのは当然で、江戸時代から長らく『枕草子』をよむのに広く用いられて来た。だがその本文は三巻本に比して解しやすい所が多く、それは逆に後人の為す所であるらしくて、本文の純度としては一類に劣ると考えられる大勢となって来た。能因本系の中の良本とされる三条西家旧蔵本が学習院大学から影印刊行されている。

雑纂本系の諸本の大略については右のごとくであって、雑纂・類纂の両形態のことに話をもどせば、雑纂形態の方が『枕草子』の原形態に近いということに、ほぼ異論はないと思われる。ではその雑纂形態は、いつごろ誰の所でそういう形となったのであろうか。それは清少納言の原著から、どのように遠くあるいは近いものであろうか。

同じ雑纂本でも三巻本と能因本との間には、章段の配列に出入りがあるが、いま三巻本と能因本との大同を採って雑纂本の姿とし、それを清少納言の執筆の時点に返してみる。この際注意されるのは、清少納言の執筆活動は、長保二年(一〇〇〇)十二月、中宮定子の没後も続けられていたと思しい形跡があることであろう。その最もはっきりした一例は一二三段である。この段は「関白殿、黒戸より出《いで》させ給《たまふ》とて」で始まることから明らかなように、中関白道隆在世中の出来事を記す段であり、その出来事は正暦四(九九三)、五年の頃のことかと推定されているものである。だがその段の末尾には、道隆の弟たる道長を清少納言が立派だと評価するのを、中宮が「例の思ひ人」と笑われたことが記され、それを承けて

まいて、この後の御ありさまを見たてまつらせ給はましかば、ことわりとおぼしめされなまし。

と結んでいる。この言葉は、道長が兄道隆以上の権力を手にした時点、しかも中宮定子はそれを目にすることが出来なくなっている時点の、言語でしかあり得ず、これを後人の加筆とでも言わない限り、中宮没後の執筆であることの動かない段なのである。このような明らかな証拠を備えていない章段で、中宮没後に書かれた章段も——それは恐らく回想章段であろうが——少からずあったであろう。それは『枕草子』の跋文が書かれ得た下限である長保三年(一〇〇一)八月より、さらに後に及ぶものかと思われる。それらの章段は、亡き中宮への讃美を一段と美化された言語で綴るものであったに違いない。そしてそれらも、それ以前の諸章段が中宮定子に捧げられたと考えられるように、誰かに読まれるべく捧げられたとすれば、最も可能性の高いのは、定子の第一皇女脩子内親王であったろう。脩子内親王は定子の亡くなった年には五歳の幼さだが、清少納言が中宮への自分の思いを伝えたい第一の人は、この内親王を措いてはあり得まい。長ぜられる近い将来への楽しみだけで、清少納言の執筆は意味を持ち得たであろう。あるいは一二三段の道長に加えられた「この後の御ありさま」という言葉に対応する具体として、道長の身の上のどのような

栄華を考えるかによって、一二三段の執筆はさらに後へずらし、もっと長ぜられた内親王を考えることも可能かも知れない。そこまでは考えないにしても、中宮定子の許にあった『枕草子』は脩子内親王に伝わったのではないか、中宮没後の章段も、脩子内親王の身辺でそれと合体し、清少納言没後の言わば遺稿も、清少納言の孫の橘則季あたりの手で整頓されて(三巻本の巻尾勘物に則季が録されているのは、そのためであろう)、脩子内親王のもとにとどけられ、現在の伝本の源となったのではないか、という推定は、かなりの現実味を帯びるであろう。これは最も可能性の高そうな、ただし推測にすぎないのだけれども、能因本の奥書の一部に、

さきの一条院の一品の宮の本とて見しこそめでたかりしかと本にみえたり。

と記されていることが、全くの虚言とも思えない気がするのである。一条院一品宮本、すなわち脩子内親王本、というものの姿が不明である現在、これ以上の想像はとどめるべきだが、能因本の奥書に、能因本より遥かに「めでたかりしか」という文脈で紹介されている一品宮本を、三巻本の祖本に擬し、これを清少納言の原著に限りなく近いもの、と推定する可能性は留保しておきたい気がする。一品宮本の優秀の証言を伝えた、当の能因本は、橘氏のもとに残った清少納言の手びかえ本の流れ、といった所と推定される。

ところで現在の三巻本には、「一本」という見出しのもとに、巻末に他本から転載した章段群二十九があるが、前述の「薄様・畳章段群」は、その「一本」章段群の中に存して十を占めるのである。つまり三巻本自体には、薄様・畳章段群は存しなかったのである。一方能因本は三巻本所引一本章段の中の十を有するが、そこに、薄様・畳章段群は全く存しない。清少納言が中宮にそっと届けようとした二五八段の「文」は、「御階のしもに落ちにけり」のまま、清少納言、中宮定子、橘則季、脩子内親王、といった著者周辺にはもどって来なかった、ということなのであろう。

もしそうなら、薄様・畳章段群をもつ類纂本は、「御階のしも」に落ちた当該章段群を拾得した人の側で、清少納言の意志と関わりない形で編まれたものだ、ということになるだろう。類纂本の中では、前田本がその類想分冊の最後尾に、まさにこの薄様・畳章段群八(三巻本所引一本の十に対して二減の八である)を持っているのであって、これが薄様・畳章段群を加えた『枕草子』伝本が作られる、最初の形を反映するものと思われる。その限り、薄様・畳章段群十一(三巻本所引一本の十に対して二増一減の十一である)を他の類想章段の中に紛れた形で持っている堺本は、清少納言の原著の形態からは最も遠い位置にあるものと判断してよいと考える。

文章の内容と表現

定子が亡くなった長保二年(一〇〇〇)には、その生家である中関白家の衰運は、決定的となっていた。中関白道隆が長徳元年(九九五)四月に亡くなると、嫡子伊周の期待をよそに、政権は道隆の弟の道長へと渡って行く。一条帝の母后で、伊周・定子には叔母にあたる東三条院詮子の、道長びいきが作用するところ大であったとされる。伊周の不満は高まり東三条院を呪詛するなどの噂も流れ、他の不敬も加わって、長徳二年伊周は大宰府へ、連座した弟隆家は出雲へ、それぞれ配流ときまる。一家のこの失態に定子は落飾し、道隆室の貴子は、悲しみの中で同年十月に世を去る。父をも母をも失い、兄弟は失脚という逆境の中で、同年十二月、定子は帝の最初の御子を産む。それが脩子内親王である。だが道長の側の勢いは隆盛の一方で、長女の彰子の入内のために、中宮定子を皇后に棚上げし、こうして空いた中宮の地位に、十三歳になったばかりの彰子を据える、という無理を通すに至る。長保二年のことである。皇后定子が亡くなるのはその年の押しつまった頃で、中関白家の凋落はここに極まったのである。清少納言は恐らくこの時に宮仕えから退いたであろう、また藤原棟世との結婚も恐らくこの頃であろう、と推定されている。

この後も世はあげて道長のものとなって行く雰囲気の中で、先の一二三段をはじめとする幾つかの章段を、清少納言は書きつづけていたのである。それら書きつづけられたのがどの章段であるかを特定することは、段の登場人物の官位の指し方などを手がかりとしてもなお、極めて困難であるが、それが極めて困難である理由は、まず第一に、中関白家の没落を語る内容がほとんど現れず、内容は中関白家の華やいだ繁栄を語るに終始すること、そして第二に、執筆されている中関白家の出来事の時間帯と、それを執筆している清少納言の今の時間との時の差が、そうとわかるように表現されることがほとんどないこと、主としてこの二点にあるのだと思われる。一二三段は、内容と表現との両面においての、数少い例外だったのである。先にも引いた章段末の、「まいて……おぼしめされなまし」という反実仮定の表現がもし書かれていなかったら、一二三段すら中宮生前の執筆と見なされ得たのではあるまいか。

『枕草子』の数多い章段の中に、中関白家の不幸について語ることの極めて少い点については、早くから指摘され議論されて来たから、ここでは簡単にふれるだけでよいであろう。恐らく清少納言にとって、中関白家の凋落がはげしければはげしいほど、ついこの間までの中関白家の栄華は、ますます語り伝えるべきものとなったのに違いない。宮仕え女房の記録のような一〇〇段などは、出来事がそれほど遠い記憶とならない時点で中宮なり中関白なりの許に届けられたものかと推定されるが、そこまで記録性は高くなくてしかも中関白家への讃美の見える章段、例えば一七七段などは、中宮没後の書きつぎ章段と見ても不都合はないのではあるまいか。主家の衰運は清少納言にとって、そもそも表現の対象ではあり得ない、ということなのであろう。

それよりも注目に値するのは、書かれる出来事の時間帯と、書く清少納言の現在との、二つの時間の関係である。例えば一〇〇段をほぼ出来事のころの執筆と推定し、一方その逆の方向、すなわち出来事の時間帯と執筆の現在とが遠く離れている章段として、先から引き合いに出している一二三段を振りかえる時、出来事の記述の筆致において、二つの章段の間に顕著な差を見出すことは困難なことに気付く。その筆致の引用は長くなるから省略せざるを得ないが、一二三段の前半、道長が道隆に蹲踞したことへの思いを述べる所までは、一〇〇段とほとんど同質の書き方で出来事が記されて行くことを、容易に確認することが出来るであろう。

恐らく中宮没後にあっても清少納言は、中宮との日々を回想する時、ほとんどそれが昨日のことのように、まざまざと、しかも一段と美化された形で甦ったのではあるまいか。清少納言は、例えば、

関白殿、黒戸より出《いで》させ給《たまふ》とて(一二三段)

と書き始めると、直ちに出来事の現在時の人となったもののようなのである。

職の御曹司におはしますころ

と書き出される七四段や八三段も、そう書くだけで甦った、現在時の感覚で書き記された書きつぎ章段であるような気がする。出来事としてはまぎれもない過去の出来事なのだが、清少納言の手にかかると、出来事の時点に立ち帰った現在時の感覚で書かれるために、書きつぎでない章段と見別けがつかなくなるほど、活き活きとした即現場性を持つ、ということなのだと思われる。

だがこのような文章法は、清少納言において、書いている自分を、対象の世界からきっぱりと切り離さず、出来事への積極的参加者として書いていることを意味するであろう。そして出来事への主体的参加は、出来事としては異る

時間帯に生起した別の出来事への、平等な参加となることがある。平たく言えば、一つの時間帯に展開する出来事の描写の中に、他の時間帯に属すべきことの言及が混入することがある、ということである。一例のみ挙げれば一三六段の書き出しの、

殿などのおはしまさでのち、世中《よのなか》にこと出でき、さわがしうなりて、宮もまゐらせ給はず、小二条殿といふ所におはしますに、なにともなく、うたてありしかば、ひさしう里にゐたり。御前わたりのおぼつかなきにこそ、猶、えたえてあるまじかりける。

の部分、「御前わたりの……あるまじかりける」は恐らく、里居をやめて宮仕えにもどってからの、里居は長く続けられなかったと述べる言葉の挿入であろう。これにすぐ続く、

右中将おはして、物がたりし給《たまふ》。

が、直前の「ひさしう里にゐたり」と、出来事の展開として同一時間帯に属するために、これもまた同じ一連の出来事の一部に位置すべきものと解したくなるのも事実だが、それはかえって『枕草子』の文章法から離れるものだという気がする。一連の出来事を述べている途中で、筆がそれて別の出来事が記述され、もとの出来事へ筆がもどった時には、一つの挿入部をかかえた文章になっていることは、『枕草子』の中ではそう珍しいことではない。それと同様に、出来事を時間に沿って記述する文章の中に、別の時間帯からの発言が混入して、出来事の時間を混乱させる例の一つが一三六段なのだと思われる。先からしばしば引く一二三段には、道隆の立派さとそれに膝まずく道長の姿の描写がまずあって、道長を賞める清少納言に苦笑する中宮定子の描写で終りになるのだが、その中間に、中納言の君という女房の法事のことが語られる。この段でも、最初の道隆と道長の話、中間の中納言の君の法事、最後の清少納言

と中宮の話、の三つは、その順に流れる一連の出来事の記述と見られがちだが、それは誤りではあるまいか。中納言の君の法事の所に、「おこなひしてめでたき身にならむ」という女房の詞、それに対する「仏になりたらむこそは、是よりはまさらめ」という中宮の詞があるが、この二つの詞の内容の解は、これを一連の出来事と見ないで、多元的な記述混入の一例と見ることで、原著者の文章法により近づいたものにすることが出来る、その一例のように思われる。

以上のような、出来事に主体的に参加する文章法は、以上とはまた異る面にも現れる。

円融院の御はてのとし、みな人、御服ぬぎなどして……

で始まる一三一段は、藤三位という上﨟女房の身の上の出来事を記した、要するに聞き書きなのだが、藤三位を話題の人物として扱う書き方は、最初の間は敬語を用いるなどの形で保たれているものの、間もなくそれは曖昧となって、藤三位自身が書き記す文章のような書きぶりに変ってゆく。つまり清少納言は、他人からの聞き書きの場合ですら、それを書き進めて行く間に、その出来事の主と同化して、自分自身の出来事を語る回想諸章段と同じような筆遣いで、書き進めるのである。歌語りや聞き書きを通じて、他人と自分との境界が後世や現代より緩やかな時代であったということが考えられるとは言え、やはりこれは『枕草子』の文章法の、忘れてはならない特徴の一つであるだろう。そういう文章法の人であったからこそ、清少納言の『枕草子』は、比較的早く書かれた章段と、中宮没後に書きつがれた章段との、両方があることがほぼ確実であるにもかかわらず、それらを互いに弁別することが、極めて少数の章段を除いて、大そう困難な状況にあるという結果になっているのだと判断してよいであろう。

文と人と

文は人なり、と言い、『枕草子』のこういう文章法は、著者の清少納言の精神的資質と深い係りがあるのかも知れない。作者の精神的資質などというものは、その作家の生涯を通した生き方において把握されねばならないものではあろうけれども、その書き残した文章において、作者の精神のありありとした投影を見ることも決して不可能なことではない。『枕草子』の場合も、右に述べたこと以外に、清少納言の精神的資質をうかがうに足る内容と表現とを、幾つか拾うことが出来るように思われる。

そうした文章法の一つ二つを挙げる前に先まわりして言えば、清少納言は、ひとりになることの意味がよくわからなかった人、のようなのである。聞き書きにおける他人との同化、出来事に主体的に参加する態度など、既に右に述べた『枕草子』の文章法も、ほぼ同じ所に根をもつもののように思われる。その根、すなわち、ひとりになることの意味への不理解は、最も明瞭な形としては、一一六段「いみじう心づきなきもの」の第一に挙げられた、祭、禊《みそぎ》など、すべて男の物見るに、只《ただ》ひとり乗りて見るこそあれ。いかなる心にかあらん。

という発言に現れる。世間を挙げての見ものである祭・禊を、ひとり牛車に坐して静かに見る者を「いかなる心にかあらん」といぶかる清少納言は、言葉をつづけて、見物したがる若い男でも同乗させてやればいいのに、そうしないとは「いかばかり心せばく、けにくきならんとぞおぼゆる」とまで言い切っている。しんみりと情趣を味わって、心を奥の方まで潤してゆくようなものを根気よく追うことは、清少納言の性に合う所ではない。

『枕草子』を通読して恐らく誰もが気付くであろうことの一つに、「笑ふ」という動詞の高頻度の使用があるのも、もとよりこれと関係がある。『源氏物語』の登場人物がよく「泣く」のに対して、『枕草子』の人物はよく笑う。使用度数は、数をかぞえて見ればすぐわかることで、「泣く」に対して「笑ふ」が十倍を越す優位を占める。六八段には「たとしへなきもの」の一つとして

人の笑ふと腹だつと。

というのさえある。普通なら「笑ふ」と対置されるのは「泣く」であろう。だが清少納言においては、持続的情緒ではない点で「腹だつ」が「笑ふ」と一組となり、陰と陽との対立において対置されるのである。「泣く」はまことに清少納言に縁が薄く、『枕草子』中で泣くのはほとんどすべてが感涙であって、本当に悲しみの涙を流すのは、恐らく一二八段、故道隆の追善供養に清範の法話を聞く女房たちだけではあるまいか。それさえ法話への感涙かと思われるほどなのである。『源氏物語』の中で光源氏が、例えば五十日の薫を抱きつつ、若死にした柏木に象徴される命のはかなさを思ってひとり涙するような情景が、『枕草子』に現れないのはそのためであろう。

『源氏物語』の好んだ「泣く」が、いまの柏木巻のそれがたちまちそうであるように、ひとりの営みであるのに対して、『枕草子』の好んだ「笑ふ」が、必ず仲間を伴うものであることは、この際注意しておいてよい。ひとり笑いという、傍には気味の悪い笑いも世にはあるが、『枕草子』における笑いは、そのような無気味なものでなく、すべて仲間と顔を見合わせての笑いである。『源氏物語』は「あはれ」の文学、『枕草子』は「をかし」の文学、と評されて来たが、それは言い換えれば、「ひとりの文学」と「みんなの文学」でもあるであろう。「あはれ」は一つのことに感じて、そこから思いが他へひろがり、一段深々と感じる時の、持続的な情緒である。「をかし」の陽に対して陰、と言うことと、持続的な情緒、と言うこととは同じことを指すものであろう。だから「あはれ」に対して陽と評され

る「をかし」は、非持続的な感情だと評してよいはずである。笑うことで解放されるような感情を基調とする文学は、しんみりと、余韻となって漂うものを見つづけようとするような作品ではない。『枕草子』が、『源氏物語』のごとき長編でなくて、短小な章段を集めた随筆の形で作品となったのも、理由のあることであったと諒解される。

畢竟、『枕草子』は、ひとりになることの意味がよくわからなかった作者による、みんなの文学なのである。中宮定子の許に召された女房たちが、中関白家の醸し出す雰囲気に主導されて同化しあい、主従一如のごとき空気が作り出されていたのであろう。その中で、宮仕え女房集団のリーダー格として振舞ったのが清少納言であって、その述作は、散文作者の孤独な文章行為の軌跡と見るべきではなくて、仲間のみんなに支えられた文章行為の軌跡と見るべきものだと思われる。『枕草子』開巻第一段の、その書き出しの、

春は曙。

という文からして、そもそも仲間の支えを奥に読みとるべき文だと思われる。この文は、

春は曙をかし。

という文の、述語「をかし」を省略した文、と説かれて来た。清少納言がこの文で表そうとした内容を理解するだけでよいのなら、この見解は正当であろう。けれども、このような構造の文が、いきなり生み出された、その事情までを理解しようとする時は、これはむしろ、

をかしきもの　春は曙。

という、主題の省略と見なおす方がよいように思われる。どちらにしても結果としては同じようなものであるけれども、主題省略文の方は、そういう主題を目下の共通の話題にしている、ということを諒解しあった、仲間の間で成り

立つ構造の文なのである。述語省略の方は、「月は東に」など証拠を挙げるまでもなく、孤独な文章行為においても成り立ち得る構造であるのに対して、主題省略は、仲間の存在と、共通話題の諒解という前提を必要とする、という所が重要な差である。主題省略文で始まる『枕草子』は、その開巻第一文で、いきなり我々に共通話題への参加を強いる。そしてそのような、仲間の女房に支えられているという、恐らく清少納言自身が自覚もしていなかったであろう実感が、『枕草子』全体を通して流れて行く。聞き書きにおける同化も時間処理の問題も、根ざす所は一つだということが諒解されるであろう。泣くことの少く笑うことの多い人達ばかりであることさえも、同じ所からのものであろう。そういうみんなの文学への参加の要領をつかんだ時、清少納言から千年隔っている現代のわれわれに、『枕草子』の世界が開放され、千年の時間差が解消するのだと思われる。

主要な注釈書（日本古典文学大系以後）

池田亀鑑・岸上慎二『枕草子』（日本古典文学大系19、岩波書店、一九五八年）

　枕草子の注釈書が多くそうならざるを得ないように、事柄の注に力点が置かれている。

　この旧古典大系の姉妹篇として、新古典大系の本書は、表現の注を補完する意図がある。

田中重太郎『枕冊子全注釈』（角川書店、一九七二年—）

　全五冊。長年枕草子の本文研究にうち込んで来た立場からの注釈書。

松尾聡・永井和子『枕草子』（日本古典文学全集11、小学館、一九七四年）

能因本を底本に用いた注釈書。能因本で読むのに貴重である。
石田穣二『新版枕草子』(角川文庫、角川書店、一九七九—八〇年)
上下二冊。文庫本ではあるけれども、注は要所に必要十分にゆきとどいていて、信頼感が高い。
萩谷朴『枕草子』(日本古典集成、新潮社、一九七七年)
上下二冊。著者の枕草子への蓄積を注ぎ込んだ注釈書。次の『解環』へと成長した。
萩谷朴『枕草子解環』(同朋社、一九八一—八三年)
五冊に及ぶ大作。古典集成を更に成長させ、諸説の紹介批判から、自説の根拠まで詳細を極めて余す所がない。
増田繁夫『枕草子』(和泉古典叢書1、和泉書院、一九八七年)
新見を示す所が少なくないのだが、頁数の関係からか、表現への注が犠牲になっている。

本書は石田氏・萩谷氏(特に『解環』)・増田氏の著から広く利益を得た。とりわけ事柄の理解に関して甚大だが、脚注に一々言及する余裕はなかったので、ここに心からの謝意を表する次第である。

大内裏図

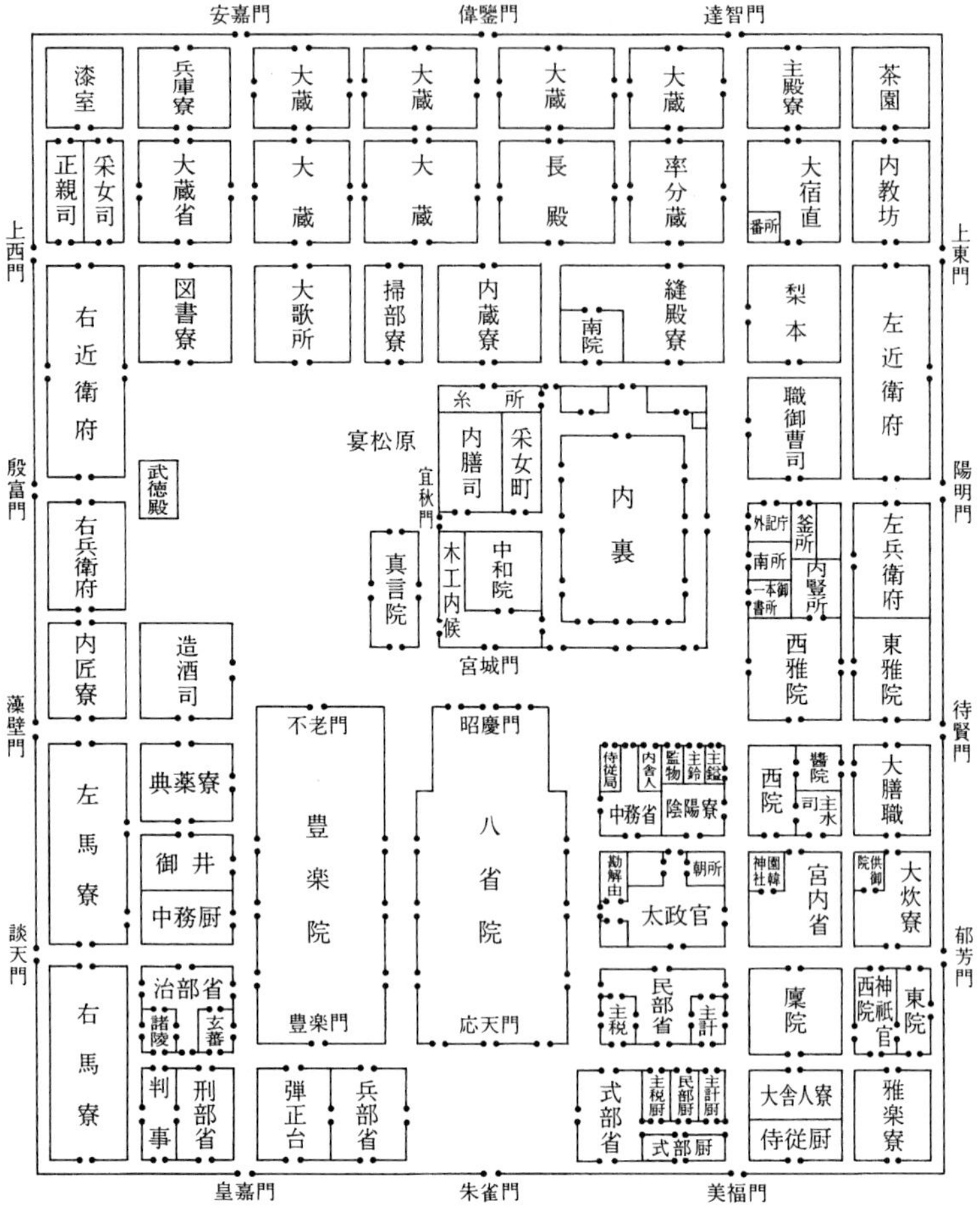

安嘉門
偉鑒門
達智門
漆室
兵庫寮
大蔵
大蔵
大蔵
大蔵
主殿寮
茶園
正親司
采女司
大蔵省
大蔵
大蔵
長殿
率分蔵
大宿直
番所
内教坊
上西門
上東門
右近衛府
図書寮
大歌所
掃部寮
内蔵寮
縫殿寮
南院
梨本
左近衛府
糸所
宴松原
内膳司
采女町
職御曹司
殷富門
陽明門
武徳殿
宜秋門
内裏
右兵衛府
真言院
木工内候
中和院
外記庁
釜所
南所
一本御書所
内豎所
左兵衛府
西雅院
東雅院
内匠寮
造酒司
宮城門
藻壁門
待賢門
不老門
昭慶門
侍従局
内舎人
監物
主鈴
主鎰
中務省
陰陽寮
西院
醫院
主水司
大膳職
左馬寮
典薬寮
豊楽院
八省院
勘解由
朝所
太政官
神祇官
園韓神社
宮内省
院供御
大炊寮
御井
中務厨
談天門
郁芳門
治部省
諸陵
玄蕃
豊楽門
応天門
民部省
主税
主計
廩院
西院
神祇官
東院
右馬寮
判事
刑部省
弾正台
兵部省
式部省
主税厨
民部厨
主計厨
式部厨
大舎人寮
侍従厨
雅楽寮
皇嘉門
朱雀門
美福門

内裏図

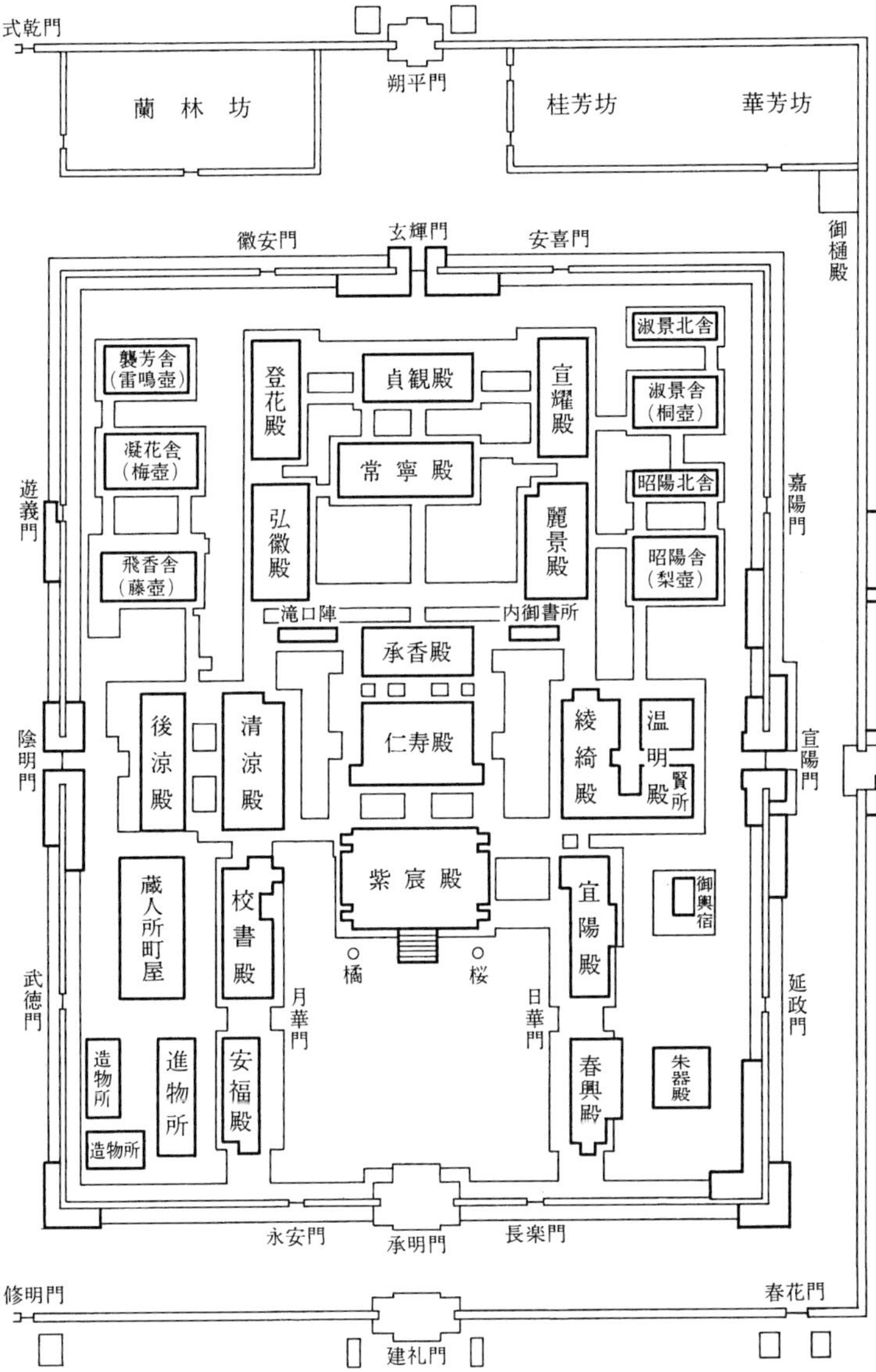

式乾門
朔平門
蘭林坊
桂芳坊
華芳坊
御樋殿
徽安門
玄輝門
安喜門
淑景北舎
襲芳舎（雷鳴壺）
登花殿
貞観殿
宣耀殿
淑景舎（桐壺）
凝花舎（梅壺）
常寧殿
昭陽北舎
遊義門
弘徽殿
麗景殿
嘉陽門
飛香舎（藤壺）
昭陽舎（梨壺）
滝口陣
内御書所
承香殿
陰明門
後涼殿
清涼殿
仁寿殿
綾綺殿
温明殿
賢所
宣陽門
建春門
紫宸殿
蔵人所町屋
校書殿
宜陽殿
御輿宿
橘
桜
武徳門
月華門
日華門
延政門
造物所
進物所
安福殿
春興殿
朱器殿
造物所
永安門
承明門
長楽門
修明門
春花門
建礼門

新 日本古典文学大系 25
枕草子

1991 年 1 月18日　第 1 刷発行
2011 年10月 5 日　第10刷発行
2017 年 4 月11日　オンデマンド版発行

校注者　渡《わた》辺《なべ》 実《みのる》

発行者　岡本 厚

発行所　株式会社 岩波書店
〒101-8002 東京都千代田区一ツ橋 2-5-5
電話案内 03-5210-4000
http://www.iwanami.co.jp/

印刷／製本・法令印刷

ISBN 978-4-00-730584-9　　Printed in Japan